LE CŒUR GLACÉ

✶✶

Almudena Grandes est née en 1960 en Espagne. Après des études de géographie et d'histoire à l'université Complutense de Madrid, elle se lance dans l'écriture. Ses œuvres traitent de l'Espagne de la fin du XXe siècle et du début du XXIe siècle et font preuve d'un grand réalisme. Elle vit actuellement à Madrid.

Ce roman est publié en deux tomes : *Le Cœur glacé* ✶ (n° 31907) et *Le Cœur glacé* ✶✶ (n° 32024).

Paru dans Le Livre de Poche :

Le Cœur glacé *
Vents contraires

ALMUDENA GRANDES

Le Cœur glacé

✶ ✶

ROMAN TRADUIT DE L'ESPAGNOL PAR MARIANNE MILLON

*Ouvrage traduit avec le concours
du Centre national du livre*

JC LATTÈS

Titre original :
EL CORAZÓN HELADO

Publié par Tusquets Editores, Barcelona

L'extrait de *Libertad sin ira* de José Luis Armenteros Sánchez, Rafael Baladés Rocafull et Pablo Herrero Ibarz (© 1976) a été reproduit avec l'autorisation de Universal Music Publishing S. L. et Rapsody. Tous droits réservés.

© Almudena Grandes, 2007.
© Éditions Jean-Claude Lattès, 2008, pour la traduction française.
(Première édition août 2008.)
ISBN : 978-2-253-15778-6 – 1re publication LGF

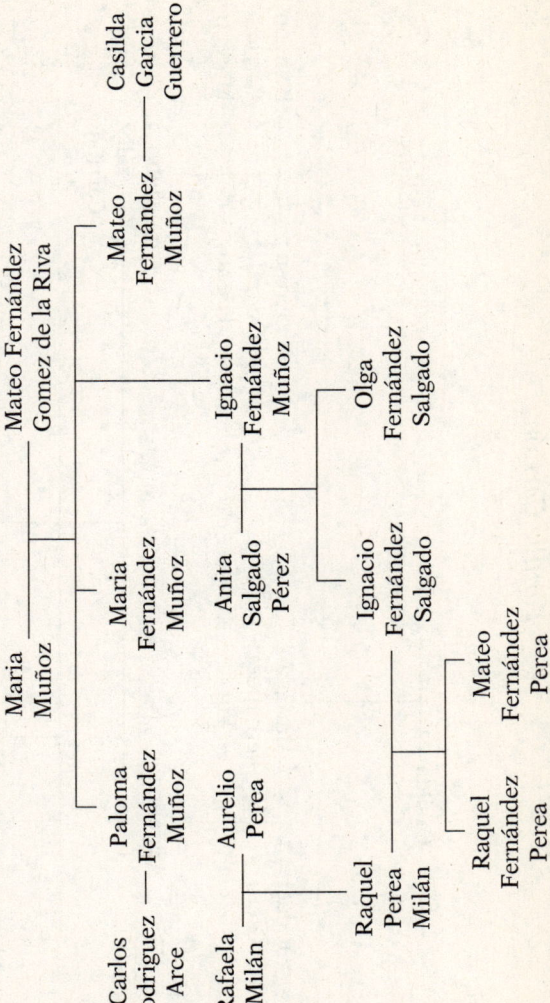

Famille Fernández

Famille Carrión

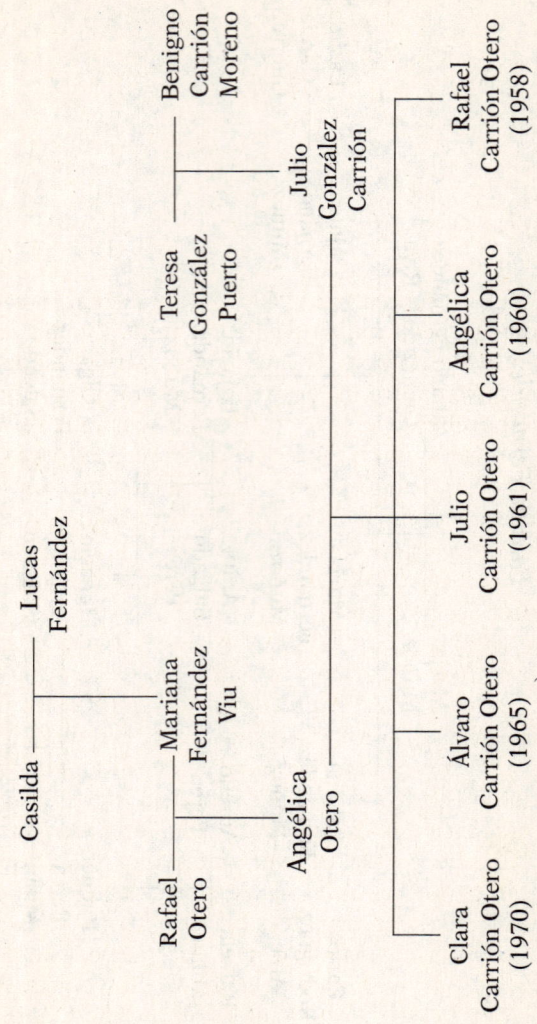

Le 12 septembre 1949, le ciel s'assombrit sans prévenir, au beau milieu de l'après-midi. Quand le premier coup de tonnerre éclata, Julio Carrión González était appuyé contre un des piliers en granit qui soutenaient le porche de la Maison Rose, la plus jolie du village. Il observait un chauffeur de taxi qui s'efforçait de fixer tous les paquets sur la galerie du toit. Le deuxième coup de tonnerre précéda la pluie de quelques secondes à peine et l'homme abandonna.

« Je suis désolé, madame, mais ça, vous allez devoir le prendre avec vous. »

Mariana Fernández Viu ne répondit pas. Elle ne prêta pas attention à la valise qu'il déposa à ses pieds. Tendue, raide, comme morte, elle regardait son ennemi et serrait son sac entre ses mains comme s'il avait été son dernier refuge, sa planche de salut, à quelques millimètres de l'abîme. Mais rien de ce qui se trouvait dans ce sac n'aurait pu la sauver. Julio le savait, il soutenait la haine de ce regard avec une patience tranquille, souriante. Il avait vu une haine beaucoup plus intense dans des yeux beaucoup plus beaux. « Enfonce-la, écrase-la, détruis-la, et quand tu en auras fini avec elle, dis-lui que tu viens de ma part. » C'est ce que tu voulais, non, Palomita ? tu ne viendras pas dire que je ne tiens pas mes promesses, pensa-t-il en allumant une cigarette. Il soufflait la fumée très lentement dans le seul but d'exaspérer sa victime.

« Madame, venez, s'il vous plaît, nous allons nous faire tremper ! »

Le chauffeur de taxi se risqua à poser une main sur son épaule alors que la pluie tombait avec tant de violence qu'elle déformait les contours de la scène. Alors, enfin, Mariana baissa la tête et accepta de monter en voiture. Quand la voiture démarra un instant plus tard, l'homme qui fumait sous le porche se réjouit de ce vacarme, comme un soldat se réjouit du rythme d'un hymne, le symbole de la cause pour laquelle il s'est battu, pour laquelle il vient de remporter la victoire. Cet homme était parvenu au bout du chemin. Le trajet avait été long et tortueux, dangereux, accidenté et laborieux, mais cela n'avait plus d'importance maintenant. Il était là, lui, le fils d'un berger alcoolique et d'une prisonnière politique morte dans sa cellule, il était Julio Carrión González, enrichi, devenu un monsieur.

« C'est du vol, Julio. » Eugenio l'avait regardé dans les yeux avec tout l'éclat de son ancienne candeur. « Même s'il y a une loi, même si c'est légal, même si tout le monde le fait. C'est du vol, et je n'entre pas là-dedans. »

Eugenio Sánchez Delgado fut la première personne que Julio chercha à son retour à Madrid, en avril 1947. Avant, il n'était allé voir que son père, ou ce qu'il en restait, une silhouette floue et consumée, mise au rancart comme une vieillerie dans une maison sale et pleine d'objets brisés, tels que des scories d'une autre vie, soigneusement disposés sur les mêmes meubles, les mêmes étagères, les mêmes tablettes qu'ils occupaient auparavant, quand ils étaient intacts et utiles.

« Père... »

Julio reconnut d'abord un vase en verre fêlé, puis un napperon effiloché, jauni, un vieux moulin à café dont le manche avait disparu. Tout était assombri par la poussière, brillant de graisse rance, et la saleté formait de petites pyramides grisâtres dans les coins. L'air sentait mauvais, le renfermé, la pourriture, la misère.

« Père... »

Julio s'approcha de lui et constata que le corps de Benigno sentait encore plus mauvais que la maison. Le vieil homme ne leva pas la tête pour le regarder et ne bougea pas quand un courant d'air fit voler les journaux périmés, précipitant les cafards terrifiés vers leurs cachettes. Julio dut le secouer pour qu'il le regarde, mais il était tellement ivre qu'il ne le reconnut pas.

« Comment es-tu entré ? Qui es-tu ? » Il était difficile de le comprendre, et encore plus de supporter ses dents noirâtres, la pestilence de son haleine.

« Je suis Julio, père, je suis votre fils. » Benigno le regarda alors plus attentivement, et tenta de sourire. « Mais enfin, père, comment pouvez-vous vivre comme ça ? »

Il n'obtint pas de réponse à cette question, sauf une version plus faible, plus trouble, du regard bovin qui le désespérait douze ans plus tôt. Ce matin-là, il le prit au dépourvu, dans un fracas de sirènes et de feux de secours. « Vous n'avez pas osé dépenser mon argent, n'est-ce pas, père ? » L'espace d'un instant, la répugnance se mêla à sa tristesse. Puis Benigno baissa à nouveau la tête pour se remettre à boire un verre rempli d'un liquide transparent, irisé. Julio le lui arracha des mains, se salit les doigts sur le verre et en sentit le contenu. Au moins c'était bon marché, du marc.

« Bon, père, tout ça, c'est fini. » Benigno n'essaya même pas de bouger la tête. « Allez, levez-vous. »

Il le prit sous les aisselles pour l'aider, le traînant presque. Il était 11 heures du soir, Julio ignorait si son père avait dormi ou s'était levé tôt pour se soûler ou si l'ivresse l'avait empêché de se coucher. Cela n'avait plus d'importance. Par terre, près de la porte de la cuisine, il y avait un matelas avec une couverture crasseuse. Cela le dégoûta à tel point qu'il le déposa là sans l'en recouvrir et sortit dans la cour. Il ne restait pas une seule poule, juste les cages abandonnées, les portes ouvertes, certaines manquantes. Mais les sacs étaient toujours au même endroit. Il en remplit un avec les journaux périmés et toutes les vieilleries cassées qu'il avait vues en entrant, et il monta à l'étage. Son ancienne chambre était aussi sale que le reste de la maison, mais personne n'y avait touché. Ses affaires, le lit fait, les vieux manuels scolaires, quelques jouets et les photos de femmes nues qu'il gardait dans un tiroir, le saluèrent comme une bande d'enfants vieillis prématurément, maladifs et poussiéreux. Cela ne le consola pas, au contraire. Quand il commença à ressentir les premiers symptômes de ce qui ressemblait à un malaise, il ouvrit toutes les fenêtres, se lava les mains, secoua la poussière de son costume, sortit dans la rue et respira enfin.

« Elle n'habite plus ici. » Une inconnue le regarda avec appréhension depuis le seuil de la maison d'Evangelina, la marchande de fruits.

« Elle a quitté le village ?

— Non, mais elle habite après la gare, à gauche, des grandes maisons avec une façade en ciment. »

Julio hocha la tête, la remercia. Il connaissait cet endroit. Ce n'était pas des maisons, mais de vieux entrepôts des chemins de fer, déjà désaffectés quand il était parti à Madrid. Cela ne le surprit pas. Lorsque la guerre avait éclaté, Evangelina venait d'épouser un camarade de sa mère. Bien avant la fin de la guerre, elle était déjà veuve. Son mari était mort en défendant Bilbao, mais le deuil n'avait pas paralysé sa femme, qui resta le bras droit de Teresa González dans tous les comités qu'elle inventait et finissait par présider tôt ou tard. C'était la raison pour laquelle il avait pensé à elle. Parce que, si elle n'était pas en prison, elle devait avoir besoin d'argent.

« C'est beaucoup de travail... »

À trente-quatre ans, Evangelina regrettait parfois la prison. Là-bas elle n'avait à penser à rien, ni à s'occuper de personne d'autre que d'elle-même. Quand elle venait la voir, sa mère lui disait que la petite allait bien, que la famille allait bien, qu'elle ne devait pas s'inquiéter. Depuis qu'elle était sortie, tout était différent. En sortant, Evangelina avait retrouvé la guerre, une guerre sordide et étriquée, constante et personnelle : la bataille quotidienne contre le chômage et les salaires étiques, les prix faramineux, le harcèlement incessant de la Guardia Civil, les portes qui se fermaient sur son passage et les voisins qui ne la saluaient pas, la tâche d'élever sa propre fille comme une pestiférée, les heures d'attente devant la porte d'une autre prison, avec un paquet plein du fruit de son jeûne de chaque semaine. Elle venait pour son jeune frère, pour lui mentir : « On va tous très bien, ne t'inquiète de rien. » Il était parti dans la montagne en 1939 et avait tenu, à cheval entre deux sierras, jusqu'à ce qu'un de ses camarades décide de se livrer et lui avec, ainsi que d'autres, au début 1943. Evangelina regrettait parfois la prison.

« Il y a longtemps que je ne suis pas allée chez toi », ajouta-t-elle en essayant de dissimuler son excitation, une cupidité subite, nerveuse. Elle regarda Julio de ses yeux enfoncés dans un visage qui aurait empêché un inconnu de deviner son âge, la peau tendue et cependant sèche, très pâle, laissant apercevoir les os. « Mais d'après ce qu'on voit de l'extérieur... »

« Je peux le faire. » Une fille très jeune, douze ou treize ans s'approcha pour regarder Julio, tout sourire. Elle avait entendu la conversation depuis la porte de l'ancien entrepôt que les occupants avaient divisé en habitacles en suspendant des nattes à deux câbles qui délimitaient une sorte de couloir central, s'enhardit à venir pour regarder Julio, très souriante. « Ça ne me dérange pas s'il y a beaucoup de travail, je peux le faire, vraiment, ça ne me...

— Juana ! » Evangelina cria son nom, la regarda d'un air honteux et furieux tout à la fois, obtint en retour une expression pitoyable, suppliante. « C'est moi qu'il est venu voir. Et je n'ai pas dit que je ne voulais pas le faire.

— Je suis désolée. Je croyais... » La jeune fille s'excusa sans baisser les yeux.

Julio les observa, puis il regarda autour de lui, cette rue en terre battue, dépourvue de trottoirs, de poteaux électriques, de fontaines, de voitures, d'hommes. Dans ce quartier, il n'y avait pas d'hommes, juste des vieillards et des femmes, des femmes seules avec leurs enfants, pas de tout petits. Ils avaient huit, dix, douze ans, des fillettes disposées à faire n'importe quel travail comme les adultes qu'elle n'étaient pas, et à le faire pour moins cher, plus vite, sans discuter le prix.

« Je sais que c'est beaucoup de travail, mais je paierai bien, insista Julio sur un ton paisible.

— Alors on peut le faire à nous deux, comme ça, on ira plus vite. Quand veux-tu qu'on commence ? » Evangelina accepta l'étreinte de sa flamboyante compagne avec un sourire pâle.

« Tout de suite. »

En les accompagnant chez son père, Julio se renseigna sur les terres, sur les moutons de Benigno. Evangelina lui raconta qu'il avait tout loué, s'arrangeant pour confirmer les soupçons de Julio sans se compromettre elle-même. Il les laissa brusquement et partit tout droit chercher ce salaud qui le salua en levant le bras : « Vive l'Espagne ! » Il ne lui répondit pas : « Qu'elle vive toujours. » « Je te fais grâce des sommes en retard », se contenta-t-il de répondre. Le salaud jura qu'il n'avait conservé aucun reçu des montants, d'après lui justes, exacts, scrupuleusement identiques à ceux qui avaient été convenus, qu'il avait réglés à son père, toujours en liquide. « Mais à partir de maintenant, je veux tout par écrit et, pour l'instant, l'argent des baux, tu le verses à la banque, je parie que ce mois tu n'as pas encore payé, n'est-ce pas ?, alors voilà, tu sais... » Avant de quitter les lieux, Julio se retourna, content mais aussi très surpris de l'efficacité de ses menaces, pour le menacer du doigt une dernière fois : « Et que je n'aie pas à te le répéter. »

Au bar de la place, ce fut la même chose. Les gens avaient conservé un souvenir très précis de ce matin où il s'était promené dans le village avec un phalangiste en uniforme. Ils se rappelaient aussi sa dernière visite, cette fois avec une chemise bleue et un béret rouge, ses papiers prêts pour partir en Russie. Cette image, plus qu'efficace, plus que puissante, était également plus précieuse que son retour différé. Trois ans s'étaient déjà écoulés depuis que l'autre divisionnaire survivant de Torrelodones était rentré au village, mais il était rentré en disant que Julio était affecté à l'arrière-garde, qu'il était le préféré des chefs, et que c'était pour ça qu'il était resté là-bas. Maintenant il était là, bien habillé, avec de l'argent et un aplomb d'homme du monde. On était déjà en avril 1947, on était encore en avril 1947, mais il valait mieux ne pas savoir, ne pas parler, ne pas penser, n'être rien ni personne. Aussi furent-ils contents de le voir, ils lui tapèrent dans le dos, lui sourirent sans lui poser de questions. Il ne le regretta pas. Il avait dû fournir de nombreuses explications avant d'arriver là, et il en fournirait encore.

Si Ignacio ne s'était pas encore trompé, si ses calculs étaient enfin tombés juste, les attentes qui avaient réuni tous les Espagnols, des deux côtés de la frontière française et même de l'océan Atlantique, tout aurait été plus facile. Personne n'aurait imaginé que les Alliés allaient laisser Franco à sa place. Pas même Franco. Les exilés de Paris s'en rendaient compte. Ils ont la trouille, ils n'en mènent pas large, disaient-ils devant l'ambassade d'Espagne... C'était vrai, et c'était logique.

Des dizaines de milliers de résistants espagnols, des combattants républicains que le gouvernement de Daladier avait traités en 1939 comme les scories de la délinquance mondiale, s'étaient battus aux côtés des Alliés pour vaincre les Allemands. Leur contribution avait été importante dans de nombreux endroits, décisive dans le sud, où ils avaient libéré à eux seuls des villages, des villes, des régions entières. Mais ils ne se battaient pas pour la France. Ils se battaient pour l'Espagne, pour continuer à se battre, pour pouvoir revenir se battre en Espagne, et les Français le savaient, les Alliés le savaient, tout le monde le savait. Aujourd'hui c'est ton tour, demain ce sera le mien, pensaient-ils, mais non. Ce jour-là ce fut leur tour, et le lendemain celui de Francisco Franco. L'Espagne n'avait pas été admise à l'ONU, ça non, mais cette interdiction glissa sur le dictateur. Ensuite, les champions de la démocratie mondiale lui adressèrent quelques mots, les reproches mous, complices, qu'une grand-mère lasse et affectueuse ferait à un petit-fils sympathique mais un peu espiègle : « Si tu ne te tiens pas bien, un de ces jours – je verrai quand, il n'y a pas urgence non plus –, tu seras privé de dessert. » Rien de plus. Pas un mot de plus.

« La trahison est la loi, la règle de ma vie », lui avait dit Ignacio Fernández quand la mèche de la dernière cartouche refusa de mettre le feu à la poudre mouillée de ce dénouement incroyable, inconcevable. « Je vis pour être trahi. Je me lève et je me couche, je mange, je respire, je lutte, je joue ma vie pour être trahi régulièrement, de face et de dos, par les amis et par les ennemis, dans mon pays et à l'étranger, car la trahison est la loi, la réalité, la seule règle... »

On était en décembre 1946, il s'était écoulé plus de dix ans depuis la première trahison qu'ils avaient endurée, et rien n'avait changé pour eux. Quand la radio et le destin estimèrent en même temps que l'ONU ne ferait pas un pas de plus, le serveur du bar où ils s'étaient réunis se mit à pleurer comme un enfant. Tomás, originaire de La Rioja, grand et fort comme une tour ; Tomás qui était entré dans Paris avec la « Neuvième[1] », avec trois orteils en moins au pied gauche et une surdité irréversible à l'oreille droite, se mit à pleurer comme un petit enfant.

« On est les damnés de la Terre, les damnés de la Terre, maudite soit-elle, maudits soient-ils, maudits soyez-vous... » Ignacio ne parlait plus pour personne, fixant le fond de son verre.

Si Ignacio ne s'était pas trompé, tout aurait été plus facile. Si le monde n'avait pas trahi, n'avait pas aban-

---
1. La Neuvième Compagnie était composée de républicains espagnols, et rejoignit la 2ᵉ Division Blindée de Leclerc.

donné, pas tourné le dos à ce genre d'hommes, il serait rentré en Espagne par la grande porte. Quand Juan Manuel, ce chauffeur de taxi madrilène reconverti en ouvrier métallurgiste à Orléans, lui demanda d'où il venait, Julio mentit un peu, juste ce qu'il fallait.

« Je me suis engagé dans la Division Azul, pour la paye et pour passer de l'autre côté, mais quand j'ai essayé, je me suis fait prendre. » Et il poursuivit à voix haute, à la première personne, l'histoire de Pancho Serrano avec un épilogue inventé, personnel. « Ils n'avaient pas de preuves contre moi. Cette semaine-là, ils en avaient déjà fusillé trois et j'ai toujours nié que je voulais déserter. J'ai dit que je m'étais perdu, là-bas, c'est très facile, vous savez, à cause de la neige, parce que tout est pareil, tout blanc, et ça faisait enrager les fachos de déclarer des déserteurs, parce qu'ils en avaient énormément, au moins dix fois plus que l'armée allemande... » Il fit une pause pour étudier la réaction de son auditoire, mais ne trouva aucun signe de méfiance dans les trois paires d'yeux braquées sur lui. « Les nazis en avaient marre des déserteurs espagnols, alors ils me jugèrent et me condamnèrent pour indiscipline. Jusqu'au moment où la Division se retira, j'étais dans une sorte de bataillon pénitentiaire, désarmé et affecté aux travaux pénibles, à creuser des tranchées, construire des chemins avec des troncs, ce genre de choses. Puis ils me mirent dans un train pour m'envoyer en Espagne, et ils me dirent qu'ils ne me rejugeraient pas, que je resterais en liberté, mais j'ai sauté du wagon près de Marseille. J'ai pris une sacrée gamelle, mais je ne me suis rien cassé. Et depuis cinq mois déjà, je vais à droite à gauche, je me cache des gendarmes, et je travaille quand l'occasion se présente... »

Ni Juan Manuel ni aucun de ses deux amis ne lui en demandèrent tellement plus, parce que Julio n'était pas en Espagne, mais en France, comme eux, et les exilés de 1939 étaient habitués à écouter ce genre d'histoires. Martín avait été berger en Biscaye avant de travailler dans la même usine que l'ancien chauffeur de taxi. Il avait moins d'enfants que lui, mais il partageait un petit appartement avec sa sœur, son beau-frère et deux neveux. Les enfants de Pablo, quant à eux, n'étaient pas en France. L'aîné se trouvait en Espagne, prisonnier, et les deux petits, une fille et un garçon, en Union soviétique. « Enfin, on suppose, parce qu'on les a envoyés là-bas de Barcelone, mais il y a longtemps qu'on n'a pas pu leur écrire, ni eux à nous, bien sûr... », lui dit-il en l'emmenant chez lui. Maruja, sa femme, originaire de Murcia comme lui, fut ravie d'avoir à nouveau un jeune homme à la maison.

Quelques jours plus tard, celui qui avait été l'Espagnol le plus mystérieux et élégant de Riga travaillait pour un patron français qui fournissait de faux papiers à ses propres ouvriers et se remboursait du service en déduisant la moitié de leur salaire. Peu importait, parce que c'était exactement ce qu'il cherchait. Pendant qu'il s'épuisait à soulever des paquets et à les transporter d'un point à l'autre, Romualdo Sánchez Delgado devait être à Madrid, bien habillé, avec de l'argent, à parler de tanks invisibles que les Allemands continuaient à perfectionner en secret, et cette scène signifiait beaucoup de choses. Les tanks invisibles n'existent pas, Romualdo, mais les prisons, si. Et c'est là que tu vas te retrouver quand je serai assis à une terrasse de la rue Alcalá, riche et bien habillé, se disait Julio quand il se trouvait trop fatigué, découragé ou las.

C'était ce qui allait arriver, ce qui devait arriver, comme c'était logique, juste, et raisonnable. Julio n'en doutait pas, ni Juan Manuel, ni Pablo, ni Martín, et encore moins les jeunes gens qu'il rencontra quand il décida de tenter sa chance à Paris, l'année suivante. Tomás, Aurelio, Amadeo, Ignacio, ils avaient les doigts encore tachés par la poudre de la victoire et les oreilles brûlantes d'avoir entendu l'*Himno de Riego*[1] que les fanfares municipales des villages par lesquelles ils étaient passés jouaient après *La Marseillaise* pendant les défilés de la Libération. Ses armes étaient différentes. Il avait deux jeux de cartes, la chance d'en avoir deux, des cartes marquées, des papiers d'identité authentiques de toutes les couleurs, et une chose encore plus étrange, plus précieuse. D'autres naissent beaux, riches, princes. Julio Carrión González était né sympathique et il le savait, il savait que les gens l'aimaient bien, qu'il inspirait de la confiance aux hommes et du désir aux femmes, et il savait que les plus malins sont également sots face à quelqu'un de plus malin qu'eux.

Il eut toujours cela présent à l'esprit, et plus que jamais quand il comprit que ses erreurs successives l'avaient mis sur le chemin de la réussite définitive.

« Bonjour, je voudrais voir don Ernesto Huertas », annonça-t-il avec son sourire habituel. Or en ce matin de février 1947, au comptoir de l'ambassade d'Espagne à Paris, ce n'était pas une femme qui recevait, mais un fonctionnaire brun, sec, à l'accent espagnol indéterminé.

« Je doute que ce soit possible. » L'homme le regarda de la tête aux pieds pour bien montrer qu'il n'aimait

---

[1]. Hymne officiel de la Seconde République espagnole (1931-1939).

guère ce qu'il voyait, avant de s'expliquer : « Personne de ce nom ne travaille ici.

— Bon, eh bien si c'était le cas un jour, ou si vous vous souveniez soudain d'un homme portant ce nom... Pourriez-vous me rendre le service de lui remettre cette enveloppe ? »

Le réceptionniste le regarda à nouveau, l'évalua une nouvelle fois des yeux, avant de tendre la main, et Julio lui dit au revoir avec beaucoup de cérémonie et un sourire aussi charmant que celui qui avait accompagné sa première demande.

Ernesto Huertas le fit attendre trois jours, mais le quatrième il vint à sa rencontre devant le kiosque à journaux où Julio l'avait assuré dans son mot qu'il se trouverait tous les après-midi, à dix-huit heures précises.

« Tu ne t'appelles pas Eugenio Sánchez Delgado, lui annonça-t-il dès qu'il le vit. Tu t'appelles Julio Carrión et tu es un salaud de caméléon. »

Ce dernier accepta l'insulte avec un sourire. « Oui, mais je ne vous ai pas donné rendez-vous pour parler de mes défauts. »

Cet homme, commandant de l'intelligence militaire espagnole, était chargé de contrôler les exilés républicains à Paris et il savait tout. Julio, qui savait aussi beaucoup de choses sur lui, comptait dessus, et sur le fait qu'il était très dégourdi. Mais les plus malins sont également sots face à quelqu'un de plus malin qu'eux, et il n'allait pas se retrouver à garder des moutons comme son père. C'était hors de question.

« Et de quoi est-ce que tu veux parler, alors ?

— Je préférerais vous le dire en privé. »

Huertas lui désigna la rue de la main, et suivit Julio jusqu'à un café avec une sorte de zone réservée dans le fond, quelques tables dissimulées par une cloison qui les protégeait des regards des passants. Carrión commanda deux cafés, se pencha sur la table, regarda le commandant dans les yeux et parla dans un murmure. « Je veux rentrer en Espagne. » Huertas sourit. « À Madrid », insista-t-il. Le sourire de l'homme s'élargit.

« Je trouve ça très bien. Le consulat est là pour ça, tous les matins.

— Oui. » Julio respira, croisa les doigts sous la table. « Et après, il y aura un jugement, non ? Un procès pour... Déterminer les responsabilités. C'est comme ça qu'on dit, n'est-ce pas ?

— Effectivement. » Le sourire de Huertas se transforma en une moue goguenarde.

« Bien sûr. Mais je veux rentrer blanchi. Libre.

— Avec quoi ? » Huertas avait sorti un petit cahier, épais et très usagé, fermé par un élastique, et il le feuilleta un moment avant de poursuivre. « Avec ton carnet de la Phalange, ou celui de la JSU, ton livret militaire de divisionnaire, ou avec la fiche de rouge que j'ai sur toi ? » Il leva les yeux pour lui adresser un sourire moqueur. « Avec quoi est-ce que tu veux revenir, Carrion ? Dis-moi, parce que ça m'intéresse vraiment, tu sais ? En fait, je dirais que le choix n'a rien de facile.

— Je veux rentrer avec un marché. » Il avait minutieusement prévu le déroulement de l'entretien et répondit avec un aplomb, une confiance qui déconcertèrent son interlocuteur. « Avec le marché que nous allons passer maintenant, vous et moi.

— Ah oui ? » Huertas leva un sourcil, prit son temps. « Qu'est-ce que tu peux m'offrir ? »

Julio lui répondit par une autre question.

« Que voulez-vous savoir ? »

C'était son plan, il l'avait imaginé, conçu et ourdi en solitaire, même si Ignacio Fernández Muñoz croyait en être l'auteur et continuerait à le croire le restant de sa vie. Deux mois plus tôt, l'après-midi où Tomás avait éteint la radio pour se mettre à pleurer, Aurelio l'avait regardé les yeux pleins de larmes et lui avait posé une question : « Qu'est-ce qu'on va faire maintenant ? » L'Avocat ne desserra pas les dents. « Qu'est-ce qu'on va faire maintenant, Ignacio ? » répéta l'Anchois. Son ami vida son verre et répondit enfin : « Eh bien, qu'est-ce que tu veux qu'on fasse ? Continuer à espérer et à vivre, non ? Voyons... On n'a pas d'autre solution. »

Or, en sortant du bar, il eut une autre idée. « Je vais parler à mon père, dit-il, sans s'adresser à l'un d'eux en particulier, parce que ça n'a pas de sens d'être là, baisés, à habiter tous ensemble, avec maman et lui qui travaillent comme des bêtes, et qu'il continue à posséder des propriétés en Espagne... » Mateo Fernández Gómez de la Riva n'avait rien voulu vendre, ni la maison de Madrid, ni celle de Torrelodones, ni l'appartement qu'il avait acheté pour sa fille aînée rue Hartzenbusch, ni les terres de sa femme, rien. « J'ai le pressentiment que je ne remettrai plus les pieds dans ce pays de merde », avait-il dit, mais ce n'était pas vrai. Ce n'était pas vrai. Il croyait qu'il allait rentrer, comme sa femme, ses enfants, ses amis, comme tout le monde. Mais ce qui devait arriver logiquement, raisonnablement, inévitablement, n'était pas arrivé et n'arriverait jamais. Julio s'en aperçut avant tout le monde, parce que la seule chose qui lui importait était son propre avenir. Il savait que les Fernández étaient riches, à Torrelodones tout le monde le savait. Il n'avait pas imaginé à quel point jusqu'à ce qu'Ignacio lui énumère toutes les propriétés. Le reste fut facile, même si lui, simple militant sans contacts avec la direction, n'était pas en condition de vendre sa trahison pour pas cher.

« Tout cela n'a aucun intérêt. »

Le commandant referma son cahier, l'assura avec un élastique, le rangea dans une poche et le regarda. Julio soutint son regard et n'essaya pas de se défendre, bien qu'il l'ait vu prendre des notes à plusieurs reprises.

« Oui, mais c'est que je ne suis pas ce dont j'ai l'air », se borna-t-il à ajouter.

Huertas, qui en avait vu d'autres, porta alors sur lui un regard lucide et différent, comme s'il commençait à entrevoir la vérité : ce garçon faisait l'innocent, il savait d'avance que l'information qu'il pouvait lui fournir ne valait pas le prix du service qu'il voulait lui demander. Julio l'avait convoqué pour lui dire autre chose, qu'il ne parviendrait pas à deviner.

« J'étais l'homme du colonel Arenas à Riga, vous savez ? Mais je travaillais sans couverture, dans la clandestinité. Je n'existais pour personne, ni pour l'armée espagnole, ni pour l'armée allemande, le retour a été compliqué. Je ne pensais pas non plus rester à Paris, je voulais continuer le voyage. Ça fait deux ans que je devrais être en Espagne, mais je suis tombé amoureux d'une femme et elle m'a rendu fou.

— Oh ! Comme c'est romantique ! s'exclama Huertas en riant pour dissimuler sa confusion.

— Oui, je dois dire que c'était très romantique. Bien sûr, elle le mérite amplement – Paloma Fernández Muñoz, vous la connaissez, n'est-ce pas ?

— La belle Paloma... » Le commandant acquiesça très lentement. « Bien sûr, que je la connais. De loin, mais... qui ne la connaît pas ? Dis-moi, Carrión, juste par curiosité, tu te l'es faite ?

— Non, ça non. » Julio hocha la tête, l'air piteux, et Huertas rit de meilleure grâce.

« Eh bien je suis désolé, mon garçon, parce que cela améliorerait considérablement l'opinion que j'ai de toi, je dois dire... Même les hommes que je suis parvenu à infiltrer ont eu la faiblesse d'essayer, et rien. La Veuve Rouge, on l'appelle. J'ai envie de l'approcher un de ces jours pour lui faire des propositions moi aussi, parce que je dois être le seul Espagnol de Paris à qui elle n'ait pas encore dit non.

— Oui... » À ce moment, Julio marqua une pause, inspira profondément en croisant les doigts sous la table. « Votre accent..., vous êtes andalou, n'est-ce pas, commandant ?

— Oui.

— D'où ? Si ça ne vous ennuie pas de me le dire, bien sûr. » Après avoir été interrogé, il interrogeait à son tour en conservant son ton piteux.

« Non, ça ne m'ennuie pas. » Le commandant savait déjà à qui il avait affaire. « Je suis de Cordoue.

— De Cordoue... ? » Julio crispa les sourcils et les lèvres en même temps dans une grimace de contrariété. « Quel dommage ! » Et devant l'air intrigué, suspendu, du militaire, il poursuivit comme pour lui-même. « Parce que je viens d'y penser... La mère de Paloma, qui est andalouse elle aussi, possède des fermes immenses, des hectares d'oliviers, une fortune. Et on ne l'a pas dépossédée d'un seul arbre, vous savez, parce qu'une de ses nièces, très proche du régime, veille sur le tout. Mais en Espagne, la propriété reste la propriété, bien entendu, il ne manquerait plus que ça ! Donc, quand il a appris que je voulais rentrer, don Mateo m'a signé un pouvoir pour que je me charge de tout vendre en son nom mais, bien sûr... » Il leva la tête et se laissa éblouir par la cupidité qui brillait dans le regard du commandant. « Comme vous êtes de Cordoue, et que les propriétés de la mère de Paloma se trouvent à Jaén, et que je ne vais pas y retourner, à l'évidence... »

La semaine suivante, quand Ernesto Huertas eut fait les vérifications nécessaires pour s'assurer que Julio Carrión ne fabulait pas, il le prévint qu'il pouvait demander son passeport. Deux jours plus tard, il joignit lui-même à sa requête un rapport favorable concernant le divisionnaire phalangiste au parcours irréprochable qui était resté vivre à Paris pour des raisons personnelles, familiales, mais qui avait toujours collaboré avec l'ambassade quand cela lui avait été demandé. Le passeport arriva environ un mois plus tard, et ce fut Huertas en personne qui le lui remit avec quelques recommandations qu'il ne devait pas ignorer, et qu'il n'ignora pas. Ce fut la dernière fois qu'ils furent en contact, mais le matin même de son départ, Julio Carrión González lui écrivit un nouveau billet. « Paris, 3 avril 1947. Je me la suis faite, mon salaud, je me la suis faite. » Il signa, se relut, sourit, se mit à rire, le déchira en morceaux et le jeta dans une corbeille. Il aurait adoré le lui envoyer, mais il n'osa pas.

« Enfonce-la, écrase-la, détruis-la, et quand tu en auras fini avec elle, dis-lui que tu viens de ma part. » Paloma Fernández Muñoz le regarda, l'embrassa sur la poitrine, le regarda à nouveau, et Julio frémit devant le pouvoir de ces yeux clairs qui s'assombrissaient sous la colère, la tristesse, l'émotion, pour ajouter à son regard une qualité magnétique, presque irrésistible.

« Promets-le-moi.
— Je te le promets.
— Au début, je pensais te demander de la tuer, mais je préfère qu'elle reste en vie. Je préfère qu'elle se souvienne de moi, que, lorsqu'elle se retrouvera à la rue elle pense à moi, et qu'elle continue à voir mon visage en se

levant et en se couchant, toutes les saloperies de jours de sa saloperie de vie. Fais ça pour moi, Julio, et reviens chercher le reste. Parce qu'il n'y aura rien en ce monde, écoute bien, rien que je ne sois disposée à faire pour te payer. »

Quel dommage, Paloma, quel dommage ! pensa alors Julio Carrión, tout en s'habillant sans regarder ce qu'il faisait, hypnotisé par le spectacle splendide de la femme qui se levait de l'autre côté du même lit. « Quel dommage ! » En sortant dans la rue, en marchant à ses côtés sur le trottoir, en l'embrassant pour la dernière fois dans l'entrée de l'immeuble, ce baiser furieux, désespéré et plein d'espoir, et le corps de l'Espagnole la plus convoitée de Paris se collant à son corps comme une supplication muette, exigeante et ultime – « Quel dommage, Paloma ! » C'était son plan, il l'avait imaginé, conçu et ourdi en solitaire, laissant croire à Ignacio Fernández Muñoz qu'il en était l'auteur exclusif, sans s'attendre à ce cadeau, le miracle de la nuit effrénée, lumineuse, où il avait découvert tout ce dont une femme était capable. Il se sentit soudain choisi, béni, unique, et, pour la première et la dernière fois sur son long chemin vers la gloire, coupable, traître.

« Bonjour. » Un homme grand, blond, une lointaine connaissance, s'était approché de lui avec le sourire sincère, franc, qui caractérisait les exilés espagnols pendant ce bref printemps trompeur de la victoire alliée. « Tu es le fils de Teresa, l'institutrice de Torrelodones, non ? »

Depuis que l'Avocat l'avait reconnu dans un café bondé de compatriotes, Julio Carrión rendait visite aux Fernández aussi régulièrement que s'il faisait partie de la famille. Avant ce jour, il savait qui ils étaient, il connaissait leur maison de vue, cette villa si grande, si jolie, et le jardin, immense, avec des pins si hauts qu'on les apercevait de la route. Pourtant, il ne se souvenait guère d'eux, parce qu'il était encore un enfant quand ils avaient cessé de venir en vacances au village. Ignacio était le seul qu'il ait revu par la suite, quand le front se stabilisa sur la route de La Corogne et que Torrelodones devint l'un des points forts des loyalistes au nord de Madrid. Il crut tout d'abord que l'Avocat ne connaissait sa mère que pour cette raison, mais il apprit rapidement qu'en été, avant la guerre, il accompagnait Mateo, son frère, aux réunions de la Maison du Peuple. Parfois, Carlos, le fiancé de Paloma, puis son mari, les accompagnait. En 1945, à Paris, il ne fallait rien d'autre à un exilé espagnol de vingt-trois ans, seul, célibataire et désemparé, pour être accueilli dans une maison comme celle-ci sans limites ni conditions. On est tous dans le même bateau, répétait régulièrement María Muñoz, aujourd'hui on t'aide, et demain, c'est peut-être toi qui nous aideras. Et puis, il est si sympathique, il est vraiment charmant, et si amusant, ajoutait Paloma. Il plaisait aussi à Anita, il faisait toujours des tours de magie et racontait des histoires drôles, il jouait avec les enfants... Ils adoraient Julio, qui leur sortait des bonbons de derrière les oreilles et remontait ses manches jusqu'au coude après déjeuner pour faire ensuite disparaître sous une serviette toute sorte de choses qui réapparaissaient à l'endroit où on les attendait le moins.

Il se laissait aimer, ça ne lui coûtait rien et il s'attacha aux enfants, il en vint même à rester certains samedis pour les garder quand les parents d'Ignacio devaient sortir. Anita lui rappelait qu'il avait promis de l'emmener danser, mais tous savaient qu'il ne le faisait pas pour eux mais pour Paloma. Elle avait trouvé du travail dans un journal et rentrait tard à la maison.

« Allez, Julio, va-t'en, sors t'amuser », lui disait-elle quand elle ouvrait la porte et le trouvait dans l'entrée, debout, à l'attendre. « Tu peux encore arriver à temps pour boire un verre, je m'occupe des enfants... »

Elle savait qu'il ne voulait pas s'en aller, et elle lui permettait de rester, de s'asseoir en face d'elle pendant qu'elle dînait dans la cuisine, puis à côté d'elle sur le canapé, la regardant, l'admirant, l'adorant comme une déesse. C'était la seule vérité que Julio raconterait au commandant Huertas, même si ce n'était qu'une demi-vérité. Amoureux, il l'était bel et bien, mais elle ne l'avait pas rendu fou. Aucune femme ne rendrait jamais Julio Carrión González fou, car il appréciait trop la raison, sa propre idée de la raison. Cependant, à sa manière astucieuse ou pauvre, limitée, il aimait Paloma Fernández Muñoz, l'air qui flottait autour d'elle lui suffisait pour vivre. Paloma représentait cela pour lui, une déesse, une femme inaccessible, l'image suprême de l'harmonie, de la grâce, de la beauté, et une injonction intime, une torture assumée joyeusement, une souffrance plaisante et inévitable, mais qui ne lui était pas douloureuse non plus, car Paloma appartenait à tous et n'appartenait à personne, elle était la femme aimée, désirée, adorée par une armée d'hommes vivants mais l'épouse fidèle et amoureuse d'un homme mort.

Vis sans moi, Paloma, vis pour moi, trouve un compagnon digne de toi, si seulement il pouvait t'aimer le dixième de ce que je t'ai aimée, mon amour, et te rendre à moitié aussi heureuse que je l'ai été avec toi. C'était ce qu'avait demandé Carlos Rodríguez Arce à sa femme avant de mourir, mais elle n'avait pas voulu le lui accorder. Ses parents n'étaient pas d'accord, son frère non plus, sa sœur moins que personne, mais aucun argument, aucune supplication, aucun conseil ne l'avait fait changer d'avis. « Laissez-moi tranquille, c'est ma vie, moi, je ne mêle pas de la vôtre, n'est-ce pas ? »

Jusqu'à l'avant-dernière nuit de 1946, où Julio Carrión González annonça dans la salle à manger qu'il songeait à rentrer, qu'il n'allait pas lui rester d'autre solution que de rentrer. À cet instant, avant de lui laisser le temps d'expliquer que sa sœur lui avait écrit pour lui dire qu'elle allait épouser un homme assez mûr avec une très bonne situation qui ne voulait pas s'occuper à vie de son beau-père, et qu'ils allaient devoir le mettre dans un asile s'il ne le reprenait pas, il vit les yeux briller. « Ça ne me fait pas du tout plaisir, vous pouvez imaginer, mais mon père est très malade, ma sœur transformée en harpie, et mon futur beau-frère, d'après ce qu'elle dit, prêt à me donner son aval », ajouta-t-il. « Avalisé soit dieu ! », dit Ignacio, faisant un jeu de mots[1] qui avait été très à la mode à Madrid quelques années auparavant. Tous sourirent, tous sauf Paloma, qui continua à le regarder fixement, les yeux étincelants. Ce fut tout. Puis l'Avocat crut avoir une autre idée. « Écoute, Julio, j'ai un service à te demander...
— Bien sûr, bien sûr, compte sur moi pour quoi que ce soit, tu sais, dès que je pourrai, j'irai voir ta cousine, je me renseignerai et je vous écrirai pour vous raconter. » Il n'alla pas plus loin. « Je vais te donner un pouvoir, Julio, parce que j'en ai parlé avec mon fils et il croit que tu ne pourras rien faire sans un document qui accrédite le fait que tu agis en mon nom, lui dit don Mateo le lendemain. — Vous croyez que c'est nécessaire ? glissa Julio. — Bien sûr, sinon n'importe qui aurait pu tout

---

1. Jeu de mots entre la formule habituelle : « ¡ *alabado sea Dios !* », « loué soit Dieu ! » et « ¡ *avalisado sea Dios* ! », « avalisé soit Dieu ! ».

nous prendre..., répondit don Mateo... — Oui, c'est vrai », admit Julio, alors Paloma le regardait déjà différemment, avec effronterie et un mélange de mélancolie profonde, souriante aussi, un intérêt qui frôlait l'admiration. Jamais comme l'après-midi précédant son départ, quand il alla chez elle pour la dernière fois, lui dire au revoir.

« Tu as des projets pour ce soir, Julio ? »

Paloma vint à sa rencontre sur le seuil, et son apparition suspendit la réalité, interrompit les conversations, gela les sourires et imprégna cette scène d'une lumière irréelle à la consistance immatérielle, incertaine.

« Je ne suis pas sortie depuis longtemps, et tout d'un coup, ça me fait envie, tu sais ? »

La veuve de Carlos Rodríguez Arce portait une robe noire, moulante, décolletée, en tissu doux et brillant qui lui collait au corps avec une docilité terrifiante, à la poitrine, à la taille, pour s'en décoller après avoir marqué la force des hanches. Elle laissait à découvert de beaux bras, et les belles jambes d'une belle femme, que Julio avait toujours dû deviner sous les tenues modestes, parfois presque monacales, derrière lesquelles elle se cachait. Maintenant, elle se montrait pourtant devant lui, pour lui. Elle avait ondulé ses cheveux qui encadraient son visage d'une auréole liquide noire, maquillé ses lèvres en rouge foncé, le caressait à distance d'un regard languide et patient, puissant, et se comportait comme s'ils étaient seuls.

Elle s'avança vers lui et ses talons carillonnèrent sur les dalles comme les cloches d'une cathédrale. « Qu'est-ce que tu en dis, tu m'emmènes faire un tour ?

— Bien sûr. Bien sûr que oui. » Julio n'entendit pas sa propre réponse, un filet de voix étranglé par l'émotion.

Paloma s'approcha de lui, le laissa respirer son parfum en le prenant par le bras. Sur le seuil, elle se retourna pour faire face à sa famille, tous perplexes à l'exception de sa mère qui avait pris son visage dans ses mains pour bouger la tête très lentement, faisant non en silence, l'œil humide.

« Qu'est-ce qu'il y a, maman ? » La voix de Paloma était neutre, mais son regard sembla se liquéfier en affrontant celui de sa mère. « Ce n'est pas toi qui me répètes toute la journée que je dois sortir avec des hommes ? »

Alors Julio craignit que cette nuit ne commence jamais, et il la prit par le coude pour l'entraîner discrètement. Paloma se laissa faire, ferma la porte et, encore sur le palier, elle lui prouva qu'il n'avait rien à craindre.

« Tu verras comme on va bien s'amuser ce soir, toi et moi, Julio », lui dit-elle après l'avoir embrassé sur la bouche avec une passion presque avide, dépourvue de la froideur des baisers stratégiques, calculés. « Tu verras... »

Il avait deviné les raisons de Paloma en même temps que sa mère, peut-être même avant, mais il fut surpris de la chaleur, de l'abandon d'une femme qui était disposée à mettre tout ce qu'elle avait afin d'assurer sa vengeance, à se donner complètement à un homme qui n'était pas son outil mais son chevalier, son paladin, le champion qui allait se battre pour elle, qui endosserait sa cause, qui vaincrait en son nom.

Ce fut ce qu'éprouva Julio Carrión, et ce n'était pas ce qu'il attendait.

Cela le fit douter pendant que l'Espagnole la plus convoitée de Paris, celle qui ne savait que dire non et le dire à tous, aussi sûre d'elle que si elle comptait briser les trottoirs de ses talons, une femme magnifique, resplendissante, d'une beauté impossible, qui arrêtait la circulation et les conversations, focalisant les regards, les silences, créant une légende durable sur les terrasses couvertes d'exilés républicains qui la voyaient et n'y croyaient pas, et tout cela avec lui, à cause de lui, pour lui. Julio Carrión comptait les coups de coude, distinguait les murmures, les regards stupéfaits, la belle Paloma dans la rue, avec un homme, riant, l'embrassant, se laissant enlacer, la Veuve Rouge, peut-être plus rouge que jamais mais plus aussi veuve avec ce décolleté, ces bras, ces belles jambes, laissant retomber la tête sur la poitrine d'un garçon insignifiant devant l'appareil d'un photographe ambulant. Julio connaissait les raisons de Paloma, il les avait devinées en même temps que sa mère, peut-être même avant, mais il ne s'attendait pas à une telle chaleur, à un tel abandon, la passion sincère, inconditionnelle, d'une dame qui choisit son chevalier, rien à voir avec le calcul, l'arithmétique, les transactions plus ou moins troubles qui entourent le choix d'un outil utile, efficace, pour un travail onéreux, délicat et rien d'autre.

« Voyez-vous ça, je vais te baiser gratis, Palomita. » C'était ce qu'il avait pensé, ce qu'il espérait, une négociation propre, rapide, sans complications. « Tu mets à la rue ma salope de cousine et je te paie à l'avance. » « C'est bien, très bien, pour l'instant, tu me paies d'abord, après on verra... » s'était-il dit. Mais ce ne fut pas juste baiser, et ce ne fut pas gratis. Paloma Fernández Muñoz ne le saurait jamais, mais Julio Carrión González devrait se battre pendant longtemps pour extirper le souvenir de cette nuit de sa mémoire, et il n'y parviendrait jamais entièrement. Toute sa vie, il comparerait Paloma à toutes les femmes qu'il rencontrerait, et à la place où d'autres hommes ont un cœur, il aurait une entaille endurcie, sèche, mais encore capable de se ramollir, de palpiter et de faire mal les après-midi de pluie, avec le nom, le visage, la peau, et la voix de Paloma Fernández Muñoz. Parce que les plus malins sont également sots face à quelqu'un de plus malin qu'eux. Et Paloma avait été plus maligne que lui.

« Tu n'imagines pas à quel point je l'aimais. » Et ce qui ressemblait à une fin constitua un nouveau début.

Elle était nue, épuisée, en travers de son lit, et la faible lumière de la petite chambre de la pension bon marché où elle vivait s'intensifia, se rassembla autour de son corps pour l'éclairer du reflet léger, doré, d'une centaine de bougies que personne n'avait allumées. Elle le regarda ainsi, le visage encore coloré par l'effort, renonçant au refuge des draps, impudique et consciente de son impudeur, et du degré auquel elle portait sa beauté. Elle avait la peau brillante de sueur, et ses yeux, plus brillants encore, gouvernaient avec autorité, en même temps, le regard de Julio et l'espace de cette chambre que sa seule présence transformait en une scène émouvante, mémorable. Il ne pouvait pas combattre le pouvoir de ces yeux, il ne savait pas, il pouvait seulement la regarder, l'écouter, aspirer l'arôme de son sexe qui l'imprégnait tout entier, en lui et hors de lui, et commencer à se souvenir d'elle. Et alors qu'il croyait qu'elle n'avait rien d'autre à lui donner, sa peau hérissée, lasse de répondre sans paroles à l'offre illimitée d'une femme disposée à lui prouver tout ce dont elle était capable, Paloma dit ceci : « Tu n'imagines pas à quel point je l'aimais. » Et tout recommença.

« Carlos m'aimait tellement, il me gâtait tellement, il me passait tout... » Ses yeux brillaient davantage que sa peau, mais sa voix était ferme, sereine et douce, souriante. « Il était si amoureux que personne ne faisait attention à moi, personne ne savait combien, à quel point je l'aimais. Maintenant si, maintenant ils ont enfin compris, mais cela ne sert plus à rien. Et il était meilleur que moi, tu sais ?, il n'aurait pas vécu en attendant une occasion de se venger. Mais il est mort, et moi, qui aurais donné n'importe quoi pour le sauver, je suis vivante, vivante et morte à la fois, morte vivante jour après jour, depuis sept ans, jusqu'à aujourd'hui, jusqu'à cette nuit. » Alors elle changea de position, s'allongea à côté de lui, rapprocha sa tête de celle de Julio. « Je suis moins bien que Carlos, mais j'ai vécu, il m'a été donné de vivre, je dois le faire tous les jours, et la seule chose qui me tient debout est mon amour pour lui, et la haine pour qui me l'a enlevé. Je suis moins bien que mon mari, et je veux me venger. Cela m'est égal que ça ne soit pas bon, que ça ne soit pas utile, que ça me fasse du mal. Je veux me venger. C'est tout ce qui compte pour moi. Venge-moi, toi, Julio, venge-moi et tu ne le regretteras pas. Je ne vais pas te mentir. Je ne crois pas que je puisse aimer quelqu'un comme je l'ai aimé lui, mais si tu me venges, je pourrai commencer à oublier, et je redeviendrai peut-être vivante. »

Voilà ce qu'elle lui dit, puis elle monta sur lui, l'embrassa, l'étreignit, le réclama avec l'écho des paroles qu'il entendait toujours, qu'il ne pourrait jamais oublier. « Je suis cette femme, Julio Carrión, et tu es mon champion, mon paladin, mon chevalier. Je suis cette femme et je sais faire tout ça, je sais donner tout ça, tout ça sera à toi si tu embrasses ma cause, si tu te bats pour moi, si tu vaincs en mon nom, parce que tu es le seul, l'unique, l'homme qui peut me ramener à la vie, me rendre heureuse », semblait-elle dire.

« Je ne vais pas te mentir », lui avait-elle dit, et elle ne lui mentait pas. Julio s'en rendit compte également, qu'elle ne feignait pas pour le convaincre, pour l'embobiner avec cette exquise exhibition. Ce qui arrivait était différent. Paloma l'avait traité comme les autres, avec la même aimable distance, jusqu'au moment où il s'était distingué, signalé, avait fait un pas en avant, s'était offert à elle à son insu. Ce n'était qu'alors que la belle veuve désespérée l'avait remarqué, avait décidé que cela valait la peine de l'attacher à son sort, l'avait choisi avec tout ce que cela signifiait, et si Paloma était une femme, il n'en avait pas connu d'autre de sa vie, aucune aussi belle, aussi courageuse, aussi puissante dans la transe de s'abandonner, de s'offrir tout entière, d'un seul coup. « Ça te plaît ? et ça ? attends, ne sois pas si impatient, tu vas voir... »

Quel dommage ! songea-t-il alors, en comprenant que cette femme était ce qu'elle semblait être, une déesse, et sa peau, ses yeux, ses mains, son impeccable silhouette, des manifestations primaires, prometteuses, de sa profonde divinité. Quel dommage, Paloma ! Et pourtant, sa dernière étreinte l'émut, le secoua, l'engagea plus qu'il ne le croyait quand il la quitta dans l'entrée de l'immeuble. Ce baiser furieux, désespéré, et plein d'espoir, ne l'empêcha pas d'écrire le billet qu'il n'enverrait jamais au commandant Huertas. *Je me la suis faite, mon salaud, je me la suis faite.* Mais l'accompagna dans son voyage de retour comme s'il le portait cousu sur les lèvres.

Ensuite, même s'il avait du mal à le croire il eut des doutes, et il en vint même à prendre une décision imprévue, pour se corriger avec effort et se décider à nouveau une ou deux fois. Il était encore temps. Le passeport qui lui permit de passer la frontière à Irún – comme si les trois dernières années de sa vie n'avaient pas eu lieu – ne lui avait pas coûté cher par rapport à ce qu'il comptait gagner. Le père de Paloma ne lui ferait aucun reproche s'il revenait à Paris avec le reste de sa fortune pour chercher son prix, pour servir sa déesse, pour gagner sa dame. Ensuite, même s'il avait du mal à le croire, Paloma pesa plus lourd que sa cupidité, que son astuce, que le souvenir des moutons que son père avait toujours gardés et lui, pas question, ça non. Tout le reste lui était égal. Il avait conspiré avec l'avenir, il s'était promis à lui-même que jamais, en aucun cas, Julio Carrión González ne retournerait chez les perdants, et cette promesse l'exemptait de toute autre sorte de considération. Il ne s'attarda jamais pour se demander qui était moins bien et qui était meilleur, qui avait raison ou tort, il voulait juste gagner, et pourtant, et même s'il avait du mal à le croire, à certains moments de son long voyage, le triomphe porta le nom de Paloma Fernández Muñoz, et son prix eût été une vie différente.

Jusqu'à son arrivée à Madrid. Le 4 avril 1947, Julio Carrión González descendit d'un train à la gare du Nord par un jour de printemps, tiède et clair. Il regarda autour de lui, remercia la chaleur du soleil, respira partout un arôme familier, et se dit que le monde était rempli de femmes ; d'autres femmes. Sur le quai même où il se trouvait, il y en avait plusieurs, et juste devant lui une, vêtue de rouge, qui marchait lentement, se balançant sur ses talons comme si elle avait su mieux que personne qu'elle avait un cul magnifique. Pendant qu'il l'observait, Paloma lui faisait mal, il la sentait dans le picotement dans les yeux, la sécheresse de sa gorge, la piqûre intermittente qui lui traversait les côtes avec acharnement. Il décida de l'ignorer, de faire comme s'il ne s'en rendait pas compte et il se rappela qu'une nuit, à Paris, il avait assisté à une discussion anodine mais très amusante, entre des défenseurs de la théorie de Freud, « le sexe fait bouger le monde », et des fidèles de Marx, « l'argent est le moteur qui le fait bouger », et il sourit. Si ça se trouve, en fin de compte, il va s'avérer que je suis marxiste ? L'idée l'amusa tellement qu'il en riait encore en montant dans le taxi.

Il choisit un bon hôtel sur la Gran Vía et apprécia la surface polie des meubles, les roses qui l'attendaient dans un vase en cristal taillé, le lit moelleux et immense, avec des draps en lin. Je suis fait pour cette vie, c'est comme ça, c'est pour moi, pensa-t-il. Alors la douleur cessa, mais s'il approchait les mains de son visage, il pouvait encore sentir l'odeur de Paloma, plus puissante que l'eau et le savon. Pour l'égarer, il descendit dans la rue, flâna, étudia les vitrines, entra dans une chemiserie, s'acheta un costume neuf, s'assit à une terrasse, regarda autour de lui, écouta des bribes de conversation, s'aperçut que ce que racontaient les exilés à Paris était vrai. Madrid avait beaucoup changé et rien n'avait changé.

Là où en 1941 on pouvait encore distinguer des éclats de rage, de férocité, d'arrogance, il n'y avait maintenant que de la peur. Là où en 1941 il y avait de la peur, il y avait maintenant autre chose. Les Madrilènes ne s'en rendaient peut-être pas compte, mais lui était resté absent pendant six ans et il revenait les épaules hautes dans une ville rouée de coups, peuplée de corps crispés et de silence, où les uniformes jouissaient d'une escorte gratuite, d'un large couloir vide jusque sur les trottoirs les plus bondés, car les civils, les hommes beaucoup moins que les femmes, s'écartaient du chemin d'un militaire ou d'un policier, comme s'ils avaient reçu une décharge électrique chaque fois qu'ils en apercevaient un de loin. Là, dans le cœur élégant de la ville, il ne vit pas la misère, mais il la sentit à distance, comme la peur.

C'était son pays et pourtant il lui en rappela un autre, très lointain. Au milieu des odeurs de son enfance, de sa jeunesse aventureuse et fervente, Julio Carrión González respira l'air de Riga, et comprit qu'il n'était pas rentré dans un pays pacifié, mais prisonnier, un pays occupé où il n'y avait pas de vainqueurs, mais des maîtres. D'autres auraient perdu du temps à en tirer des conclusions, mais il n'en eut pas besoin pour comprendre qu'il se trouvait au paradis des imposteurs, des usuriers, des opportunistes. Un lieu, enfin, exceptionnel pour prospérer.

Bon sang, ce que Madrid est cher, se dit-il après avoir réglé un café au lait et un *churro*. Il ne lui restait pas beaucoup d'argent. La chemiserie avait pratiquement englouti la moitié de son dernier salaire, mais cela n'avait pas d'importance. Le lendemain, il irait au village et il voulait que tout le monde le voie, sache bien que c'était lui, et qu'il était revenu. Il sentit la tentation prématurée de s'approcher de la rue de la Montera pour saluer M. Turégano, mais il la repoussa à temps. Il ne se sentait pas encore sûr, et il continua à se promener, à observer, étudiant la ville, jusqu'à ce que les trottoirs se vident soudain. C'était l'heure du dîner, mais il n'avait pas faim.

Il regagna l'hôtel, entra au bar du rez-de-chaussée, s'assit au comptoir et commanda un Martini. Presque immédiatement, une femme teinte en blond et très maquillée, qui ne lui plut pas, s'approcha pour lui demander du feu. Elle fuma une demi-cigarette à côté de lui et, constatant qu'il ne lui parlait pas, elle la rangea discrètement dans son étui à cigarettes, se leva et partit. La place fut tout de suite occupée par une fille jeune et maigre, insignifiante, qui détecta son manque d'intérêt si vite qu'elle ne se dérangea même pas pour lui demander du feu. Quand elle se leva, Julio en avait déjà repéré une autre, de l'âge des femmes qui lui plaisaient, la trentaine, les cheveux châtains rassemblés en chignon, le visage net avec un peu de fard à joues, de grands yeux, une très jolie bouche et l'air d'une fille normale, mariée peut-être, et dans une situation difficile. Alors il vit Paloma Fernández Muñoz au fond de son verre, au comptoir, dans le miroir, sur le tabouret vide, à ses côtés, et il lui fit un signe.

« Bonjour, tu prends quelque chose ?

— Oui. » Elle ne témoigna pas elle non plus d'une grande estime pour la rhétorique. « Un milk-shake au chocolat, merci.

— Comment tu t'appelles ? » lui demanda-t-il, quand il se fut remis de la stupéfaction dans laquelle l'avait plongé son extravagante et roborative demande, et qu'il constata qu'elle lui plaisait plus de près que de loin.

« Julia, répondit-elle en souriant.

— Ah oui ? C'est amusant ! Moi, je m'appelle Julio.

— Alors appelle-moi María, si tu veux. » Elle but d'un trait la moitié du milk-shake, se lécha les lèvres et le regarda. « Ça ne me dérange pas. »

Quand il demanda « Et si on allait passer un moment ensemble ? », elle marqua un prix avec ses doigts sur la paume de sa main, et il s'empressa de demander la note. « Bon sang, ce que Madrid est bon marché », murmura-t-il entre ses dents tout en la signant. La femme qui était prête à porter n'importe quel nom pour ne pas perdre le sien, se retourna vers lui : « Qu'est-ce que tu dis ?

— Non, rien, rien... »

En entrant dans la chambre, elle ôta ses gants, vieux, troués au bout, les mit dans son sac, posa celui-ci sur une commode, et le prévint avant de commencer.

« Je n'embrasse pas. Je fais tout le reste, mais pas ça, lui dit-elle.

— Même si je te donne plus ? demanda-t-il juste par curiosité, presque pour s'amuser.

— Même. » Elle reprit son sac, ressortit ses gants. Elle doit penser qu'au moins, elle a dîné, se dit Julio avant de la retenir.

« Non, non, ça va. Sans s'embrasser. Ça ne me dérange pas. » Et en la voyant se déshabiller sans enthousiasme, de façon mécanique, impropre à une professionnelle, il lui redemanda : « Tu es mariée ?

— Ça ne te regarde pas. »

« Elle est mariée, ou veuve, non, mariée et seule, se dit-il, tout en s'adaptant sans difficulté à ses exigences. Elle est mariée mais elle est jeune, jolie, elle a un beau corps, et lui doit être ailleurs, va savoir où, peut-être en France, et si ça se trouve je le connais, ou ici, en prison, ou non, parce qu'il doit être jeune lui aussi, trop robuste pour ne pas l'utiliser, et on a dû l'envoyer dans un camp de travail, il purge sa peine et il pense à sa femme, il la désire à toute heure, attend ses lettres avec impatience pour y répondre par retour du courrier, et alors ? Rien, dès qu'il sortira, elle arrêtera ça, elle redeviendra décente, et elle recommencera à vivre d'un salaire journalier, aussi tranquillement, enfin, tranquillement, c'est une façon de parler... »

Quand ils eurent fini, la femme se leva sans rien dire, s'habilla vite, partit sur un au revoir rapide, atone. Alors Julio Carrión González, qui avait quelques nuits plus tôt été l'homme le plus important, le plus puissant de Paris, resta seul avec sa pauvreté, et comprit malgré lui quel était le véritable prix des baisers. Très bien, c'était très bien, et le plus tôt sera le mieux, s'entêta-t-il à se dire en échange. Puis il ne trouva plus rien à ajouter, et les baisers de Paloma commencèrent à lui picoter les yeux, à lui assécher la gorge, et s'alimentaient dans ses côtés comme une piqûre désordonnée, intermittente. « Très bien, Palomita, c'est fini, dit-il à voix haute. Je te jure que c'est fini, coûte que coûte », répéta-t-il comme si elle était à ses côtés, à le regarder, à l'écouter, à le consoler. « Je te jure que c'est fini, Paloma », reprit-il, et c'était vrai. Julio Carrión González avait une longue vie devant lui, mais il n'éprouverait plus jamais la tentation de se mettre à pleurer.

Les larmes n'affleurèrent même pas quand il affronta la détérioration de son père, la ruine de sa maison, mais il ressentit un profond soulagement en retournant là-bas, après avoir pris ce qu'il y avait de plus cher au bistrot de la place et payé une tournée de cognac, le bon, aux connaissances qui s'approchèrent pour le saluer. Evangelina, dont le corps ne lui permettait pas d'aller l'offrir dans les hôtels de la Gran Vía, avait travaillé vite et bien. La pièce qui occupait presque tout l'espace du rez-de-chaussée, et ce qu'ils avaient toujours appelé la salle à manger était aussi propre que si Teresa González n'était jamais partie. Dans le fond, assis à table, coiffé et avec une veste sur la même chemise qu'avant, Benigno regardait devant lui comme s'il avait été aveugle, sans fixer le regard nulle part.

« Julio ! » Evangelina descendit rapidement en entendant le bruit de la porte. « On a fini en bas, même si je n'ai fait la cuisine qu'à la va-vite. Tu n'imagines pas dans quel état elle était.

— Si, si, j'imagine. Merci, Evangelina.

— J'ai fait deux œufs sur le plat à ton père, parce qu'il n'y avait rien d'autre dans le garde-manger. Le pain n'était pas très frais, mais il l'a mangé. De toute façon il reste beaucoup à faire, et on aura besoin de plus de temps, deux ou trois jours, pour tout laver, son linge, qui est dégoûtant, et le reste, les draps, les couvre-lits, les rideaux, et...

— Ne t'inquiète pas, je t'en prie. » Il regarda à nouveau la femme et sourit encore, parce que ça ne lui coûtait rien, il le faisait facilement, ça avait toujours bien marché. Evangelina ne voulut pas faire exception quand, malgré tout et peut-être même à son insu, elle répondit à ce sourire par un autre, large, presque lumineux. « Écoute, peu importe le temps qu'il vous faudra. Ce que je veux, c'est que tout soit propre. Et j'aimerais que tu continues à venir pour le ménage, laver son linge et faire les courses, la cuisine, parce que je ne peux pas rester, je dois rentrer à Madrid. On en parle avant mon départ, d'accord ?

— Bien sûr. » Julio n'était pas très sûr qu'une femme comme elle veuille servir un homme comme son père, mais Evangelina le regarda comme s'il venait de lui sauver la vie, et il pensa que c'était probablement le cas. « Bon, eh bien je vais continuer là-haut... »

Il n'osa pas conclure le marché parce qu'il ne savait pas encore de quelle somme il disposait, combien il pourrait donner. C'était le seul détail dont il ne s'était pas soucié à Paris. Aujourd'hui l'état de Benigno projetait des ombres plus qu'inquiétantes sur ses plans alors qu'il s'efforçait de se comporter en bon fils prodigue.

« Père ! » Il le prit dans ses bras et l'embrassa sur la joue avant de s'asseoir à côté de lui, tout près.

« Julio... Alors c'était toi, tu es vraiment revenu », répondit-il de la même façon, le regardant comme s'il avait du mal à croire ses yeux.

— Oui. Je suis là, maintenant.

— Ta mère est morte en prison, à la maison d'arrêt d'Ocaña, la salope. » Ses yeux étincelèrent soudain, comme s'ils étaient revenus à la vie. « Tu le sais, non ?

— Oui, père. Vous me l'avez dit dans une lettre.
— C'est elle qui est coupable de tout, elle, ta mère. Tout ça, c'est de sa faute. »

Le vieil homme ne voulut pas fournir davantage d'explications, et Julio ferma les yeux parce qu'il ne voulait pas s'en souvenir, maintenant qu'il avait décidé de ne plus jamais pleurer. Il refusait de se rappeler cette lettre terrible qu'il avait déchirée en morceaux avant d'avoir fini de la lire, les mots de son père, « je ne le regrette pas, non, elle l'a bien cherché, elle a gagné à la force du poignet l'enfer où elle va aller tout droit, je n'ai pas de nouvelles de ta sœur et je ne veux pas en avoir, celle-là, elle sera toute sa vie une traînée, comme sa mère... » Julio se rappela les mots de Benigno, la sensation insupportable d'abandon qui l'empêcha de dormir cette nuit-là, à Grafenwöhr, se revit orphelin. Mais il était trop tard désormais, tout était fini, les reproches, l'émotion, les larmes. C'est fini, se rappela-t-il à temps, et il parvint ainsi à dire autre chose.

« Où est mon argent, père ?
— Et mes affaires ? » Benigno lui adressa à nouveau un regard perdu, plongé en lui-même. « Où sont mes affaires ? On m'a tout volé, tu ne vois pas ?
— Ce n'étaient pas des affaires, père, c'étaient des ordures. Des morceaux de choses cassées et sales. Je les ai jetées parce qu'elles ne servaient à rien. Je vous en achèterai d'autres, mais pour ça, j'ai besoin d'argent. Où est-il ? » Benigno fronça les sourcils, sourit. Julio se demanda depuis quelle ancienne ivrognerie il le regardait, et il ne put deviner. « Mon argent, père, celui qui vous a été envoyé, deux ans et demi de double solde, espagnole et allemande, le temps où je suis resté en Russie, avec la Division Azul. Vous vous souvenez, non ? Où est cet argent, père ?

— Qu'est-ce que tu crois, que je l'ai dépensé ? » Benigno réagit enfin, et lui adressa un sourire en biais, tout en désignant le tiroir du buffet.

Cette nuit-là, de retour à Madrid, Julio trouva la ville plus jolie, les lumières plus brillantes, les femmes plus belles, les voitures plus rapides et ses pieds beaucoup plus fermes sur les trottoirs.

Il était riche. À peine une part minime de ce qu'il avait prévu de devenir, mais riche. Dans ce Madrid plus cher et meilleur marché que jamais, il avait largement de quoi vivre comme un monsieur pendant plusieurs mois, le temps nécessaire pour prendre des contacts, définir une stratégie, commencer à agir. Cet argent le soignait, lui faisait du bien, et il avait tellement de valeur qu'il savait dessiner une ligne dans le temps, effacer les contours du passé, la peur et la fatigue dans un garage de la rue de la Montera, le froid, la boue et les poux en Russie, l'intermède doré de Riga, la vie grise d'un ouvrier exilé et sans horizon, d'abord à Toulouse, puis à Paris, sa mère et Paloma. Le matin, il était allé à Torrelodones en train, mais il prit le seul taxi du village pour rentrer à Madrid. « J'ai quelque chose à te dire, Julio. » Evangelina le regardait depuis qu'il avait accepté ses conditions sans discuter, quand il croyait qu'il ne leur restait plus qu'à prendre congé. « Pas à ton père, mais à toi.... Tu es son fils, non ? Et moi, j'ai beaucoup regretté la mort de ta mère, Julio, de toute mon âme, vraiment. Tu sais comme je l'aimais, comme on l'aimait tous. C'était une femme merveilleuse, intelligente, combative, généreuse, courageuse, et la meilleure personne que j'aie connue de ma vie... » Même cela, il l'oublia aussitôt, alors qu'un taxi le ramenait à Madrid, dans un bon hôtel de la Gran Vía avec des vases en cristal taillé pleins de roses fraîches sur les surfaces polies des meubles.

Son corps voulait s'amuser, et pendant un jour et demi il ne fit rien d'autre que lui complaire. En cela, Madrid restait la même, une ville voyou. Ce qui n'avait pas changé avec la guerre allait encore moins changer avec la paix, bien que Franco soit une grenouille de bénitier, comme son père. Le Villa Rosa[1] était resté ouvert, et dans le sous-sol de Los Gabrieles[2], rue Echegaray, au bout d'un escalier étroit et mal éclairé qui donnait sur le couloir de la cuisine, on trouvait le joyau du bordel le plus secret de la capitale. C'était une minutieuse reproduction d'une *plaza de tientas*[3] où le vieux Primo de Rivera, dictateur militaire andalou et père de l'actuel père de la patrie, qui semblait ne pas avoir hérité ses préférences, aimait à toréer ses prostituées préférées. Romualdo, qui se vantait d'y aller de temps en temps, le lui avait raconté un jour en Russie, et Julio en avait été si impressionné qu'il n'avait pas oublié. Il ne fut pas surpris non plus de constater que, pour celui qui mettait du cœur à l'ouvrage, les nuits se prolongeaient indéfiniment.

Il lui fallut beaucoup moins de temps pour récupérer, et ainsi, après avoir passé une nuit blanche et dormi douze heures la suivante, il se leva comme neuf, prit une douche, se rasa, s'habilla avec soin et descendit déjeuner à la salle à manger. Ensuite, tout en lisant le journal,

---

1. Le plus ancien bar de Madrid, ouvert en 1919, actuellement consacré au flamenco.
2. Célèbre bar dont les céramiques évoquent des scènes de tauromachie.
3. Arènes privées permettant de tester les aptitudes au combat des taureaux.

il demanda un annuaire téléphonique. Il était sûr que le numéro d'Eugenio y figurerait, et il le trouva tout de suite. Il supposait que son vieil ami serait ravi d'avoir de ses nouvelles. Il avait prévu qu'il l'inviterait à déjeuner, et ils se donnèrent rendez-vous à 14 h 30.

Eugenio Sánchez Delgado vivait dans la première portion de la rue Castelló, tout près du Retiro, dans un joli petit appartement lumineux, avec sa femme, Blanca, enceinte de quatre mois alors qu'il ne s'en était pas écoulé six depuis leur mariage. Avant d'arriver à la porte, les sens encore un peu engourdis par l'accumulation d'excès souterrains, Julio distingua une certaine clarté, une propreté fraîche et différente, comme l'odeur du linge fraîchement lavé, dans ce quartier rangé de bourgeois tranquilles, prospères. Cette même sensation l'accueillit en pénétrant dans l'appartement d'Eugenio, meublé avec goût mais sans aucun luxe, et en embrassant sa femme. Elle sentait l'eau de Cologne d'Álvarez Gómez et n'était pas très jolie : une fille ordinaire aux hanches dangereusement larges pour son âge, sans beauté particulière, le visage délavé, portant une expression de douceur paisible sur les lèvres peut-être trop fines, et des petits yeux souriants.

« Tu as l'air très en forme, Eugenio ! » dit-il avec sincérité à son ami après l'avoir pris dans ses bras.

Celui-ci passa un bras autour des épaules de sa femme, et l'embrassa sur le visage avant de lui répondre : « Oui, je ne me suis jamais aussi bien porté. Mais tout le mérite en revient à Blanca.

— Ah ! » Alors c'est ça, se dit Julio, tout en adressant à son hôtesse un sourire tellement charmant qu'il la rendit un peu nerveuse. « Le bonheur conjugal avant tout... » Il était vrai qu'Eugenio avait belle allure. Il semblait plus assuré, plus mûr, et, s'il n'était pas plus beau, il était certes moins laid. Il avait grossi, mais il avait forci, pas beaucoup, mais suffisamment pour cesser de ressembler à un gringalet et devenir simplement un homme mince avec des épaules et un dos raisonnable. Cependant, quand sa femme les laissa seuls pour retourner à la cuisine, Julio détecta une lumière de mélancolie imprévue dans des yeux qui avaient perdu pour toujours leur candeur primitive.

« Bon, comment ça va ? » Il le prit par le bras pour l'emmener au salon et il lui offrit un verre de vin un peu âpre, jugea Julio, pendant que son ami lui en versait un autre. « Raconte-moi... Où étais-tu passé, pendant tout ce temps ?

— Eh bien... C'est une longue histoire. » Il lui restait encore de nombreuses explications à donner, mais Eugenio accepta celles qui lui revenaient sans l'interrompre. « Je suis resté à Riga, à la demande du colonel Arenas, tu te souviens, n'est-ce pas ? » Son ami acquiesça.

« Romualdo me l'a raconté.

— Eh bien voilà... Arenas m'a demandé d'être une sorte de lien entre la Légion Azul, la Wehrmacht et son bureau de Madrid, et je suis resté là-bas jusqu'à la fin. Puis, quand les Allemands se sont repliés, je me suis installé à Berlin, comme à Riga, sans couverture de l'ambassade, avec la protection théorique de l'armée espagnole, ce qui, au train où allait la guerre, n'était rien, comme tu peux imaginer. J'aurais dû rentrer à ce moment, mais je n'ai rien trouvé de mieux que d'avoir une liaison avec une nana. Elle s'appelait Gertrud, était blonde, aussi grande que moi, et avait les yeux verts... entre autres.

— Je vois, les ravages de la guerre... »

Julio se mit à rire, suivi d'Eugenio.

« En tout cas, tu as dû apprendre l'allemand.

— Penses-tu ! Trois mots. On se parlait en français, mais ça n'avait pas d'importance, parce que... Qu'est-ce que tu veux que je te dise ? Elle me plaisait beaucoup. Elle me donnait aussi à manger mais elle me plaisait. Le soir où je l'ai connue, elle m'a rabattu mon caquet, je me sentais idiot, complètement idiot, sérieusement, le lendemain matin je ne savais plus comment je m'appelais, tu n'imagines même pas. » Ce fut alors au tour d'Eugenio de rire. « Alors j'ai sauté le pas, et... Quand les choses se sont gâtées, je ne pouvais plus rentrer. J'ai pensé que, en dehors du fait qu'il était logique qu'ils aient tous pris leurs jambes à leur cou, chercher un diplomate espagnol à Berlin était plus dangereux que de ne rien faire, alors je me suis caché chez Gertrud et j'y suis resté un mois et demi sans descendre dans la rue, jusqu'à ce qu'elle rentre dans son village. Ensuite, la faim m'a obligé à sortir, et les Américains m'ont arrêté.

— Heureusement non ? Parce que si les Russes t'avaient pincé.... » Eugenio n'avait plus envie de rire.

« Imagine. Comme c'étaient les Américains, ça m'a pris plus d'un an pour les convaincre que je n'avais rien fait... À la fin, il m'ont relâché avec ce que je portais sur moi. Je n'avais pas un centime, ni les moyens d'en gagner, et pendant un certain temps, c'était très dur, je dormais dans une maison en ruine et je mangeais grâce à la charité, grâce à la Croix-Rouge, jusqu'à ce qu'ils me proposent eux-mêmes de la place dans un train de réfugiés qui allait à Paris. Et j'y suis allé en juin dernier. À Paris, tout était plus facile car c'est bourré d'Espagnols, tu sais ? Des républicains, ils font preuve d'une grande entraide. J'ai dû dire que j'étais des leurs, bien sûr, mais comme ça j'ai pu me débrouiller...

— Et l'ambassade ? » Eugenio le regarda avec étonnement pour la première fois. « Ils auraient dû t'aider, parce que... »

Julio l'interrompit tout de suite : « À l'ambassade, ils ne font confiance à personne, mais à personne, Eugenio. Je suis allé leur parler, souvent, je leur ai dit la vérité et je leur ai demandé de téléphoner à Madrid, au colonel Arenas. En fait, il était mort et ça ne m'a pas aidé, au contraire ! Je l'ignorais, et je le leur ai dit, mais ils ne m'ont pas cru. Ils disaient que mon laissez-passer était un faux et je n'avais personne vers qui me tourner, à Riga j'étais un clandestin, à Berlin aussi, la Guardia Civil ne se portait pas garante de moi, et pourtant ceux du détachement de Riga me connaissaient. Mais je ne sais pas ce qui s'est passé, ou si, j'imagine, ils n'osaient pas prendre de risques... Résultat, j'ai eu peur qu'ils s'arrangent pour que les Français me déportent sans autre formalité, et je me suis éclipsé pendant un temps... Bon sang ! À l'époque, j'étais très en colère mais maintenant je comprends, écoute ça, parce qu'en ce moment on ne peut se fier à personne... » Eugenio approuva de la tête avec une expression que Julio ne put interpréter. « Bref, je ne sais pas ce qui a pu se passer ensuite, mais ils m'ont donné mon passeport il y a moins d'un mois. Je l'ai pris sans poser de questions, je suis allé tout droit à Torrelodones, voir mon père, me reposer, et bien manger une fois pour toutes... Et me voilà, enfin. »

Il lâcha cela d'une traite, avec l'accent joyeux, insouciant, de qui raconte une aventure obsolète, une histoire qui fut grave et qui n'est plus que curieuse, une pirouette qui ne conserve que la grâce de ses inévitables vrilles, mais pas une seule des paroles qu'il prononça n'avait été choisie au hasard, aucune n'était improvisée ni spontanée.

« Ce qui serait amusant, commandant, ce serait que maintenant que nous avons fait le plus difficile, les choses tournent mal, et que l'affaire ne se fasse pas », avait-il dit à Huertas quand le militaire lui avait donné rendez-vous pour lui remettre le passeport dans l'espace réservé du café où ils s'étaient retrouvés la première fois. « Et pourquoi est-ce qu'elles tourneraient mal ? Tu n'as pas dit que tu avais des contacts ? Je t'ai expliqué où se trouvent les Sánchez Delgado, tu ne vas pas te plaindre... » « Oui, et j'en réponds, mais... Imaginez que je croise un jour mon colonel dans la rue, qu'est-ce que je lui dis, quel air j'adopte, parce que je crains que ce ne soit un militaire à l'ancienne, un homme honnête, et... » « Oui, le coupa Huertas, Arenas était tout ça, mais il ne l'est plus, car il est mort. Il a été ratatiné par une attaque il y a un an et demi. Tu m'as pris pour un con, Carrión ? Il était aussi très ami avec mon père, s'il était vivant, je ne ferais rien de tout ça. Mais les morts ne marchent pas dans la rue. Ils ne voient personne, ils ne parlent pas. Et à Madrid, en ce moment, un type comme toi, les vivants qui nous intéressent ne vont pas lui poser de questions non plus. Crois-moi, je sais de quoi je parle. »

À cet instant, Julio Carrión osa regarder Ernesto Huertas en face, d'égal à égal, et le commandant ne cilla pas. Cet homme qui, depuis deux ans, savait tout sur les rouges espagnols exilés à Paris ne devait pas ignorer que sa figure était aussi connue dans les cercles sur lesquels il enquêtait. Quand il alla à sa rencontre, Julio savait déjà qu'il était de Cordoue, militaire fils de militaire, tous deux sans autre fortune que leur solde, frère cadet d'un martyr du Cerro Muriano[1] et mari d'une

---

1. Village sur le front de Cordoue où de terribles combats eurent lieu en septembre 1936.

dame aux noms aussi remarquables que la décadence de son patrimoine. Elle, qui était autant de Cordoue que lui, ne l'avait pas suivi à Paris parce qu'elle se plaisait à Madrid, avec les cinq enfants qu'ils avaient eus en guère plus de sept ans – l'aîné n'avait pas encore dix ans. Julio savait tout, et aussi que son père, en sus de son inaltérable loyauté vis-à-vis des principes du Mouvement, avait une maîtresse française et de gros, de très gros frais. On murmurait qu'il se livrait à un trafic de passeports, Julio en avait les preuves dans la main. On chuchotait qu'en échange de sommes considérables il intercédait dans des procès très sévères, pour des libérations, des révisions de peines et même pour faire commuer des peines de mort. À Paris, Julio l'avait trouvé trop malin pour prendre de tels risques, à Madrid il n'en était plus aussi sûr, mais la dernière fois qu'il le vit, pendant qu'il le regardait d'égal à égal, il ne douta plus de sa cupidité.

« Je vais vous raconter une histoire, commandant, voyons si vous y croyez... » Huertas l'écouta attentivement, évoqua des fragments d'histoires semblables mais authentiques, lui suggéra des dates, des lieux, et le détail du bâtiment en ruine, il inclut dans son récit la Croix-Rouge, et lui recommanda de raconter qu'il était arrivé à Paris dans un train de réfugiés. « On croirait que tu es idiot, Carrión, comment est-ce que tu aurais pu venir à pied d'Allemagne, seul, sans papiers, sans te perdre, ni passer un seul contrôle, tranquillement ? » Julio accepta ses corrections sans s'offenser et il mémorisa tous les détails, mais la personne qu'il avait choisie pour étrenner son histoire, celle qui, pour être la plus innocente, serait également la plus exigeante, ne les lui demanda pas.

« Pauvre Julio. Quelle malchance ! » se contenta-t-il de dire, en lui adressant un regard chargé de compassion, net et sincère.

Son invité alluma une cigarette, le regarda : « Eh oui, mais bon, tout est bien qui finit bien. Et il y a eu pire.

— Bien sûr. Pancho, sans aller plus loin. Tu sais que Staline l'a mis dans un camp de travail, celui où il garde les prisonniers de la Division ?

— Ah oui ? Vraiment ? » Julio écarquilla les yeux, tenta de comprendre ce qu'il venait d'entendre, mais n'y parvint pas.

« Oui. » Eugenio acquiesça avec un regard triste. « On ne le croirait pas, mais...

— Les hommes... À table ! » Blanca passa la tête dans l'entrebâillement de la porte, sur les lèvres un sourire espiègle, comme celui d'une petite fille qui joue à la dînette.

« Je te raconterai après. Ma femme ne sait rien », murmura Eugenio en se levant.

Mme Sánchez Delgado était une très bonne cuisinière et une hôtesse attentive, généreuse. Elle gâtait beaucoup Eugenio, ne préparait que les plats qu'il aimait et était fière de l'avoir fait grossir. « Ma belle-mère n'aime pas ça du tout, tu sais, elle dit que je lui donne de mauvaises habitudes », avoua-t-elle à Julio entre deux sourires. « C'est vrai, mais je t'en remercie, je t'aime tant... », confirma-t-il. Ils se prenaient la main entre deux plats, s'embrassaient continuellement sur la bouche, et se donnaient de petits surnoms. Cela gênait Julio et Eugenio s'en aperçut.

« Qu'est-ce que tu as ? lui demanda-t-il sur un ton calme, souriant.

— Rien... » Mais il trouva tout de suite les mots pour le lui expliquer. « Enfin si, c'est que je te vois encore dans le trou, mon vieux, avec le fusil, l'uniforme, je ne sais pas... Et te trouver ici, soudain, avec ton appartement, ta femme, et sur le point d'avoir un enfant, eh bien... Je ne m'y fais pas.

— Je vois. »

Eugenio et Blanca lui sourirent en même temps. Puis elle regarda la pendule, s'affola, se leva et embrassa à nouveau son mari.

« Ouh, 16 h 15 ! Il est tard ! Je me prépare et j'y vais. »

Elle prit congé de son invité et lui expliqua qu'elle allait tous les jours prendre le café chez ses parents, qui habitaient tout près. « Je suis fille unique, et je leur manque, tu sais ? Quand l'enfant naîtra, je ne pourrai plus, mais pour l'instant... » Julio s'aperçut qu'Eugenio ne voyait pas ça d'un mauvais œil. Il est comme ça, s'il a décidé d'être heureux, il sera plus heureux que quiconque, il ne manquerait plus que ça, se dit-il. Mais, excepté lorsque Blanca était tout près pour les allumer, les yeux de son ami ne brillaient plus comme avant, et il se demanda pourquoi en le suivant au salon, en chauffant entre ses mains un verre de cognac juste acceptable, enfin pas vraiment, sans trouver le moyen de vérifier tout ce qu'il voulait savoir avant que son ami ne doive retourner au travail.

« Je ne veux pas te retarder, Eugenio, mais... Je ne sais pas, j'aurais des milliers de questions à te poser.

— Pose-les-moi, ne t'en fais pas. » Il s'assit dans le même fauteuil que précédemment, comme s'il avait tout son temps. « Moi aussi, j'avais très envie de te voir, de te parler, et maintenant je ne travaille que les matins.

— Bon sang, vous avez la belle vie, vous les fonctionnaires !

— Je ne suis pas fonctionnaire, Julio.

— Non ? » Il haussa les sourcils, étonné, car c'était jusqu'à présent le seul point qui démentait les informations de Huertas. « On ne t'a pas donné un poste au ministère, à ton retour ? D'après ce que mon père m'a raconté, et étant universitaire et phalangiste, je croyais...

— Oui, ils m'en ont donné un. Dans les Travaux publics. Mais je suis parti avant Noël. Maintenant je travaille six heures par jour, de 8 heures à 14 heures, dans une entreprise de construction privée, et j'étudie l'après-midi. Je veux finir mes études.

— Tes études ? Mais ils ne t'ont pas donné l'équivalence ? Quand on est partis en Russie, ils ont dit... » Julio Carrión ne savait plus que penser.

« Oui, ils l'ont dit, l'interrompit à nouveau Eugenio en souriant. Et ils l'ont fait. J'ai suivi des cours de merde, et ils m'ont donné un titre de merde. En théorie, je suis ingénieur, mais je sais ce que je suis et ce que je ne suis pas. C'est pour ça que je veux finir mes études, des études normales, comme tout le monde. » Il fit une pause, but une gorgée, regarda son ami. « Ça t'étonne ?

— Oui, répondit-il sincèrement.

— Ça ne marche pas bien, Julio, ça ne marche pas bien. Ça pourrait, ça devrait bien marcher, mais ça ne marche pas. Quand je suis rentré, j'étais différent, parce que les Allemands devaient remonter la pente de la guerre, et ici, du moins en surface, rien ne bougeait, personne ne bougeait, au cas où... Mais Franco les a trahis à temps, pourquoi le dire autrement, et les Anglais l'ont bien payé pour sa trahison. Je sais que ça a l'air fort de café, mais c'est comme ça, c'est la vérité, il n'y en a pas d'autre. Ils peuvent continuer à l'appeler "la perfide Albion" ou comme ils voudront, mais c'est l'Angleterre qui a aidé Franco à prendre le pouvoir, et c'est l'Angleterre qui l'y maintient. Et je vais te dire autre chose. Je ne sais pas ce qui serait arrivé si Roosevelt n'était pas mort si tôt, et pourtant je sais que si Hitler avait gagné la guerre, aujourd'hui même, au Pardo, il y aurait Muñoz-Grandes, qui était leur homme, le fidèle, en qui ils avaient confiance. Et avec raison. Mais Hitler a perdu et Franco a gagné à nouveau, sans honneur, en retournant sa veste, mais il a gagné, c'est ce qui compte. Il le sait mieux que personne. Alors, il y a un an, un an et demi... Bah ! Tout ça a commencé à me dégoûter terriblement... »

Eugenio Sánchez Delgado avait vieilli. Pas seulement dans son corps et dans son discours, mais aussi dans son esprit. Et pourtant, son ancienne foi restait si précieuse pour lui qu'il était prêt à tout sacrifier, influence, argent, prestige, et même son propre bien-être, pour entretenir une flamme qui ne brillerait plus jamais avec la passion fervente et juvénile qui l'avait fait naître. Pourtant, elle le consolait encore, et sa valeur reposait justement sur cette pâleur irrémédiable. Quand ils étaient devenus amis, Julio avait immédiatement compris qu'il n'avait jamais connu d'homme tel que lui, si innocent, si candide, si malin parfois, si sot presque toujours, tour à tour si faible et si fort. Mais ce ne fut que cet après-midi, alors que ses lunettes ne glissaient plus sur son nez, quand l'indignation faisait trembler sa voix, qu'il comprit ce que cela signifiait exactement. Eugenio avait renoncé à son innocence pour le ménager, il avait abandonné ses vieilles thèses pour ne pas devoir renier la sienne. Il s'était exposé pour rester pur à l'intérieur. Julio comprit tout cela cet après-midi, mais il n'était plus capable de s'étonner, de l'admirer malgré lui, ou de penser qu'il valait mieux que lui. Il n'apprécia pas son courage. Julio Carrión González avait vieilli lui aussi. Et même s'il aimait toujours Eugenio, même s'il était son seul ami et qu'il tenait à lui, son discours lui inspirait surtout de la lassitude, et un commentaire qu'il ne pourrait jamais lui délivrer : « Fais pas chier, Eugenio, fais pas chier. » Voilà ce qu'il pensait.

« Les gens meurent toujours de faim, et ce n'est pas une phrase toute faite. Même si tu viens d'arriver, tu as dû t'en rendre compte, non ? » Julio acquiesça d'une grimace légère, presque timide. « Les gens ont toujours faim. Et il y a eu une guerre, une sécheresse, un blocus économique... ce que tu voudras. Mais les gens ont toujours faim, même si ça ne devrait pas exister. Au début, c'était compréhensible, plus maintenant. Ou plutôt, ça ne devrait plus l'être, mais on s'y fait... »

Il se tut pour nettoyer ses lunettes et poursuivit imperturbable de sa nouvelle voix, plate, sèche et amère.

« Je vais t'expliquer. Ricardo, mon beau-frère – tu te souviens de lui ? » Julio acquiesça bien qu'il ne l'ait vu que deux fois. « Quand Pilar, ma sœur, l'a épousé, il était sous-lieutenant, médiocre étudiant en deuxième année de Droit. Aujourd'hui, c'est l'un des hommes les plus riches de Madrid. Est-ce qu'il est ministre, banquier, millionnaire de naissance ? À ton avis ?

— Je n'en ai aucune idée, répondit Julio.

— Aujourd'hui, il est secrétaire technique du Département du Ravitaillement. Qu'est-ce que tu dis de ça ? » Il souligna sa réponse d'un sourire amer. « Ni plus ni moins. Dans tout pays civilisé, il serait en prison. Mais l'Espagne n'est plus un pays civilisé, Julio, non. Ici, il ne se passe jamais rien, et c'est pour ça que tout est valable, n'importe quoi. Ceux qui ne possèdent rien ont faim, et ceux qui possédaient ont tout perdu, c'est-à-dire qu'ils ont tout aussi faim... L'été dernier, j'ai emmené mon frère Arturo à une réception chez Camilo Alonso Vega, une petite villa moderne, avec un jardin très agréable, à El Viso. Tu ne t'es jamais demandé pourquoi El Viso n'avait pas été bombardé pendant la guerre ?

— Non, répondit Julio qui ne voyait pas non plus où Eugenio voulait en venir.

— Eh bien moi si. » Il prit néanmoins son temps pour le lui expliquer. « Ça me semblait bizarre, parce que le quartier de Salamanca était des nôtres. Bien sûr, ici il n'y avait pas de rouges, mais El Viso ? Besteiro[1] y vivait, avec la moitié des membres de l'Institución Libre de Enseñanza[2], socialistes, républicains, c'étaient bien eux qui l'avaient créé, non ? Au début, on l'appelait Colonia Residencia, parce que les terrains appartenaient à la résidence d'étudiants... Eh bien, cet après-midi-là, à la réception du général, j'ai tout compris. "Quelle jolie maison vous avez", ai-je dit à sa femme. C'était vrai, et je voulais me faire bien voir. "Oui, répondit-elle, l'endroit est magnifique, n'est-ce pas ?" Ensuite, comme si c'était la chose la plus normale du monde, sans chercher d'excuses ou d'euphémismes, elle m'expliqua que cette maison appartenait à un neveu de Ganivet ; un communiste exilé à Londres, et à sa femme, communiste elle aussi, qui s'était suicidée en prison. Je faillis lui demander : "Et les propriétaires de cette maison n'avaient pas d'enfants ? Pas de parents, de frères et sœurs, de neveux, d'amis ou de famille ? Ils ne voulaient pas y installer quelqu'un qui aurait pu y vivre de façon plus légitime que vous, madame ?" »

---

1. Julián Besteiro (1870-1940), professeur à l'université de Madrid et homme politique socialiste.
2. Ou ILE, Institution Libre d'Enseignement, expérience pédagogique menée au XIXe siècle, qui s'inspirait de la philosophie de Krause.

Fais pas chier, Eugenio..., pensa alors Julio, pour la première fois. Il se tut, sans chercher à combler le vide qui le séparait de cet étranger qui avait été son plus vieil ami.

« J'ai failli lui poser la question, mais je ne l'ai pas fait, évidemment. Personne ne l'a posée, c'est pour ça que tout le monde a un poste au Ravitaillement, aux Transports, aux Travaux publics. Et c'étaient des rouges. Il n'y a rien à ajouter. Maintenant qu'on sait qu'ici rien ne va se passer, que les Alliés ne vont pas jeter Franco hors du Prado, qu'ils ont les mains libres, qu'ils n'ont plus ni peur ni honte si tant est qu'ils aient jamais eu honte... On est en 1947 mais on continue comme en 1939 : c'étaient des rouges et c'est suffisant. Tout marche comme ça, parce qu'en Espagne ils sont beaucoup plus de quarante voleurs à piller.

— Enfin, tu exagères un peu, non ? » Julio Carrión, qui se voyait bien en numéro quarante et un, fronça les sourcils, improvisant un ton grave, soucieux, tout en maîtrisant son excitation à grand-peine. « Je veux dire que c'est légal, il y a des lois qui...

— C'est du vol, Julio. » Eugenio le fixa avec l'éclat de sa candeur d'autrefois. « Même s'il y a une loi, même si c'est légal, même si tout le monde le fait. C'est du vol. Et jamais je n'entrerai là-dedans.

— C'est pour cette raison que tu as quitté le ministère.

— Oui. Et parce qu'on me chargeait des expropriations, et... Inutile de te raconter.

— Et Romualdo ?

— Ah ! Lui, il va très bien, comme toujours, tu le connais. Pour lui, ça n'a jamais aussi bien marché. Il fait partie de la bande.

— Mais tu ne parles pas de ça avec lui.

— Ni de ça ni d'autre chose. » Eugenio remplit de nouveau les verres. « Je ne lui ai pas parlé depuis des mois. »

Cela faisait plus longtemps, presque un an et demi ; depuis qu'Eugenio Sánchez Delgado avait commencé à s'intéresser au sort des prisonniers de la Division Azul en Russie. Il n'avait pas cessé d'être phalangiste, au contraire. La honte qui était arrivée au bras de la déception ne lui avait pas laissé d'autre issue que de redoubler de militantisme, de s'abandonner davantage, et plus profondément, à ce qui restait pour lui son parti. Un parti laïque et républicain fasciste dont le symbole trônait sur tous les bâtiments officiels, les gares et les routes, les en-tête et les uniformes, chaque échelon du pouvoir d'un régime totalitaire – un parti clérical et réactionnaire, qui se profilait dans le temps comme un singulier exercice différé et humiliant de restauration monarchique.

Depuis lors, et jusqu'au jour où un policier dont il ne saurait jamais le nom ferait éclater la rate de sa fille aînée – celle qui naîtrait cinq mois après ses retrouvailles avec son vieil ami Julio Carrión et deviendrait communiste avant ses dix-huit ans –, Eugenio Sánchez Delgado tenta de rester fidèle à lui-même. Pour y parvenir, il ne lui resta pas d'autre solution que de conspirer contre le régime de l'intérieur du régime, sans vouloir accuser les contradictions insurmontables d'une tâche cyclopéenne, romantique, essentiellement stérile et vouée à l'échec. Il le savait, il le sut à chaque seconde, chaque minute et chaque heure de ces dix-huit ans qu'il vécut dans un mirage, une bulle accueillante, pas si différente de celle que ses anciens ennemis fabriquèrent depuis les positions les plus opposées pour survivre dans un désert de sable, la planète désertique, à l'atmosphère poussiéreuse, irrespirable, où rien ne poussait sans efforts surhumains. Eugenio Sánchez Delgado, le plus malin et le plus sot, conserva ces deux caractéristiques jusqu'à l'âge de quarante-trois ans, jusqu'à ce qu'il n'ait pas d'autre solution que de cesser d'être, d'apprendre à continuer à vivre et à n'être rien à la fois. Mais quand Julio le rencontra dans son appartement de la rue Castelló, il était encore lui. Il avait encore des forces, et des espoirs.

« Pancho est dans un camp de travail, en Russie, je te l'ai dit tout à l'heure. Je collabore avec un bureau qui s'intéresse aux prisonniers de la Division, à travers la Croix-Rouge et l'ambassade de Suède, surtout. On ne peut pas faire grand-chose parce que ce n'est pas officiel, bien sûr, il faut éviter que les Anglais et les Américains se foutent en rogne, maintenant que ce sont nos copains. C'est pour cela qu'il y a peu de temps encore on n'avait aucune information, mais on a obtenu une liste de prisonniers, et il y figurait, Luis Serrano Romero. Je l'ai lu et je n'y ai pas cru, je te jure que j'ai dû relire plusieurs fois avant de comprendre parce que je trouvais ça incroyable. J'ai pensé qu'il devait s'agir d'une erreur, et j'ai écrit aux Suédois, je leur ai expliqué l'affaire, et ils m'ont répondu que non, que c'était exact, que Staline avait mis les déserteurs dans les mêmes camps que les divisionnaires, et je suis resté... je ne sais pas... Pétrifié, c'est peu dire.

— C'est vrai que c'est bizarre », commenta Julio, sans vraiment accorder d'importance à la nouvelle ni prévoir l'explosion qui le transporta soudain dans un train allemand, un dimanche d'automne, sur le chemin de Nuremberg.

« Bizarre ? fit Eugenio qui haussa le ton, leva la tête et se pencha en avant. Tu trouves ça juste bizarre ? C'est monstrueux, bon sang ! Scandaleux ! Même pas, c'est innommable... Pancho Serrano était un héros, Julio ! Rouge et tout ce que tu voudras, mais un héros, un type capable de traverser toute l'Europe, en avalant n'importe quoi, pour arriver en Russie avec une carte dans sa botte et des couilles, et qui se retrouve prisonnier dans un camp... Quelle horreur, quels fils de pute ! Comment ont-ils pu... ? » Alors ses traits s'adoucirent, sa stupeur recréa un instant l'étonnement craintif d'un enfant qui vient de se rendre compte qu'il est perdu. « Je ne comprends pas. C'est incroyable, non ? inconcevable ? Ici, ça ne marchait pas comme ça. Dans notre guerre, un homme comme Pancho aurait été décoré, on lui aurait donné une promotion et une permission d'un mois, des deux côtés, non ? C'est le minimum..., ce qui est logique, juste. Mais je ne sais pas...

— Enfin, il l'a cherché. » Julio tenta de mettre un point final à cette histoire pour revenir au sujet qui l'intéressait le plus, mais Eugenio l'en empêcha :

« Non monsieur ! » Ses yeux brillaient, son ton montait, ses joues s'empourpraient d'indignation comme si le temps, la guerre et la paix n'avaient pas de prise sur lui. « Il ne l'a pas cherché ! Il cherchait autre chose et tu le sais, c'est toi qui me l'as expliqué, Julio. Et ce n'est pas juste. Ce n'est pas juste. » Il fit une pause pour se calmer, se rencogna dans son fauteuil, essuya ses lunettes avec un pan de sa chemise, dans un mouvement circulaire, parcimonieux. « Pauvre Pancho. Je pense souvent à lui, j'imagine comment il va, comment il se sent, trahi par les siens, par tout ce qui comptait pour lui, tout ce en quoi il croyait, ce fils de pute de cousin Pepe... Quelle horreur ! Il semble que les Russes utilisent les rouges espagnols comme des prisonniers de confiance, ils les traitent un peu mieux, ne les obligent pas à travailler autant et leur donnent autorité sur les autres.

Mais il n'a pas voulu. Il n'a pas voulu et je le comprends. Il n'a pas voulu, avec des couilles, celles qu'il lui a fallu pour passer de l'autre côté, et personne n'a dû comprendre, personne n'a dû l'admirer pour ça. Pauvre Pancho ! Je pense souvent à lui, à cette nuit, *tovarich, spanski tovarich*, ne tirez pas, je passe de l'autre côté, tu te souviens ? Et je pense... Je ne sais pas. Qu'est-ce qu'on a pu faire, nous les Espagnols, qu'est-ce qu'on a pu faire... »

On est les damnés de la Terre. Julio Carrión reconnut le tremblement des lèvres d'Ignacio Fernández dans les yeux qui le regardaient. Les damnés de la Terre, maudite soit-elle... Il n'osa pas se rappeler ces mots à voix haute et ne parvint pas non plus à les remplacer par d'autres moins compromettants. La guerre, la paix étaient passées, et ils avaient vieilli tous les deux. Julio ne sut plus que dire, ni comment accompagner Eugenio, comment le consoler de cette douleur étrange, inconvenante voire dangereuse. Il ne put l'approcher parce qu'il ne s'était jamais senti aussi loin.

« Je suis allé voir le vrai Pancho, tu sais ? Le frère cadet, celui qui s'appelle vraiment Francisco Serrano Romero. J'ai dû aller le voir parce qu'il n'y avait pas d'autre moyen de lui parler. "Ils n'ont pas le téléphone, et ici, personne ne leur laisse utiliser le leur", m'a-t-on dit à la mairie de Villanueva de la Serena. "Et vous ne pouvez pas aller le prévenir, pour qu'il parle dans ce téléphone-ci ?" ai-je demandé au concierge. C'était moi qui avais appelé, moi qui payais l'appel. Je le lui précisai mais il me répliqua qu'il n'allait pas se lever de table pour prévenir quelqu'un, et encore moins Pancho. Je l'ai remercié de son amabilité, et il a raccroché. Alors je suis allé voir Pancho, et...

— Pourquoi ? » Julio ne put dissimuler plus longtemps sa stupéfaction. « Pourquoi es-tu allé le voir, qu'avais-tu perdu... ? Excuse-moi, mais je ne comprends pas, Eugenio. »

Ce dernier ne se soucia pas de répondre à ses questions. Il le regarda, sourit, et poursuivit :

« J'y suis donc allé et je ne sais pas si j'ai bien fait, je dois dire, je ne sais pas. Il vit dans une sorte de ferme, une ruine qu'il a retapée lui-même, aux abords du village. Maintenant, c'est le seul homme de la famille. Son frère aîné a été tué à la bataille de l'Ebre, son père est dans un détachement pénitentiaire qui construit un barrage dans la province de Cuenca, et Pancho, c'est-à-dire Luis, est en Russie, bien sûr. Il habite avec sa mère, avec les femmes de ses frères et avec sa femme, tous dans la même maison – ainsi que sa sœur aînée, qui était récemment encore prisonnière à Alcalá, veuve elle aussi –, ils ont une kyrielle d'enfants. La plus jeune s'est mariée, elle est partie vivre à Badajoz et elle ne veut plus entendre parler d'eux.

— Qu'est-ce que tu cherches, Eugenio ? À quoi est-ce que tu t'attendais ? » Julio remplit son verre à ras bord, même si le cognac n'était pas bon. « Ils ont perdu la guerre, non ?

— Oui. Ils l'ont perdue. » Il sourit. « Et voilà qu'en plus j'arrive et je lui dis que Staline retient son frère prisonnier. En m'écoutant, il est devenu blanc, mais blanc comme un linge, j'ai cru qu'il allait s'évanouir. "Qu'est-ce qu'il a fait ?" m'a-t-il demandé. "Qui ?" ai-je dit. "Mon frère, qu'est-ce qu'il a fait pour être prisonnier ?" "Rien, il n'a rien fait, il est juste passé du côté des Russes." Alors il s'est tu, il a commencé à m'examiner de la tête aux pieds comme s'il ne m'avait pas bien vu avant, et il s'est remis soudain. "Tu es un salaud, un fils de pute, et je vais te tuer...", a-t-il crié, en me saisissant par le col.

— Il ne le croyait pas.

— Disons qu'il refusait de le croire. Mais comme je lui disais la vérité, il a fini par comprendre. Alors il m'a relâché très lentement, il est parti à reculons pour aller s'asseoir sur un banc en pierre, comme les maisons de village en ont à côté de la porte. "Pancho, c'est moi", a-t-il déclaré, et je ne l'oublierai jamais, jamais je n'oublierai cette phrase, le ton de sa voix, la couleur de son visage. On aurait dit un cadavre, Julio, un mort qui parlait, qui bougeait, c'était terrible. Alors j'ai commencé à regretter d'être venu, j'ai commencé à réfléchir. Avec tout ce qu'il doit supporter, moi, j'arrive pour gâcher un peu plus la vie de cet homme... Mais j'étais là, non ? Et je devais le lui dire. J'essayai, mais il m'interrompit immédiatement. Il cria deux ou trois noms de suite et des enfants sortirent de la maison. "Va chercher ta tante Lupe, et demande-lui de venir", a-t-il dit à l'aîné. "C'est la femme de Luis", m'expliqua-t-il, et il n'ouvrit plus la bouche jusqu'à l'arrivée de sa belle-sœur – une femme grande, jeune, mince et vêtue de noir. Elle m'impressionna beaucoup elle aussi, parce qu'elle n'avait pas un joli visage, mais elle était séduisante, ou plutôt, elle avait dû l'être... Elle le serait toujours sans cette étrange grimace, ce rictus de mépris ou, je ne sais pas, peut-être de l'amertume, voire de la lassitude. Maintenant, elle fait peur, c'est une femme séduisante mais désagréable, je ne sais pas comment t'expliquer... Toujours est-il qu'elle est restée debout, appuyée contre la porte, et elle m'a écouté sans rien dire, en cachant son visage dans ses mains à la fin. Elle pleurait, mais elle ne me laissa pas la voir pleurer. Quand elle se calma, elle découvrit son visage, me regarda, et me dit une autre chose que je n'oublierai jamais, jamais, aussi longtemps que je vivrai. "Vous savez, je croyais qu'il avait une autre femme, et j'aurais préféré ça."

— Je ne comprends pas », répondit Julio avec sincérité au regard tendu et concentré d'Eugenio. Et le sourire paisible qu'il reçut en échange le surprit tellement qu'un instant il oublia de le supplier intérieurement de cesser de le faire chier.

« Eh bien moi si. Et je comprends ce que m'a dit Pancho en prenant congé, je le comprends très bien. "Vous devez vous tromper, ce que vous m'avez raconté ne peut être vrai. Je ne le crois pas, comprenez-moi, ce n'est pas que je vous traite de menteur, c'est que je ne peux pas le croire. Je ne peux pas. Mais si vous pouvez faire quelque chose pour mon frère..." À ce moment, j'ai pensé que lui et moi n'étions pas si différents, que chacun s'accroche à ce qu'il peut pour continuer dans cette saloperie de monde. Et j'ai essayé de faire quelque chose pour eux, pas seulement pour Pancho, mais aussi pour sa famille. J'ai parlé à Romualdo, qui a un poste au ministère de l'Agriculture et qui s'en met plein les poches, je lui ai tout raconté, je lui ai demandé de les aider comme il pourrait, une aide, une subvention, un crédit sur la récolte, au moins. Il peut, tu sais, cela n'aurait exigé aucun effort de sa part. "Je te le demande comme un service, pour moi, même pas pour eux", ai-je dit. En vain. "Qu'ils se démerdent", a-t-il répliqué. Depuis, je ne lui parle plus. »

En sortant de chez Eugenio, Julio Carrión ne fut plus capable de ressentir cette clarté, cet arôme frais et différent, comme une odeur de linge qui vient d'être lavé, qui l'avait accueilli. Il n'avait aucun motif de contrariété, car le récit d'Eugenio confirmait ses meilleures perspectives, mais il ne parvint pas à éviter un goût amer, comme un résidu de nourriture pourrie entre les dents.

L'homme sans idées ne put s'expliquer pourquoi il regrettait tant l'Eugenio d'avant, enthousiaste, fervent et joyeux, mais dans son irrémédiable absence, Madrid lui sembla être une ville triste, dure, compliquée. Ses yeux trouvèrent les sentiers tracés par le regard de son ami, et ainsi, contre sa propre volonté, il parvint à voir son revers, l'angoisse, la pauvreté, la rage domestiquée des exclus, et il écouta leur silence. La nostalgie du sous-sol le tentait, mais il la contrôla pour jouer ses cartes le plus tôt possible, confiant dans la faiblesse de ce mirage qui compromettait ses plans, son avenir. En fin de compte, Eugenio Sánchez Delgado avait toujours été un drôle d'oiseau, un homme unique, se dit-il, il ne pouvait pas y en avoir beaucoup comme lui. Et il croisa les doigts. Il ne lui fallut pas deux jours pour découvrir jusqu'à quel point il avait raison.

« Bon sang, Julito ! » Romualdo sourit de toutes ses dents en venant à sa rencontre. « Tu n'imagines pas à quel point je suis content de te voir. Nom d'un chien ! Tous les jours, quand je me lève, je regarde mes jambes et je pense à toi, mon vieux. Mais viens, serre-moi dans tes bras, allez... »

Cette accolade forte, prolongée et étroite, qui attira l'attention de certains clients, parmi ceux qui prenaient l'apéritif du soir dans un bar luxueux, élégant, de la Gran Vía, constitua le seuil de la nouvelle vie de Julio Carrión. Une vie pleine de verres, de prostituées, de salons particuliers, de calculs, de pourcentages, de commissions, de dîners qui s'achèvent à l'aube, et encore des verres, des prostituées, des salons particuliers, des rendez-vous avec des hommes sympathiques, pas autant que lui, dans des bureaux officiels ou privés, dans des bars et des cafétérias, seul ou avec Romualdo, et d'autres verres, d'autres prostituées, d'autres salons privés, et d'autres calculs, d'autres pourcentages, d'autres commissions, d'autres dîners qui s'achèvent à l'aube, et parfois l'un plus tôt, familial, dans une salle à manger présidée par une reproduction de la Cène avec une hôtesse maternelle, grassouillette, qui n'avait aucun charme et lui demandait toujours s'il préférait les gambas ou les petites coques avant de servir la soupe de poisson avec une louche en argent gravée à ses initiales.

Romualdo évitait généralement ce genre de banquets, mais lui y assistait toujours, à sa place. Julio s'était risqué à lui dire la vérité, et il avait deviné juste. « Je te dois mes jambes, je te dois mes jambes et je n'aime pas devoir quelque chose à quelqu'un », lui répondit-il quand l'aube pointait déjà, au lendemain de leurs retrouvailles. Il le présenta à ces hommes, une demi-douzaine de types bien placés, et il décida quelle partie de la vérité il convenait de dire à chacun. Julio n'était pas pressé, et sa patience jouait en sa faveur. Aussi attendit-il presque un mois, avant de savoir par où commencer et comment procéder, avant de sonner à la porte du deuxième étage droite d'un grand immeuble élégant dont la façade, située entre les rues Manuela Malasaña et Carranza, occupait un pâté de maisons entier de la *glorieta* de Bilbao.

« Bonjour. » De l'autre côté de la porte, une jeune fille si blonde qu'elle semblait étrangère, aussi grande qu'une femme, le regarda avec intérêt. « Ta mère est à la maison ?
— Non. Qui es-tu ?
— Angélica ! » Une fille, beaucoup plus petite et guère plus âgée, arriva en courant dans le couloir et sai-

sit la jeune fille par le bras. Elle la gronda dans un murmure : « Combien de fois est-ce que je t'ai dit de ne pas ouvrir la porte ? Je suis là pour ça, non ? Après, je me prends un sermon de ta mère. »

Madame n'était pas là, elle était sortie un moment mais elle n'allait pas tarder, bien sûr qu'il pouvait l'attendre, il voulait boire quelque chose ? La jeune fille appliqua sans hésiter le protocole des visites inattendues et guida Julio jusqu'aux pièces de réception, toutes trois de la même taille, carrées et spacieuses. Avant d'y parvenir, par une porte ouverte, Julio aperçut un bureau aux murs tapissés d'étagères pleines de livres. Il eut l'impression que tout – les meubles, les tableaux, la décoration, et même la trace de l'argenterie qui était posée jadis à la surface à présent nue des buffets – appartenait aux anciens propriétaires de la maison et continuait de refléter leurs goûts, leur histoire, leur façon de vivre, comme si un fil invisible et délicat reliait tout ce qu'il voyait à un petit appartement loué rempli d'un minimum de meubles, dans une triste banlieue de Paris. Il y pensait et essayait d'imaginer Ignacio, María, Paloma, traversant ces pièces, s'asseyant dans les fauteuils, se penchant aux balcons, jouant, riant, conversant à l'endroit même où il se trouvait, quand la fillette qui lui avait ouvert la porte entra au salon sur la pointe des pieds, pour ne pas faire de bruit.

« N'écoute pas Matilde, c'est une casse-pieds », déclara-t-elle en s'asseyant en face de lui, du côté du balcon, dans une position fort peu naturelle, le torse tourné dans la direction opposée à celle qu'indiquaient ses jambes, un raccourci aussi violent que si elle s'était exercée chaque jour à des poses devant un miroir. « Comment tu t'appelles ?
— Julio Carrión.

— Moi, c'est Angélica. Enfin, ça, tu le sais déjà... »
Elle avait les yeux très bleus et une allure étonnante, intéressante, ou inquiétante, pensa-t-il en la regardant, car elle était trop développée pour son âge et restait pourtant une enfant, au visage rond, plein, aux jambes couvertes d'égratignures, aux genoux couronnés. Elle agissait avec une brusquerie qui correspondait davantage à son âge qu'à son corps. « J'ai douze ans, enfin, je les aurai bientôt. Et toi ?
— Vingt-cinq.
— Alors quand j'aurai vingt ans, tu en auras...
— Trente-trois.
— Vingt et trente-trois... » Elle réfléchit pendant que Julio pensait à son tour que ce serait dommage de ne pas la revoir quand elle aurait atteint l'âge qu'elle promettait. « C'est-à-dire que dans huit ans, on pourra se fiancer.
— Ah oui ? dit-il en riant.
— Bien sûr, répliqua-t-elle très sérieusement. Mon père avait onze ans de plus que ma mère. Entre onze et treize, il n'y a pas une grande différence, non ?
— Qu'est-ce que tu fais là, Angélica ? »
Ils regardèrent tous les deux dans la même direction et découvrirent, sur le seuil, une femme que lui ne connaissait pas et qui le surprit autant que cette fillette à laquelle il n'avait jamais songé.
Julio n'avait pas osé espérer que Mariana Fernández Viu ressemblât à sa cousine Paloma, mais il fut surpris par une autre différence, plus profonde, qui rendait difficile à croire que cette femme éteinte, boutonnée jusqu'au cou, chaussée de souliers à talons plats et coiffée d'un chapeau noir raide comme une coiffe, qui lui emboîtait le front, appartînt à la même famille qu'il avait connue à Paris. S'il n'avait pas su que Mariana

avait trente-cinq ans, il n'aurait pu évaluer son âge, étouffé par la sévérité amère des matrones espagnoles qui se consacrent à la proclamation de leur vertu, avec une ferveur confuse, à mi-chemin entre le militantisme public et l'engagement intime que, dans son cas, aucun homme n'aurait eu grand intérêt à briser et dont même la femme la plus malveillante n'aurait osé douter. Elle n'était ni laide, ni jolie, juste désagréable.

Julio fut surpris de cette écorce, de cette nature ligneuse de fruit sec si incompatible avec la grâce de sa fille, qui n'avait hérité que de la couleur de ses yeux, si bleus, pas de sa sensualité, ni de son effronterie, de cette conscience précoce de son corps qui l'avait poussé à regretter à l'avance sa maturité en l'entendant programmer ses fiançailles. Mariana était grande elle aussi, robuste mais pas grosse. Son corps carré, aux os longs et larges, exprimait une tranquillité involontaire, une lourdeur proche de la fatigue qui l'éloignait sans doute davantage de ses cousins que ses caractéristiques physiques.

Tout en l'observant, Julio se rappelait la jeune sœur d'Ignacio, María, qui avait des chevilles aussi épaisses qu'elle, des cheveux châtains, de la même couleur, mais qui, en revanche, ne tenait pas en place. Elle se hâtait dans la rue, dans la maison, dans la cuisine, avec les enfants, se pressait toujours derrière une détermination qui s'étendait à sa façon de parler, d'écouter, de rire, et qu'elle partageait, dans une certaine mesure, avec ses parents, ses frères et sœurs, et sa belle-sœur. « Oui, c'est ça », songea Julio en se levant et en la voyant s'approcher d'un pas lent, curieusement souple, et d'un air indolent, ennuyé, qui confirma son intuition selon laquelle elle n'était pas très vivante, ni très intéressée par qui ou quoi que ce soit.

« Bonjour, je m'appelle Julio Carrión. » Il tendit une main qu'elle serra sans force et sans intérêt, ce qui rappela au jeune homme le surnom que lui avaient donné ses cousines. « Je viens d'arriver de Paris. Je suis un ami de votre cousin Ignacio. Ignacio Fernández Muñoz.
— Oui, oui... Ignacio. Bien sûr. »
Mais quand elle eut fini de prononcer ces paroles, tout avait déjà changé.
« Angélica, va dans ta chambre.
— Mais, maman...
— Je t'ai dit d'aller dans ta chambre. »
Quand ils se retrouvèrent seuls, Julio affronta un regard dur qu'elle sut corriger aussi vite que le sang avait su lui revenir au visage. Pendant qu'Angélica se levait, le regardait et quittait le salon en traînant les pieds, les semelles de ses chaussures, témoignant d'une rébellion inutile mais finalement en accord avec son âge, Julio eut le temps de remarquer cette métamorphose qui éclaira le regard de sa mère d'une frénétique succession d'ombres et de lumières dont la nature ne le surprit pas. Mariana Fernández Viu était très nerveuse, mais sous ce tremblement, Julio Carrión sentit la peur, la méfiance, l'hostilité, la rage, une hésitation insoluble entre deux instincts rivaux, qui lui conseillaient en même temps de s'opposer au nouveau venu et de gagner ses faveurs. De la curiosité, et encore plus de la peur.

« N'ayez pas peur, je vous en prie. Je ne vais pas vous faire de mal. » Julio lui adressa un sourire charmeur qui ne suffit pas à dissoudre l'épouvante de son regard.

Mariana resta immobile et silencieuse, s'accrochant à son sac, sans bouger, sans cesser non plus de le regarder. Au début, je pensais te demander de la tuer, se souvint-il d'avoir entendu. Julio comprit que cette femme avait sans doute été hantée par cette menace, et il put mesurer l'ampleur de sa peur. Ce n'est pas mal que tu me craignes, songea-t-il, mais il sourit à nouveau avant de s'asseoir. Il adopta l'attitude d'un maître de maison pour désigner le fauteuil qu'Angélica venait de quitter.

« Asseyez-vous, s'il vous plaît. » Elle lui obéit comme si elle venait de comprendre qui avait commencé à commander ici, mais elle puisa encore des forces quelque part pour feindre le contraire.

« Comment vont-ils ? » Le silence de Julio l'obligea à être plus précise. « Mes cousins, et mon oncle et ma tante... Ils vont bien ?

— Ils sont en bonne santé, oui. Ils vont tous bien. Ceux qui ont survécu, bien sûr. Mateo a été fusillé. Ignacio a épousé une très jolie fille, aragonaise, ils ont deux enfants. María s'est mariée, elle aussi. Avec un garçon de Tolède, ils vivent en France mais ne se mêlent pas aux Français. Elle a une fille et elle attend un deuxième enfant. Paloma... Paloma n'a pas eu d'enfants. Son mari aussi a été fusillé. Tout cela, vous le savez, non ? »

Mariana ne répondit pas. Tout son corps se contracta, elle ferma les yeux, et se signa. Julio ne se hâta pas de la rassurer.

« Je ne suis pas armé, reprit-il au bout d'un moment, sans toutefois obtenir un regard. Je ne suis pas un tueur, ni un rouge, n'ayez pas peur. Je vous répète que je ne vous ferais pas de mal, mais si vous ne vous calmez pas, nous n'allons pas pouvoir parler affaires. »

Julio n'était pas pressé, et sa patience jouait en sa faveur. Il avait eu le temps d'élaborer une stratégie complexe, dont les détails soigneusement peaufinés l'incitaient à ne pas être explicite avant l'heure. Pour cette raison, il parla peu, juste ce qu'il fallait. Quand il partit, la seule chose que Mariana savait avec certitude était que cet inconnu avait pris la peine de se renseigner, ou de faire prendre des renseignements en son nom, sur le nombre et la qualité des appuis auxquels elle pourrait avoir recours au cas où elle aurait la folie de livrer bataille.

« Je suppose qu'à ce moment, en mai 1939, personne n'a dû vous ennuyer, n'est-ce pas ? lui avait-il dit. Après avoir facilité l'arrestation du mari de votre cousine, socialiste, professeur à l'université, issu d'une famille de professeurs, d'avocats, de juges de gauche, sans compter les Fernández... C'était une belle prise, certes, un rouge notoire, et à cette époque, ce genre de choses comptait, c'est logique. Mais nous ne sommes plus en 1939, et il s'agit ici d'un pays honnête, alors, même si votre amie Dorita et les religieuses du couvent du Divino Pastor disent le plus grand bien de vous, et je ne remets pas en cause leur parole, vous comprendrez que la situation de cette maison et des autres propriétés de vos oncle et tante est tout à fait irrégulière. C'est la raison pour laquelle je suis venu vous voir, parce que je vais faire en sorte de la régulariser, mais ne vous inquiétez pas, je vous en prie. Je suis sûr que nous trouverons une solution satisfaisante pour tous. »

Il ne dit pas un mot de plus. Et deux jours plus tard, Mariana l'invita à déjeuner pour parler plus tranquillement. Ce jour-là, elle lui ouvrit elle-même la porte. Elle portait une robe en velours bordeaux – si moulante que, malgré son épaisseur, le tissu laissait deviner la forme de la gaine – au décolleté profond, en forme de trapèze, orné d'une broche fantaisie, d'où dépassaient des seins très blancs, mous et à la surface irrégulière à cause d'une constellation de petits boutons qui se répartissaient avec une surprenante vocation d'équité autour de quelques grosses veines bleuâtres. Pour tempérer sa froideur, leur propriétaire s'était maquillé les lèvres d'un rouge foncé, semblable à celui que Paloma avait choisi pour sortir avec lui à Paris – cette nuit qui lui semblait déjà aussi lointaine que si elle s'était déroulée à l'autre extrémité du temps. En le voyant, elle lui sourit avec une dent tachée de carmin et une effronterie improvisée et si maladroite qu'elle aurait mieux fait d'imiter sa fille. Julio, satisfait, lui sourit à son tour, tout en pensant « allez, en ce qui me concerne, c'est gagné, ma cocotte... »

Quand Mariana signa un document qui l'engageait à ne pas réclamer de droit ni d'argent sur la première opération de vente des oliviers de sa tante María, elle ignorait que l'argent que Julio obtiendrait après avoir payé les commissions correspondantes ne parviendrait jamais à oncle Mateo. Elle n'imaginait pas non plus que ce document finirait déchiré en morceaux minuscules dans la première corbeille que trouva son invité en quittant la *glorieta* de Bilbao.

La renonciation que Mariana avait signée n'avait pas d'autre but que de la rassurer, et de conférer une vague apparence de légalité à une opération où la procuration qui avait accompagné Julio depuis Paris agirait comme une simple sécurité. Ses nouveaux amis lui avaient conseillé un processus beaucoup plus compliqué qu'une simple transaction, qui avait le défaut de multiplier les intermédiaires mais la qualité de blinder ses intérêts face à toute réclamation directe ou collatérale, présente ou future. Parce que chacune des propriétés de la famille Fernández Muñoz avait déjà cessé d'appartenir à Mariana quand se déroulèrent, dans un bureau fermé à clé, à 6 h 30 du matin, un simulacre d'enchères publiques qui seraient adjugées en deux minutes, pour un prix plus que symbolique, à don Julio Carrión González. Sur les documents apparaissaient divers noms propres, mais jamais celui de Mateo Fernández Gómez de la Riva, de sa femme ou de l'un de leurs enfants. À ce moment, ils n'avaient déjà plus de lien avec les terres, ni les maisons.

Le jour même où le premier document signé par Mariana Fernández Viu atterrit dans la corbeille où suivraient tous les autres, don Julio Carrión González vendit un tiers des terres de María Muñoz, une simple femme qui ne porterait plus jamais le nom de *doña*. Les conditions se révélèrent si avantageuses pour lui qu'elles lui permirent non seulement de solder sa dette envers don Ernesto Huertas sans que son compte courant en souffrît, mais l'incitèrent également à régler son dernier compte avec Freud.

« Comment vas-tu ? Tu vas bien ? » Il l'aborda sous l'une des arcades de la plaza Mayor et elle lui adressa le même regard de stupeur qu'à un fantôme.

Il était déjà venu. Cela faisait des semaines qu'il la suivait discrètement, avec patience, avec l'astuce d'un chasseur qui aperçoit de loin sa proie et se pourlèche à l'avance, en savourant le coup qu'il lui portera le moment venu, sans se précipiter ni laisser perdre la meilleure occasion. Madrid, qui avait beaucoup changé, n'avait pas changé du tout, et doña Pilar, son ancienne patronne, continuait de régenter la pension de la rue de la Sal avec la langue aussi bien pendue qu'avant. Pour être au courant de tout, il avait couru le risque que les commérages sur son retour fonctionnent en sens contraire, mais quand il la vit, et qu'il vit comment elle le regardait, il sut que cela n'avait pas été le cas, et il s'en réjouit comme d'un bon présage.

« D'où est-ce que tu sors, mon salaud ?

— Eh bien, Mari Carmen, quel accueil sympathique ! » Julio se mit à rire, et vit sourire malgré elle celle qui avait refusé d'être la femme de sa vie. « C'est un plaisir de rentrer chez soi, non ? Pour être reçu comme ça... »

La fille du Peluca, qui autrefois était une beauté, était devenue une femme impressionnante. Impressionnante, se répéta Julio sans être capable de sortir de là, de trouver un autre terme pour la qualifier. Mari Carmen Ortega n'était pas aussi jolie que Paloma Fernández Muñoz, mais elle avait toujours les plus jolies jambes de Madrid et un visage incendiaire qui transformait ses défauts en qualités, ce nez long, cette bouche trop grande aux lèvres pourtant épaisses et rouges, qui faisait oublier aux hommes qui la suivaient quel genre de beauté leur plaisait dès qu'ils la voyaient. Avant ses vingt ans, elle avait déjà un corps spectaculaire. Maintenant, en regardant lentement ce prodigieux équilibre de lignes et de courbes qui caressait les dangers de l'excès sans nulle part perdre le contrôle, Julio ne sut comment améliorer cette description. Penser qu'elle était bien roulée, très bien roulée, très très bien roulée, lui sembla être un recours d'une simplicité médiocre, presque honteuse.

« Mais non. » Elle le toisa, regarda ensuite le ciel, puis Julio, avec son expression de supériorité coutumière, qui l'énervait tant autrefois mais qui à présent l'excitait. « C'est parce que tous les orchestres sont occupés.

— Je vois... »

Alors, considérant la rencontre comme terminée, Mari Carmen se remit en marche et, pendant quelques mètres, elle fit comme si elle ne voyait pas qu'il était à son côté.

« Où vas-tu ? Si on peut savoir, bien sûr. » Elle s'arrêta soudain, le regarda à nouveau, et il comprit que son amour d'adolescent avait perdu pour toujours les avantages de la hauteur.

« Eh bien, je ne sais pas. Je ne t'ai pas vue depuis longtemps, et on était amis, non ? Camarades...

— Fais attention, Julio. » Mari Carmen bomba la poitrine, leva le menton, et retrouva son ancien regard d'animal sauvage. « Fais attention, que je n'aie pas à dire du mal de ta salope de mère !

— Bon sang, Mari Carmen, quelle langue de vipère, vraiment ! » Il se remit à rire, comme si les insultes de cette femme le mettaient de bonne humeur. « Ma mère n'était pas une salope, mais une honnête institutrice républicaine, rouge, rappelle-toi, elle est morte en 1941, d'une pneumonie, à la maison d'arrêt d'Ocaña, alors tu peux vraiment t'épargner cette peine.

— C'est vrai... » Elle hocha la tête. « J'avais oublié. Et je regrette. Pour ta mère, pas pour toi, que ce soit clair.

— Très bien, j'accepte tes excuses. » Il la prit par le bras et, surprise, elle se laissa conduire sur quelques pas. « Maintenant, on va aller boire un verre, je t'invite.

— Quoi ? » Elle tenta de résister, mais il resta près d'elle. « On va aller boire un verre, toi et moi ? Me raconte pas d'histoires ! » Julio la regarda, acquiesça et l'entraîna.

Quand il ouvrit la porte d'un bar de la rue Mayor pour la laisser passer, la fille du Peluca ne protestait déjà plus.

« Qu'est-ce que tu prends ? «

Elle ne répondit pas tout de suite. Debout, au comptoir, vêtue d'une blouse blanche très simple, sans aucun ornement, et d'une jupe droite blanche elle aussi, d'un ton différent, plus jaunâtre, qui rendait justice à ses hanches sans parvenir toutefois à dissimuler l'âge des coutures devenues apparentes au fil des ans, elle se sentait mal à l'aise dans ce lieu, que Julio avait jugé ni trop cher ni trop élégant. Il la vit lancer un coup d'œil vers les tables où quelques dames parées de bijoux et sortant de chez le coiffeur échangeaient des potins avec la bonne excuse du goûter.

« Je ne sais pas, fit-elle au bout d'un moment. Qu'est-ce que tu prends, toi ?

— Un cognac. Pour me remettre de l'émotion de t'avoir revue, répondit Julio.

— Non, pour moi, pas d'alcool. » Elle ne releva pas le compliment, mais se mit à examiner le contenu des vitrines sur le comptoir. « Un café au lait et deux toasts.

— Qu'est-ce que tu es conventionnelle ! murmura Julio en appelant le serveur.

— Ou sinon... Attends... Plutôt un de ces nouveaux sandwiches qu'on fait sur le gril. Ici, il y en a sûrement... » Il la regarda avec un sourire de satisfaction qu'elle ne put interpréter. « Au jambon et au fromage, tu sais ?

— Oui, je sais. »

Et il savait aussi qu'il avait gagné, il le sut même avant de la voir regarder sa tasse, puis le serveur et sa tasse à nouveau, avant de s'adresser à cet homme sur un ton d'une autre époque, avec une intonation soumise, presque suppliante et respectueuse de l'autorité, que Julio percevait pour la première fois dans la voix de Mari Carmen.

« Pouvez-vous m'apporter un autre sachet de sucre en poudre, s'il vous plaît ? » Quand elle l'eut obtenu, elle le prit, le plaça avec le premier et les mit tous les deux dans son sac.

« Et tu vas boire ton café sans sucre ?

— Ça ne me dérange pas, fit-elle avec un sourire. Je l'aime beaucoup comme ça et je n'ai pas l'habitude d'en prendre. Et puis comme ça, on sent mieux le goût du café, et les enfants aiment le sucre. »

Julio commanda un deuxième café avec deux sachets de sucre et les lui donna. Elle sourit, le remercia avant de fourrer les deux sachets au fond de son sac.

Puis, tout en mangeant très lentement, comme s'il voulait être conscient de chaque bouchée, il lui posa quelques questions, dont il connaissait déjà la réponse, et auxquelles elle répondit sans deviner ses intentions.

« Moi, je n'en ai qu'un, mais en ce moment je m'occupe aussi de la fille de ma sœur, qui s'est tirée et on ne sait pas où elle est.

— C'est du boulot, non ?

— Eh bien oui, je dois le reconnaître. D'un côté, je le comprends, je comprends qu'elle en ait eu marre, parce que tout est devenu très difficile, la vie ne nous a pas fait de cadeau, vraiment, tu sais, le travail va mal, avec un salaire journalier, on n'a rien. Et chez moi il n'y a pas de salaires, il n'y avait que nous trois, on faisait de la couture, alors... Pura avait un type en tête, je le savais. Elle disait que non, à cause de son mari, parce qu'elle trouvait moche d'avoir une liaison avec un autre, même si celui-là, comme ça fait deux ans qu'il n'a pas écrit...

— Où est-il ?

— En France. » Elle eut une moue sceptique et haussa les épaules. « Allez, je dis qu'il doit être en France. Avec une autre, je suppose, même s'il a pu partir en Amérique ou mourir, parce qu'on n'a aucune nouvelle. C'est pour ça que je t'ai dit que je comprends, je comprends ce qui est arrivé à Pura, mais nous laisser comme ça, d'un coup, avec la petite... Ce n'est pas juste, ni pour la gamine, ni pour nous.

— Et le tien ?
— Qui ?
— Ton mari. Il est en France, lui aussi ?
— Non... » Elle se mit à rire. « Antonio est beaucoup plus près. À Yeserías, là, à côté.
— Encore ?
— Mais non. » Elle sourit, et garda le sourire en parlant sur un ton souriant, presque doux. « Il est parti fin 1944, il a trouvé du travail, il m'a mise enceinte et quand le petit était encore au sein, il s'est fait pincer et ils l'ont remis dedans. Bon, au moins, il n'a pas eu le temps de me mettre enceinte une deuxième fois.
— Tu racontes ça comme si c'était amusant.
— Non, ce n'est pas ça. Ce n'est pas amusant, mais qu'est-ce que tu veux ? » Elle devint sérieuse, sans qu'aucune ombre n'assombrît sa voix. « C'est la vie.
— Celle des bons, suggéra Julio.
— Eh bien oui. Tu l'as dit. Celle des bons. » Et ses yeux retrouvèrent l'éclat qui brille dans le regard de certains prédateurs.

Madrid était à la fois semblable et très différent et Mari Carmen Ortega incarnait toujours Madrid, dans l'arrogance des femmes courageuses jusqu'à la stupidité et dans l'humiliation des femmes rouées de coups jusqu'à l'épuisement. Julio Carrión s'en aperçut, aussi ne releva-t-il pas les étincelles de ses yeux sombres, le vacarme violent et silencieux de ses mandibules serrées, manifestations d'une colère ancienne, féroce et périmée – une prédisposition dévouée au sacrifice, au combat, à l'héroïsme, destinée à s'étouffer seule, à s'asphyxier lentement par manque d'oxygène.

Mari Carmen Ortega ne savait pas, et ne voulait pas savoir, dans quelle ville, dans quel pays, dans quelle réalité elle vivait. Julio Carrión, modestement expert en verres, en prostituées, en salons particuliers, ne perdit pas de temps à le lui expliquer.

« Et toi, ça ne t'intéresserait pas de changer de vie, Mari Carmen ? »

Il sortit de son portefeuille un véritable pactole, un billet de cent pesetas, puis un autre, et encore un autre. Puis il les posa sur le comptoir. Il supposa qu'elle allait se fâcher d'emblée, et elle se fâcha. Ce à quoi il ne s'attendait pas était qu'elle se trompe sur la teneur de son offre, et ce fut ce qui arriva.

« Mais pour qui tu me prends ? »

Elle était encore assise sur un tabouret et parlait à voix haute, sur un ton étonné, ébranlé, mais encore propre à la conversation. Puis elle se leva, se rengorgea comme une poule et, les poings sur la taille, le menton haut, la poitrine en avant, elle se mit à vociférer :

« Je ne suis pas une moucharde, Julio, je ne suis pas une girouette, ni une traîtresse comme toi. Je préfère mourir de faim, tu saisis ? Je préfère mendier dans la rue. Plutôt la mort que la trahison ! C'est ce que je dis et je sais pourquoi, alors vous ne tirerez rien de moi, tu comprends ? Pas un mot. Pas à moi. Il n'y a pas d'argent qui puisse m'acheter en ce monde, sinon, demande au commissaire du secteur de te le dire, il me connaît très bien, il n'y en a pas...

— Ce n'est pas ça, Mari Carmen... » Il la retint par un bras, l'attira vers lui, et sourit. « Pour qui est-ce que tu me prends ? Je ne suis pas un policier, je n'ai rien à voir avec la police, ce que tu sais et ce que tu ne sais pas ne m'intéresse pas... » Elle resta immobile, ouvrit les yeux, le regarda. « Ce que je veux, c'est autre chose. Et excuse-moi de te dire ça, mais tu as vraiment l'air bête. »

Mari Carmen mit un moment à réagir. En se déplaçant très lentement, elle se rassit sur le tabouret, but une gorgée de café, se sourit à elle-même puis, sans cesser de sourire, elle le regarda à nouveau.

« Alors c'est pour le reste. Ce que tu veux, c'est coucher avec moi, non ? dit-elle, en secouant plusieurs fois la tête, comme si elle ne pouvait accepter sa propre conclusion.

— Oui. » Il n'avait rien à perdre, pensa-t-il.

« On croit rêver. Avec toute l'eau qui est passée sous les ponts, c'est incroyable, que tu aies toujours envie de moi, Julito..., dit-elle en riant.

— Qu'est-ce que tu veux ? Je suis de nature fidèle.

— Oui, eh bien... » Mari Carmen se remit à rire, elle était nerveuse, peut-être même flattée par la constance de son désir, pensa-t-il, mais ni les nerfs ni la vanité ne l'empêchèrent de saisir les billets posés sur le comptoir avec une rapidité qui le déconcerta pendant un instant. « Eh bien, écoute, pour l'instant, je prends ça et je vais y réfléchir.

— Prends aussi mon numéro de téléphone, si tu te décides à m'appeler. Même si je ne déjeune généralement pas à la maison, j'aime y faire la sieste. L'après-midi, je ne sors jamais avant 19 heures, ajouta-t-il en inscrivant son numéro sur une carte de visite.

— D'accord, mais je ne crois pas. » Elle prit la carte, la plaça entre les billets et rangea le tout dans son porte-monnaie.

« On ne sait jamais. »

Ensuite, les plus jolies jambes de Madrid entraînèrent ce corps impressionnant dans la rue. Tandis qu'il la regardait s'en aller, Julio analysa la scène qui venait de se dérouler comme si un autre venait de la vivre, et il succomba à un pittoresque paradoxe moral. C'était bien entendu une étrange idée de la décence qui avait poussé Mari Carmen à s'emporter, et Julio savait qu'elle ne le faisait pas en vain, qu'elle était prête à mourir de faim plutôt que de dénoncer l'un des siens. Mais cette détermination ne l'avait pas empêchée de lui souffler trois cents pesetas sous son nez, à valoir sur les faveurs qu'elle était prête à lui vendre contre d'autres billets de moindre valeur. Même si son corps lui consentait cela et plus, Mari Carmen Ortega n'avait jamais été volage, ni coquette. Julio l'avait souvent vue changer d'homme, mais il savait aussi qu'elle avait été fidèle à chacun d'eux avec l'unique exception du suivant. Et depuis son mariage, pour autant que doña Pilar le sache, et en cela elle était aussi omnisciente que Dieu, il n'y avait eu personne d'autre. Quelle femme étrange, se dit-il, avant de se mettre à penser à Eugenio et à rire. Il n'avait aucune intention de réunir où que ce soit Mari Carmen et son ancien ami de la Division, mais il estima que, s'il le faisait, il la trouverait peut-être respectable, voire admirable. Une vraie héroïne. Quelle sottise, bien sûr, mais je peux la présenter à Romualdo, pour qu'elle voie ce qu'il y a comme choix..., songea encore Julio.

Mari Carmen l'avait prévenu qu'elle ne l'appellerait pas, et elle ne l'appela pas, mais dix jours plus tard elle se présenta chez lui à 18 heures précises.

« Je n'embrasse pas, annonça-t-elle sur le seuil.

— Comme les prostituées ?

— Pareil. » Elle entra, posa son sac sur le canapé, le regarda. « C'est ce que je suis, non ? Une prostituée. Mais je vaux mieux que toi, et aucun de nous deux ne doit l'oublier.

— Bien sûr... » Julio alla vers elle, la prit par la taille et laissa ses doigts remonter lentement jusqu'à sa poitrine, ses épaules, ses bras, avant d'immobiliser avec les siennes les mains de la femme qu'il avait le plus désirée dans sa vie. « ...mais tu es foutue, María del Carmen. »

Cet après-midi-là, don Julio Carrión González régla définitivement ses comptes et mit la dernière main à son projet.

Les étapes restantes du processus s'accomplirent sans hâte et sans surprises avant de déboucher sur le dernier orage de l'été, ou le premier de l'automne 1949, quand Mariana Fernández Viu se résigna à monter dans le taxi où l'attendaient un avenir difficile et sa fille Angélica. Celle-ci, qui avait encore quatorze ans, fut le seul personnage capable de jouer un autre rôle que celui que Julio Carrión lui avait assigné dans ce théâtre de marionnettes dont il tirait impitoyablement les fils.

« Où vas-tu ? cria sa mère en la voyant partir en courant, la voiture déjà en marche, la pluie embuant la vitre. Angélica ! Reviens immédiatement.

— J'ai oublié quelque chose, maman. Je reviens tout de suite », répondit-elle sans se retourner.

Julio Carrión, qui était resté appuyé à l'un des piliers en granit du porche, en train de fumer, la vit arriver, mais n'y accorda pas d'importance. Angélica avait grandi seule, et c'était une fillette gâtée, capricieuse et désobéissante, qui n'en faisait qu'à sa tête. Elle n'avait pas écouté non plus sa dernière conversation avec Mariana, les insultes rageuses, stériles, qui s'étaient écrasées contre son indifférence, la courtoisie désagréable, sans enthousiasme à laquelle il attribua l'insistance frénétique avec laquelle sa mère la réclamait. Et pourtant, cette jeune fille savait une chose qu'il ne savait pas et qu'il ne parvint pas à deviner en la voyant monter dans l'escalier.

« Angélica ! » Mariana ouvrit la porte de la voiture, sortit une jambe, sans toutefois oser descendre. « Je t'ai dit de revenir ici ! » Mais sa fille était déjà en haut.

« Viens avec moi. » Elle s'approcha de Julio, le prit par la main, l'obligea à entrer. « J'ai oublié quelque chose. »

Ils entrèrent ensemble dans le vestibule et elle le poussa contre le mur, comme pour s'assurer que Mariana ne pourrait pas les voir. Ce qui se passa ensuite sembla anodin, et se déroula très vite. Avant que sa mère n'ait eu le temps de crier davantage, Angélica regarda Julio, ferma les yeux, l'embrassa sur les lèvres et partit en courant.

À la mi-juillet, le compte à rebours commença.

« Qu'est-ce que tu as ? demandais-je à Raquel de temps en temps.

— Rien », répondait-elle. Je n'y croyais pas, mais je l'enlaçais, je la voyais sourire, et je me trompais.

Ses sourires n'étaient pas différents de ceux d'avant, mais ils contenaient un nouvel ingrédient, une sorte d'emphase soudaine, qui les maintenait fermes sur ses lèvres une seconde de plus que nécessaire. Il se passait une chose semblable avec ses baisers, et certains transports lumineux, soudain plus longs, presque violents, qui la poussaient à se serrer contre moi quand nous marchions dans la rue. Je sais maintenant que j'aurais dû m'en inquiéter, mais à l'époque ce fut à peine si cela me surprit, parce que, au-delà de sa subtilité, la délicate et minime métamorphose de Raquel n'exprimait pas de doutes, de dégoût ou de fatigue. Au contraire, son aspect le plus perceptible était la concentration, une intensité qui paraissait parfois apte à être touchée, respirée dans ses airs les plus graves et les plus triviaux, les doigts qui glissaient sur mon visage comme s'ils comptaient laisser une trace durable à sa surface, les phrases qu'elle laissait inachevées comme si elle se repentait à temps et en retard de les avoir entreprises, ses yeux, grands ouverts quand j'ouvrais les miens, m'étudiant comme s'ils voulaient graver dans leur mémoire chaque forme, chaque ligne, chaque ride de mon visage, ou fabriquer un souvenir.

Je perçus, j'interprétai tout cela, et dans chacun de ces indices je me trompai. Je n'aurais jamais pu trouver, mais d'autres facteurs coopérèrent avec enthousiasme pour m'induire en erreur.

Si le tout n'avait pas eu pitié de moi, le temps se révéla encore plus cruel, car il me dépouilla de tout ce que je savais, de chaque connaissance et de chaque soupçon, des intuitions et des certitudes, sans même me laisser la consolation de choisir entre le rôle d'Achille et celui de la tortue. Dans les deux cas, je ne me sentais pas attaché au temps que je vivais, à l'exacte accumulation de secondes, de minutes, d'heures et de jours pendant lesquels les autres pensaient que se succédaient mes actions et mon inactivité, mais je me sentais le simple objet d'un phénomène temporaire, frénétique et statique à la fois, qui s'amusait de la maladresse de mes perceptions. Le calendrier ne me servait à rien. Je naviguais à travers lui avec aisance et je savais que, si le sexe est un début, mon histoire avec Raquel avait commencé le 22 avril. Mais ça – 22 et avril –, ce n'étaient que des mots, des mots de passe inutiles dans une réalité altérée, déformée par la condition instable d'un temps mou, gélatineux, qui m'empêchait de comprendre les dates que je connaissais. Ce fut la raison pour laquelle je me rendis compte qu'à la mi-juillet le compte à rebours avait commencé, mais je me trompai en interprétant la nature de ce calcul.

« Qu'est-ce que tu as, Raquel ?

— Rien. Vraiment, je n'ai rien. » Elle me regardait, et me souriait.

Je lui rendais le silence, le sourire, et je taisais ce que je ne trouvais jamais le temps de dire à voix haute – bien sûr, que tu as quelque chose, et je sais ce que c'est. Sur les pages du calendrier, notre situation n'était pas dramatique, elle pouvait encore aspirer à la légèreté, cette vaporeuse inanité des premières amours où rien n'est encore définitif, où les mots flottent comme des coquilles légères vides de mots, et où le temps se prolonge comme une promesse lente, douteuse, voire fuyante. Or nous ne vivions pas dans les feuilles du calendrier, mais sur une corde raide qui se tendait un peu plus chaque matin, qui ouvrait maintenant des blessures sous la plante de nos pieds et cultivait un vertige qui joignait les deux extrémités de l'éternité, juste trois mois longs comme la vie d'un rocher. C'était ce que je ressentais et ce qu'elle devait ressentir, que nous avions consommé toutes nos réserves, que nous avions brûlé toutes les étapes et le dernier délai s'épuisait. C'était ce que je croyais, pendant que la complicité des dates, ces outils inutiles pour mesurer le passage du temps, glissait vers un horizon d'hostilité à mesure que le mois de juillet nous filait entre les doigts.

Mais il y avait autre chose, il y eut autre chose lors de ces journées étranges où j'appris à me méfier des montres et à vivre avec Raquel sans m'en rendre compte. Un matin où je passai chez moi avec la même sensation d'étrangeté que j'aurais éprouvée si la supervision d'une équipe de maçons avait été mon seul travail, je sortis de la boîte aux lettres une enveloppe du Registre d'état civil de Madrid contenant le certificat de décès de ma grand-mère, Teresa González Puerto, qui était morte le 14 juin 1941 à la maison d'arrêt d'Ocaña, une prison célèbre, exactement comme Encarnita s'en était souvenue pour moi. Le document spécifiait aussi bien la cause immédiate de la mort, arrêt cardio-respiratoire, que la lointaine pneumonie infectieuse, pas si éloignée de la tuberculose. Y figuraient également sa date de naissance, son état civil, sa condition de prisonnière et son âge – quarante ans. Le 3 août, elle en aurait eu quarante et un, mais elle ne les faisait pas.

Deux jours plus tard, je trouvai dans la même boîte aux lettres cette traditionnelle photo de classe où une cinquantaine de collégiens posaient avec leurs instituteurs et deux agrandissements assez bons si l'on tenait compte de l'âge de l'original : une de Teresita Carrión González, avec ses nattes serrées et son bavoir si propre, et une autre de ma grand-mère, les cheveux lâchés, avec Manuel Castro. À l'intérieur de l'enveloppe, il y avait aussi un mot d'Encarnita, concis et affectueux, où elle justifiait son retard par l'émotion que ma visite avait provoquée chez sa mère. *Il n'y a pas eu moyen de lui prendre la photo jusqu'à il y a deux semaines, heureusement qu'ils n'ont mis qu'une heure à me faire les doubles*, disait-elle.

Moi, en revanche, je n'avais pas arrêté de penser à ma grand-mère. Chaque fois que je m'étonnais de l'exaspération de mes sentiments, cette faute présumée de mari infidèle qui devrait m'empêcher de dormir la nuit pour commencer à me tourmenter à chaque réveil et qui ne finissait pas de se manifester, je me demandais s'il ne lui serait pas arrivé la même chose, si en regardant mon grand-père Teresa González Puerto se serait contentée de sentir ces gouttes d'incommodité, presque d'ennui, assaisonnées d'une pitié diffuse, sincère mais essentiellement inopérante, incapable de rien modifier en moi, que j'éprouvais en regardant ma femme. Peut-être, à l'instant où cette photo avait été prise, la combattante pour la liberté n'était-elle plus libre. Peut-être avait-elle perdu la liberté, et avait-elle consenti à la laisser accrochée avec une joie rare et furieuse dans un coin du corps de cet homme qui la regardait comme s'ils étaient seuls au milieu de la foule. Peut-être ne la regrettait-elle pas, et était-elle encore capable de s'en souvenir tout en virevoltant au-dessus de ma tête comme une fée jeune et bienveillante, guidant mes pas, me protégeant. En montant à la maison, je plaçai la photo que m'avait envoyée Encarnita à côté du portrait maintenant fade, voire plombé, qui me regardait dans un cadre en argent. Et je compris un peu mieux l'incompréhensible.

Ce matin-là, Mai vint voir les travaux. Elle le faisait tous les deux ou trois jours, profitant de la pause du déjeuner, et c'était pour cela qu'elle ne restait presque jamais plus de dix minutes.

« Quelle folie, Álvaro ! » Elle m'enlaçait, m'embrassait, et se mettait à rire. « Je ne sais pas comment tu peux travailler ici.

— Ça, ce n'est rien, le pire, c'étaient les coups de marteau du début... »

Les Polonais étaient très sérieux, travailleurs, consciencieux, et je n'avais eu aucun problème avec eux. Mai était ravie des résultats, et elle ne parlait que de ça pendant que je la raccompagnais à son travail. Parfois, nous déjeunions ensemble, parfois avec Angélica. Et certains jours, durant cette dernière période, pour des raisons qu'elle ne m'expliquait pas toujours, Mai bénéficiait d'un moment libre après le déjeuner. Alors elle renonçait au dessert, commandait un café avec des glaçons pour ne pas attendre, me regardait, souriait et présumait à voix haute que, si je retardais mes projets d'une demi-heure, la bibliothèque de la faculté n'allait pas se remplir de physiciens avides de connaissances qui m'enlèveraient sans pitié tous les livres dont j'avais besoin.

Aussitôt, mon corps réagissait comme s'il amorçait un processus de congélation, qui n'avait rien à voir avec le froid. Nous étions en plein été et il faisait chaud, mais je sentais dans le même temps que mon sang cédait la place à un gaz blanchâtre et métallique, glacé, qui dégageait une vapeur légère pour témoigner du contraste entre sa température et celle de mes viscères. Voilà ce que j'éprouvais. Mais je souriais, et ça marchait. Ça devait marcher, car Mai me regardait avec le même air de plaisir délégué, anticipé, qu'elle avait quand je faisais un cadeau surprise à Miguelito. Et quand elle me disait « je ne sais pas, j'ai pensé que tu avais peut-être tout aussi bien besoin d'une sieste moins académique », je comprenais que ce qu'elle faisait avec moi était la même chose – un cadeau surprise. Et j'essayais de me comporter comme un enfant bien élevé, et je la remerciais avec un acharnement, une ténacité courageuse qu'elle ne soupçonnait même pas à l'époque.

Ces coups improvisés du mois de juillet eurent le mérite d'être aussi sporadiques que si ma femme et ma maîtresse avaient échangé leurs rôles, et bénéficièrent de la complicité involontaire des Polonais, qui donnaient des coups de marteau, cassaient du carrelage, perçaient des murs, et parlaient dans un langage incompréhensible au milieu du couloir, de l'autre côté de la porte de la chambre.

« Il est devenu très difficile de se concentrer dans cette maison », reconnaissait Mai.

Je l'approuvais avec enthousiasme, et je persévérais dans l'expérience insolite de la concentration jusqu'à obtenir des résultats acceptables. Mais cela me demandait de plus en plus d'efforts.

Elle ne semblait se rendre compte de rien. Au début, l'état d'excitation universelle dans lequel m'avait précipité la simple existence de Raquel avait suffi à éliminer le devoir conjugal de la très longue liste de mes problèmes. Puis mon sexe devint de plus en plus exigeant, mais le prestige ténébreux des concours vint à mon aide. Enfin, en plein travail, je commençai à pressentir l'abîme des vacances, et à trembler, et pourtant, même alors, Mai, qui protestait généralement dans le cas contraire, ne sembla relever aucun symptôme inquiétant dans mon asthénie. Raquel, en revanche, tirait de quelque part plusieurs significations supplémentaires à ces occasions.

« Tu viens de baiser avec ta femme. »

Elle le devinait avant même que j'arrive chez elle, la porte entrouverte, sa main encore sur la poignée.

« Non », répliquais-je, très sûr de moi. Parce qu'elle ne pouvait pas le savoir, la salope ne pouvait pas le savoir.

« Si. » Alors elle me laissait entrer, fermait la porte, me prenait dans ses bras, me regardait attentivement dans les yeux, collait le nez dans mon cou, hochait la tête et riait. « Bien sûr que si.

— Et comment tu peux le savoir ?

— Eh bien parce que, parce que je le sais. Ça se sent, Álvaro.

— Je ne crois pas que tu puisses sentir quoi que ce soit, parce que je viens de prendre une douche.

— Tu vois ? Pour ça, entre autres.

— J'ai pris une douche parce qu'il est 17 heures, que dehors il fait très chaud et que je suis venu à pied, essayais-je d'expliquer de mon ton le plus pédagogique.

— D'accord. Et parce que tu viens de baiser avec ta femme.

— Non.

— Si. » Son assurance me rendait si nerveux, cela me mettait tellement en colère qu'elle ait raison, que je réagissais avec la logique impertinente et brusque des jeunes enfants.

« Bon, eh bien je m'en vais. » Mais elle riait à nouveau et me retenait fermement en passant ses bras autour des miens.

« Inutile de t'en aller. J'ai la télé. Et du pop-corn à faire au micro-ondes, idiot... »

Mais on ne mettait pas la télé, on n'utilisait pas le micro-ondes, on ne faisait pas de pop-corn, on allait au lit, pour baiser, et on baisait, parce que la Terre tournait autour d'elle-même et des hanches de Raquel, parce que le tout était si grand, si puissant, qu'il ne se donnait même pas la peine de se comparer à la somme de ses parties, parce qu'un temps mou, gélatineux, suspendait les lois physiques dans le lit où nous nous aimions et parce que j'aimais cette femme, je l'aimais tellement qu'après, quand elle était tranquille et silencieuse à mon côté, je prenais avec une exactitude aveuglante, presque douloureuse, la mesure de mon sort.

La joie n'a pas de prix. Il n'existe pas de travail, d'effort, de faute, de problèmes, de procès, ni même d'erreurs qui ne vaille la peine d'être affronté quand le but, la finalité, est la joie. Je le savais, parce que j'avais trop bien connu la couleur grise à l'époque de ma pauvreté, toutes ces années que j'avais vécues en croyant que ma vie était la vie, et qu'elle était à moi. Aussi, quand Raquel se redressait, me regardait, et que je distinguais dans ses yeux une lumière semblable et différente, comme une lueur craintive de la mélancolie, je me rendais compte que cette emphase terminale et soudaine inaugurait le compte à rebours, mais j'étais certain de ce que je devais faire, et que j'allais le faire.

Et pourtant il y avait autre chose, il y eut autre chose dans ces jours heureux, quelque chose d'une plénitude, d'une intensité qui m'étourdissait, car on ne peut pas penser et vivre en même temps – et j'avais choisi de vivre, de renaître dans cette douceur si grande et si petite qu'elle ne se laissait pas penser. Il y avait autre chose, très loin de Raquel, hors de portée de ces regards qui me tyrannisaient, me soumettaient sans effort à la détermination despotique de ne plus jamais regarder une autre femme. Il y avait autre chose, loin de Madrid, hors d'une ville qui ne mesurait qu'un mètre cinquante de large sur deux mètres de long, le jardin aux draps blancs qui nous appartenait entièrement et nous protégeait de nos propres réflexions. Cet abri s'évanouissait lentement, au fur et à mesure que ma voiture avançait sur la Castellana, m'emportant loin de moi, loin d'elle, vers un lieu qui m'était de plus en plus étranger, étrange, et qui commençait à me faire mal bien avant que mon fils ne vienne à ma rencontre en courant sur un chemin de gravier avec la fureur du taureau qui sort du toril.

« Papa ! » criait-il. Et je l'attendais, je m'accroupissais à côté du garage et ouvrais les bras, pour mettre en scène sa publicité préférée.

« Miguelito ! » Il s'écrasait contre moi, espérant me renverser par terre avec son élan. Je me laissais tomber et nous riions beaucoup tous les deux.

À cette époque, j'avais déjà commencé à mieux comprendre Julio, mon frère, cet amour presque inapproprié, maternel, qu'il éprouvait pour ses enfants, l'abnégation systématique et quotidienne qui prétendait leur assurer que, quoi qu'il arrive, il serait toujours leur père, qu'ils pourraient toujours compter sur lui même quand leurs mères respectives ne seraient plus que deux encoches pâlies sur son revolver. Cette révélation fit de mon frère quelqu'un de plus noble et de plus mesquin à la fois, bon envers ses enfants, bien sûr – et c'était presque la seule chose importante –, mais misérable dans la constance infinie de ses calculs. Ou non. Car un dimanche de cet été je ne sus plus que penser de moi, ni de lui, ni de rien.

J'étais arrivé à La Moraleja un peu avant le déjeuner avec une idée en tête, et je la mis à exécution dès mon arrivée, sans perdre de temps à enfiler mon maillot de bain avant d'aller chercher Mai à la piscine. Elle se faisait bronzer les yeux fermés et elle sourit avant de les ouvrir, tandis que mon index parcourait son corps très lentement, de la clavicule au nombril. Puis elle se releva, prononça mon nom, me regarda comme s'il était inutile que je lui explique quoi que ce soit, et tout le reste se déroula comme je l'avais prévu. Je n'avais pas compté sur la présence de Julio, aussi ne lui prêtai-je pas attention quand nous nous assîmes pour déjeuner, Mai souriante, encore un peu rouge, et moi aussi satisfait que lorsque j'étais enfant, d'avoir fait tous mes devoirs pour profiter de mon dimanche. Ensuite, après avoir annoncé à Mai, imperturbable, que je devais rentrer le soir à Madrid, elle partit faire la sieste avec Miguelito. Tandis que je m'installais sous le porche pour y lire le journal, mon frère m'en empêcha.

« Comment elle s'appelle ? déclara-t-il sans prévenir.
— Qui ?
— La fille qui te met dans cet état.
— Julio ! »

Je me relevai d'un coup, regardai autour de moi et constatai que nous étions seuls.

« Il n'y a personne, tout le monde dort. » Il fit une pause pour rire et me tendit un cuba libre semblable à celui qu'il tenait à la main. « Deuxième tentative : Comment elle s'appelle ? »

Je n'aime pas beaucoup les cuba libre mais j'acceptai celui que mon frère avait machinalement préparé pour moi, et je lui souris.

« Comment est-ce que tu t'en es aperçu ?

— Álvaro, je t'en prie, je suis l'expert de la famille, tu le sais.

— Elle s'appelle Raquel, mais dis-moi comment tu t'en es aperçu.

— Tu te débrouilles plutôt pas mal, si c'est ce qui t'inquiète. » Nous entendîmes le bruit d'une porte qui s'ouvrait à l'intérieur de la maison, nous tendîmes le cou en même temps et, même s'il n'y avait personne, Julio baissa le ton. « Je n'en étais pas très sûr, je dois dire. Je te trouve un peu bizarre depuis un moment, mais bon, entre le concours et le fait que tu as toujours été bizarre... Mais ce matin... Ce matin, c'était criant, Alvarito.

— Quoi ? » J'avais très bien compris, mais je n'étais pas très sûr de son interprétation.

« Le coup défensif, mon vieux. » Cette définition m'amusa tellement que ça ne me dérangea même plus de me remettre à rire.

« La meilleure défense, c'est l'attaque », supposai-je, et il acquiesça de la tête et avec beaucoup d'énergie.

« Eh bien oui, n'en doute pas... Tu sais combien j'en ai tiré dans ma vie ? Les anticipés et les autres, pour me préparer une nuit libre ou pour me faire pardonner avant qu'elles aient le temps de savoir le pourquoi. Le mieux est de leur tirer un coup, avec beaucoup de passion, très vite, comme au service militaire, la furia espagnole, tu sais... Elles en sortent comme neuves, ça marche toujours. Alors quand je t'ai vu à la piscine ce matin, je me suis dit aïe... Et le mieux est qu'on les prenne avec envie, n'est-ce pas ?

— Qui ? fis-je en riant encore.

— Nos femmes.

— Non, pas moi. » Je devins sérieux, le regardai et lus de l'inquiétude dans ses yeux. « C'est peut-être parce que je suis bizarre, mais je dois dire que je la prends avec de moins en moins d'envie.

— Alors c'est pire, Álvaro. » Il se leva, posa sa main sur mon épaule et la serra. « Alors c'est bien pire. Ou bien mieux, on ne sait jamais... »

Cette conversation me laissa un goût rance dans la bouche et un éclat lumineux dans la mémoire, deux traces contiguës, successives, qui naquirent de ma ressemblance fortuite avec Julio et de la certitude que ce ne serait jamais qu'une ressemblance fortuite. Moi, qui n'avais pas voulu être comme mon père, je ne voulais pas non plus devenir comme mon frère, et pourtant je commençai à mieux le comprendre et je pensai à lui en m'occupant de mon fils avec beaucoup plus d'exigence qu'avant, et beaucoup plus de plaisir aussi. Miguelito n'avait pas encore cinq ans et, à l'âge adulte, il n'aurait que peu de souvenirs de cet été. Mais je tâchais de faire en sorte que ce souvenir incluât ma dévotion pour lui, car, parfois, pendant que je le regardais, je m'imaginais sans d'autres enfants, les miens et ceux de Raquel, et je sentais soudain toute l'urgence, l'amertume de la faute que leur mère ne parvenait pas à m'inspirer. Pour cette raison, quand j'arrivais à La Moraleja, la première chose que je faisais était de m'accroupir, à côté du garage, les bras ouverts, pour le laisser m'emboutir et tomber par terre avec lui, pour que nous riions tous les deux ensemble et que je puisse l'embrasser à de nombreuses reprises avant de le prendre dans mes bras.

Nous apparaissions ainsi sous le porche et il y avait toute ma famille – tout du moins, ce qui était censé l'être –, ma mère, mes frères et sœurs, mes beaux-frères et belles-sœurs, et tous se réjouissaient de me voir. Et puis, soudain, je me rappelais ce que je savais et ce que je ne voulais pas savoir, ce que j'aurais dû penser et ce que je ne pensais pas, ce que j'avais voulu oublier et ce que je n'aurais peut-être pas dû oublier, l'impression de Fernando Cisneros et mes propres intuitions. Et Raquel me disait que je la regardais comme mon père. Je comprenais que le mieux, peut-être la seule bonne chose pour nous deux, serait que je ne découvre jamais la véritable relation qui avait uni cet homme à l'amour de ma vie.

Puis ma mère m'embrassait, ma femme, mes frères et sœurs, et il nous manquait, il nous manquerait toujours, et son absence était importante pour tous. Mais personne ne pouvait la ressentir ni la fêter autant que moi, pendant que je me laissais tomber dans un fauteuil et les informais de mes fabuleux progrès. « Tu dois être contente, maman, un fils professeur d'université... », disait Clara. Ma mère me regardait, souriait et acquiesçait de la tête, mais je savais parfaitement que cela lui était égal. La nouveauté était que à moi aussi ça m'était égal, parce que Raquel Fernández Perea était passée par moi comme passe la chance, la mort, le hasard qui transforme en une seule fois et pour toujours le destin des êtres vivants, et j'étais un homme différent, avec une vie différente, dans un monde qui devrait aussi être différent.

Et pourtant, le fantôme de mon père était plus présent dans sa maison que nulle part ailleurs, et là – où il était certain qu'elle n'était jamais –, Raquel restait sa maîtresse, pas la mienne. La photo du mariage de mes grands-parents était accrochée au même endroit, Teresa jeune et confiante, adressant à l'appareil un grand sourire, et ma grand-mère Mariana, sans une once de mystère sur son visage, ni dans son allure, prenant dans ses bras mes frères et sœurs aînés. J'examinais leurs visages, et j'examinais Mai, ma mère, et je voyais Raquel, jeune et nue, se glissant dans les bras d'un vieillard qui l'attendait dans un jacuzzi entouré de bougies allumées, je la voyais comme je ne l'avais jamais vue quand je l'avais devant moi, et cette image devenait soudain si perverse, si obscène, si insupportable qu'elle ne pouvait être comparée à aucun de mes souvenirs. Alors je commençais à étouffer, je sentais que j'étouffais, et je cherchais mon fils pour l'emmener loin de ce porche, acheter des sucreries ou jouer au foot tout au fond du jardin.

Je croyais que c'était suffisant, mais un soir, Lisette, vêtue d'un des bikinis brésiliens qui mettaient Julio au bord de l'apoplexie, vint à ma rencontre au bord de la piscine. Elle portait dans les bras le bébé de Clara, mais elle ne me parla que lorsque Miguelito fut dans l'eau.

« Álvaro, mon petit, il t'arrive quelque chose. Qu'est-ce que c'est ? » Son sourire se fit plus espiègle, presque malicieux.

« Je ne sais pas. Qu'est-ce que ça peut être ? lui répondis-je.

— Tu ne me regardes plus.

— En ce moment, je te regarde, Lisette.

— Oui, mais tu ne me regardes pas comme avant.

— Bon... » Je souris moi aussi. « Je vais essayer de me corriger, alors. »

Ce jour-là, c'était mercredi, et l'anniversaire d'un de mes neveux. C'était pour cela que j'étais allé chez ma mère et je comptais rester dormir pour éviter la nuit du samedi suivant, mais le commentaire de Lisette m'amusa et me toucha tant que je décidai de modifier mes projets sans trop réfléchir, et je ne trouvai nulle part la force ou l'envie de faire l'amour avec Maï avant de partir.

« Aïe, pas de chance ! J'ai l'air d'un imbécile, je dois dire... » Après avoir chanté « Joyeux anniversaire », je m'approchai d'elle les yeux rivés à mon téléphone portable. « Je dois rentrer à Madrid, tu sais ? je viens de me rappeler que demain j'ai une réunion à 8 h 30, avec la direction du musée.

— En juillet ? » Maï me regarda avec davantage d'étonnement que d'ironie.

« Eh bien oui, en juillet. Il s'agit précisément de planifier l'année prochaine, répondis-je avec beaucoup d'aplomb.

— Eh bien, tu peux y aller d'ici, insista-t-elle, acceptant apparemment mon argument. On met beaucoup moins de temps que de la maison, non ?

— Oui, mais la réunion a lieu au siège de la banque. » Je ne la convainquis pas et je le sentis. « José Ignacio vient de m'envoyer un message pour me le rappeler... »

J'affrontai un regard glacial, le premier, et songeai que cela devait tôt ou tard arriver. Ce fut la raison pour laquelle je n'essayai pas de protéger mon étourderie dans l'excès de travail, ni dans la nervosité que m'inspirait mon opposition fictive et si rentable. Je n'oublie jamais les réunions importantes et ma femme le savait parfaitement, elle vivait avec moi depuis presque dix ans. Elle ne voulut rien ajouter et moi non plus. Mais j'emportai aux toilettes un *piquillo* au jambon et le téléphone pour appeler José Ignacio avant de partir, parce que j'étais sûr que c'était la première chose que ferait Maï dès qu'elle me perdrait de vue.

« Arrête de me baratiner, Álvaro, s'il te plaît, me dit-il avant que j'aie eu le temps de tout lui expliquer.

— Juste pour cette fois, José Ignacio, je te jure que c'est la dernière. Je ne t'ai jamais rien demandé de ce genre, tu le sais, et c'est très important pour moi, je parle sérieusement.

— Je n'aime pas ça.

— Je sais, mais je ne te demande pas de mentir, ni d'inventer une histoire, ni même de me défendre... Tu as juste à répondre oui. C'est tout, un simple oui sans autres conséquences. Une petite réponse pour une petite question, rien de plus. Et je ne suis même pas sûre que Maï t'appelle, le plus probable est qu'elle ne le fera pas. »

Il accepta, à contrecœur mais il accepta. Et je sentis aussitôt une explosion de joie absolument disproportionnée avec le bénéfice qu'il m'avait accordé. L'euphorie, pointue et électrique, galopait sous ma peau comme les effets d'une drogue puissante et bienheureuse, si puissante et bienheureuse qu'en me retournant pour sortir, je tombai sur mon visage dans le miroir et découvris le visage d'un homme plus beau, plus jeune, plus malin, mieux que moi. Je n'essayai pas de m'expliquer ce phénomène, ni la transcendance subite d'une rencontre que j'aurais pu reporter de moins de vingt-quatre heures sans courir de risque, sans être obligé de demander des services, sans éveiller les soupçons de ma femme. Le besoin ne s'explique pas et j'avais besoin de voir Raquel, bien que j'aie déjeuné avec elle ce jour-là, bien que nous soyons allés au lit ensuite, bien qu'il ne se soit écoulé que trois heures et quarante-cinq minutes depuis que nous nous étions quittés sur le seuil de sa maison. J'avais besoin de la voir, de lui parler, de l'avoir près de moi, de l'embrasser, de la toucher, de la caresser, de lui raconter que la volonté de ses yeux s'était accomplie, que je ne savais plus regarder d'autres femmes. C'était là ce dont j'avais besoin, et non de me l'expliquer.

En sortant des toilettes, je pris un autre *piquillo* et je dis au revoir à tous par un adieu général et à Mai par un baiser de côté, presque en coin, car elle ne voulut pas approcher le visage pour le recevoir, ni me le rendre.

Lisette me raccompagna à la porte avec un sourire moqueur qui me rappela l'origine de cette crise radicale et infime, inutile et disproportionnée. Je descendis deux marches, me retournai pour la regarder et, bien que mes yeux n'accusent plus le plaisir de le faire, j'insistai un moment avant de poser la question.

« C'est mieux ?

— Non. » Et elle se mit à rire. « Désolé ! » Je levai les bras, les mains ouvertes, pour me faire pardonner ma faute.

« Aïe, mon petit ! »

Elle hochait toujours la tête quand je montai en voiture. Je comptais appeler Raquel pour la prévenir du changement de programme avant d'arriver sur l'autoroute, mais José Ignacio me devança.

« Depuis combien de temps est-ce que tu es parti ? » Je ne fus pas capable de lui répondre avec précision alors que je roulais encore dans le lotissement.

« Je ne sais pas. Quatre minutes, peut-être cinq, je n'en suis pas sûr...

— Bon, Mai vient de raccrocher.

— Ah oui ? Comment ça va ? fis-je, en prenant un ton étonné.

— Comment ça, comment ça va ? » José Ignacio parlait dans un murmure pour que sa propre femme ne l'entende pas, mais je sentais qu'il était énervé. « Mal, Álvaro, très mal, tu sais ? Parce que je lui ai menti, j'ai menti et je l'ai fait pour toi, parce que tu me l'as demandé, mais ça ne me plaît pas du tout, tu m'entends ? Du tout, entre autres parce que je mens très mal... Alors écoute bien ce que je vais te dire, juste une fois, si jamais tu recommences à me...

— Ne t'inquiète pas, José Ignacio. Il n'y aura pas d'autres fois », l'interrompis-je.

Dans le silence qui s'ensuivit, je me rendis compte qu'il n'avait pas fait que m'écouter. Il m'avait aussi compris.

« Tu as quitté la maison ? demanda-t-il sur un autre ton, neutre, favorable par-delà les précautions.

— Non, pas encore, le rassurai-je, avant de lui avouer avec une facilité stupéfiante une chose que je ne pensais pas avoir encore décidée. Mais je crains de ne pas passer l'été.

— Bon sang, Álvaro... »

Il me demanda de ne pas faire de bêtises, je lui assurai que je n'en ferais pas, je renonçai à lui rappeler qu'il s'était marié trois fois et que sa première femme l'avait quitté pour un autre, mais qu'il avait quitté la deuxième pour aller vivre avec la troisième, le remerciai et raccrochai.

« Je viens de chez ma mère, mais je n'ai baisé avec personne. Tu peux me sentir, si tu veux. » Raquel m'attendait à la porte, et elle était resplendissante.

« Non. » Elle sourit, m'enlaça, pressa sa tête contre ma poitrine comme une petite fille en quête de protection. « Je n'en ai pas besoin. » Alors, sans me lâcher, elle se redressa et me regarda. « L'odeur, ce n'est qu'une métaphore, Álvaro.

— Ah oui ? Eh bien ce n'est pas la seule... »

Quand j'arrivai, elle mangeait une glace à la confiture de lait avec un whisky. « Ça se marie très bien », me dit-elle en m'en proposant. J'acceptai, et lui racontai qui était Lisette, ce que m'en avait dit Julio, après avoir fait sa connaissance, et à quel point j'avais trouvé qu'il avait raison lorsque je l'avais vue ; la façon qu'elle avait de me saluer quand ma mère ou Mai étaient présentes, et quand nous étions seuls. Je lui racontai ce jour d'été, il y a deux ans, où quelque chose se serait passé si Clara n'était pas entrée à l'improviste dans la cuisine pendant que Lisette, serrée contre le plan de travail par moi, m'apprenait à faire la mayonnaise, nos deux mains droites posées sur le bouton du batteur, tandis qu'elle me guidait de l'autre pour verser correctement l'huile.

« Et tu as appris ? demanda Raquel en riant.

— Non, ce n'est pas un bon professeur. Elle s'occupait trop de ce qui se passait dans son dos, c'est-à-dire, de moi. Quand Clara est entrée, la mayonnaise est retombée, Lisette avec.

— Et toi ?

— Moi, j'étais ravi que tout retombe, mais après seulement. Je dois avouer que sur le moment je serais allé jusqu'au bout.

— C'est ça, la métaphore ?

— Non. Mais cet après-midi, Lisette s'est plainte parce que je ne la regardais plus comme avant.

— Vraiment ? s'exclama Raquel avec surprise.

— Oui. Et encore, j'ai pris ça comme une sorte de défi, tu sais. Quand elle m'a raccompagné à la porte, je l'ai regardée longuement – pas dans les yeux, bien sûr –

mais elle m'a répété que non, il n'y avait plus rien. Bref, tu vois le tableau... »

Elle ne dit rien, mais se retourna sur le canapé, s'assit sur moi, prit ma tête dans ses mains et l'appuya contre le dossier. Elle m'embrassa très lentement, les yeux clos, avec autant d'attention que si ce temps qui me rendait fou lui avait rendu la tendresse délicate et craquante d'une pêche de vingt ans qui mûrit encore sur une branche d'arbre. Cela me tomba dessus sans crier gare. Je me rappelai soudain ce que je savais, je compris ce que j'avais appris. Jamais je ne pourrai quitter cette femme, ni ne consentirais plus à l'arrivée d'un nouvel imbécile dans sa vie. La seule chose que je voulais, c'était vieillir à ses côtés, voir son visage tous les matins au réveil, et avant de m'endormir le soir et mourir avant elle. Je ne pensai plus que ce n'étaient que des paroles, des phrases toutes faites, éculées, galvaudées par l'usage, l'abus des millions d'hommes et de femmes qui les avaient imaginées, prononcées et ressenties avant moi. Je ne pouvais plus penser ça parce que la réflexion est ennemie de l'action, et pour moi le moment de penser était terminé.

« On devrait faire quelque chose, non ? » lui demandai-je tandis qu'elle s'écartait, les mains encore sur mes tempes. « On ne peut pas rester toute la vie comme ça, Raquel. »

Elle me regarda, ferma les yeux, les rouvrit, sourit.

« Tu es en train de me demander qu'on s'enfuie ensemble ?

— Eh bien..., dis-je en souriant. S'enfuir... J'aime vivre à Madrid.

— Moi aussi.

— Mais je l'aimerais plus si je vivais avec toi.

— Álvaro... »

Ça y est, pensai-je tandis qu'elle recommençait à m'embrasser et que je lui répondais avec une intensité presque furieuse. Ça y est, je l'ai dit, je l'ai fait ! Je m'abandonnai à ces baisers qui étaient doux malgré leur violence, à cette émotion qui me piquait les yeux. Dans les siens brillait un éclat semblable à celui des larmes, et je continuais à penser, en me répétant les mêmes mots, ça y est, ça y est !

Ça y était. Tout le reste m'était égal. L'origine triviale de cette décision qui allait mettre ma vie sens dessus dessous m'importait peu. La seule chose que je voyais, la seule chose qui m'importait, c'était l'explosion, le cataclysme. J'avais besoin de respirer l'odeur de la poudre qui allait permettre que tout explose, de contempler mon passé sautant en l'air comme la peau écorchée et desséchée d'une réalité morte qui ne pouvait plus supporter les assauts de son avenir, de sentir sur ma propre peau les morsures d'une joie qui certifiait son inexistence irréversible, fossilisée. Le reste ne comptait pas tant que Raquel continuerait à m'embrasser, tant que ses doigts me caresseraient, tant que ses bras m'enlaceraient avec la détermination de fondre son corps en un seul avec le mien. Le reste ne comptait pas, n'existait même pas. Ce fut ce que je ressentis, et tout était logique, juste, suffisant pour supplanter toute inquiétude, toute crainte, les calculs mesquins et constants des hommes qui n'étaient pas comme moi. Parce que j'étais, je fus alors plus moi que jamais, et j'osais tout, et je savais tout, et je maîtrisais tout.

Je maîtrisai tout jusqu'à ce que Raquel sépare à nouveau sa bouche de la mienne pour me regarder, et je compris que ses yeux n'avaient pas l'éclat des larmes mais une lueur de larmes authentiques, très loin de la jubilation intense et inconditionnelle que j'avais toujours prévue en imaginant cette scène.

« Dis quelque chose.

— Qu'est-ce que tu veux que je te dise ?

— Dis-moi oui. » Elle sourit.

« Tu veux que je te dise que je t'aime, que je veux vivre avec toi, que je suis amoureuse de toi, que je ne supporte pas que tu vives avec une autre femme, que je ne supporte pas que tu baises avec elle, même que tu la touches, que je t'adore, Álvaro, que je n'ai jamais aimé personne comme je t'aime. C'est ça, que tu veux que je te dise ?

— Par exemple. » Je lui caressai le visage avec les doigts et constatai que, pour l'instant du moins, elle n'allait pas pleurer. « J'aime beaucoup l'entendre.

— Eh bien je te le dis, parce que tout cela est vrai, Álvaro. Cela et plus, c'est la vérité la plus grande, la vérité la plus... vraie que je puisse te dire.

— Alors ça y est, non ?

— Quoi ?

— Partons vivre ensemble, Raquel, partons maintenant, quand tu auras des vacances, partons ensemble où tu voudras. Je suis un riche héritier, tu le sais.

— Oui, mais...

— Oui mais quoi ?

— Je ne sais pas, ce n'est pas si facile. » Elle se tut, et je compris que la panique avait la forme de son visage, de ses yeux, leur couleur, des lèvres comme les siennes, qui étaient les lèvres, la couleur, les yeux, et le visage du bonheur. « Je suis très surprise, parce que... On n'en a jamais parlé. Et cet après-midi on était ensemble, tu étais là, et tu ne m'as rien dit, et maintenant, d'un coup, tu me sors ça...

— Bon, mais c'est logique, non ? » Je savais que je n'avais pas intérêt à perdre mon calme. J'étais disposé à le garder, mais à ce moment je commençai à ne plus faire confiance à mon propre discours, ces arguments graves et simples dont elle ne pouvait avoir besoin, dont j'étais sûr qu'elle n'avait pas besoin. « On n'en a jamais parlé, mais on le savait tous les deux, on est grands, Raquel, on savait qu'il allait se passer quelque chose un jour.

— Oui, mais pas si vite... Je ne sais pas, on n'est ensemble que depuis trois mois, et je croyais...

— Quoi ?

— Je ne sais pas... Qu'on allait continuer comme ça, comme en ce moment, plus longtemps.

— Comme en ce moment comment ? » La dureté de ma voix me surprit. « En dormant ensemble toutes les nuits, comme en ce moment, en se voyant l'après-midi, comme il y a un mois, en se donnant rendez-vous de temps en temps, comme au début ? Comment est-ce que tu comptais continuer ? » Elle ne m'avait pas regardé pendant que je parlais, ne voulut pas me répondre et sa passivité me mit en colère. « Ou alors tu veux autre chose, Raquel ? Tu veux que je t'installe dans un appartement et que je vienne te baiser le mercredi après déjeuner ? Si c'est ça...

— Non ! » réagit-elle enfin. Elle se jeta sur moi, me couvrit la bouche de sa main, la retira pour m'embrasser à plusieurs reprises tout en continuant à parler, en criant presque. « Non, non, ce n'est pas ça, ce n'est pas ce que je veux, je veux vivre avec toi, je t'aime, Álvaro, je t'aime, mais en ce moment je ne peux rien faire, pas encore... J'ai besoin de temps, de plus de temps.

— Du temps pour quoi ? » Je la pris par les épaules et la tins à distance, sa bouche entrouverte face à la mienne. « C'est moi qui risque quelque chose, Raquel. C'est moi qui suis marié, qui vais devoir arranger les choses, affronter les disputes, les avocats, et les problèmes... Moi, pas toi. » Elle ne voulut pas répondre et resta molle, faible entre mes bras. « C'est moi qui suis surpris ! – Soudain, aussi, j'étais très fatigué, et je poursuivis, davantage pour moi que pour elle. Je ne te comprends pas, je ne sais pas pourquoi... Je ne sais pas, c'est vous, les femmes, qui êtes censées être courageuses.

— Ah oui, et d'où tu sors ça ? » Elle avait profité de ma fatigue pour m'enlacer à nouveau, pour coller sa tête contre la mienne.

« Je ne sais pas », dis-je en souriant. Soudain, tout était si ridicule. « Qu'est-ce que j'en sais, des revues féminines, des séries télévisées, du cinéma espagnol, des femmes qui remportent le prix Planeta[1]...

— De celles qui disent que les hommes mariés ne quittent jamais leurs femmes.

— Exact. Oui, de celles-là. »

Ne me fais pas ça, Raquel, pourquoi est-ce que tu me fais ça, comment est-ce que tu peux me faire ça ? pensai-je.

« Elles se trompent. » Elle m'embrassait, et ses baisers étaient d'une douceur vénéneuse. « Avec toi, elles se trompent.

— Non. C'est moi qui me trompe. Et je me suis trompé sur toi.

— Ce n'est pas vrai, Álvaro. Je te jure que ce n'est pas vrai, dit-elle avec la moue d'une petite fille.

---

1. Prix littéraire espagnol.

— Non ? Eh bien partons ! » J'ignore d'où je tirai ce dernier sursaut d'espoir. « Partons une fois pour toutes, Raquel, partons. Pourquoi pas ? Je ne comprends pas, pour toi, c'est très facile, moi je n'en peux plus, mais toi... ? Tu n'as pas à supporter, à faire semblant, tu n'as pas à partir un mois en vacances avec quelqu'un que tu n'aimes pas, tu n'as d'explications à donner à personne.

— Sauf à toi. »

Elle se leva lentement mais son poids resta sur mes cuisses engourdies comme un pressentiment, comme une malédiction. Je la vis marcher dans la pièce, sortir comme si tout le corps la faisait souffrir. J'entendis le bruit des glaçons qui s'entrechoquent et la vis revenir, image maladive d'elle-même, pâle, décolorée, fragile. Je pris peur de l'aimer autant, de l'aimer à ce point maintenant que je ne pouvais rien lui donner de plus, maintenant que je lui avais donné tout ce que je possédais.

« Alors ? lui dis-je quand elle s'assit dans un fauteuil, devant moi.

— Alors quoi ? demanda-t-elle après avoir englouti d'un trait la moitié du verre.

— Tes explications. »

Avant de parler elle pleura, inaugura des larmes dociles, silencieuses, à l'air presque apaisant, plaisant, comme celles que j'avais déjà vues couler de ses yeux un jour où nous marchions rue Carranza. Ce soir-là je ne fis rien pour les arrêter. Ce soir-là je ne savais plus que faire.

« Je t'aime, Álvaro, c'est vrai, il n'y a rien de plus vrai, je t'aime trop, je t'aime tellement que je ne pourrais pas supporter... que tu me détestes, que tu me méprises, que tu te sentes humilié ou malheureux à cause de moi, que cela finisse mal, je ne pourrais pas le supporter et j'ai besoin de temps, c'est pour ça que j'en ai besoin, pour réfléchir... » Elle n'acheva pas sa phrase mais elle m'adressa un regard presque craintif, comme si elle pressentait la formidable explosion qu'allaient provoquer les mots qu'elle avait refusé de répéter depuis qu'elle avait appris, et moi avec elle, que la Terre tournait juste sous nos pieds. « J'étais la maîtresse de ton père, Álvaro.

— Laisse mon père tranquille, Raquel ! » J'étais si furieux que je me levai pour continuer à crier debout. « Mon père est mort, tu entends, mort et enterré. Mon père est mort, mort, et moi, je suis vivant ! Je suis ici, et je me fous de mon père, tu entends ? Lui, toi, ce que vous faisiez avec ce godemiché que j'ai trouvé dans un tiroir, en regardant tous ces films porno si bien rangés, je m'en fous... »

Elle ne répondit pas, ne parla pas, ne bougea pas, et je me sentis si seul, si désemparé soudain, que je commençai à perdre la tête. Cependant je savais qu'il fallait que je me taise. Je le savais, mais je ne m'écoutai pas, car elle ne disait rien, elle ne parlait pas, elle ne me regardait même plus. Ne fais pas ça, Raquel, ne fais pas ça. Je ne le méritais pas, je l'aimais tellement, tellement, que je lui avais donné tout ce que je possédais et elle l'avait refusé. Elle m'avait laissé si seul, si désemparé, que je ne résistai pas à la tentation de m'apitoyer sur moi-même. J'aurais voulu lui demander pourquoi elle m'avait tiré de ma routine, de cette paisible étendue de terres cultivées qu'était ma vie, sans grandeur, sans passion, pourquoi elle m'avait emmené si haut juste pour me laisser retomber. J'aurais aimé lui poser la question, mais je ne pouvais pas me le permettre. Je ne pouvais pas lui reprocher sa cruauté sans m'abaisser, et pour cette raison, et parce que j'avais goûté à la colère, je lui dis ce que je n'aurais jamais dû lui dire, ce à quoi je n'avais jamais voulu penser, ce que je n'avais jamais osé entendre même de ma part.

« Tu veux que je sois vraiment sincère ? Tu veux que je joue moi aussi au jeu de la vérité ? Eh bien je vais te dire une chose, Raquel, et ne l'oublie pas. Bien sûr, que je ne m'en fous pas que tu aies couché avec mon père, et non seulement je ne m'en fous pas, mais ça me tue. Ça me tue vraiment que tu aies pu baiser avec un vieux bourré de fric dans une baignoire entourée de bougies allumées ! Ça me tue, tu m'entends, ça me tue ! Ça me dégoûte, et ça me fait honte, cet appartement si cher et si vulgaire me fait honte, vous me dégoûtez, mon père, toi et votre godemiché dans ce lit, c'est pathétique, Raquel, c'est horrible, c'est vraiment horrible, putain, c'est le pire... Tu me prends pour un imbécile ? Eh bien c'est vrai aussi, je suis un imbécile. Un vrai couillon, parce que je suis tombé amoureux de toi, Raquel, je suis tombé amoureux de toi et j'ai décidé d'avaler ça, de tout avaler, pour que tu viennes m'emmerder maintenant... »

Ce ne fut qu'après avoir fini de crier que je pus me remettre à penser. Ça y est, ça y est, c'est fini. J'ai réussi à sentir la poudre, j'ai vu comment tout éclatait, j'ai tout gâché à moi tout seul, et je ne peux même pas rejeter la faute sur elle.

Raquel ne m'adressa pas un regard, ne dit rien. Elle s'était recroquevillée progressivement, se repliant sur elle-même pendant que je hurlais, pendant que je criais comme l'énergumène que je n'avais jamais été, jamais avant ce soir, et je l'avais vue s'effondrer, se couvrir le visage de ses mains, s'écrouler à chaque hurlement jusqu'à devenir une pelote tremblante qui s'agitait dans le fauteuil. Je me mis alors moi aussi à trembler. Je tremblais de colère, de peine, d'orgueil, de dépit, de honte, de désarroi, et d'amour, aussi d'amour.

« Je suis désolé, Raquel, excuse-moi. » J'attendis quelques secondes une réponse qui ne vint pas et j'insistai avant de commencer à me diriger vers la porte. « Je suis vraiment désolé, Raquel, excuse-moi, c'est vrai. Je n'aurais pas dû crier, je n'aurais pas dû te dire ça. Je ne suis pas comme ça, je... Je ne sais pas ce qui m'est arrivé mais je regrette vraiment, énormément, je te jure que je regrette. Pardonne-moi. »

Quand je sortis du salon, j'étais sûr que tout était fini, mais elle se leva soudain, se précipita vers moi et s'appuya contre la porte jambes écartées, bras ouverts comme une crucifiée.

« Ne t'en va pas, Álvaro, je t'en prie. » Maintenant enfin elle me regardait, pleurait, suppliait comme une femme condamnée, désespérée, perdue dans sa propre douleur. « Je t'en prie, je t'en prie, ne t'en va pas... Pardonne-moi, pardonne-moi, pardonne-moi. » Et elle se jeta sur moi, elle ne s'avança pas, ne se déplaça pas, ne s'approcha pas, mais elle se jeta sur moi, s'écrasa contre mon corps et s'y accrocha avec une force telle que, si j'avais été en état de le ressentir, elle m'aurait fait mal. « Ne t'en va pas, Álvaro, je t'en prie, ne t'en va pas comme ça. Pardonne-moi, pardonne-moi, toi... Ne t'en va pas, ne t'en va pas, je t'en prie, je t'en prie, ne t'en va pas... »

Elle relâcha progressivement la pression sans cesser de répéter cette litanie humble et frénétique dans laquelle elle semblait trouver une faible consolation, jusqu'à ce que ses mains me libèrent. Alors elle releva la tête et me regarda, je la regardai, mais je ne pus rien faire, rien dire, comme si j'avais soudain été atteint de la même paralysie qui l'avait auparavant maintenue immobile et recroquevillée dans le fauteuil. J'étais stupéfait, étourdi, ébranlé par la passion de cette femme que j'aimais comme aucune autre auparavant, et qui m'avait repoussé comme aucune autre auparavant, pour se traîner ensuite devant moi comme aucune autre auparavant.

J'étais ébranlé, étourdi, stupéfait, mais j'étais aussi redevenu vivant et Raquel ne s'en rendait pas compte. Aussi me ressaisit-elle par les manches, cette fois avec douceur, presque avec crainte, juste pour se laisser tomber par terre et y rester assise. Je la regardai un instant d'en haut avant de la soulever, de l'étreindre de toutes mes forces, de l'embrasser à plusieurs reprises, et de lui dire que je l'aimais, que je l'aimais, que je l'aimais.

Le numéro que vous demandez n'est pas attribué.
« Voyons, mademoiselle... » La première fois que j'entendis ce message, je me souvins de Fernando Cisneros et de la plus surprenante, furibonde, de ses manifestations d'entêtement. « Non, non, mademoiselle, je sais que ce n'est pas vous qui dites ça, que c'est une voix enregistrée... » Nous étions au bar de la faculté, un matin, il s'était trompé en composant le numéro et recommença exprès. « Mais enfin, c'est intolérable, c'est intolérable », dit-il soudain, et il chercha un interlocuteur vivant à travers tous les numéros gratuits des Renseignements jusqu'au moment où il tomba sur une pauvre fille qui n'avait jamais dû être confrontée à cette situation. « Bien sûr, que c'est important, mademoiselle, bien sûr, que c'est important, puisque je vous assure que ce numéro existe, il existe depuis la nuit des temps, depuis le premier instant de la vie humaine... » José Ignacio me regarda, porta l'index droit à sa tempe, et

nous nous mîmes tous les deux à rire. Je réagis le premier : « Laisse tomber, Fernando. » Il ne m'écouta pas. « Comment ça, c'est une façon de parler, eh bien non, mademoiselle, bien sûr que je ne vais pas m'en contenter, et ne me dites pas que vous ne me comprenez pas parce que c'est très simple, je vais vous expliquer, le neuf est l'unité et il existe, le un est la dizaine et il existe, le six est la centaine et il existe, le sept est l'unité du millier et il existe, le deux est la dizaine de milliers et... » Il se tut soudain, écarta le téléphone de son oreille et nous adressa un regard chargé d'une détresse comique. « Elle m'a raccroché au nez », marmotta-t-il. « Ça ne m'étonne pas », commenta José Ignacio, et cela le mit encore plus en colère. « Comment ça, ça ne t'étonne pas ? » Puis il me regarda, nous désigna tous deux du doigt nous englobant dans un cercle imaginaire. « Mais enfin, ne me dites pas que vous vous en fichez. Qu'est-ce qu'il y a, je suis le seul apôtre de la vulgarisation, peut-être ? »

Le numéro que vous demandez n'est pas attribué.

La première fois que j'entendis ce message, je crus moi aussi m'être trompé de numéro, mais je n'insistai pas sciemment, comme l'avait fait Fernando. Je me contentai de chercher le nom de Raquel dans le répertoire, m'assurai de l'avoir sélectionné, et appuyai sur la touche verte. Je n'utilisais habituellement pas ce système parce que j'aimais composer cette combinaison de neuf chiffres un par un, mais je ne voulais pas risquer d'entendre une nouvelle fois que le numéro n'existait plus. Ce fut cependant tout ce que j'obtins, une fois, une autre, une autre encore.

Ce jour-là était plus sinistre que nuageux, et la bruine commença à tomber avant midi. Miguelito était nerveux, de mauvaise humeur, comme s'il avait du mal à accepter de perdre des journées de plage dès le début, dans ce village du nord où s'étaient déroulés tous les étés de sa vie. Mai aimait passer l'été à Comillas, d'où la famille de sa mère était originaire, et elle acceptait sans reproches, presque avec plaisir, la surprenante gamme de gris du ciel Cantabrique, mais moi, je ne trouvais aucun charme à ce climat. C'était la raison pour laquelle, tout en appréciant la compagnie de Fernando Cisneros, moins critique que moi envers les traditions estivales de notre belle-famille commune, je ne m'étais pas encore décidé à investir nos économies dans les maisons que Mai visitait chaque année en août, sans se lasser, et que nous continuions à louer chaque été une sorte d'appartement indépendant, pas très grand mais pas trop petit non plus, au deuxième étage d'une bâtisse qui appartenait à des parents de ma femme.

Comillas avait constitué la principale source de conflit dans mon couple à l'époque où il n'y en avait pas dans mon mariage. La disparition de la deuxième proposition résolut pacifiquement la première, car Mai ne fit pas allusion à ses prospections immobilières quand nous quittâmes Madrid. Nous voyageâmes en silence, Miguelito dormait, elle se taisait, se contentant d'alimenter le lecteur de la voiture en introduisant un CD après l'autre. Quant à moi, j'étais absent, absorbé par le nombre et la profondeur de mes blessures, l'état imprécis, à mi-chemin entre la maladie et la convalescence, dans lequel m'avait plongé l'épouvantable réserve de Raquel. Mais la concentration qu'exigeait de moi le découragement ne suffisait pas à effacer l'évidence et Mai, restée si étrangère aux convulsions qui avaient agité ma vie lors de ces derniers mois, était devenue une évidence, qui plus est grave.

Tout a mal tourné, pensai-je en conduisant vers le nord. Tout avait mal tourné. Je pensais aussi que j'aurais dû rester à Madrid, j'avais failli le faire, mais au dernier moment j'avais songé à mon fils.

Je n'étais plus sûr de rien excepté que, de toute manière, ma vie ne serait plus jamais comme avant, et que Miguel serait le seul élément constant dans le paysage qui survivrait à la faille de l'ancienne plaine où je ne me retrouvais plus. J'avais souvent imaginé certaines scènes, des bureaux, des brouillons, des documents, des stylos, des inconnus faisant des allées et venues dans un couloir comme des ombres absentes de leurs propres personnages, des paroles d'encouragement, des regards réfrigérants, le silence. Je l'avais imaginé et j'avais fait plus, je me l'étais annoncé, je m'en étais averti, je m'étais préparé à le vivre et je l'avais assumé avec naturel, presque avec joie, car de l'autre côté de ce tunnel aux parois sombres, au-delà des échos profonds de la stupeur et du ressentiment, se trouvait Raquel, l'amour de ma vie. J'étais un bon garçon, je l'avais toujours été, un bon fils, un bon mari, un bon citoyen, mais j'étais disposé à me défaire de toutes ces médailles, à devenir le sujet de conversation de la saison, à me laisser emboîter dans un moule de canaille qui ne me correspondait pas, à signer ma propre banqueroute avec enthousiasme, car j'étais tombé amoureux d'une femme qui m'aimait et cela faisait de moi un homme courageux, un homme propre, pur, bon, innocent. Ce fut pour cette raison – parce que je m'étais déjà raconté à moi-même comment allait être le reste de ma vie, parce que je m'étais préparé à vivre les mauvais moments et les meilleurs – ce fut pour cette raison que la désertion de Raquel me fit tant de mal. Cette réaction confuse, équivoque, qui semblait sur le moment spontanée et qui projetait cependant dans la distance une certaine cohérence, une structure puissante, ordonnée me fit souffrir bien plus que je n'aurais pu l'imaginer.

Toujours est-il que, lorsque j'affrontai le dilemme des vacances, j'avais des espoirs et je choisis Miguelito. Si je devais quitter le domicile conjugal, je ne le ferais pas au bon moment ; pas question de fournir des armes à l'avocat de la partie adverse. Je me souviens d'avoir eu cette pensée, d'avoir formulé précisément cette expression, « l'avocat de la partie adverse », et un instant plus tard je me sentis très mal, un homme mauvais, vil, cynique, traître. Traître, moi qui partais en vacances avec l'ennemi, moi qui étais disposé à feindre, à me dissimuler, à faire n'importe quoi à condition de procéder tranquillement à ma trahison, moi, forcément traître pour avoir été trahi.

« Je comprends que c'est plus dur pour toi que pour moi. » Raquel remua ses doutes et mes certitudes dans sa tasse de café après une nuit grandiose et terrible, d'une intensité cruelle, douloureuse, magnanime. « Je comprends, Álvaro, et tu as raison, c'est ça le pire, tu as parfaitement raison, mais je suis comme je suis, et ça, je n'y peux rien... Je sais que je ne suis pas très claire, que tu ne me comprends pas, je le sais, et je l'admets, mais j'ai besoin de temps. Je t'ai dit que parfois je ne maîtrisais pas du tout ça, je te l'ai dit, tu te souviens ? » J'acquiesçai. « Et pourtant... Ce que c'est que la vie... Elle est si étrange, tout est si étrange. Parce que si j'ai parfois fait des gaffes, mais vraiment, en connaissance de cause, ce fut avec ton père. Si je regrette quelque chose dans cette vie, c'est ça. Mais si je ne l'avais pas fait, je ne t'aurais jamais connu, je n'aurais pas pu tomber amoureuse de toi, Álvaro.

— Et moi, qu'est-ce que je fais, Raquel ? » Je la regardai et compris que ma force de la nuit précédente m'avait soudain abandonné. Désarmé de la colère qui l'alimentait, moi, qui quelques heures plus tôt seulement aspirais à une reddition totale et sans conditions, j'étais devenu si fragile que j'étais disposé à accepter n'importe quoi, n'importe quelle part minime de la vie de la femme qui prenait le petit déjeuner en face de moi, à condition de ne pas la perdre. « Qu'est-ce que tu veux que je fasse ?

— Attendre. » Elle ferma les yeux. « Attendre que je trouve... Il doit y avoir un moyen d'arranger ça, et je dois le trouver, je dois réfléchir...

— Quoi ? » Je lui pris les mains, les serrai, tirai dessus et parvins à lui faire rouvrir les yeux. « Qu'est-ce que tu dois arranger ?

— Tu l'as dit hier soir, non ? Tu as dit que ça te dégoûtait et que ça te faisait honte de m'imaginer avec ton père, et je le savais, je le savais. Je te l'ai dit aussi cette nuit-là, quand tu m'as raconté l'histoire de ta grand-mère, je t'ai demandé ce que tu pensais de moi, et tu m'as répondu : le plus grand bien. Mais hier soir tu ne pensais plus ça de moi, Álvaro, et...

— D'accord. » Je posai ses mains sur la table, les étirai et les caressai lentement. « D'accord, tu veux que j'attende et j'attendrai, ça va, je ne veux plus en parler. Je ne suis pas très fier de...

— D'avoir dit la vérité ? » Une étincelle d'ironie illumina un instant le sombre tremblement de son regard.

« Ce n'est pas vrai, Raquel.

— Si.

— Non. C'est vrai, mais ce n'est pas la vérité. La vérité, c'est que je t'aime. Et dans cette vérité, qui est tout ce qui compte, tu entres avec tout ce que tu trimballes, ton passé, tes réussites, tes erreurs, tes amants. Et je ne suis pas meilleur que toi. Moi aussi, j'ai honte de beaucoup de choses. De ce que j'ai dit hier soir, par exemple. »

Très bien, Alvarito, tu es parfait, pensai-je pendant que Raquel prenait mes mains, les embrassait, l'une après l'autre, sur la paume et sur le revers, à plusieurs reprises.

Je venais d'être parfait et je m'en rendais compte, cette ironie n'était cependant pas aimable, lumineuse, comme celle qui brillait dans les yeux de Raquel quand elle était dure avec elle-même, mais acide, corrosive, si féroce que sa simple proximité suffisait à détruire le syllogisme de mon avenir. J'aime une femme qui m'aime et cela me rend courageux, propre, pur, bon, innocent. J'aime une femme qui m'aime et qui ne me ment peut-être pas, mais elle ne me dit pas la vérité non plus, et ce n'est pas le pire. Le pire, c'est que je n'ose pas la lui réclamer.

Ce fut ce qui resta à flotter dans l'air après cette conversation tranquille et ensoleillée où Raquel parvint à ne pas pleurer et moi à ne pas crier, à ne pas l'insulter. Nous fûmes parfaits, et ainsi, conscients tous les deux de la délicatesse gantée et vulnérable de notre attitude, nous nous quittâmes neuf jours plus tard sans fixer de date précise pour des retrouvailles. Elle partait à Málaga, passer deux semaines à la plage avec ses grand-mères. « Elles sont amies depuis leur jeunesse, elles s'entendent très bien, et maintenant qu'elles sont veuves toutes les deux, celle de Madrid va passer l'été chez celle de Málaga. Je vais toujours les voir, tous les ans, j'aime beaucoup être avec elles, parce qu'elles s'occupent de moi, elles me gâtent comme si j'étais toujours une petite fille, et je les sors, je les emmène partout en voiture et je les invite à dîner au restaurant chinois. Elles adorent les restaurants chinois, tu sais, c'est curieux. Je crois qu'aucun de mes deux grands-pères n'y est jamais allé, mais elles aiment beaucoup cette cuisine, elles s'empiffrent de riz, de nems, c'est incroyable... »

Je l'écoutais parler, raconter ce film tendre et rose, adulte, mais sans doute visible pour tous publics, et je trouvais Raquel plus jeune, plus blonde, les yeux soudain bleus et avec un visage plat, une frange désordonnée qu'elle se coupait elle-même avec des ciseaux à ongles, comme ces actrices qui font des publicités pour les serviettes hygiéniques à la télévision. Comme elle est jolie, gracieuse, juvénile, spontanée, me disais-je, et je souriais, je ne lui racontais pas mes projets pour les vacances, rien à voir avec la comédie féminine romantique dont je venais d'entendre le sujet, mais un film plutôt sinistre, une bâtisse en pierre face à une plage rude, un ciel gris, un enfant qui joue avec une figurine de Spiderman, une femme blessée et angoissée qui ne mérite pas ce qui lui arrive et un psychopathe pris dans l'épaisseur de son propre silence, moi. C'était ce qui m'attendait, c'était le rôle que j'allais interpréter, le rôle que je jouais en silence, avec un humble sourire idiot, pendant que j'étais parfait parce que c'était la façon la plus élégante de ne parvenir nulle part.

Rien de ce qui m'arrivait n'avait de sens. La frivolité de Raquel, sa légèreté, cette réaction absurde, cette négligence si manifeste entrecoupée de larmes, n'avait pas de sens, et pourtant, à l'instant où je commençai à m'éloigner d'elle, je commençai à apercevoir une certaine logique occulte, une structure cohérente, prévisible, dans son attitude.

« Tu as une maîtresse, n'est-ce pas, Álvaro ? » me demanda Mai la première nuit à Comillas.

Je passai beaucoup de temps à saisir ce fil douteux, fuyant, transparent, qui me glissait entre les doigts sans m'indiquer de direction, et cependant il était là, me tentant, apportant une donnée insuffisante pour résoudre un problème à l'envergure trompeuse.

« Dis-moi si tu es avec une autre femme, Álvaro. Je t'en prie, dis-le-moi, j'ai besoin de savoir. »

Mai revint à la charge deux nuits plus tard et je lui répondis que oui, que je ne l'avais pas cherché, mais que c'était arrivé, et que oui, c'était vrai. Je ne peux pas dire que cet aveu ne m'ait pas affecté, que je ne me sois pas senti mal avant et après l'avoir fait, mais je dois reconnaître que je n'y songeai guère. J'avais besoin de tout mon temps pour analyser les arguments de Raquel, les points de suspension qui jalonnaient cette succession de phrases décousues, truffées de sous-entendus qui partaient d'un point situé bien au-delà de ma capacité d'entendement.

Mai laissa passer quelques jours avant d'insister : « Et c'est une histoire importante ? Dis-le-moi, Álvaro, c'est une aventure passagère, ou... ?

— Pour moi, c'est très important. Pour elle, je ne sais pas », lui répondis-je.

Cet été, j'eus beaucoup de temps libre, des après-midi entiers où je feignais de travailler avec mon ordinateur portable allumé devant une fenêtre, sans rien faire d'autre que des patiences, surfer sur le web sans but précis, et penser à Raquel.

Je ne mis pas longtemps à découvrir que ma femme n'avait pas apprécié ma dernière réponse : « Et qu'est-ce que tu comptes faire ? Rester avec moi le temps qu'elle se décide, c'est ça ?

— Non, Mai, ce n'est pas ça. » Je soutins son regard et n'élevai pas la voix. « Mais si tu veux, je pars dès demain. »

Elle me demanda de rester et je restai, je continuai à penser à Raquel quand j'étais seul. Pendant ce temps, elle parlait de moi avec ses sœurs, ses cousines, ses amies, une foule de femmes accompagnées de leurs hommes respectifs, qui m'adressaient un drôle de regard, un regard curieux et mauvais lors des inévitables dîners de cet été.

« Tu n'aurais pas dû venir. Ils vont te mettre en pièces, Alvarito, me dit Fernando quelques jours après s'être réjoui de me voir.

— C'est déjà fait. » Je lui racontai ce qui était arrivé, et – avec Elena Galván toujours en tête de ses réflexes automatiques – il prit la chose encore plus mal que moi.

« Je ne comprends pas, ça n'a pas de sens. Nous sommes des êtres historiques, inscrits dans une époque précise, non ? Nous appartenons à une société déterminée, avec ses normes axiomatiques, fondées sur la répétition des événements et...

— Ça va, Fernando. » Je levai une main pour demander une trêve. « Ça va, la théorie, je la connais.

— Mais ce n'est pas que de la théorie, putain, c'est aussi de la pratique ! Voyons, Álvaro, regarde autour de toi et réfléchis un peu, allez... Une nana divorcée, avec un travail, sans enfants, sans problème, qui a une liaison avec un homme marié, sans autre problème que d'être marié, et prêt à tout quitter pour partir avec elle... Elle devrait sauter de joie, bon sang !

— Eh bien oui. Elle devrait, mais elle ne le fait pas », admis-je.

Je passai ainsi beaucoup de temps à parler avec Fernando, mais ses interventions m'enfonçaient davantage qu'elles ne me stimulaient. Je réfléchissais mieux seul, et même si au fil des après-midi du pire été de ma vie je m'approchai de plus en plus d'une formulation particulière de l'incompréhensible, quand je fus en état de comprendre, il était trop tard.

Au revoir, Alvaro, je t'aime. JE T'AIME, Ra.

Le 19 août, j'allumai mon téléphone portable vers le milieu de l'après-midi pour découvrir ce message. Je ne lui avais pas parlé depuis presque deux semaines. Son portable était toujours éteint et j'étais sûr qu'elle ne l'allumait que pour m'envoyer ces mots comptés qui tombaient comme des gouttes d'eau fraîche sur la langue d'un homme perdu dans le désert, pour provoquer la soif davantage qu'ils ne l'étanchaient. Jusqu'au moment où je reçus un au revoir mutilé de son accent, comme mon prénom[1], et deux je t'aime, un ordinaire, l'autre en majuscules, et cette abréviation qu'elle partageait avec un des plus grands dieux de tous les temps et que, prêtre suprême de son culte, je n'aimais donc pas utiliser pour l'appeler.

Au revoir, Alvaro, je t'aime. JE T'AIME, Ra.

La première fois que je le lus, je me laissai abuser par ces majuscules et par ma propre peur, une panique qui avait son visage, ses yeux, sa couleur et ses lèvres. La première fois que je le lus, je ne le compris pas, pas plus que je ne comprenais ce qui m'arrivait depuis que Raquel Fernández Perea était passée dans ma vie comme passe la chance, la mort, le hasard qui change en une seule fois et pour toujours le destin des êtres vivants. Mon propre téléphone m'aida à interpréter correctement ce message. *Le numéro que vous demandez n'est pas attribué.* Encore, encore et encore.

Au revoir, Alvaro, je t'aime. JE T'AIME, Ra.

Le lendemain, le temps était maussade et j'ai proposé à Miguelito d'aller sur le port donner à manger aux poissons. Mai n'était pas à la maison. Elle était sortie

---

1. Allusion aux accents sur le « ó » de « adiós » (au revoir) et le Á de Álvaro.

plus tôt sans me dire où elle allait. Ce n'était plus une étourderie, mais une habitude désormais.

« Allez, viens, je ne veux pas que tu prennes froid. » Mon fils, curieusement docile, ne rechigna pas pendant que je lui mettais son ciré jaune de pêcheur et le lui boutonnais jusqu'au cou. « Demain il fera peut-être beau, tu sais... »

Il resta silencieux un moment, soutenant mon regard presque comme un adulte, avant de me poser la dernière question à laquelle j'aurais voulu répondre ce matin-là.

« Tu sais pourquoi maman pleure ?

— Maman ne pleure pas. » Je lui mis son bonnet sans penser à ce que je disais.

« Si, elle pleure. Je la vois. Pourquoi est-ce qu'elle pleure, papa ? insista-t-il.

— Je ne sais pas. » Je le pris dans mes bras, l'embrassai sur le visage, m'accroupis pour être à sa hauteur. « Elle doit être triste. Parfois, on est triste, tu sais.

— Oui, dit-il en fronçant les sourcils pour me regarder. Toi aussi, tu vas pleurer ?

— Non. Pas moi. »

Deux minutes plus tard, il riait comme un fou pendant que nous faisions une course qu'il allait gagner, comme toujours. Puis, sur le port, nous donnâmes à manger pendant un bon moment aux poissons le pain sec qui venait de la maison et celui que nous avions récolté dans plusieurs restaurants où on nous connaissait, et je pensai que c'était encore ma vie, et que c'était une vie bonne, tranquille, appréciable, souriante comme les éclats de rire avec lesquels mon fils se réjouissait de la gloutonnerie des poissons, qui le suivaient en bancs quand il se déplaçait le long du quai, un morceau de pain sec entre les doigts. Alors je pensai à Mai, je la revis telle qu'elle était quand je l'avais connue, quand elle ne pleurait pas, quand je l'aimais comme j'aurais pu continuer à l'aimer toute ma vie si mon père n'était pas mort, si Raquel n'était pas allée à son enterrement, si ma mère ne s'était pas entêtée à ce que ce soit moi, parmi tous ses enfants, qui aille à un rendez-vous avec un conseiller en investissements inconnu. Mais tout cela était fini, perdu. Alors, comme si j'avais pressenti qu'il restait encore une marche, un faux pas que je devrais faire avant de me précipiter dans le vide, j'allumai le téléphone et appelai Raquel.

Le numéro que vous demandez n'est pas attribué, anticipai-je, mais je me trompais de numéro. Je renonçai donc à composer à nouveau les chiffres un par un, et je cherchai son nom dans le répertoire, je m'assurai de l'avoir bien sélectionné, appuyai sur la touche verte, et j'entendis le message pour la deuxième, troisième, et quatrième fois.

Le numéro que vous demandez n'est pas attribué.
Le numéro que vous demandez n'est pas attribué.
Le numéro que vous demandez n'est pas attribué.

Ensuite, je composai d'autres numéros, son fixe, dont le répondeur était débranché, celui de son bureau, où personne ne répondait, et celui du standard de la banque, où, après une demi-douzaine de tentatives, quelqu'un me répondit qu'ils n'avaient pas pour habitude d'informer les inconnus de la situation professionnelle de leurs employés.

Avec Telefónica, ce fut pire. Oui, cette abonnée avait résilié sa ligne, non, on ne pouvait pas me dire si elle en avait ouvert une autre, oui, cette information était confidentielle, non, ça ne l'intéressait pas du tout de savoir qui j'étais, oui, elle supposait que j'avais un grand intérêt à me mettre en contact avec cette dame, mais si je continuais à la harceler, elle n'aurait pas d'autre solution que d'appeler la police. « Vous n'êtes pas le premier, j'ai connu d'autres maris de ce genre », conclut-elle. « Allez vous faire foutre », conclus-je quant à moi, et elle me raccrocha au nez.

« Tu m'avais dit que tu ne pleurerais pas... »

Miguelito me regardait avec des yeux brillants, les lèvres contractées dans une grimace triste et tremblante.

« Et je ne pleurerai pas. Je ne pleure presque jamais, tu le sais.

— En ce moment, tu pleures, papa.

— Non, dis-je en souriant pour le lui prouver. C'est le vent, qui me fait pleurer, pas moi. Tu n'as plus de pain ?

— Oui. Et j'ai froid.

— Partons. »

Pendant que nous rentrions à la maison, j'écoutai à nouveau ce message, *le numéro que vous demandez n'est pas attribué*, et je me promis que c'était pour la dernière fois, mais je ne pouvais pas croire mes propres promesses. En revanche, je compris que c'était la logique occulte, la structure cachée, le propos secret qui donnait de la cohérence et du sens à l'incompréhensible.

Raquel avait besoin de temps pour disparaître, pour s'échapper, pour me fuir. Elle voulait disparaître, elle avait disparu, et de l'autre côté de tous les points de suspension, il ne restait qu'un homme seul, un homme amoureux, détruit, moi.

Cette certitude provoqua en moi un malaise intense, froid et chaud à la fois, pointu et profond comme la fièvre. L'avenir s'était partagé en deux pour me laisser seul, et de ce côté il ne restait que moi, seul avec mon fils, un enfant de quatre ans qui sautait une dalle sur deux, pendant que je marchais en le tenant par la main dans la rue. Au début, je ne fus pas capable de penser à quelque chose d'autre. Puis je pensai que pour un homme détruit, amoureux et seul, la seule solution, le seul salut possible était de s'arracher tous les adjectifs d'un coup.

Au-delà de la solitude, venait le mépris, fruit du dégoût et de la honte. Parvenu à cette conclusion, je me rendis compte que ce n'était pas si difficile. Il suffirait de persévérer dans ces images détestables : un jacuzzi grand comme une piscine, une chambre en forme d'abside, deux douzaines de bougies, le même nombre de films bien rangés sur un chariot métallique et ce godemiché en caoutchouc mauve que j'avais trouvé dans un tiroir. Le processus consistait à projeter sans relâche dans ma mémoire les images que j'étais parvenu à éliminer pendant des mois, et à le faire avec la même discipline méticuleuse. C'étaient là les données du problème, une opération simple, soustraire là où j'avais auparavant additionné, diviser par les mêmes chiffres que je n'avais auparavant utilisés que pour multiplier. La solution était coûteuse, mais elle en valait la peine, car si je parvenais à mépriser Raquel, j'arriverais peut-être à la haïr, et à la haïr autant que je l'avais aimée, avec la même intensité, le même abandon, la même ferveur sans limites ni conditions. Cela ne me rendrait pas la vie, mais la sérénité, et ne pouvait être très compliqué, car aucune autre femme ne m'avait fait autant de bien, aucune autant de mal.

J'étais sûr qu'inverser le levier de la passion était mon seul salut, donc j'essayai. J'engageai dans cette tâche chaque infime partie de mon moi, je reculai à l'aveuglette sur le chemin de la lumière, je reniai mon corps, maudis la joie, désertai le vertige. Je m'efforçai d'analyser très soigneusement tous les éléments du problème, mais fus une fois de plus incapable de le résoudre.

Je tentai de mépriser Raquel Fernández Perea avec tout ce que j'avais, ce qu'il me restait, le peu qu'elle n'avait pas emporté avec elle, et je ne bougeai pas d'un millimètre. Ne me fais pas ça, Raquel, pourquoi est-ce que tu me fais ça, comment est-ce que tu peux me faire ça ? Je fus convaincu que je devais la mépriser pour pouvoir arriver à la haïr. Jamais ses yeux ne brillèrent comme alors, sa peau ne fut jamais plus douce, plus parfaite, son corps aussi grand ni moi aussi petit, un petit homme insignifiant, perdu sans carte et sans boussole dans l'immensité d'une planète qui s'était soudain arrêtée, et qui ne voulut plus jamais tourner sur elle-même.

Quand Ignacio Fernández Muñoz comprit que Julio Carrión González avait dépouillé ses parents de tout ce qu'ils possédaient, il s'effondra. Ce n'était pas sa première défaite, mais ce fut la plus cruelle, car jusqu'alors il n'avait été responsable d'aucun des échecs qu'il avait eus à subir. Il n'avait pu lutter plus qu'il ne l'avait fait, s'engager davantage, donner plus qu'il n'avait donné, il était disposé à tout donner à nouveau, lors d'une seconde occasion qui n'arriverait jamais. D'autres auraient pu faire plus, mieux, pas lui, et cette assurance le tenait debout, alimentait son orgueil et son intégrité, lui permettait de continuer à vivre. La conscience qu'il n'avait à se repentir de rien fut ce que Julio Carrión lui vola, en volant à ses parents tout ce qu'ils possédaient.

Au printemps 1964, quand son aîné allait être le premier membre de la famille à retourner en Espagne, à retourner à Madrid depuis 1939, cette blessure ne s'était pas encore refermée. Elle ne se refermerait jamais entièrement. C'est pourquoi, l'annonce de son fils, qui ne pouvait envisager les conséquences de ses paroles en annonçant sur un ton anodin qu'il envisageait un voyage en Espagne, le précipita dans un silence hermétique.

« Ça ne te plaît pas, n'est-ce pas ? lui demanda Anita cette nuit-là, alors qu'ils se couchaient.

— Je ne sais pas, répondit-il sincèrement. Pourquoi est-ce que tu dis ça ?

— Eh bien... » Sa femme s'approcha de lui, le prit dans ses bras, cacha sa tête dans son cou. « Moi non plus je ne sais pas, mais ça ne me plaît pas du tout. »

Cette nuit-là, Ignacio Fernández Muñoz ne trouva pas le sommeil. Pendant qu'il se retournait dans le lit, sa vie entière défila devant ses yeux par brèves rafales ordonnées, comme la bande-annonce d'un film ou le passe-temps mental d'un condamné à mort. Et ce n'étaient pas que des souvenirs. Entre les images et les couleurs, les sons et les arômes, les sensations concrètes ou ineffables qu'il possédait encore et auxquelles il appartiendrait toujours, filtraient des rais de lumière, des zones d'ombre qui s'entremêlaient en intersections troubles, déconcertantes. Ignacio Fernández Muñoz enviait son fils, avait peur pour lui, et il éprouvait les deux sentiments avec la même intensité, même s'il comprenait mieux le premier que le deuxième.

Cette nuit-là, pendant qu'il ne cessait de se retourner dans son lit, il aurait payé n'importe quel prix pour se glisser dans la peau de son fils le jour où commencerait son voyage, pour regarder avec ses yeux, écouter avec ses oreilles, respirer avec son nez, toucher avec ses doigts – sans renoncer à sa propre mémoire – la terre de ce pays qu'il désirait autant retrouver qu'éviter. Et il savait qu'il ne rentrerait pas, peut-être jamais, pas encore, mais il accompagnerait son fils dans ce voyage, même à son insu, car rien ni personne ne pourrait l'empêcher de rentrer en Espagne dans la mémoire et le souvenir d'un jeune homme de vingt et un ans qui croirait la fouler pour la première fois. C'était émouvant et triste, amer et joyeux à la fois, et surtout étrange, très étrange. C'était pour cela qu'il avait été sincère en disant à sa femme qu'elle ne savait pas le plaisir que lui faisait ce voyage qui lui inspirait autant d'envie que de peur. De la peur, même s'il n'était pas capable de se l'expliquer.

Il ne s'agissait pas seulement d'une crainte physique, mais il ne pouvait non plus écarter totalement celle plus élémentaire, la peur pure, primaire. Son fils était né en France et il passerait la frontière avec un passeport français non seulement en vigueur, mais authentique, pas comme les premières falsifications, minutieuses et habiles, qu'il avait tant admirées parfois en disant au revoir à certains camarades destinés à travailler à l'intérieur. Or, l'authenticité du papier, des signatures et des tampons, n'empêcherait pas un policier de lire les renseignements, Ignacio Fernández Salgado, fils d'Ignacio et d'Ana, né à Toulouse le 17 janvier 1943, et d'en tirer ses conclusions.

En 1964, la France était remplie d'émigrants espagnols avec des enfants de l'âge du sien. Ignacio Fernández Muñoz savait que ce passeport était sacré, que la police de Franco ne déciderait d'aucunes représailles envers son porteur, non que l'idée leur déplaise, mais parce qu'ils ne pouvaient pas se le permettre. Toutefois, il n'écartait pas les petits incidents, les commentaires méprisants, les provocations, « fils de rouges, hein ? » Je devrais lui dire de se tenir tranquille, de se taire, de ne pas répondre, pensait-il, et il voyait sa vie entière dans une succession de rafales brèves, ordonnées, incessantes. Je devrais lui dire de se tenir tranquille, mais ce ne sera pas nécessaire, parce que sa mère s'en chargera. Cette certitude le rassura, le libéra de la charge de ces quelques recommandations paternelles, simples conseils utiles pour la vie, qui auraient représenté bien plus que ça pour lui, une nouvelle défaite, reportée et même impassible, mais complète en soi. Quand la précaution de prier son fils de se nier et de nier aussi, dans ce mauvais pas, son père et sa mère, ses quatre grands-parents et tous ses oncles et tantes, la peur physique ne céda pas, elle disparut de l'horizon immédiat, mais une autre peur affleura.

Ignacio Fernández Muñoz ne cessait de se retourner dans son lit cherchant à choisir entre le mauvais et le pire, sans se décider. Son fils n'aimerait peut-être pas l'Espagne, et c'était mauvais. Il l'aimerait peut-être trop, et c'était pire. Il rentrerait peut-être en croyant que ses bourreaux, ceux de sa patrie, de sa famille, de son avenir, étaient sympathiques et bien intentionnés, et que les gens étaient contents, satisfaits de vivre, de prospérer sous le poids de leurs bottes. Il savait que ce n'était pas le cas, pas partout, pas dans des noyaux très importants de la population. Les communistes de Paris entretenaient des relations très étroites avec ceux de l'intérieur, ils avaient beaucoup de gens qui y travaillaient et l'information circulait facilement dans les deux directions. La résistance, qui était active il y avait encore très peu de temps, avait disposé de réseaux d'appui massifs et bien organisés, impressionnants dans certaines régions même lors des périodes les plus atroces de la répression, puis il y avait les mineurs, qui faisaient toujours la guerre à leur compte, et les étudiants, qui avaient mis Madrid sens dessus dessous en 1956, pendant que les travailleurs du tramway faisaient la grève à Barcelone. Huit ans plus tard, les syndicats officiels infiltrés à tous les niveaux et les principales universités du pays transformées en authentiques fiefs de la résistance clandestine, la situation était bien meilleure, mais peut-être que ces progrès, qui avaient si belle allure depuis Paris, n'étaient pas aussi appréciés au ras du sol. Ignacio Fernández Muñoz ne cessait de se retourner dans son lit, et il ne pouvait dormir en pensant à ce qu'il ferait, comment il réagirait si son fils rentrait d'Espagne en racontant ce qu'il ne voulait pas entendre, « très bien, très joli, les monuments, le vin et le flamenco, tout était formidable, les gens adorables, si joyeux, si contents, avec un niveau de vie semblable à celui d'ici, on voit que le développement économique donne de bons résultats et les Espagnols vivent bien, on dirait qu'ils ne regrettent rien... »

Quelle horreur ! Ignacio vit qu'il était 4 h 20 du matin et se leva pour aller au salon. Quelle sauvagerie, comment est-ce que je peux penser ça ? Le pire sera le mieux. C'était ce qu'il disait et entendait habituellement, mais il ne l'avait jamais analysé attentivement. Quelle injustice du destin, et quelle absurdité, se dit-il alors. C'était pourtant le sien parce qu'il l'avait choisi, il l'avait défendu avec tout ce dont il disposait, il l'avait perdu, et avait reconstruit sa vie de fond en comble juste pour l'engager à nouveau, et encore, et encore, dans la cause de ceux à qui il souhaitait aujourd'hui non seulement la pauvreté, mais aussi le malheur, cette misère indistincte, brutale, profonde, qui est capable de créer par elle-même des conditions révolutionnaires.

Quelle horreur ! Ignacio Fernández Muñoz se sentit très seul, très triste, très désemparé. Quelle sauvagerie, quelle horreur que l'exil, et cette horrible défaite qui détruit à l'extérieur et à l'intérieur, efface les plans des villes intérieures, pervertit les règles de l'amour, et déborde les limites de la haine pour faire du bon et du mauvais une seule chose laide, froide, et ardente, immobile. Quelle horreur que cette vie immobile, cette rivière qui ne se jette nulle part, qui ne trouve jamais de mer où se perdre. Et à ce moment, à la seconde la plus noire de la nuit, Ignacio se rappela Julio Carrión exactement comme la dernière fois où il l'avait vu dans le vestibule du premier appartement qu'ils avaient eu à Paris, quand ils habitaient encore tous ensemble et que Paloma l'avait arrêté avec une question qui ne semblait pas innocente, et se révéla l'être beaucoup plus que n'importe lequel d'entre eux n'aurait osé l'espérer.

Ce fut elle qui souffrit le plus, elle, qui avait déjà le plus souffert, Paloma délicate, violette et mélancolique, avec ses yeux bleus si grands et si fragiles, celle qui perdit le plus en perdant tout. En 1949, quand l'irrémédiable affleura avec la triste ténacité d'une marée noire qui dévaste une mer d'huile, ses parents gardèrent un calme admirable, Anita se soucia beaucoup plus de le consoler que d'avoir perdu une fortune qu'elle n'avait jamais possédée, et Paloma essaya de se suicider dans la salle de bains de cette maison qu'il avait déjà abandonnée, pour vivre la vie normale d'un homme normal qui ne vit qu'avec sa femme et ses enfants.

Ignacio ne pourrait jamais oublier les cris d'Anita, les sanglots de sa mère au téléphone, le désespoir de ses propres jambes courant sur le trottoir, le regard perdu de sa sœur, son visage d'une pâleur extrême quand il la trouva, assise sur le bord de la baignoire, les poignets bandés de tissu blanc, des taches de sang desséché salissant la toile. « L'ambulance arrive, je l'ai croisée dans la rue », dit-il à sa mère. « L'ambulance arrive », répéta-t-il à voix plus basse devant Paloma. Il s'était accroupi pour être à sa hauteur mais elle ne le regarda pas, ne dit rien. « Pardonne-moi, pardonne-moi, Paloma, c'est de ma faute, tout est de ma faute », la supplia-t-il ensuite, et elle fit un geste de dénégation de la tête, très lentement, à plusieurs reprises. « Oui, insista-t-il, c'est de ma faute, c'était mon idée, c'est pour ça que tu dois me pardonner, Paloma, s'il te plaît, pardonne-moi... »

« Ce n'était pas de ta faute, Ignacio. » Ce fut la première chose que dit sa sœur à son retour de l'hôpital, et qu'elle était très fatiguée, qu'on la laisse tranquille. Ensuite, elle ne parla plus, ne prononça plus un mot qui ne soit nécessaire pour rester en vie. Elle ne fit pas de nouvelle tentative, mais elle se borna dorénavant à manger, boire, dormir, à se lever le matin, à embrasser ses parents, et à caresser ses neveux, avec la fréquence rythmique, mécanique, qui convenait le mieux à sa vocation morbide de moribonde. « Laissez-moi tranquille, tranquille, tranquille, s'il vous plaît, laissez-moi tranquille », disait-elle ensuite. Ils l'observaient tous, la surveillaient, étaient attentifs, mais Ignacio ne se contentait pas de la regarder, il la reconnaissait aussi, reconnaissait la nature inférieure et différente de la femme qui avait perdu la capacité de désirer en regardant son corps décharné et desséché, la désolation qui avait opéré le miracle qui avait résisté à l'espoir, l'amertume qui fit de la belle Paloma une femme désagréable, laide.

Carrión avait été très habile, à tel point que, au moment où Ignacio commença à comprendre que cela n'allait pas, il était trop tard. Au début, jusqu'à fin 1947, Julio écrivit plus souvent que nécessaire, avertissant de la lenteur du processus, une foule d'obstacles bureaucratiques qui ne laissaient pas d'être prévisibles. Au fil de l'année 1948, ses lettres commencèrent à s'espacer, mais Ignacio se rappela son propre mariage, l'angoisse d'Anita devant le silence du prêtre et du maire de son village, ce simple certificat de naissance qui n'était pas encore arrivé, qui ne parviendrait jamais entre les mains de celle qui l'avait sollicité, et il ne s'en inquiéta pas non plus. Et puis, au printemps, Julio leur envoya un peu d'argent, une petite somme, insignifiante en soi, et cependant importante, car c'était le produit de la vente de la première oliveraie qu'il était parvenu à récupérer avant de la vendre. Mais ils ne reçurent rien d'autre, et avant le début 1949, il cessa d'écrire.

Ignacio laissa passer deux mois, il lui fallut deux mois supplémentaires pour s'inquiéter, il mit un certain temps à trouver à Madrid un avocat digne de confiance et le reste se déroula très vite. Quand le nouveau représentant s'y intéressa, toutes les anciennes propriétés de la famille Fernández Muñoz avaient cessé de leur appartenir. Paloma fut celle qui en souffrit le plus, mais son frère ne l'aurait pas mieux vécu si son père n'était intervenu à temps.

« Écoute-moi bien, Ignacio. » C'était un dimanche matin, les femmes préparaient le déjeuner, et ils étaient arrivés en se promenant lentement jusqu'à ce café où le père choisit une table tranquille et ensoleillée, près d'une fenêtre. « Il ne s'est rien passé, tu m'entends ? Nous n'avions rien et nous n'avons rien. C'est comme si on nous avait dépossédés de tout il y a dix ans, comme si ta cousine nous avait tout volé au lieu de ce salaud. Et ce n'est pas de ta faute.

— Si, papa.

— Non, répliqua son père en haussant le ton. Non. Peu importe que ce soit toi qui l'aies rencontré, qui l'aies invité à la maison, que l'idée de tout vendre vienne de toi, parce que c'était une bonne idée et que n'importe qui aurait pu l'avoir. Il nous a dépouillés, d'accord, qu'est-ce qu'on y peut, c'est la faute de ce voleur, qui nous a tous trompés. On s'est tous laissé tromper en même temps, pas parce qu'on est stupides, mais parce que les gens honnêtes sont faciles à tromper. Et voilà, inutile d'y réfléchir plus longtemps. »

À ce moment, Mateo Fernández Gómez de la Riva fit une pause pour regarder son fils avec toute la sagesse qu'il avait accumulée en soixante-deux ans de vie, et un éclat de son autorité passée. Il méditait sur le meilleur chemin à suivre et il choisit la sincérité.

« J'ai besoin de toi, Ignacio, et tel que tu es en ce moment, tu ne me sers à rien, mon petit. J'ai besoin de toi et j'ai besoin que tu sois fort, courageux, que tu entraînes les autres. Maintenant tu es le chef de cette famille, tu comprends ? Toi, pas moi, surtout depuis que María est restée à Toulouse. Elle est forte elle aussi, mais elle est loin, et je suis vieux, Ignacio. Je suis vieux, je suis fatigué et je n'en peux plus, alors c'est fini. Je ne veux plus jamais entendre parler de Julio Carrión. C'est compris ?

— Oui, papa.
— Promets-le-moi.
— Je te le promets, papa. »

Toi aussi tu m'as sauvé la vie, tant de gens m'ont sauvé la vie, tant de fois, que j'aurais dû en faire quelque chose de grand, quelque chose de plus important que survivre, finir mes études, me marier par amour, et élever mes enfants, pensa-t-il. Tu as aidé beaucoup de gens, Ignacio, lui disait Anita quand elle le trouvait dans cet état, et c'était peut-être vrai, mais ce n'était pas grand, ni important, ni ne valait le prix d'une vie dans laquelle tant de gens avaient investi tant d'efforts. Et maintenant que la bienveillance ou la cruauté du temps lui avait accordé de quitter son travail en même temps que tous ses associés, quand il ne restait plus dans la salle d'attente aucun homme obscur et désorienté, aucune femme aux yeux perdus dans la couleur sombre de sa jupe, un enfant à chaque main, qu'il avait presque oublié leurs gestes, leurs problèmes, les mots toujours semblables qu'ils employaient pour raconter des histoires toujours énormes et toujours différentes, maintenant, précisément maintenant il souhaitait le pire pour eux, pour les cousins, les frères, les parents de ces Espagnols qu'il avait conseillés, assistés et défendus gratuitement pendant tant d'années. Et tout cela parce que le petit avait décidé de rentrer en Espagne en se camouflant dans une joyeuse expédition d'étudiants français.

« Eh bien qu'il n'y aille pas. »

Quand le réveil sonna, deux heures après que sa mémoire se rende pour lui permettre de dormir enfin, il trouva Anita assise sur le lit, les bras croisés, très sérieuse, très décidée. Elle était comme ça, les contrariétés lui donnaient sommeil, mais elles les retrouvait intactes au réveil.

« Quoi ? marmonna-t-il.

— Ignacio, ton fils, lui expliqua-t-elle. Qu'il ne fasse pas ce voyage. On le lui échange contre autre chose et voilà, ou qu'il parte en Grèce avec un ami.

— Mais non. » Il regarda Anita, et elle lui rendit un regard plus soucieux que perplexe. « On ne peut pas faire ça.

— Pourquoi ?

— Eh bien je ne sais pas mais on ne peut pas.

— Écoute... » Anita se leva, le regarda un instant et partit aux toilettes en rouspétant. « Quelle aide tu m'apportes, Ignacio, "je ne sais pas, je ne sais pas, je ne sais pas". On dirait que tu ne sais pas répondre autre chose. »

Aucun des deux ne pouvait alors imaginer que leur fils n'avait, lui non plus, pas du tout envie de faire ce fichu voyage. Ignacio Fernández Salgado aurait préféré aller en Grèce, en Italie, en Hollande, ou au Maroc, vers n'importe laquelle de ces destinations pour lesquelles il avait voté avant de ne plus avoir d'options.

Pour lui, l'Espagne n'était pas un pays, mais un contretemps, une anomalie qui changeait de forme, de nature, selon les dates et les circonstances, comme une maladie congénitale, capable de surgir et de disparaître d'elle-même, ou un bouton rebelle qui, sans trop démanger, n'en est pas moins gênant pour autant. Ignacio Fernández Salgado, qui n'était jamais allé en Espagne, en avait par-dessus la tête de l'omelette aux pommes de terre et des sevillanas[1], des chants de Noël et des proverbes, de Cervantès et de Lorca, des châles, des guitares, de Fuenteovejuna[2] et de Don Juan, du siège de Madrid et du Cinquième Régiment, de manger des grains de raisin la nuit du 31 décembre et de trinquer en l'air avec une coupe de champagne pour entendre toujours les même mots, *l'année prochaine chez nous*.

Cela n'avait pas de rapport avec le fait que ses parents étaient étrangers. Paris était plein d'étrangers et c'était supportable. Ce qui était insupportable, c'était d'être le fils d'exilés espagnols, d'être né, d'être devenu un homme dans un exil tel que celui-ci, dense, épais, concentré, stimulé à perpétuité et perpétuellement torturé par la proximité, la conscience de cette frontière aussi proche et à la fois aussi inaccessible qu'une assiette de bonbons située à un centimètre, juste un centimètre, des doigts d'un enfant affamé. Quelle horreur que l'exil, cet exil étranger qu'on l'avait obligé à vivre comme sien, lui, qui était français, qui ne l'était pas, qui

---

1. Suite de quatre danses flamenco originaire de Séville.
2. Pièce de théâtre écrite en 1612 par Lope de Vega, dans laquelle tout un village s'allie contre l'injustice.

ne savait pas d'où il était et ne pouvait pas se permettre le luxe de ne pas s'en soucier. Car il n'était pas né dans un pays, mais dans une tribu, un clan encouragé par son propre malheur, un campement de nomades invalides et satisfaits de leur incapacité, une société d'ingrats impuissants à apprécier ce qu'ils avaient, un petit village d'idiots qui ne savaient pas vivre dans le temps des calendriers, les inadaptés éternels et volontaires qui trouvaient un plaisir malsain dans leurs carences plaisantes, car il leur manquait toujours quelque chose et ils ne savaient profiter qu'à demi, toujours malheureux, toujours enfermés dans les minuscules dimensions d'une patrie portative, une présence posthume et fantasmatique qu'ils appelaient l'Espagne et qui n'existait pas, n'existait pas, n'existait pas.

Pour ceux qui étaient partis en Amérique, ce devait être différent, car il y avait la mer comme séparation, beaucoup de mer, beaucoup de kilomètres, d'autres accents et la même langue. Ignacio Fernández Salgado aurait préféré que ses parent se soient connus là-bas, dans un de ces pays chauds, proches malgré la distance, où Noël arrive en été. L'année prochaine à la maison serait forcément une promesse légère, souriante, dépourvue de la gravité que la proximité et le froid faisaient flotter sur la table de la salle à manger de leur maison chaque année, tous les ans, et la prochaine, à la maison. Quels couillons vous faites, quelle autre maison que celle-ci possédez-vous, pensait-il... Puis il regardait son père, sa mère, ses grands-parents, le spectre insensible de sa tante Paloma, et il regrettait d'avoir eu cette pensée, mais il savait qu'un an plus tard il aurait la même en entendant les mêmes mots et qu'il se sentirait coupable en ne l'étant pas, car il n'était pas responsable de sa naissance, parce qu'il n'avait pas pu choisir une autre date, un autre lieu où naître, parce qu'il ne pouvait pas s'arrêter de penser, s'arrêter de ressentir de cette façon.

Même si son père, sa mère, ne s'en rendaient pas compte, Ignacio Fernández Salgado était très conscient de ne pas rentrer en Espagne. Il ne pouvait pas rentrer, parce qu'il n'y était jamais allé. Aussi ne comprit-il pas la grimace, leur mauvaise mine à tous les deux, la même fatigue des nuits de veille, avec laquelle ils le reçurent quand il s'assit pour prendre le petit déjeuner avec eux le lendemain.

« Dis-moi, mon petit. Tu as envie d'y aller ? lui demanda sa mère, prenant l'initiative avant qu'il ait eu le temps de goûter au café.

— Où ça ?

— Eh bien en Espagne, où veux-tu que ce soit ?

— Disons que... J'aurais préféré aller en Grèce, mais bon, le voyage me fait envie, parce que tous mes amis y vont et je suppose qu'on va s'amuser. Ce qu'il y a... » Il fit une pause pour choisir des mots qui ne les offenseraient pas ni ne les mécontenteraient. « Enfin, je crois que j'aurais préféré aller ailleurs parce que j'ai l'impression de connaître déjà l'Espagne, même si je n'y suis jamais allé.

— Mais tu ne la connais pas, intervint son père sur un ton mystérieux, presque hermétique. Tu n'as aucune idée de ce qu'est vraiment, profondément, l'Espagne.

— Et tu n'es pas du tout obligé d'y aller. Tu peux faire un autre voyage, de ton côté, on te le paierait, dit clairement Anita.

— Mais... » Leur fils regarda lentement sa mère puis son père. Il n'en croyait pas ses oreilles. « Je ne comprends pas. Vous passez votre vie à parler de l'Espagne à comparer tout ce que vous voyez, ce que vous entendez, ce que vous mangez, avec ce qu'il y a là-bas, et ça, et puis ça, et les aubergines, maman, reconnais-le. C'est comme une maladie, vous êtes malades de l'Espagne, et maintenant... Vous ne voulez pas que j'y aille ? Pourquoi ? » Ils le regardèrent tous les deux en même temps, mais aucun ne voulut lui répondre. « Vous ne nous laissez même pas parler français, c'est interdit dès qu'on passe cette porte... Vous voulez me dire pourquoi vous préférez que je n'y aille pas ? Je ne comprends pas, vraiment je ne comprends pas.

— Ce n'est pas que je ne veuille pas que tu y ailles, ce n'est pas ça, répliqua son père. Mais ça ne me plaît pas non plus. Enfin, c'est difficile à expliquer. »

Sa mère fut plus sincère, et affronta avec sérénité la stupeur qui agrandit les yeux de son fils. « Oui, ne me regarde pas comme ça, Ignacio, c'est dangereux. Pas pour tes amis, mais pour toi, et je ne dis pas qu'il va t'arriver quelque chose, ce n'est pas ça, mais je dis que cela peut t'arriver. Ton père a raison. Tu ne sais rien, mon petit, rien. Tu as été élevé dans un pays démocratique, un pays où les policiers sont des fonctionnaires, contrôlés par le gouvernement, où il y a des lois et où on les respecte, mais l'Espagne n'est pas comme ça, pas maintenant, plus maintenant... »

Olga, qui avait quatre ans de moins que son frère et qui s'était jusqu'alors occupée de tremper ses biscuits dans le café, souffla comme une baleine fatiguée, « S'il te plaît, maman. Ne commence pas, allez.

— Eh bien si ! » Anita se leva, et éleva la voix. « Je commence parce que j'en ai envie, parce que je sais de quoi je parle et vous, vous n'en avez aucune idée, aucun des deux.

— Je ne vais pas chercher les ennuis, maman, je te le promets. Il ne m'arrivera rien parce que je n'ai rien fait, et je ne compte rien faire. Rien.

— C'est exactement ce qu'a dit mon père quand on l'a emmené.

— Ça va, maman ! éclata son fils en se levant lui aussi pour se diriger vers la porte. C'est toujours pareil...

— Eh bien oui, c'est toujours pareil ! cria-t-elle à son tour. Parce que c'est exactement ce qu'a dit mon père, je l'entends encore, il ne m'arrivera rien parce que je n'ai rien fait. Et ils l'ont fusillé, tu comprends ? À trente-six ans, avec quatre enfants, et, et... » Elle devenait si nerveuse que ses lèvres, ses mains, tout son corps tremblait, mais elle parvint encore à ajouter quelque chose. « Et je suis la seule qui reste, la seule, de tous, moi, et maintenant, tu t'en vas, là-bas... »

Ignacio Fernández Muñoz rejoignit sa femme, la prit dans ses bras, prononça son nom à voix basse.

« Anita.

— Quoi ? demanda-t-elle sans le regarder.

— Laisse, allez. » Elle s'agita entre ses bras pour lui adresser un regard furieux, mais il la calma sans difficulté. « Laisse, s'il te plaît, réfléchis un peu. Il ne va pas faire la guerre, il va faire du tourisme, juste du tourisme... »

Ce soir-là, en rentrant du travail, Anita Salgado demanda pardon à son Ignacio, son fils, qui l'attendait au salon pour lui demander pardon. Ce ne fut facile pour aucun des deux. Elle ressentait le même frisson glacé et sec qui la paralysa pendant que son père lui mettait dans la main l'abricot fraîchement lavé qu'il s'apprêtait à manger quand ces hommes frappèrent à la porte. « Ne pleure pas, bêtasse, il ne va rien m'arriver, je n'ai rien fait, tu le sais... » dit-il et il lui donna le fruit et lui caressa le visage. Il se pencha pour l'embrasser mais il ne put le faire, car le garde civil qui le tenait par le bras droit l'entraîna et l'obligea à sortir très vite de chez lui.

Vingt-huit ans s'étaient écoulés depuis qu'Anita Salgado avait mangé cet abricot, mais elle ne l'avait toujours pas digéré, elle n'y parviendrait jamais. Elle ne mangeait plus d'abricots et avait conservé le goût de celui-ci. Elle aurait aimé conserver aussi le noyau, qu'elle mordit et suça pour le laisser net du dernier fil de pulpe pour le conserver ensuite dans la poche de son tablier, sans vouloir savoir pourquoi elle agissait ainsi. Elle n'en avait pas besoin pour se rappeler son père, et donc, et pour l'accompagner toujours, elle le mit dans une poche de sa chemise quand elle le revit, tout raidi, maculé de sang, les yeux clos, le jour de l'enterrement. Ensuite, comme si elle avait été une adulte et non une fillette de douze ans, elle s'approcha d'une fontaine et y mouilla son mouchoir pour nettoyer le visage et le cou ensanglanté du cadavre. Puis elle s'évanouit, une voisine l'emmena chez elle, l'assit dans un fauteuil, lui donna de l'eau, de l'air avec un éventail, et lui fit toute la conversation qu'il fallut pour la distraire, sans autre but que de la tenir éloignée de l'enterrement. Ne pas avoir assisté à cette cérémonie brève et triste lui fit du mal, mais elle avait encore plus mal de ne pas avoir conservé ce noyau pour le mettre dans une poche de son fils.

Il connaissait par cœur l'histoire de ce noyau, du dernier abricot qu'avait mangé sa mère, cet abricot dans lequel son grand-père n'avait jamais pu mordre, mais il savait aussi qu'il s'était écoulé presque trente ans depuis ce jour-là. Il s'était écoulé presque trente ans pour les horloges, pour les historiens, pas pour sa mère. Pas pour sa mère, c'était là l'insupportable, l'angoissant, l'ennuyeux, le grotesque de sa situation. Et maintenant il partait en Espagne avec ses amis, pour exercer une autorité qu'il aurait donné n'importe quoi pour ne pas avoir à montrer, pour être expert, interprète, spécialiste dans ce pays absurde que même les Espagnols ne comprenaient pas, et bien sûr pas ses parents.

Laurent était déjà allé deux fois en Espagne, en été, une fois à Majorque, l'autre à Torremolinos, et ce qu'il avait raconté à son retour n'avait rien à voir avec ce qu'on racontait chez lui. Pour Laurent, un de ses meilleurs amis, l'Espagne était un pays agréable, bon marché et amusant, de gens sympathiques, un peu bizarres, mais aimables avec les étrangers. Il y avait beaucoup de policiers dans la rue, oui, dans les villages les femmes étaient toujours habillées en noir, tout le monde allait à la messe le dimanche, et il était très difficile de draguer, très difficile, non que les jeunes Espagnoles n'aiment pas ça, mais parce qu'elles étaient très surveillées. Les filles normales n'avaient pas le droit de sortir le soir, ni de parler avec des inconnus dans la rue. À la plage, le jour, c'était différent, mais elles s'entêtaient toujours à présenter tout de suite n'importe quel garçon à leur mère, pour ne pas avoir de problèmes ensuite. Résultat, entre une chose et l'autre, malgré les bigotes en deuil et les jeunes filles cuirassées, Laurent aimait l'Espagne, la musique, la cuisine, les fruits de mer, les bars et l'insatiable goût des Espagnols pour la vie nocturne. Et sa sœur était d'accord avec lui. À tel point qu'elle s'était inscrite à un voyage où il ne restait pratiquement pas de places libres.

— Réserves-en une de plus, lui demanda son père début mars, quand ils semblaient s'être faits à l'idée et que les scènes, les sottises étaient désormais terminées.

Ignacio regarda Olga, qui, assise à côté de lui sur le canapé, regardait la télé. « Pourquoi ? Tu veux venir ?

— Moi ? » Sa sœur se désigna en levant les yeux au ciel, sans remarquer aucune contradiction dans les paroles qu'elle prononcerait ensuite, une des expressions préférées de sa mère. « Même pas saoule !

— Alors ?

— C'est pour Raquel, n'est-ce pas ? » intervint Anita avec un sourire auquel son mari acquiesça sans rien dire, avant de se tourner vers son fils. « La fille d'Aurelio et de Rafaela, tu la connais...

— Quoi ? » Et pendant qu'il défiait son père et sa mère du regard, Ignacio Fernández Salgado se reprocha sa naïveté, la stupidité de ne pas avoir prévu qu'une chose de ce genre allait se produire, une de ces choses qui lui arrivaient à lui et à personne d'autre. « Pas question. Je ne vais pas me charger d'une gamine...

— Mais quelle gamine ? » l'interrompit immédiatement sa mère. « Elle est plus âgée que ta sœur. Elle doit déjà avoir... Dix-neuf ans, non ? » Elle regarda à nouveau son mari mais cette fois il ne lui vint pas en aide. « Parce que, voyons, quand j'ai connu Rafaela, elle était enceinte, et ça devait être... Eh bien, quand nous sommes venus à Paris, début 45, alors...

— Je m'en fiche, maman ! Qu'elle ait dix-neuf ou vingt ans. De toute façon, je ne l'emmène pas, je ne compte emmener personne...

— Bien sûr que tu ne vas pas l'emmener, Ignacio, l'interrompit son père avec le calme auquel il recourait quand il n'était pas disposé à laisser mettre son autorité en doute. Elle va y aller seule. Elle a deux jambes et elle est très grande, ta mère te l'a dit.

— Non, papa, s'il te plaît, ne me faites pas ça ! C'est toujours pareil, bien sûr, toujours pareil. Je ne peux jamais être comme les autres ?

— Eh bien la sœur de Laurent part avec vous, rappela Anita, en voyant son fils faire un signe de dénégation de la tête ainsi qu'une magnifique grimace de désespoir.

— Mais c'est sa sœur ! Vous ne comprenez pas ? C'est sa sœur, c'est différent ! Il ne peut pas dire non, et puis... » Il savait qu'il était perdu, mais il tenta encore de résister. « Moi, cette fille, je ne la connais même pas, maman.

— Bien sûr que si ! dit sa mère en riant. Depuis toujours. Souviens-toi, aux fêtes de *L'Humanité,* quand vous étiez petits. Elle avait toujours une robe de flamenco, avec une fleur dans les cheveux, si jolie, je crois qu'elle danse toujours très bien...

— Les fêtes de *L'Humanité,* putain... "a galopar, a galopar[1]", "Antonio Vargas Heredia, fleur de gitan[2]", si tu veux m'écrire, tu sais où je suis, olé, olé, et elle n'a pas de fiancé, et vive la mère qui nous a faits. Ne me le rappelle pas, s'il te plaît, maman.

— Eh bien, avant, tu aimais y aller.

— J'aimais ça ? – Il fallait en arriver là, se dit-il. – Je n'aimais pas ça du tout, tu le sais très bien. Je n'ai jamais aimé ça. Vous m'obligiez à y aller, ce n'est pas la même chose...

— Bon, c'est fini. » Ignacio Fernández Muñoz mit un point final à la discussion. « Raquel va en Espagne avec toi, ou aucun des deux n'y va. C'est aussi simple que ça. Très simple. Tu n'as pas un sou. Le voyage, c'est moi qui le paie, et ce sont mes conditions.

— Tu vois ? C'est ça, le marxisme. » La mère regarda son fils et sourit.

---

1. Vers du poème de Rafael Alberti mis en musique et chanté par Paco Ibañez, devenu l'un des symboles de l'anti-franquisme.
2. Poème de Joaquín de la Oliva, Juan Mostazo, Francisco Merenciano, mis en musique et chanté par Joan Manuel Serrat.

« Anita, s'il te plaît... » Son mari eut un regard stupéfait.

« Eh bien, à peu près, se défendit-elle.

— Et puis, Ignacio... » Il ne voulut pas insister et regarda à nouveau son fils. « Cette fille n'est pas ta sœur, mais elle fait partie de ta famille. Son père est comme un frère pour moi depuis des années. Tu peux penser ça, si ça t'aide à te sentir mieux.

— Non, papa, non... » Ignacio Fernández Salgado fit encore un signe de dénégation de la tête, se retourna vers son père et explosa. « Cette fille ne fait pas partie de ma famille, tu comprends ? Nous sommes une tribu. Nous sommes une foutue tribu !

— Très bien. » Et Ignacio Fernández Muñoz sourit en l'honneur de l'ingénieux fruit de la colère de son fils aîné. « Eh bien on est une tribu, mais on est la tienne. Tu es un sauvage parmi les autres, je suis désolé, mais c'est comme ça... Et autre chose. Je veux que tu ailles voir ta tante Casilda, et c'est encore moins négociable que pour Raquel. Combien de journées libres est-ce que tu as à Madrid ?

— Ne me fais pas ça, papa... S'il te plaît, je t'en prie, papa... »

Le jour qu'Anita appelait le Vendredi des Douleurs en 1964, Ignacio Fernández Salgado prit un taxi pour aller à l'aéroport. Ses parents avaient proposé de l'emmener en voiture, ensemble et séparément, mais il refusa leurs propositions successives en prétextant leurs horaires de travail. Par chance, son avion partait à 11 heures et demie, et pendant que son père serait à son bureau et sa mère à la garderie, il ne courrait pas le risque d'affronter des adieux étouffants, encore des scènes, encore des larmes, « a galopar, a galopar, Antonio Vargas Heredia, fleur de gitan, si tu veux m'écrire, tu sais où je suis, et la mère qui vous a tous eus, olé ». Il partit donc seul, et il trouva ses amis très contents, excités par le voyage et par la perspective de la nouvelle fille.

« Ne vous faites pas d'illusions. » Et il n'avait pas voulu être plus explicite. Cela n'aurait servi à rien, car aucun de ses camarades de classe n'était allé, enfant, avec ses parents à la fête de *L'Humanité* avec la délégation du Parti communiste espagnol. Il croyait l'avoir oublié, mais la dernière dispute lui avait renvoyé, intacts, le goût des *churros* et les paroles des fandangos, le bruit d'un filet de cidre choquant le verre et l'air inquiétant, presque terrifiant, de ces *empanadas*[1] monstrueuses qu'on appelait des pains enceints et qui étaient pleines de bosses. La fête de *L'Humanité,* toutes ces paellas grasses, toutes ces femmes en deuil, tous ces hommes portant un béret, les mêmes éternelles chansons et la honte de marcher dans la rue déguisé en *mañico*[2], avec ce foulard à carreaux tortillé et noué autour de la tête que sa mère l'obligeait à porter chaque année, surtout depuis qu'Olga penchait pour le costume régional paternel.

« Quel tricheur, Ignacio ! » avait dit Anita Salgado à son mari le jour où il était arrivé avec un châle de manille noir à très longues franges, brodé de fleurs de couleur, que Casilda, sa belle-sœur, lui avait envoyé de Madrid.

Sans le châle, sa sœur préférait déjà de beaucoup cette robe blanche à pois rouges, longue et moulante, qui se portait en plus avec des talons, comme les Anda-

---

1. Sorte de chausson fourré à la viande, au thon, aux œufs ou aux épinards.
2. Paysan d'Estrémadure.

louses. Avec le châle, il n'y eut pas de retour en arrière, et sa mère se vengea avec acharnement, sur la pauvre tête de son fils, de l'humiliation subie à cause de la jupe, du corsage et du fichu qu'elle avait elle-même coupés et cousus pour finir par tout ranger dans un coffre.

« Ah, regarde-le, comme il est mignon avec le *cachirulo* ! »

Horreur, parce qu'en plus ce foulard s'appelait un *cachirulo*. Horreur, double horreur, chante-moi une jota, l'Aragonais ! Horreur, horreur, horreur des horreurs.

Au début, Olga aimait ça, parce que maman lui faisait un chignon, lui dessinait un trait de crayon sur les paupières, lui mettait des œillets dans les cheveux, sous un foulard blanc, très raide, noué comme les foulards ordinaires, droit et sous le menton. Il fallait reconnaître qu'elle était jolie, cette robe lui allait bien, mais lui, il avait droit à une bande de tissu que sa mère lui enroulait autour de la taille un nombre incalculable de fois, et au *cachirulo*, serré juste au-dessus des ses oreilles décollées, pour qu'on les voie encore mieux, et elle lui donnait un bâton en bois qui ne servait à rien, tous les ans la même chose. Et tous les ans, Olga sortait dans la rue en souriant, les poings sur les hanches et lui derrière, les yeux rivés au sol, dans la vaine intention de se cacher derrière son père et sa mère, pour passer inaperçu. Mais il y avait toujours quelqu'un pour le voir, un voisin qui demandait : « Et toi, en quoi es-tu habillé ? » sur le ton qu'il aurait eu pour lui demander : « Et toi, de quelle tribu es-tu ? » La fête de *L'Huma*, quelle plaie, *a galopar*, *a galopar*, « Antonio Vargas Heredia, fleur de gitan, si tu veux m'écrire, tu sais où je suis », et une fillette maigre avec des bagues en fer aux dents qui attendait la moindre occasion pour donner des coups de talon comme une folle, *olé, olé, elle n'a pas de fiancé* tout en soulevant sa robe d'une main et en pinçant les lèvres comme si elle avait mal, *olé, olé...* Il se souvenait encore de ce qu'elle avait sur les mollets, une toison plutôt que des poils, et de la pose finale, une jambe en avant et découverte, l'autre droite et couverte, un bras tendu, le bout des doigts raide et tordu, comme s'il venait d'être frappé d'une hémiplégie, un immense sourire, la frange collée au front et le visage ruisselant de sueur. *Olé, olé, et elle n'a pas de fiancé !* Quel fiancé pourrait-elle avoir ? Aucun, jamais de la vie... pensait-il.

« Tu es Ignacio ? »

C'était pour cela qu'il avait dit à Laurent, à Philippe aussi, le plus obsédé de tous, de ne pas se faire d'illusions. Et qu'il n'avait pas pu comprendre la question de cette jeune Française, si mignonne, en robe blanche, si moderne, les hanches soulignées par une ceinture faite du même tissu blanc avec une boucle en argent, si grande, avec à peine quelques centimètres au-dessous, les jambes lisses, nettes, nues, si jolies.

« Tu t'appelles Ignacio Fernández ? » répéta-t-elle, dans un espagnol qui aurait été impeccable si deux accents opposés, l'andalou et le français, ne s'étaient croisés à chaque mot.

« Oui, c'est moi, finit-il par répondre.

— Bonjour. Je m'appelle Raquel Perea. Tu as mon billet, non ? demanda-t-elle en lui tendant la main.

— Oui. » Il était resté muet.

« Alors prends ma valise, si tu veux bien, et va enregistrer les bagages... » La vice-reine de l'Inde ne se serait pas adressée à un serviteur d'un air moins supérieur. « Je reviens tout de suite, je dois aller dire au revoir.

— Ah ! » Il prit la valise, la reposa tout de suite par terre en constatant qu'elle pesait deux fois plus lourd que la sienne, et l'arrêta au moment où elle lui avait déjà tourné le dos. « Attends, je viens avec toi. Je voudrais dire bonjour à tes parents.

— Quels parents ? » Elle se retourna, lui adressa un regard perplexe, continua son chemin et parvint à la hauteur d'un garçon grand et corpulent, à la mine odieuse de ceux qui ont été champions de quelque chose au collège.

Raquel Perea, *olé, olé,* avait déjà un fiancé. Ignacio Fernández disposa de plus de vingt minutes pour le constater, comme le constatèrent Laurent, Philippe ainsi qu'un cireur de chaussures qui ne la quittait pas des yeux et plusieurs passagers qui croisèrent le monstre à deux têtes engendré par un baiser interminable.

« Qui c'était, ton fiancé ? se risqua-t-il à lui demander quand elle condescendit à récupérer ses possessions.

— Bien sûr ! dit-elle en le regardant comme s'il avait été stupide. Qui veux-tu que ce soit ? Il part en Dordogne demain, chez sa grand-mère, pour manger du foie gras. Je pensais partir avec lui mais mon père s'est obstiné à m'envoyer en Espagne avec toi. » Elle fit une pause et leva le menton dans un geste qui frôlait le défi. « Pour y manger de l'ail. »

Ce commentaire, très semblable à ceux qu'il faisait lui-même d'habitude, le gêna autant qu'une piqûre d'insecte en plein hiver. « Écoute, je n'ai jamais demandé à ce que tu viennes.

— Tant mieux. Je t'ai reconnu à tes oreilles, même si maintenant, avec les cheveux longs, je dois dire qu'on ne les voit plus autant. »

Sympa, pensa Ignacio, et il faillit répondre que lui, en revanche, ne l'avait pas reconnue parce qu'elle n'avait plus de toison sur les jambes, mais il se tut, car il comprit qu'elle apprécierait sûrement ce commentaire. Il ne trouva rien d'autre à dire, et ils n'échangèrent plus un mot jusqu'à ce qu'il la retrouve assise à côté de lui, dans l'avion.

« Et on ne va même pas à Málaga. » Elle ne ressemblait plus à une impératrice irritée, mais à une petite fille à laquelle on vient de voler un bonbon.

« Oui, mais on va à Séville, précisa-t-il sans se demander pourquoi il cherchait à lui remonter le moral. Et à Cordoue, à Grenade... Tout ça, c'est l'Andalousie, non ?

— Oui, mais ce n'est pas pareil. Écoute, je suis désolée de t'avoir parlé de tes oreilles tout à l'heure. Peut-être que ça ne t'a pas plu, mais... Je ne voulais pas venir, ça ne me disait rien du tout. Mon père a refusé de me laisser partir avec mon fiancé, tu sais comme ils sont vieux jeu et s'imaginent le pire. Je lui ai dit : "Mais enfin, papa, ça veut dire que tu refuses que je parte en voyage avec Jean-Pierre, qui est mon fiancé, que tu connais parfaitement, et que tu t'entêtes à m'y envoyer avec un garçon que tu ne connais absolument pas, parce que tu ne l'as pas vu depuis des années." Et tu sais ce qu'il m'a répondu ? Que ce n'était pas pareil, parce que tu es le fils de ton père et qu'en plus, tu es espagnol. Tu as déjà entendu une chose aussi absurde ? C'est qu'ils sont insupportables, vraiment, il n'y a pas moyen de les comprendre... Ils parlent toujours de liberté, et après, pan !

— Ça, ce n'est rien, dit Ignacio en souriant. Ma mère m'a dit qu'elle ne voulait pas que j'y aille parce que c'était dangereux pour moi, et quand je lui ai répondu qu'il ne m'arriverait rien parce que je n'avais rien fait, elle m'a balancé que c'était exactement ce qu'avait dit son père quand on l'avait emmené pour le fusiller.

— Ah oui ? » Elle le regarda en écarquillant les yeux. « Bon sang, c'est incroyable qu'ils en soient encore là. On dirait qu'ils aiment ça, non ? »

Ce ne fut que lorsque l'hôtesse annonça qu'ils amorçaient la descente, qu'ils cessèrent de critiquer leurs pères, leurs mères et les autres membres de leur tribu commune, pour se taire en même temps, comme s'ils s'étaient mis d'accord. En atterrissant, Ignacio regarda par le hublot et observa la piste, du bitume gris et de la peinture blanche, identique à celle qu'il avait vue avant de décoller, à Paris. Cette piste n'avait rien de particulier, et cependant, en la regardant, contrairement à ce qu'il avait prévu, et même à ce qu'il souhaitait, Ignacio Fernández Salgado se retrouva avec un trou à la place de l'estomac, et tous ses boyaux serrés, tordus, noués juste au-dessous de la gorge. Il sentit aussi une pression sur le bras gauche, mais il était si absorbé dans la rébellion imprévue de son corps, qu'il mit un certain temps à s'interroger sur son origine. Quand il le fit, il découvrit que Raquel Perea s'était penchée sur lui afin de voir, à travers le hublot, la même quelconque et monotone portion de piste d'atterrissage de l'aéroport de Séville.

« Le sol espagnol, murmura-t-elle alors sur un ton humble, soucieux, presque doux.

— Oui, répondit-il, lui aussi dans un murmure.

— Je ne sais pas si je vais aimer ça.

— Moi non plus, mais il fallait bien venir un jour, non ?

— Si, c'est vrai. Toi non plus, tu n'étais jamais venu ?

— Non.

— Eh bien, comme ça on va partager...

— Comme la varicelle. »

Et comme s'ils avaient été deux enfants que l'on a enfermés dans la même pièce pour qu'ils se transmettent la maladie, Raquel sortit de l'avion à ses côtés et elle ne le quitta pas avant qu'ils aient récupéré leurs bagages. Ils allaient au même rythme, sérieux et silencieux, sans se regarder, comme s'ils ne se connaissaient pas mais n'avaient rien à voir non plus avec le groupe bruyant d'étudiants français qui, autour d'eux, riaient, criaient, et se poursuivaient dans les couloirs. Au début, Ignacio ne pouvait penser qu'au goût d'abricot qu'il avait dans la bouche. Puis, au moment où il avait commencé à se demander quel goût pouvait avoir la bouche de Raquel, une voix de femme commença à leur parler dans les haut-parleurs de l'aéroport.

« Ah ! dit-elle alors, s'arrêtant soudain tout en lui serrant un bras avec les deux mains. Écoute-la parler...

— Elle parle bien, non ? fit-il après avoir écouté un moment.

— Oui, mais je le disais à cause de l'accent, parce qu'elle parle comme ma mère, en espagnol mais aussi en français, elle prononce aussi mal le français. C'est incroyable, non ? Je suis très impressionnée, c'est comme si j'entendais ma mère parler dans cet appareil. »

Ensuite, elle ne lui lâcha plus le bras et elle le serra à nouveau, beaucoup plus fort, quand ils se placèrent dans la queue pour le contrôle des passeports.

« La Guardia Civil.

— Oui, fit Ignacio qui avait lu les panneaux en même temps.

— Bon sang... »

À ce moment, Ignacio Fernández Salgado remercia la tyrannie de son père, et même la punition d'avoir dû emmener Raquel Perea dans ce voyage, car jusqu'à ce moment il avait juste été nerveux. Peut-être aussi ému, tremblant voire repentant, sans très bien en connaître la raison, d'être monté dans l'avion à Paris, mais surtout nerveux, à tel point que cet adjectif contenait tous les autres. Cependant, en s'approchant de ce hublot, tous les abricots qu'il avait mangés dans sa vie pourrissaient un peu plus dans sa bouche, le trou dans son estomac s'agrandissait et ses boyaux obstruaient le centre de sa gorge comme le noyau impossible d'un fruit sec. À chaque pas qu'il faisait, Ignacio Fernández Salgado sentait ses mains transpirer, et des courants alternativement chauds et froids le long du dos, les jambes de plus en plus cotonneuses, le sang fuyant son visage glacé, mais à chaque pas, aussi, il entendait le halètement de Raquel, qui respirait la bouche ouverte, et il sentait la pression de ses doigts, qui s'enfonçaient dans son bras droit comme s'ils voulaient le perforer, et il savait qu'elle tremblait, il le savait, et cela suffisait à le soutenir. S'il était bien, tranquille, elle le serait aussi. Quand son tour arriva, ils avancèrent tous les deux jusqu'au guichet. Il posa son passeport sur le comptoir, regarda dans les yeux l'homme en uniforme vert olive qui le regardait avec la même fixité, et le salua en espagnol.

« Bonjour.

— Bonjour... » Le policier ouvrit le passeport, regarda la photo, puis Ignacio, commença à écrire sur une feuille de papier. « Fernández Salgado. Espagnol, non ?

— Non. » Et il récita intégralement la réponse que lui avait suggérée son père. « Français fils d'Espagnols.

— D'accord... » Le policier tourna quelques pages en avant et en arrière, observa les tampons. « C'est la première fois que vous venez, n'est-ce pas ?

— Oui.

— Très bien, dit-il avec un sourire. Soyez le bienvenu. »

Quel couillon tu fais, Ignacio, se dit-il en contemplant une version féminine – « Perea Millán, n'est-ce pas ? », « oui, moi aussi je suis française fille d'Espagnols. Est-il possible d'être plus couillon, Ignacio ?, et il se bornait à se répondre que non, avec la rage, l'extrême dureté avec lesquelles il interpellait en silence ses grands-parents, ses parents, ses oncles et tantes, lors des toasts de toutes les nuits de la Saint-Sylvestre. Très bien, soyez le bienvenu, très bien, soyez la bienvenue, cela avait été tout, si peu, si facile, que de l'autre côté du contrôle, Raquel s'écarta de lui comme si elle avait eu honte d'avoir tremblé.

« Bon, ça y est, dit-elle en grimaçant. En fait, ce n'était pas si difficile... »

Ignacio haussa les épaules, acquiesça de la tête et sourit. C'était vrai, que ça n'avait pas été si difficile, en fait, il ne s'était rien passé. Pendant les premiers jours de son voyage, tout semblait devoir être réduit à ça, à rien, Séville, éblouissante, ça oui, Cordoue aussi, et Grenade resplendissante comme une fiancée qui tend son voile de maisonnettes blanches entre les montagnes enneigées et la vallée verte. Ce fut sa meilleure photo, même s'il en fit de très jolies dans le quartier de Santa Cruz, et un portrait nocturne, splendide, de Raquel souriante, ravissante et à moitié ivre, devant le Cristo de los Faroles.

L'Andalousie lui plut beaucoup parce que, son père madrilène, sa mère aragonaise, n'en attendaient pas grand-chose. Elle lui plut réellement parce que ce à quoi il s'attendait, l'image typique du cavalier avec une brune en robe à volants et des boucles d'oreilles en plastique en croupe, était bien inférieur à ce qu'il trouva, la lenteur du temps dans ces villes esclaves de leur propre beauté, l'ancien équilibre de l'eau qui résonne toujours, entre la chaux et les fleurs, la dentelle labyrinthique des rues étroites qui créent en se croisant des recoins étonnants, et une élégance particulière, une subtilité naturelle des personnes, mais aussi des choses. C'était beau, très beau, et lui inspirait une paix étrange, la mélancolie étrange de l'impossible, car ces maisons blanches avec leurs patios en pierre sombre, humide, et leurs plantes vertes en pot, hautes et touffues comme des arbres, devaient être un bon endroit pour y vivre, mais ce n'était pas le sien. Il aurait peut-être aimé vivre ici, mais il ne le ferait jamais, il ne pourrait jamais se pencher de l'intérieur sur ces balcons avec des grilles et des pots de géraniums rouges où sa mère, qui luttait en vain depuis deux décennies contre les gelées hivernales de Paris, aurait été si heureuse.

Ce fut la sensation, chaude mais tempérée, ni joyeuse ni trop triste, que le pays de ses parents et non le sien, lui inspira lors des premiers jours de son voyage. Il était en Espagne, oui, enfin, oui, et il se trouvait que l'Espagne existait, qu'elle occupait vraiment un espace sur la surface de la planète. Mais, parce qu'elle ne ressemblait en rien à la patrie héroïque, posthume et portative où les membres de sa tribu avaient planté leurs tentes, la véritable Espagne était pour lui un pays inconnu et étranger.

« Tu es toujours à Séville ? demanda sa mère dont la voix tremblait à l'autre bout du fil.

— Oui, toujours. On part demain.

— Et c'est beau ? » Anita Salgado n'était jamais allée au sud de Teruel.

« C'est beau, maman, vraiment, tu adorerais. » Dans le silence de sa mère, il entendait sa fébrilité. « Il faudrait que tu viennes voir un jour.

— Oh oui, mon petit ! Quelle joie de te savoir là-bas, Ignacio... » *Laisse-moi lui parler, Anita ! La communication peut être interrompue comme hier.* Le fils entendait au loin la voix de son père. « Il faut que tu appelles la grand-mère, elle est andalouse... Penses-y, elle sera ravie de bavarder avec toi. »

En raccrochant, Ignacio se sentait perplexe et coupable. Il était habitué à la première de ces sensations, à la deuxième aussi, mais à Séville, à Cordoue, à Grenade, la culpabilité devint plus grande, plus profonde que la stupeur. Sa mère aurait préféré lui voir faire n'importe quel autre voyage que celui-ci, mais elle semblait sur le point de se mettre à pleurer chaque fois qu'ils se parlaient au téléphone. Difficile à comprendre, mais il ne comprenait pas lui non plus ses propres réactions dans ce pays étrange où tout, la langue, la cuisine, les coutumes, lui était si familier, et où certaines personnes, certaines scènes, le paralysaient, cette fadeur inquiétante de l'impossible qui surgit de la certitude d'avoir déjà vécu des moments que l'on n'a jamais vécus.

Ignacio Fernández Salgado comprit très tard, en Andalousie, que ses parents avaient raison, qu'il n'était pas allé en Espagne, qu'il y était rentré même s'il n'en avait jamais foulé le sol, jamais de sa vie. Mais cela ne l'aida pas à s'orienter, à se trouver lui-même dans le labyrinthe intime où il allait comme un enfant perdu, arraché aux bras de ses parents, qui, eux, auraient dû être là, rentrer pour se reconnaître dans cette réalité qu'il ne se sentait pas capable d'interpréter. C'était ce qu'il pensait, ce qu'il croyait, ce qu'il souhaitait et redoutait en même temps lorsque commença la dernière nuit andalouse de son voyage.

On leur avait dit que c'était une grotte, mais à l'intérieur cela n'y ressemblait pas. Les murs de cette salle voûtée, longue et étroite comme un tunnel aux parois blanchies à la chaux, étaient irréguliers, rugueux, mais les ustensiles en cuivre et les assiettes en céramique vernissée – motifs verts aux reflets métalliques sur fond blanc –, qui couvraient les murs, lui donnaient un air bigarré et baroque, inhabituel dans un logement creusé dans la roche. Et cependant c'était une authentique grotte, une particularité de plus dans ce pays de sauvages mangeurs d'ail.

« Du flamenco, la bonne idée ! » s'était-il exclamé le matin où ils avaient appris que la fin de la fête serait une visite à un *tablao*[1], dans une grotte du Sacromonte. « Juste ce qu'il nous fallait...

— Ne dis pas ça », fit Raquel en espagnol, avant de revenir au français qu'ils utilisaient quand ils étaient avec les autres. « Vous allez adorer, c'est une chose unique, très émouvante, ça ne ressemble à rien et ne peut être comparé à aucune musique.

— Je déteste le flamenco, insista Ignacio, à nouveau en espagnol.

— Tu es bête, mon vieux », répondit-elle dans la même langue, et elle se tourna sur sa droite pour continuer à expliquer aux autres, Philippe le plus proche, penché sur elle, en admiration comme d'habitude, ce qui les attendait.

Alors Ignacio pensa à nouveau que Raquel se débrouillait beaucoup mieux que lui. Cela venait peut-être du fait que ses parents étaient andalous, mais, pour

---

1. Cabaret andalou où l'on danse le flamenco.

commencer, elle était en train de perdre l'accent français. Les autres ne s'en rendaient pas compte parce que, même si un certain nombre d'entre eux parlait espagnol, aucun n'avait le niveau suffisant pour détecter ces nuances, mais Raquel et lui s'étaient connus dans la langue de leurs parents, ils avaient continué à la parler entre eux sans avoir besoin de le décider, et pour cette raison, Ignacio apprécia sans aucune difficulté le processus particulier qui culmina dans une boutique de la rue Zacatín[1], un instant après qu'un commerçant trop pressé eut refermé une vitrine trop tôt.

« Aïe, mon *deo* ! protesta Raquel, avant de porter à sa bouche l'index rougi de sa main droite.

— Comment ça, ton *deo* ? lui dit Ignacio, quand le commerçant eut fini de s'excuser. Tu veux dire ton *dedo*[2] ?

Raquel le regarda un moment comme si elle ne le comprenait pas, et à sa réponse, il constata qu'elle ne l'avait effectivement pas compris.

« Eh bien oui, mon *deo*... Il me l'a *pillao*[3], tu n'as pas vu ? »

Alors maintenant, tu as vingt *deos*, pensa-t-il, renonçant à lui expliquer qu'il était sûr qu'à Paris il l'avait entendue prononcer tous les –d, dix *deos* aux mains et dix *deos* aux pieds... Et il n'y avait pas que ça. Si elle pensait à la Dordogne, et à l'indigestion de foie gras que son fiancé devait être en train d'attraper, elle n'en laissait rien paraître. Raquel aimait beaucoup plus l'Espagne qu'Ignacio ne considérait que c'était raisonnable. Le poisson frit, oui, il l'aimait aussi, le jambon *de pata negra* beaucoup

---

1. Située à Grenade.
2. Prononciation andalouse de « dedo », « doigt ».
3. Prononciation andalouse de « pillado », « pincé ».

plus, et la façon d'assaisonner les tomates, avec de l'ail, bien sûr, le goût de l'huile d'olive et les flans, le pain perdu, même le vin de manzanilla, il appréciait tout cela, on pouvait aller jusque-là, mais... les processions ? Eh bien, elle n'en loupait pas une. Elle envoyait Philippe en éclaireur, pour qu'il lui ouvre la voie comme le ferait un chien d'aveugle, finissait par arriver à la barrière, et elle restait là-bas jusqu'au passage du dernier pénitent tenant un cierge allumé. Cela faisait beaucoup d'enthousiasme pour Ignacio, qui se mettait à boire dans un bar bondé de gens qui buvaient, et il ne se rendit pas compte que la tradition de ceux qui fuyaient les processions en allant d'un verre à l'autre était aussi espagnole que celle qu'elle adoptait en suivant les processions à travers les rues. Mais ce n'était pas que ça non plus.

Ignacio regardait Raquel et la voyait ouvrir grand les yeux, les lèvres à demi dans un sourire ébahi, devant des stimulations qu'il n'identifiait même pas, et il reconnaissait qu'il aimait la regarder, qu'il en avait besoin, comme s'il avait pu s'alimenter de son enthousiasme, de sa joie, une chaleur qui tempérait son âme givrée de stupeur et de culpabilité. La sixième nuit de leur voyage, la dernière nuit andalouse qu'ils partageraient avant longtemps, Raquel ne disait non seulement plus de mal de l'Espagne, mais elle n'acceptait pas non plus que les autres, lui compris, se plaignent de quoi que ce soit devant elle. Deux nuits plus tôt, à Cordoue, juste après avoir posé pour ce portrait sur lequel elle était plus jolie que jamais, elle lui avait avoué qu'elle ne s'attendait pas à ce que le pays de ses parents puisse lui plaire autant.

« Pas toi ? » Ignacio secoua la tête. « Eh bien moi, si, tu vois, c'est bizarre, non ? Parce que j'en ai toujours eu marre de l'Espagne, marre d'entendre des proverbes, des petites batailles, marre d'entendre que ce qui est espagnol est toujours mieux, et pourtant... Je ne sais pas comment t'expliquer, mais maintenant, je sens que je suis d'ici. Et je sais que ce n'est pas vrai, et que c'est peut-être même un mirage. Je sais que ça me passera sûrement en arrivant à Paris, mais en ce moment, c'est ce que je ressens. Et je suis ravie que mes parents m'aient obligée à venir ici.

— Tu dois être à moitié arabe, plaisanta Ignacio.

— Oui, c'est sûrement ça. Ce n'est pas mal non plus, non ? Regarde autour de toi... »

Sur ce point, elle avait raison, et Ignacio fut content de le reconnaître, de savoir que, au moins, la mystérieuse alchimie de l'exil s'exerçait en elle, même si cela n'était pas le cas pour lui. Mais la mosquée était une chose et les sons gutturaux une autre, bien différente. Aussi, et par-delà Raquel, sa joie, son enthousiasme et toutes ses raisons, en entrant dans cette grotte du Sacromonte, Ignacio détestait toujours le flamenco, cette musique incisive à la cadence primitive et phonétique incompréhensible à laquelle son père vouait un culte absurde, profond et profondément irrationnel.

« Je ne comprends pas comment tu peux aimer ça, papa », s'était-il risqué à lui dire un jour, après trois quarts d'heure de torture sonore. « Je n'aime pas ça, mais j'aime l'écouter », avait répliqué son père. Ils construisaient tous deux un bateau en bois, sous le porche de la maison que ses parents louaient pour l'été quand Olga et lui étaient petits, dans le sud, près de Collioure. Le fils aimait beaucoup travailler avec son père, car il était très patient, très habile. Ignacio Fernández Muñoz racontait toujours que lorsqu'il était arrivé en France il était un parfait inutile, qui ne savait rien faire de ses dix doigts, mais au camp de concentration il avait beaucoup de temps libre, trop, et il s'ennuyait tellement qu'il avait eu envie d'apprendre des métiers. Il était bon menuisier, le seul métier qu'il avait continué à pratiquer par la suite, mais il aimait écouter du flamenco en travaillant. Quand ils commencèrent ensemble l'avion qu'il lui avait promis, son fils se rappelait encore le martyre qu'avait été la maison de poupées à quatre étages qu'il avait fabriquée pour sa sœur, aussi, afin de s'épargner un supplice équivalent, insista-t-il sans grand espoir : « Ce n'est pas possible, papa, tu ne peux pas aimer écouter quelque chose que tu n'aimes pas. » Son père le regarda en souriant : « Si, c'est possible. Mais si tu préfères, pense que j'aime le flamenco, c'est tout. » « Eh ! bien, pas moi, papa. Je dois dire que moi, je n'aime pas ça du tout. »

Ce fut ce qu'il dit alors, et il se le répéta en s'asseyant sur l'une des chaises à dossier en bois et siège en osier qui les attendaient, rangées le long des parois de la grotte, après avoir manœuvré avec succès pour s'assurer une place à côté de Raquel.

Mais le vin lui plaisait, et au début il crut que c'était à cause du vin et parce qu'il en buvait beaucoup. La troupe – une gitane forte et jolie, une autre plus mince et beaucoup moins jolie, les deux très mûres, presque âgées, plusieurs jeunes *bailaoras* aux cheveux très foncés et aux yeux très maquillés, deux guitaristes vêtus de noir, et trois jeunes gens qui s'assirent ensemble, à côté d'elles – se plaça autour d'une estrade qui occupait le fond de la salle. Il y eut des paroles de bienvenue, des plaisanteries douteuses, les guitares se firent entendre.

« Ce soir, je vais commencer par des *bulerías*[1] », annonça la gitane corpulente, rides profondes, peau brune, yeux vifs et bijoux en or, et elle se mit à chanter.

---

1. Improvisations sur un rythme très vif, accompagnées en battant des mains.

Ignacio l'entendit sans l'écouter. Il était moins attentif au spectacle qu'à Raquel, très raide, très sérieuse, les yeux fixés sur la femme qui chantait, les mains encore immobiles, posées sur sa jupe. Puis la gitane se tut, on l'applaudit, les guitares résonnèrent à nouveau, et l'un des jeunes gens assis à côté des guitaristes, de petite taille, mince, nerveux, commença à marquer le rythme avec les mains sans faire de bruit, ébauchant à peine le mouvement de joindre les mains, comme s'il comptait seulement s'encourager lui-même.

« Je vais chanter des *granaínas*[1] », annonça-t-il.

L'homme désire une chose, il s'en fait un monde, puis, quand il l'obtient, ce n'est que de la fumée, ce n'est que de la fumée, cousine, ce n'est que de la fumée, l'homme désire une chose, il s'en fait un monde...

Il avait une voix gracile, fine comme le cristal, cassée à la fois, une voix qui volait en éclats, riche et profonde, personnelle et étrangère. Ignacio trouva tout cela dans sa voix en l'écoutant, et il ne se demanda pas pourquoi lui et pas elle. Il n'eut même pas conscience de l'écouter, il ne le décida pas, ne le pensa pas, ne se le proposa pas, or il reçut ces paroles une par une, les accueillit, les comprit, les caressa et les laissa entrer, conquérir le fond de son oreille, de son corps, de sa mémoire.

L'homme désire une chose, il s'en fait un monde, puis, quand il l'obtient, ce n'est que de la fumée. Le *cantaor* était jeune, guère plus âgé que lui, et il fermait les yeux pour égrener ces paroles si simples, si complexes, et Ignacio aimait le vin, pas le flamenco, mais le vin si, et il buvait beaucoup, trop. Ce devait être ça, car il s'aperçut soudain qu'il était ému, ému d'entendre ces paroles, cette chanson. *Ce n'est que de la fumée, cousine, ce n'est*

---

1. Forme libre ponctuée de « ay », originaire de Grenade.

que de la fumée, l'homme désire une chose, il s'en fait un monde. La voix de cet homme connaissait un chemin qu'il ignorait, un chemin qui le parcourait d'une extrémité à l'autre, qui parvenait à battre dans son cœur, et il n'avait jamais entendu cette chanson, il n'en connaissait ni les paroles ni la musique et pourtant il la reconnaissait, il se reconnaissait en elle comme dans aucune autre, aucun miroir, aucun paysage. Il pensa alors que cette chanson, une simple chanson, toute une définition de la condition humaine, pouvait peut-être représenter l'Espagne pour lui, aussi loin du menu touristique des restaurants populaires que des tentes nomades de l'exil perpétuel. *L'homme souhaite une chose, il s'en fait un monde, ensuite, quand il l'obtient, ce n'est que de la fumée.* Des vers si simples, si complexes, si élégants, si exacts, si catégoriques, si petits et si universels à la fois dans cette voix qui volait en éclats, aiguë et rauque, fine comme le cristal, comme une aiguille joueuse, une arme transparente. L'émotion est rare, et celle-ci fut plus rare qu'aucune autre, même si la faute en incombait peut-être au vin, car il n'aimait pas le flamenco, mais le vin, ou alors, pensa-t-il, il connaissait déjà les paroles et avait pu oublier que sa grand-mère María, qui était originaire de Jaén et chantait fort bien, l'avait bercé avec un soir.

C'était ce qu'il pensait quand, soudain, tout changea. Le *cantaor* se tut, il l'applaudit avec enthousiasme, Raquel lui adressa un regard surpris, et les *bailaoras* commencèrent à agiter les volants de leurs robes au rythme de la guitare, des claquements de mains de tous les autres. Ignacio comprit que c'était le numéro principal, celui qui avait le plus de succès parmi les touristes, mais pendant que ses amis se concentraient, tendaient le dos contre le dossier de leurs chaises, et se penchaient en avant pour admirer les coups de talon furieux qui claquaient contre les planches comme si ces femmes avaient eu des fouets à la place des jambes, il regretta son propre bouleversement, imprévu, privé, les caresses et les coups prodigués par cette voix qui disait de très grandes choses avec de tout petits mots.

Il les entendait toujours, les choyait toujours par-delà le vacarme qui assourdissait ses oreilles, quand Raquel commença à s'agiter sur la chaise voisine, bougeant les jambes, les épaules, la taille, tout le corps au rythme des claquements de mains, qui produisaient ce son particulier, puissant, creux, que seuls obtiennent ceux qui savent joindre les mains dans un geste qui ressemble à un applaudissement mais n'en est pas un, car l'air prisonnier dans la légère concavité centrale en fait un instrument à percussion dont il faut apprendre à jouer, comme de n'importe quel autre. Elle va se lever, pensa-t-il, et juste après, l'un de ceux qui frappaient dans leurs mains, un gitan de haute taille, mince, brun, le nez aquilin et la peau brillante, les yeux très noirs, lui tendit une main pour l'inviter à monter sur l'estrade. Un instant plus tard, Raquel Perea Millán, la fille d'Aurelio et de Rafaela, la fillette maigre et hystérique qui portait des robes à volants aux fêtes de *L'Huma* dans le seul but de monter sur une table et d'enquiquiner le monde aussi longtemps qu'on la laisserait faire, dansait dans une grotte du Sacromonte avec sa minijupe blanche et jaune, sa caractéristique frange parisienne et sa ceinture autour des hanches, pas de volants, pas de collier aux boules de couleur, mais avec un art consommé.

C'était ce que disaient les gitans, « *ole*, *ole*, tu es une artiste, petite... » Et elle se renversait, agitait les jambes et les bras au rythme de la musique, se penchait en avant en tenant les pointes d'une robe imaginaire puis se redressait soudain, pour parcourir enfin la scène en faisant de petits pas gracieux, les épaules placées comme si elle comptait s'en aller, mais elle ne s'en allait pas et tout recommençait. « Olé, quelle artiste, je te le dis, il faut voir, tu as vu la gamine ?, *ole, ole...* » Raquel dansait, et très bien, aussi bien que si elle ne l'avait jamais fait que pour danser cette nuit, dans ce lieu, avec ce gitan grand et mince, brun, qui avait le nez aquilin, la peau lustrée, brillante, moelleuse, de belle facture, et avec une intuition certaine, dangereuse, qui lui permettait d'adapter son rythme à celui de Raquel comme si aucun des deux n'avait jamais dansé seul ou avec un autre partenaire.

« Antonio Vargas Heredia, fleur de gitan » se rappela Ignacio, pendant que cet homme se collait et se décollait du corps de Raquel avec la paresse tendue d'un animal en rut, et l'entourait entièrement de ses bras sans la toucher pour autant afin de l'envelopper dans l'air qui l'enveloppait lui-même. *L'homme désire une chose, il s'en fait un monde.* Le *cantaor* frappait dans ses mains et les regardait, sérieux, concentré, comme Ignacio, comme tous les autres, car plus personne ne criait, n'applaudissait ni ne riait, comme au début, on les regardait seulement, tous les regardaient, et eux, en revanche, ne semblaient voir personne, ils n'avaient besoin de voir personne, juste de se regarder, ils se regardaient et se souriaient, ouvraient la bouche avec une expression de reconnaissance féroce, presque sauvage, qui excluait tout le reste, tous les autres, ceux qui ne dansaient pas, ceux qui n'entraient pas dans la réalité qu'ils partageaient, la seule qui existait pour eux en cet instant. Antonio Vargas Heredia, se rappela Ignacio, et son propre désir crût jusqu'à engendrer un monde complet, la vache, ce que tu es belle.

« D'où es-tu ? » lui demanda le gitan à la fin, quand le spectacle fut terminé et que les artistes se mêlèrent aux clients, en buvant tous le même vin. « Parce qu'on n'apprend pas à danser comme toi.

— Je suis de Málaga. Je vis en France, mais je suis de Málaga, répondit Raquel, tournant le dos au regard halluciné que lui adressa Ignacio en l'entendant.

— Bien sûr. Ça se voit. » Le gitan sourit, montra ses dents d'une blancheur extrême, approcha son verre de celui de sa partenaire de danse, le fit s'entrechoquer avec celui de Raquel.

« Va te faire foutre, connard. » Quand il se retourna pour évaluer la situation, Ignacio Fernández Salgado ne savait plus jurer en français. Ce qu'il vit ne lui remonta guère le moral. Il ne pouvait pas compter sur Philippe, dont la dévotion inconditionnelle pour la danseuse lui aurait été utile. Il était complètement saoul, et Laurent avait du mal à le garder assis sur sa chaise, tout en appelant Ignacio à grands cris pour l'aider à le sortir de là. Ce n'était pas la seule perte. L'une des filles avait été emmenée hors de la grotte au moment où elle allait vomir, et les autres avaient déjà mis leur veste. Pendant ce temps, le danseur avait fait quelques progrès, qui se manifestaient dans la couleur écarlate des joues de sa proie. Ignacio le vit, le comprit, prit sa respiration et s'approcha d'eux.

« Raquel. On s'en va. » Il la prit par le bras sans serrer, esquissant à peine le geste de tirer sur le coude, et parla en espagnol sans se poser la question de choisir entre ses deux langues.

Elle le regarda, regarda le gitan, puis lui à nouveau. Elle hésitait et ils s'en aperçurent tous les deux, ils la regardèrent tous les deux en même temps avec la même convoitise, ils se regardèrent l'un l'autre, puis elle à nouveau, conscients à parts égales et séparément de leur force et de leur faiblesse, les signes de leurs tribus respectives, si exotiques toutes les deux, si différentes entre elles.

Le gitan eut la faiblesse de parler le premier : « Tu vas partir avec le *gabacho*[1] ?

— Ce n'est pas un *gabacho*, répondit-elle enfin. Il est espagnol, et... Oui, je vais devoir partir, parce que demain on part à Madrid très tôt, tu sais ? On doit se lever aux aurores. »

Il encaissa la réponse avec élégance. Ignacio dut le reconnaître en le voyant prendre la main droite de la jeune fille dans ses mains pour l'embrasser lentement et prendre congé de la façon la plus simple, avant de faire demi-tour et de les laisser seuls. Alors, pour faire quelque chose et parce qu'il ne trouva rien de mieux que ce geste maladroit, emprunté, il reposa les doigts sur le bras de Raquel et cette fois il l'entraîna, très doucement, vers la porte. Quand ils étaient déjà dans la rue et à la merci du vent de la sierra, ce couteau acéré, glacé, sec, qui dément chaque matin la bienveillante constance du soleil de midi de Grenade, il la lâcha soudain, quoique pas assez vite pour devancer un sourire moqueur, ironique mais flatté, perspicace mais heureux, qui lui fit penser que, peut-être, elle s'était rendu compte que sa grande conquête amoureuse ne serait pas Philippe, même avant lui.

« Je croyais que tu étais de Nîmes, lui dit-il au bout d'un moment.

— Et moi, je croyais que tu n'aimais pas le flamenco, lui répondit-elle, et ils se mirent tous deux à rire en même temps.

---

[1]. Terme péjoratif pour désigner les Français.

— Maintenant j'aime ça. Grâce à toi, avoua-t-il sans lui révéler toute la vérité.

— Je suis contente, parce que... Je dois dire que, quand on était petits, je te trouvais très antipathique, Ignacio. Je m'en souviens encore, aux fêtes de *L'Huma,* à chaque fois que je te voyais, j'en étais malade. Tu étais le seul à ne pas m'applaudir, tu sais ? Je dansais, parce que j'adore ça, tu l'as vu, et en France il n'y a pas tellement d'occasions de danser le flamenco, alors je passais toute l'année à attendre, à répéter dans ma chambre, toute seule, j'allais à la fête toute joyeuse, et puis, à un moment donné, pan !, je voyais un foulard à carreaux, des oreilles immenses, et je devenais très nerveuse, vraiment, parce que je savais ce qui m'attendait. Ce que je n'ai jamais compris, c'est pourquoi tu t'approchais si près, pourquoi tu te collais à la table pour me regarder ensuite avec tant de mépris. Et à la fin, ta mère arrivait et me faisait plein de bises, elle me disait que je dansais de mieux en mieux chaque année, et tu étais à côté d'elle, le foulard autour de la tête et cet air de souffrance que tu prenais, comme si on t'avait torturé... »

Ils descendaient la côte de Chapiz, s'approchaient déjà de la promenade des Tristes, elle s'arrêta, l'observa.

« Pourquoi est-ce que tu éprouvais une telle antipathie pour moi, Ignacio ? Et pourquoi est-ce que tu t'approchais si près, puisque tu n'aimais pas me voir danser ? »

Il ne savait pas, il ne connaissait pas la réponse à ces questions, mais il savait ce qu'il devait faire, ce qu'elle attendait qu'il fasse.

Ce baiser ne dura pas aussi longtemps que celui que Raquel avait partagé avec son fiancé en lui disant au revoir à Paris, mais il fut doux et craquant, comme un fruit que l'on goûte pour la première fois. Quelques minutes avant, ils n'auraient pas pu croire que cela allait se produire, mais l'intensité de ce baiser les émut plus qu'il ne les étonna. L'hôtel était proche, et aucun des deux ne parla, ne trouva quoi que ce soit à dire en chemin. Ignacio se demandait ce qui s'était passé, et ce qui allait se passer. Raquel, un pas devant, se demandait juste quand, comment, où cela se passerait. Ce ne fut pas à Grenade, mais pas non plus dans des circonstances semblables à ce qu'elle aurait pu imaginer.

« Je ne pleure pas de chagrin. Ce n'est pas du chagrin. » Ignacio la regarda à ces feux de circulation perdus au bout de Madrid, et du monde.

Et à cet instant, Raquel Perea Millán, qui avait un fiancé grand, fort et joueur de basket, qui l'attendait en France tout en se goinfrant de foie gras, comprit que sa vie allait irrémédiablement changer de cours.

« Où est-ce qu'on va ? » avait-elle demandé à Ignacio ce soir-là, quand ils avaient quitté les autres, qui profitaient de leur temps libre pour faire des achats.

Il la regarda, frissonnant encore de l'ampleur de sa chance. « Eh bien... Je ne sais pas. Ma tante a dit à mon père qu'elle habitait maintenant au fin fond de Moratalaz[1], mais même lui il ne sait pas où c'est, alors... Le mieux est de prendre un taxi.

— Oui. Et puis ils sont si bon marché... » Elle leva la main pour en arrêter un.

« Cet après-midi, j'ai une visite à faire », avait annoncé Ignacio au petit déjeuner, le premier jour où ils se réveillèrent à Madrid, et sur le moment, Raquel n'avait rien dit. « Qui est-ce que tu vas voir ? » lui demanda-t-elle ensuite, alors qu'ils déambulaient sur le

---

1. Localité située au sud-est de Madrid.

paseo del Prado, « la femme du frère aîné de mon père », répondit-il, et il lui raconta l'histoire de cette inconnue qu'aucun membre de la famille Fernández n'avait revue depuis le 19 février 1939, mais qu'on lui avait appris à appeler tante Casilda. « Eh bien je t'accompagne », dit-elle alors, comme si elle venait d'y penser « on est là depuis une semaine et en fait, on n'a pas encore vu comment vivaient les gens... Enfin, je t'accompagne si ça ne te dérange pas », ajouta-t-elle tout de suite, parce que ce baiser nocturne et étrange ne s'était pas répété, et ne les avait pas suffisamment rapprochés pour éliminer les politesses. « Non, non, au contraire, ça me plairait beaucoup », assura Ignacio très vite.

« Où avez-vous dit qu'on allait ? » Le chauffeur de taxi se retourna pour le regarder et il répéta l'adresse très lentement, sans parvenir du tout à atténuer la stupéfaction sur le visage qu'il contemplait. « Eh bien je n'ai aucune idée de l'endroit où ça se trouve.

— Au bout de Moratalaz. C'est ce qu'on m'a dit, insista Ignacio.

— Oui, oui... dit-il en démarrant. Bon, pour l'instant, on va à Moratalaz, et on verra bien. »

Il arriva sur la Gran Vía, déboucha sur une rue encore plus étroite, la Cibeles dans le fond, passa la Puerta de Alcalá, circula pendant un moment le long de la grille du Retiro, et c'était Madrid, Ignacio le savait, le connaissait, il l'avait souvent vu sur les photos, dans les films, entendu raconter plus d'une fois. C'était peut-être la raison pour laquelle il se trouvait mieux ici, parce que dans les bâtiments, les noms des rues, les arbres, les palais, les allées, les statues, confluaient enfin ses deux Espagnes, celle qu'il voyait et celle qu'il avait apprise, celle des menus touristiques et celle des tentes nomades.

En arrivant à Madrid, il ne s'attendait pas à trouver autre chose que ce qu'il y trouva, Madrid, une ville trop grande, trop pleine de maisons, de choses, de voitures, de gens, de magasins, et d'ardeurs pour se laisser frapper par la nouveauté du tourisme, et cela lui avait plu. Madrid lui plaisait et à Raquel aussi, même si elle n'avait aucun mérite, car cela avait même été le cas pour le paysage monotone de La Mancha qu'ils avaient vu en chemin. Cependant, après le Retiro et la rue O'Donnell, Madrid commença à s'estomper pour ressembler de plus en plus à elle-même. Ignacio eut l'impression que la ville de son père avait pris fin, et pourtant, cela restait une ville, un quartier neuf aux maisons ordinaires, bon marché, des tours et encore des tours, toutes pareilles, et c'était Madrid même si cela pouvait être n'importe quelle autre ville, mais c'était Madrid. Le chauffeur roulait encore vite, il connaissait encore le terrain sur lequel il progressait, et pourtant, il ne tarda guère à ralentir pour baisser la vitre et commencer à demander aux gens. Si ce qu'ils avaient traversé était Moratalaz, eh bien ils étaient arrivés au bout, car devant eux il y avait la campagne, une campagne sèche, déserte, avec des terrains rocailleux et des remblais, une voie de chemin de fer dans le fond. « On dirait qu'on est allés trop loin », fit le chauffeur en faisant demi-tour ; il avança un peu, choisit une entrée de rue, redemanda, annonça qu'il s'était encore trompé, et cette séquence se répéta encore deux fois avant qu'il ne trouve la porte d'entrée de la maison qu'ils cherchaient.

« Bon, eh bien on est enfin arrivés au bout du monde. »

C'était une maison laide, de trois étages, aussi grande que le pâté de maisons qu'elle occupait, subdivisée en plusieurs entrées très étroites et encore plus laides avec des portes en aluminium et en verre poli. Les murs étaient en brique blanchâtre ou peut-être blanche et sale, et sur les terrasses il y avait du linge étendu, du bric-à-brac, des escaliers, de temps en temps une malheureuse plante verte, fanée, rien à voir avec les géraniums, les œillets andalous. Ce n'était pas un endroit agréable pour y vivre, pensa Ignacio en poussant la porte, qui était ouverte et les fit arriver dans un couloir aux murs nus éclairé par deux ampoules, l'une encastrée dans le plafonnier en verre blanc, l'autre nue, bien qu'autour d'elle, au plafond, on voie toujours le cercle en plastique auquel avait dû être suspendu un jour un plafonnier identique à celui qui avait résisté, aujourd'hui disparu. Le sol était en granit gris avec des taches blanches, sur la droite une rangée de boîtes à lettres métalliques avec deux portes forcées, d'autres absentes. L'une de ces dernières avait appartenu à la boîte de sa tante, mais Ignacio avait l'adresse complète, sur un bout de papier, escalier C, deuxième gauche.

« Tu es nerveux ? lui demanda Raquel avant qu'il sonne.

— Oui. »

Elle lui prit la main, la serra, et ils entendirent tout de suite le bruit d'un verrou que l'on tourne.

« Bonjour. Tu dois être Ignacio, non ? »

De l'autre côté de la porte il y avait un homme jeune, assez grand, avec le nez aquilin des Fernández dont il avait eu la chance de ne pas hériter, et les yeux aquatiques des Fernández dont il n'avait malheureusement pas hérité.

« Oui, c'est moi. » Et pendant qu'il s'apercevait que sa voix tremblait, ainsi que la main que Raquel ne tenait pas, il soupçonna son cousin d'être aussi nerveux que lui. « Et tu es Mateo, bien sûr. »

Il sourit et recula d'un pas pour les laisser passer. « Bien sûr. Et la fille ? C'est ta fiancée ?

— Enfin... Non, c'est une amie, elle s'appelle Raquel. Elle est aussi fille d'Espagnols, ses parents sont très amis avec les miens et je lui ai proposé de venir. J'espère que ça ne vous dérange pas.

— Non, pas du tout, mais venez, ne restez pas là... »

Raquel relâcha la pression de ses doigts mais il lui serra la main et la regarda pour la supplier sans paroles de ne pas la lâcher, de ne pas le laisser seul dans ce voyage. Elle acquiesça de la tête, comme si elle lisait dans ses pensées, et ils entrèrent en se tenant par la main dans un simulacre de vestibule où ils se tenaient à peine tous les trois.

À droite, une porte avec un encadrement en bois et une vitre couleur ambre conduisait à un salon en longueur où il y avait tout juste la place de circuler entre les meubles, un canapé et deux fauteuils à gauche, une table ronde avec quatre chaises au fond, à côté de la porte donnant sur la terrasse et un buffet à droite, en face du canapé. Au-dessus de ce dernier, au mur, il y avait un tapis. Ignacio dut regarder à deux fois avant d'y croire, un tapis en laine, avec un dessin de cerfs dans des tons foncés avec des franges blanches pendant sur les côtés, un tapis au mur, et horrible, par-dessus le marché. Il n'eut guère le temps d'en voir plus. Il était encore absorbé par une telle brutalité décorative quand il entendit un cri, en se retournant il vit une femme qui ne pouvait être tellement plus âgée que sa mère et qui le semblait pourtant. Elle était petite et forte, elle avait les cheveux châtains, frisés, et elle entra dans le salon en s'essuyant les mains à un torchon de cuisine qu'elle laissa tomber sur un fauteuil pour le prendre dans ses bras avec autant de force que si elle avait voulu réchapper d'une catastrophe avec lui.

« Ignacio ! Aïe, mon dieu, Ignacio, aïe... » Sans relâcher son étreinte, elle écarta la tête pour le regarder, et vit l'émotion dans ses yeux. « Voyons, laisse-moi te regarder, mon petit, allez... J'ai l'impression de voir ton père. Quel âge as-tu ?

— Vingt et un ans.

— Eh ! bien c'est l'âge qu'il devait avoir la dernière fois où je l'ai vu, je m'en souviens encore, j'y pense tous les jours, aïe... » Ses paupières ne pouvaient plus supporter la pression des larmes, mais elle ne voulut pas se séparer de lui pour s'essuyer le visage. « Tu es comme lui, comme lui. Pas tellement les cheveux, il était blond, ni le nez, bien sûr, mais le reste, les yeux, le front, les oreilles, le cou... J'ai l'impression de le voir. C'est effrayant ! » dit-elle en secouant la tête, comme si elle avait quelque chose à se reprocher, et alors, enfin, elle se sépara d'Ignacio, regarda autour d'elle, vit Raquel. « Et cette jeune fille ? C'est ta sœur ? »

Ignacio intervint à temps. « Non, non. C'est la fille d'amis de mes parents, espagnols eux aussi, elle s'appelle Raquel...

— Ah ! Très bien, fais comme chez toi, ma petite. » Casilda lui planta deux baisers sur les joues, reprit le torchon, désigna le canapé. « Ne restez pas là, debout, voyons, qu'est-ce que vous voulez prendre ? J'ai fait un gâteau, mais si vous préférez une bière... »

À ce moment, un homme d'une cinquantaine d'années, mince, vieilli prématurément, le cheveu poivre et sel, rare, et une moustache triste à la pointe tombante, traversa le salon sans desserrer les dents, sans faire de bruit. Ses pantoufles en laine à carreaux et à semelle de caoutchouc glissaient sur les dalles, comme si elles ne pesaient rien. Ce fut ainsi que, muet, opaque, il arriva à la table, s'assit sur une chaise et les regarda.

Casilda lui renvoya un regard neutre : « Voici Andrés, mon mari. Tu sais, ce garçon... »

Il regarda d'abord sa femme puis les nouveaux venus. « Oui, je sais. Bonjour.

— Bonjour, répondit Ignacio, et ils se turent tous en même temps.

— Bon, je vais à la cuisine, chercher les choses... »

Casilda disparut et le silence resta intact jusqu'à ce que son fils se lève de la chaise sur laquelle il s'était assis et la place devant le canapé.

« Alors, qu'avez-vous fait, vous aimez l'Espagne ? leur demanda-t-il.

— Oui. Beaucoup, répliqua Raquel en souriant.

— C'est ce que je dis. » Mateo sourit, croisa les jambes et se désintéressa de son cousin pour se concentrer sur son amie. « On ne vit nulle part comme ici. Il suffit de voir ce qui se construit à Alicante et par ici, pour les touristes, parce que vous ne savez pas combien il en vient tous les étés, ouh ! Et ce n'est que le début... Ici, on est comme des princes, vraiment, le soleil, le climat, parce que, voyons, comment est-ce que tu peux comparer ce que c'est que de se lever le matin ici, et dans ces endroits où on ne voit que des nuages, encore dans nuages, et où il pleut tout le temps... ? Et la cuisine ? Comment avez-vous trouvé la cuisine, hein ? Pareil en Allemagne, je te le dis, j'ai un ami qui vient de partir à Cologne et qui en a déjà assez de manger du porc, des saucisses, des patates, ça n'est pas pareil. Bien sûr, là-bas, on gagne plus, et il a besoin d'argent pour se marier tout de suite, mais je ne crois pas qu'il supporte même les deux ans pour lesquels il est parti, parce que... Ici, tout est différent, ici il y a de tout, regarde les fruits, sans aller plus loin, moi je n'aime pas ça, mais pour ceux qui aiment... Sans compter le jambon, si bon marché, je ne sais pas comment les gens peuvent vivre dans des pays qui n'ont pas de jambon serrano. Et avec de la tranquillité, ça aussi, on peut aller dans la rue à n'importe quelle heure, sans être volé, sans se faire agresser à chaque coin de rue, comme ça se passe là-bas... »

Pendant que Mateo parlait à Raquel, qui l'écoutait en silence, avec un sourire indéchiffrable, Ignacio compara son discours au contenu de l'étagère fixée sur le buffet qu'il avait en face de lui, six petits verres en cristal, chacun d'une couleur différente, un trophée sportif scolaire, un petit ours en peluche, deux petits pots en terre marron au ventre jaune, comme tous ceux qu'il avait vus dans les restaurants où ils avaient demandé le vin de la maison, un pot en miniature en céramique blanche avec des fleurs en relief, un flacon d'eau de Cologne avec le bouchon en forme de fleur et une boîte faite avec des coquillages peints. Rien d'autre et aucun livre.

La pauvreté de l'ensemble l'impressionna encore plus que le tapis accroché au-dessus de sa tête. Depuis qu'ils avaient cessé de le considérer comme un enfant, six ou sept ans plus tôt, ses parents ne l'obligeaient plus à les accompagner quand ils allaient déjeuner, dîner chez leurs amis espagnols, mais il s'en souvenait, et il connaissait la maison de son oncle et de sa tante de Toulouse, celle de ses grands-parents, sa propre maison. Il était né, il avait grandi, dans le foyer d'exilés qui étaient arrivés en France avec ce qu'ils avaient sur eux, qui avaient dû accepter des travaux très inférieurs à leur formation, à leurs capacités, qui avaient travaillé comme des bêtes, pendant des années, pour arriver à vivre dans un pays étranger comme ils auraient vécu dans le leur, c'était du moins ce qu'il croyait. Il l'avait toujours cru, jusqu'à cet après-midi où il découvrit une réalité grotesque, insoupçonnée, sur le même canapé où il était assis, ce mauvais meuble, défoncé et bon marché, entouré de mauvais meubles, défoncés et bon marché, dans une maison où il n'y avait que l'indispensable et où un simple flacon d'eau de Cologne servait d'ornement. Ainsi vivaient ceux qui étaient restés, que l'on enviait, qui avaient de la chance, les hommes qui n'avaient pas dû dormir à la belle étoile sur la plage, les femmes qui n'avaient pas dû voler son jupon à une moribonde. Et ils veulent encore rentrer, ils lèvent encore un verre en l'air, toutes les nuits de la Saint-Sylvestre, en trinquant à leur retour dans ce pays se dit-il. Alors, au moment où il n'avait pas encore fini de tirer ses conclusions, la propriétaire de la maison revint, et il eut le temps d'entendre les arguments de son fils pendant qu'elle plaçait sur la table des tasses vertes en duralex et un plat de la même matière avec un gâteau dessus.

« ... Et les femmes ? Ici, les femmes sont très jolies, enfin, tu le sais, tu n'es pas espagnole pour rien. Ce qui est dommage, c'est que tu doives vivre en France, enfin, que vous viviez tous les deux là-bas. Vous devriez venir ici, vraiment, parce que, je vous assure, on ne vit pas comme ici...

— Ne dis pas de sottises, Mateo. »

Casilda commença à servir le café sans le regarder, mais il se retourna sur sa chaise pour lui adresser un regard offensé.

« Ce ne sont pas des sottises, maman. C'est la vérité. Et... »

Sa mère l'interrompit, regarda son neveu, la jeune fille qui était venue avec lui. « Non. Ce n'est pas vrai. Ici, on ne vit pas bien. Vous le voyez. »

Mateo éleva la voix, mais ne parvint pas à impressionner Casilda : « C'est toi qui ne vis pas bien, maman ! Toi, tu n'es jamais contente de quoi que ce soit !

— Eh bien ce doit être ça, concéda-t-elle, d'une voix sereine, et elle regarda à nouveau son neveu. Je ne vis pas bien, c'est certain. Andrés, tu veux un café ?

— Je veux que vous vous taisiez.

— Et un café ? » répéta sa femme avec ironie.

Son mari se contenta de faire un signe de tête affirmatif pendant qu'une jeune fille d'âge ambigu, à mi-chemin entre l'enfance qu'affirmait son visage et l'adolescence qui affleurait à son corps, intervenait depuis la porte.

« Maman a raison, dit-elle, avant de traverser la pièce en direction des invités.

— Tais-toi, morveuse ! » et au ton qu'il employa, soudain vif, autoritaire, Ignacio et Raquel comprirent en même temps que cet homme était son père.

« Je ne suis pas une morveuse, j'ai seize ans. Et si je dois me taire, je me tais, mais avant, je dis que maman a raison. » Alors, avec beaucoup plus de naturel que son frère aîné, elle s'approcha d'Ignacio et lui donna deux bises. « Bonjour, je m'appelle Conchita.

— Il en manque encore un, Andresito, le petit, qui a douze ans. Mais il est descendu dans la rue avec son ballon, il y a un moment, et va savoir où il est... » expliqua Casilda en souriant.

Le footballeur amateur n'arriva pas, et le goûter se poursuivit sans encombre, les hommes silencieux, la femme posant sans cesse des questions, la fillette suspendue à ce que répondaient les nouveaux venus, les études qu'ils faisaient, où ils vivaient, ce que faisaient leurs parents, ce qu'on pensait de l'Espagne en France, quelles choses on disait, ce que pensaient les gens. Ils parlaient en faisant attention, en choisissant les mots, le ton de leurs réponses, car ils avaient tous les deux deviné que ce n'était pas la première fois que cette famille s'empêtrait dans la même discussion et ils ne voulaient pas assister à un épilogue, mais parfois Ignacio regardait son cousin, qui accueillait les paroles de sa mère – « c'est-à-dire que tu fais des études pour être ingénieur, c'est très bien, tu ressembles à ton grand-père, et à ses fils, bien sûr, bon, dans cette maison ils étaient tous très intelligents, et très studieux, aussi... » – avec un hochement de tête de mécontentement, et il ne comprenait pas, il ne saisissait pas qu'il puisse être aussi satisfait, aussi content des réussites des assassins de son père.

Alors, l'espace d'un instant, dans cette petite maison pleine de gens, il pensa à nouveau que l'Espagne était un pays impossible, et que tout ce qui pouvait arriver aux Espagnols représentait fort peu au regard de ce qu'il méritaient. Mais il n'eut pas le temps d'approfondir cette réflexion car Raquel regarda sa montre et lui donna un coup de coude.

« Ouïe !, il est déjà 8 heures, on va devoir s'en aller.

— Oui, nous avons rendez-vous dans une demi-heure dans le centre pour dîner », ajouta-t-il.

Mateo écarquilla les yeux en les entendant.

« Vous dînez à 8 heures et demie ?

— Non, pas moi, du moins. Chez moi, on dîne à 9 heures et demie, parfois même à 10 heures, répondit Raquel.

— Oui, chez moi aussi, mais les autres sont français et ils ont l'habitude de dîner avant, confirma Ignacio.

— Bon, mais attendez un instant, j'ai quelque chose à vous donner, je vous raccompagne à la porte... », leur demanda Casilda.

Pendant qu'elle allait le chercher, Mateo, son fils, dit au revoir à Ignacio et à Raquel comme s'il ne s'était rien passé, mais il esquissa à nouveau une grimace de désapprobation quand il vit sa mère arriver avec un sac en plastique à la main.

« Ne les écoutez pas, ce ne sont pas eux qui parlent, mais la peur qu'ils éprouvent. Ils sont morts de peur, et ils ne savent pas ce qu'ils disent. » Puis elle s'arrêta sur une marche et se retourna pour les regarder.

« Nous avons enduré beaucoup de choses. Beaucoup. Et il nous en reste encore. C'est pour ça que les gens ne veulent rien savoir, personne ne veut avoir de problèmes. Et ils finissent par croire ce qu'ils entendent, ils oublient ce qu'ils ont vécu, ce qui est encore pire. » Sa voix était sereine, aussi ferme que son regard.

Ignacio risqua une supposition. « Pas toi. »

Casilda sourit, se remit à descendre. « Non, pas moi, mais ils ne comprennent pas. C'est pour ça que je suis descendue avec vous, je ne voulais pas qu'ils soient là, et puis... Enfin, Andrés est jaloux de Mateo, depuis toujours. Au début, je comprenais, parce que avant de me demander en mariage, il m'a posé la question et je lui ai dit la vérité, que je ne l'aimais pas autant que j'avais aimé Mateo, que je ne croyais pas que je puisse jamais l'aimer autant, ni lui ni un autre. "C'est parce qu'il a été tué, juste pour ça", a-t-il fait, et je lui ai répondu que non, enfin, que je croyais que ce n'était pas à cause de ça, mais il disait que si, que si... Il l'a très mal pris, c'était terrible, et pourtant il s'est entêté à m'épouser, et il a fini par me convaincre. »

Elle les regarda à nouveau, et Ignacio regarda Raquel, vit qu'elle le regardait, mais aucun des deux ne sut que dire, et ils continuèrent à descendre l'escalier en silence, se concentrant sur les mots qu'ils entendaient.

Casilda, en revanche, avait beaucoup de choses à raconter : « Il venait de sortir de prison, parce que, tel que vous le voyez, il a tiré plus de cinq ans. Là-bas, l'envie de s'occuper de politique lui est passée. Il était seul, sans famille, il vivait dans une pension, et pour moi, c'était encore plus difficile. Je faisais des ménages chez des particuliers pendant des heures et je ne gagnais même pas de quoi payer mon loyer. J'avais dû quitter l'appartement de mes parents et je n'avais trouvé qu'une mansarde pleine de fuites dans le toit, rue Ventura de la Vega... Ce n'était pas une vie, ni pour le petit ni pour personne, c'est pour cela que j'ai épousé Andrés, mais je ne sais pas si j'ai bien fait, je dois dire que je ne sais pas, parce que nous nous sommes mariés, nous avons eu deux enfants, et je n'ai rien oublié, mais lui non plus. Il n'a pas encore oublié, il est vivant et Mateo est mort, mort depuis plus de vingt ans, les vingt-cinq ans de paix que fêtent ces salauds... » L'insulte sortit naturellement de ses lèvres, le même accent, le même ton sur lequel elle avait parlé jusqu'alors. « Ce n'est pas normal, non ? Je crois que ça ne l'est pas, parce que je me conduis bien avec lui, je l'ai toujours fait, mais ça ne lui suffit pas et je ne peux pas faire plus, je ne peux pas. Et tout va de mal en pis, parce que il est de plus en plus jaloux de Mateo, une jalousie terrible, il se fâche dès que je parle de lui, vous avez vu comme il devient désagréable, et mon fils... Bref, mon fils a été élevé par Andrés, il n'a pas eu d'autre père, voilà la vérité. C'est pour ça qu'il n'aime pas non plus que je parle de mon autre mari, il l'appelle comme ça, mon autre mari.

J'enrage, mais je ne peux rien faire, parce que si je me dispute avec lui c'est pire... Enfin, je ne voulais pas qu'ils soient présents. »

Il étaient déjà arrivés dans l'entrée, mais elle ne continua pas jusqu'à la porte. Appuyée dans un coin, comme si elle ne voulait pas qu'on la voie de la rue, elle passa la main droite dans la sac en plastique et la ressortit fermée. Elle regarda en haut, puis vers l'extérieur, vérifia qu'ils étaient seuls et elle ouvrit la main. Sur sa paume il y avait un bracelet en or avec des brillants, des saphirs, et une perle énorme au centre.

Elle prit une main d'Ignacio et y déposa le bracelet. « Tiens. Garde-le bien, et ne le perds pas. Ça vaut beaucoup d'argent. C'est le bracelet de demande en mariage de ta grand-mère, elle me l'a donné la dernière fois que je l'ai vue quand elle a appris que j'étais enceinte. Je l'aimais beaucoup, elle a toujours été bonne avec moi. C'est pour cela que je veux que tu le lui rendes.

Il regarda ce bijou dont on ne lui avait jamais parlé et la femme qui le lui avait donné : « Pourquoi ? Si elle te l'a donné, il est à toi.

— Oui, mais je préfère que ce soit elle qui l'ait, ou une de tes tantes, ou ta mère, l'une d'elles... "Prends, m'a-t-elle dit, si les choses empirent encore, tu peux le vendre, l'argent t'aidera." Tu penses, s'il m'aurait aidée, plus qu'aidée, c'est sûr, mais je n'ai pas pu le vendre, je n'ai pas osé. D'un autre côté, ça n'aurait servi à rien, et on m'aurait mise en prison pour vol, sûrement.

— Pourquoi ? Tu étais sa belle-fille, dit Raquel.

— Pas pour eux. Pour eux, je n'étais pas sa belle-fille. Ils ont dit que mon mariage n'était pas valable, aucun mariage de la République. J'étais une rouge, et une rouge ne pouvait pas avoir un bracelet comme celui-ci sans l'avoir volé, vous comprenez ? » Elle sourit. « Non, vous ne comprenez pas, personne ne peut comprendre, mais à l'époque c'était comme ça. Personne n'aurait osé me l'acheter, ils auraient appelé la police... Pour quelqu'un comme moi, tout était très dangereux, tout, même sortir dans la rue. »

Raquel insista : « Et maintenant ? Maintenant, tu ne pourrais pas... ?

— Le vendre ? Oui, bien sûr, que je pourrais. Maintenant je pourrais le vendre, mais je n'en ai pas envie, voilà. Pourquoi, pour qui ? Pas question...

Si Mateo avait été une fille, passe encore. Je pourrais le lui garder jusqu'à ce qu'il soit un peu plus grand, au cas où il retrouve le sens commun un jour, mais... » Elle se tourna vers son neveu. « Enfin, je préfère que tu l'apportes à ta grand-mère, que tu lui dises que je l'aime beaucoup, que j'ai continué à beaucoup l'aimer pendant toutes ces années, et que tu la remercies de ma part. Et tu lui dis aussi... Ah !, attends, je vais te donner autre chose... » Ses lèvres tremblèrent soudain, et la main qu'elle introduisit dans le sac pour en ressortir une photo aux bords crantés, le blanc déjà jauni, le noir devenu gris au fil du temps. « Celle-là, tu n'as jamais dû la voir, n'est-ce ? Apporte-la-lui. J'en ai une autre que nous avons prise le même jour.

— Elle est très jolie, dit Ignacio, qui n'avait effectivement jamais vu ce portrait, mais il reconnut immédiatement son oncle Mateo dans le soldat souriant qui abritait une jeune fille menue et amusante, qui souriait à la fois avec les lèvres et les yeux très brillants, accrochée aux revers de sa capote.

— Elle est jolie, confirma Raquel.

— Oui, répondit Casilda en souriant. Mateo est très beau dessus, et moi aussi, à l'époque, j'étais beaucoup plus jolie. Nous étions tous beaux, c'est pour ça que je veux que tu l'apportes à tes grands-parents, et que tu leur dises... Dis-leur que je pense à Mateo tous les jours, sans faute, avant de m'endormir et juste après m'être réveillée, que je me souviens... » Ses lèvres se crispèrent dans une grimace de chagrin qui l'empêcha de poursuivre, mais elle se reprit vite, et parvint encore à sourire. « Dans ma vie, je l'ai vu en tout cinquante-six jours. Cinquante-six jours, pas deux mois au total, en plus de deux ans ! Et souvent pas même une journée entière, mais un moment, deux heures, trois, ou même pas ça... Même pas ça, et pourtant... Je me souviens encore de la première nuit où il arriva chez moi, à l'aube, ruisselant, je me souviens comme il pleuvait, cette nuit, et comme il avait dû partir en courant, parce que son commandant lui avait dit que s'il arrivait en retard il le faisait passer devant le conseil de guerre et fusiller pour désertion. » Et bien qu'elle eût les larmes aux yeux, elle se mit à rire. « Tous les matins, je pense à cette nuit, à la deuxième, et aux suivantes, je les revois pour ne pas les oublier, et je peux le voir, je vois son visage, j'entends sa voix, et je me souviens de ce qu'il me disait, de la façon dont il me le disait, et comme ça jusqu'à la cinquante-sixième fois, le matin où il est venu me chercher à la maison et où il m'a accompagnée à la caserne où se trouvait le camion qui m'a emmenée à Cartagena. Tous les matins et tous les soirs, je le revois, immobile sur le trottoir, agitant la main en l'air. Je mourais de chagrin et il souriait ; et quand je l'avais perdu de vue, je l'ai entendu dire : "Au revoir, ma jolie !" C'est la dernière chose qu'il m'a dite, "ma jolie", et je ne l'ai pas revu... »

Elle se tut soudain, passa une main autour de sa taille, se couvrit le visage de l'autre, et se mit à pleurer, à pleurer vraiment, avec autant de chagrin que si le temps n'avait pas passé, vingt-quatre ans d'affilée, presque vingt-cinq depuis qu'elle était devenue veuve, vingt-cinq ans de suite, jour après jour, semaine après semaine, et un mois après l'autre, pour les calendriers. Pas pour elle.

Ignacio Fernández Salgado connaissait la tragédie que la mort de Mateo avait représentée pour son père, pour ses grands-parents. Il l'avait souvent entendue raconter, trop souvent à son goût, après tant d'années, mais il ne put éviter un frisson spontané, sincère, plus intense que la stupeur, car il ne doutait pas de la douleur de cette femme, qui avait un autre mari, trois enfants, et une vie à vivre, une vie qui ne l'intéressait pas. Si on le lui avait raconté, cela lui aurait paru comique, ridicule, absurde, un épisode supplémentaire du pathétique manque de bon sens espagnol, mais il le voyait, il le vivait et sa bouche avait un goût d'abricot, il avait froid, très froid soudain, et très envie de prendre cette femme dans ses bras, de l'entourer de ses bras pour se cacher en elle, pour pouvoir pleurer tous les morts pour lesquels il n'avait jusqu'alors pas versé une seule larme sans que Raquel le voie. Ce mystérieux élan l'impressionna, mais pas autant que ce qu'il vit, ce qu'il entendit quand Casilda recouvra son calme, et prononça d'un accent différent, ferme et brillant de colère.

« Je m'en souviens chaque matin. Je me réveille toujours avant le réveil et je me souviens de ces cinquante-six jours, un par un, je les revois pour ne rien oublier, pour ne jamais les oublier. C'est ce que je fais et ce que je continuerai à faire jusqu'à ma mort, parce que personne ne peut me le défendre, ni Franco, ni sa salope de mère... Dis ça à ta grand-mère, et dis-lui aussi... » Elle ferma les yeux, serra les paupières, les dents, et poursuivit. « Dis-lui que tous les 29 du mois, j'achète un bouquet de fleurs, je m'habille en noir et je me rends devant le mur du cimetière, parce que... Je ne sais pas où il est enterré, ils ne me l'ont pas dit, ils disent qu'ils ne savent pas, mais je m'en fiche, je m'en fiche parce que... »

Elle se tut soudain, comme si elle ne pouvait pas aller plus loin, et Ignacio lui prit les mains, les lui serra. Il voulait lui dire qu'elle n'avait pas besoin de continuer, mais elle interpréta son geste autrement et affirma de la tête à plusieurs reprises, comme si elle pouvait ainsi se faire parler elle-même.

« Je n'ai pas pu porter le deuil quand je suis rentrée à Madrid. Dans mon quartier, tout le monde me connaissait, et moi... J'ai été lâche, je n'ai pas osé. Le deuxième jour où je suis descendue dans la rue habillée en noir, un policier qui vivait dans la maison voisine m'a emmenée au commissariat et là on m'a demandé comment je pouvais savoir pour qui je portais le deuil, puisque j'étais une putain qui allais nue sous ma salopette et qui couchais avec n'importe qui. Ça, pour commencer, ensuite... » Elle fit une pause, regarda Ignacio, puis Raquel, et agita la main en l'air comme pour repousser une tentation « Bah !, pourquoi vous raconter ce qu'ils m'ont dit ensuite. Je ne pouvais pas m'habiller en noir, vous comprenez ?, pas nous, juste elles, leurs veuves. Et moi, qui avais toujours été féroce, qui l'étais juste quelques mois avant, j'ai été lâche, lâche, et je n'ai pas osé... »

Raquel dit alors exactement ce que pensait Ignacio. « Ça ne compte pas, Casilda. Le deuil ne signifie rien, ce n'est qu'un vêtement, une couleur... »

Elle la contredit avec véhémence : « Si, si, ça compte. Pour moi, ça comptait. Mais j'avais aussi très peur, et avec un bébé, alors... C'est pour cela que je porte le deuil maintenant, en cachette, oui, mais juste pour ne

pas avoir de problèmes avec mon mari. J'emporte mes vêtements au travail et je me change avant de sortir. Mon fils le sait et il dit que je suis folle, mais je m'en fiche. Je m'habille en noir, j'achète un gros bouquet, avec le peu que je gagne, mais je l'achète, et à l'heure du déjeuner, je vais au cimetière, je pose les fleurs sur le mur de clôture et je reste là un moment, jusqu'à ce qu'on me renvoie, parce que tôt ou tard un garde arrive pour me renvoyer : circulez, madame, circulez... C'est ce qu'il dit, et je sais que les fleurs ne durent pas, qu'ils les emportent. Ils doivent les offrir à leurs femmes, j'imagine, à leurs fiancées, mais je m'en fiche. Je continue à acheter des fleurs, pour les emmerder, et je continue à les laisser dans le mur où on l'a fusillé, pour les emmerder, et je continue à m'habiller en noir pour les emmerder, pour les emmerder, pour les emmerder... »
Et l'espace d'un instant, ses yeux brillèrent autant que ceux de cette jeune fille qui cherchait un abri entre les revers de la capote d'un soldat. « Un jour, il y a presque dix ans, j'ai vu un nom écrit sur le mur, à la craie, Victoriano López Aguilera. Ça non plus, ça ne s'oublie pas, je ne sais pas qui était cet homme, mais jamais je n'oublierai son nom. J'ai demandé, parce que à force d'y aller, j'ai rencontré quelques femmes qui y vont aussi, et personne ne savait qui l'avait écrit. "Ça doit dater d'un autre jour, parce que, bien sûr, on vient ici les 29, mais on ne peut pas savoir qui vient aux autres dates..." m'a dit l'une d'elles. Alors depuis, je l'écris moi aussi. J'écris Mateo Fernández Muñoz tous les mois, et j'écris 1915, une petite barre, 1939, et je sais aussi qu'ils l'effacent tout de suite, mais avant de l'effacer, ils doivent le lire. Qu'ils aillent se faire foutre ! Parce que ce qu'ils veulent, c'est que Mateo n'ait jamais vécu, voilà ce

qu'ils veulent. Vous comprenez ? Tu comprends, Ignacio ? »

Elle fit une pause pour regarder son neveu, et il acquiesça sans très bien savoir pourquoi, parce qu'il ne comprenait pas encore, il ne comprendrait jamais vraiment, mais elle soupira comme si elle venait enfin d'arriver quelque part, un lieu où se reposer.

« Ils veulent qu'il n'ait jamais vécu. Cela ne leur a pas suffi de le tuer, maintenant ils veulent qu'il ne soit pas né, et c'est pour cela qu'ils disent qu'il ne m'a jamais épousée, et donc que notre fils ne peut pas porter son nom, qu'il n'y a aucune tombe à son nom, pour l'effacer, pour l'éliminer, pour le tuer totalement. Mais Mateo a vécu, il a vécu et j'ai vécu avec lui, et c'est pour cela que je continue à vivre, juste pour ça... "Comment est-ce que tu peux continuer comme ça, maman ? où est-ce que tant de haine, tant de rancœur va te mener ?" me dit mon fils. » Alors elle ferma les yeux comme pour s'adresser à elle-même un sourire savant, amer. « Il ne comprend pas. Il ne comprend pas que c'est la seule chose qui me garde debout dans ce pays de merde, dans ce monde de merde, parce que je vis pour ça et je vivrai pour ça, d'un 29 à l'autre, jusqu'à ce que tout soit fini, jusqu'à ce que ton père revienne, jusqu'à ce que tes grands-parents reviennent, les gens qu'il a connus, ceux qu'il a aimés. Pour l'instant il n'a que moi, mais il n'a besoin de personne d'autre, parce que je vais continuer à m'habiller en noir, je vais continuer à acheter des fleurs et je vais continuer à écrire son nom à la craie sur un mur jusqu'à ma mort, même si ça finit par me poser des problèmes à la maison, même si mon fils me dit que je suis folle. Raconte-le à tes grands-parents, Ignacio. Raconte-leur, et dis à Paloma que quand j'ai le temps, parce que parfois les gardes viennent tout de suite, j'écris aussi le nom de son mari, même si je ne me souviens pas de son année de naissance, mais je mets 1910, parce qu'il était plus âgé que Mateo.

— Il était de 1911. » Ignacio ne saurait jamais d'où était sortie la voix avec laquelle il prononça ces mots, mais il sut qu'il ne pouvait pas partir à ce moment sans le dire. « Il devait être de 1911, parce qu'il avait vingt-huit ans quand on l'a tué.

— Eh bien dorénavant je mettrai 1911. » Elle porta à nouveau les mains à son visage, le frotta énergiquement, comme si elle avait voulu effacer les traces des pleurs et de la colère, remettre chaque chose en place, et elle sourit enfin. « Je suis très contente de te connaître, Ignacio. » En 1971, à la naissance de leur premier fils, Ignacio Fernández Salgado et Raquel Perea Millán décidèrent de l'appeler Mateo. Personne ne leur demanda pourquoi, mais tous supposèrent que c'était une façon de refermer le chaînon qui s'était ouvert en septembre 1944, quand Ignacio Fernández Muñoz dit à Anita Salgado Pérez qu'il aurait préféré que son premier-né porte le nom de son frère aîné au lieu du sien. Les parents du nouveau-né ne cherchèrent pas à les contrarier.

Personne ne les avait vus ce soir d'avril 1964, tandis qu'ils marchaient seuls sur un trottoir désert d'un quartier désert d'une ville qu'ils ne connaissaient pas, elle guettant les taxis qui ne circulaient nulle part, lui se demandant s'il devenait fou ou s'il avait soudain recouvré la raison par miracle.

« Dis à ton père que je pense aussi beaucoup à lui », lui avait demandé Casilda à la fin, après l'avoir serré très fort dans ses bras, pendant un long moment. « Vous ne pouvez pas comprendre, personne ne le croirait en nous voyant maintenant, mais ici nous avons fait quelque chose de grand, de très grand, vraiment. Ces années ont été les meilleures de notre vie, avec la guerre, les bombardements, la faim, et malgré tout, les meilleures, parce qu'on faisait quelque chose de grand, et on le savait, et on croyait que cela valait tous les sacrifices... »

Ignacio Fernández Salgado ne savait pas s'il était en train de devenir fou ou s'il avait soudain retrouvé la raison par miracle, mais les paroles de Casilda résonnaient à son oreille et en appelaient d'autres qu'il avait souvent entendues sans jamais les comprendre avant cet après-midi-là. « Non, Gloria, non, pas avec la racaille, avec le peuple de Madrid, tu es réveillé, Ignacio ?, alors dis-moi, tu n'as pas peur ?, celui qui part en courant, je le descends, bien sûr, ce sont eux qui ont commencé, qui ont voulu que je supporte tout ça, ne pleure pas, bêtasse, il ne va rien m'arriver, je n'ai rien fait, tu le sais, nous sommes ce que nous sommes, María, et nous devons être à notre place, avec les nôtres, ils ne passeront pas sur mon cadavre, écoutez ce que je vous dis, ils ne passeront pas sur mon cadavre, ils ne t'ont pas encore tué, hein ?, non, comme je n'ai pas pu m'inquiéter pour toi, et le saucisson..., on pourrait le placer en haut du garde-manger et l'adorer pendant quelques jours avant de le manger ? J'ai pensé à toi quand on m'a arrêté, papa, j'ai été si content que tu ne voies pas ce qui arrivait, comment on nous livrait, papa, je t'ai aimée jusqu'à la limite de mes forces, Paloma, je continue à t'aimer avec tout ce que je suis, rappelle-toi toujours cela et oublie-moi, Mateo a été tué parce qu'il était le fils de papa, et de maman, ton frère, et le beau-frère de Carlos, la seule chose qui me vient à l'esprit est de la tuer, et de me tuer ensuite, pour en finir une bonne fois pour toutes, nous n'avons rien à regretter, Ignacio... »
Ce soir-là, après tant d'années, la voix de son grand-

père semblait lui parler à lui, et non à son père : « Je ne regrette rien, mon petit. »

Ignacio Fernández Salgado, qui n'était pas espagnol et n'était pas français, qui ne savait pas d'où il était mais ne pouvait pas non plus se permettre le luxe de n'être de nulle part parce qu'il n'était pas né dans une ville, ni dans un pays, mais dans une fichue tribu, comprit enfin que sa mère avait raison, et que ce voyage avait été dangereux pour lui, parce qu'il ne pourrait plus être le même qu'avant. Et plongé au cœur des contradictions qu'il avait esquivées avec tant de précaution toute sa vie, à l'instant où il accepta son destin, il se trouva en paix avec lui-même et en larmes, presque sans s'en rendre compte.

Ils étaient arrêtés devant un feu rouge, et Raquel le regarda, le prit dans ses bras, lui caressa le visage, et ne lui posa aucune question, mais il y répondit quand même.

« Je ne pleure pas de chagrin. Ce n'est pas du chagrin », dit-il, et elle l'embrassa.

Tout le reste fut très rapide, très facile et le taxi à peine une formalité entre les deux moitiés d'un baiser interminable.

Ils n'arrivèrent dans le centre qu'à 9 h 15 et aucun des deux ne perdit de temps pour demander à l'autre s'il avait envie de dîner. À partir de ce soir-là, Laurent dormit avec sa sœur, et eux ensemble, d'abord à Madrid, puis à Barcelone, dans des lits dont ils ne voyaient pas l'étroitesse. En rentrant à Paris, Raquel quitta son fiancé et ses parents en furent ravis, autant que les parents d'Ignacio la première fois que leur fils l'amena déjeuner chez eux. Ils se marièrent deux ans plus tard et au printemps 1969 naquit leur premier enfant, une fille.

Quand son grand-père Ignacio la prit dans ses bras pour la première fois, il se sentit aussi fier, aussi ému que tous les jeunes grands-pères novices. Il lui arriverait la même chose avec chacun de ses petits-enfants, mais il n'en aimerait jamais aucun autant que cette petite-fille, qu'on appela Raquel Fernández Perea.

« Oui ?
— Bonjour, c'est moi.
— Pardon ? » Ce n'était pas sa voix.
« Raquel ?
— Non, Raquel n'est pas ici. » Ce n'était pas sa voix, ce n'était pas sa voix, ce n'était pas sa voix.
« Ah, eh bien...
— Je suis désolée. Au revoir. » C'était une femme jeune, et elle parlait avec un accent français.

Quand je vis la lumière allumée de l'autre côté du balcon, je devins si nerveux que je ne sus comment réagir, et je fis trois tours complets de la place, le premier très rapide, les derniers de plus en plus lentement, la tête vide, le cœur au bord des lèvres. Puis j'entrai dans le bar au coin de la rue, commandai un verre et le bus en quelques gorgées, sans quitter l'entrée des yeux. Je montais la garde au même endroit depuis plus de quinze jours, mais jusqu'à ce soir-là je n'avais obtenu aucun résultat.

Je cherchais Raquel. Je la cherchais car elle le voulait. C'était la seule chose dont j'étais sûr depuis mon retour à Madrid, seul, le 26 août, juste une semaine après avoir reçu son dernier message, *Au revoir, Alvaro, je t'aime. JE T'AIME, Ra.* Je ne l'avais pas effacé et je continuais à le lire, pour m'assurer qu'il disait ça et qu'il était là, qu'elle me l'avait envoyé et que je l'avais vraiment reçu. Vraiment. Je ne savais plus ce qui était vrai et ce qui ne l'était pas, mais chaque fois que j'appuyais sur la touche, ces sept mots apparaissaient, et leur compagnie me rassurait. Raquel l'avait écrit et envoyé, comme les suicidaires qui ne veulent pas mourir décrochent le téléphone juste après avoir avalé tous les comprimés d'un tube de somnifères. Ce message n'était pas un appel mais une piste, une réclamation, une de ces traînées de boulettes de pain auxquelles ont recours les enfants aventureux qui partent courir le monde mais ne veulent pas oublier le chemin de la maison. Raquel était partie courir le monde, elle avait débranché son répondeur fixe, résilié l'abonnement du mobile que je connaissais, changé de bureau et déménagé, mais avant cela, le 19 août 2005, à 11 h 39 du matin, elle m'avait envoyé ce message.

« Mme Fernández Perea ne travaille plus ici. »

Le premier jour de septembre, à 9 h 05 du matin, je ressortis de l'ascenseur qui me déposa là où je la vis pour la première fois, mais cette fois la réceptionniste du Département commercial de la Société de gestion des Institutions d'Investissements collectifs, SA, n'attendit pas que je m'adresse à elle.

« Elle a demandé sa mutation pour une autre agence. » Mariví, aussi maquillée qu'en avril et encore plus grosse, devança ma première question, mais elle ne put esquiver la deuxième.

« Et vous ne pourriez pas me dire où elle travaille maintenant ? » Elle me regarda, agita la tête d'un côté à l'autre et je détectai une lumière surprenante de compassion dans ses yeux. « Je vous en prie.

— Non, je suis désolée. » Elle fixa le regard par terre. « Je ne suis qu'une secrétaire, alors...

— Mais je ne lui dirais pas que c'est vous qui me l'avez dit, je ne le dirais à personne.

— Oui, mais laissez-moi finir... » À ce moment elle sourit et je sus que j'étais perdu. « Je ne peux pas vous le dire parce que je ne le sais pas. Personne ne me l'a dit et je ne l'ai pas demandé. C'est une très grande entreprise et ces situations sont assez fréquentes. Je suis vraiment désolée, mais je ne peux pas vous aider. »

Elle ne me disait pas la vérité. À ce moment, étourdi comme je l'étais, plongé dans une honte intime et sans nom connu, je me rendis compte que Mariví ne me disait pas la vérité, mais aussi qu'elle me regardait avec une sympathie soudaine et mystérieuse. Je n'en fus pas surpris. En me rappelant mes propres illusions, les calculs de l'homme qui avait répété pour la dernière fois tout un discours plein de passion, de magnanimité et d'une compréhension que je n'éprouvais pas, dans un bref voyage en ascenseur, je pensai que n'importe qui aurait eu pitié de ma stupidité.

« Pourtant... » Et comme si elle avait voulu me montrer qu'elle était de mon côté, elle baissa la voix : « La première fois que vous êtes venu ici c'était pour une démarche, n'est-ce pas ? » J'acquiesçai et elle retourna s'asseoir dans sa chaise, alluma une cigarette, me regarda. « Mais vous savez bien qu'il y a des démarches qui n'en finissent jamais. »

À l'âge de vingt ans, Mariví pesait trente kilos de moins et ne fumait qu'après les repas. Son fiancé l'avait quittée pour un jeune homme alors que sa robe de mariée était exposée dans la salle à manger de ses parents. Raquel m'avait raconté cette histoire, et elle me revint en mémoire ce matin-là. En regagnant l'ascenseur, je sentis le bruissement de ma propre robe de mariée sur les dalles, et la fatigue d'un pèlerin qui, à la fin de la dernière étape, non seulement n'a pas atteint son but mais se trouve à une nouvelle croisée des chemins.

Je rentrai chez moi à pied, traînant sur les trottoirs mes tentations, et le désir d'abandonner la lutte, d'accepter d'avoir perdu, mais aussi celui de retrouver l'espoir grâce au fil ténu que je tenais encore entre les doigts. Rien n'était facile pour moi depuis que les chiffres avaient cessé d'exister, et pourtant je voulais croire, je voulais continuer à croire. Le verbe *croire* est le plus large et le plus étroit de tous les verbes, car même le condamné à mort qui marche vers l'échafaud tend l'oreille dans l'espoir d'une grâce de dernière minute. Quand je me suis résigné à comprendre l'incompréhensible, le fait que Raquel voulait disparaître, qu'elle avait disparu sans m'expliquer le pourquoi, j'ai espéré jusqu'à la dernière minute. Ce furent des journées noires, horribles, des journées pesantes et maladroites faites de secondes pesantes et maladroites, de sable sombre, humide et sale, toujours identiques dans leur lourdeur, leur maladresse, avec des secondes semblables à de brèves éternités répétées, le dernier grain d'un tourment insupportable, suivi d'un autre, puis d'un autre encore, jamais le dernier, de ce sable tombant sur ma tête.

« Qu'est-ce que tu as, papa, tu es malade ? » me demandait Miguelito.

Je hochais la tête, et il partait à la plage avec sa mère.

Tous se réjouissaient du retour du beau temps, sauf moi. Je me couchais avant qu'ils ne rentrent déjeuner, et, quand ils ressortaient, je me rasseyais sur le canapé et le sable recommençait à tomber sur ma tête.

Je passai ainsi un, deux, trois jours, me réveillai le quatrième, jusqu'au moment où, me retrouvant pour la énième fois à penser que tout aurait mieux valu que cette incertitude, je compris ce que signifiait cet espoir auquel je m'accrochais. Le verbe *croire* est le plus large et le plus étroit de tous les verbes, le plus généreux, le plus traître. Tout aurait mieux valu que cette incertitude, pensai-je. J'aurais tout préféré : qu'elle me dise qu'elle était fiancée à un autre, qu'elle ne m'aimait pas, qu'elle me quittait, voilà ce que je pensai. J'aurais préféré qu'elle me quitte et elle n'a pas voulu faire ça pour moi... Je m'arrêtai là, et je m'obligeai à me le répéter plus de deux fois jusqu'à ce que je comprenne.

Raquel avait disparu, mais elle ne m'avait pas quitté. Au début, je voyais là une hypothèse ridicule, une sotte consolation pour un sot encore plus grand. Or, en l'analysant plus lentement, il me sembla qu'elle prenait sens, la structure était chancelante, certes insuffisante, mais capable de se tenir mieux que tout autre. Si Raquel avait voulu me quitter, elle l'aurait fait. C'était facile pour elle. Cela aurait été aussi simple que de ne pas me retenir à la fin de cette nuit orageuse où l'ordre engendra le chaos pour m'abandonner devant l'imprévisible. Regarde autour de toi, elle devrait sauter de joie..., avait dit Fernando. Mais il était physicien, lui aussi avait besoin de prédire, lui aussi aurait succombé à Raquel crucifiée sur la porte de sa maison le suppliant de rester. Cette scène étrange me trottait dans la tête. Il lui aurait suffi de me laisser partir, et elle m'avait retenu.

Pourquoi ? me demandai-je, et je me levai du canapé, me lavai le visage, les dents, m'habillai, mis mes chaussures, sortis dans la rue. Pourquoi ? Raquel avait disparu, mais elle ne m'avait pas quitté. Elle avait disparu, mais avant elle avait pris la précaution paradoxale en me quittant de me dire adieu, et qu'elle m'aimait. Si je le répétais plusieurs fois de suite, je pouvais presque en entendre la musique, une mélodie ancienne et languide, comme une chanson surannée. « Adieu, je t'aime. » Pourquoi ? La journée était chaude, ensoleillée, je marchai lentement le long de la plage. Je profitai de la lumière et de la vision des baigneurs comme un convalescent, sans trouver de réponse satisfaisante à cette question.

Raquel n'était pas en train de mourir, n'était pas mariée, n'avait pas un fiancé qui revenait de l'autre bout du monde, ne projetait aucun long voyage, n'était pas enceinte, ne souffrait d'aucune maladie incurable, n'irait pas en prison, ne jouait pas son salaire à la roulette. Elle n'était ni droguée, ni alcoolique, ni folle, n'avait pas d'enfant caché quelque part, n'appartenait pas à une secte, n'était pas devenue religieuse, espionne ou membre d'un réseau terroriste. J'étudiai toutes ces possibilités et je les rejetai avec plus de volonté que de raison. Je ne pouvais pas exclure la possibilité d'un amour secret, un lien clandestin qui l'engagerait au point de l'empêcher de partager sa vie avec moi ou avec n'importe quel autre homme. Mais s'il avait existé, elle me l'aurait dit, c'était le meilleur argument pour me dire non, ou pour m'imposer ses propres conditions. Cela dit, Raquel Fernández Perea était une femme normale. Elle travaillait depuis de nombreuses années dans la même entreprise, habitait le même appartement, les gens de son quartier la connaissaient, elle appelait les commerçants par leur prénom et recevait d'eux le même traitement avec naturel. Il n'y avait rien d'étrange en elle, cependant sa disparition confirmait le diagnostic de Fernando Cisneros, ce jugement qui ressemblait à une devinette : ce qui était étrange était qu'elle ne le soit pas, qu'elle fasse des choses aussi étranges sans l'être. Quand je me résignai à abandonner l'analyse de ce vieux problème, je me concentrai sur un autre qui semblait plus simple et s'avéra l'être immédiatement. Si Raquel avait vraiment voulu disparaître, elle n'aurait pas décroché le téléphone des suicidaires menteurs, ni semé les miettes de pain des aventuriers prudents. Si elle n'avait pas voulu que je la cherche, que je finisse par la retrouver, Raquel n'aurait pas pris congé de moi.

Cette conclusion me rendit l'agilité, la décision que j'avais perdue au cours de la période stérile de l'anéantissement. Si elle voulait que je la cherche, j'allais la chercher, car aucune femme ne m'avait fait autant de mal, ni aucune autant de bien. L'incertitude est une maison inhospitalière, froide, pleine de fuites, de parasites, de menaces invisibles et nocives. Mieux valait la douleur, l'humiliation, la colère ou la glace, n'importe quel fruit amer ou acide, le goût du sang sur les gencives, que cette chambre aseptique à l'air vicié et aux fleurs subtiles mais épineuses, pâles mais carnivores, ombres de la foi inutilisable de celui qui espère sans vouloir savoir. Je voulais savoir, j'étais disposé à payer le prix de la connaissance, et j'aimais Raquel, je voulais vivre avec elle, je voulais l'avoir près de moi, respirer le bonheur de l'air qui l'entourait ou du moins m'en souvenir sans angoisse, sans tristesse. Parfois, elle me regardait comme si sa vie avait été entre mes mains, et je sentais que c'était exactement ce qui se passait. Aujourd'hui mes mains soutenaient ma vie avec la sienne, et dans les messages archivés de mon téléphone portable s'agitait un drapeau blanc, le gage du chevalier mis à l'épreuve par sa dame et conjuré par son sort pour tuer le dragon. J'étais disposé à tuer le dragon, mais je devais auparavant le trouver, l'identifier, savoir qui il était, où il vivait, pourquoi il crachait du feu. Ce soir-là, je sortis dîner avec ma femme et mon fils. Assis à une terrasse qui donnait sur la mer, j'unis ma voix à celles qui me déchiquetaient, et sur le chemin du retour, j'annonçai que je rentrais à Madrid. Mai ne me regarda même pas. « Bien, mais je garde la voiture. »

Le 26 août, je rentrai à Madrid en train, pris un taxi devant la gare et me fis conduire place des Guardias de Corps. Il n'y avait personne chez Raquel, du moins personne ne répondit à mon appel. L'interphone était muet, le physicien en vacances, toutes les boutiques fermées et il y avait largement la place de se garer rue Conde-Duque. Je m'assis à une table du seul bar ouvert et attendis que la nuit tombe. Aucune lumière n'éclaira de l'intérieur la jungle domestique de ses balcons, mais je continuai à attendre un bon moment avant de partir vers une maison qui me reçut dans l'indifférence de ses nouvelles odeurs de peinture, plastique et silicone, agents passifs de mes propres convictions. Ce lieu flambant neuf n'était plus ma maison et me poussait dehors, à la recherche des couleurs, des odeurs et de la chaleur du foyer que j'avais perdu. Mais je ne parvins qu'à me décomposer peu à peu au cours des étapes de ce vain et interminable pèlerinage.

J'étais rentré à Madrid pour y chercher Raquel et je la cherchai partout, en vain. Deux jours après mon arrivée, son concierge, bronzé et détendu, me dit qu'il ne savait rien, mais qu'il supposait qu'elle allait bientôt rentrer. Le 31, je le revis, appuyé contre la porte d'entrée, et il m'adressa alors un regard méfiant, presque alarmé par mon insistance. Il ne savait toujours rien, mais cela n'était plus si grave, car je comptais trouver Raquel à son bureau, le lendemain. Lorsque Mariví dessina les nouvelles frontières de sa disparition, je faillis m'écrouler, mais je résistai. J'avais décidé de résister jusqu'au bout, et avant de rentrer chez moi, je m'assis sur un banc et téléphonai à Rafa, mon frère.

« Non, tout s'est bien passé. Je lui ai expliqué qu'on voulait tout vendre et elle n'y a vu aucun inconvénient, me dit-il. Cela m'a surpris, et je lui en ai été vraiment reconnaissant, parce que je m'attendais à une contre-attaque, mais quand je suis arrivé, elle avait déjà préparé les papiers, on a signé et je suis reparti. Je n'ai pas dû rester dix minutes dans son bureau, c'est pourquoi je ne m'en souviens pas très bien... Une fille aux cheveux châtains, aimable, comme il se doit, mais... pourquoi veux-tu lui parler ? »

J'avais très bien préparé ma réponse : « Pour qu'elle me donne l'adresse d'une librairie d'occasion dont elle m'a parlé le jour où je suis allé la voir. Ce n'est rien, une bêtise, mais on a discuté un moment, je lui ai dit que j'étais professeur de physique, et elle m'a raconté qu'elle connaissait un libraire d'occasion qui avait généralement des choses intéressantes, des monographies et de vieux manuels. J'ai noté l'adresse sur un bout de papier, je l'ai perdu, et je viens tout à coup de m'en souvenir, parce que la semaine prochaine c'est l'anniversaire d'un ami, et... »

Mon frère, toujours conscient de sa condition d'homme riche, puissant et très occupé, préféra s'épargner les détails anecdotiques ou sentimentaux : « Eh bien, appelle-la ! Oui, je ne crois pas qu'elle soit fâchée ou gênée avec nous, au contraire. Ce que je ne peux pas te dire, c'est comment elle s'appelle. Je ne m'en souviens pas, mais si tu veux, je chercherai.

— Non, ça n'est pas la peine. J'ai retrouvé la lettre qu'elle a envoyée à maman. »

J'avais espéré qu'il me fournirait une piste, une donnée précise de façon à pouvoir l'interroger, mais je n'osai pas lui en demander. Je pensai appeler Julio pour qu'il me renseigne sur le genre de problèmes fiscaux qu'entraînent généralement les héritages, mais j'estimai qu'une vague allusion suffirait. J'avais vu juste, et pourtant, la jeune fille qui me répondit au standard de Caja Madrid ne me passa pas Raquel.

« Je regrette, mais... je la cherche, et elle ne figure pas sur la liste. Elle ne doit plus travailler ici.

— Ce n'est pas possible, dis-je pour moi comme pour moi-même.

— Ce que je veux dire, c'est qu'elle ne travaille certainement plus dans ce département, ni dans aucun autre qui ait son siège dans ce bâtiment. » Elle semblait jeune, dynamique et très patiente. « C'est une très grande banque, elle a beaucoup de départements. Ils ont pu la muter dans une centaine d'endroits différents. Ici, je ne la trouve pas.

— Alors... » Ne me fais pas ça, Raquel, pourquoi est-ce que tu me fais ça, comment est-ce que tu peux me faire ça ? « Je dois dire que je ne sais pas quoi faire.

— Ne vous inquiétez pas. Je vais prendre vos coordonnées et transmettre l'information à une secrétaire du Département commercial. Même si vous avez liquidé les fonds, quelqu'un doit être en charge de ce dossier. Si vous me donnez un numéro de téléphone, je veillerai à ce que la personne responsable vous appelle le plus tôt possible. »

Je la remerciai avec un faux empressement, sûr que cela ne servirait à rien, mais trois jours plus tard un garçon appelé Francisco José Regueiro me téléphona pour se mettre à ma disposition. Il avait terminé ses études quelques mois plus tôt, la banque l'avait engagé le 1er septembre et six jours plus tard il n'avait encore aucune idée de quoi que ce fût. Aussi, pour l'instant, l'avait-on chargé des dossiers non résolus, « pour trouver le truc concernant les fonds », me dit-il, très bavard, et aussi sympathique que tous les interlocuteurs inutiles avec qui j'avais parlé ces derniers jours. Bien sûr, il n'avait pas connu Raquel, bien sûr, il ne savait pas où elle avait pu aller et bien sûr, il ne savait pas non plus qui pourrait le savoir, à part la secrétaire du département, qui s'appelait Mariví et savait tout. « Et Paco ? osai-je demander.

— Paco ? répéta-t-il.

— Raquel travaillait avec un collègue qui s'appelait Paco, et peut-être qu'il...

— Paco comment ? » Soudain, Regueiro cessa de me sembler sympathique. « Dans ce département, il y en a plusieurs. Moi aussi je m'appelle Paco.

— Bien sûr, mais je ne me souviens plus de son nom... » Je ne l'avais jamais su, pas plus que je ne savais le nom de Berta, ni de Marga. Elle n'appelait pas ses amis par leur nom de famille, personne ne le fait, et je ne pouvais pas non plus demander à Regueiro de me réciter le nom complet de tous les Pacos qu'il connaissait. « Ça ne fait rien, merci beaucoup. »

Puis je rappelai les renseignements, une, deux, trois fois, et j'obtins enfin qu'une standardiste plus compatissante que ses collègues me donne le même numéro que, depuis le 19 août, j'appelais inutilement à toute heure.

Ne me fais pas ça, Raquel, pourquoi est-ce que tu me fais ça, comment est-ce que tu peux me faire ça ? Je me sentais parfois pris dans un labyrinthe épais, pervers, dont les murs s'ouvraient et se refermaient dans mon dos pour m'obliger à reculer de deux pas chaque fois que je croyais avancer d'un. Et pourtant, quelque part dans cette ville qui m'appartenait jadis et qui ne me reconnaissait plus aujourd'hui telle une mère amnésique et sans cœur, m'attendait un dragon, une bête sauvage cruelle mais mortelle, mon destin et ma victime. Pendant que je l'entendais souffler à travers ma propre respiration, je le cherchai avec une détermination qui méritait de moins en moins ce nom. Je me rendais compte que cela ressemblait plus à une maladie, à une obsession morbide sans autre horizon qu'un implacable diagnostic de folie passagère.

C'était ce que devaient penser de moi toutes les personnes que j'abordai sans relâche pendant les premiers jours de septembre, le concierge de la maison de Raquel, celui de l'immeuble de la rue Jorge Juan, Mariví, que je retournai voir une ou deux fois en vain, Regueiro, que j'appelai avec le même résultat nul, et d'autres personnages secondaires, parfois insignifiants, de sa vie précédente. Je demandai de ses nouvelles à la fleuriste qui lui avait vendu un système d'arrosage automatique à la fin juillet, à la boulangerie où elle aimait acheter le pain, au kiosquier qui passait ses journées devant sa porte d'entrée, et aux serveurs des deux ou trois bars que nous avions fréquentés ensemble au cours de l'été, quand j'allais la chercher à la sortie de son travail. Ils se souvenaient tous de Raquel, certains de moi aussi, mais faisaient un signe de tête négatif dès ma seconde phrase et n'attendaient guère pour confirmer cela par des paroles. Puis ils adoptaient un air d'ennui pendant que j'insistais sur l'importance pour moi de retrouver cette femme qui n'était pour eux qu'un élément du paysage, un accident trivial, une femme parmi tant d'autres. Certains se montraient plus aimables, d'autres plus impatients, mais à la fin, tous me considéraient comme un importun, un contretemps immérité dans leur horaire de travail. « Pourquoi n'engageriez-vous pas un détective ? » me demanda le kiosquier quand je lui donnai une carte avec mon numéro de téléphone en le priant de m'appeler s'il la revoyait, tandis que l'un des serveurs regretta pour moi la disparition de cette émission de télévision qui se consacrait à la recherche des disparus. « Bien sûr, ajouta-t-il ensuite, ils ont une liste sur laquelle s'inscrivent ceux qui ne veulent pas être retrouvés, alors votre fiancée... » Il n'acheva pas sa phrase, c'était inutile, mais son scepticisme me fit moins mal que la terreur qui assombrit le regard de la fleuriste. Je compris qu'elle était convaincue que je ne pouvais chercher Raquel que pour de mauvaises raisons.

Et pourtant, elle voulait que je la retrouve, si cela n'avait pas été le cas, elle n'aurait jamais pris congé. Je ne pouvais partager cette certitude avec personne, mais de temps en temps j'allumais mon mobile, cherchais son message et le relisais. Je perdis mes derniers jours de vacances à me promener dans son quartier, passant mon temps devant les stands de babioles qu'elle aimait regarder et à traîner sans but dans Canillejas, jusqu'au moment où je trouvais un panneau indiquant la direction pour regagner le centre ville. Pendant ce temps, septembre avançait avec son indolence de mois intermédiaire, divisé entre l'été et l'automne, entre les vacances et le travail, les dernières chaleurs et les premiers froids, et je m'accommodai lentement avec la patience ambiguë de celui qui veut croire qu'il va se passer quelque chose et qui découvre seulement qu'il ne se passe jamais rien.

Je n'osais plus parler à personne, ni au concierge, ni au vendeur de journaux, ni à la fleuriste, ni aux serveurs, mais je continuais à les voir et ils me voyaient. Revoilà le fêlé, devaient-ils penser quand ils me voyaient, tout en détournant le regard. Je me promenais généralement sur la place des Guardias de Corps en fin de journée et je faisais toujours la même chose, rien. J'arrivais à la porte d'entrée, pressais un bouton et me rappelais sa voix, mais personne ne répondait. Raquel

Fernández Perea n'était plus là pour m'inviter à monter, et le silence raréfiait le souvenir de sa voix, de la mienne, et, l'espace d'un instant, me faisait douter de tout, d'elle, de moi, de ce bâtiment peint aux couleurs de l'acier et de la crème fouettée, de la porte, de l'ascenseur, de l'escalier, et même de l'orbite de la Terre, qui avait appris à tourner autour de ses hanches dans un lit qui avait été ma maison et ma ville, moi-même, un monde, la planète entière.

Le verbe *croire* est le plus large, le plus étroit de tous les verbes, et son imprécision m'emprisonnait chaque soir dans une cuirasse grise et poussiéreuse qui me recouvrait des cendres de la joie que j'avais perdue et que je n'avais peut-être jamais vraiment possédée. J'étais las, je me faisais de la peine, je m'apitoyais sur mon sort, et cette grande lassitude était accompagnée d'un pressentiment glauque. Peut-être tout se terminera-t-il ainsi pensais-je, peut-être tout s'en tiendra-t-il là, car un jour les cours recommenceront, un jour je sauterai mon rendez-vous quotidien avec l'interphone muet, un jour je commencerai à oublier Raquel, à regarder d'autres femmes, à rire. Je redeviendrai l'homme que j'étais, je serai à nouveau bien dans ma peau.

Maintenant c'était Mai qui passait son temps à la maison, à m'attendre. Nous nous adressions rarement la parole mais elle savait que quelque chose avait changé et je m'en rendais compte. Ce n'était pas difficile à deviner parce que j'étais maintenant beaucoup plus souvent à la maison. Je n'avais pas envie de sortir le soir, pas envie de travailler, je ne faisais rien, sauf me promener en fin d'après-midi jusqu'à une maison vide et la surveiller pendant une heure ou deux d'une terrasse en lisant un livre ou un journal, pour ne pas m'ennuyer. Mai ne pleurait plus, elle ne me faisait pas de reproches, et me préparait à dîner chaque soir. Elle m'enlaçait parfois au milieu de la nuit, elle n'était coupable de rien, elle ne méritait pas ce qui lui arrivait. Moi non plus, mais je ne voulais pas reprendre le cours de ma vie d'avant, et pourtant, c'était là le paysage qui commençait à se dessiner à l'horizon pendant que les montagnes s'enfonçaient, pendant que les vallées s'élargissaient, que le temps retrouvait son ancienne précision routinière pour ordonner la monotonie stérile de ma recherche dans une séquence implacable d'adverbes successifs, avant, maintenant, après. Tout s'achèverait peut-être ainsi, et septembre, peut-être octobre, et novembre, l'année finirait, la Terre se remettrait sur son orbite traditionnelle, médiocre, et je ne saurais même pas ce qui avait été vrai et ce qui restait un mensonge.

« C'est mieux comme ça, non ? dit Fernando Cisneros, m'offrant la consolation nauséabonde de la capitulation le premier jour où nous nous croisâmes à la Faculté.

— Non. Non seulement ce n'est pas mieux, mais c'est la pire chose qui me soit jamais arrivée, répondis-je, encore disposé à résister jusqu'au bout.

— Bon, mais mieux vaut maintenant que plus tard », insista-t-il, et je m'armai de patience pour ne pas céder à la relative injustice de penser qu'il commémorait ses propres erreurs dans mon désespoir.

« Non, Fernando. Il aurait mieux valu que ce ne soit jamais arrivé. »

Il me regarda avec pitié, sans rien dire.

« Et ton amie ? lui demandai-je alors.

— Quelle amie ?

— Cette fille qui travaille dans une antenne universitaire, celle qui devait se renseigner pour le théâtre...

— Ah ! Eh bien, rien. Elle ne m'a pas appelé. Je t'ai dit que c'était très difficile... »

Quand il rentra de Comillas, deux jours avant ma femme, il avait choisi une voie très différente pour me rassurer.

« Tu as très mauvaise mine, Álvaro », me dit-il. Je lui racontai ma première et désespérante conversation avec Mariví. « Mais elle ne peut pas disparaître, c'est impossible. Même si elle le voulait, elle ne le pourrait pas, il reste toujours une trace, tu comprends ? Elle peut partir vivre à l'autre bout du monde, tôt ou tard tu trouveras quelqu'un qui saura où elle est, ce qu'elle fait... C'est toujours comme ça que ça se passe, non ? » m'assura-t-il entre deux sourires. Je lui dis que je ne le savais pas et lui, qui pensait naturellement à Elena Galván, et à cet après-midi de courses de Noël où je l'avais croisée place Callao, m'interrrogea sur sa famille, ses amis. Je pensai alors à Berta, à ce montage de trois pièces qu'elle était en train de répéter, dans une mise en scène qui allait durer six heures.

« Tu vois ? C'est ça ! s'exclama Fernando. — Mais je ne me souviens pas du titre de la pièce, ni du nom de l'auteur, bien qu'il soit espagnol, très célèbre, extrêmement célèbre, même. Raquel l'a mentionné, et je le connaissais, et je connaissais le titre de l'œuvre, mais je ne m'en souviens plus... — Ça ne fait rien. J'ai une amie à l'université qui sait tout. Elle s'appelle Pilar et elle est professeur de littérature, tu la connais peut-être, une fille très jeune, très efficace, de celles qui croient encore en ce qu'elles font... »

Cet après-midi, tout lui semblait facile, mais quinze jours plus tard il ne s'en souvenait plus. Ce sera plus long, pensai-je cette nuit-là en regardant une porte close, un balcon plongé dans l'obscurité, peut-être qu'il faudra plus de temps, et qu'un jour à n'importe quel moment, dans n'importe quel endroit, je reverrai Raquel par hasard, mais il sera désormais trop tard.

La place des Guardias de Corps me faisait du mal. Son nom, son aspect, l'orgueil obstiné de cette maison fermée à ma mémoire me faisaient du mal. On ne peut pas tuer un dragon qui se cache, qui se dérobe, qui n'existe peut-être pas vraiment, et j'étais fatigué, de plus en plus fatigué. J'étais disposé, en théorie, à résister jusqu'à la fin, mais je ne savais pas ce que cela signifiait en pratique. « Cela vaut mieux, non ? » m'avait suggéré Fernando ce matin-là, et pourtant, le lendemain, 17 septembre, un samedi, je pus enfin distinguer les couleurs d'une prospère plantation de géraniums.

Quand je vis la lumière allumée, derrière les balcons, je devins si nerveux que je ne sus que faire, sinon parcourir la place à plusieurs reprises comme un animal attelé à une noria. Et, tandis que ma légendaire intelligence et ma non moins légendaire imagination se retrouvaient bloquées dans la préparation d'un discours impossible, mon humble corps me démontra qu'il était capable de ressusciter sans moi. Je percevais son humidité, la vitesse du sang qui y circulait, l'état d'alerte qui détendait ma peau, des fourmillements dans les doigts et ma bouche était pleine de salive. C'était un réflexe primaire, conditionné, comme ceux qui permettent de dresser les lions des cirques ou les chevaux de course. La lumière que mes yeux avaient vue allumée de l'autre côté d'un balcon avait déchaîné en moi une métamorphose si essentielle qu'elle n'avait même pas besoin de mon approbation.

Si j'ai un jour cru en mon destin, ce fut ce soir-là, et si j'ai un jour compris que j'avais besoin de prendre un verre avec la fabuleuse urgence que n'éprouvent que les détectives des romans policiers, ce fut à ce moment-là. L'interaction de la foi et de l'alcool fit preuve d'une efficacité si totale que je n'envisageai pas une seconde que ce ne soit pas Raquel. Oui ? imaginai-je. Bonjour, c'est moi. Monte ! En appuyant sur le bouton de l'interphone, je me délectais de ces mots, je pouvais les mordre, les mâcher, les avaler et sentir leur chaleur au centre de mon estomac.

« Oui ?
— Bonjour, c'est moi.
— Pardon ? »

Quand l'accent français inconnu de cette jeune femme coupa les voiles de mon espoir d'un couteau récemment affûté, la déception faillit me paralyser, mais le destin récompensa ma resplendissante conversion en la personne de la voisine du deuxième étage, une femme âgée et sympathique, qui apparut à cet instant pour prendre les décisions à ma place.

« Bonsoir, me dit-elle, en me tendant un paquet rectangulaire attaché par une ficelle. Vous voudriez bien me tenir ces gâteaux un instant ?
— Bien sûr, dis-je en tendant les mains, sans bien comprendre ce que je faisais.
— Merci, me dit-elle avant de se concentrer sur le contenu de son sac. Ce sont des bouchées à la crème et elles fondent rien qu'à les regarder... »

Quand elle trouva les clés, elle entra sans regarder si je la suivais, comme les bonnes fées des contes décident de la fortune de leurs protégés. Quand nous pénétrâmes dans l'ascenseur, elle récupéra ses gâteaux et appuya sur le deuxième bouton sans hésiter.

« Vous allez au quatrième, n'est-ce pas ? supposa-t-elle à voix haute.
— Oui », confirmai-je en souriant.

Elle le sait, elle au moins le sait. C'était là la signification de mon sourire. Cette inconnue le savait, elle me reconnaissait, elle venait de témoigner en ma faveur, en faveur d'une histoire qui existait, qui avait existé dans la réalité des témoignages objectifs, au-delà du concierge, de la femme qui vendait des fleurs deux coins de rue plus bas, du patron du kiosque que l'on voyait de ses balcons, du serveur du bar de la place. Elle savait, elle le savait, elle me connaissait, elle reconnaissait le lieu que j'occupais dans le monde, elle ne doutait pas de ma raison ni de mes intentions. Maintenant elle va s'évaporer, maintenant elle va être enveloppée par un nuage de fumée et elle se dissipera, et elle n'aura jamais existé non plus craignis-je. Mais elle me salua et sortit de l'ascenseur avec ses gâteaux, incarnée, matérielle, authentique. Quand j'arrivai au quatrième, son ombre affermit mes pas, tendit mes muscles, dirigea mon doigt sans hésitation vers la sonnette d'une maison dont la porte était auparavant toujours ouverte pour moi.

« Bonjour... »

Ce fut tout ce que je pus dire avant de me retrouver bloqué, pris dans la vision de l'espace, de la lumière, des objets, la table, le portemanteau, les tableaux, la lampe qui était toujours là, avec les mêmes ampoules, une grillée, au même endroit qu'avant.

« Bonjour », me répondit une jeune femme, à peu près de l'âge de Raquel, à peu près de sa taille, qui était enceinte, portait des lunettes et avait une queue-de-cheval.

Je la regardai attentivement et vis une peau ordinaire, deux yeux bleus, une mâchoire carrée et un vilain menton, rien à voir avec la splendeur harmonieuse qui unissait le cou au visage de ma maîtresse, mais je découvris aussi qu'elle lui ressemblait par certains détails que je ne parvins pas à définir avec exactitude, peut-être était-ce la proportion des traits, simple géométrie ou seulement cette similitude vague et puissante qui identifie les membres d'une même famille aussi différents soient-ils.

« C'est moi qui ai sonné tout à l'heure », poursuivis-je après une pause trop longue qu'elle accepta sans donner de signes d'impatience mais qui attira l'attention du voisin d'en face, qui sortait promener son chien. « Je m'appelle Álvaro, Álvaro Carrión, et je cherche Raquel Fernández Perea, la propriétaire de cet appartement. »

Elle acquiesça de la tête : « Oui, mais je t'ai dit qu'elle n'était pas là.

— Oui, bien sûr... »

Le voisin faisait semblant de ne pas retrouver ses clés ou peut-être les avait-il vraiment perdues, mais ses manœuvres me rendaient encore plus nerveux. Mon interlocutrice le regardait aussi et je me rendis compte qu'elle partageait mes soupçons, l'intuition qu'il feignait juste pour pouvoir écouter notre conversation. Je me retournai pour le regarder et il soutint mon regard pendant qu'il continuait à fouiller dans ses poches.

« Je peux entrer ?

— Bien sûr. »

Elle ouvrit la porte, s'écarta du seuil, la referma derrière moi, et fit le tout avec un trop grand naturel, une hospitalité excessive envers un étranger.

« Tu savais que j'allais venir, n'est-ce pas ? me risquai-je alors à demander.

— Eh bien... » Elle parlait avec un fort accent et s'arrêtait de temps en temps pour chercher ses mots. « Ma mère m'a dit que Raquel... avait eu une... relation ? » Elle me regarda, j'acquiesçai. « Avec un homme, que c'était fini et...

— Mais ce n'est pas fini ! » protestai-je. Elle écarquilla les yeux et je compris que je devais modérer le ton et le volume de mes paroles. « Enfin, ce que je veux dire, c'est que je ne présenterais pas les choses comme ça, je crois que ce n'est pas ce qui s'est passé. Elle a disparu sans me dire pourquoi, mais avant elle m'a dit au revoir, non, ce n'est pas ça, elle m'a envoyé un message...

— Écoute, m'interrompit-elle, je ne sais rien. Je n'ai pas vu ma cousine. Et je ne la reverrai pas. Demain, je rentre à Paris. Les vacances sont finies.

— Je vois... Tu es de passage ? » Elle fit un signe de tête affirmatif et je cherchai quelque chose à dire, n'importe quoi qui me permît d'étirer le temps. « Tu es une cousine de Raquel...

— Oui. Ma mère est une sœur de son père. Je m'appelle Annette.

— Comme ta grand-mère, dis-je en souriant

— *Oui...* Comme ma grand-mère. » Alors, pour la première fois, elle sourit, et je compris qu'elle avait compris ce commentaire, aussi insignifiant en apparence qu'un mot de passe, comme une preuve spontanée de l'intimité que j'avais partagée avec sa cousine, une garantie que je lui disais la vérité.

« Tu veux que je te dise ? Tu ressembles beaucoup plus à Raquel quand tu souris. »

À ce moment, un homme de mon âge, qui portait dans ses bras une fillette d'un ou deux ans avec un bavoir taché de restes de bouillie, passa la tête dans l'encadrement de la porte qui donnait sur le salon et haussa les sourcils dans une interrogation universelle à laquelle elle répondit tout de suite sur un ton rassurant.

« *C'est... un ami de ma cousine.* » Puis elle se tourna vers moi. « C'est Claude, mon mari. Il ne parle pas espagnol. »

Cette précision sonna comme un avertissement, presque un coup de sonnette destiné à marquer la fin de ma visite, mais nous étions si bien élevés qu'il fit quelques pas dans ma direction pendant que je raccourcissais la distance dans la direction inverse, et après nous être serré la main, je le suivis jusqu'au salon bien que sa femme ne m'y ait pas invité.

« Écoute, Annette, je... » Je suis désespéré, allais-je lui dire, mais cet adjectif me sembla trop creux, trop théâtral pour être vraisemblable. « Tu pourrais me rendre un service ? Pour toi, ce n'est rien, et pour moi, ce serait très important, vraiment. Même si tu ne vois pas Raquel, je suppose que tu dois laisser les clés quelque part, non ?

— Chez ma mère, enfin, c'est aussi chez ma grand-mère... » Elle sourit à nouveau et son sourire ressemblait tellement à celui de sa cousine que mes yeux me firent mal et se réjouirent pendant que je la regardais. « Chez ma grand-mère Anita.

— Et ça ne t'ennuierait pas de lui laisser un mot ? Je l'écris en deux minutes, je ne serai pas long, je ne veux pas te déranger, mais je vais... très mal. J'ai besoin...

— Mais... » Elle baissa la tête et commença à agiter ses mains comme si elle voulait me décourager ou me prier de me taire. « Je n'ai pas de papier. Je ne sais pas où il y en a.

— Moi si. Je sais. » Je comptai sur mon aplomb pour dissiper ses doutes.

« *Alors...* » J'empruntai le couloir et elle me suivit pendant que sa fille se mettait à pleurer, son mari essayait de la consoler en émettant des claquements sonores et rythmiques comme le cliquetis d'une locomotive. Cette musique étrangère, étrange, m'accompagna jusqu'à la chambre de Raquel comme la bande sonore d'un cauchemar ou un certificat de l'actualité ordinaire qui gouvernait maintenant la scène la plus brillante de ma vie passée. Cependant, en ouvrant la porte, je vis un peu plus qu'une valise ouverte sur le lit, des vêtements inconnus éparpillés sur le couvre-lit, des pots et des flacons d'eau de Cologne pour enfants sur ce qui était auparavant ma table de nuit. Je vis aussi que celle de Raquel était vide, et un vide là où se trouvait ma photo avec le prix scolaire de calcul mental. Si elle avait laissé le cadre à sa place, j'aurais pensé qu'elle l'avait cassé avant de le jeter à la poubelle, mais ses grands-parents avaient disparu, comme le pendule qui les accompagnait. Elle les a emportés, elle a emporté leur photo et la mienne, elle a emporté l'ordre et le chaos là où elle est maintenant, pensai-je alors, et je pus presque la voir, mais sa cousine me regardait avec inquiétude, comme si elle avait soudain des doutes sur moi, sur cet inconnu qui s'était immobilisé au centre de la pièce. Elle avait peut-être aussi emporté le bloc, mais en ouvrant le tiroir central de son secrétaire je vis qu'il était resté à sa place.

Je m'assis dans le fauteuil en cuir, sortis mon stylo et écrivis :

Appelle-moi, Raquel. S'il te plaît, appelle-moi, raconte-moi ce qui s'est passé. Peu importe ce que c'est, ça n'a aucune importance, je n'ai peur de rien. Je t'aime, Raquel, je t'aime, je t'aime, et tout le reste m'est égal. Appelle-moi. Ne me laisse pas comme ça, s'il te plaît, s'il te plaît. Je t'aime tellement, tellement, tu n'imagines même pas, je t'aime tellement que je deviens fou, je t'aime plus que tout, plus que personne au monde, je t'aime, Álvaro.

Quand j'eus fini, je relus ce que je venais d'écrire et je trouvai cela effroyable. Effroyable, horriblement maladroit, affecté et bête. Truffé de répétitions, de phrases toutes faites, et je pouvais mieux faire, j'aurais pu mieux faire si j'avais corrigé, si je m'étais arrêté un instant pour choisir, mesurer, peser chaque mot. Mais j'arrachai la feuille du bloc, la pliai et la donnai à Annette sans la mettre dans aucune des enveloppes que j'avais vues en ouvrant le tiroir. C'était mieux comme ça, maladroit, affecté, et bête, effroyable et plein de répétitions, de phrases toutes faites. Il vaut mieux que sa cousine, sa tante et sa grand-mère le lisent avant elle, il vaut mieux les avoir toutes de mon côté. Ce mot avait une seule qualité, la sincérité brutale, irréfléchie mais émouvante, du désespoir. Et pourtant, en méditant dessus, j'avais déjà cessé d'être un homme désespéré.

Ce fut peut-être une prémonition, un pressentiment. C'était peut-être parce que j'étais si effondré, que la simple nouvelle que Raquel continuât à exister, la possibilité, presque la certitude que tôt ou tard elle lirait le texte le plus maladroit que j'aie jamais écrit, suffit à me secouer, à me réveiller du sommeil léthargique de l'autocompassion dans laquelle je me berçais, pour exciter mon imagination romanesque par des images nouvelles, fabuleuses mais aussi curieusement précises. Je ne savais pas où elle était et pourtant je pouvais la voir en train de lire mon mot, je pouvais imaginer son étonnement, le sursaut qu'elle ressentait en le recevant, la tête qu'elle ferait et ce qui lui arriverait, ce qu'elle penserait de moi et d'elle-même quand elle aurait constaté à quel point pouvaient être bêtes, affectés, maladroits, les seuls mots que j'avais été capable de lui adresser.

C'était peut-être parce que j'étais si effondré qu'il suffisait d'un rien pour me remonter que, quelques jours plus tard, alors que je surveillais l'examen de mes élèves de première année – des pauvres innocents qui, au milieu de l'année, m'avaient entendu affirmer, avec l'accent catégorique des vérités absolues, que le tout n'est égal à la somme des parties que lorsque les parties s'ignorent entre elles –, lorsque Fernando Cisneros entra dans la salle, s'assit à mes côtés pour demander tout bas de mes nouvelles, je lui répondis que j'allais mieux.

« Alors je ne sais pas si je dois te donner ceci », ajouta-t-il, se méprenant sur ma réponse, et il posa sur la table une page web imprimée mentionnant les horaires et les prix d'un théâtre de Salamanque.

Il était 23 h 10 et j'avais déjà passé mon pyjama. Ce soir du mercredi 28 septembre, une chaîne de télévision rediffusait une émission que je ne me lassais jamais de regarder, la reconstruction très fantaisiste de ce qu'aurait été la vie sur Terre à l'ère des dinosaures, un véritable exploit de vulgarisation scientifique.

Je la connaissais presque par cœur, et j'attendais que le méchant tyrannosaure attaque par-derrière le pauvre et pacifique tricératops qui paissait tranquillement dans un pré, quand j'entendis le petit sifflement des SMS. Le portable se trouvait sur une table basse, à côté de moi. Je le pris sans quitter l'écran des yeux, mais ne le consultai pas avant que le crime pré-humain de l'abuseur musclé sur le petit gros sympathique n'ait été consommé, et alors, l'espace d'un instant, tout s'arrêta, mon cœur, le sang qui circulait dans mes veines, le temps, l'histoire, l'air, cette chronique impitoyable d'une cruauté éteinte. Il ne me fallut qu'un instant pour lire ce message envoyé depuis ce que mon téléphone considérait comme un numéro inconnu, juste cinq mots, *Suis rue Jorge Juan. Viens.* Ce n'étaient que cinq mots, vingt et une lettres, vingt-sept caractères au total, en comptant les points et les espaces. *Suis rue Jorge Juan. Viens.* Cinq mots sans en-tête ni signature, vingt et une lettres pour tracer la frontière entre le bien et le mal, le bonheur et le malheur, la paix et l'angoisse. *Suis rue Jorge Juan. Viens.* Quand j'appuyai sur la touche réponse, mes doigts tremblaient, mes lèvres, mes paupières, tout mon corps tremblait de chaleur et de froid, d'inquiétude, d'angoisse, de plaisir, de terreur. *J'arrive tout de suite*, écrivis-je, *attends-moi*. En me levant, je m'étonnai que mes jambes me soutiennent.

Mai était au lit, et regardait un film d'espionnage. « Encore les dinosaures ? » m'avait-elle demandé quand le petit se fut endormi, et j'avais acquiescé. « Et ce sont des nouveaux, ou les mêmes ? » Et j'avais souri : « Je crains que ce ne soient les mêmes, mais je vais aller les voir dans la chambre, ne t'inquiète pas. » « Non, non », elle repoussa mon offre avec la même sollicitude discrète avec laquelle elle me traitait depuis qu'elle avait compris que la situation avait changé en sa faveur, « il vaut mieux que ce soit moi, parce que j'aime ces films, tu sais, mais ils finissent par me donner sommeil... » C'était vrai. Quand elle me vit arriver, elle était à moitié endormie et avait juste la force de me regarder les yeux mi-clos, avec l'air plein de bonté d'une infirmière qui veille un soldat se remettant d'une grave blessure. C'était ainsi qu'elle me regardait dernièrement ; mais mes pas ne firent pas la trajectoire escomptée. Je passai devant le lit pour prendre dans le placard une chemise propre, et en me retournant je trouvai ma femme assise et bien réveillée.

« Tu sors ?

— Oui. »

Je m'enfermai dans la salle de bains pour m'habiller et en me regardant dans la glace je compris que les signaux d'alarme auraient clignoté de la même façon si je ne m'étais pas changé pour ce rendez-vous. J'avais le teint très pâle, les joues écarlates et un cercle rouge sous les yeux. Je n'avais pas de temps à perdre, et cependant ce visage inattendu, qui était le mien, attira mon attention comme s'il avait appartenu à quelqu'un d'autre, un homme différent de celui que je ressentais de l'intérieur. Le pire est passé, pensai-je, je ne souffre plus, mais mon visage ne voulait rien savoir. Il y avait quelque chose de douloureux, une sagesse cachée et presque tragique dans l'expression que je contemplais. Je ne parvins pas à la déchiffrer, car la fin de mon analyse fut aussi brutale que son début.

« Álvaro, Álvaro... » Mai tambourinait contre la porte.

Je boutonnai ma chemise à toute vitesse, ouvris le verrou, la regardai.

Elle s'était enveloppée dans ce châle en velours que je lui avais rapporté un jour de La Corogne, elle avait les bras croisés, les épaules contractées et un regard furieux, blessé, étonné de l'arrogance qui couvrit sa voix quand elle me parla.

« Si tu t'en vas, ne reviens pas. »

Très bien, faillis-je répondre, mais cela me sembla être une réponse si triviale, si absurde, si cruelle dans sa brièveté, que je préférai ne rien dire, et pourtant, ce fut tout ce que je trouvai à dire, la seule phrase que je pus construire. « Très bien, alors je pars et je ne reviens pas. » Mai me regarda, tourna les talons, et je finis de m'habiller rapidement. Je ne voulais pas penser, je ne voulais pas analyser l'avertissement que je venais d'entendre, je ne pouvais pas me le permettre. Raquel est revenue, elle m'a appelé, elle m'attend, me disais-je, et je le répétais en mettant mes chaussures, ma veste, et en vérifiant toutes mes poches.

Je quittais la maison, je quittais enfin la maison, et je ne savais pas très bien où j'allais, ni pourquoi, ni vers quoi. Je partais simplement, sans aucune garantie, juste une adresse, un rendez-vous exprimé en cinq mots, mais je ne voulais pas y penser, je ne voulais pas reconnaître que le mieux, le plus raisonnable, ce qu'aurait fait tout homme sensé, aurait été de composer ce numéro qui n'était plus inconnu, lui parler, reporter de quelques heures la rencontre qu'elle me proposait, protéger mes arrières et garder une carte dans la manche. Je n'avais plus de manches, je n'avais pas d'arrières, car Raquel était revenue, elle m'avait appelé, elle m'attendait et c'était tout ce qui comptait pour moi. C'était pour ça que je partais, sans savoir où, pourquoi, ni vers quoi, je partais, simplement, comme un homme insensé qui ne veut pas, qui ne peut pas, qui ne sait pas penser, qui renie sa pensée. Le miroir ne me tentait plus. Je ne me regardais plus, je ne voulais pas me regarder, juste tout faire très vite, pas même bien, juste vite. Je savais que les paroles de Mai n'étaient que des paroles, qu'elles étaient très loin de représenter ce qu'elles signifiaient, que je pourrais revenir une fois, dix fois si je le voulais, mais je savais aussi que je n'allais pas vouloir, que je ne le ferais pas, et que si ma femme m'avait menacé d'un fusil, je serais quand même parti, car Raquel était revenue, elle m'avait appelé, elle m'attendait, et rien ne pourrait m'empêcher d'aller à sa rencontre...

« Tu m'as entendue, Álvaro ? » Mai était appuyée au mur de l'entrée, près de la porte.

« Oui.
— Et tu as compris ?
— Oui.
— Et tu vas partir ?

— Oui. »

Dans la rue, je tentai d'éprouver de la joie, de la percevoir, de la réclamer, de me laisser prendre par elle, mais je ne la trouvai pas. Et pourtant elle devait être là, quelque part, je le savais, comme je savais que le dragon se coucherait docilement à mes pieds, renonçant par avance au défi inutile de mon épée. Je l'avais appris dans des paroles prudentes, différentes.

« Raquel va revenir, elle apparaîtra le jour où tu t'y attendras le moins, m'avait dit Berta le samedi précédent. Elle reviendra parce qu'elle ne devrait pas le faire, parce qu'elle est dans un état où personne ne fait jamais ce qui lui convient. »

Quand j'ai essayé de lui demander ce qu'elle voulait dire exactement, elle avait levé une main, fermé les yeux, et souri en soulevant à peine la commissure de ses lèvres. « Ne me pose pas de questions, Álvaro, je t'en ai déjà dit trop... »

« Pourquoi es-tu femme, Pichona ? »

L'acteur qui interprétait *Gueule d'Argent*[1] avait déjà la main dans le décolleté de Berta. Elle jeta ses épaules en arrière afin de faciliter les manœuvres du séducteur local, tout en le regardant le menton levé, avec une expression de satisfaction plus puissante que ses plaintes.

« Ne commencez pas ! » Et pourtant, ses bras restèrent le long du corps, et ne firent rien pour enrayer la convoitise de la main qui lui pressait les seins.

« Ils sont durs.

— Laissez-les.

---

1. Deuxième pièce de la trilogie de Valle-Inclán écrite en 1922, *Les Comédies barbares*.

— Pourquoi es-tu femme ?
— Vous pouvez le comprendre.
— Eh bien non.
— Je suis femme, c'est mon intérêt, pour que vous veniez me voir un jour, et un an, si cela vous tient si longtemps. Pour dépenser une once avec toi, si je l'ai. Mais je n'approuve pas que tu le rendes public. »

Sûre que le désir de Visage d'Argent l'entraînera dans son lit le soir même, Pichona la Bisbisera passe du vous au tu sans transition ni avertissement : « Ça ne te dérange pas que je te tutoie, n'est-ce pas ? »

Quand Fernando Cisneros partit, il ne restait plus que trois étudiants dans la salle. L'un abandonna avant la fin, mais les autres profitèrent de la demi-heure de grâce que j'avais ajoutée aux deux heures dont ils disposaient officiellement pour l'examen. La dernière à partir, une grande blonde, aux longues jambes, à la forte poitrine et à la taille de guêpe, m'adressa un sourire malicieux, en murmurant qu'elle espérait avoir réussi. Elle attendit quelques secondes, pour le cas où j'aurais eu envie de dire quelque chose d'intéressant, mais je me bornai à préciser que l'examen n'était pas très difficile et qu'elle n'aurait qu'à attendre dix jours pour les résultats.

Ensuite je m'enfermai dans mon bureau et cherchai le site web de la compagnie qui annonçait la représentation des *Comédies barbares* de Valle-Inclán dont Fernando m'avait parlé. En le trouvant, je découvris Berta, cheveux châtains plus longs et épaules nues, dans la distribution de *Gueule d'argent* et *L'Aigle emblématique*. Elle ne figurait pas dans *Romance de loups*. « Ils n'ont manifestement pas osé monter les trois ensemble », m'avait dit Fernando, mais ils les donnent dans l'ordre et plusieurs jours d'affilée. Ils avaient joué pendant l'été d'un bout à l'autre de l'Espagne mais avaient pris des vacances début septembre. C'est pourquoi son amie qui avait immédiatement reconnu les noms de la pièce et de l'auteur avait mis si longtemps à les trouver. Elle avait commenté sur un ton goguenard : « C'est incroyable, vous passez votre temps à vous plaindre de ce que les littéraires sont incapables de lire une formule mais vous, vous êtes d'un obtus... »

Ce matin-là, j'achetai une place d'orchestre au milieu du cinquième rang pour la première représentation de *Gueule d'argent*, et ensuite, à la librairie du département de Philologie, les trois pièces dans une édition critique que je lus d'un bout à l'autre au cours des jours suivants. Mai ne fit aucun commentaire sur mon intérêt soudain pour Valle-Inclán, et aucun muscle de son visage ne bougea quand je lui dis que je devais aller à Salamanque, le samedi, pour participer à des journées dont je ne lui précisai pas la nature. Je me demandai ce qui se serait passé si Berta avait débuté ce week-end dans une ville n'ayant pas une université aussi importante mais, au fond, je me fichais de la réponse. La pièce, que je n'avais pas prévu de voir lors de l'achat du billet, m'intéressa en revanche autant que si son auteur ne l'avait écrite que pour que je la lise.

« Ouvre, Pichona !
— Je suis nue dans mon lit.
— Ça me fera gagner du temps !
— Aïe, roi maure ! Dis-moi qui tu es ?
— Tu ne le sais que trop bien.
— Mais non, je ne te reconnais pas.
— Ouvre !
— Attends que je mette un jupon. N'enfonce pas la porte, mon trésor ! » Mais Berta, qui était effectivement nue dans le lit, se contenta de passer les bras dans les

manches d'une sorte de boléro en dentelle blanche qu'elle ne fit pas mine d'attacher pour traverser la scène, et se diriger vers la porte. « Tous les metteurs en scène la déshabillent, et nue elle est impressionnante », m'avait assuré Raquel. Les deux choses étaient vraies.

Elle avait ajouté que c'était une très bonne actrice, et elle l'était à tel point qu'en traversant la scène elle donnait l'impression d'être habillée par son propre talent et celui de l'auteur dont elle disait le texte avec tant d'aplomb et de naturel qu'on n'imaginait pas qu'elle ait eu à l'apprendre. L'effet de cette nudité était moins excitant qu'émouvant, et son interprétation rendait problématique celle de l'acteur qui jouait son amant.

J'eus l'impression que ce garçon ne comprenait pas la lumineuse obscurité des passions de son personnage, l'impuissance du fils cadet qui se dresse contre son père pour la femme qu'ils désirent tous les deux, le dépit qui le pousse vers Pichona, l'indolente trahison de sa maîtresse, cette demoiselle moins fragile que pusillanime que Montenegro séduira, et perdra, dans l'exercice d'un orgueil impitoyable et indifférent qui viole toutes les lois humaines et divines. Gueule d'argent est beau, fort, jeune, ambitieux et capable d'inspirer à Sabelita le même amour que celui qu'il ressent pour elle, un amour qu'il est disposé à jurer devant l'autel, pour lequel il aspire à s'engager à vie, mais c'est son père qui commande, et il veut la jeune fille pour lui. Son désir constitue le début et la fin de tout. Quand j'achetai ma place, je n'étais pas très sûr d'avoir envie de voir la pièce avant d'avoir parlé à Berta, mais il restait encore deux jours avant la représentation, je finis de corriger les examens très vite et il fallait trouver autre chose, pour surmonter ce délai. Ce fut ainsi que je découvris ce texte féroce, brillant, sauvage et émouvant à la fois, et aussi sage, profond, impie, exact, écrasant. « Les histoires espagnoles abîment tout », m'avait dit Raquel. Cette histoire espagnole semblait écrite dans le pressentiment brutal de l'état d'esprit avec lequel j'arriverais à la représentation, et cependant, rien de ce que j'avais vu ou entendu sur la scène ne m'émut autant que de voir sortir Berta, habillée et démaquillée, par la porte devant laquelle je l'attendais depuis un peu plus d'un quart d'heure.

Elle prononça mon prénom presque sans intonation : « Álvaro ! Comment vas-tu ? »

Elle paraissait fatiguée mais heureuse. Elle avait eu beaucoup de succès, si le succès d'une actrice peut être mesuré par le nombre de bravos qui s'ajoutent aux applaudissements du salut final, et elle m'avait reconnu. J'avais du moins eu cette impression en l'applaudissant debout, toutes les lumières du théâtre allumées. Je l'avais vue regarder vers l'orchestre, très souriante, s'arrêter un instant sur moi, devenir sérieuse et faire un bref signe de tête. C'était ce que j'avais cru voir, et quand elle sortit avant les autres pour venir vers moi, je compris que j'avais bien vu. Puis elle m'embrassa si naturellement que je répondis sincèrement à sa question qui n'avait pas été une vaine formule de politesse.

« Très mal. Vraiment très mal, c'est pour ça que je suis venu.

— Ça ne m'étonne pas... Allons manger, tu veux bien ? Je meurs de faim. Tu as vu la pièce ? » Je fis un signe de tête affirmatif. « Ça t'a plu ?

— Beaucoup. » Je ne mentais pas, et elle me remercia d'un sourire. « Et puis ça me concerne assez.

— Ah bon ? » Elle me regarda et je me rendis compte qu'elle ne m'avait pas compris, mais elle se reprit aussitôt : « Ah ! Tu dis ça à cause du père...

— Et du fils, complétai-je, oui. Mais je ne peux pas partir à la guerre.

— Alors tu connais les pièces... » Elle semblait surprise.

« Oui. J'ai commencé par lire celle-ci, pour voir de quoi il s'agissait, puis je n'ai pas résisté à la tentation de voir comment finissait l'histoire.

— Elle ne finit pas très bien.

— Elle finit très mal, mais toi, au moins, tu joues une gentille.

— Oui, c'est vrai, dit-elle, et elle me prit par le bras pour m'entraîner vers un café qui semblait très animé. La pauvre Pichona, vagabonde et à moitié prostituée, est généreuse et bonne oui, la seule capable de tomber vraiment. amoureuse. C'est la grandeur de Valle-Inclán. Il y a toujours une putain, un mendiant, un enfant, un fou qu'il traite avec une telle tendresse que cela compense la cruauté avec laquelle il détruit les autres. Mais de toute façon, Álvaro... Ne te fie pas aux apparences. Gueule d'argent est bon lui aussi à sa façon, meilleur que son père, bien sûr, et un ange en comparaison de n'importe lequel de ses frères. C'est pour cela que Valle-Inclán l'envoie à la guerre, pour le sauver, pour qu'il ne prenne pas part au pillage de l'héritage de sa mère, pour que Montenegro n'ait pas à le maudire comme les autres. Mais malgré tout, Gueule d'Argent n'a rien à voir avec toi. On s'assied ici ? »

Le café semblait plein, mais elle trouva une table libre dans le fond, appela un serveur, lui commanda un sandwich à trois étages et une bière, me demanda ce que je voulais, je lui dis que cela m'était égal et elle commanda la même chose pour moi.

« Où est Raquel, Berta ? lui demandai-je dès que le serveur nous laissa seuls.

— Elle est... » Elle s'arrêta une seconde pour réfléchir. « À Madrid.

— À Madrid, où ?

— Ça, je ne peux pas te le dire. Tu le sais. Raquel est mon amie, et on ne trahit pas les amis.

— Mais...

— N'insiste pas, Álvaro. Si tu continues à me poser des questions, je vais devoir te raconter n'importe quoi. Je fais ça très bien, je suis actrice, tu as vu. Tout cela est... était une folie, une ineptie, je... Ce que je peux te dire, c'est que je ne savais rien, que je n'ai rien su jusqu'à ce dîner, quand tu es venu avec nous à la pizzeria et qu'elle a eu un malaise, tu te souviens ? » Je me souvenais, et je la croyais, je sentais qu'elle me disait la vérité, qu'il était important pour elle que je le sache. « Quand je l'appris, je fus pétrifiée. Je n'en avais aucune idée et cela me sembla incroyable, impossible. Si je l'avais su, je ne l'aurais pas laissée... » Elle ne termina pas sa phrase et je ne parvins pas à la compléter. « Raquel est la sage de l'équipe, jusqu'alors elle l'avait toujours été. C'est moi qui fais des gaffes, qui me lie avec des hommes qui ne me conviennent pas, des hommes mariés avec des fils malades, des femmes déprimées, et des problèmes à n'en plus finir...

— Mais moi, je suis prêt à divorcer, à l'épouser si elle le souhaite, et Raquel le sait, je le lui ai dit. Ça ne me dérange pas, je...

— Álvaro. Mon dieu, Álvaro ! » Elle prononça mon prénom comme s'il lui faisait mal, ferma les yeux, tendit les bras, me prit le visage dans les mains avec une intention confuse, comme si elle voulait tout à la fois me tenir et me caresser.

« Alors ce n'est pas ça.

— Non, ce n'est pas ça. » Ses mains me lâchèrent ; mais ses yeux exprimaient une compassion coupable.

L'arrivée de la commande marqua une pause forcée entre sa pâleur et la mienne. Berta avait le sourcil froncé et n'appréciait pas le tour de notre conversation. La pitié discrète avec laquelle elle me traitait me blessait, mais me faisait du bien, comme un chien abandonné se nourrit de la caresse affectueuse d'une main qui ne lui donne pas à manger.

« Qu'est-ce qui s'est passé, Berta ? »

Elle avait saisi les trois étages de son sandwich à deux mains, et me regarda avant de fermer les yeux pour mordre un morceau aussi grand que sa bouche.

« Je ne peux pas te le dire, Álvaro, vraiment... » Elle avait commencé à parler la bouche pleine et elle agita sa main pour que j'attende un instant. « Ce n'est pas à moi de le faire, tu n'aimerais pas l'apprendre par moi. C'est à elle de le faire. En revanche, ce que je peux te dire... »

Elle prit une nouvelle bouchée, et je me rendis compte qu'elle était moins affamée qu'angoissée par le besoin de choisir ses paroles, de décider dans l'urgence ce qu'elle pouvait me dire.

« Raquel souffre beaucoup, Álvaro. Autant que toi, ou plus, car c'est de sa faute. Tout cela est... sauvage, et elle le sait. Elle est partie pour ne pas te faire de mal, mais elle ne peut pas, elle ne peut pas supporter ça, elle non plus. Je... je ne sais pas. Parfois, je pense que le remède a été pire que le mal, parce que au début, on aurait dit qu'il valait mieux qu'elle parte, oui, moi aussi je le croyais, mais aujourd'hui... Je ne pouvais pas supposer... Les hommes dont je tombe amoureuse ne me poursuivent jamais à ce point. Je ne pouvais pas supposer que tu étais aussi tenace, mais l'autre jour je suis restée avec elle et elle m'a montré un mot que tu lui avais écrit, et... Elle était dévastée, elle voulait t'appeler, et moi... Eh bien, tu vas peut-être me gifler, mais je dois dire que c'est moi qui lui ai ôté l'idée de la tête, parce qu'elle doit bien réfléchir, elle ne peut pas t'appeler comme ça, sans savoir ce qu'elle va te dire, comment elle va t'expliquer... Mais ne te fâche pas contre moi, Álvaro, s'il te plaît, parce que... Je veux juste que cela se passe bien, et puis je ne suis pas toujours avec elle, je suis en tournée, tu as vu, alors... Bref, ce que j'essaie de te dire, c'est que Raquel va revenir, qu'elle arrivera le jour où tu t'y attendras le moins. Parce que ça ne lui convient pas, mais elle est dans un état où personne ne fait jamais ce qu'il devrait faire.

— Qu'est-ce que tu veux... ?

— Ne me pose plus de questions, Álvaro. » Elle leva une main, ferma les yeux, et sourit avant de m'interrompre. « Je t'en ai déjà dit plus que je n'aurais dû. » Pourtant, elle me dit encore une chose en me quittant, après avoir insisté pour payer, m'avoir pris dans ses bras, donné les deux baisers de rigueur, et écouté pour la dernière fois que vraiment, non vraiment, je n'étais pas fâché contre elle. Je n'étais pas parti. Je la regardais de la porte du café pendant que je pariais qu'elle allait prendre son téléphone dans son sac pour appeler Raquel avant d'arriver au centre de la place, quand soudain elle se retourna et revint sur ses pas.

« Autre chose, Álvaro. » Je compris à son ton, au calme avec lequel elle me regardait dans les yeux, que ce qu'elle allait me dire ne lui semblait pas grave, ni compromettant ou important. « Il n'y a pas eu d'autre homme, ni maintenant, ni avant l'été. Pendant tout le temps où elle a été avec toi, il n'y a eu personne d'autre. Je te le dis parce que... Bref, nous sommes tous très adultes, très mûrs, et très géniaux, mais... Si j'étais à ta place, je serais heureuse le savoir.

— Merci, Berta. » J'étais heureux de le savoir.

« De rien. »

Nous nous embrassâmes à nouveau, elle partit et, bien avant d'arriver au point d'où elle était revenue, elle sortit quelque chose de son sac. Je n'eus pas besoin de parier avec moi-même, car un instant plus tard elle se retourna et me montra qu'elle avait le téléphone collé à l'oreille. Elle agita la main pour prendre définitivement congé de moi et pendant un moment je caressai l'idée de partir en courant, de lui arracher le téléphone et de parler à Raquel. Mais nous savions tous les deux que je ne ferais jamais ça. Aussi me contentai-je de la regarder jusqu'à ce qu'elle se perde sous une arcade de la place, j'allai chercher ma voiture et rentrai à Madrid.

Pendant le voyage, je tentai de mettre de l'ordre dans ce que j'avais appris ce soir-là. Cela semblait peu de chose et pourtant, c'était plus que ce que j'avais pu découvrir en un mois. Les silences de Berta, la séquence irrégulière d'indécisions qui s'étaient accumulées dans les points de suspension de toutes les phrases qu'elle avait abandonnées en cours de route, m'avaient semblé plus remarquables que ses paroles, et dans celles-ci l'obscurité brillait davantage que la lumière, avec l'unique exception de son dernier avertissement. Pour elle ce n'était pas important, pour moi si, non tant à cause de l'intégrité de mon orgueil que parce que cela renversait une hypothèse qui avait pris corps dans mon imagination par simple exclusion de toutes les autres. Mais la certitude que Raquel ne se sentait attachée à aucun homme éloigné dans l'espace, ni dans le temps, ne m'aidait pas à la comprendre. La vague prophétie dans laquelle Berta avait enveloppé la promesse de son retour, cette manière alambiquée et pudique de me dire qu'elle était amoureuse de moi m'était plus utile, et surtout le récit de l'appel téléphonique qu'elle avait elle-même empêché, la preuve que mes paroles les plus sottes, les plus affectées, les plus maladroites, s'étaient aussi révélées les plus efficaces. Et cependant, aucune de ces données ne méritait un tel nom, aucune ne m'aidait à tracer un chemin, ni ne m'emmenait dans un lieu différent de celui que j'occupais depuis que j'avais découvert que Raquel avait disparu. Je devais continuer à attendre, c'était la seule conclusion, le véritable résultat de ce voyage. Je devais attendre et j'attendis. Je n'imaginais pas que ce serait aussi court.

Dans le taxi qui me ramenait à l'origine de tout, à ce somptueux immeuble de la rue Jorge Juan où nous n'avions jamais été ensemble et qui était le dernier endroit où j'aurais pensé la retrouver, je sentis une mystérieuse nostalgie de l'attente, l'incompréhensible désir d'arrêter cette voiture au rouge infini d'un feu de circulation en panne pour ne jamais arriver et rester sur le point de tout avoir pendant quelques heures supplémentaires. *Je n'ai peur de rien*, avais-je écrit dans ce mot maladroit et sot, précipité, *je n'ai peur de rien*, mais ce n'était pas vrai. Le chauffeur de taxi, qui ne pouvait le savoir, ne mit pas plus de dix minutes avant de s'arrêter devant le portail en marbre, froid et aseptique comme un mausolée. La porte était fermée, mais je pris la précaution de la pousser avant de caresser la touche de l'appartement E d'un doigt tremblant, plus effrayé que moi. J'éprouvai une sensation d'irréalité à la fois physique et aérienne, une brume blanchâtre, mousseuse enveloppant tout, comme la lumière incertaine des rêves avec moi au centre.

Cela n'a pas lieu, rien ne va se passer, rien ne peut se passer, me dis-je. Mais j'appuyai le doigt sur la touche métallique et quelqu'un ouvrit d'en haut sans poser de questions ni poser de conditions. Mes chaussures foulèrent la pureté du marbre ciré de frais avec un bruit sourd et régulier, et l'ascenseur fit beaucoup plus de tapage que mes pas en s'arrêtant dans l'entrée déserte. Pendant le trajet vers le septième étage, je me regardai dans la glace et m'apitoyai sur un visage que je comprenais mieux maintenant que quelques minutes auparavant. C'était le visage d'un homme effrayé, consumé, seul et épuisé, c'était mon visage. Mais en arrivant en haut, je me trouvai devant une porte ouverte, et derrière elle, Raquel, habillée comme le jour où je l'avais connue, un T-shirt noir avec des motifs blancs et un jean de la même couleur qui trahissaient à peine la lumineuse disproportion de ses hanches. Elle était beaucoup plus mince, plus pâle, avait les yeux gonflés et la peau des paupières fine et tendue comme un parchemin. En la regardant, je vis le visage d'une femme terrifiée, consumée, seule et épuisée, si semblable au mien, si différent, mais je vis aussi Raquel, une fille intelligente, si belle qu'il fallait bien la regarder, et la regarder à deux fois, avant de la voir entièrement, et l'amour de ma vie.

« Álvaro. » Elle fit quelques pas vers moi aussi lents que si elle avait tout le corps meurtri, et moi je ne pouvais rien faire, je ne pouvais pas parler, ni bouger, seulement la regarder. « Álvaro, il faut que je te raconte...

— Ne me refais plus ça, Raquel. »

Mes bras prirent d'eux-mêmes l'initiative de l'étreindre et la serrèrent fort, mes mains parcouraient son dos, le reconnaissaient, me reconnaissaient, moi qui pus alors redevenir quelque chose, quelqu'un, qui redevins moi en la respirant, en la voyant, en la touchant, et je fus ému de penser que j'allais l'embrasser, je fus conscient que j'allais l'embrasser, et je l'embrassai, et tout recommença à couler avec facilité, avec l'habitude paisible de l'eau qui coule.

« Ne me refais plus jamais ça... »

Pendue à mon cou avec la détermination d'un naufragé qui s'accroche à l'unique planche qui flotte sur l'Océan, elle se serrait contre moi, elle me rendait mes baisers, me regardait comme si sa vie avait tenu entre mes mains.

« Si je pouvais, je te mangerais tout de suite, je t'avalerais d'un coup pour t'avoir toujours en moi, pour toujours savoir où tu es, parce que je suis mort, Raquel, c'était comme de mourir, je suis mort pendant tout ce temps, et je ne le supporte pas, je ne pourrais pas supporter... Ne me refais pas ça, jamais, sur ce que tu aimes le plus... »

Alors, sans cesser de m'étreindre, elle écarta sa tête de la mienne, me regarda dans les yeux et me dit la seule chose que j'avais besoin d'entendre.

« Ce que j'aime le plus, c'est toi, Álvaro.

— Et moi, je t'aime, je t'aime, je t'aime tellement... » L'émotion me faisait mal comme une blessure, une coupure nette, le sang joyeux, rouge, chaud.

« Je dois te dire une chose.

— Pas maintenant. » Je recommençai à l'étreindre, à l'embrasser, je redevins moi-même. « Pas maintenant, s'il te plaît, maintenant je ne veux rien savoir, ça ne m'intéresse pas, pas maintenant, Raquel, non... »

En arrivant, j'avais eu conscience que j'allais l'embrasser et j'étais ému. Ensuite, quand nous étions nus dans ce lit étranger qui savait battre avec le cœur de la planète, car la Terre tournait sur elle-même et autour des hanches de Raquel, je fus plus conscient que jamais de la beauté, du plaisir, de la joie, de la condition de tout ce qui vit, car tout restait suspendu au fil transparent et fragile des lèvres de Raquel.

Sur ces lèvres, je jouais tout.

J'en eus aussi conscience quand elle s'écarta de moi, s'allongea toute droite à l'autre bout du lit, plaça ses deux mains jointes sous sa poitrine, ferma les yeux, et, comme un cadavre, parla enfin.

« Je n'ai jamais couché avec ton père, Álvaro. »

Elle dit cela...

Elle me dit qu'elle n'avait jamais couché avec mon père, et soudain j'eus très envie de rire, et très envie de pleurer en même temps.

Le 5 mai 1956, don Julio Carrión González, âgé de trente-quatre ans, épousa Mlle Angélica Otero Fernández, âgée de vingt et un ans, en l'église Santa Bárbara de Madrid. La mariée, arrière-petite-fille du comte de la Riva, portait une robe en soie de Balenciaga et un voile en dentelle de Malinas, un héritage de famille. Les témoins furent le père du marié, don Benigno Carrión Moreno, et la mère de la mariée, doña Mariana Fernández Viu. Ensuite, les mariés fêtèrent leur bonheur par un dîner de plus de deux cents couverts dans les salons de l'hôtel Palace.

« Écoute, Julio, tu es riche, mais tu n'es pas respectable. » Angélica avait tourné vers lui ces yeux aquatiques, magnétiques, si bleus, qui l'attiraient et l'inquiétaient à la fois. « Jusqu'à présent, cela n'avait pas grande importance, parce que tu étais jeune, et en Espagne on a toujours cru que c'est bon pour les hommes de faire les quatre cents coups dans leur jeunesse et de se vacciner pour le restant de leur vie, mais tu as déjà plus de trente ans et les messieurs respectables ne restent pas célibataires à cet âge. Pas dans ce pays. Combien de temps est-ce que tu crois que tu vas tenir, toujours seul, pâle et avec des cernes, dans toutes ces réceptions pleines d'évêques et de grosses femmes de généraux qui te soupçonnent d'emmener leurs maris au bordel ? Cela va s'arrêter, Julio, et tu le sais. À moins que tu ne te maries bientôt avec une vierge de bonne famille, et que tu ne lui fasses très vite deux ou trois enfants. C'est ce qu'il te faut, mais ce n'est pas facile à trouver, pas pour toi, aussi riche sois-tu. Il y a une seule femme au monde qui te convienne, et cette femme c'est moi. D'abord, parce que mon deuxième nom est Fernández, et peut-être qu'un jour cela te servira pour répondre à certaines questions. Franco ne vivra pas éternellement, tu le sais. Et puis, et surtout, parce que je sais très bien qui tu es, et je sais ce que tu es, Julio... Un voleur, un escroc, un imposteur, un menteur, un voyou et un homme à putes. Je le sais, mais je t'aime. Je t'ai toujours aimé, depuis la première fois où je t'ai vu. » Elle parla sans changer de ton, avec un accent si calme, si froid qu'il ne pouvait être naturel, mais un recours artificiel et bien répété. « Réfléchis, Julio. »

Il sourit presque timidement, et ne répondit pas. Ils étaient assis à une terrasse de Rosales, profitant d'une tiède soirée de septembre, un soleil languissant, mais encore capable de briller, trompant les arbres qui n'avaient pas encore commencé à perdre leurs premières feuilles. Il ne faisait pas froid, et pourtant Angélica constata que le silence de son chef durait, elle tint une cigarette entre ses doigts tremblants et dut frotter plusieurs fois une allumette avant de parvenir à l'allumer, comme si elle grelottait. En la voyant, Julio sourit de façon plus décidée et il sentit une chaleur diffuse, immatérielle, qui naissait de sa vanité, mais aussi de l'admiration que lui inspirait cette femme.

« Tu es nerveuse, supposa-t-il à voix haute.

— Oui. Très nerveuse. » Et Angélica lui prouva une fois de plus qu'il existait de nombreuses façons d'être courageuse.

Angélica Otero avait toujours plu à Julio Carrión González. Dès le début et ce malgré son impertinence et cette arrogance presque suicidaire qui se cristallisait dans les insolences quotidiennes de la plus insupportable de ses employées. Quand elle soutenait son regard le menton exagérément relevé et les ailes du nez gonflées par le simple effort de respirer, il trouvait Angélica odieuse, irritante et stupide mais, même alors, elle ne cessait de lui plaire. Il avait beaucoup joué avec elle quand elle était une petite fille, et il avait parfois la sensation qu'elle n'était revenue de Galice que pour ça, pour continuer à jouer avec lui, bien qu'elle soit maintenant devenue une femme.

« Fais-le-moi, le truc de Russie, Julio... »

En l'entendant, il percevait un écho perturbateur dans sa voix, la promesse équivoque et insolente qui flottait autour de ces paroles qui étaient innocentes, qui devaient l'être, même si elles suggéraient à distance une proposition sexuelle masquée. Peut-être y pensait-il parfois, elle en était consciente, même si c'était d'une façon incomplète et vague. C'était pour cela qu'il aimait se faire prier, qu'il aimait la regarder à douze, treize, quatorze ans, avec ce corps toujours trop développé pour son âge, ces poses impossibles de vamp qui laissaient voir ses genoux couronnés, et ses joues lisses, roses, enfantines, la rugosité des jambes nues et pas encore épilées, elle faisait une grimace grognon, un geste brusque de la tête, et ses cheveux frisés, dorés, si blonds, lui cachaient soudain la moitié du visage avec la facilité trompeuse d'un petit animal bien dressé.

« Fais-le-moi, s'il te plaît, Julio... » Et elle le disait d'une voix câline, feignant une timidité qu'elle ne connaissait pas. « Fais-le-moi, allez ! »

La glace

Il ne pouvait réprimer un sourire en se rappelant ce que d'autres femmes lui demandaient avec les mêmes mots, un accent semblable, sincère ou professionnel, c'était pareil pour lui. Ensuite, il se levait, la regardait, et pensait que ce n'était qu'une fillette, mais il n'arrivait pas à le croire.

« Bon, attends-moi ici. Je vais à la cuisine, chercher un verre et une tasse. »

À cette époque, entre les étés 1947 et 1949, c'était devenu l'un de ses tours préférés. Le succès était tel, surtout chez les femmes, qu'il avait toujours un morceau d'éponge dans la poche. En arrivant à la cuisine, il le plaçait au fond d'une tasse aux bords opaques, puis frappait avec un poinçon l'une des barres de glace que l'on utilisait pour conserver la viande et le poisson, pour en décoller un petit morceau qu'il mettait sur l'éponge. Il revenait au salon, la tasse dans une main et un petit verre à liqueur avec un peu d'eau, dans l'autre.

« J'ai eu une fiancée en Russie », disait-il en regardant Angélica, qui applaudissait, souriait et se penchait en avant pour s'asseoir enfin comme une fillette normale, droite avec les coudes appuyés sur les genoux. « Elle s'appelait Nadia et je l'aimais beaucoup, beaucoup. Je l'aimais tellement que, quand on s'est séparés, je pleurais tout le temps. J'ai recueilli dans ce verre mes dernières larmes et je les lui ai envoyées par courrier. » Alors avec les gestes théâtraux, qu'il avait appris de Manuel Castro, il renversait le verre dans la tasse, où l'éponge absorbait immédiatement l'eau. « À son tour, elle m'envoya ses propres larmes, mais en Russie il fait tellement froid qu'elles gelèrent en chemin. »

Alors il inclinait la tasse jusqu'à la renverser dans la paume de sa main, et au lieu de l'eau, sortait un petit morceau de glace qu'il déposait dans la main d'Angélica. Puis, pendant que la fillette le regardait, bouche bée, il récupérait l'éponge d'un geste rapide du pouce, l'égouttait sur le tapis, la remettait dans sa poche et posait la tasse sur la table, à côté du verre vide, pour que, au moment où elle le regarderait à nouveau, elle le trouve les bras croisés sur la poitrine.

« C'est incroyable ! Comment est-ce que tu fais ?

— Ça, je ne peux pas te le dire. Les magiciens ne dévoilent jamais leurs trucs. » Et il souriait en retrouvant dans ces yeux aquatiques le reflet de son propre enthousiasme de jadis.

Mais, même s'il était sûr qu'elle le ferait un jour, Angélica ne proposa pas de devenir son apprentie. Elle ne voulait pas être comme lui, mais être avec lui, devant lui, à côté de lui, le regardant, le flattant, l'admirant toujours.

« Je ne te ferai jamais pleurer comme cette Russe », lui disait-elle quand sa mère n'était pas à proximité. Lorsque Mariana apparaissait, c'en était fini de la magie.

Julio pensait parfois que la fille ne l'aurait pas autant amusé si elle n'avait pas été si différente de sa mère, avec laquelle elle ne partageait que la caractéristique, séduisante chez la plus jeune, malheureuse chez l'aînée, de faire plus que son âge. Mariana était née deux ans avant sa cousine Paloma, qui, à son tour, avait presque six ans de plus que Julio, mais son corps, son allure, cette sévérité raide et abrupte qu'elle cultivait comme une garantie de sa décence démentaient les vertus de la chronologie. Quand ils firent connaissance, la mère d'Angélica venait d'avoir trente-trois ans. Elle avait à peine dépassé l'âge que Julio préférait chez les femmes, mais personne ne pouvait le croire. Elle tenta cependant de le séduire.

Les premiers temps, quand elle ignorait encore les véritables intentions de ce garçon si sympathique, Mariana pensa que, quels que soient les problèmes que sa soudaine apparition lui causerait éventuellement, elle ne trouverait jamais de meilleure solution que de l'épouser. Julio l'appelait deux fois par mois pour annoncer qu'il voulait venir déjeuner ou dîner, et il le faisait si habilement qu'en raccrochant elle ne savait jamais si c'était elle qui l'avait invité ou s'il s'était invité tout seul, et au début ses visites ne la dérangeaient pas, bien au contraire. Son invité était toujours ponctuel et ne venait jamais les mains vides. Il faisait envoyer des fleurs, ou parfois les apportait lui-même ou venait avec le dessert, des gâteaux, des tartes, des chocolats et, quand la précédente était presque vide, avec une bouteille de Pedro Ximénez car son hôtesse, qui était très gourmande, était encore plus portée sur le vin doux.

Mariana le recevait avec un visage invariablement satisfait et la même plainte molle, protocolaire : « Mais enfin, Julio, tu n'aurais pas dû te déranger ! »

Il formulait lui aussi une réponse identique avec son plus charmant sourire : « Ça ne me dérange pas du tout.

— Tu es toujours si généreux, et moi... » Elle détournait alors le regard vers le sol pour adopter un air pudique, humble, aussi calculé qu'inefficace, presque ridicule, pour les yeux auxquels il était destiné. « Je n'ai rien à t'offrir, rien pour répondre à toutes ces attentions. Je ne suis qu'une pauvre femme...

— Et grosse », complétait-il, reconnaissant à distance les bourrelets de chair molle qui dépassaient d'une gaine dure comme une cuirasse, à hauteur des omoplates et plus bas. « Et maladroite », ajoutait-il, en constatant qu'elle était incapable de se mettre du rouge à lèvres sans se tacher les dents de carmin, ni se mettre de fard sur les joues sans qu'il déborde sur les tempes. « Idiote », se disait-il ensuite. Seule une folle à lier avait pu conserver l'espoir de le conquérir. « Pute, espèce de pute, sale pute », parce que avec toutes ces neuvaines, toutes ces années de messes quotidiennes, elle était prête à écarter les jambes sans rechigner au moment même où il le lui demanderait. C'était ce que Julio Carrión González pensait de Mariana Fernández Viu, mais il se garda bien de le lui dire avant l'heure.

« Je t'en prie, Mariana, c'est moi qui dois t'être reconnaissant de beaucoup de choses, répondait-il en échange.

— Ne dis pas de bêtises, tu fais quasiment partie de la famille. Allez, entre, je vais apporter ça à la cuisine, je reviens tout de suite... »

Alors, tandis qu'elle disparaissait dans le couloir avec ses minauderies et s'efforçait d'éliminer les plis de sa robe sans y parvenir, Julio se retournait, et là, appuyée contre le mur ou le chambranle de la porte, le corps tendu, se tenait Angélica dans son uniforme du collège. Avec une grâce instinctive, un charme que Mariana n'aurait jamais, et dans les yeux, le bleu profond d'une mer aux eaux claires, elle feignait une colère aussi fausse que les gracieusetés de sa mère « Et à moi ? Tu ne m'as rien apporté ? »

Il s'approchait avec la discrétion d'un chat, à pas lents, sans faire de bruit, ce qui provoquait une excitation joueuse, instantanée, chez sa victime imminente. « Voyons, voyons... Je ne sais pas, vraiment, quoique... Attends, qu'est-ce que tu as là ? » Et il approchait de son visage une main ouverte pour la refermer près d'une de ses oreilles. « Mais enfin, qu'est-ce que c'est que ça ! Il te pousse des barres de chocolat dans la tête... »

La joie déréglait Angélica, la rendait à sa véritable condition de fillette qui ne contrôle pas ses mouvements et se pend au cou d'un adulte, pour l'embrasser et l'étreindre tout en sautant de joie. Julio se laissait serrer, humait le parfum de son eau de Cologne enfantine, et pensait que c'était une chance qu'elle soit si jeune, car si elle avait eu l'âge d'élaborer un discours semblable à celui de Mariana, il aurait peut-être fini par céder un jour et accepter les compensations que sa mère lui proposait régulièrement en vain. Puis la maîtresse de maison revenait avec un apéritif pour deux délicatement disposé sur un plateau chargé de petits plats, de serviettes, de petits napperons et de biscuits, et pendant qu'elle servait le vermouth comme si sa fille n'existait pas, elle multipliait ses maigres atouts de piètre séductrice. Au milieu de ces chichis, Julio s'amusait franchement des réactions moqueuses ou scandalisées d'Angélica. Elle gonflait les joues, fronçait les sourcils, agitait la tête ou fermait les yeux pour dérouler le catalogue complet des mimiques de désapprobation chaque fois que sa mère se penchait un peu trop sur son invité ou lui caressait un bras sans raison. Ensuite, ils déjeunaient tous les trois, mais Mariana ne s'adressait à sa fille qu'à l'arrivée de Matilde avec le café.

« Va dans ta chambre, Angélica. »

L'invité choisissait ce moment pour assener des coups successifs, mais sa stratégie était astucieuse. Il attendait toujours que Mariana se fût entièrement remise de la contrariété précédente pour lui faire franchir une étape supplémentaire vers sa ruine. Julio pensait généralement que la première usurpatrice du patrimoine des Fernández Muñoz n'était pas une femme très intelligente et qu'elle manquait d'acuité visuelle, car elle semblait incapable de distinguer les desseins authentiques de son invité, qu'elle remerciait de temps en temps à voix haute des efforts qu'il faisait pour améliorer la situation de sa famille exilée. Il lui arrivait cependant de percevoir dans les yeux de sa victime un éclair de lucidité qui le faisait douter de ses jugements précédents. Il se rappelait alors qu'au fond cela n'avait aucune importance. Intelligente ou sotte, Mariana ne pouvait rien faire, c'était lui qui menait la danse.

« Tu ne te sens jamais seul, Julio ? Si jeune, sans personne pour veiller sur toi, pour s'occuper de toi, te rendre heureux... Je ne sais pas, certains soirs, je pense que moi-même...

— Ne t'inquiète pas pour moi, Mariana. Je suis un solitaire, je te l'ai déjà dit. Je ne regrette rien. »

La plupart de ces déjeuners se bornaient à cela, la visite, les cadeaux et un peu de conversation, juste infructueuse dans les premiers temps, même si elle se chargea progressivement d'angoisse pour en venir à frôler le désespoir. Julio se laissait aimer, avec une distance souriante, polie. Il essayait de ne pas trop décourager Mariana car son attitude lui convenait bien mieux qu'une hostilité déclarée avant l'heure. De fait, tandis qu'elle calculait qu'un mariage mettrait un terme à tous ses problèmes, il envisageait de son côté la possibilité de la mettre dans son lit. Il l'aurait fait sans problème s'il l'avait voulu, mais Mariana Fernández Viu, sous le carmin et les vêtements ajustés, restait rugueuse, et son bourreau n'était pas pressé.

« Mon mari était un homme bon, sérieux, travailleur, mais de santé très délicate, il est tombé malade très jeune encore, tu sais, et il ne s'en est jamais remis. Je ne sais pas ce que c'est qu'un homme viril, fort, qui a de l'allant, de l'ambition, capable de me protéger, de m'offrir un refuge, et je donnerais n'importe quoi...

— Tu es encore très jeune, Mariana. Je suis sûr que tu rencontreras un jour un homme à ta mesure, pas un gamin comme moi, mais un monsieur, comme celui que tu mérites. »

L'année 1948 fut la première année vraiment bonne pour Julio Carrión González depuis que, en 1933, sa mère avait décidé de faire de la politique. Au printemps, il acheva de liquider les oliviers de María Muñoz, et à la fin de l'été, ce fut l'alcool, les prostituées et les salons particuliers dans certaines grandes propriétés de loisir de Tolède et de Salamanque ; il vendit la ferme mieux que prévu. À l'époque, il avait déjà commencé à réinvestir ses gains au fur et à mesure qu'il les obtenait, et c'était encore de l'alcool, des prostituées, des salons particuliers, et des permis de construire dans un Madrid rasé par les bombardements et habité par une masse d'êtres timorés dont la seule préoccupation était de trouver un endroit où vivre. Les entreprises immobilières fleurissaient sous l'impulsion d'une spéculation sauvage pour rendre riches des hommes tels que lui, séduisants, sympathiques, intelligents et avec du talent. Il en possédait suffisamment pour savoir qu'il n'avait pas intérêt à se presser, à attirer l'attention, à s'enrichir trop vite pour provoquer l'envie ou le soupçon dans le tissu délicat des élites corrompues, la pourriture dorée où il était encore contraint d'évoluer en double parvenu, social et économique. Julio Carrión González n'avait pas oublié que même les plus malins deviennent sots devant quelqu'un de plus intelligent qu'eux, mais il savait encore mieux qu'il ne devait pas se faire confiance. Aussi agissait-il avec beaucoup de précautions, assurant chacun de ses pas, sans montrer sa richesse soudaine ni prononcer un seul mot de plus que nécessaire. Ses fréquentes visites à Mariana Fernández

Viu n'étaient que des pièces supplémentaires dans l'engrenage conçu avec la patience et la méticulosité d'un horloger.

« Angélica m'inquiète, tu sais, Julio ? Elle est si impulsive, si capricieuse... Elle me rend folle, un de ces jours, elle aura ma peau. Bien sûr, en vivant seules toutes les deux, sans l'autorité d'un homme, qu'est-ce que je peux faire... Mais avec son caractère, j'ai aussi peur de faire venir quelqu'un ici parce que... Je crois que tu es la seule personne avec qui elle s'entende bien.

— Je ne crois pas que tu doives t'inquiéter de ça. Angélica est très vive. Intelligente, rapide, forte, capable de se protéger elle-même. Et belle.

— Tu crois ? » demanda-t-elle en fronçant les sourcils, pour que son invité lise dans cette ride à quel point cette affirmation la dérangeait.

Mais il la confirmait avec véhémence : « Bien sûr, que je le crois. Ta fille est très jolie, et elle le deviendra encore plus. D'ici peu, ce sera elle qui veillera sur toi, tu verras. »

Mariana Fernández Viu ne put jamais prouver que Julio Carrión González était un voleur. Jamais elle n'entendit ni ne vit rien qui lui permette de prouver ce qu'elle savait, ce qu'elle pressentit et ne devina qu'à la fin, sans parvenir à lui arracher des aveux complets même alors. Julio l'appelait, venait à ses rendez-vous, lui apportait des fleurs ou des chocolats, s'asseyait à sa table, lui parlait, la remerciait en partant et se comportait comme un gentleman dans tous les sens du terme, mais ne lâchait rien. Mariana ne savait pas précisément ce qu'il faisait « disons que j'ai quelques affaires, ici et là », ni le montant de sa fortune, « maintenant les choses commencent à bien marcher je n'ai pas à me plaindre, mais tout va lentement », ni quelles étaient ses idées politiques, « nous vivons une période très délicate, tu ne trouves pas ? avec ses bonnes et ses mauvaises choses, mais l'important n'est pas ça, c'est de travailler pour l'Espagne, chacun à sa place », ni ce qu'il attendait vraiment d'elle, « merci beaucoup, Mariana, pour le déjeuner et pour la compagnie, je ne saurais te dire ce que j'ai préféré... »

Il l'égarait volontairement, et optait parfois pour une fausse timidité, parfois pour une mélancolie tout aussi imaginaire, ou il choisissait d'autres façons d'être charmant, plus ou moins gaies, plus ou moins insolentes, plus ou moins séduisantes, mais il ne s'écartait jamais du trait essentiel de son personnage. Il avait décidé que, dans cette maison, Julio Carrión González devait être plus qu'une connaissance mais moins qu'un ami, un contact agréable mais aussi précaire que tous les événements fortuits, un homme à l'air bien placé dans le régime mais, en même temps, l'ombre des Fernández Muñoz, et c'était le cas. Il ne perdait pas une occasion de donner à Mariana des nouvelles d'Ignacio et de ses parents, mais il ne négligeait pas non plus l'obligation de lui raconter des anecdotes où figuraient les frères Sánchez Delgado ou leurs proches. Avec le temps, il découvrit que le plus efficace était de relier les deux mondes.

« Tu sais, c'est curieux », commentait-il comme incidemment, quand Mariana avait envoyé Angélica dans sa chambre, en la voyant servir le café, « l'autre jour, on m'a présenté un général... Aujourd'hui, je ne me souviens pas de son nom, enfin, ça m'est égal, c'est Romualdo Sánchez Delgado, qui me l'a présenté, ce sous-secrétaire du ministère de l'Agriculture avec qui je suis si ami, je t'en ai déjà parlé, non ? » Elle acquiesçait d'un air prudent et se forçait à sourire. « Eh bien, il se trouve que ce général était un grand ami de ton oncle Mateo avant la guerre, et il m'en a dit beaucoup de bien. Un Espagnol intègre, honorable, capable, précieux dans tous les sens du terme, a-t-il dit. Et il a ajouté qu'il était disposé à remuer tous les papiers qu'il faudrait pour l'inciter à revenir. Nous ne pouvons pas nous passer de gens tels que lui, Carrión, voilà ce qu'il m'a dit. L'autre jour, j'ai écrit à Ignacio pour lui en faire part... »

Mariana ne répondait jamais à ces nouvelles, mais Julio la voyait pâlir, s'agiter sur son siège, se frotter les mains avec une insistance frénétique, et ce spectacle le rassurait tant qu'il faisait fleurir son plus charmant sourire d'une façon presque automatique, pour le garder imperturbablement sur les lèvres lors des deux ou trois visites suivantes. Cette femme avait peur de tout, que sa famille revienne et qu'elle continue à vivre en France, que Julio soit content et qu'il lui dise que ça n'allait pas bien, qu'il l'appelle régulièrement et qu'il disparaisse soudain quelques mois sans expliquer pourquoi, ni avant ni après. Pendant ce temps, il découvrait qu'elle manquait toujours d'entregent, qu'elle ne jouissait d'aucune protection plus efficace que son amitié avec celle de deux ou trois prêtres et certaines bigotes de son quartier, une garantie qu'elle n'avait pas su mettre à profit huit ou neuf ans plus tôt pour tenter de légaliser son usurpation, et qui ne servait maintenant plus qu'à risquer des avancées progressivement hystériques, si lamentables qu'elles en faisaient même rougir son invité.

« Il fait chaud, aujourd'hui, tu ne trouves pas ? C'est comme si le printemps s'insinuait dans l'air, je ne sais pas, je sens... Je sens une sorte de fourmillement dans tout mon corps, une démangeaison, ou non, mais quelque chose comme ça, comme la sensation que l'on éprouve après avoir bu un ou deux verres de champagne, ou trois, quand on a envie de faire des folies, et... Si tu voulais, on pourrait ouvrir une bouteille et trinquer à...

— Non, Mariana, on ne va pas trinquer. » Elle avait déjà ôté sa veste, s'était penchée sur la table, plissait les lèvres dans une grimace capricieuse, et Julio ne pouvait la supporter une minute de plus. « Il faut qu'on parle. De l'appartement de la rue Hartzenbusch.

— L'appartement d'Hartzenbusch... ? » Cette sensualité fausse et mal apprise qu'elle prétendait arborer comme un vêtement emprunté, trop grand, s'évapora d'un seul coup. « Et pourquoi ? Il y a un problème avec l'appartement de la rue Hartzenbusch ?

— Aucun, dit son invité, impassible. Au contraire, l'autre jour, j'y suis allé. J'ai parlé à tes locataires, qui se sont montrés très aimables et m'ont fait visiter. Un très joli appartement, à propos, un quatrième étage, donnant sur la rue, une assez grande cuisine, deux salons et trois chambres, n'est-ce pas ? »

Mariana fit un signe de tête affirmatif en refermant sa veste et Julio sourit à nouveau, comme s'il comptait célébrer son retour à la décence, avant de poursuivre.

« Ensuite, nous avons... échangé des impressions. J'ai dû leur expliquer la situation, bien sûr, que tu n'es pas la propriétaire de l'appartement, que tu n'avais aucun droit de le leur louer quand tu l'as fait, que tu touches depuis dix ans un loyer indu... Ils n'étaient pas très contents, bien entendu, mais j'ai passé un accord avec eux. Ils se sont engagés à libérer l'appartement au début juin, en échange d'une petite indemnisation que je ne compte pas te faire payer, c'est moi qui la leur verserai, ne t'inquiète pas... Ils vont s'installer dans un appartement neuf, dans un immeuble que je suis en train de terminer près des arènes, dans un quartier moins bien, certes, plus loin, avec moins de métros et le même loyer, parce que tout augmente terriblement, et les loyers encore plus. Au début, l'idée ne les enchantait pas, mais ils ont fini par comprendre et ils vont devoir partir, ils le savent. Et maintenant tu le sais toi aussi.

— Mais moi... Pourquoi est-ce que je dois savoir... ? »

Mariana avait réussi à grand-peine à garder une contenance, mais elle ne pouvait pas contrôler la couleur de son visage, ni le petit tremblement qui lui secouait parfois les mains, les lèvres, les paupières. Julio ne l'avait jamais vue aussi perturbée mais il ne fut pas surpris, car jusqu'à ce soir de février 1949, ses démarches successives l'avaient dépouillée de biens considérables mais très lointains, que produisaient des oliviers qu'elle ne connaissait même pas avant la guerre L'appartement que Mateo Fernández Gómez de la Riva avait acheté pour sa fille Paloma, rue Hartzenbusch, était une propriété de bien moindre valeur, mais il représentait l'irruption de Julio Carrión sur son territoire, Madrid, son quartier, une intervention directe dans les coordonnées immédiates de sa vie, le cercle proche, intime, qui était jusqu'alors resté en marge de tout changement. Il le savait, et il savait aussi que Mariana avait dû réorganiser ses finances autour de ce loyer qui était son seul revenu régulier à l'exception de sa pension, mais il adopta l'accent le plus rassurant parmi ceux dont il disposait pour lui expliquer ses projets, comme si elle avait la moindre possibilité de s'y opposer.

« Cet appartement est immense, Mariana, et d'une très grande valeur. Tu le sais, dit-il en désignant ce qui les entourait d'un geste de la main. Et puis, il est trop grand pour vous et la pauvre Matilde, qui se tue au travail et n'arrive pas à faire le ménage à elle seule. Combien de pièces en trop avez-vous, cinq, six ? Sans compter le bureau, qui ne te sert à rien... Si tu réfléchis un peu, tu comprendras que l'appartement de la rue Hartzenbusch est bien mieux pour vous. Il est plus petit, plus intime, plus facile à ranger. Si vous vous organisez bien, vous n'aurez même pas besoin de Matilde, et vous aurez de la place à revendre. C'était l'appartement de Paloma, tu le sais, elle était mariée, et elle devait avoir une bonne, c'est-à-dire plus ou moins comme toi qui vivais alors rue Blasco de Garay, dans un appartement qui, d'après ce qu'on voit de l'extérieur de l'immeuble, devait être plus petit et moins joli que le sien. C'est pour cela que j'ai pensé que le mieux serait que vous y emménagiez après l'été. Angélica n'aurait pas à changer de collège. C'est juste à côté.

— Oui, non, tu as raison sur ce point, mais... » Mariana se tordit à nouveau les mains tout en cherchant, sans y parvenir, la meilleure façon de s'expliquer.

« Et pour cet appartement-là je peux trouver tout de suite un bon acheteur, poursuivit Julio, car il peut servir de logement pour une famille nombreuse, tu sais qu'il y en a beaucoup actuellement, mais aussi comme bureau. Il est idéal pour une étude de notaire, ou un important cabinet d'avocats, et...

— Oui, dit Mariana en levant une main pour s'imposer à son invité. Mais je vis du loyer de la rue Hartzenbusch.

— Mariana ! » Julio la regarda en écarquillant les yeux, comme s'il ne pouvait croire ce qu'il venait d'entendre, et il les ferma un instant, tout en hochant la tête, d'un air ironique où l'indignation le disputait à l'embarras. « Mariana, je t'en prie, ne m'oblige pas à te rappeler...

— Non, non, je sais. » Les épaules affaissées, les yeux humides, elle ne l'obligea à rien, mais insista d'un filet de voix terrifié. « Tout ce que je veux dire, c'est que... Eh bien, je vis de ce loyer.

— Mais tu as ta pension. J'ai cru comprendre que les amis de ton mari s'étaient arrangés pour que tu touches le maximum, comme s'il avait été descendu par les rouges.

— Oui, mais la pension me donne juste de quoi survivre.

— Et qu'est-ce que tu veux de plus ? » Julio durcit le ton tout en souriant davantage. « Ton oncle et ta tante auraient bien aimé avoir de quoi survivre quand ils ont passé la frontière, non ? Et puis, c'est ce que nous faisons tous, survivre. Ta situation n'est pas si mauvaise, au fond. Tu gardes un appartement gratuit, où tu auras largement la place, je te l'ai dit. Tu peux louer une pièce, même deux, si tu dors dans la même chambre que ta fille.

— Des pensionnaires ? Tu me demandes de prendre des pensionnaires ?

— Je ne te demande rien, Mariana, je ne ferais jamais ça. Je n'ai pas le droit de me mêler de ta vie, tu le sais. Je te donne un conseil, rien d'autre. Tu verras bien si tu le suis ou non, mais je te ferais remarquer que, par les temps qui courent, avoir des pensionnaires n'est pas déshonorant du tout. De nombreuses veuves respectables le font et elles n'ont pas de problèmes, parce qu'elles choisissent des gens d'excellente moralité, des étudiants de bonne famille, des séminaristes, des fonctionnaires, des jeunes filles... C'est pour ça que je crois que tu devrais y penser, juste ça, et il n'y a pas urgence non plus. Vous n'auriez pas à déménager pour la rue Hartzenbusch avant septembre. Vous pouvez passer l'été à Torrelodones, comme tous les ans. Après, on verra... »

Mais il n'y eut rien à voir. Mariana ne déménagerait jamais ni ne choisirait soigneusement ses pensionnaires, car lorsque les vacances arrivèrent, l'appartement de la rue Hartzenbusch était déjà vendu. Julio voulait éloigner Mariana de Madrid pour faire le moins de bruit possible, camoufler son absence parmi celle de tous les voisins partis se reposer en dehors de la ville, limiter le nombre de connaissances auxquelles elle aurait pu avoir recours pour chercher une protection. Ses relations ne l'inquiétaient pas, mais il ne tenait pas non plus à ce que son nom circule, à ce qu'on parle de lui, à devenir un sujet de conversation dans certains cercles, inoffensifs en soi, mais qui auraient pu en croiser d'autres, plus dangereux. Il préférait rester un homme sympathique, charmant jusqu'à la fin. Début juillet, quelques jours avant de vendre l'appartement de la *glorieta* de Bilbao, il fit empaqueter tous les objets personnels de Mariana, et les remisa dans l'un de ses entrepôts jusqu'à la dernière semaine d'août. Au cours de l'été, ses visites à Torrelodones furent moins nombreuses que les deux années précédentes, et l'exaspération de Mariana ne fit que s'accroître.

« Julio, si tu voulais...

— Rhabille-toi, Mariana, s'il te plaît. Je ne veux pas abuser de toi, je ne me le pardonnerais jamais. »

Jusqu'au 12 septembre. Ce jour-là, à 10 heures du matin, Julio passa la grille de la Maison Rose dans un taxi plein de paquets, de boîtes, de valises et de paquets de toutes tailles que leur propriétaire reconnut avant que le chauffeur ait eu le temps de les déposer sur le sol.

« Qu'est-ce que cela signifie ? s'exclama Mariana dont le sang semblait avoir déserté son corps épouvanté, telles les troupes d'une armée en déroute.

— Ce sont tes affaires, Mariana. J'espère ne pas m'être trompé en les choisissant. J'ai vendu l'appartement de la *glorieta* de Bilbao, ajouta Julio en souriant.

— Déjà ? Mais, alors... » Elle se tut, avala sa salive, parvint à se reprendre un peu. « Mais, tu m'avais dit qu'on devrait déménager rue Hartzenbusch, et je suis d'accord, tu sais, tu as raison, mais je ne m'attendais pas à ce que ce soit si rapide, j'aurais aimé ranger la maison, emporter quelques meubles, et...

— Les meubles ne t'appartiennent pas, Mariana. Je les ai vendus aussi. Ils sont très beaux, on n'en fait plus de semblables.

— Alors, rue Hartzenbusch... Bien sûr, il y aura les meubles de Paloma, parce que, sinon...

— Eh bien, non plus, continua Julio en souriant. L'appartement d'Hartzenbusch est vide. Les acheteurs ne l'occupent pas encore, je crois. Je l'ai vendu le mois dernier.

— Mais... mais... » Mariana Fernández Viu chancela, recula de quelques pas, s'assit sur une chaise, le regarda, les yeux écarquillés. « Tu me mets à la rue, Julio. »

Son sourire disparut enfin, mais son absence ne se refléta pas dans son ton toujours doux. « Exactement là où tu mérites d'être. »

« C'est ce que tu voulais, n'est-ce pas, Palomita ? » Julio Carrión, debout sous le porche de la plus jolie maison de son village, alluma une cigarette, regarda autour de lui, et sentit palpiter l'entaille durcie et desséchée qui occupait dans sa poitrine l'endroit à la place duquel d'autres hommes ont le cœur. « Tu ne diras pas que je ne tiens pas mes promesses, Paloma. » Et elle avait beaucoup grandi depuis cette nuit à Paris, elle avait tellement grandi qu'il savait désormais qu'il ne devait pas écrire un autre billet qu'il n'oserait ensuite pas envoyer, mais il ne put se mordre la langue non plus.

« Tu sais pourquoi je n'ai pas couché avec toi, Mariana ? » Les yeux rivés sur sa jupe, elle ne releva pas la tête. « À Paris, je couchais avec Paloma, ta cousine.

— Salaud ! »

Mariana Fernández Viu se leva soudain pour se jeter sur Julio Carrión González tel un animal furieux, les poings en avant, frappant, donnant des coups de griffe, des coups de pied qui ne parvinrent pas à toucher le corps de l'homme qui réussit à la maîtriser, mais pas à l'empêcher de continuer à parler, à cracher des insultes avec l'instinct désespéré, impuissant, d'un serpent immobilisé qui siffle, montre les dents, agite la langue, bien qu'il sache qu'on vient de lui ôter tout son venin.

« Fils de pute, salaud, misérable ! Comment oses-tu me parler sur ce ton ? Comment est-ce que tu as pu... ? Salaud de plouc, je vais couler ! Tu m'entends ? Je vais te faire couler, j'aurai ta peau, fils de pute, salaud, porc, tu n'es qu'un porc ingrat, et un monstre, tu es un monstre, fils de pute...

— Non, Mariana. » Julio était très calme, et il veilla à ce que cet état d'esprit se reflète sur son visage pendant qu'il sentait se relâcher le corps qu'il soutenait. « Tu ne vas pas me faire couler parce que tu ne le peux pas. Et tu as raison sur un point, je suis un plouc, mais à part ça, ce que tu dis sur moi, tu peux te l'appliquer à toi-même. Avec une différence. Je suis le plus malin des deux, Mariana, et j'ai tout ce que tu n'as pas. Pour commencer, la loi est de mon côté.

— Qui es-tu, Julio ? Qu'es-tu ? » Elle se dégagea de ses bras dans un geste de répugnance soudaine, se rassit, le regarda dans les yeux. « Tu es communiste, comme mon cousin ? Tu es un espion, un voleur ? Dans quoi travailles-tu vraiment, que fais-tu de l'argent ? Tu le gardes pour toi, tu l'envoies à mon oncle, tu le donnes au parti ? Ou tu es franc-maçon ? Et si tu ne le voles pas, comment se fait-il que les affaires marchent aussi bien pour toi ? Et pourquoi... ? » Elle fit une pause, baissa la tête, la releva, le regarda de toute l'intense pitié qu'elle s'inspirait en cet instant à elle-même. « Pourquoi est-ce que tu m'as enfoncée, Julio Carrión ? Qu'est-ce que je t'ai fait ? »

Il alluma une deuxième cigarette, aspira la fumée, regarda sa victime avec bienveillance, une promesse de sourire sur les lèvres et le charme pacifique de l'homme le plus sympathique du monde. « Rien. Tu ne m'as rien fait, Mariana, mais tu étais là où tu ne devais pas être. C'est juste ça, je n'ai aucun compte à régler avec toi. Et puis, je veux t'aider. Là-dedans... » Il mit la main dans la poche intérieure de sa veste, en ressortit une enveloppe blanche et l'ouvrit pour en vérifier le contenu, comme s'il ne le connaissait pas avant de le poser sur la table, « il y a deux billets de train, en première classe, pour l'express de Galice qui part demain matin à 8 heures et demie. Je vous ai réservé une chambre double au Carlton, si vous avez envie de passer cette nuit à Madrid pour ne pas vous lever si tôt. Et j'ai ajouté un peu d'argent, pour que vous ne manquiez de rien pendant le voyage. Comme ça, en arrivant à Pontevedra, vous pouvez prendre un taxi et voyager commodément jusqu'à la maison de tes parents. Je suppose qu'ils seront ravis de vous voir. D'ailleurs... » Il consulta sa montre et haussa les sourcils pour montrer qu'il se faisait tard. « ... je vais descendre au village pour voir mon père, qui a dû revenir de la messe. Ensuite, je l'inviterai à déjeuner à l'auberge sur la place, de l'agneau grillé, il adore ça, le pauvre. Je reviendrai l'après-midi, pour te dire au revoir... Ah ! Autre chose... » Il se retourna pour la regarder quand il avait déjà commencé à se diriger vers l'escalier. « Ne te presse pas, ce n'est pas la peine. J'ai engagé le taxi pour toute la journée. Ce monsieur t'attendra ici jusqu'à ce que tout soit prêt.

— Et si je refuse ? »

Il avait déjà commencé à descendre quand il entendit cette question et il se retourna pour trouver Mariana debout, toute raide, rouge d'indignation et serrant l'enveloppe à deux mains.

« Tu peux le faire, bien sûr, mais je ne te le conseille pas, répondit-il avec la tranquillité avec laquelle il s'était adressé à elle à toute cette matinée. Crois-moi, Mariana, ça ne te servira à rien. Tu ne peux rien faire, vraiment. Et je ne serai pas toujours aussi généreux. Bien sûr, tu peux rester ici jusqu'à ce que j'obtienne un ordre d'expulsion. Je serais incapable de te faire sortir d'ici en te traînant par les cheveux, tu le sais, et tu gagnerais quelques jours. Seulement quelques jours, parce que je reste le représentant légal du propriétaire de cette maison et toi une locataire indésirable qui ne paie pas son loyer. Cela ne me prendra pas beaucoup de temps pour convaincre le juge, ensuite tu devras subir la honte que la police te mette dehors par la force et jette tes affaires dans la rue. Tu crois que cela en vaut la peine ? Tu pourrais aussi t'installer à Madrid, dans une auberge, car je ne crois pas que tes revenus te permettent de t'offrir autre chose, oui, mais pourquoi ? Qu'y gagnerais-tu ? Tout est si cher et sans argent pour couvrir vos frais, Angélica et toi auriez du mal à payer la note et à acheter deux billets bien moins bons que ceux que je viens de t'offrir. Cependant, si tu acceptes et que tu rentres chez tes parents maintenant, avec ta pension de veuvage tu auras largement de quoi subvenir à tes dépenses et à celles de ta fille. Je sais que tu préfères vivre à Madrid, mais il faut parfois choisir entre ce que l'on veut et ce que l'on peut, et tu ne peux pas faire autre chose, Mariana. Écoute-moi, car je sais très bien ce que je te dis. Tu en as déjà parlé à un avocat, non ? Un garçon jeune qui s'appelle Tejerina et a un bureau rue Velarde, je ne sais pas qui m'en a parlé, mais je le sais, et je sais qu'il t'a dit la même chose que moi. Si tu ne nous crois pas ni cet avocat ni moi, tu peux en chercher un autre, ça ne te prendra pas beaucoup de temps, mais aller en voir un à Pontevedra ou ici, c'est pareil. Ils ont tous fait les mêmes études, ils connaissent les mêmes lois et te donneront la même réponse. C'est pour ça que je pense que tu as intérêt à accepter mon offre. Et aussi parce que je ne compte pas la renouveler. »

Mariana soutint son regard pendant quelques instants mais n'ouvrit pas la bouche. Quand il constata qu'il ne lui restait rien à ajouter, Julio descendit l'escalier, parcourut le chemin sans regarder en arrière, passa la grille, donna des instructions au chauffeur de taxi, qui s'était garé à l'extérieur, et descendit au village en faisant une promenade pour suivre la routine de toutes ses visites. Il paya Evangelina, salua des connaissances, réserva la meilleure table de l'auberge, l'occupa à 14 heures précises, sourit en voyant à quel point son père appréciait l'épaule d'agneau qu'il lui avait commandée, invita à un café, puis à un verre, un brigadier de la Guardia Civil, et paya plusieurs tournées aux amis de Benigno, avec lesquels il joua un bon moment aux dominos. Ensuite, aux environs de 19 heures, il prit congé de tous, glissa quelques billets dans la poche d'une veste flambant neuve qu'il lui avait lui-même achetée quinze jours plus tôt. « Tenez, père, pour vous, et si vous avez besoin d'autre chose, s'il vous manque quelque chose, n'importe quoi, appelez-moi, s'il vous plaît, ou dites à Evangelina de m'appeler, elle aussi a mon numéro. »

Il ne retrouva pas le taxi garé devant la grille. Il était à l'intérieur, devant le porche, le coffre ouvert et rempli de paquets. Mariana, son chapeau sur la tête et un visage aussi dépourvu d'expression qu'une statue, supervisait les efforts du chauffeur de taxi et de Matilde, aussi tranquille que si elle n'avait pas été renvoyée, tout en ayant été très attentive à ne dire à personne que don Julio lui avait demandé quand ils étaient encore à Madrid, si cela l'intéresserait de rentrer à son service après les vacances, bien sûr, que ça l'intéressait, car il avait commencé par augmenter son salaire à la seule condition qu'elle n'ouvre pas la bouche pour ne pas contrarier sa maîtresse, qui était ruinée et ne voulait pas encore s'en rendre compte, la pauvre.

« Je suis très content de constater que tu as décidé d'être raisonnable, Mariana.

— Ce n'est pas la dernière fois que nous nous voyons, Julio, répliqua-t-elle sans le regarder. Souviens-toi bien de ce que je te dis. »

Ensuite, ses calculs se vérifièrent avec exactitude et sans contretemps. Le temps passa, 1949 s'acheva, 1950 commença, il vendit aussi à un bon prix la maison de Torrelodones, constata que rien ni personne ne reliait son nom à celui de la famille Fernández Muñoz, se détendit, abandonnant peu à peu ses anciennes précautions, se sentit plus sûr, plus audacieux, s'habitua à fréquenter la bonne société, devint populaire chez les hommes et encore plus chez les femmes. Son nom commença à apparaître dans les chroniques des journaux parmi ceux d'autres invités aux fêtes et aux banquets les plus choisis de chaque saison, et il s'habitua à ce que personne ne s'adresse à lui sans faire précéder son nom de *don*. Jusqu'à ce matin de mars 1954, quand il avait presque oublié qui avait été un jour Julio Carrión González, où sa secrétaire frappa à la porte de son bureau.

« Vous avez une visite, don Julio.

— Si tôt ? » fit-il en fronçant les sourcils avant de regarder l'agenda qui se trouvait sur la table.

Amparo, qui était une beauté, le tira de son erreur avec un sourire.

« Non, ce n'est pas don Alejandro. C'est une très jeune fille, qui n'a pas téléphoné avant. Je ne la connais pas, mais elle m'a dit qu'elle était sûre que vous alliez la recevoir, car elle est quasiment de la famille. Elle s'appelle Ángela... Non, pas Ángela, Angélica. Angélica Otero Fernández.

— Angélica ! » Julio regarda sa secrétaire bouche bée et il fut incapable d'ajouter quoi que ce soit.

Sa secrétaire insista timidement, au bout de quelques secondes :

« Bon... Qu'est-ce que je fais ? Je l'introduis, ou je lui dis de revenir un autre jour ?

— Non, non. » Il regarda sa montre pour gagner du temps, se demanda ce qu'il pouvait attendre de cette visite, et ne fut pas capable de trouver une réponse. « Qu'elle vienne maintenant, c'est mieux. »

Un instant plus tard elle se tenait devant lui, avec la même chevelure frisée, dorée, si blonde, le corps en tension, un air arrogant sur le menton et les yeux couleur d'une mer aux eaux claires. Elle n'avait pas beaucoup changé, car la femme qu'elle était devenue était un développement impeccable de la fillette dont Julio se souvenait, et les détails qu'il voyait pour la première fois, les talons, le sac, les bas, la rondeur consciente de la poitrine, les hanches, le surprirent beaucoup moins qu'ils ne contribuaient à renforcer ce souvenir. Il fut plus ému par ses vêtements, un tailleur qui respectait deux préceptes fondamentaux, mettre le corps en valeur et obéir au commandement de la mode de cette saison, mais trahissait irrémédiablement le travail d'une modiste bon marché, qui n'avait pas eu à sa disposition du bon tissu.

« Quelle surprise, Angélica ! » Julio la salua de son siège, mais il se leva en la voyant avancer dans sa direction d'un pas décidé.

« Oui, j'imagine que tu ne m'attendais pas, dit-elle avec une certaine ironie malveillante, bien à elle. Tu ne m'embrasses pas ?

— Bien sûr que si. » En s'approchant, il constata qu'elle portait toujours la même eau de Cologne, une trace nostalgique de cette enfance où elle semblait ne jamais s'être trouvée très à l'aise. « Assieds-toi, je t'en prie. Comment vas-tu ?

— Pas très bien, je dois dire... » Elle s'assit droite, comme une dame, et croisa les jambes de la façon la plus conventionnelle avant d'allumer une cigarette pour rejeter la fumée avec un soupir si profond qu'il les fit sourire tous les deux en même temps. « C'est pour ça que je suis venue. La vie en Galice ne me plaît pas du tout ; enfin, je ne parle pas des villes. Santiago est une belle ville toujours très animée, et La Coruña aussi, seulement je vis dans un petit village perdu de la province de Pontevedra où il pleut tout le temps, il y a plus de vaches que de gens, et je m'ennuie à mourir. Je ne connais personne ni à Santiago, ni à La Corogne, pas même à Vigo, c'est pourquoi... je suis venue à Madrid pour te voir.

— Magnifique. Et je suis ravi de te voir. Mais je ne suis pas sûr de t'avoir bien comprise.
— Tu m'as parfaitement comprise, Julio, tu es très malin, tu l'as toujours été. Je veux vivre à Madrid, je suis d'ici. Ici, je connais du monde, mes amies du collège, celles du quartier. Je leur manque beaucoup, et elles me manquent encore plus, on a continué à s'écrire pendant tout ce temps...
— C'est très bien.
— N'est-ce pas ? Mais pour pouvoir rester ici, j'ai besoin d'un travail. Je suis pauvre, tu le sais mieux que personne. Pour toi, en revanche, ça marche très bien, il n'y a qu'à voir ce bureau. Je suis sûre que, en faisant un petit effort, tu me trouveras quelque chose. J'ai eu dix-neuf ans en décembre dernier, et la fille qui m'a accompagnée ici ne doit pas être tellement plus âgée que moi. Je suis plus grande qu'elle, et intelligente, tu le sais, j'ai mon bac, je parle français, et avant que tu me le demandes, je te dirai que j'ai aussi un diplôme de sténodactylo. Je l'ai obtenu par correspondance, il y a deux mois, et le directeur de l'école m'a écrit pour me féliciter car il n'avait jamais eu d'élève aussi appliquée. J'ai la lettre dans mon sac. Si tu veux, je te la montre.
— Non, ce n'est pas la peine... »
Julio fit une pause pour la regarder, pour la reconnaître dans son audace, cette arrogance farouche, dangereuse, qui, avant, quand c'était une enfant, l'amusait, et lui semblait maintenant beaucoup plus intéressante que la disponibilité humble et inexpérimentée de toutes ces jeunes filles en âge de se marier que lui envoyaient leurs mères de temps en temps, chaque fois avec leur écriteau invisible, « ne pas toucher », tatoué sur le front. Angélica soutint son regard comme si elle avait

pu y lire que la faiblesse de Julio Carrión González, c'étaient les femmes courageuses, mais il pensait à autre chose. Il pressentait qu'engager Angélica pourrait lui poser des problèmes. Et que ne pas le faire impliquerait plus ou moins le même risque.

« Et ta mère ? lui demanda-t-il, avant de prendre une décision. Qu'est-ce qu'elle en pense ?

— Ma mère, comme tu peux imaginer, ne sait rien. Elle croit que je suis venue demander du travail au père de mon amie Maruchi. Elle te déteste toujours évidemment, et elle prie tous les jours pour ta ruine. Mais ma mère est ma mère, et moi je suis moi. Elle a vécu sa vie et je vais vivre la mienne.

— En travaillant avec moi.

— Par exemple. »

Julio Carrión regarda sa montre, fronça les sourcils, prit une carte, la lui tendit. « Très bien. Appelle-moi après-demain. Où est-ce que tu loges, chez une amie ? » Elle acquiesça. « Tu as besoin de quelque chose ?

— D'un travail, c'est tout. » Elle lut la carte, la rangea dans son porte-monnaie, le regarda. « Je t'appellerai demain, plutôt, si ça ne te dérange pas... »

Julio sourit, l'embrassa à nouveau pour lui dire au revoir, et le lendemain répondit à son appel en l'invitant à déjeuner. Il avait décidé de réserver sa proposition pour le dessert, mais elle ne le lui laissa pas le temps. Quand il lui proposa un poste de réceptionniste avec un salaire légèrement supérieur à celui que touchaient ses secrétaires, il la vit resplendir.

« Et ta réceptionniste ? Qu'est-ce que tu vas en faire ? demanda-t-elle ensuite.

— Je vais la mettre au magasin. Elle est beaucoup moins jolie que toi. »

Les deux choses étaient vraies, et la réception des Constructions Carrión s'améliora beaucoup avec Angélica Otero Fernández derrière le comptoir. « D'où sors-tu cette beauté ? » lui demanda Romualdo Sánchez Delgado un jour où Julio dut venir le chercher en personne, parce que, après avoir été annoncé par Angélica, il était resté flirter avec elle de l'autre côté du comptoir. « Pour toi, de nulle part », lui répondit-il avec un sourire, et son ami émit un petit rire tout en lui tapant dans le dos. « Quel salaud ! » Et quand il partit, après l'avoir raccompagné, Julio fit signe à sa réceptionniste de le suivre dans son bureau.

« Je t'ai déjà dit que je n'aimais pas que tu flirtes avec les visiteurs, Angélica. Ce n'est pas sérieux, dit-il, après avoir fermé la porte.

— Mais je ne flirte pas, Julio ! protesta-t-elle. Ce sont eux, vraiment, ce sont toujours eux. Je te jure que je ne cherche absolument pas à...

— Et vouvoie-moi. Je te l'ai déjà dit plusieurs fois.

— Oui, don Julio.

— Sans moquerie, s'il te plaît.

— Bien sûr. »

Les premiers mois, les choses s'en tinrent là. Angélica se comporta en bonne travailleuse, ponctuelle, responsable, patiente et aimable avec tout le monde. Julio l'observa à distance pendant quelques semaines, puis il s'en désintéressa. Sa réceptionniste lui plaisait, elle lui avait toujours plu, mais il n'avait pas l'intention de commettre l'erreur de payer ses petites provocations par autre chose que des sourires, et des baisers chastes, inoffensifs, sur la joue, en réponse à ceux qu'elle lui donnait sur la commissure des lèvres, pour lui dire bonjour ou au revoir quand il n'y avait personne à proximité. Il n'obtint jamais qu'elle le traite avec le respect qu'il aurait souhaité, mais elle se montrait si reconnaissante que l'abandon languide de ses regards compensait le tutoiement.

Cela avait fait beaucoup de bien à Angélica Otero Fernández de revenir à Madrid. Elle s'était installée chez une vieille amie de sa mère, veuve d'un commandant de la Guardia Civil, qui louait deux chambres dans une belle maison de la rue Mejía Lequerica, ce qu'elle avait pu trouver de plus près de la *glorieta* de Bilbao. Elle ne devait pas envoyer un centime en Galice, mais, même comme ça, il était difficile d'accepter l'effet de son premier salaire sur son apparence. Alors, et bien que ses revenus l'obligent à respecter certaines limites, les vêtements de confection, bon marché, qui copiaient avec beaucoup d'insolence et plus ou moins de réussite les modèles de haute couture, ainsi que les deux paires de chaussures classiques, sans aucun ornement, l'une noir, l'autre marron lui donnaient, Julio dut le reconnaître, l'allure d'une femme élégante. À son charme d'antan, cette grâce innée qu'elle n'avait pas héritée ni apprise de sa mère, Angélica ajoutait maintenant la manière puissante de marcher, d'écraser les trottoirs comme si elle entendait les perforer de ses talons, qui surgit spontanément chez les femmes qui ne se soucient pas de se retourner pour constater qu'autour d'elles, tous les hommes les regardent. Et elle aimait plaire, elle savait dire à chacun ce qu'il fallait, sourire sans s'engager aux admirateurs qui ne l'intéressaient pas et laisser tomber un mot, toujours étudié et volontairement ambigu, à ceux qui lui semblaient plus intéressants, sans en encourager ni décourager aucun. Julio la regardait, l'analysait, souriait et ne s'inquiétait pas, même s'il pensait parfois qu'Angélica jouait avec lui, comme il avait jadis joué avec elle.

« Tu as une visite, Julio... »

Le jour où il découvrit que c'était effectivement le cas, elle s'était discrètement annoncée en frappant sa porte, mais au lieu de la laisser entrouverte, elle était entrée dans son bureau et l'avait fermée derrière elle.

« C'est cette fille si grosse, elle s'appelle Rosi, non ? » Et pendant qu'il la regardait les yeux écarquillés et avec une expression de stupéfaction non dissimulée, elle plissa le visage et se toucha le nez. « Tu devrais lui dire de ne pas se parfumer autant, sauf si tu lui achètes du parfum de bonne qualité, parce que... pouah !, ça empeste. On dirait qu'elle s'est plongé la tête dedans. Et dis-lui de s'acheter des vêtements à sa taille, parce que je ne sais pas comment elle peut respirer tellement elle est serrée...

— Qu'est-ce que tu dis, Angélica ? » Le ton de sa réceptionniste avait achevé de le mettre en colère et il ne fit rien non plus pour le dissimuler. « Répète, si tu oses, s'il te plaît.

— Vous avez une visite, don Julio. » Elle bougea les hanches un peu plus, dégagea les cheveux de son visage et sourit, mais ne cessa à aucun moment de soutenir son regard. « Mlle Rosi. Je la fais entrer ?

— Oui, s'il te plaît. Et si tu sais ce qu'il convient, veille à ce que cette scène ne se reproduise pas. »

Rosi était sa maîtresse officielle cette saison, une choriste du Fontoria, qui venait d'avoir vingt-huit ans et qui était magnifique, massive, potelée et très spectaculaire, comme les femmes qui lui plaisaient, une beauté vulgaire, le visage trop rond et trop de chair sur les joues, qui se laissait aimer sans poser de problèmes et qui restait à sa place. Une bonne affaire, la seule chose qu'il cherchait chez ses maîtresses depuis que Mari Carmen Ortega lui avait échappé pour la dernière fois.

« Écoute, Julio ! » Il avait apprécié tout de suite son ton farouche, rageur, ce jour de juin 1950, à 11 heures du matin. « C'est fini et cette fois c'est pour de vrai. Je t'appelle pour que tu le saches. Mon mari sort de prison la semaine prochaine. S'il entend un seul mot de ce qui s'est passé entre toi et moi, tu comprends, un demi... Je te tue. Si ce n'est pas lui, c'est moi. C'est clair ? Tu sais parfaitement de quoi je suis capable, alors je ne veux plus jamais te revoir, tu saisis ? Pas même dans la rue.
— Nom d'un chien, Mari Carmen, tu me fais bander.
— Va te faire foutre, fils de pute ! »
En raccrochant, Julio Carrión continuait à sourire et cependant il était presque sûr que c'était la dernière fois qu'il parlait au téléphone à la fille du Peluca, du moins d'ici longtemps. Ce n'était pas la première fois que Mari Carmen le quittait, mais jusqu'à présent il avait toujours su qu'elle allait revenir, et maintenant il savait qu'elle ne reviendrait pas.

Sa possession des plus jolies jambes de Madrid avait duré trois années très mouvementées, pleines de moments difficiles, de conflits, d'interruptions. Elle ne l'avait jamais bien supporté, et quand elle oubliait, quand elle consentait à ce que Julio l'emmène au cinéma, ou dîner, ou acheter des jouets aux enfants, quand elle était si triste ou si soucieuse qu'elle se laissait emmener, et s'amusait, se soûlait jusqu'à l'inconscience, le seul état où elle acceptait de lui rendre un baiser, le lendemain elle le supportait encore moins bien. Alors elle le quittait, mais il insistait, il allait la chercher, la trouvait, la suivait dans la rue, lui faisait des cadeaux, lui racontait des histoires drôles, la faisait rire. Et tôt ou tard, elle apparaissait, boudeuse et brusque, furieuse contre elle-même, rouge de honte et plus désirable que jamais, et elle disait : « Ça y est, tu ne parles plus ? Ne dis rien si tu ne veux pas que je m'ouvre tout de suite... » Il ne parlait pas mais il la déshabillait lentement, parcourait son corps du bout de ses doigts, la couvrait de baisers sans approcher de sa bouche. Ainsi elle se calmait, s'adoucissait peu à peu et au deuxième rendez-vous elle lui parlait, au troisième elle avait retrouvé le sourire, et au quatrième, ou au cinquième, elle s'arrangeait pour consentir, avec la passivité la plus absolue et sans accorder aucune sorte d'approbation volontaire, à ce qu'il la caresse jusqu'à ce qu'elle atteigne le plaisir qu'elle ne s'autorisait à connaître d'aucune autre façon... « Julio, tu es vraiment un salaud ! » en raison d'une règle intime qu'il ne comprenait pas mais il ne perdait pas non plus de temps à discuter, « il faut voir, quel fils de pute tu fais ! » car il aimait la regarder jusqu'à ce que son corps se détende entièrement et que les insultes qui sortaient de sa bouche ne parviennent à masquer totalement un large sourire satisfait, « comment peux-tu être aussi mauvais ! » Alors il se mettait à rire, elle l'imitait, et ils préparaient le terrain pour la rupture suivante.

La mesquinerie sexuelle de Mari Carmen Ortega l'excitait autant que la générosité sans limites de Paloma Fernández Muñoz, et beaucoup plus que n'importe quelle attitude de celles qui, entre les deux, s'étaient succédé et continuaient à se succéder dans son lit. Julio Carrión aimait les femmes courageuses, et il sentait confusément que la possession de la fille du Peluca compensait la perte de la sœur d'Ignacio. Mais, d'un point de vue rigoureux, égoïste jusqu'à l'impudeur, il se rendait compte que la plus grande qualité de Mari Carmen était aussi sa principale faiblesse.

« Mais enfin, pourquoi moi ? lui demandait-elle régulièrement. Avec le nombre de bonnes femmes qu'il y a dans cette ville, qui ne demandent qu'à écarter les jambes pour trois sous... »

Il souriait sans répondre, car il n'était pas très sûr que sa maîtresse aurait aimé connaître la vérité, qu'il appréciait surtout son caractère irrésolu, son ambiguïté, la violence qu'elle exerçait sur elle-même chaque fois qu'elle se déshabillait devant lui, mais qui ne l'empêchait pas de le traiter au bout d'un moment comme ce qu'il était en réalité, un vieil ami, traître, et cependant assez intime pour lui faire confiance. Mari Carmen, ridicule, effrontée et entêtée, était également une gentille fille, trop pour se sentir à l'aise dans la froide indifférence ou l'euphorie mécanique des professionnelles. Aussi, même contre sa volonté, finissait-elle par se comporter comme elle n'aurait pas dû, et elle lui racontait ses problèmes quotidiens, les commandes qu'elle recevait et qu'elle livrait, le peu qu'elle touchait, ses mauvais rapports avec sa mère, qui devenait une vieille grognon. Julio lui en était reconnaissant parce que Mari Carmen Ortega lui plaisait beaucoup, elle lui plaisait tant qu'il aspira toujours à avoir avec elle un peu plus qu'une simple relation commerciale, même s'il savait qu'un jour ou l'autre sa seule ambition serait de l'effrayer au point de l'obliger à partir en courant. Quand elle s'en alla pour de bon, la certitude qu'il n'aurait peut-être jamais été capable de la faire fuir représenta une consolation si douteuse qu'il ne voulut pas l'accepter.

Elle l'avait prévenu qu'elle le tuerait si elle le revoyait ne serait-ce que marcher dans la rue, mais il savait qu'elle ne le ferait jamais. Au moins tant qu'il garderait la bouche close, et il ne gagnait rien à l'ouvrir. Il ne voulait pas la perdre non plus, rompre définitivement avec elle, et il comprenait que Mari Carmen avait raison, que Madrid, l'Espagne, le monde, étaient pleins de femmes plus jolies, plus jeunes, plus complaisantes, plus faciles, meilleur marché. Il ne s'en souvenait que lorsqu'il se promenait aux abords de la plaza Mayor avec les gestes posés d'un touriste las de voir des monuments, la guettant en cachette dans toutes les vitrines, les bars, les boutiques, les étalages du marché San Miguel et les ruelles environnantes. Un jour, il la vit de très loin. Peu après, il la croisa et n'osa pas lui parler car elle était flanquée de deux autres femmes. Elle feignit de ne pas l'avoir vu, et pourtant il continua à la chercher, jusqu'à ce samedi, où à la tombée de la nuit, au moment où il allait s'asseoir à une terrasse, il l'aperçut derrière les vitres du bar, appuyée au comptoir.

Quand il poussa la porte, il découvrit qu'elle n'était pas seule.

Antonio, ce sergent grand et massif, portait les cheveux très courts, mais on voyait beaucoup de cheveux blancs, trop chez un homme d'une trentaine d'années, âge que Julio préférait chez les femmes, celui que Mari Carmen Ortega n'aurait jamais dans ses bras, elle qui cette fois voulut bien le voir, et le regarder, tandis qu'elle étreignait son mari, et s'abritait derrière des épaules qui restaient puissantes malgré leur minceur nouvelle. Elle était très jolie. Elle s'était lavé les cheveux et frisé les pointes, qui retombaient comme des boucles de velours sombre sur ses épaules nues, entre les bretelles d'une robe jaune, neuve, moulante, décolletée, comme celles qu'elle mettait avant, parfois, pour sortir avec lui, comme celles qu'elle ne mettrait plus jamais pour Julio Carrión González. Il devint nerveux, même après tant d'années, devant cet homme qu'il ne voyait pas de face, seulement de profil grâce à sa femme, qui lui avait pris le visage entre les mains pour l'embrasser sur la bouche avec une urgence démesurée, une passion soudaine que l'autre ne saurait, ne pourrait jamais interpréter aussi bien que le destinataire d'un regard qui parlait, car les yeux de Mari Carmen Ortega étaient écarquillés et plongés dans les siens pendant que sa bouche se confondait avec celle d'Antonio Rodríguez Méndez, un rouge, ancien prisonnier, avec toutes les chances de le redevenir souvent, un perdant, un malheureux.

« Imbécile ! »

Derrière le serveur, qui haussa les sourcils avant de décider que cette insulte ne le concernait pas, il y avait un miroir, mais Julio ne s'y regarda pas et laissa sur le comptoir le double du prix du verre qu'il ne boirait pas. Il avait les yeux rivés sur ses chaussures, s'il les avait levés, il aurait trouvé une image intéressante de son propre visage, enflammé par un accès confus de rage mêlé aux ombres détestables d'une humiliation ancienne, insupportable pour qui ne tolérait la compassion de personne, fût-ce la sienne. Et quand il sortit dans la rue en claquant la porte, il se sentit aussi petit, aussi démuni, aussi impuissant que la première fois qu'il avait traversé cette place, chargé comme une mule avec la cage contenant la perruche de son père accrochée au petit doigt.

« Imbécile, niaise, tu reviendras, tu viendras te traîner, me demander pardon, qu'est-ce que tu crois ? Ça n'est pas fini, Mari Carmen, ça n'en finira jamais, idiote, tu es une idiote, et alors tu vas voir, alors tu vas voir qui je suis, imbécile, quand tu viendras à genoux, à genoux... »

En s'apercevant que les gens qu'il croisait le regardaient avec étonnement, il comprit qu'il parlait tout haut et cela le mit encore plus en colère. Puis il s'engagea rue Mayor, prit un taxi, alla chez lui, but deux verres d'affilée et retrouva son calme, la capacité de raisonner. Ce soir-là, Eugenio et Blanca l'avaient invité à dîner « avec des amis », et il savait bien ce que signifiait cette expression, un autre couple aussi exemplaire que celui qu'ils formaient et des amies de la maîtresse de maison, célibataires et encore plus fades qu'elle. Quand Blanca les lui présenta, il fut aussi sympathique qu'avec les autres, celles qu'il avait rencontrées avant, celles qu'il lui restait encore à connaître, mais la perte de Mari Carmen Ortega lui avait inspiré une idée beaucoup plus précise sur le genre de femme qui lui convenait, en marge du manque d'intérêt absolu qu'il éprouvait envers les jeunes filles avec qui Eugenio aspirait à l'associer. À compter de ce jour, Julio Carrión González abdiqua l'instinct qui le poussait vers les femmes courageuses en faveur d'une qualité beaucoup plus simple. Depuis, la seule chose qu'il demandait à une femme qui lui plaisait était de ne pas lui poser de problèmes.

Rosi, la choriste du Fontoria avec laquelle il avait commencé une liaison peu avant le retour d'Angélica, était non seulement potelée, massive et spectaculaire, mais elle remplissait également cette condition d'une manière admirable. À tel point que sa visite inattendue ce matin-là n'avait d'autre but que de consulter son protecteur sur le tour à donner à son avenir. Le directeur du théâtre avait décidé de changer de programme et elle n'avait pas obtenu de rôle dans la nouvelle revue. L'après-midi même, elle devait décider si elle partait en tournée avec sa compagnie actuelle ou si elle restait à Madrid pour attendre mieux.

« Voilà, Julio... Je ne sais pas trop quoi dire. »

Il la regarda, réfléchit et décida qu'il était un peu las d'elle. Rosi était gentille, oui, elle était complaisante, facile, mais ne possédait aucun charme particulier. Il pouvait rencontrer des douzaines de filles comme elle sans beaucoup chercher, et elle n'aurait guère de mal non plus à rencontrer un homme par qui elle pourrait le remplacer.

« C'est compliqué, Rosi, parce que..., finit-il par répondre, avec son plus charmant sourire. Je ne peux pas m'immiscer dans ta carrière. Je sais que pour toi il n'y a rien de plus important, alors... Je crois que tu ne dois laisser passer aucune occasion. Pars en tournée. » Elle ne dit rien, mais elle plissa les lèvres d'un air ennuyé qu'il se proposa d'effacer en un instant. « Où a lieu la première ?

— À Saragosse, le 20 décembre.

— Ah ! C'est une très bonne date, si près de Noël, et Saragosse n'est pas si loin... Je viendrai te voir. »

Quand un sourire surpris et satisfait illumina le visage de son interlocutrice, Julio avait déjà écrit dans son agenda, au jour correspondant, deux mots : Rosi, fleurs. « Avec un beau bouquet, ça marchera à merveille, ma jolie. » Il la raccompagna pourtant à la porte et fut très attentionné, beaucoup plus affectueux que d'habitude, juste pour ennuyer Angélica.

Elle vint le voir tout de suite, avec un air mélodramatique pas très réussi et un filet de voix qu'elle n'avait même pas à douze ans. « Je suis vraiment désolée, Julio. Je ne voulais pas t'embêter, mais c'est que... Cette fille ne te convient pas, il n'est pas bon qu'elle vienne ici, qu'on te voie avec elle. Elle est si vulgaire, si ordinaire. Elle ne sait même pas parler ! Je voulais juste...

— Angélica, dit-il sur un ton qui suffit à l'arrêter net. Je me fous de ton avis. Et si tu veux continuer à travailler ici, n'essaie pas, même en pensée, de recommencer à passer les bornes avec moi. Ici, c'est moi qui commande, et ma vie ne te regarde pas. C'est clair ? »

Elle ne lui répondit pas tout de suite, mais quand elle le fit, la jeune fille repentante, qui avait capitulé à la porte moins d'une minute plus tôt, s'était complètement estompée de son visage, de son corps, de sa voix.

« Tu vas me renvoyer ? Je ne crois pas que tu oseras, répliqua-t-elle avec arrogance.

— Tu me menaces ? » Cette réponse l'avait rendu tellement furieux qu'il se leva et, ce faisant, il frappa la table avec les poings.

« Moi ? » Elle recommença alors à piailler comme un oiseau effrayé. « Pauvre de moi ! »

Elle sortit du bureau sans faire de bruit et pendant quelques jours elle tenta de se rendre invisible. Elle y parvint si bien que le 19 décembre, en regardant ses rendez-vous du lendemain, Julio décida de faire appel à elle plutôt qu'à sa secrétaire. Quand elle avait commencé à travailler, Angélica lui avait demandé, très étonnée, pourquoi il n'y avait pas de plantes vertes, ni de fleurs, dans les bureaux. Il avait haussé les épaules et répondu qu'il n'y avait pas de raison particulière. « Personne n'y a pensé », lui avait-il dit, et elle avait haussé les sourcils avec étonnement, car quelqu'un aurait dû y penser... En très peu de temps, Julio constata la quantité d'idées qu'avait presque quotidiennement sa nouvelle employée qui, en plus d'un réfrigérateur, de boissons, de biscuits, d'olives, d'analgésiques, de petites serviettes en lin, car celles en papier étaient trop vulgaires, achetait des fleurs fraîches toutes les semaines et les répartissait très agréablement dans deux ou trois vases placés dans des endroits stratégiques, les plus fréquentés par les regards des clients. C'était une experte et la fleuriste lui consentait des réductions, mais, surtout, Julio voulait voir quelle tête elle faisait en notant sa commande, et ce jour-là Angélica ne le déçut pas. Elle n'en fit aucune.

« Des glaïeuls ? demanda-t-elle seulement, à la fin. Je dis ça parce qu'ils prennent beaucoup de place, ils sont très voyants, mais meilleur marché que les roses.

— Non, plutôt des roses », dit-il dans un élan de générosité.

Elle ne leva pas le regard de son bloc-notes « Une douzaine ? Deux ?

— Plutôt deux.

— Rouges ? demanda-t-elle avec un rictus.

— Non. Pas rouges.

— Roses alors, supposa-t-elle enfin. Les jaunes sont très jolies, mais il ne convient pas que ce soit un homme qui les offre, à mon avis. Et les blanches sont plus indiquées pour une dame âgée, ou pour une jeune fille. Enfin, tout ça si cela vous convient, bien sûr.

— Oui, cela me convient. Deux douzaines de roses, alors.

— Très bien, je les commande tout de suite... » Elle s'était déjà tournée pour sortir de la pièce, quand elle se ravisa, le regarda. « Je suis de ton côté, Julio. Je suis toujours de ton côté. C'est incroyable que tu ne le voies pas. »

Elle sortit du bureau sans attendre de réponse et, quelques heures plus tard, quand elle revint pour l'informer de ce qu'elle avait prévu d'acheter pour inviter les employés le 23, « ah, vous n'offrez pas un verre pour Noël, ici ? », « eh bien non, on ne l'a jamais fait », « et pourquoi ? » « qu'est-ce que j'en sais, parce que personne n'y a jamais pensé », « eh bien, vous auriez dû, parce que ça fait très mauvais effet, c'est sûr », aucun des deux ne mentionna plus ni Rosi ni ses fleurs.

L'apéritif de Noël, moins raffiné qu'abondant, auquel Angélica l'obligea à assister : – « Réfléchis un peu, Julio, pourquoi ne serais-tu pas là ? à quoi tout cela servirait-il, dis-moi ? » – n'aurait pas eu tant de succès si elle ne l'avait pas persuadé d'accorder l'après-midi à tout le personnel – « Qu'est-ce que tu veux, qu'ils se mettent au travail maintenant, avec tout ce qu'ils sont en train d'engloutir ? » Et elle assura la popularité éternelle de la réceptionniste qui, arrivée moins d'un an plus tôt, jouissait déjà de plus d'influence sur Julio que jamais aucun employé n'en avait eu, mais au lieu de se pavaner dans les couloirs, elle l'utilisait toujours au bénéfice de justes causes.

« Et je vais te dire autre chose, maintenant que je suis un peu éméchée. » Angélica ne s'approcha qu'une fois, quand il en avait eu assez d'entendre des plaisanteries bonnes et mauvaises, et l'entraîna dans un coin d'où il pouvait voir venir toute compagnie indésirable. « Si tu étais malin, Julio, juste si tu étais malin... Tu devrais offrir un jouet à chacun des enfants de tous ces gens, pour les Rois.

— Ah oui ! Et quoi d'autre ? lui demanda-t-il, avec inquiétude.

— Rien d'autre. C'est de ça qu'il s'agit, tu ne peux pas faire moins, je ne sais pas si tu comprends... Tu sais combien t'a coûté cette fête ? » Elle fit un geste de la main pour englober les tables sur lesquelles il restait des sandwiches, et des bouteilles de vin et de bière qui n'avaient pas été ouvertes, des plats à demi remplis de chips, et il fit non de la tête. « Moins que d'inviter deux personnes dans un bon restaurant, et pas des plus chers. Et les jouets seraient encore moins chers, mais tu serais très bien vu, de ceux qui ont des enfants et de ceux qui n'en ont pas. On pourrait faire un goûter pour les enfants. Deux galettes et un pot de chocolat, l'après-midi du 7 janvier. Imagine. Quel patron, non ?, qui veille même à écrire des lettres aux Rois pour les enfants de ses employés. On ne voit ça qu'au cinéma, et tu sais comme les gens aiment les films avec des enfants... »

Ce jour-là, Julio Carrión n'était pas ivre. Aussi regarda-t-il Angélica qui, elle, avait trop bu, et il la vit venir pour la première fois, mais il étudia ses arguments.

« Dis-moi, Angélica, commença-t-il en souriant. Qu'est-ce que tu penses de moi ? Que je suis un plouc, non ?

— Non, tu n'es pas un plouc. » Elle se rapprocha, le frôla dans un mouvement qui lui sembla conscient, approcha la bouche pour continuer à lui parler à une distance presque inconvenante. « Plus maintenant. Mais il te reste encore beaucoup à apprendre.

— Pour être un monsieur, souffla-t-il sans écarter ces boucles si blondes.

— Pour être un monsieur, exactement.

— Très bien. » Julio fit un pas vers la gauche, se retourna pour la regarder en face, et s'ils avaient été seuls il l'aurait peut-être embrassée, mais par chance ils n'étaient pas seuls. « Et qui va acheter ces jouets ?

— Moi. Dès que je rentrerai de Galice, le 27, si tu veux. J'y ai déjà pensé. Des camions à benne pour les garçons et des poupées pour les filles, toutes du même modèle, des blondes, des brunes, toutes dans des grandes boîtes, spectaculaires, et avec beaucoup d'espace autour, pour qu'elles prennent le plus de place possible. »

Le 23 décembre 1954, Julio Carrión González vit venir Angélica Otero Fernández pour la première fois, et le spectacle ne lui déplut pas, mais il ne lui accorda pas tellement d'importance non plus. Or les choses ne se passèrent pas comme il s'y attendait, lorsqu'il pensa le soir même qu'il pourrait peut-être profiter de l'ivresse de sa réceptionniste pour la convaincre de rester un moment avec lui, dans son bureau, pendant que la femme de ménage remettait de l'ordre dans les locaux.

« Ne te trompe pas sur moi, Julio. » Elle repoussa son offre sans cesser de sourire, en finissant de boutonner son manteau, et ajouta : « Dans ta situation, un faux pas peut être fatal. »

Ce fut ce qu'elle dit, mais elle partit si vite, après l'avoir embrassé à la commissure des lèvres et lui avoir souhaité un Joyeux Noël, qu'il n'eut pas le temps de se mettre en colère ni d'analyser tranquillement ce qu'il venait d'entendre, un avertissement qui prendrait plus de sens la première nuit de l'année suivante.

Quand il la vit entrer dans ce salon, il fut tellement stupéfait qu'il ne remarqua même pas l'homme qui se trouvait à ses côtés. Angélica portait une robe noire, étroite, courte et sans manches, si classique qu'elle pouvait être très coûteuse ou très bon marché, si simple que sur la majorité des femmes elle aurait paru quelconque, mais produisait sur elle un effet extrêmement élégant. Il en allait de même du simple ruban de velours qui retenait ses cheveux, du châle en tulle raide et crissant, sans aucun ornement, qui encadrait son décolleté, et de la broche qu'elle portait sur l'épaule gauche, comme si elle entendait proclamer que, bien sûr, elle était fausse, mais qu'elle l'avait choisie parce qu'elle lui plaisait et non parce qu'elle n'en avait pas d'autre. Arrêtée au sommet des trois marches qui donnaient accès au salon, elle ressemblait à une porcelaine exquise, très coûteuse, digne de tous les regards. Ce fut ce que ressentit Julio en la voyant, avant de tourner son regard vers l'apprentie actrice qui l'accompagnait, âgée de vingt et beaucoup d'années, teinte en blond platine pour souligner sa ressemblance avec Lana Turner et qui ne le faisait même pas payer pour coucher avec lui. Elle était spectaculaire, et jusqu'à cet instant il croyait qu'elle lui plaisait beaucoup, mais la simple apparition d'Angélica avait fait d'elle une grosse dondon vulgaire et ordinaire, indésirable. Alors, Gustavo Aguirre, à qui il n'avait pas prêté attention, l'invita avec délicatesse à avancer et ce ne fut qu'à ce moment que Julio comprit que c'était son partenaire, d'où la présence de sa réceptionniste à cette fête que Romualdo Sánchez Delgado donnait tous les ans.

L'accompagnateur d'Angélica, un garçon grand, jeune, mince et pas très séduisant jusqu'à ce soir, était un médiocre architecte de très bonne famille dont le nom, et non le talent, lui avait ouvert les portes des Constructions Carrión deux ans auparavant, ses études récemment terminées. Gustavo Aguirre était le revers de sa médaille, pensa Julio en le voyant circuler avec un aplomb qu'il ne lui aurait jamais attribué, tout le contraire du brillant homme sans aucun avantage, aucun nom, qui était parvenu à devenir ce qu'il était. C'était peut-être pour cela que ce gringalet maladroit et sans grâce avait vu en Angélica ce que lui n'avait pu ou n'avait su voir encore. Cette sensation ne lui plaisait pas, mais il ne fut pas capable de la définir avec exactitude parce qu'il y réfléchissait encore quand Angélica vint droit vers lui.

« Bonsoir, don Julio, lui dit-elle, sur un ton moqueur sûrement imperceptible pour tout autre que lui. Alors, vous vous amusez ? »

Il n'avait pas trouvé de bonne réponse à cette question quand Gustavo, qui ne la perdait pas de vue, les rejoignit.

« Comment vas-tu, Julio ? Je suis ravi de te voir », dit-il en lui tendant la main sans le regarder, les yeux fixés sur Angélica. « On va boire quelque chose ? Je suis mort de soif. »

Mort de soif, singea-t-il dans un murmure, en les voyant s'éloigner en direction du buffet, et il répéta entre les dents cette phrase ridicule, d'homme du monde à la mode, qui semblait copiée sur les dialogues d'un roman bon marché, je suis mort de soif, quel imbécile... Eh bien je ne vais pas te faire danser, Angélica, se promit-il ensuite, et il ne le fit pas. Elle ne le regretta pas non plus.

1955 fut la grande année d'Angélica Otero Fernández, non seulement à cause du succès irrésistible qu'elle commença à connaître auprès des hommes qui l'entouraient que par l'habileté avec laquelle elle les utilisa pour toucher le gros lot de sa vie, l'objectif principal qui avait guidé ses pas depuis cet après-midi du printemps 1947 où elle s'était amusée à calculer l'âge de Julio Carrión González quand elle aurait vingt ans. Gustavo Aguirre, qui ne lui plaisait guère, ne fut que le premier et ne dépassa pas le mois de mars. Son successeur, qui s'appelait Emilio Alvar et qui en plus de ses tempes argentées de séducteur mûr occupait un poste important au ministère des Travaux publics, se révéla beaucoup plus efficace.

« Tu vas l'épouser ? lui demanda Julio un soir de mai, après avoir expédié en un instant le sujet pour lequel il l'avait convoquée dans son bureau.

— Pourquoi ? Ça te dérangerait ?

— Non, non, dit-il en fouillant dans les papiers qui se trouvaient sur sa table. Mais j'aimerais le savoir à temps, pour te chercher une remplaçante. Et puis... » Il la regarda, fit une pause, changea de ton : « Tu es très jeune, Angélica, et je te connais depuis que tu étais une gamine. C'est pour cela que je trouve qu'un veuf quadragénaire, avec deux enfants, n'est pas le meilleur parti pour toi.

— Il vient d'avoir trente-neuf ans. J'ai toujours aimé les hommes mûrs. Tu le sais », l'interrompit-elle.

Julio, qui n'avait que six ans de moins qu'Alvar, se tut, la regarda et éprouva la tentation de lui proposer de s'engager avec lui, qui était plus près, plus à portée de main. Mais il ne le fit pas, car il pensa, et ce n'était pas la première fois que cela lui arrivait, qu'elle n'accepterait jamais une offre de ce genre. Angélica lui plaisait, elle lui avait toujours plu, mais elle ne faisait pas partie du genre de femmes qu'il recherchait, celles qui ne posent pas de problèmes, et il ne s'intéressait encore pas trop à explorer d'autres variantes de la conduite féminine. Cependant, Angélica lui plaisait. Depuis qu'il pouvait l'imaginer entre les bras d'autres hommes connus, plus qu'avant.

« Il veut qu'on se marie, ajouta-t-elle alors, comme si elle savait ce que pensait son chef, mais pour moi ce n'est pas clair, parce que... Je ne sais pas, il me pose trop de questions.

— Sur quoi ?

— Sur toi. »

Elle le regarda d'un air aimable, tranquille, tourna les talons et sortit du bureau où son chef mijota dans son incertitude pendant le reste de l'après-midi.

« Qu'est-ce que tu as voulu dire tout à l'heure ? » s'enquit-il, feignant une curiosité plus simple que celle qu'il éprouvait, quand il fit semblant de la croiser par hasard, à la sortie.

Angélica le regarda avec toute l'innocence dont étaient capables ses yeux si bleus. « Tout à l'heure ? Quand ? »

Julio serra les poings, respira profondément, contrôla avec succès une attaque précoce de fureur, mais ne parvint pas à empêcher son visage de laisser transparaître une certaine raideur.

« Ne joue pas avec moi, Angélica, dit-il enfin. Ça ne te va pas. » Mais elle se mit à rire.

« Ah ! s'exclama-t-elle. Je te comprends. Tu me parles d'Emilio, bien sûr...

— Non. Je te parle des questions d'Emilio.

— Oui, bon, eh bien... Je crois que ce n'est pas grave. » Ils étaient arrivés dans l'entrée et Angélica regarda dehors, sourit et agita à plusieurs reprises pour saluer quelqu'un. « Regarde, il est là, dans cette voiture rouge, tu le vois ? » Julio regarda dans cette direction, le vit, le salua avec un sourire forcé. « Et lui, enfin, il me pose des questions, c'est normal, non ? Comme il veut qu'on se marie... Il sait que je te connais depuis que j'étais petite, et ça l'intéresse, bien sûr, tout ce qui me concerne l'intéresse, comment nous nous sommes connus, quand, pourquoi, comment j'ai eu l'idée de venir te demander du travail... » Le propriétaire de la voiture rouge avait déjà klaxonné une fois quand il recommença, avec plus d'insistance. « Je dois partir, Julio, je suis désolée. Nous avons des billets pour le théâtre et nous ne pouvons pas arriver en retard. À demain. »

Ce jour-là, elle ne l'embrassa pas en prenant congé. Elle partit, traversa la rue en courant et se glissa à toute vitesse dans cette voiture rouge, qui se confondit bientôt avec les nombreuses autres voitures jusqu'à disparaître de la vue de l'homme qui était seul, immobile, debout, sur le trottoir. Il eut besoin du temps que mirent de nombreuses voitures à passer pour réagir, mais il reconnut le goût métallique qui lui emplissait la bouche, la sensation particulière de creux dans les os, une blancheur ancienne et éblouissante lui blessant les yeux. Soudain, à contretemps, presque traîtreusement, Julio Carrión González recommençait à avoir peur. Après tant d'années, après tant de succès, c'était incroyable, mais vrai.

Ce soir-là, il avait rendez-vous avec une fille, mais il ne prit même pas la peine d'annuler le rendez-vous. Il perdit beaucoup de temps dans les rues, en faisant et en refaisant le chemin pour rentrer chez lui, essayant de penser, avec difficulté. « De l'argent, je peux lui offrir de l'argent, ou non, je peux la renvoyer, anticiper ses mouvements, parler à Emilio, lui raconter que c'est une pute, qu'elle a un autre amant, que sais-je, inventer quelque chose, chercher de faux témoins, la menacer, je peux dire qu'elle m'a volé, mettre une liasse de billets dans son sac, faire un scandale au bureau, laisser un autre le découvrir, la menacer de prison, je peux lui faire peur, engager quelqu'un... »

Quatre mois plus tard, pendant qu'il marchait à côté d'elle sur le trottoir de droite de la rue Marqués de Urquijo et comprenait qu'il allait l'épouser, Julio Carrión González se rappela tout cela, et ce qui se produisit le lendemain de cette nuit noire de peur et de maladresses, cette nuit longue et insomniaque dont il sortit les nerfs si vrillés que lorsqu'il la vit entrer dans son bureau, avec plus d'une heure de retard, quand il lui avait ordonné de venir immédiatement, il oublia tout ce qu'il avait prévu, les mots qu'il pensait prononcer, l'accent dur et sec qu'il avait prévu d'employer.

Angélica se tourna vers lui, le regardant de très haut.
« Alors ? Tu voulais me parler ?
— Oui. »
Ce fut tout ce qu'il parvint à dire avant de se lever pour aller vers elle, de lui immobiliser les deux mains

avec sa main gauche, d'approcher sa tête très près de cette femme pendant qu'il la tenait par la mâchoire, lui pressant les joues avec les doigts jusqu'à ce qu'il l'oblige à plisser les lèvres dans la grimace d'un baiser ridicule.

« Tu es une saloperie, Angélica ! Tu m'entends ? Une saloperie, c'est tout ! » Elle le regardait les yeux écarquillés et ne tentait pas de se dérober à ses mains comme si ce qu'il disait l'avait intéressée. « Tu es un insecte, une chenille, une mouche à merde, et je peux en finir avec toi quand je voudrai, tu comprends ? Comme je voudrai, je peux t'écraser entre mes doigts comme une mie de pain, en un instant. Tu te crois très maligne, Angélica, mais tu ne sais pas qui je suis, ni qui sont mes amis, tu n'as aucune foutue idée de ce qui peut te tomber dessus quand je déciderai de décrocher ce téléphone, c'est clair ? » Il espérait qu'elle ferait un geste affirmatif de la tête, qu'elle murmurerait un oui pâle, exsangue, et voir l'éclat de la peur dans ses yeux, mais elle ne bougea pas quand il la secoua avant de lui lâcher le visage sans diminuer la pression de son autre main. « C'est clair ? »

Et à cet instant, Angélica Otero Fernández ferma les yeux, entrouvrit les lèvres, approcha sa bouche de la bouche qui l'insultait, et sans savoir comment, sans savoir pourquoi, Julio Carrión González l'embrassa, et continua à l'embrasser, l'embrassa beaucoup, pendant longtemps, et lui libéra les bras parce qu'il avait besoin des siens pour l'étreindre. Il avait besoin de ses mains pour la toucher, et il les employa pour parcourir son corps avec une étrange émotion au bout des doigts, comme s'ils reconnaissaient la peau et la chair qu'ils goûtaient pour la première fois, avec une convoitise récente, qu'elle sut frustrer au bon moment, quand ni ses doigts, ni ses mains, ni ses bras, ni ses lèvres, ni lui-même, ne pourraient plus mépriser le désir que leur inspirait cette femme.

« Ça suffit. » Angélica guida hors de son soutien-gorge la main qui s'y était logée sans sa permission, recula d'un pas, boutonna deux boutons et remit sa robe en place. Elle regarda Julio Carrión dans les yeux, avança du pas qu'elle avait fait en arrière, s'empara des bras qui l'emprisonnaient auparavant, les plaça autour de sa taille, leva les siens, jusqu'à entourer le cou de son chef, et l'embrassa sur la bouche jusqu'à ce qu'elle sente les signes qui annonçaient un nouveau désordre. « Bon, je dois partir. J'ai beaucoup de choses à faire.

— Angélica..., murmura-t-il.

— Oui ? » répondit-elle avec son accent chantant, indemne.

Il ne trouva rien d'autre à dire et elle ouvrit la porte pour sortir, mais avant elle le regarda avec la même expression de triomphe qui incendiait ses yeux quand il consentait à se lever pour aller chercher une tasse et un verre à la cuisine. Ensuite, elle s'arrangea pour ne plus se retrouver seule avec lui de toute la journée.

« J'ai rompu avec Emilio, lui annonça-t-elle une semaine plus tard. C'est ce que tu voulais, non ? »

Julio se contenta de sourire, mais au bout d'un moment il alla la chercher pour l'inviter à dîner. Elle lui répondit qu'elle ne pouvait pas. « Je suis prise », déclara-t-elle, sans préciser par qui, mais elle contre-attaqua à temps, proposant une autre date à la vitesse nécessaire pour éviter de décourager son chef. Au cours de ce dîner, Julio Carrión découvrit ce qu'il pressentait déjà, qu'Angélica était disposée à ne poser aucun problème à condition qu'il soit disposé à résoudre le problème principal.

Elle qui avait encaissé son discours avec un sourire imperturbable qui le rendait de plus en plus nerveux interrompit ses circonlocutions sans se troubler. « Voyons si je t'ai bien compris, Julio... Tu me proposes de devenir Rosi et de commander de temps en temps deux douzaines de roses, rouges, ça oui, pour moi-même ? »

Il eut du mal à conserver son calme et eut recours aux phrases toutes faites pour masquer ses véritables intentions : « Ce n'est pas ça, Angélica. Tu le sais parfaitement. Tu sais quel genre de femme tu es et quel genre d'homme je suis.

— Justement. Justement pour ça. » Et tout en parlant, elle hocha la tête à plusieurs reprises, comme si elle se résignait à abandonner parce que c'était impossible. « C'est incroyable, vraiment. Avec l'intelligence que tu as, que tu ne comprennes jamais rien... Quel rustre tu fais, Julio !

— Très bien. » L'offensé opta pour feindre de ne pas l'être et récolta un succès discret dans son objectif, les yeux fixés sur la nappe. « Eh bien je n'ai rien dit. »

Mais ce n'était pas vrai. Il savait très bien ce qu'il avait dit, et elle, qui en sortant du restaurant se pendit à son cou pour l'embrasser avec l'abandon qu'elle avait jusqu'alors réservé à l'intimité de son bureau, le savait aussi. Les variations, les épisodes successifs de passion, d'indifférence, et encore de la passion, de l'audace et encore de l'audace, et à nouveau de l'indifférence, et de la passion, les malédictions qu'il marmonnait entre ses dents et l'angle des décolletés qu'elle ouvrait ou fermait selon les circonstances, dura tout l'été pour atteindre à la mi-septembre son point culminant et le plus délicat, le degré de saturation qui conduit à l'ébullition un instant avant de se résoudre en pure lassitude. Angélica sut choisir ce moment pour l'inviter à boire quelque chose en sortant du travail, pour l'emmener sur une terrasse de Rosales et lui lâcher ce discours qui commençait par l'avertissement que Julio Carrión González était un homme riche, oui, mais pas un monsieur respectable.

« On demande l'addition ? dit-elle, quand elle se lassa de se regarder dans le souriant miroir de son silence.

— Demande-la toi-même. Tu devais m'inviter non ? répondit-il.

— Bien sûr. »

Il avait dit ça pour la voir rougir. Quand il obtint cette satisfaction minime, il se leva, alla chercher le garçon, lui régla l'addition en lui donnant un bon pourboire, la rejoignit et la prit par le bras.

« Tu rentres chez toi à pied ? » Pour la première fois depuis des mois, il avait le contrôle absolu de la situation, et il se proposa de profiter un peu plus de son avantage. « La soirée est très belle.

— Pourquoi est-ce que tu me demandes ça ? » En la voyant, encore rougissante, raide, il se rendit compte qu'il ne savait que penser.

« Pour te raccompagner. Si ça ne te dérange pas, bien sûr.

— Non. Bien sûr, que ça ne me dérange pas. »

Pendant qu'ils marchaient sur le trottoir de droite de la rue Marqués de Urquijo, Julio savait déjà qu'il allait l'épouser. Il ne s'agissait pas que de l'impeccable qualité des arguments d'Angélica. Il comptait déjà qu'il devrait se marier tôt ou tard, mieux valait tôt. C'étaient les règles du jeu et il avait déjà repoussé trop de mères puissantes, trop de filles à papa. Romualdo, qui tout en étant un voyou était déjà le père de trois enfants, l'avait averti du risque des commérages qui avaient commencé à fleurir. Les vipères se demandaient à voix haute s'il n'était pas homosexuel, s'il n'avait pas une maladie inavouable, s'il ne s'adonnait pas à des penchants pervers, et il n'existait qu'un moyen d'enrayer la situation, de résoudre le problème. Les noces scellent la paix, disait son père. Angélica voulait l'épouser, toujours, depuis toujours, et le courage qu'elle avait déployé en le lui disant en face lui semblait non seulement admirable en soi, mais éliminait également un nombre considérable d'ennuis. S'il choisissait Angélica, il s'économiserait le dérangement du cortège. S'il choisissait Angélica, il rejoindrait l'aristocratie, une famille ruinée, défaite, couverte d'éléments indésirables, mais aristocratique en fin de compte. Personne ne verrait la moindre objection à son mariage, et Angélica lui plaisait, elle lui avait toujours plu, il l'avait toujours senti, et puis, elle lui ressemblait. Maintenant il le savait.

En arrivant rue Princesa, il avait déjà décidé qu'il allait l'épouser, mais il ne lui dit rien avant d'avoir atteint la *glorieta* de San Bernardo. Alors qu'ils attendaient à un feu rouge, il la prit doucement par une épaule et lui posa une question.

« Que va dire ta mère ? »

Angélica lui adressa un regard encore peu assuré, prudent, mais beaucoup plus doux que tous ceux qu'elle lui avait adressés dans l'après-midi.

« Ce que ma mère va dire... de quoi ?

— Ce qu'elle va dire quand elle apprendra que tu te maries avec moi ? »

Elle sourit lentement, comme si elle goûtait une friandise délicieuse, si exquise qu'elle dépassait les capacités de son palais, incapable d'en apprécier la saveur avant que sa pensée ne puisse l'élaborer avec sa propre douceur.

« Ah ! dit-elle seulement. Nous allons nous marier ?

— Bien sûr. Tu n'avais pas compris ?
— Non. Tu ne me l'as même pas demandé. »
Les piétons qui les entouraient commencèrent à traverser, mais aucun des deux ne bougea. « Angélica, veux-tu m'épouser ?
— Oui. » Le feu passa au jaune, au rouge, à nouveau au vert, avant qu'elle n'ait fini de l'embrasser. « Ma mère fera semblant d'être contente, je suppose. Tu es un bon parti, tu le sais, et une bonne mère ne cherche que le bonheur de sa fille... »
Le 5 mai 1956, don Julio Carrión González épousa Mlle Angélica Otero Fernández à l'église Santa Bárbara de Madrid, et doña Mariana Fernández Viu fut la marraine de la cérémonie. Elle n'osa ni alors, ni avant, ni après, dire un mot sur ces noces, programmées, conçues et contrôlées à chaque instant par la mariée, qui choisit non seulement un modèle de robe en soie sauvage de Balenciaga, mais aussi la date, les fleurs, la musique, les invités, les témoins, le menu du banquet, le costume du marié, celui du témoin, sa propre bague de fiançailles et, bien sûr, les conditions du contrat de mariage.
« Nous pourrions aller un moment chez moi, faire la sieste », lui proposait Julio de temps en temps, après l'avoir emmenée déjeuner chez Eugenio ou à Torrelodones avec son père. Il l'avait déjà présentée aux femmes de deux ou trois ministres et aux Constructions Carrión tout le monde savait qu'ils étaient fiancés, en regardant le brillant qui étincelait à l'annulaire de sa main droite.
« Bien sûr que non, Julio ! s'exclamait-elle en secouant la tête. Il n'en est pas question ! Va faire la sieste chez toi, et j'irai la faire chez moi. Je te l'ai dit souvent, et tu sais que c'est pour ton bien. Tu ne peux pas attendre quatre mois ?

— Non, je ne peux pas... » Dans le taxi, il la tripotait, la touchait par-dessus ses vêtements, et elle se laissait faire jusqu'au moment où elle ne se laissait plus faire, évaluant toujours à la perfection le temps, les risques et les bénéfices.

Il ne pouvait pas, mais il le fit tout de même. Il attendit quatre mois, puis trois, puis deux, et enfin un, et quatre semaines, trois, deux, et encore sept jours. Il lui convenait d'épouser une vierge de bonne famille et ce fut ce qu'il trouva devant l'autel. Il lui convenait aussi de lui faire deux ou trois enfants très vite, mais Angélica savait très bien ce qui lui convenait à elle, et elle mit une année entière à tomber enceinte. Quand elle lui annonça la nouvelle, elle était devenue une véritable experte dans l'usage contraceptif de certains péchés qu'on ne confesse jamais, et son mari, depuis douze mois raisonnablement éloigné des plaisirs souterrains, souriait quand elle lui demandait si cela n'avait pas valu la peine d'attendre. À l'époque, la seule chose qui échappa au contrôle d'Angélica fut la raison de ce sourire, car elle n'imagina jamais que ce que Julio appréciait le plus chez elle au lit était la même chose qui l'attachait le plus à elle dans n'importe quel autre endroit de la maison. Tout au long de son ascension escarpée, dangereuse et triomphale vers la gloire, Julio Carrión González s'était soucié de tout sauf d'être aimé. Ce fut en constatant à quel point sa femme l'aimait qu'il comprit que, depuis que sa mère avait quitté la maison, personne ne l'avait aimé. Et il s'habitua à l'amour d'Angélica, une ferveur inconditionnelle, religieuse, totale. Sa dévotion lui devint nécessaire, puis indispensable, jusqu'à ce qu'elle commence à lui manquer chez toutes les femmes avec lesquelles il lui fut infidèle tandis qu'il apprenait à l'aimer à sa façon.

En 1958, naquit Rafael, leur premier enfant, blond et blanc, les yeux aussi bleus que sa mère. Un an plus tard, arriva Angélica, les yeux verts et un teint de porcelaine lumineuse, rose, si différent de celui de son père. En 1961, naquit enfin un fils qui promettait de lui ressembler, aussi le baptisa-t-il de son propre nom. Mais Julio, qui avait son expression, ses gestes, son caractère, finit par éclaircir avec le temps et, bien que ses yeux fussent marron, ses cheveux et sa peau devinrent de plus en plus clairs, semblables à ceux de ses frères, quand, au début 1965, Angélica fut enceinte pour la quatrième fois.

En novembre, elle donna naissance à un autre fils. Il avait les cheveux noirs, la peau mate et, sur cette imprécision naturelle des nouveau-nés, quelque chose qui faisait s'exclamer toutes les personnes qui le virent dans son berceau à l'hôpital : « C'est ton portrait tout craché, Julio, vraiment, on n'a jamais vu un bébé qui ressemble autant à son père... »

Il se contentait de sourire, mais il éprouvait une satisfaction particulière à prendre dans ses bras cet enfant, qui s'appelait Álvaro Carrión Otero et qui, avec le temps, deviendrait son fils préféré.

« Je n'ai jamais couché avec ton père, Álvaro. »

J'eus alors très envie de rire et de pleurer en même temps, mais je ne fis ni l'un, ni l'autre. Je restai tranquille, silencieux, incapable de penser, de dire, de ressentir quoi que ce fût. J'étais là et j'avais entendu. C'était tout ce que je savais, ce que je parvenais à savoir quand elle se tourna vers moi pour voir sur mon visage ce rien ou ce quelque chose qui lui fit encore plus mal. Alors, en la voyant recroquevillée sur elle-même, me tournant le dos au bord du lit, comme une petite fille, perdue et désemparée, je compris que je devais faire quelque chose, il ne s'agissait plus de penser. Il fallait que j'embrasse Raquel. J'avais besoin de le faire, pas de me l'expliquer.

Je me rapprochai d'elle, la retournai et elle se laissa faire, sans m'aider mais sans opposer de résistance, comme si son corps s'était détaché de sa volonté, comme si sa volonté s'était annihilée dans la lourde mollesse d'un corps inerte, un cadavre, une masse, une poupée de chiffon. Raquel Fernández Perea, l'amour de ma vie, était à moi et rien qu'à moi, à moi et pas à mon père, plus mienne qu'avant, plus mienne que jamais quand je l'étreignis, sa peau parfaite souple et tiède, lumineuse, exacte comme un souvenir net et neuf. Je la serrai fort pour la coller à moi jusqu'à reconnaître dans mon corps le relief du sien, et je maintins l'étreinte pendant longtemps sans parvenir à la sauver de cette immobilité aussi entière que celle que seuls donnent le sommeil ou la mort. Mais elle était vivante, éveillée. Je surveillais sa respiration, j'en sentais le va-et-vient sur mon cou et j'appréciais sa chaleur, l'image pacifique de cette étreinte que je pouvais encore contempler avec les yeux de l'homme qui l'avait poursuivie sur tous les trottoirs, dans toutes les entrées, par tous les téléphones, comme s'il poursuivait sa propre vie. L'homme qui aurait dû maintenant embrasser cette femme, qui voulait l'embrasser et ne le pouvait pas.

Je devais faire quelque chose et ce n'était sûrement pas penser, mais des images anciennes et récentes, statiques et en mouvement, me revinrent en mémoire, des scènes entières et des fragments de scènes, des phrases, des mots isolés. Excusez-moi, mais j'attendais votre mère, asseyez-vous, je vous en prie, vous voulez boire quelque chose ? Ça ne t'a pas dérangée que je te tutoie, n'est-ce pas ? Tu es très romanesque, Álvaro, tu as beaucoup d'imagination, pour un physicien, et ça ne te fait pas peur ? Quand il souriait, ton père ressemblait à un de ces soleils que peignent les jeunes enfants, pleins de rayons et de couleurs jusqu'à trouer le papier. – Je me demande ce que tu peux penser de moi, elle va très bien avec toi mais tu ne ressembles pas à ton père, Álvaro, et celui avec qui elle ne va pas du tout c'est lui, ne me dis pas que tu ne t'en étais pas rendu compte...

Dans un lieu éloigné de ma conscience, par-delà la stupeur, la tentation d'assaillir, la rage aveugle du jeune taureau qui vient de comprendre le mécanisme de la muleta et n'aspire plus qu'à la vengeance, à la couleur du sang du tricheur, battait une pointe d'orgueil satisfait, une relique inutilisable, quoique tenace, de mon ancienne intégrité d'homme ordinaire. Je me souvenais très bien de la séquence de mes intuitions, et surtout de celle qui révéla avant l'heure que le pire qui pouvait m'arriver était de découvrir un jour la véritable relation qui avait uni Raquel à mon père. Maintenant, au bord de cet abîme pressenti, je me réjouissais de ne pas avoir partagé cette femme avec Julio Carrión González, et cette satisfaction me faisait mal, m'effrayait, menaçait l'avenir que j'avais été disposé à vivre sous l'ombre insupportable, rassurante, d'une passion odieuse.

Je pensais à tout cela sans le vouloir, j'étreignais Raquel, et je n'osais pas parler, elle non plus, elle ne bougeait pas, mais elle était vivante, éveillée. Je surveillais sa respiration, je sentais son va-et-vient sur mon cou, je percevais sa peur et que celle-ci était plus grande que la mienne, car elle savait, elle savait tout, elle l'avait toujours su, depuis le début, tout sauf, peut-être, qu'elle allait tomber amoureuse de moi, tout sauf, peut-être, que j'allais tomber amoureux d'elle. Je compris alors la véritable condition de mon malheur, cette démesure sans limites, l'implacable cruauté d'une défaite dont je n'avais pas encore commencé à souffrir, car l'amour, mon amour, ne suffisait pas pour tuer le dragon, car tant d'amour ne servirait jamais à combler par des mots ordinaires le silence dans lequel il était né, où il avait grandi et était devenu fort comme un arbre robuste, mais jamais exposé au gel de l'hiver. C'était ça, une plante gâtée, protégée, fragile à l'intérieur, par-delà le bouclier ligneux de son écorce, c'était mon amour, et j'étais coupable, de ne pas avoir voulu savoir, de ne pas avoir osé interroger, d'avoir voulu le vivre en marge de certaines questions qui n'avaient qu'une seule réponse. Cela aurait été très facile : quand as-tu connu mon père, Raquel, où, comment as-tu eu une liaison avec lui, combien de temps cela a-t-il duré ? Cela aurait été très facile, mais je choisis l'autre facilité, et ce fut tout. Et cependant, tout cela était arrivé, tout était vrai, et je le savais, mon corps et ma mémoire le savaient, mes yeux et mes mains, les bras qui maintenaient cette femme collée à moi comme si nous étions les deux seules parties d'un tout qui ne se laisse diviser par aucun nombre.

Aussi, pendant un instant, pensai-je que je pouvais aussi ne rien faire. Je parvins à l'imaginer, à élaborer les éléments du discours : Ça ne fait rien, rien n'a d'importance, je ne veux rien savoir, je n'aime que toi, Raquel, et je suis disposé à tout ignorer, car tu n'étais pas cette femme-là, tu es cette autre, celle que je connais, et je te connais, alors maintenant on se lève, on s'habille, on va dormir place des Guardias de Corps, ta véritable maison, que je préfère nettement à celle-ci, et on n'en parlera plus jamais...

Il n'est pas facile d'enterrer les morts, de contempler l'air indifférent des fossoyeurs qui adoptent une expression de condoléances artificielle et prévisible, si humaine, quand leur regard trébuche sur celui des proches, d'entendre le bruit des pelles, la brutalité du cercueil frôlant les murs de la fosse, la silencieuse docilité des cordes qui se déroulent. Il n'est pas facile d'enterrer les morts, mais de les enfouir entièrement et pour toujours dans une sépulture plus profonde que la terre des cimetières. « Ta grand-mère était institutrice, très bonne, elle aimait beaucoup son mari, elle jouait du piano, très mal, mais elle aimait ça, la pauvre. » Et je pouvais faire la même chose, rien, séparer ma tête de celle de Raquel, la regarder, l'embrasser sur la bouche avec le soin que celle-ci méritait et la remettre sans poser de questions dans la serre chaude et sûre que mon amour avait fabriquée pour elle.

Je pouvais aussi ne rien faire, faire comme si je ne faisais rien, feindre d'oublier son mensonge, simuler que je ne m'étais jamais senti floué, qu'elle ne m'avait jamais menti, me convaincre que je n'avais jamais profité de ses mensonges, et vivre, faire comme si je vivais dans le silence rose et habitable de ceux qui préfèrent ne pas faire, ne pas savoir, ne pas demander, et vivent, ou le croient. Mais j'aimais cette femme. Je l'aimais tellement que, parfois, l'amour que j'éprouvais pour elle m'étourdissait, me débordait, devenait plus grand que moi et se concentrait entre mes tempes comme un accès de fièvre tropicale et soudaine. Je l'aimais tellement que, en ce moment, pendant que je sentais le sol se dérober sous mes pieds et le vide toucher le centre de mon estomac, un prix beaucoup plus élevé que le plaisir de tous les vertiges – la certitude que je n'éprouverais jamais plus de dégoût ni de honte en me souvenant de la lumineuse disproportion de son corps nu – parvenait à maintenir un fil de chaleur dans mon cœur engourdi par le froid. Je l'aimais tellement que je ne pouvais mépriser son silence, les raisons de sa fuite, son secret, ni la condamner à la demi-existence d'une fiction satisfaite de sa pauvreté.

« Parle-moi, Raquel. » J'écartai ma tête de la sienne, la regardai, l'embrassai sur la bouche, et j'aurais pu ne rien faire d'autre de toute ma vie, mais elle ne le méritait pas, et moi non plus. « Dis-moi quelque chose, s'il te plaît.

— Je t'aime, Álvaro.

— Et moi aussi. »

Puis elle se libéra de mon étreinte et écarta son corps, mais resta proche, allongée sur le côté, me regardant en face.

« Je ne sais pas par où commencer... »

Je m'appuyai contre les oreillers, allumai une cigarette et attendis.

Raquel souffre plus que toi, m'avait dit Berta, et je ne l'avais pas crue, je n'avais pas été capable d'imaginer une angoisse plus grande que mon incertitude, mais maintenant je la voyais souffrir, fermer les yeux, serrer les paupières, les rouvrir, me regarder, regarder le plafond, puis le drap puis refermer les yeux, de plus en plus pâle, plus mal à l'aise, aussi inquiète qu'un rat de laboratoire enfermé dans une cage, un animal sans défense, torturé par la passive indifférence de son propriétaire, et ce rôle était le mien, et il ne me plaisait pas.

Je me tournai vers elle et glissai la main droite sous sa tête.

« Commence n'importe où. Je suis de ton côté.

— Ça, tu ne le sais pas, Álvaro.

— Si, je le sais. » Elle avait raison, je ne le savais pas, mais je pouvais compenser ce mensonge par une vérité plus importante. « Parce que je ne veux pas que tu repartes. »

Alors elle referma les yeux, acquiesça plusieurs fois de la tête comme une petite fille qui accepte sa punition, s'assit sur le lit et me regarda.

« La première chose qu'a faite mon grand-père Ignacio avec ma grand-mère Anita, après avoir couché avec elle, fut de lui apprendre à lire et à écrire. » Elle parlait d'un ton calme, sans hésitation, loin encore de la honte et des larmes. « Elle avait dix-huit ans, mais elle était analphabète car elle avait grandi dans la montagne, à plus de trois kilomètres du village le plus proche. Son père était garde forestier, et il ne pouvait l'envoyer à l'école. Ignacio avait six ans de plus qu'elle, et il avait abandonné ses études de droit en troisième année, pour s'enrôler. Quand ils se connurent, ils étaient à Toulouse, en pleine guerre mondiale, ma grand-mère réfugiée sans papiers chez mes arrière-grands-parents, et il s'y cacha aussi car il venait de s'enfuir d'un camp. Il s'est enfui souvent, de beaucoup d'endroits. Comme ils n'avaient pas de livres de lecture en espagnol, mon grand-père l'envoya acheter deux cahiers et il les lui fabriqua. Il avait appris à lire à de nombreux miliciens, et à force de s'en servir, il connaissait les livres par cœur. La première phrase que ma grand-mère parvint à lire en entier fut : Anita est une petite pomme. Il lui écrivait ça, pour la faire rire. »

Elle s'arrêta sur le rire de sa grand-mère pour étudier ma réaction et n'observa dans mes yeux aucun signe d'impatience ou de découragement. Je n'étais pas pressé.

« C'est la première chose que j'aurais dû te raconter. Et j'ai failli le faire l'après-midi où tu m'as emmenée au musée, quand cette fillette si laide qui trouvait que quelque chose était bizarre, mais ne savait pas quoi, s'est approchée de nous et... »

— Elle était laide ? l'interrompis-je, et je la vis sourire pour la première fois depuis longtemps.

— Oui, très. Tu ne t'en souviens pas ?

— D'elle si, mais je ne l'ai pas trouvée laide.

— Elle l'était. Elle avait une face de poisson, les yeux très écartés, et elle était grosse, lourde...

— Elle était très intelligente, me rappelai-je.

— Oui, dit-elle. C'est ce que tu as dit : une fille intelligente, c'est pour cela que cela vaut la peine de travailler ici. Tu t'en souviens ? Et tu étais si content, si satisfait, que j'ai failli te raconter... eh bien, l'histoire des cahiers, de ma grand-mère, parce que... Je ne sais pas, soudain tu ressemblais tellement, aux gens dont on m'avait toujours parlé, à ma famille, à leurs amis... Ce fut comme si j'avais déjà vu cette scène, comme si je l'avais vécue avant, ou non, comme si je ne l'avais pas vécue mais qu'on me l'avait souvent racontée. Quand j'étais petite, on m'a raconté de nombreuses histoires semblables. Tu ne comprends peut-être pas, c'est difficile à expliquer, mais c'était la seule chose qu'il leur restait, la culture. Éducation, éducation et éducation, disaient-ils, c'était comme une devise, une consigne répétée à de multiples reprises, la formule magique pour arranger le monde, pour changer les choses, pour rendre les gens heureux. Ils avaient tout perdu, ils s'en étaient sortis en faisant des métiers bien en dessous de leurs capacités, écoles, boulangeries, standards téléphoniques, mais il leur restait ça. Il leur resta toujours ça. Et ils ne l'oublièrent jamais, même après, quand mon grand-père acheva ses études, quand il trouva du travail dans un cabinet d'avocats puis en monta un autre avec un ami français et commença à gagner de l'argent. Pour ma grand-mère, ce fut encore plus remarquable, parce qu'elle obtint un titre d'institutrice dans les garderies, tu sais ? C'est amusant, mais elle s'y est consacrée pendant de nombreuses années, prélecture et préécriture, ce fut elle qui m'apprit l'alphabet, enfin, à moi, à mon frère, à ma sœur et à tous mes cousins.

— À Annette aussi, dis-je.

— Oui, à Annette aussi. Au fait, tu lui as beaucoup plu, à Annette. Quand elle est venue nous dire au revoir et m'a remis ton mot, elle était entièrement de ton côté. Elle t'avait trouvé charmant, très bien élevé, et au bord du suicide. Elle m'a demandé comment je pouvais te traiter aussi mal, ce que tu avais fait pour que je te punisse aussi durement. Et je lui ai dit que tu n'avais rien fait... » Sa voix s'éteignit et ses yeux évitèrent les miens. « Que c'était moi qui avais tout fait... J'aurais dû te raconter l'histoire de mes grands-parents cet après-midi-là, Álvaro, mais je n'ai pas osé. J'ai eu peur que tu continues à poser des questions, que tu finisses par comprendre... C'est pour ça que je t'ai dit que je n'avais pas envie de parler de ton père. Tu me plaisais beaucoup, il y avait longtemps qu'un homme ne m'avait pas plu autant, et je ne voulais pas tout gâcher, tout perdre avant de commencer, et comme tu m'as dit que toi non plus tu n'avais pas envie de parler de lui, eh bien... Ça y est, me suis-je dit. Ça y est. Quelle idiote. J'aurais dû penser que tout ce qui arriverait ensuite serait de ma faute, que tu finirais par apprendre un jour que je t'avais menti. J'aurais dû y penser, t'en parler, te dire la vérité avant de commencer. Mais j'ai eu peur, et maintenant... Tout est de ma faute. »

Jusqu'à ce moment, les sourires qui voyageaient dans la voix de Raquel étaient parvenus à caresser mon âme meurtrie, à nettoyer mes blessures avec la promesse d'une suture nette et éclairée, de pressentir les cicatrices roses qui ne seraient pas toujours douloureuses, et nous étions rue Jorge Juan, dans cet appartement que mon père lui avait offert je ne savais encore ni comment ni pourquoi, une souricière à ma mesure, des bougies à demi consumées autour du jacuzzi et un godemiché en caoutchouc dans le tiroir de la table de nuit de mon côté. Je n'avais pas oublié, je ne pourrais jamais oublier, mais je ne voulais pas perdre Raquel non plus, renoncer si vite à cette histoire qui était trop longue, trop ancienne pour déboucher sur un lieu aussi proche, aussi petit que la distance qui nous séparait, mais qui parlait de moi, et d'elle, et nous laissait encore sourire. Aussi me redressai-je entièrement, l'étreignis-je, l'entraînai-je avec moi avant d'obtenir qu'elle s'accroche à mon corps comme un naufragé à l'unique planche qui flotte sur l'Océan, et je l'embrassai avant de lui offrir une sortie qu'elle ne m'avait pas demandée.

« Tu étais chez ta grand-mère ?
— Oui.
— Je le savais. Je te jure que je le savais. J'étais sûr que tu étais allée là-bas.
— Pourquoi ?
— Je ne sais pas, mais je le savais. Et je suis souvent allé à Canillejas, crois-moi. Au hasard, bien sûr, parce que c'est un quartier que je ne connais pas, mais je conduisais en regardant tout le temps par la fenêtre pour le cas où je te verrais. Tu m'as vu ?
— Non.
— Mais tu ne m'aurais pas dit bonjour.
— Je ne sais pas.
— Mais si tu avais été avec ta grand-mère, certainement, car elle aussi aurait été de mon côté, je suppose.
— Ne crois pas ça, elle... Ouh ! »

Alors elle répéta la séquence de mouvements qu'elle avait commencée auparavant, quand je l'avais priée de me dire quelque chose, comme si elle ne pouvait pas parler et me prendre dans ses bras en même temps, et elle se releva d'un coup, s'assit sur le lit, se couvrit le visage des mains, les laissa glisser lentement avant de les appuyer sur ses cuisses et me surprit beaucoup plus que la première fois.

« Dis-moi, Álvaro, commença-t-elle d'une voix devenue adulte, sérieuse, presque solennelle, tu ne sais pas qui je suis ?
— Eh bien... » J'étais si déconcerté que je ne parvins pas à lui offrir la réponse la plus évidente, mais elle sut interpréter mon silence.

« Non, je sais que tu sais qui je suis, Raquel Fernández Perea, qui habite place des Guardias de Corps, et travaille à Caja Madrid. Je veux parler de... Avant de me connaître comme tu me connais maintenant. Tu n'as jamais entendu parler des Fernández Muñoz ? Chez toi, par tes parents... Ça ne te dit rien ?

— Je ne sais pas... » Je réfléchis un instant parce que j'eus la sensation que c'était une question très importante et je voulais être sûr de ma réponse. « Non, je ne crois pas. Ce sont des noms très courants, mais... Non. Je ne me souviens pas d'avoir entendu mes parents les mentionner.

— Vous ne parliez pas de nous, récapitula-t-elle, avec ce sourire triste qui palpitait avec modestie, mais aussi avec orgueil, comme ces douleurs auxquelles les malades ne savent ni ne veulent renoncer. C'est mieux pour moi, et moins bien pour toi.

— Pourquoi ? »

J'étais encore serein et ma curiosité était innocente, mais elle ne me répondit pas tout de suite, comme si elle devait faire un effort pour trouver une réponse.

« Parce que ce que je vais te raconter va te prendre au dépourvu, et ne te plaira pas, répondit-elle, en parlant très lentement, mais pour moi le contraire serait pire. J'y pense depuis longtemps, et je savais que ce n'était pas possible, car si tu l'avais su et que tu avais eu une liaison avec moi sans rien me dire... Tu ne serais pas... Non. Je savais que ce n'était pas possible, mais j'avais très peur de te le demander. Et pourtant, c'était possible, parce que... » Je la regardais, l'écoutais et n'osais pas l'interrompre, car elle était partie loin, dans un endroit où je pouvais à peine faire autre chose que la regarder, entendre sa voix sans comprendre le sens des mots qu'elle prononçait, jusqu'à ce qu'elle lève soudain la tête pour me regarder dans les yeux. « Tu te souviens de moi, Álvaro ?

— Je ne fais rien d'autre depuis un mois, tu le sais », lui dis-je, et je me rendis compte que ce n'était pas la réponse qu'elle attendait, mais je n'en avais pas d'autre à lui fournir.

« Non... Il y a beaucoup plus longtemps... » Elle fit une pause et regarda à nouveau de tous côtés, comme un animal traqué, avant de revenir à moi. « En mai 1977.

— En mai 1977 ? » Je me mis à rire devant cette drôle d'idée, une date absurde, si lointaine qu'elle ne semblait même pas réelle. « Mais Raquel, en 1977 j'avais... !

— Douze ans, m'interrompit-elle. Et moi huit. Tu habitais rue Argensola, dans un appartement très grand et très joli, qui avait un couloir immense avec un tapis qui s'achevait à un tournant, et ensuite, dans le fond, il y avait la cuisine, avec des portes à battants de bois blanc, avec sur chacune une fenêtre ronde, comme celles des bateaux. »

Elle fit une pause pour me regarder et ce furent alors mes yeux qui cherchèrent le secours des murs, du plafond, avant de revenir à son visage, à l'expression neutre à laquelle je ne sus répondre.

Raquel poursuivit, prononçant maintenant les mots justes, d'une voix claire, nette, qui excluait les doutes, les hésitations : « Ce jour-là était un samedi, et je suis venue chez toi, avec Ignacio, mon grand-père. Je ne vous connaissais pas. Je n'avais jamais entendu parler de vous. Les samedis après-midi, mon grand-père m'emmenait toujours en promenade, et ce jour-là il m'annonça qu'il devait aller voir un ami. Mais ça ne va pas être amusant, avais-je protesté, et il me répondit que si, parce que son ami avait des enfants de mon âge. Quand nous sommes arrivés, ta mère m'a demandé si

j'avais envie d'aller à la cuisine, pour goûter avec toi et avec Clara, ta sœur. Je n'avais pas envie, mais mon grand-père m'y a poussée et je n'ai pas osé protester parce que tout était très bizarre. Ta mère avait eu très peur en nous voyant, elle était très nerveuse, et elle se frottait tout le temps les mains. » Raquel s'arrêta, me regarda à nouveau, et je perçus une ombre d'angoisse dans sa voix. « Tu ne te rappelles pas ?
— Non.
— Au centre de la cuisine, il y avait une table en bois et ta sœur et toi vous étiez déjà assis. La première chose que j'ai pensée, c'est que vous ne vous ressembliez pas du tout, et ensuite qu'elle était très jolie, une fillette comme on en voit dans les publicités, si blonde, la peau si blanche, des yeux immenses, très beaux, et des cils longs et recourbés comme s'ils avaient été faux. Alors la cuisinière, qui s'appelait Fuensanta, nous a servi le chocolat, et elle a posé sur la table un saladier contenant des brioches et un autre avec des croûtons, et elle nous a dit de ne pas tout manger parce que tes frères allaient revenir du football, affamés. Mais on a beaucoup mangé, parce que le chocolat était très bon, et tu m'as demandé si j'étais ta nièce.
— Moi ? Mais comment est-ce que je t'aurais demandé ça ? »
Cette énormité me fit réagir, mais elle ne sembla pas le remarquer, et elle hochait la tête pendant que je commençais à buter sur ma langue, mes dents, sur un instinct obscur qui me poussait à refuser cette histoire absurde, fausse, qui ne pouvait être exacte même si elle avait beau s'entêter et continuer à la défendre de la tête dans une séquence de mouvements lents, qui ne servirent qu'à augmenter mon impatience pour la conduire au bord de la colère.

« À quoi jouons-nous, Raquel ? Et toi, à quoi joues-tu ? Ne dis donc pas de bêtises, vraiment, je ne comprends pas... Je ne vois pas où tu veux en venir, ni d'où tu as tiré tout ça, vraiment, je ne sais pas qui te l'a raconté, comment tu as appris le nom de Fuensanta, comment était ma maison, mais je n'en crois pas un mot, tu sais, et je vais te dire une chose : ça suffit...

— Tu ne te souviens de rien ! » Son insistance avait réussi à me rendre furieux et Raquel s'en était rendu compte, mais mon manque de mémoire l'affecta beaucoup plus que sa mémoire n'était parvenue à m'irriter, et l'étonnement me laissa à nouveau bouche bée tandis qu'elle commençait à cracher les détails avec la véhémence d'une mitraillette. « Ce n'est pas possible, Álvaro, tu dois t'en souvenir, je suis restée longtemps, après le goûter, nous sommes allés dans une pièce où il y avait un train électrique monté sur un panneau, entre deux balcons, à gauche il y avait ta chambre, à droite celle de Clara, elle voulait jouer à la poupée avec moi, elle avait deux jumelles que lui avaient apportées les Rois, une blonde, habillée en bleu, et une rousse, habillée en vert, mais tu ne l'as pas laissée jouer avec moi, tu voulais me montrer le train, tu l'as mis en marche, tu en étais très fier, tu avais deux locomotives et tu me montrais les tunnels, les feux de signalisation, alors ton père est arrivé et il a sorti deux chupa-chups de derrière mes oreilles, la première à l'orange, la deuxième à la fraise, et ta mère est venue le chercher. Tu dois t'en souvenir, Álvaro, quand je suis partie je tenais encore la poupée à la main, Clara m'a demandé de la lui rendre mais ta mère s'est entêtée à me l'offrir, et je ne la voulais pas, mais elle ne l'a pas laissée s'approcher, ta sœur pleurait. Mais ce sont des jumelles, maman, comment est-ce que je pourrais lui en donner une ? disait-elle, et alors... » À cet instant, l'expression de mon visage changea, et Raquel le découvrit à temps. « Tu t'en souviens, maintenant ?

— C'était toi... », dis-je, et je pus à peine croire le son de ma propre voix. « La fillette à la poupée, c'était toi...

— Oui. » Et elle ferma les yeux pendant que son corps se relâchait soudain, comme si elle venait d'arriver au sommet d'un grand effort. « C'était moi.

— Mais je ne me souviens pas de toi, Raquel, pas de toi. » Je hochai la tête, j'étais totalement abasourdi. « Je ne me souviens pas de toi, il y a de quoi se fier au destin, décidément... Ce dont je me souviens, c'est de la poupée, ou plutôt, de la colère de ma sœur en voyant que c'était Mariloli, la fille du concierge, qui l'avait. Je me souviens qu'elle est allée la lui réclamer et que la fillette a dit non, qu'elle l'avait trouvée jetée dans la rue et que c'était la sienne.

— Je ne l'ai pas jetée. Je l'ai laissée sur un banc, avec une chupa-chups de chaque côté.

— C'est pareil. Clara l'a très mal pris, elle m'en a parlé, ainsi qu'à mon frère Julio, elle a tellement insisté qu'à la fin nous avons dû descendre pour demander la poupée à Mariloli, mais elle n'a pas voulu nous la donner non plus. Et Clara, qui était la plus petite, et très gâtée, l'a raconté à mon père, ma mère était présente et ne l'a pas laissée finir son histoire. Elle lui a donné une gifle terrible. Je n'avais jamais vu ma mère frapper aucun d'entre nous, et ne l'ai jamais revue, bien sûr. Je me souviens de cet épisode, et ma sœur aussi ne l'a jamais oublié. Elle en en parle encore de temps en temps : quelle injustice, maman n'aurait pas dû l'offrir à cette petite fille et encore moins permettre à Mariloli de la garder. Maintenant tout le monde en rit, mais elle en a pleuré pendant très longtemps.

— Je suis désolée. » Et soudain, sans aucune raison, ses yeux se remplirent de larmes. « Je suis vraiment désolée. Clara avait raison. Je l'avais dit à ta mère, mais elle ne m'a pas écoutée.

— Mais alors... » Ce ne fut qu'après avoir confirmé l'authenticité de cette histoire que j'osai songer à ses conséquences. « Alors, toi et moi...

— Nous sommes cousins, répondit-elle avec une tranquillité qui me sembla presque offensante, tant elle était inconcevable. Au troisième ou quatrième degré, je ne sais pas. Le père de mon grand-père Ignacio, Mateo, était le frère du père de ta grand-mère Mariana, qui s'appelait Lucas. Notre arrière-arrière-grand-mère était manifestement très croyante, et elle a donné des noms des saints évangélistes à ses fils... » Alors elle se brisa à nouveau, et une angoisse concrète, plus définie, grandit dans sa voix, et devint plus forte qu'elle. « Mais tu ne le savais pas, n'est-ce pas, Álvaro ? Tu ne pouvais pas le savoir, dis-moi que tu ne le savais pas. Quand tu m'as demandé s'il était possible qu'on soit parents, la première fois où nous avons déjeuné ensemble, tu n'avais aucune idée...

— Non. Je ne le savais pas, répondis-je, encore ébranlé par ces deux mots, notre arrière-arrière-grand-mère, cet adjectif qui nous avait réunis dans un lieu où je n'avais jamais imaginé qu'on puisse être ensemble.

— Et pourtant, cet après-midi-là, quand nous nous sommes connus, pour la première fois, l'idée t'a plu, elle vous a plu à tous les deux. « Nous n'avons pas de cousins », a dit Clara. Et je vous ai raconté que j'en avais plein, que certains vivaient à Paris, j'ai parlé d'Annette, je vous ai dit que j'étais née là-bas, et tu doutais que je sois espagnole. Tu as dit : Ceux qui sont nés en France sont français. Tu ne te souviens pas de ça non plus ?

— Non, mais ça n'est pas la peine. D'après ce que je vois, tu t'en souviens pour nous deux.

— Oui, je me souviens de tout. Pour toi, c'était sûrement un samedi normal, une fillette qui vient en visite, qui goûte, qui s'en va... J'y ai pensé souvent. Si j'étais toi, je ne m'en souviendrais pas non plus. En fait, je ne me souviens pas des enfants qui venaient chez moi quand j'étais petite, je ne me souviens même pas très bien des quelques amis français de mes parents qui venaient parfois passer le week-end. Mais là je me souviens de tout parce que, pour moi, cette journée fut très importante. Cet après-midi, en sortant de chez toi, j'ai vu pleurer mon grand-père... Et mon grand-père ne pleurait jamais. Jamais... Il n'a pas pleuré le jour de la mort de Franco, ni le jour où il est rentré en Espagne après trente-sept ans d'exil, ni même quand il a bu à nouveau du vermouth, à une terrasse de las Vistillas, car pour lui, cela prouvait qu'il était vraiment à Madrid, à nouveau, après si longtemps, mais même ce matin-là il ne lui échappa pas une seule larme. Et pourtant, en sortant de chez toi, ce samedi de mai 1977, il s'est assis sur un banc, place des Salesas, et il a pleuré... »

Alors ce fut elle qui se mit à pleurer, mais les pleurs ne l'arrêtèrent pas. Les larmes tombaient doucement de ses yeux, à un rythme lent, presque harmonieux, et semblaient souligner chacune de ses paroles, et elle ne les essuyait pas mais les acceptait comme un destin juste et continuait à parler.

« Je lui ai demandé ce qui s'était passé, je le lui ai demandé... Il m'avait offert une glace et il avait retrouvé son calme. Nous marchions tous les deux sur Recoletos, vers Cibeles, mangeant nos glaces, je lui ai demandé :

que s'est-il passé, grand-père ? Et je croyais qu'il n'allait pas me répondre... »

Je la voyais pleurer et je ne faisais rien, je ne la caressais pas, je ne la consolais pas, je n'osais pas parler, ni même la toucher, car ces pleurs étaient encore incompréhensibles pour moi et ne m'appartenaient pas, je n'avais aucun droit d'intervenir.

« Je n'avais que huit ans, mais il aimait parler avec moi... On parlait beaucoup, beaucoup, mais j'ai cru qu'il n'allait pas... Et il m'a répondu : C'est une très longue histoire, et très ancienne, tu ne la comprendrais pas et tu ne dois pas la connaître non plus. Et je lui ai demandé pourquoi, et j'ai cru qu'il n'allait pas répondre à ça non plus, mais il me l'a dit... Il me l'a dit... »

Et soudain, ses sanglots explosèrent, se répandirent avec la nécessité catastrophique d'un barrage qui craque, d'une digue qui se brise, une rivière qui déborde pour tout inonder. Ainsi les sanglots l'inondèrent et je les vis, je vis ses yeux liquides, sa peau colorée, les joues mouillées et les lèvres tendues, crispées dans une grimace aussi forcée que la bouche d'un masque. Je les vis, je la vis, mais elle continua à parler, bousculant la tristesse par des mots, et je l'écoutai, je continuai à l'écouter.

« Nous sommes de retour, maintenant. Voilà ce qu'il m'a dit... Il m'a dit que la logique serait que je vive toujours ici... Et que pour vivre ici... Pour vivre ici, il y a des choses qu'il vaut mieux ne pas savoir, et même ne pas comprendre... Voilà ce que m'a dit mon grand-père, et il savait pourquoi il me le disait, il le savait, et c'est... C'est le plus important... Personne ne m'a jamais dit quelque chose d'aussi important, mais le temps a passé, beaucoup de temps, il est mort et je l'ai oublié... Je ne l'ai pas écouté, il avait raison et je ne l'ai pas écouté, et pourtant... »

Alors elle marqua une pause consciente, différente de toutes celles qui avaient fait couler ses larmes, à sa congestion, à l'intermittence des gémissements qui avaient annoncé ou achevé ses sanglots. Cette pause fut différente et m'appartint, car elle ne la fit que pour moi, pour me regarder.

« Et pourtant, si je l'avais écouté, si je n'avais pas oublié ses paroles et ce qu'elles signifiaient, je ne t'aurais jamais connu, Álvaro, je ne t'aurais jamais connu, Álvaro, je ne t'aurais jamais connu... »

Quand Raquel s'endormit, il faisait presque jour. J'eus plus de mal à m'endormir qu'elle, et je me réveillai le premier.

Il était très tard. Le soleil réchauffait la pièce par-delà les persiennes closes, les rideaux tirés, et on entendait le murmure intermittent, faible mais soutenu, d'une rue à la circulation difficile aux heures de pointe, klaxons, coups de frein, camions. Je recevais ces sons avec étonnement, sans me décider à fêter leur compagnie, cet indice de réalité qui certifiait le cours de mon existence, ou à me lamenter sur leur irruption dans la solitude absolue qui m'entourait. J'étais seul. Raquel dormait à côté de moi et j'aimais la voir dormir, car dans la tranquillité du sommeil ses traits s'affirmaient, l'irrésistible proportion de ses hanches s'accentuait et sa peau reposait dans sa propre perfection. Raquel dormait toujours, je la regardais dormir, et j'étais seul. Absolument, épouvantablement, seul. Seul au milieu d'un désert, une étendue infinie de terre brûlée, un champ de bataille dévasté jusqu'aux racines, où les vautours se sont lassés de picorer les cadavres et les feux ont cessé de fumer. J'étais là, au centre du néant. Seul.

« Pourquoi m'as-tu amené ici ? » avais-je demandé à Raquel vers la fin, pendant que la vérité prenait la forme d'un gigantesque grumeau de poussière grise, une pelote informe de saleté éclaboussée de quelques gouttes de sang séché, du vieux sang, précieux ou inutilisable, mais du sang. « Je n'aime pas cet endroit. »

À l'époque, j'avais commencé à calibrer la nature répugnante de la vérité congelée, sale, laide et triste, qui colonisait mon palais, et descendait dans ma gorge pour infecter mon œsophage, mon estomac, mes poumons. Je respirais de la poussière, j'en mâchais, j'en avalais, et la poussière pesait sur mes cils, se répandait entre mes dents, je pouvais la voir sous mes ongles, la sentir remplir progressivement toutes les cavités de mon corps, percevoir son craquement dans mon cerveau, et je lui demandai cependant pourquoi elle m'avait amené ici, je le pensai, je le dis, c'était ma voix, ce furent mes yeux qui la regardèrent, qui sentirent la brûlure des larmes en contemplant ses yeux, gonflés, aussi tendres que sa faute. Je pleure très peu. « Prends ça, Álvaro, m'avait dit ma sœur Angélica le jour de l'enterrement de mon père, tu n'as pas pleuré et ça te fera du bien. » Je pleure peu, très peu, presque jamais. Cette nuit-là je n'arrivai pas à pleurer, mais je sentis l'épuisement des yeux de Raquel dans les miens quand elle me répondit, avec l'expression de qui ne pleure pas parce qu'il n'y a plus de larmes à verser.

« Moi non plus je n'aime pas ça, me répondit-elle, mais j'ai pensé que, si un jour nous nous sortons de cette histoire... Si un jour tu oublies quel genre de femme je suis, quel genre de choses je suis capable de faire, si tu parviens à me regarder, et à m'écouter, sans penser que je te trompe, que je te trompe depuis le début, eh bien... Je ne sais pas. J'ai pensé qu'alors ce serait bien que nous ayons parlé ici, parce que nous n'aimons cette maison ni l'un ni l'autre, parce que nous n'y reviendrons jamais. »

Nous n'y reviendrons jamais. Quand je me réveillai, il était très tard, mais Raquel dormait toujours, je la regardais dormir, et j'étais seul. Je ne me supportais pas, ni la présence de ma mémoire, son inévitable, insupportable activité, maintenant que je ne savais plus qui j'étais, et le tout avait grandi au point de déborder les limites du chaos, d'une petite envergure domestique, face à l'incomparable étendue de l'ordre. Je suis physicien, et j'ai besoin de prédire. Cette définition s'était écrasée contre elle-même comme tous les calculs, tous les principes, tous les axiomes que j'avais acquis, appréciés, et appris à manipuler pendant la première partie de ma vie. La seule chose que je pouvais savoir était que, à ce moment, pendant que Raquel dormait et que le soleil chauffait la pièce à travers les persiennes baissées, les rideaux tirés, et que le faible écho d'une rue à la circulation problématique parvenait à mes oreilles, commençait la deuxième partie de ma propre histoire, un horizon vide, nu, aux contours gigantesques et diffus, que je ne pouvais contempler qu'avec l'imprécision d'un nouveau-né, d'un regard qui n'a pas encore commencé à être conscient de sa fonction, de sa nature.

Ma vie avait tellement changé et si vite, comme si mon passé avait appartenu à la mémoire d'un autre homme. Cependant c'était ma mémoire qui m'accompagnait, ma mémoire qui me bombardait sans trêve d'images, avec des gestes, des paroles vieilles et récentes, toutes anciennes désormais, toutes inutiles, et surtout, la joie et le doute, l'émotion et la fatigue de l'homme qui était arrivé dans cette maison seulement quelques heures plus tôt. Cet homme était généralement moi, avait été moi, mais ne l'était plus. Et je ne savais plus qui j'étais, ce que je pouvais attendre, ce que j'attendais, ce que j'aurais dû faire, ce que j'allais faire quand la femme qui dormait à côté de moi se réveillerait. « Pardonne-moi, Álvaro, s'il te plaît, pardonne-moi, pardonne-moi... » Je n'avais pas répondu, je ne pouvais pas répondre, mais je l'avais prise dans mes bras, je l'avais embrassée, je l'avais serrée contre moi et j'avais maintenu la pression pendant longtemps. J'aimais cette femme, je le savais, mon corps, mes yeux, mes mains le savaient, ainsi que la seule parcelle de cette mémoire mystérieuse, étrangère, que je pouvais encore connaître comme mienne. La seule chose que je savais était que j'aimais cette femme, et pourtant, je ne savais que faire, que dire, quelle décision prendre quand elle se réveillerait. Il faisait presque jour et Raquel s'endormit, mais j'eus plus de mal.

« Ne t'y trompe pas, Álvaro, ce ne fut pas une vengeance, me dit-elle quand tout semblait terminé et n'avait fait que commencer. Je ne voulais pas, je ne pouvais pas me venger. Il s'était passé trop de temps, j'étais trop loin de Paris, de la défaite, de la victoire, de 1946, de 1947... Je ne le dis pas pour me défendre, ce n'est pas ça, au contraire. La vengeance est noble, car c'est une passion. Une passion maladroite, faible, toujours inutile, car elle ne rend jamais ce que l'on y a investi, mais une passion, et moi... J'ai tout fait sans passion, Álvaro, par pur calcul. Je suis économiste, tu le sais. »

Et elle continua à couper tous les raccourcis, à me dépouiller de toutes les consolations, me désignant, un par un, chaque trou, chaque ronce, chaque marais qui accidentait l'unique sortie du labyrinthe. Désormais écrasée par l'épuisement physique qui suit la fatigue morale, elle parlait avec sérénité, sans compassion pour moi ni pour elle-même.

« Quand j'ai lu le nom de ton père sur ce contrat, je n'avais aucune idée de l'histoire de Paloma. Je savais pour son mari, oui, je savais qu'une de ses cousines l'avait dénoncé, qu'il avait été fusillé, et qu'il lui avait écrit de prison une lettre pleine d'amour, ça, je le savais, je l'avais souvent entendu raconter. Mon grand-père disait toujours qu'il n'avait jamais vu d'homme aussi amoureux d'une femme que son beau-frère de sa sœur. Et je la connaissais, c'était une femme très étrange, qui semblait plus âgée que ses frères et sœurs et qui ne parlait presque pas. Je l'avais toujours vue assise dans un fauteuil, chez María, sa sœur, qui était formidable, sympathique, amusante et très bonne cuisinière, et possédait une maison avec un jardin, remplie d'enfants, de petits-enfants, et un mari que je trouvais aussi sympathique qu'elle, l'oncle Francisco, qui venait d'un village de la province de Tolède et... »

Alors elle me regarda, fit non avec la tête comme si elle avait voulu se mordre la langue et se tut soudain.

« Et alors ? demandai-je.

— Rien. J'allais dire une bêtise.

— Laquelle ? »

Elle hocha à nouveau la tête pour me regarder.

« J'allais te dire que l'oncle Francisco faisait des pâtes d'amandes pour tout le monde à Noël. Et que je n'aime pas la pâte d'amandes, mais je mangeais toujours une figurine en sa présence quand on allait les chercher chez lui, pour ne pas le vexer. Et que c'était la seule chose que je savais, rien d'autre. Quand ma grand-mère m'a raconté ce qui s'était passé, alors j'ai mieux compris la vie de Paloma, cette morte-vivante, mais en théorie seulement, tu sais, parce que j'étais trop loin de Paris, de la victoire, de la défaite, de tout. Et des veuves tragiques, cette exagération, toute cette dramatisation, la vie en noir des deuils perpétuels... En théorie, j'ai mieux compris, en pratique cela ne m'a servi qu'à confirmer que la vengeance est une mauvaise affaire. J'en ai ras le pompon de la guerre civile, chantait mon père tous les dimanches, quand nous rentrions à la maison après le déjeuner. Grand-mère Anita faisait toujours de la paella le dimanche pour nous inviter tous.

— Ma mère aussi fait la paella le dimanche. Et elle aussi nous invite tous.

— Oui, enfin, on sait qu'il n'y a rien de mieux que la paella. Mais quand on sortait dans la rue, mon père chantait "j'en ai ras le pompon de la guerre civile", et ma mère et ma tante Olga faisaient le chœur, zim-boum, zim-boum, et nous les enfants, on riait parce que c'était comme le blasphème pour les catholiques, une horreur, une chose qu'on ne pouvait pas dire, qu'on ne pouvait même pas penser... "J'en ai ras le pompon du Cinquième Régiment, zim-boum, zim-boum..." Nous étions morts de rire, et mon oncle Hervé, le mari d'Olga, qui était français et ne comprenait rien, nous regardait comme si nous étions fous. Nous l'étions peut-être, mais cette folie m'empêcha de comprendre l'histoire de Paloma, les paroles de mon grand-père, "pour vivre ici, il y a des choses qu'il vaut mieux ne pas savoir et même ne pas comprendre..." Je ne voulais pas me venger, Álvaro. Cela aurait été mieux, plus noble, plus honnête. Mais je suis pire que mes grands-parents, je suis pire que Paloma, ou je l'étais, du moins, quand tout cela a commencé. Nous sommes tous pires, non ? les Espagnols d'aujourd'hui, pires que ceux d'avant. Ce pays n'a fait que dégénérer, tu t'en souviens ? C'est ce que vous disiez, Berta et toi, ce soir-là, quand j'ai dit que je me sentais mal parce que je ne pouvais pas continuer à t'écouter, Álvaro, parce que j'étais malade de chagrin, de honte. Tu parlais de ta grand-mère et je me méprisais tellement que je ne pouvais plus le supporter. Je ne voulais pas me venger, je suis une Espagnole, de celles d'aujourd'hui, et je voulais seulement faire une bonne affaire, gagner beaucoup d'argent, réussir le coup de ma vie, c'était tout, en assurant mes arrières, ça oui, en souvenir de passions si vieilles que je ne les comprenais même plus. Mais ton père est mort avant l'heure, et cela a tout gâché. C'est ce qui est arrivé, Álvaro, ne t'y trompe pas. »

Alors elle s'arrêta, me regarda, lâcha le drap qu'elle avait torturé de ses doigts en parlant et j'en étudiai les plis, un par un, sans rien trouver à dire. De tout ce que j'avais appris cette nuit, ce qui me faisait le moins de mal était l'attitude de Raquel, froide, oui, et plus que ça, astucieuse, impitoyable, pas comme celle de mon père, mais comme celle de ma mère, comme celle de Mariana, ma grand-mère, et je ne pouvais pas les repousser, je ne pouvais pas les abandonner. Mes parents seraient toujours mes parents, je ne pouvais pas prendre la décision de les écarter de ma vie, mais elle n'y avait pas pensé, elle ne se rendait pas compte de ce que je pensais, de ce que j'éprouvais à cet instant.

« Tout cela n'avait pas de rapport avec toi, Álvaro, ce n'était pas contre toi. Je ne pouvais pas savoir que c'est toi qui viendrais me voir, je n'étais même pas sûre de qui tu étais quand je suis arrivée au cimetière, le jour de l'enterrement, et je t'ai vu seul, loin des autres. Tu ressembles beaucoup à ton père, c'est vrai, tu es identique à lui, comme une copie du Julio Carrión que j'avais vu sur les photos de fêtes d'anniversaire et de repas de Noël, posant avec les autres comme s'il était de la famille, mais j'ai pensé que tu pouvais tout aussi bien être un neveu ou quelque chose comme ça, parce qu'il n'était pas logique que tu ne sois pas avec ta mère. J'ai dû compter tes frères, tes beaux-frères, pour m'apercevoir qu'il en manquait un et tant que je ne t'ai pas vu embrasser les autres, à la fin, je n'ai pas été sûre. Je cherchais le seul enfant brun qui habitait dans cette maison où j'étais allée goûter quand j'avais huit ans, et c'était toi, mais je ne voulais pas que tu me voies. Je voulais que personne ne me voie, je voulais vous voir vous, seulement. C'est pour cette raison que je suis allée à l'enterrement de ton père, pour voir vos visages, pour connaître celui de ta mère, pour mieux me préparer. Mais rien ne s'est passé comme je l'escomptais. »

Elle s'arrêta à nouveau et, quand je la regardai, je vis qu'elle me regardait, qu'elle tendait prudemment les doigts de la main droite vers les miens, et les caressait, les posait sur eux, très lentement, les avançait jusqu'à entourer ma main et recevait leur pression avec soulagement.

« Tout cela n'avait pas de rapport avec toi, mais avec ta mère. J'étais contre ta mère... Quelle horreur, n'est-ce pas ? » Elle tenta de sourire, sans grand succès. « Quelle horrible façon de me défendre, je n'étais pas contre toi, je voulais juste enfoncer ta mère... Et pourtant... pourtant, tu as tout changé, Álvaro. Et c'est ça le plus ridicule, le plus absurde, parce que j'avais un plan pour gagner beaucoup d'argent, et ta mère ne s'en serait pas aperçue si ton père n'était pas mort avant l'heure, mais elle en a hérité en un certain sens. Quand il a disparu, je me suis retournée contre elle et elle ne le saura jamais, elle ne saura rien parce que tu es arrivé et que rien ne s'est passé comme je le voulais, et c'est bon pour tout le monde sauf pour toi, qui es le seul bon... Tu as sauvé ta mère, qui ne mérite pas de vivre tranquillement, et tu m'as sauvée moi, parce que si tu n'avais pas tout fait échouer sans le vouloir, j'aurais échoué moi aussi... »

Elle fit une pause, essaya à nouveau de sourire et y parvint cette fois. Mais je ne pus faire de même. La fermeté avec laquelle elle appliquait sa méthode, cette façon si méticuleuse, si perfectionniste, de se mépriser elle-même, avait commencé à me faire du mal, même si j'avais plus mal pour elle que pour moi.

« Au début, je ne m'en rendais pas compte. Au début, j'étais si sûre de savoir qui étaient les bons et les méchants, qui j'étais, quelle était mon histoire, je ne sais pas... Je ne voulais pas me venger, je ne pouvais pas penser que je voulais me venger, cela ne me revenait pas, ce n'était pas à moi de le faire, tu comprends ? Au passage, en faisant une bonne affaire, je gâchais la vieillesse de ton père, et tant mieux, j'étais vraiment sûre de ce que je faisais, j'étais si sûre de tout et qu'il ne méritait rien d'autre... Je ne voulais pas me venger, je ne pouvais pas, mais la vengeance me rassurait, assurait mes arrières, me servait à être plus indulgente envers moi-même. Jusqu'à cet après-midi au musée, Álvaro, où je t'ai vu parler à une fillette très laide, mais si intelligente que tu ne te souviens même pas de sa laideur. Je connaissais cette scène, je l'avais déjà vue, on me l'avait racontée tant de fois qu'il me semblait l'avoir déjà vécue, et alors, sans le vouloir, comme si un interrupteur automatique avait sauté tout seul, je t'ai vu avec les yeux de mon grand-père, Álvaro, je me suis retrouvée à te regarder avec les yeux de mon grand-père et j'ai compris que tu lui aurais beaucoup plu, beaucoup, beaucoup. Et ensuite je ne pouvais plus m'arrêter, parce que

moi aussi j'étais là, avec toi, et mon grand-père avec nous, alors je me suis regardée, je me suis vue avec ses yeux et j'ai compris que je ne lui plairais pas du tout, en revanche. Je sais que c'est difficile à croire, que tu vas trouver que c'est une excuse facile, mais jusqu'à ce moment, je ne m'étais pas rendu compte de ce que je faisais. Jusqu'à ce moment, je n'avais pas compris ce que signifiaient mes projets, ce que j'allais devoir perdre pour pouvoir gagner autant d'argent. Il était mort, oui, mais ça ne faisait rien. Je restais sa petite-fille – je le serai toujours –, et je le traitais plus mal que quiconque, je le maltraitais plus que jamais, je le détruisais, c'était ce que j'étais en train de faire, moi qui l'aimais tant, qui l'aimais plus que tout, en devenant comme ton père...
— Non. »
Je me taisais depuis longtemps, traitant avec difficulté ce que j'entendais, mais cette réponse monta de mes lèvres spontanément.
Il lui fallut plus de temps pour me contredire.
« Non.
— Si.
— Non, Raquel. » Alors je la repris dans mes bras, la serrai très fort, me rappelai les bougies à demi consumées autour du jacuzzi, le godemiché en caoutchouc mauve qui semblait rempli d'une sorte de gel, les comprimés bleus dans cette petite boîte en argent au couvercle rayé. « Non.
— Pardonne-moi, Álvaro, s'il te plaît, pardonne-moi, pardonne-moi... »
Il faisait alors presque jour, et elle s'endormit, je restai éveillé, enviant sa faute, son sommeil. « C'est bon pour tous sauf pour toi », m'avait-elle dit, et elle avait raison, parce que je l'avais prise dans mes bras, je l'avais embrassée, je l'avais serrée contre moi et je la gardais

encore comme ça. Elle s'était endormie en sachant que j'étais à ses côtés, mais moi, j'étais seul. Absolument, épouvantablement seul. Loin du sommeil, loin de la faute, loin de moi. Près de Raquel mais seul, l'unique habitant d'une réalité congelée et sale, laide et triste, aussi vaste que le monde, qui n'avait rien à voir avec moi et se trouvait pourtant à l'origine de ma propre existence. J'étais là, au centre du néant. Seul.

Maintenant que je connaissais enfin toutes les données du problème, sa résolution était plus difficile que jamais. À tel point que la première chose que je réussis à établir avec certitude fut que, même contre mon propre instinct, il aurait mieux valu pour moi que Raquel restât la maîtresse de mon père. Cette hypothèse traditionnelle, voire biblique, que j'étais parvenu à oublier dans les bons moments et au-delà de l'invraisemblance qu'avait formulée mon ami Fernando sous forme de devinette – ce qui était bizarre était qu'elle ne soit pas bizarre –, me faisait horreur et honte dans les mauvais moments, m'avait situé dans un endroit plus commode, plus habitable et civilisé, que le strict désert où la vérité venait de me déposer.

La solitude absolue n'est pas un bon endroit pour réfléchir et la poussière que je continuais à avaler, à mastiquer, à digérer pendant que Raquel dormait, troublait mes yeux et salissait ma pensée d'une patine épaisse, confuse. Je pouvais l'imaginer en train de parler à mon père, posant ses exigences sur le même ton qu'elle avait employé avec moi le jour où nous nous étions vus dans son bureau, cet accent sûr, confiant, solide et aseptisé à la fois, qu'elle avait acquis lors de nombreuses entrevues avec des clients tels que lui, des héritiers tels que moi. Je pouvais imaginer sans difficulté cette scène tendue et immorale, la plus grave, la plus dure à se rappeler pour elle, mais j'avais beaucoup plus de mal à la voir dans la maison où nous étions ensemble, semant des mines sur un terrain dessiné, conçu, armé pour ma mère, mais qui n'exploserait que sous mes pieds. Cette petite astuce du haschisch et des bougies, des peignoirs usés et l'alarme du réveil, me faisait mal, m'inquiétait, me désespérait beaucoup plus que le grand projet de son chantage. Parce que cela n'avait pas de rapport avec le passé, mais avec l'avenir.

Cette conclusion, si pauvre en apparence, signifiait que j'avais déjà choisi, mais je ne m'en rendis pas compte avant de m'être endormi d'épuisement. Je le compris le matin, et je compris aussi que ce n'était même pas une décision complète, mais sa carapace, à peine un simulacre de volonté. Entre se retrouver avec quelque chose et se retrouver sans rien, tout le monde préfère la première solution. Cela n'est pas choisir, c'est plutôt ne pas choisir, car le néant ne peut être comparé qu'avec lui-même.

« Comment te sens-tu ? »

Raquel se réveilla bien avant d'oser ouvrir les yeux. Je détectai le changement de rythme de sa respiration, contemplai un tour caractéristique, perçus le frôlement de ses pieds contre les miens, et aucun de ces signaux, dont l'absence avait défini tous mes réveils des deux derniers mois, ne m'émut autant que l'obstination de ses paupières closes. Raquel se réveilla bien avant d'oser ouvrir les yeux, mais elle osa s'approcher de moi, me prit dans ses bras avant de me demander comment j'allais, et ne me regarda qu'alors.

« Bien, répondis-je, même si ce n'était pas vrai.

— Non, tu ne vas pas bien. Tu ne peux pas aller bien. Je le sais, je le savais, c'est pour ça que je suis partie. Et je ne comptais pas revenir, tu sais ? Je ne serais pas revenue si tu ne m'avais pas autant cherchée. »

Je la peignai avec les doigts, lui caressai le visage, m'étonnai de sa beauté le matin : « Parce que tu m'as dit au revoir. Si tu n'avais pas voulu que je te cherche, tu n'aurais pas dû le faire.

— Mais je t'aime, Álvaro. J'avais besoin que tu le saches.

— J'avais besoin de le savoir.

— Oui, mais maintenant ça ne sert plus à rien, n'est-ce pas ? » Elle avait les yeux secs, le visage calme, et cependant, depuis que nous étions à nouveau ensemble, je ne l'avais pas entendue prononcer de phrase plus triste. « Rien ne sert à rien. Cela aussi je l'ai pensé, j'ai eu beaucoup de temps pour penser. Tu ne me feras plus jamais confiance, personne ne le ferait, et ce ne sera pas de ta faute, bien sûr, tout est de ma faute, je te l'ai dit hier soir, tout. Cela aussi je l'ai pensé, je l'ai retourné dans tous les sens, je le sais. Je me suis trompée trop souvent, trop. Et tu ne le méritais pas, tu ne le mérites pas ça...

— Partons. » Encore plongée dans l'implacable examen de ses erreurs, le seul discours dans lequel elle semblait trouver une consolation, elle me regarda les yeux écarquillés.

« Partons d'ici immédiatement, répétai-je. Partons d'ici. Habille-toi et partons. »

La dernière fois où je lui avais demandé de partir ensemble, elle était restée paralysée, pétrifiée par ce verbe. Mais cette fois-là, en revanche, elle obéit très vite, avec la diligence d'une fillette docile, contente de pouvoir être utile.

Nous ne croisâmes personne dans les couloirs ni dans l'ascenseur. Le concierge n'était pas à son poste non plus, il était 14 h 30. Quand nous sortîmes dans la rue, l'air chaud nous submergea d'un coup dans la réalité vaporeuse, suffocante, dont nous avions été absents dans ces limbes polis à air conditionné.

« Quelle chaleur ! » Elle me regarda et je fis un signe de tête affirmatif, parce que j'étais du même avis mais surtout parce que la trivialité de ce commentaire me faisait du bien.

C'était vrai, il faisait chaud. Le soleil tombait sur nous comme s'il voulait nous écraser contre les trottoirs, et il n'y avait pas que le soleil, il y avait aussi le bruit, la fumée, les pots d'échappement des voitures, les enfants mal à l'aise avec leurs sacs à dos, traînant les pieds pour retourner à l'école, un couple de quinquagénaires s'embrassait impétueusement au coin de la rue, les accords électroniques d'une machine à sous en passant devant un bar, trois hommes morts de rire devant la porte, une mère qui grondait son fils, une autre qui promenait deux jumelles dans une petite voiture, d'autres gens qui criaient ou riaient, deux conducteurs se disputant à grands cris une place de stationnement, des fragments de conversation, des échos de klaxon, la rue, la vie, les vertus du chaos, leur effet anesthésiant.

Je lui passai un bras autour des épaules et remarquai qu'elle les haussait un instant en sentant le poids de mon bras. « Il fait très chaud. »

Raquel avait vu juste en me donnant rendez-vous dans cette maison étrangère qui, une fois dans la rue, semblait aussi fausse, aussi fictive qu'un décor. Nous savions tous les deux que tout serait plus facile de l'autre côté, au-delà des murs de verre, de l'air conditionné, de cette atmosphère sans autre odeur que celle des lieux inhabités. Elle s'était souvent trompée, avait commis trop d'erreurs, mais sur ce point, avait vu juste.

Nous descendîmes par la rue Jorge Juan en ligne droite, sans parler, en sentant la chaleur, le bruit, les odeurs de la rue, et nous marchions vers l'autre moitié de Madrid, la nôtre. Quand nous commençâmes à la voir de l'autre côté de Recoletos, le silence fit place à la réalité.

« J'ai faim.

— Tu as toujours faim, Raquel.

— Oui, c'est vrai, mais..., dit-elle d'un ton repenti. Pas toi ? Hier, je n'ai pas déjeuné, aujourd'hui nous n'avons pas pris de petit déjeuner, et il est déjà 15 heures.

— En Espagne, les gens déjeunent à cette heure, lui rappelai-je, et je la vis sourire. Je dois dire qu'un café me ferait du bien.

— Juste un café ? »

Nous nous assîmes à une terrasse et elle retint d'un geste de la main le garçon qui apporta les cartes.

« Ne partez pas, on va commander. Deux cafés au lait, une bouteille d'eau minérale et pour moi un toast au jambon cru, un grand, coupé dans une miche, et une portion de tortilla.

— Seule ou avec du pain ?

— Non, non, avec du pain... » Elle se tourna vers moi. « Et toi, qu'est-ce que tu veux manger ?

— Eh bien... Je ne sais pas. Une autre portion de tortilla. »

Quand le garçon nous laissa seuls, je regardai Raquel et elle me rendit un regard que je connaissais, comme elle en avait eu souvent en face de moi aux nombreuses tables de bars et de restaurants. Je connaissais la pression de la faim sur sa voix, la confiance illimitée avec laquelle elle donnait des ordres aux serveurs pour les remercier ensuite de leur attention avec autant d'emphase que si elle avait quelque chose à se faire pardonner, mais aujourd'hui tout était différent. Vingt-quatre heures plus tôt, et quarante-huit, et soixante-douze, et quatre-vingt-seize, et cent vingt heures auparavant, et ainsi de suite jusqu'à un chiffre difficile à manipuler, j'aurais donné n'importe quoi pour être ici, avec elle. Sa disparition avait réduit ma vie à cette phrase, n'importe quoi pour Raquel, n'importe quoi pour arriver à Raquel, pour arriver avec elle dans un lit, une nuit, un matin, il est 15 heures et j'ai faim, n'importe quoi pour entendre à nouveau qu'elle avait faim, pour m'asseoir en face d'elle à une table, pour la voir manger. J'aurais tout donné pour ce qui représentait le bonheur, et maintenant je les avais récupérées, mais le bonheur n'était pas là, et je ne savais que faire d'elles.

« Je te l'avais dit. » Quand elle se lassa d'attendre, son regard s'éteignit, devint inquiet et rebondit au ciel, sur la table, sur les voitures, les arbres, avant de me revenir. « Je t'ai dit que c'était très difficile, que ce serait très difficile...

— Ce n'est pas ça, Raquel. Tu es vivante, je peux te parler, te poser des questions, écouter tes réponses, rester avec toi ou partir. Tu es vivante et tu es un petit problème – les bougies à demi consumées autour du jacuzzi, le godemiché en caoutchouc mauve qui semblait rempli d'une sorte de gel, les comprimés bleus dans cette petite boîte en argent au couvercle rayé –, un problème relativement facile à résoudre. Mais il y a plus, beaucoup plus. Au point que je ne peux pas l'admettre. Et c'est cela qui est difficile. »

Le dire à haute voix m'aida à le comprendre, mais ne m'indiqua aucun chemin à suivre, et je me tus, calculant dans quelle mesure ce que je venais de dire était exact, ce que je voulais croire, ce qui me sauverait ou non ; ce qui sauverait ou non Raquel avec moi. Mon père avait été un homme beaucoup plus extraordinaire que nous ses enfants ne le deviendrions jamais, me rappelai-je, et c'était moi qui le savais le mieux, parce que j'étais aussi le fils qui s'était le plus éloigné de lui, le seul qui ne s'était pas efforcé de lui ressembler. Les deux choses restaient vraies, elles ne l'avaient jamais été autant quand le serveur revint avec les cafés et les portions de tortilla. « Je vous apporte tout de suite le jambon », dit-il, et Raquel ne lui jeta pas un regard, elle plongeait ses yeux dans les miens avec un air d'abandon, de peur, d'amour aussi que je connaissais bien. Très bien. Auparavant, je sentais qu'avec ce regard elle voulait me dire que sa vie reposait entre mes mains, et que c'était exactement le cas. Maintenant je savais tout de ces yeux qui me brûlaient, qui me faisaient mal, et qui auraient dû être capables de me guérir.

« Tu ne vas pas manger ? » Le serveur venait de poser devant elle une tartine aussi grande que la moitié de la table, mais elle n'avait même pas saisi ses couverts.

« Je n'ai pas faim.

— Je ne le crois pas, répliquai-je en souriant.

— C'est vrai..., dit-elle, au bord des larmes. Ça m'a passé. »

Je fis une pause pour la regarder, et je regardai la promenade, les voitures, le ciel, deux amies qui jacassaient comme des pies à la table voisine.

Je vis le serveur et cessai tout de suite de le voir tant il se déplaçait vite, et je regardai à nouveau Raquel, la ligne de sa mâchoire, son menton, la perfection de son long cou, ses grands yeux à la couleur étrange, sombre et glauque. Une fille intelligente, une beauté secrète, une femme si belle qu'il fallait la regarder à deux fois, et la regarder attentivement pour parvenir à le voir, car l'impeccable harmonie de ses traits se refusait aux yeux qui ne la méritaient pas. Je voyais Raquel, je la regardais, et tout était si triste, si sombre, si sec, si gris, si sale, si terrible. Et pour nous qui avions tellement l'habitude de rire, qui avions tellement ri, aucun autre moment ne parviendrait à être pire que celui-ci, plus sombre que cette terreur, plus noir que cette lumière, plus bruyant que ce silence.

« Mange, Raquel. » J'entendis le son de ma voix et m'étonnai qu'elle m'ait obéi, que ma langue et ma gorge aient généré le son que je leur avais ordonné de produire. « Mange, s'il te plaît.

— Je n'ai pas faim...

— Mange ! » Je pleure très peu mais je pressentais l'apparition de mes larmes et refusai de les laisser s'échapper. Pas avec Raquel, pas à ses côtés, pas encore, même si je devais aussi la prendre en charge, même si mes épaules criaient qu'elles ne pouvaient plus supporter le poids de tous ces cadavres. « Commence à manger tout de suite. Allez !

— Comme tu es devenu autoritaire, Álvaro... » Elle coupa un tiers du toast, y empila le jambon, l'approcha de sa bouche, mordit dedans, et eut une grimace proche du rire, un rire amer, triste, la bouche pleine, comme si elle venait de se rendre compte de ce qu'elle avait dit. « J'ai dit une sottise.

— Oui. » Je n'avais pas faim moi non plus mais je m'obligeai à manger, et pendant que je commençais à mâcher, je me réjouis de l'avoir fait. « J'aime les sottises. Raconte-m'en une autre.

— Quoi, par exemple... ?

— Je ne sais pas, ça m'est égal. » Elle était déconcertée, soucieuse, elle avait peur, et je n'aimais pas qu'elle ait peur. « Parle, Raquel, raconte-moi quelque chose, n'importe quoi, ce que tu voudras.

— Mais je ne sais pas...
— Parle. » Elle resta paralysée, à réfléchir, le toast à la main, mais je ne pouvais pas m'arrêter, je ne pouvais pas l'attendre, je ne pouvais pas supporter à nouveau le bruit du silence dans les oreilles. « Raconte-moi ce que tu demandais aux Rois mages quand tu étais petite, quels étaient tes jouets préférés, quels étaient les professeurs que tu n'aimais pas, n'importe quoi, ça n'a pas d'importance.

— Les Rois venaient chez moi quand j'étais petite, commença-t-elle en souriant. Je veux dire que quand j'étais petite, les Rois venaient chez nous. Car, même si on vivait en France, mes parents fêtaient les Rois, pas le père Noël... Je suis très nerveuse, Álvaro. »

J'avais fini sans enthousiasme la moitié de la tortilla et toujours sans enthousiasme, mais avec du pain, j'entamai la deuxième. « Ça ne fait rien. Continue.

— C'était très significatif pour eux, tu sais ? Maintenir les traditions d'ici, comme les grains de raisin, par exemple. Le 31 décembre, on les mangeait, et grand-mère Anita se plaignait toujours : ils sont tellement chers et tellement difficiles à trouver. Alors une larme coulait de son œil gauche, une seule, mais elle l'essuyait immédiatement, et continuait à manger, à parler pour moi. Chez mes grands-parents, il y avait une horloge qui sonnait l'heure. Elle était dans le salon et, après le dîner, on devait tous se lever pour y aller, chacun avec ses grains de raisin. Une année, grand-père Ignacio appela mon autre grand-père Aurelio qui vivait ici, à Torre del Mar, et il écouta les cloches de la Puerta del Sol au téléphone, mais arrêta quand nous en étions au quatrième ou au cinquième coup, nous protestâmes tous avec virulence et il ne recommença jamais... Aïe ! » Elle mit sa main devant la bouche, se mordit la lèvre inférieure et me regarda comme si elle venait de commettre un péché impardonnable. « Quelle sotte, peut-être que ça te fait du mal que je te raconte ça... C'est peut-être mieux si je te parle du lycée...

— Non. » La nature de sa crainte et cette soudaine dépendance à la faute me firent vraiment sourire. « J'aime bien.

— Ah oui ? Bon, bien sûr, mes amies du lycée trouvaient cette histoire de raisin très bizarre, et celle des Rois aussi... »

Quand je demandai la note, nous en étions à un supermarché en plastique avec des roues, un store à rayures et une caisse-enregistreuse avec des billets et des pièces de monnaie, qui avait été son jouet préféré à sept ans et aurait pu l'être pendant de nombreuses années s'il n'avait pas été abîmé dans le déménagement.

« C'est incroyable, ce fut la seule chose qui se cassa. Enfin, avec une horrible petite lampe à abat-jour en crochet, que grand-mère Rafaela avait envoyée à ma mère peu de temps auparavant. Une de ses amies l'avait tissé, mais elle ne l'aimait pas du tout, alors... Mais moi, j'ai été très contrariée, et le pire c'est que je ne me l'explique pas, parce qu'il était en plastique, tu sais, je ne comprends pas comment il a pu se fendre en deux, de haut en bas... On s'en va ?

— Oui. » J'avais payé la note et je me levai le premier. « On prend un taxi ?

— D'accord. »

Je donnai l'adresse au chauffeur et elle ne dit rien. La radio de la voiture était réglée sur une station qui diffusait une émission spéciale de musique des années 1980 et nous permit de nous taire. Raquel se laissa tomber sur moi, me prit la main, et commença à chantonner qu'elle me chercherait au Groenland, à Hawaii, au Tibet, au Japon et sur l'île de Pâques. Cela aurait pu être n'importe quelle chanson mais c'était précisément celle-là qu'on donnait, ensuite ils passèrent un succès d'un autre groupe mais de la même époque, « horreur au supermarché, terreur à l'épicerie, ma copine a disparu et personne ne sait ce qui s'est passé... » À la fin du refrain, Raquel me regarda et nous éclatâmes de rire en même temps. C'était la première fois depuis que nous nous étions retrouvés, nous nous en rendîmes compte en même temps, et ce rire nous laissa, me laissa, un parfum de mélancolie. Alors le taxi enfila la rue Conde-Duque, elle sortit son porte-monnaie et ne me laissa pas payer. « J'ai plein de monnaie », dit-elle.

« Bon, eh bien.. » Nous restâmes tous deux immobiles sur le trottoir, et je vis ses lèvres trembler, et cette fois ce n'était pas l'imminence des sanglots qui les agitait, mais une nervosité si accablante qu'elle sautillait sur le trottoir, comme une petite fille qui fait la queue pour aller chercher ses notes de fin d'année. « Je... Je reste ici, bien sûr, et toi, et bien... Je ne sais pas...

— Je reste avec toi. » Je ne saisis pas le double sens de cette phrase avant de l'avoir prononcée, et il me sembla si sérieux, si solennel, que je m'empressai de lâcher du lest. « Si ça ne te dérange pas, bien sûr.

— Non, non, dit-elle en m'entraînant vers l'entrée. Ça ne me dérange pas, au contraire... Mais je pensais que tu avais peut-être envie d'être seul.

— Je suis déjà seul, Raquel.

— Tu es avec moi, précisa-t-elle sans me regarder.

— Je suis avec toi et seul.

— Bon, alors disons que c'est moi qui suis avec toi », répliqua-t-elle en arrivant à la porte.

C'était juste un jeu de mots, mais je fus heureux de l'entendre, et je fus heureux d'entrer avec elle dans ce couloir frais et sombre que j'avais guetté tant de fois de la rue, et d'appuyer sur le bouton de l'ascenseur, et de l'entendre arriver pourtant, je perçus mieux que dans aucun autre lieu la qualité assourdissante du silence dans lequel nous entendîmes le bruit du moteur qui se mettait en marche, le frôlement discipliné des engrenages, le sifflement de la machine qui arrive au sol. C'était un ascenseur long et étroit. Pour y être côte à côte il fallait s'écraser l'un contre l'autre, nous nous mîmes en file indienne, Raquel devant, moi derrière, et la précaution de ses mouvements, le soin qu'elle mettait à ne pas me toucher, cette difficulté soudaine de ses bras, de ses jambes, les yeux que la peur lui avait ouverts dans le dos, me plongèrent dans un chagrin immédiat et dévastateur.

Nous avions l'habitude de faire d'autres choses, nous savions faire d'autres choses. Je ne les avais pas oubliées, elle non plus, mais nous arrivions au quatrième étage raides, muets, aussi séparés que le sont généralement les hommes et les femmes à la frontière de leur première fois. Et ce n'était pas la première fois. Quand elle ouvrit la porte, entra devant moi, s'effaça pour me laisser passer et me regarda, je pensai que je devais l'embrasser. Tu devrais l'embrasser, Álvaro, pensai-je sans faire le moindre geste. J'entrai dans le vestibule, passai à côté d'elle, et Raquel continuait à me regarder, elle me regardait comme si sa vie en dépendait et je savais que c'était exactement ce qui se passait, et alors, maladroitement, à contretemps, je fis un pas vers elle, qui venait maintenant vers moi, et nos épaules se cognèrent.

Sa tête s'approcha de la mienne au moment où j'amorçais un mouvement identique et nous nous cognâmes à nouveau. Puis mon nez heurta sa pommette mais sa bouche me trouva, et nous nous embrassâmes debout, enlacés, pendant très longtemps, celui qui fut nécessaire pour que mon corps décide pour moi. Jadis, je savais me perdre en lui, me confier sans limites ni précautions à son instinct, dissoudre mon autorité dans la sienne, m'annuler jusqu'à être réduit à sa stricte dimension organique, chair, peau et os, moi. Mais maintenant n'était pas jadis, et pourtant il avait recommencé à exister dans cette maison où c'était toujours maintenant, et je ne sus plus que faire, et je le regardais comme si j'étais ailleurs, comme si nous n'étions pas la même chose, mon corps s'émancipa de moi, mes mains commencèrent à déshabiller cette femme, mes jambes la poussèrent dans le couloir, mes pas se rappelèrent la façon d'esquiver les meubles sans les frôler. Je fis tout cela, mais ce n'était pas moi, parce que je pouvais voir les yeux fermés, toute mon attention absorbée par la bouche, la peau, la fermeture Éclair de Raquel, la splendeur du corps nu, doré et sinueux, qui s'étala sur le matelas au dernier instant de mon étonnement.

Plus rien n'était pareil, innocent, et nous étions plus vieux, plus et moins sages, mais la Terre gardait le souvenir de son orbite et obéissait à l'ordre des hanches de Raquel, et je lui obéis, dans le torrent fou d'un fleuve qui déborde de tous ses lits précédents, un débit plus puissant que sa routine, cette habitude tranquille de l'eau qui coule que je regrettais et que je ne regrettais pas, tout en pressentant que je pourrais peut-être rester accroché à la fluidité dans laquelle j'avais un jour perdu ma liberté.

Mon corps reconnaissait celui de Raquel, je me reconnaissais dans celui de Raquel, le miracle consistant à annuler le temps opérait, mais le sexe était devenu un piège, une arme tranchante, dangereuse, un exercice épuisant, quoique capable aussi de me rassurer et même de me transporter, au-delà du plaisir, dans un lieu vaguement apparenté au bonheur. Je ne l'éprouvais pas, mais me le rappelai, quand je m'endormis. Je plongeai dans un sommeil absolu, profond et lourd, pendant deux ou trois heures, et je me demandais où j'étais quand j'ouvris les yeux et vis ceux de Raquel, qui me regardaient.

« J'ai fait du café, me dit-elle, pendant qu'elle me coiffait du bout des doigts, tu en veux ? »

J'acquiesçai et elle se leva tout de suite. Je la vis sortir nue de la pièce et ne pus compter combien de fois je l'avais vue sortir ainsi. Mais avant la télévision n'était jamais allumée, et maintenant elle projetait un éclat grisâtre sur le mur. Pendant que je dormais, Raquel avait regardé un vieux film en noir et blanc, avec le son si bas qu'on entendait à peine les dialogues. Alors je pensai à Mai, au fait qu'elle regardait elle aussi un film au lit quand j'étais entré dans la chambre pour mettre une chemise propre. C'était arrivé moins de vingt-quatre heures auparavant, et cela ressemblait à une scène du même genre : James Cagney tirant à la mitraillette depuis le marchepied d'une voiture. Mais il y avait aussi Miguelito.

Je me redressai sur un coude pour regarder l'heure au réveil. Il était 6 h 50. Il devait lui aussi regarder la télévision, assis par terre, et suivre les dessins animés. Je m'y étais préparé. J'avais imaginé de nombreuses fois certaines scènes, des bureaux, des avocats, des brouillons, des documents, des stylos, des pourcentages, des inconnus allant et venant dans un couloir comme des ombres étrangères à leurs propres personnages, des mots d'encouragement, des regards glaçants, le silence. La joie m'avait rendu fort, car Raquel m'avait appris qu'il n'existe pas de travail, ni d'effort, de faute, de problèmes, de procès, ni même d'erreurs qui ne vaillent pas la peine d'être affrontés quand le but est finalement la joie. Je m'étais préparé à tout cela, à me souvenir de mon fils dans un moment comme celui-ci, dans ce même lit, la télévision allumée, des mots qui résonnaient comme le ronronnement monotone et tranquille d'une mascotte bien élevée, et j'étais arrivé jusqu'à cette maison, cet après-midi, cette heure, et tout était si dur, si injuste, si cruel pour moi, pour tous, que j'éprouvai la tentation d'abandonner, de disparaître pour toujours, de partir loin, mais seul, et de ne jamais revenir, comme si je pouvais ainsi cesser d'être le fils de mon père, de ma mère, l'amant de Raquel, le mari de Mai, le père de Miguel. Comme si je n'étais pas le petit-fils de ma grand-mère, et oui un homme lâche.

Raquel revint avec un plateau et je me rendis compte que je n'avais pas pensé à Teresa depuis longtemps. Sa présence tenace et bénéfique, comme le vol d'une jeune fée au-dessus de ma tête, était resté absent des négociations dans lesquelles je m'étais embrouillé avec moi-même depuis la nuit précédente. Tout ce qui m'était arrivé depuis le jour de l'enterrement de mon père découlait d'une pure coïncidence, une succession d'événements triviaux, fortuits, mais ma grand-mère avait été une étape supplémentaire de ce processus et il y avait longtemps que je n'avais pensé à elle.

« Je t'ai apporté des biscuits, dit-elle en me posant le paquet sur les jambes. Au chocolat, tu les aimes, non ? »

J'acquiesçai et la regardai. Raquel se recroquevilla sur elle-même pendant que sa voix s'amenuisait jusqu'à la frontière du murmure.

« Je peux te poser une question, Álvaro ?

— Ne parle pas avec cette petite voix, Raquel. On dirait que je te fais peur.

— C'est que tu me fais peur, enfin, pas toi, mais... » Elle se redressa entièrement, me regarda. « Je peux te poser une question, oui ou non ?

— Oui.

— Quand est-ce que tu vas aller chez toi ?

— Je n'irai pas. »

Je mangeai un biscuit en deux temps, très lentement, tout en la regardant.

Elle me rendit mon regard les yeux écarquillés, autant que les lèvres, les poings serrés en revanche, tendue, mais elle ne voulut pas parler, elle ne dit rien.

« Je ne peux pas, lui expliquai-je, et je mordis dans un autre biscuit. Hier soir, Maï m'a dit que si je partais, il était inutile de revenir. Puis elle m'a attendu près de la porte. Elle m'a demandé si je l'avais entendue, si j'allais partir, et j'ai dit oui à tout. Et je suis parti.

— Bon... » Elle tenta de se reprendre et ne fut pas capable de surmonter l'impact, mais elle adopta un ton de petite fille pédante presque amusant, plus agréable que les murmures d'avant. « Ce sont des choses qu'on dit, tu sais. Elle te l'a dit pour que tu ne partes pas, pour essayer de te retenir, rien de plus. Je suis sûre qu'elle te laisserait revenir, elle t'attend sûrement.

— Je ne vais pas revenir, Raquel, je ne peux pas. » Je la regardai et la trouvai soudain si triste, à nouveau, que je ne compris pas. « Aujourd'hui moins qu'avant. Aujourd'hui je ne peux retourner nulle part, il n'y a plus aucun endroit, il n'y a rien, je suis seul, je te l'ai dit.

Tout a sauté, volé en éclats, et ils sont si petits que personne ne pourrait les recoller... Je ne peux pas retourner à la maison et dire à Mai que je rentre parce que mon père était un salaud, un voleur, un escroc, qui a ruiné une veuve qui était aussi salope que lui, ou plus, car elle a dénoncé le mari de sa cousine pour le faire fusiller et se retrouver sans témoins pour dépouiller toute une famille qui s'était exilée avec ce qu'elle portait sur le dos, et que cette femme, avec le temps, est devenue ma grand-mère, car sa fille l'a trahie pour épouser son pire ennemi et finir par être ma mère, tu ne comprends pas ? Si je ne peux pas le dire à haute voix, si même moi je ne peux pas le croire, comment est-ce que je pourrais le dire à quelqu'un ? Et surtout... Surtout, je ne veux pas y retourner, Raquel. Hier soir, j'ai quitté la maison pour ne pas y revenir, et je ne savais rien sauf la raison pour laquelle je partais. Cela, je le savais fort bien... » Je la regardai à nouveau et ne la vis pas, parce qu'elle s'était caché le visage dans les mains. « Maintenant, si je te dérange, je peux aller à l'hôtel.

— Non, ce n'est pas ça, Álvaro, je ne veux pas que tu t'en ailles, au contraire... Mais c'est que tout est dégueulasse, tellement dégueulasse... »

Elle se pencha sur moi, prit le paquet de gâteaux, le posa sur la table de nuit, m'étreignit, et je ne pus plus voir son visage, seule sa tête, les cheveux répandus sur mon épaule, mais je sentais mon propre échec dans sa voix.

« Je savais déjà que ce serait comme ça, que ce devrait être comme ça, il n'y avait pas d'autre solution, je le savais, et tout est de ma faute, mais je t'aime, Álvaro, je n'ai jamais été aussi amoureuse, parfois je perdais la tête et je pensais... Je ne sais pas, je pensais que tout le monde mourrait, ta mère, ta femme, que sais-je, qu'on restait seuls, soudain, que tu avais un accident, une crise d'amnésie... C'est bête, non ? Mais j'y pensais parfois, je pensais à nous comme si nous étions d'un autre pays, comme si nous n'avions rien en commun, comme si nous nous étions connus à un dîner, à une fête, dans ces endroits où on connaît les gens parce que je savais que cela allait être comme ça, que cela devrait être comme ça, et c'était de ma faute, mais je ne voulais pas, je ne pouvais pas m'imaginer ça, cette tristesse... Alors j'imaginais que tout le monde mourait, qu'ils n'étaient même pas nés, et que toi et moi vivions ici, et le samedi matin il y avait du soleil, je rentrais des courses avec des fleurs, et je les mettais dans des vases et on riait, parce qu'on était heureux, parce que je n'étais pas devenue folle, parce que je n'avais rien mis dans aucun carton, parce que je n'étais pas arrivée un matin avec une valise pleine de choses usagées dans un appartement où personne ne s'était jamais servi de rien, parce que je n'avais pas eu l'idée d'acheter deux douzaines de bougies chez le Chinois à côté de chez moi, et que je ne les avais pas placées, ni allumées, ni soufflées une par une quand elles étaient à moitié consumées, comme si c'était mon anniversaire... »

Cette tristesse, qui m'appartenait autant qu'à elle, m'inonda très doucement, comme une drogue nocive et compatissante de celle dont je ne savais pas me défendre. Et pourtant, je me sentais si proche de Raquel, que je serrai sa tête contre ma poitrine, l'embrassai sur les cheveux, l'embrassai à nouveau, et encore, à de multiples reprises. Je ne savais pas très bien pourquoi je le faisais, mais elle poursuivit comme si elle savait tout pour nous deux.

« Et je pensais que nous étions heureux parce que tu avais confiance en moi, Álvaro, parce que je ne t'avais jamais menti, parce que tu m'aimais, et que je t'aimais, et nous riions beaucoup, et tu aimais me voir rentrer le samedi matin, avec des sacs de courses et des fleurs que je mettais dans des vases, et il y avait toujours du soleil... C'était ce que j'imaginais, ce que j'aimais penser, et pas ça, cette saloperie, même si je savais déjà que cela allait être comme ça, que ce devrait être comme ça, qu'on ne serait jamais seuls toi et moi, Álvaro, qu'on ne pourrait jamais vivre seuls toi et moi. On ne pourra jamais, maintenant tu le sais. Il y aura toujours trop de gens autour de nous, vivants ou morts, avec toi et avec moi, se couchant avec nous, se levant avec nous, mangeant, buvant, marchant avec nous et gâchant tout, toujours... Je savais que ce serait comme ça, que ça allait être comme ça, mais c'est si triste, c'est si injuste, si horrible... »

Alors elle se redressa, appuya un coude sur le lit, se retourna, me regarda.

Moi qui pleure si peu, jamais, presque jamais, je pleurais.

Elle m'essuya le visage de ses doigts, m'étreignit à nouveau et se cacha contre mon épaule.

« Tu vas y arriver, Álvaro ?

— Je ne sais pas, Raquel. » Mes pleurs, humbles et soumis, s'étaient taris. « Vraiment, je ne sais pas. »

III

Le cœur glacé

Les vieux disent *(sic)* que dans ce pays il y eut une guerre *(sic)*, qu'il y a deux Espagnes qui gardent encore la rancœur des vieilles dettes. [...] Mais je n'ai vu que des gens qui souffrent et se taisent, douleur et peur, des gens qui ne souhaitent que leur pain *(sic)*, leur femme *(sic)* et la paix. *(sic)*. [...] Les vieux disent *(sic)* que nous faisons ce que nous voulons *(sic)* ; et qu'il n'est pas possible qu'il puisse y avoir ainsi un gouvernement qui gouverne quoi, rien *(sic)* [...] Mais je n'ai vu que des gens très obéissants, même au lit *(sic)*, des gens qui demandent juste de vivre leur vie, sans mensonges *(sic)* et en paix. Liberté, liberté, sans colère liberté, garde ta peur et ta colère car il y a la liberté, la liberté sans colère, et s'il n'y en a pas, il y en aura certainement *(sic)*.

Jarcha, *Libertad sin ira* (1977)[1]

« Aux derniers jours d'oisiveté estivale, m'est revenu cette année, par deux voies différentes, un poème d'Antonio Machado depuis longtemps absent de mon esprit : le sonnet *A Líster, chef des armées de l'Èbre* [...] La poésie de circonstance, quelle qu'elle soit, peut être détestable ; mais pourtant, toute poésie est de circonstance : les Coplas de Jorge Manrique à la mort de son père, le Lamento de García Lorca pour Ignacio Sánchez Mejías et le poème d'Antonio Machado sur l'assassinat de García Lorca l'étaient [...] Pourquoi, alors, ce sonnet a-t-il connu une si mauvaise fortune critique ? Pourquoi, aujourd'hui, celui qui veut en vanter la valeur esthétique doit-il lui chercher une excuse ? [...] Après cette période, quand la guerre se généralisa, Líster, fidèle à sa vocation, participa aux batailles en Europe, aujourd'hui, après tant d'années, sa loyauté pourrait ressembler à un anachronisme ; aujourd'hui, le sonnet où Machado a voulu le célébrer produit une sensation de malaise diffus. Aujourd'hui on est tellement prévenu ! On est tellement au-dessus de certaines choses ! »

Francisco Ayala (1988)

---

1. Groupe espagnol de musique folk célèbre dans les années 1970. Leur chanson *Libertad sin ira* (*Liberté sans colère*) fut classée numéro 1 en 1976.

Mai avait rangé la maison avant de partir, mais en entrant dans la chambre, je trébuchai sur une bétonnière en métal jaune avec des roues en plastique, cachée dans l'encadrement de la porte. Je la ramassai et la remis à sa place, entre un camion de pompiers et une Ferrari rouge, sur l'étagère où mon fils avait déployé son écurie. Mes doigts me faisaient mal, comme l'odeur de cette pièce, les dessins de l'édredon assortis à ceux des rideaux et la toile d'araignée sur laquelle grimpait Spiderman. Je sortis rapidement de la pièce, sans bruit, comme jadis la nuit, mais Miguelito ne dormait pas dans son lit et je ne me sentis pas mieux. En avançant dans le couloir vers ce qui était désormais la chambre de mon ex-femme, je pus presque le voir, voir sa mère, entendre sa voix, retrouver les bruits, les rires, les pas, les échos encore présents de ma première vie. Je me rappelai également chaque mot et chaque pause de la conversation que nous avions eue la veille au soir.

« Oui ?

— Bonjour, Mai, c'est Álvaro.

— Oui... Je reconnais encore ta voix. »

Ce dialogue avait mis un terme à l'un des jours les plus cruels, les plus violents et désagréables de ma vie, un jour qui aurait pu être le pire de tous si je n'avais pas perdu le compte des candidats à ce titre. « Je croyais que tu n'allais pas revenir », me dit Raquel quand elle m'ouvrit la porte, à 20 heures, ce jour néfaste du vendredi 30 septembre.

« Je dois partir travailler. Hier j'ai demandé ma journée, parce que j'imaginais que j'allais en avoir besoin, mais aujourd'hui... Je dois y aller. »

En la voyant se lever et passer la porte sans se retourner, je me rappelai ses paroles, le brillant et terrifiant diagnostic de ce qui m'attendait. Je savais que cela serait comme ça, que cela devait être comme ça, mais je ne voulais pas, et j'imaginais que le samedi matin, il y avait toujours du soleil, et que je revenais de la rue avec des sacs de courses, des bouquets de fleurs que je mettais dans des vases en cristal... Je ne me levai pas pour petit déjeuner avec elle. J'aurais dû le faire, mais j'étais très fatigué. Place des Guardias de Corps, je n'avais guère mieux dormi que rue Jorge Juan.

À 8 h 05, elle revint habillée en femme d'affaires, tailleur, chaussures à talon, mallette en cuir marron, mais cette fois je n'ai pas froissé ses vêtements en la faisant rouler sur les draps. Elle ne s'y attendait pas non plus. Elle arriva avec un bout de toast à la main, qu'elle mit dans sa bouche avant de s'asseoir à mon côté.

« Qu'est-ce que tu vas faire ?

— Aujourd'hui ? Je ne sais pas... Je devrais aller chez moi, prendre une douche et me changer, mais je n'en ai pas envie. Après... Je ne sais pas, vraiment.

— Et bien..., dit-elle en m'embrassant, moi, quand je sortirai du travail, je serai ici. »

Je me contentai d'acquiescer et elle partit sans rien ajouter. Je me retrouvai seul, et dans la quiétude des objets, le silence d'une maison vide, je compris que mes sens m'avaient à nouveau abusé.

La deuxième partie de ma vie n'avait pas commencé par la confession de Raquel dans une chambre étrangère et inhabitée, confession cruelle mais d'une certaine façon, consolante par son exceptionnel naturel. La deuxième partie de ma vie n'avait pas encore commencé, elle commencerait quand je me lèverais de ce lit où j'avais dormi tant de nuits, pour affronter la routine que Raquel avait déjà eu la chance de récupérer.

Nous avions dormi tout près l'un de l'autre, et avions fait l'amour furieusement, sans parler, à 4 ou 5 heures du matin, à un moment où nos insomnies avaient coïncidé, mais cela ne nous facilita pas les choses quand le réveil sonna. Je le regardai à nouveau et constatai qu'il était déjà 9 h 40. Je ne pouvais pas rester toute la journée au lit, et je me dis que le plus sensé serait de commencer par le début.

J'aurais dû appeler Mai. C'était la première chose que j'aurais dû faire ce jour-là. Je ne le regrettai pas. « Tu es le seul qui sois bon, Álvaro », m'avait dit Raquel. Ce n'était pas entièrement vrai. Pour ma femme, pour mon fils, j'étais le méchant, je le serais toujours. C'était pour cette raison que j'aurais dû l'appeler, mais je pris une douche chez Raquel, fouillai dans les tiroirs de son placard et finis par trouver un T-shirt bleu marine assez grand pour moi. Puis je m'assis pour prendre mon petit déjeuner à la table de la cuisine et succombai à l'enchantement d'un mirage rétrospectif, la douceur d'une scène que je n'avais jamais vue, la félicité de l'air qui entourait le corps de Raquel pendant que je l'imaginais sans être encore capable de me le rappeler avec précision, à peine quelques heures après l'avoir abandonné pour la première fois, quand je croyais que rien n'était en jeu, presque rien, ma liberté et sa peau parfaite, veloutée comme celle d'une pêche rare.

J'aurais dû appeler Mai, mais je n'en avais pas envie. J'avais besoin d'appeler Fernando, mais je ne pouvais pas. Si je ne peux même pas le dire à voix haute, si je ne peux même pas le croire moi-même, comment en parler à quelqu'un ? Mes propres mots flottaient comme un écho amer sur les fleurs que Raquel n'avait jamais placées dans un vase de cristal et ce n'était pas samedi matin, même si le soleil entrait par la fenêtre avec une joie irritante, presque cruelle. Je terminai ce qui était généralement ma seule tasse de café du petit déjeuner et m'en versai une deuxième. Il y en aurait une troisième, plus tard.

J'étais un homme ordinaire, raisonnable, voire banal, sans autre extravagance qu'une aversion morbide des enterrements. Ma vie n'était qu'une paisible plaine de terres cultivées n'exigeant généralement pas d'excès de mes yeux, ni de ma conscience. C'est une longue et ancienne histoire et, pour vivre ici, il y a des choses dont il vaut mieux ne rien savoir, voire ne rien comprendre. Je pouvais aussi ne rien faire. On peut toujours ne rien faire, apprendre à vivre sans questions, sans réponses, sans fureur et sans pitié. On peut toujours ne pas vivre et faire comme si l'on vivait, du moins ici, en Espagne, territoire insensible à la loi de la gravité, à la loi de la cause et de l'effet. C'est un pays où personne ne voit jamais une pomme tomber d'un arbre, car toutes les pommes sont déjà par terre depuis le début et c'est plus pratique, plus sage, plus commode pour tout le monde, tant que les mains sont plus rapides que la vue, tant que les paradoxes les plus élémentaires de l'optique jouent en faveur de celui qui manipule les lentilles, tant que le prestige moderne des petites gens, qui font tout pour survivre, oppose leur transparente actualité au prestige caduc des hommes et des femmes admirables, si démodés, si inutiles, si lassants dans leur abnégation, dans leur entêtement, dans la stérilité de leur sacrifice. Car s'ils étaient restés tranquilles, s'ils s'étaient donnés pour vaincus, s'ils n'avaient pas joué leur vie en vain tant de fois, il ne se serait rien passé non plus. Ils ne seraient pas admirables, mais nous les aurions compris de la même façon. Comment ne les aurions-nous pas compris, puisque la loi de la gravité ne nous concerne pas ?

Petit Espagnol qui viens au monde, que Dieu te préserve. Car, pour vivre ici, il y a des choses qu'il vaut mieux ne pas savoir, voire ne pas comprendre. Mais je t'aime, j'ai confiance en toi, et je sais que tu seras un homme digne, bon, assez courageux pour pardonner à ta mère qui t'aimera toujours et qui ne pourra donc jamais se le pardonner entièrement. Je t'aurais aimée, grand-mère, j'aurais été un homme meilleur si j'avais pu t'aimer à temps, si j'avais pu lire cette lettre sans avoir dû la voler avant. Je me trompe peut-être, mais je sens que je fais ce que je dois faire, et je le fais par amour. Je t'aime, grand-mère, et je ne t'ai jamais vue, mais je t'aime, et tu ne m'as jamais connu, mais je t'aime, et tu ne m'as jamais touché, jamais pris dans tes bras, jamais embrassé, mais je t'aime, je t'aime soudain vraiment.

Petite Espagnole qui viens au monde, que Dieu te préserve. Ni Dieu ni maître. Pas même le droit de savoir qui tu es, parce que pour vivre ici, il vaut mieux ne rien savoir, voire ne rien comprendre, tout laisser en l'état : les branches du pommier perpétuellement nues, les fruits par terre, disposés avec soin, astuce avantageuse et mesquine qui plaît au scénographe habitué à travailler sans témoins, car ceux qui ne sont pas encore des cadavres sont déjà morts de peur. Pas même le droit de savoir qui je suis, car à cette époque, être l'enfant de certains, de quelqu'un comme ta grand-mère, était difficile, voire dangereux. Par amour ou par calcul, pour protéger une fillette en particulier ou ses propres arrières, il vaut mieux ne pas savoir, ou mieux encore, que personne ne sache, et tant d'années se résument à ça, deux, trois générations entières, presque un siècle de douleur et d'orgueil. C'est là que confluent les stratégies de l'inquiétude et du prestige, la mémoire des vainqueurs et celle des vaincus, des intérêts différents et un résultat unique pour les enfants, pour les petits-enfants de tous.

Petit Espagnol qui viens au monde, d'où que tu sois, ne compte jamais que Dieu te préserve. Préserve-toi tout seul des questions, de leurs réponses et de leurs raisons, ou une des deux Espagnes te glacera le cœur.

Mon cœur était glacé, et il brûlait.

Je pouvais aussi ne rien faire, mais je n'y arrivais pas.

Il y eut une troisième tasse de café, puis une quatrième. Puis j'appelai Julio, mon frère. Quand je sortis de la maison, je me sentis étranger à mon corps, comme si je n'étais pas très sûr d'être moi, l'homme qui s'arrêtait au coin de la rue regardait à gauche, levait la main pour arrêter un taxi, et prononçait une adresse d'une voix claire, qu'il reconnaissait sans difficulté comme sa propre voix. Cet homme, c'était moi, le même qu'avant et différent, mais qui ne serait plus jamais l'autre. C'était la seule chose que je savais avec certitude.

Julio m'avait donné rendez-vous dans une cafétéria qui se trouvait dans le premier tronçon du Paseo de La Habana, tout près de son bureau. En y arrivant, j'étais convaincu qu'il ne pouvait plus rien m'arriver de trop grave, mais quelques heures plus tard, en retraversant la Castellana, j'étais si furieux, si triste, si ravagé, que je décidai de rentrer à pied. La marche me fit du bien, mais les jointures de mes doigts et la moitié droite de mon visage me faisaient souffrir à mesure que je retrouvai mon calme, et à mi-chemin, la douleur m'obligea à m'arrêter. J'entrai dans un bar, pris un verre et ne trouvai plus aucun taxi libre. Trop fatigué pour continuer à marcher, je pris le métro, mais il était déjà très tard, et Raquel n'avait pas eu le temps de se reprendre entre le moment où j'appelai à l'interphone et celui où je la retrouvai, devant la porte ouverte les yeux humides et un air indéchiffrable.

« Je croyais que tu ne reviendrais pas », me dit-elle, et je pensai qu'elle me parlait comme à un soldat qui revenait de la guerre.

« Mais je suis revenu », dis-je, et j'étais revenu de la guerre.

Elle m'étreignit et je l'étreignis, puis elle m'embrassa et je l'embrassai, et je sentis la chaleur, le plaisir, l'écho pâle d'un ancien bonheur. J'aimais Raquel Fernández Perea, et cet amour, qui peu à peu était devenu tout pour moi, ne remplissait plus ma vie, mais c'était aussi tout ce que j'avais.

« Que t'est-il arrivé, Álvaro ? demanda Raquel sans cesser de m'étreindre. Tu t'es cogné à l'œil ? » Elle approcha un doigt tremblant de mon visage et toucha ma paupière sans appuyer. « Il est gonflé et un peu rouge.

— Ce n'est rien, c'est que... J'ai parlé avec mes frères aînés, répondis-je en riant sans très bien savoir pourquoi. Je me suis battu avec Rafa. C'est drôle, je ne l'avais pas fait depuis vingt ans, et je croyais qu'il se débrouillerait mieux que moi, mais non, c'est finalement lui qui a le plus dérouillé, on a dû lui faire un tas de points de suture... Pour le reste, j'ai pas mal bu, mais... Je prendrais bien un autre verre. Ça te dit ?

— Mais, ça... » Elle s'écarta de moi, me prit les mains et observa mes jointures gonflées, écorchées. « Mon

dieu... Parle-moi, dis-moi, qu'est-ce que tu as fait ? »
Elle était effrayée, et mon sourire ne la rassura pas. « Tu es ivre, Álvaro ?

— Un peu, oui, mais... ça va, rien de grave.

— Comment ça, un peu ?

— Je vais bien, Raquel, je t'assure... Je vais reprendre un verre, parce que je dois appeler Mai. Je reviens tout de suite. »

Je partis à la cuisine avec mon portable, et là, avec des mouvements peu sûrs, je posai sur le plan de travail un plateau avec un verre, des glaçons, une bouteille de whisky. « Ça ne va pas me faire de bien », pronostiquai-je. Je n'avais pas déjeuné. Pourtant la première gorgée me réchauffa de l'intérieur, m'installa dans mon corps, gouverna l'audace de mes doigts, tandis que ceux-ci se déplaçaient avec une assurance factice sur le clavier du téléphone.

« Oui ?

— Bonjour, Mai, c'est Álvaro.

— Oui... Je reconnais encore ta voix.

— Comment va le petit ?

— Bien. Il demande de tes nouvelles.

— J'aimerais le voir.

— D'accord, on en parlera.

— Bien sûr, mais j'avais pensé... »

Jusque-là, tout allait bien. Jusque-là, j'étais parvenu à atteindre mes objectifs, encaisser la dureté de sa voix avec sérénité, répliquer par des phrases courtes, dépourvues d'agressivité mais aussi de toute complicité qui aurait pu être équivoque. Jusque-là, tout s'était bien passé, mais j'étais beaucoup plus ivre que je ne le pensais, je m'enlisai dans les points de suspension et Mai profita de mon hésitation.

« Tu n'as pas à penser quoi que ce soit, Álvaro. Tu n'as pas pensé à lui quand tu as quitté la maison, alors ne viens pas me raconter d'histoires maintenant. Tu verras le petit quand le juge le décidera.

— Je ne crois pas qu'on doive en arriver là, Mai... » Je sentis l'état pâteux, confus, de ma voix, et je tentai de parler plus clairement, plus lentement. « Nous devrions être capables d'arranger ça...

— Comme des gens civilisés ? Va te faire foutre, Álvaro ! »

Je crus qu'elle avait raccroché, mais je pouvais entendre sa respiration à l'autre bout du fil, tout d'abord agitée, comme un essoufflement, puis entrecoupée et progressivement sourde, l'écho de sa fureur, son amertume, et je faillis lui dire que je regrettais, et cela aurait été vrai. Il était vrai que je déplorais sa douleur, une souffrance de plus, un autre cadavre à porter sur mes épaules dans la désolation de ce désert où rien ne poussait. Je faillis lui dire que je regrettais, mais elle éclata à temps pour m'épargner les insultes que ma compassion aurait méritées.

« Je n'ai pas envie d'être une personne civilisée ! Tu m'entends ? Je n'en ai pas envie. Parce que tu m'as détruite, tu m'as pulvérisée, tu comprends ? Tu es un salaud, un fils de pute, faux et menteur, et je ne méritais pas ça, je ne le mérite pas. Je t'aimais, Álvaro, je t'aimais, et maintenant je veux seulement que tu meures, que tu pourrisses avec cette... » J'entendis un début de sanglots, leur fin, le silence d'un calme apparent. « Je regrette. Je n'aurais pas dû te parler comme ça. J'ai passé ma vie à critiquer les femmes qui... Je regrette vraiment. Je vais très mal.

— Ce n'est rien. » Je préférais la légère supériorité morale que me donnaient ses cris, ses insultes, et pourtant je ne profitai pas des avantages stratégiques de cette trêve, je ne pus le faire, j'étais trop ivre, trop endolori et meurtri, trop fatigué. « Je voudrais passer à la maison, Mai. Je dois prendre quelques affaires.

— Bien sûr. Mais je préférerais ne pas te voir, alors... Demain matin tôt, quand Miguel sera levé, nous partons dans la sierra pour le week-end. Tu peux venir à la maison à partir de 11 heures. Ce serait bien que tu emportes tout le plus vite possible.

— Je t'appelle lundi, alors, pour voir comment va le petit, et...

— D'accord. »

La conversation n'avait pas duré plus de deux ou trois minutes, mais quand elle prit fin, j'étais aussi épuisé que si je venais de fournir un exercice physique démesuré, destiné à sauver ma propre vie. Je finis mon verre sans en mesurer les conséquences, et tout l'alcool que j'avais bu inonda soudain la pièce aux murs capitonnés qu'était devenue ma tête. J'allai la mouiller à la salle de bains, et, en sortant, je me cognai l'épaule contre un mur du couloir mais ce coup ne fit pas aussi mal que le regard de Raquel, qui m'attendait assise dans un fauteuil, les coudes sur les genoux et le visage entre les mains.

L'amour de ma vie me regardait comme le prisonnier qui attend des nouvelles de sa grâce aurait regardé le directeur de la prison. Cela me fit mal, son angoisse me fit mal. Comme me faisait mal la scène que j'étais en train de vivre si différente de celle que Mai devait imaginer : musique de violons et chérubins blonds, potelés, si charmants avec leurs ailes postiches en plumes collées sur un carton, pluie de fleurs dans une lumière tamisée, et un couple qui danse, tourne, sourit, et s'embrasse, telle une publicité pour une eau de Cologne, ni très chère ni très bon marché, de celles qui accaparent les pauses publicitaires de la télévision chaque année, à Noël. C'est ce qu'imaginait Mai et ce que j'aurais dû être en train de vivre, la version la plus édulcorée et la plus cucul, la plus niaise d'une bonne histoire d'amour, la meilleure que j'aie eue de ma vie. C'était ce qui aurait dû m'arriver et j'étais moi aussi capable de l'imaginer, car je m'en souvenais, je me souvenais de l'époque du bonheur, ces jours où le sol se fendillait par pur plaisir sous le rire de Raquel, et ces sourires profonds, lumineux, qui étaient l'expression d'une petite jubilation intime, sa façon de me dire qu'elle était contente de moi, de me voir, de m'avoir auprès d'elle, de célébrer ma présence dans sa vie, de me dire que je lui plaisais, qu'elle m'aimait. Cette femme-là était la même, mais sa compagnie n'était plus suffisante pour que cet homme soit toujours moi.

« Tu as mal ? » me demanda-t-elle alors, désignant son propre œil, et je fis un signe ambigu avec les lèvres, comme si même cela m'était égal. « Tu veux prendre quelque chose ? Je dois avoir de l'ibuprofène quelque part. C'est efficace.

— Non... » Je faillis lui avouer que j'étais reconnaissant à la douleur, parce qu'elle me gardait éveillé. « Ce n'est pas la peine. »

Je m'écroulai sur le canapé et je tentai de calculer combien de temps durerait la gueule de bois, le marais du silence dans lequel nous nous étions enlisés, l'épaisseur des murs qui asphyxiaient la spontanéité de tous les gestes, toutes les paroles, et les précautions de Raquel, cette façon de marcher sur la pointe des pieds, sur les syllabes, les regards, les caresses. Elle savait que cela serait comme ça, que cela devait être comme ça, elle savait tout, depuis le début, peut-être aussi ce que je pensais quand je la regardai, et je vis qu'elle me regardait.

« Viens ici, viens près de moi », lui demandai-je.

Les violons ne jouaient pas. Les fleurs ne tombaient pas en pluie et deux chérubins blonds et potelés, si gracieux avec leurs ailes postiches en plumes collées sur du carton, ne virevoltaient pas sur nos têtes. La lumière, directe et jaune, provenait de trois ampoules de soixante watts, mais Raquel s'assit à côté de moi, me prit dans ses bras, écrasa sa tête contre mon épaule et je l'embrassai comme j'avais l'habitude d'embrasser mon fils. J'étais ivre et je ne savais pas combien de temps allait durer ma gueule de bois.

« Tu ne vas pas me raconter ce qui s'est passé ?

— Non, répondis-je. Pas maintenant... Je n'en ai pas envie, Raquel, je ne veux pas parler de ça... Je préfère attendre et tout te raconter en juin, quand tout sera fini.

— Qu'est-ce que ça veut dire, Álvaro ? » Sa voix tremblait, et je ne voulais pas qu'elle recommence, qu'elle se remette à pleurer, je ne pourrais pas le supporter.

« Ce n'est pas toi », lui dis-je, et je ne m'étais peut-être pas bien expliqué, mais la simple idée d'essayer de mieux faire m'ennuya. « Ce que je veux dire, c'est que... Je suis ici, avec toi, Raquel, j'ai beaucoup bu, et je veux être bien, tranquille. J'en ai ras le bol des conversations transcendantales, tu comprends ? J'en ai marre des secrets, des fautes et des pleurs. Je n'en peux plus, vraiment, je n'ai pas envie de continuer...

— D'accord, d'accord, dit-elle dans un murmure. Je pense qu'il vaut mieux que tu ne prennes rien pour l'instant, parce qu'il est déjà 20 h 30, et qu'il vaut mieux que tu prennes une aspirine en te couchant, tu ne crois pas ? »

J'acquiesçai et ne trouvai rien d'autre à dire, bien que sa dernière phrase, si banale, si routinière, aussi chargée de sens commun que la décision d'une mère experte et responsable, ait réussi à m'émouvoir.

« Tu veux qu'on sorte ? me proposa-t-elle après un silence trop long, comme l'étaient soudain tous les silences. On pourrait aller au cinéma. Cela te distrairait.

— J'y suis déjà allé, répondis-je.

— Ah, oui ? elle s'écarta de moi, très surprise. Quand ?

— Vers 15 heures, 15 h 30, je ne suis pas très sûr... J'avais quitté Julio et je n'avais pas faim. Dans la rue il faisait chaud, et il me restait deux heures avant mon rendez-vous avec Rafa, et... je ne savais pas où aller. J'ai vu un cinéma et je suis entré.

— Qu'est-ce que tu as vu ?

— Je ne sais pas. » Et c'était vrai. « Je ne m'en souviens pas. Je suis sorti avant la fin, et... Je ne regardais pas l'écran non plus.

— Tu n'as pas déjeuné ? » Je secouai la tête. « Eh bien alors je vais préparer à dîner. »

Je pus presque entendre la cloche, mesurer son soulagement, et le mien, quand l'un des deux trouva quelque chose à faire. Raquel faisait très bien la cuisine et il y en avait toujours trop mais ce soir-là je lui fus reconnaissant de l'excès. J'avais besoin de manger, et encore plus de la douceur domestique de cette scène, de son avis sur les épinards, le poisson et les pommes de terre.

« N'est-ce pas, qu'il n'a pas l'air d'avoir été congelé ? Le bar, je veux dire... » Je hochai la tête et continuai à manger. « C'est aussi grâce à la mayonnaise, parce que la mayonnaise en boîte gâche tout, elle donne un goût factice à n'importe quel plat, c'est comme si elle transmettait les conservateurs au poisson, aux légumes, et je ne te parle pas des asperges. Manger de bonnes asperges avec de la mayonnaise en boîte est un crime et une sottise, parce que ça se fait en un rien de temps, et ce n'est pas comparable, je dois dire. La purée de pommes de terre instantanée, je comprends mieux, parce que... » Elle se tut, me regarda, se mordit la lèvre inférieure comme si elle comptait la couper en deux. « Je dis des bêtises.

— Non. Alors, la purée de pommes de terre instantanée ?

— Ça t'intéresse vraiment ?

— Non. Mais j'aime t'entendre parler.

— Comme s'il pleuvait...

— Oui. Mais j'aime aussi entendre pleuvoir. »

Et il continua à pleuvoir, il plut beaucoup, pendant longtemps, il plut toute la nuit sur la purée de pommes de terre et les artichauts, sur les omelettes aux pommes de terre dures, molles, avec et sans oignon, sur les avantages et les inconvénients des livres de recettes anciens et modernes, sur la miraculeuse condition du chocolat, et l'échec du premier dessert d'une Raquel Fernández Perea de dix-sept ans, et les *Sachertorte* qu'elle réussissait maintenant mieux, mais vraiment, sans exagérer que celles qu'on achète à Vienne. Il plut sur tout cela et il continua à pleuvoir, dedans et dehors, sur ses paroles et sur les miennes.

La voix de Raquel filait une pluie tempérée et paisible, qui glissait sur les vérités, les incertitudes, mais était capable de chevaucher le temps, de pousser les minutes en avant, d'alléger son poids et de donner au plomb une consistance légère, écumeuse, presque aérienne, comme celle du sirop dont elle me parlait pendant que la pluie tombait de ses lèvres, cette pluie qui la faisait parfois sourire, et parfois moi aussi, et réussissait même le prodige de rendre à certains instants l'écorce craquante et douce des jours où c'était toujours maintenant parce qu'il n'existait qu'un adverbe de temps. Ou c'était peut-être seulement parce que j'étais ivre et qu'il pleuvait, et il continua à pleuvoir.

Il plut toute la nuit, cette nuit étrange où tous les secrets étaient désormais épuisés, toutes les fautes, toutes les larmes, et il ne restait que le silence, sa férocité, l'hostilité discrète mais implacable d'une épée sans fil et sans arêtes. J'étais saoul et j'ignorais combien de temps allait durer ma gueule de bois, mais Raquel parlait, sa voix pleuvait sur moi, sur le comprimé d'ibuprofène qu'elle m'avait apporté au lit avant de s'allonger à côté de moi, sur mes paupières, sur mon corps et sur le sien, et il continua à pleuvoir, il plut toute la nuit, sur notre sommeil, long et profond à la fin. Il plut et un samedi radieux se leva tard, un matin qui semblait fait pour le sexe et la paresse. Les draps étaient tièdes, les persiennes entrebâillées, et Raquel nue, sa peau dorée, douce, sans la moindre imperfection, aucun accident sur la surface moelleuse et lisse de son ventre, un décolleté immaculé et des hanches qui avaient le pouvoir de faire sortir la planète de son orbite. Raquel Fernández Perea était nue et me regardait avec ses yeux d'une couleur étrange, glauques mais sombres.

« Je dois partir », dis-je finalement, et nous avions réussi à faire l'amour comme si aucun de nous deux n'éprouvait l'obligation de se taire, mais aucun des deux n'avait prononcé un seul mot non plus.

« Où ` ?
— Voir ma mère.
— N'y va pas, Álvaro. »

Auparavant, en lui disant que je partais, je lui avais fait peur sans le vouloir, mais aujourd'hui elle était beaucoup plus effrayée, à tel point qu'elle me prit une main et la serra très fort, comme si elle ne voulait pas me laisser partir.

« N'y va pas, répéta-t-elle, sans relâcher sa pression. Pourquoi ? À quoi ça sert ? Tu sais déjà tout, et tout est vrai, je te le jure sur ce que tu voudras, que tout ce que je t'ai raconté est vrai. Laisse, Álvaro, s'il te plaît, n'y va pas. Cela ne servira à rien, rien ne sert à rien et je me suis déjà assez trompée, je me suis déjà trompée pour nous deux, vraiment, si j'avais su... N'y va pas, Álvaro, écoute-moi, je sais de quoi je parle. N'y va pas, n'y va pas, n'y va pas... »

Je m'approchai d'elle, l'embrassai sur les lèvres, libérai ma main de la sienne, me levai et commençai à m'habiller lentement.

« N'y va pas, Álvaro.
— Je t'aime, Raquel. »

Je lui avais souvent dit que je l'aimais, mais ces mots n'avaient jamais été plus vrais que ce matin où j'allai voir ma mère pour moi, mais aussi pour elle, pour lui acheter le soleil d'autres samedis matin, pour arriver à la voir entrer par la porte avec des sacs de courses et des bouquets de fleurs, pour lui offrir des vases en cristal où les placer. Pour pouvoir vivre avec moi, pour pouvoir vivre avec elle, pour pouvoir vivre, et ne pas faire comme si je vivais, je lui dis que je l'aimais, et je partis.

J'allai rue Hortaleza à pied pour faire passer le temps, et j'arrivai à 10 h 40, mais je téléphonai de l'entrée pour m'assurer qu'il n'y avait personne en haut. Mai avait rangé la maison avant de partir, mais en entrant dans la chambre, je tombai sur une bétonnière miniature, en métal jaune avec des roues en plastique. Quand je la remis en place, je vis la valise des grands voyages sur le lit et éprouvai à nouveau un mirage d'humidité, le climat de la tristesse, comme si derrière les fermetures Éclair et les sangles il y avait plus que des vêtements, la mémoire inerte de mon corps, un paysage étranger que mes yeux auraient pu contempler d'un lieu que celui qu'ils occupaient maintenant sur mon visage.

Une valise fermée peut devenir un objet aussi triste qu'un rêve accompli, dépourvu des espoirs qu'elle contient quand elle est encore ouverte sur un lit. L'attente du bonheur est plus intense que le bonheur lui-même, mais la douleur d'une défaite consommée dépasse toujours les prévisions les plus pessimistes. C'est à cela que je pensai, en ouvrant cette valise pour contempler l'impeccable géométrie de mes chemises pliées, une perfection atroce dans son ambivalence, les mains de Mai les pliant des centaines de fois aux mêmes endroits, les mains de Mai les pliant la veille au soir, peut-être ce matin même, une seule image et deux significations opposées. Je m'y étais préparé, je l'avais souvent imaginé, je m'étais cuirassé, car la joie n'a pas de prix. La tristesse non plus, et pendant que je cherchais en soulevant délicatement les vêtements pour ne pas en défaire l'ordonnance, je devinai qu'à l'intérieur, je ne trouverais pas ce dont j'avais besoin.

Mon seul costume gris, celui des thèses et des concours, était toujours accroché dans l'armoire vide, avec la chemise blanche, et la cravate que je mettais habituellement dans une des poches de la veste. Je ne l'avais pas portée depuis plus d'un an. « Álvaro, mon petit, tu aurais pu mettre une cravate. » Le jour de l'enterrement de mon père, le jour de ses funérailles, le jour du rendez-vous chez le notaire et de nombreuses autres fois, banquets, commémorations, anniversaires. « Álvaro, mon petit, tu aurais pu mettre une cravate. »

« Oui, mais je n'y ai pas pensé, oui, mais j'avais oublié, oui, tu as raison, je suis désolé, maman. »

Aujourd'hui je vais mettre une cravate, maman. En sortant de la douche, je me demandai si cela en valait la peine, mais cela n'avait plus d'importance. Je m'habillai dans l'ordre et sans enthousiasme, comme lorsque j'avais neuf, dix, onze ans, et que je montais sur la scène de la salle des fêtes du collège à toutes les fêtes de fin d'année, pour recevoir le prix de calcul, avec l'air d'un petit homme. Je ne suis pas comme mes frères, je ne leur ressemble pas. Ce samedi matin, avec soleil et sans Raquel, me regardant dans la glace vêtu de son T-shirt, avec mon œil droit déjà tout violet, je pensai à Julio, Rafa, Angélica, exactement comme je les avais vus la veille. On ne s'était jamais aussi peu ressemblé.

« Putain, Álvaro, tu aurais pu prévenir ! Tu n'imagines pas le cirque, et bien sûr, tout le monde croit que je savais que... »

Mon frère Julio était venu vers moi en souriant, mais avant d'achever sa phrase il s'arrêta net, fronça les sourcils, me prit par les épaules et me regarda.

« Tu n'as pas bonne mine, murmura-t-il. Qu'est-ce qui t'arrive ? »

Quand Raquel me raconta qu'elle n'avait jamais couché avec mon père, je n'avais pas pensé à eux. La vérité n'était pas seulement trop laide, trop brutale, sale, et amère. Elle était aussi trop à moi. C'était mon amour qui était en jeu, c'était ma vie, l'amour de ma vie, l'avenir qui allait commencer quand le passé le dynamita. Cela n'avait pas été une explosion nette, furieuse, joyeuse comme l'odeur de la poudre dans les fêtes villageoises, dans les passions qui fulminent avec justice la pauvreté d'une existence inutile, dans les batailles des guerres justes. Non. Cela avait plutôt été une implosion, une détonation sourde, silencieuse, contrôlée à distance par la volonté rigide de certaines femmes, certains hommes morts. Ainsi tout avait été détruit, mon amour, ma vie, l'amour de ma vie, comme un grand bâtiment qui disparaît en un instant et fait beaucoup de bruit, soulève beaucoup de poussière, et fabrique au sol un trou aussi grand que son périmètre, mais rien de plus, pas de gravats, délimités par les palissades. Il en avait été ainsi, je l'avais cru, et cela ne regardait que moi, depuis le début, depuis que ma mère n'avait pas envoyé le bon fils à ce rendez-vous où tout sembla s'achever, dans ce bureau, où tout commença seulement pour pouvoir s'achever ensuite. Ce n'était qu'une pure coïncidence, une chaîne d'événements triviaux, fortuits, une série d'accidents sans aucun lien logique entre eux si ce n'est ma présence fatale dans chacun d'eux. Raquel me concernait moi, elle était à moi, et rien qu'à moi, à moi et à aucun autre homme qui aurait eu le même nom, à moi pour toujours.

Quand elle me raconta qu'elle n'avait jamais couché avec mon père, je n'avais pas pensé à eux. La vérité avait brûlé la terre, l'avait rasée comme une gelée de printemps pour me laisser seul, sans personne derrière, ni d'un côté, ni de l'autre, la silhouette floue et recroquevillée de Raquel sur un point encore lointain de l'horizon. Et pourtant, parallèlement à cette ombre, ils étaient là, ma mère, mes frères et sœurs, petites têtes découpées dans l'arbre généalogique qui restait accroché dans un coin du salon de La Moraleja, un indice, et pas le plus ridicule, de la ferveur pour les travaux manuels auxquels la maîtresse de maison, à une époque, avait occupé son temps libre. Il y avait eu la restauration de meubles anciens, ensuite le point de croix, les petits tableaux, encore les petits tableaux, les napperons, les serviettes de toilette, les draps de bébé avec les initiales de tous ses petits-enfants, des majuscules, en cursive ou non, chevauchant des animaux, voyageant en bateau, servant de cachette à des garçons habillés en bleu ou à des filles habillées en rose. La chambre de mon fils était pleine des fruits du temps libre de sa grand-mère. Auparavant, elle s'était lancée dans les arbres généalogiques et en avait fait des douzaines, pour ses enfants, ses gendres et ses belles-filles, ses amis. Elle avait gardé le plus grand, et elle avait peint les branches, les feuilles, avec des teintes spéciales aux reflets métalliques et le trait impeccable du miniaturiste. Nous étions tous là, nos petites têtes découpées composant un étrange dessin, un arbre à la cime modérément frondeuse qui s'étranglait au centre pour s'étaler dans l'abondance des branches inférieures, rien par ici, rien par là et soudain, la famille Carrión Otero, mes parents et mes frères et mes sœurs, pourquoi davantage ? Sept, puis quatorze, puis vingt et un, les hauts et les bas conjugaux, des naissances, encore des naissances et enfin une mort, qui n'arracherait jamais un sourire humiliant tant elle faisait partie du bristol doré qui servait de fond.

Ce matin-là, Raquel était allée travailler pour me laisser seul sur le seuil de ce qui restait de ma vie. Je m'assis à la table de cuisine et pris un café, puis un autre, un autre encore, fumai comme un pompier, d'une manière obsessionnelle, incessante. Je songeai à mon père, à moi, à des affaires graves et à des détails triviaux, jusqu'à ce que ce cadre s'installe dans ma mémoire avec son chargement de feuilles vertes et de visages souriants, d'espaces vides que ma mère avait prévus malgré elle pour les futurs mariages des enfants, et ces commentaires qui résonnaient comme un avertissement et qu'elle n'adressait à personne en particulier, même si elle les faisait toujours les yeux plongés dans ceux de Julio, son fils préféré malgré tout. Moi, laissez-moi tranquille, parce que je ne compte pas le refaire, alors celui qui ne tiendra pas dedans restera dehors...

Mon père était désormais hors de notre vie, mais ma mère n'enlèverait jamais sa photo de cet arbre. Raquel était désormais dans ma vie, mais personne ne découperait jamais son visage d'une photo pour le coller à la place qui lui revenait. Je n'ai jamais ressemblé à mon père, je suis le seul de ses enfants qui n'ait jamais essayé de lui ressembler. Je ne ressemble pas non plus à mes frères et sœurs, mais peut-être n'ont-ils jamais connu la signification exacte de ce verbe. Celui qui ne tiendra pas restera dehors. Moi, j'étais déjà dehors, mais je restais dedans, j'y serais toujours, comme Teresa González Puerto, qui était institutrice, bonne, aimait son mari, et jouait mal du piano, très mal, mais elle aimait ça, la pauvre. Pour son fils, ma grand-mère était morte le 2 juin 1937, quand elle était le plus vivante. Pour mes frères et sœurs, peut-être pour ma mère aussi, je commencerais à mourir à l'instant où je parviendrais à me lever de cette table où je fumais et buvais du café d'une manière incessante, obsessionnelle, pour tenter de redevenir vivant.

Le temps avait passé, beaucoup de temps. « C'est une longue histoire, très longue et très ancienne, tu ne comprendrais pas, et puis je crois que tu n'as pas à la connaître... » Quand Raquel me la raconta, les grands épisodes m'écrasèrent tellement que je ne remarquai pas les recoupements à faire. « Mon grand-père rencontra ton père un jour, dans un café à Paris, et l'invita chez lui, il commença à les fréquenter, il était tellement sympathique que tout le monde se prit d'affection pour lui et qu'il fit tout de suite partie de la famille... » Entre le troisième et le quatrième café, je pensai à nouveau que je devrais appeler Mai, que c'était la première chose que j'aurais dû faire ce matin-là, mais je composai le numéro de Raquel pour écouter le spectre de son ancienne voix, un filet angoissé, cassant.

« Bonjour, Álvaro. Tu... ? Il t'est arrivé quelque chose ? dit-elle d'une voix serrée par l'angoisse.

— Non, mais je voudrais savoir. Je viens d'y penser... Quand ton grand-père a rencontré mon père à Paris, d'où se connaissaient-ils ?

— De Torrelodones, bien sûr. » Elle était plus calme. « Ma famille y allait en vacances avant la guerre. Ils avaient une maison là-bas...

— Oui, oui, ça, je le sais. Mais à Torrelodones, même si c'est un village, il devait y avoir beaucoup d'enfants, non ? Et mon père, avant la guerre, était jeune, car il est né en 1922. C'est pour cela que je me suis dit que c'était bizarre que ton père le reconnaisse, après tant d'années.

— Oui, mais sa mère, c'est-à-dire Teresa, ta grand-mère, était l'amie d'eux tous. Pas tellement de mon grand-père, parce qu'il était le plus jeune, mais elle avait été l'amie de son frère Mateo, et son beau-frère, tous les deux fusillés. Ils étaient socialistes, du même parti qu'elle, ils allaient aux réunions de la Maison du Peuple en été, et puis, je ne sais pas... Toujours est-il que mon grand-père connaissait ta grand-mère, et il n'a pas reconnu ton père en tant que tel, mais parce que c'était son fils. Je ne sais pas si tu me comprends...

— Si, bien sûr. »

Teresa, ma grand-mère, sa petite tête découpée, souriante, était dedans, mais elle était dehors, elle était dedans et dehors à la fois, et j'étais le seul à le savoir. Ou peut-être pas. Le dernier café – à peine deux doigts d'un liquide désormais tiède et trop épais – ne parvint pas à me sortir de ma torpeur. Ma grand-mère Teresa, sa petite tête découpée, souriante, j'étais peut-être le seul à le savoir, à moins que Rafa et Angélica ne l'aient peut-être su depuis toujours, ma mère n'avait jamais appris le destin de sa belle-mère, mais elle savait le reste, elle devait le savoir.

Petit Espagnol qui viens au monde, que Dieu te préserve. « Et pourquoi ? Pourquoi ? » Vingt-quatre heures avant que Raquel ne me pose ces mêmes questions et n'y réponde pour elle-même – « ça ne sert à rien, rien ne sert à rien » – pour tenter de me dissuader d'entreprendre la visite qui bouclerait la boucle, je me les posai également. « Et pourquoi ? Pourquoi ? » Elles n'étaient pas très originales. Elles étaient épaulées par une immense clameur, si serrée qu'on l'aurait crue unanime, des millions de voix se taisant à la fois pendant trois décennies entières, un silence plus assourdissant que n'importe quel cri. « Pourquoi ? Pourquoi ? » Dans les questions, la stratégie des vainqueurs confluait vers celle des vaincus. Dans les réponses, si cela ne sert à rien, rien ne sert à rien, aussi...

« Pourquoi ? Pourquoi ? » À cause de moi, pour moi, un mauvais fils qui prête l'oreille à la version de l'ennemi, Álvaro l'ingrat, le traître, un bon professeur, un bon père, un bon fils, un bon citoyen. Je n'avais peut-être pas le droit de ne penser qu'à moi, mais cela n'avait plus de rapport avec la figure, avec la mémoire de mon père. C'était ma propre identité, ma propre mémoire qui me poussait, et ils étaient là eux aussi, leurs petites têtes souriantes, découpées et collées sur le même bristol. Je n'avais peut-être pas le droit de ne penser qu'à moi, mais penser à moi c'était penser à eux, à nous tous, lavés, coiffés et habillés de frais pour poser devant un appareil, sur la photo des livrets de famille nombreuse que maman conservait dans le même grenier où se trouvaient aussi les carnets de notes et les livrets scolaires. Photos individuelles, photos de groupe, une famille, ma famille. Il était encore temps de la sauver, de consacrer son image exemplaire et souriante, de leur épargner la contrariété de savoir qui ils étaient. Ou peut-être pas. Ils le savaient sans doute déjà, et cela ne les intéressait pas. Le verbe *croire* est un verbe particulier, le plus large et le plus étroit de tous les verbes.

Il ne restait plus de café, mais je continuai à fumer, à réfléchir au verbe *croire*, au verbe *savoir*, seul et en compagnie des deux autres. Je pensai au mot *générosité*, au mot *responsabilité*, au mot *égoïsme*. Je pensai à l'ordre et au chaos, au passé et au futur, je pensai à Teresa, à Raquel. Quelle malchance, grand-mère, quelle malchance, Álvaro, quelle malchance, mon amour, quelle malchance nous avons eue, quelle malchance nous continuerons à avoir ! Comment commencer à vivre ainsi, comment surmonter tout ça. Nous ne serons jamais seuls, toi et moi, nous ne pourrons jamais vivre ensemble et seuls, parce qu'il y aura toujours trop de gens autour de nous, vivants ou morts, avec toi et avec moi, se couchant avec nous, se levant avec nous, mangeant, buvant, marchant avec nous. Et tellement d'amour, et que ça ne serve à rien.

« Pourquoi, pourquoi ? » Pour moi, parce que. Parce que la réflexion est ennemie de l'action et je ne pouvais plus réfléchir. Parce que j'étais pris dans un labyrinthe pervers qui avait de nombreuses issues mais aucune bonne. Générosité, responsabilité, égoïsme. Julio répondit tout de suite au téléphone, et me salua sur un ton jovial et soucieux à la fois que je fus incapable de m'expliquer sur l'instant. Puis, pendant que je sortais dans la rue et traversais la place, je levais une main pour arrêter un taxi sans être très sûr de ce que je faisais, je compris que Mai avait parlé. Alors je m'aperçus que j'avais négligé un point très important, et le besoin de protéger Raquel, de lui chercher un alibi, n'importe quelle excuse pour minimiser son intervention dans cette histoire laide, sale, triste, me prêta le genre de sérénité que trouve en lui un pompier prêt à sauver des vies quand il constate qu'il est cerné par les flammes. Pourtant je ne fus pas capable de répondre rapidement à la question de mon frère.

« Asseyons-nous à une table. J'ai à te parler », proposai-je en échange.

Je le lui avais dit au téléphone, mais il resta silencieux.

« D'abord, j'ai quitté la maison, mais ça, tu le sais déjà, non ?

— Bien sûr, que je le sais, dit-il en souriant comme s'il n'avait pas entendu ma phrase précédente. Mai a appelé Angélica hier et, comme tu peux l'imaginer, une demi-heure plus tard, même maman était au courant. En plus elle m'a passé une engueulade terrible. Tu devais le savoir, Julio, tu le savais sûrement, il t'a toujours couvert, et toi, aujourd'hui, tu as fait de même, parce que vous les hommes, vous êtes tous pareils, tous des porcs, etc. C'est pour ça que tout à l'heure je t'ai dit que tu aurais pu me prévenir, mon vieux.

— Oui. Je suis désolé. Qu'est-ce que Mai a dit exactement ?

— À Angélica, je ne sais pas. Moi, j'ai reçu une avoinée parce que tu avais quitté ta femme pour une plus jeune.

— Elle n'est pas plus jeune. Mai n'a pas un an de plus qu'elle.

— Eh bien pour ta sœur, c'est comme si elle venait de passer le bac. Et c'est tout ce que je sais.

— Oui, bon... Raquel a trente-six ans, mais... C'est une femme spéciale.

— Je n'en doute pas, dit-il en riant.

— Non, il n'y a pas que ça. Je ne sais pas comment te dire... Tu te souviens de l'enterrement de papa, Julio ?

— L'enterrement de papa ? répéta-t-il en haussant les sourcils. Oui, bien sûr que je m'en souviens, mais je ne vois pas le rapport...

— Tu te souviens qu'ensuite nous sommes allés déjeuner, je vous ai interrogés sur une fille qui était arrivée vers la fin, vous m'avez tous répondu que vous ne l'aviez pas vue, et l'on s'est demandé qui cela pouvait être ? »

Il m'adressa un regard perplexe, réfléchit et, fit un signe de tête négatif.

« Ça me dit quelque chose, mais... Je ne sais pas. C'est important ?

— Oui.

— C'est elle ?

— Oui.

— Et que faisait-elle à l'enterrement de papa ?

— C'est notre cousine.

— Une cousine ? demanda-t-il, finalement impressionné.

— Oui, au troisième degré. Son arrière-grand-père et le nôtre, le père de grand-mère Mariana, étaient frères... »

Il colla ses coudes sur la table, se tint la tête à deux mains, se frotta le visage à plusieurs reprises et me regarda. « Bon sang ! Et pourquoi on ne la connaît pas ?

— C'est le problème, lui dis-je. Pourquoi on ne la connaît pas... »

Je fis une pause. Je m'encourageai moi-même et lui lâchai d'un trait :

« Quand j'ai trouvé la boîte à pilules avec le Viagra, tu te souviens ? J'ai pensé à papa à quel genre d'homme il aurait pu être sans qu'on le sache. À l'époque, tu étais très occupé avec les droits de succession, et maman m'a demandé d'aller à La Moraleja à ta place. J'y étais déjà allé une fois, mais je n'avais rien emporté, ni photos, ni objets, et comme quand je suis arrivé, j'étais seul, parce que cet après-midi Lisette avait un cours de je ne sais quoi, j'ai fouillé un moment dans le bureau. J'ai regardé dans les placards et trouvé un dossier cartonné contenant les papiers de la Division Azul. Sur le dessus, il y avait des notes très récentes, avec des noms, des dates, des phrases que je n'ai pas comprises et un numéro de téléphone. C'est comme ça que j'ai connu Raquel, c'était son numéro. Je lui ai parlé, je lui ai demandé qui elle était et elle m'a dit qu'elle préférait me donner un rendez-vous. » Je me demandai si je mentais bien et ne trouvai rien qui suggère le contraire sur le visage de mon frère. « Tout cela me sembla très mystérieux, mais nous finîmes par nous fixer rendez-vous et elle me raconta qu'elle avait connu papa par hasard, parce qu'elle possédait un appartement dans un immeuble de la zone de Tetuán que vous vouliez acheter, pour le réunir avec un autre que vous possédiez déjà et construire quelque chose de plus grand et de plus haut, je suppose que tu vois de quoi je parle...

— Attends, parce que ça aussi ça me dit quelque chose, mais on a acheté plusieurs immeubles dans la zone de Tetuán, et là, maintenant je ne vois pas...
— C'est égal. Tu ne t'en souviens certainement pas, étant donné qu'elle a refusé pendant longtemps de vendre. Elle travaille dans une banque et elle est très intelligente. Elle a supposé que plus elle attendrait, plus vous lui proposeriez une somme importante, ce qui fut le cas. À la fin, papa lui a échangé son appartement contre un de ceux que Rafa voulait nous vendre, enfin, à moi du moins, rue Jorge Juan. Elle était soucieuse, parce que l'opération avait eu lieu deux jours avant que papa entre à l'hôpital et elle n'était pas sûre que l'achat-vente soit effectif. C'est pour ça qu'elle était venue à l'enterrement. Elle allait devoir parler un jour à l'un d'entre nous, et elle voulait nous connaître, voir nos têtes... Bref, ce fut ce qu'elle me raconta et cela me sembla très bizarre. Bien sûr, que c'était bizarre, mais, à ce moment, ça m'était égal, parce que c'était une bizarrerie inoffensive et puis surtout, parce qu'elle me plaisait. On a commencé à flirter au bout de dix minutes et bien sûr, et alors... À partir de là, le reste n'avait pas d'importance. Chez le notaire, je constatai que cet appartement ne figurait pas parmi les propriétés dont nous allions hériter et je me suis disputé avec Angélica, tu te souviens ?
— Oui, ça, je ne l'ai pas oublié, sourit-il.
— Et bien ce soir-là, j'ai rappelé Raquel, on a repris rendez-vous et elle ne m'a plu que davantage. Elle me plaisait tellement que nous sommes tout de suite sortis ensemble. Elle me plaisait toujours, jusqu'à ce que je devienne fou d'elle, tu le sais, et j'ai fini par lui dire que j'allais quitter Mai. Alors elle a disparu et je suis devenu fou, mais pour de bon, je me sentais très mal, c'était

vraiment horrible. Tout a été le fruit du hasard, tu comprends ? Cela aurait pu arriver à Rafa, à toi, la société immobilière qui s'intéressait à l'immeuble où elle vivait aurait pu être différente, je n'aurais pas reconnu le nom de papa, et nous ne nous serions pas connus. Mais c'est arrivé comme ça, à moi et je me suis lancé, je suis tombé amoureux comme un adolescent. Et maintenant je viens d'apprendre qu'elle m'avait caché une partie de l'histoire. »

Mon récit était plein de lacunes, d'imprécisions, de zones d'ombre, mais je l'avais déjà lancée avant de m'apercevoir que Rafa allait tôt ou tard faire la connaissance de Raquel. S'il reconnaissait en elle la conseillère en investissements qu'il avait rencontrée un jour, même s'il n'était pas resté plus de dix minutes dans son bureau, mes explications s'effondreraient comme un château de cartes. Mais à ce moment, c'était le moindre de mes soucis, et si ma relation avec ma famille survivait à ce week-end, ce serait également le moindre des siens. Et puis Rafa ne faisait pas tellement attention aux femmes, et Julio, qui lui reprochait de ne s'y intéresser que modérément, c'est-à-dire très peu, était tellement stupéfait qu'il avala l'histoire en bloc.

« Je crois que je sais qui c'est, dit-il ensuite. Enfin, je ne l'ai jamais vue, je ne m'occupais pas personnellement de l'affaire, mais je me souviens que dans l'une des maisons de Tetuán, à un moment, il y avait une nana qui nous rendait fous. Ce que je ne comprends pas, c'est... Comment papa a-t-il pu lui échanger un appartement aussi bon marché contre un autre si cher. Il était vieux, mais pas idiot. Et pourquoi est-ce que tu fais cette tête, Álvaro ? Après tout, la nana est revenue, tu es avec elle. Tu devrais être ravi, non ? »

Je le regardai, me frottai les yeux, et commandai une autre bière.

« Tu te souviens de Mariloli, Julio ?

— Mariloli ? dit-il en hochant la tête, comme s'il craignait que son frère ne soit devenu fou. La fille du concierge de la rue Argensola ?

— Oui, exactement. La poupée de Clara, elle l'avait trouvée dans la rue et refusait de la rendre, tu te souviens ? »

Le souvenir de cette poupée rousse habillée de vert était si puissant qu'il avait traversé le temps, et mon frère changea d'expression. À cet instant, je compris qu'il savait, qu'il le savait probablement depuis toujours, peut-être depuis ce jour-là, mais je lui racontai tout, qui était notre père, cet homme admirable, et comment il avait réussi à se faire tout seul, depuis les deux carnets qu'il avait gardés comme trophées jusqu'à ce que la visite de Raquel le mette face à sa propre vie au bord de la mort. Je ne lui donnai pas davantage d'explications et il ne m'en demanda pas.

« Eh bien c'est une vacherie, dit-il en souriant tout de même. Maintenant, ce que je ne comprends pas, ce sont les problèmes de cette nana, ses remords, qu'elle se sente coupable d'avoir couché avec toi sans te dire la vérité. En fin de compte, ce fut un hasard, tu l'as dit... Elle doit être aussi bizarre que toi, Alvarito, parce que si elle n'avait rien dit... Elle savait que ton père était un salaud ? Bon, très bien, moi aussi, je le sais, je te l'ai dit un jour. Je vis avec ça depuis des années, et je suis là. Elle a soudain eu l'occasion de le contrarier et elle en a profité ? Eh bien, tout le monde le fait... Papa est mort parce qu'une inconnue est arrivée un beau jour dans son bureau, chargée de papiers qu'il n'aurait souhaité revoir pour rien au monde ? Ça ne change rien, Álvaro.

Elle ne l'a pas tué. Il avait quatre-vingt-trois ans, il devait mourir un jour. Il est mort et tu es vivant. C'est la seule chose qui compte.

— Les morts ont toujours tort.

— Comme tu dis, s'exclama-t-il en levant son verre.

— Mais... je ne comprends pas. » Je fis une pause pour regarder mon frère et je vis son sourire se défaire en une grimace mélancolique. « Ça ne te fait rien à toi ?

— Je le savais déjà, Álvaro. Je le sais depuis très longtemps. Depuis ce même après-midi où ta copine, elle s'appelle Raquel, non ? est venue à la maison avec son grand-père. » Il finit sa bière, regarda le verre et leva la main. « Je crois que je vais commander quelque chose de plus fort... tu veux un gin tonic ?

— Non. » Cela ne signifiait pas que je ne voulais pas boire et mon frère s'en aperçut.

« Un whisky ? Cet après-midi... On avait un match de foot et je marquai trois buts, je m'en souviens parfaitement. Je jouai super bien, et papa était très content, très fier de moi. À cette époque, c'était ce qui comptait le plus. J'aimais beaucoup papa, je l'admirais, je jouais pour lui, pour qu'il me voie, pour qu'il me prenne dans ses bras à la fin des matchs. La semaine suivante, je devais faire un essai pour l'équipe junior du Madrid, tu t'en souviens ?

— Bien sûr. J'ai passé des mois à me vanter de toi au collège. J'ai parié avec tous mes amis qu'ils allaient te prendre.

— Bref... Je regrette. Maman était terrifiée, mais lui, ça lui faisait très plaisir d'avoir un fils footballeur. On en a parlé en sortant du stade, seulement papa et moi parce que Rafa s'est tu pendant tout le chemin, il boudait. À l'époque, il était très jaloux de moi, parce qu'il avait passé toute la saison sur le banc de touche. Alors nous sommes arrivés à la maison, et il y avait une fillette avec Clara, et... Et rien. Je ne me suis rendu compte de rien. Avant de dîner, maman est venue chercher Rafa. Papa voulait lui parler et, vois comment sont les choses, j'étais sûr qu'il allait lui parler de moi, lui demander de ne pas être aussi jaloux, de m'aider, de m'encourager, de se résigner à être un moins bon footballeur que moi. Je le croyais, et j'étais content, parce que Rafa était insupportable, tout le temps vexé, à chercher la bagarre... Mais ce n'était pas ça. Au dîner, tout le monde était très sérieux, papa, maman, Rafa et Angélica.

— Et moi ? Où étais-je ? » Cette partie de l'histoire où coïncidaient maintenant Julio et Raquel m'avait ramené à une époque tellement insignifiante pour moi que je ne pouvais pas me la rappeler précisément.

« Eh bien, à la cuisine, je suppose. Clara et toi, vous deviez encore dîner là-bas. C'est sûr, vous n'étiez pas à table. Je me souviens de tout parce que... Ensuite, le soir, Angélica est venue dans notre chambre.

— Et moi, je dormais déjà », supposai-je de mon côté, et je pensai à nouveau que le destin était un mauvais allié en mesurant mon étonnante et systématique absence, dans un épisode qui finirait par devenir plus important pour moi que pour n'importe lequel de mes frères.

« Oui. Tu dormais, et j'allais t'imiter, mais ils me réveillèrent très vite. Ils avaient tout prévu. Ils me dirent qu'ils devaient me parler, que c'était très important. Je les suivis dans la salle de jeux et ils ne me laissèrent pas allumer la lumière. Nous nous assîmes par terre, on y voyait à peine. C'était très émouvant. La porte de la chambre était ouverte, et l'éclat de ta veilleuse arrivait, la bleue que maman t'avait rapportée de Paris, tu te souviens ? Ils l'avaient allumée avant de sortir et... Je ne sais pas, ça avait l'air très émouvant, je te l'ai dit, mais Rafa se mit à parler, à me raconter une histoire très bizarre, et moi, au début, je ne comprenais rien... »

Il jouait depuis un moment avec les glaçons de son verre. Il le posa sur la table pour me regarder, et je m'étonnai de la qualité de sa mémoire, de l'assurance avec laquelle il reconstruisait pour moi sans le moindre doute, sans hésitation, les détails de cette nuit lointaine, des mots, des gestes, des sensations, lui, Julio, mon frère, qui ne s'intéressait pas à grand-chose, qui ne s'intéressait jamais à rien, à qui tout était égal parce qu'il ne savait pas prendre la vie au sérieux.

« "La situation est très grave, m'a dit Rafa. Tu dois en être informé parce que nous sommes tous en danger, surtout papa, mais il l'a fait pour nous..." C'était ce qu'il disait, et il a failli me faire rire parce qu'il parlait comme s'il avait tout appris au cinéma. Tu sais, on aurait dit un acteur dans un mauvais film. Papa l'a fait pour nous, parce qu'il était très pauvre et qu'il ne voulait pas qu'on le soit... » Alors Julio qui se mit à gesticuler, à écarquiller les yeux, à parler dans un murmure, et à agiter les mains comme s'il jouait un rôle, imitant l'acteur imaginaire que Rafa aurait singé ce soir-là. « "Il voulait qu'on vive bien, et les autres étaient méchants, ils tuaient les gens, tu comprends ? Ils brûlaient les églises, ils brûlaient tout, et puis ils étaient partis parce que c'étaient des criminels, alors ce qui leur appartenait n'était à personne..." » Julio retrouva enfin sa propre voix, sourit, et continua : « " Je ne te comprends pas, Rafa, ai-je dit. Qu'est-ce que papa a fait ? Et qui étaient les autres ? — Laisse-moi faire", est intervenue alors Angélica. Elle était déjà beaucoup plus froide que lui, plus intelligente, et moins nerveuse. Elle s'est levée, a ouvert la porte sans faire de bruit, est passée dans le couloir pour revenir au bout d'un instant, marchant sur la pointe des pieds, avec un très grand livre entre les mains. "Tiens, regarde", m'a-t-elle dit. Le livre s'intitulait *L'Espagne en flammes*. Tu l'as déjà vu ?

— Non. Ça ne me dit absolument rien. Il était à la maison ?

— Bien sûr, qu'il y était. Vous aviez beau vous plaindre, mais faire partie des petits a bien des avantages, tu sais, parce que c'était... le catalogue d'une boucherie. Des cadavres, encore des cadavres, des enfants égorgés, des hommes fusillés, des femmes qui pleuraient... Et beaucoup d'incendies, ça oui, des crucifix brûlés, des vierges renversées à terre... Bref, tu peux imaginer. Rafa voulait continuer à parler, mais Angélica, qui est beaucoup plus intelligente, ne l'a pas laissé faire. Elle voulait que je voie toutes ces photos et je n'ai pas pu arriver à la fin. "Qu'est-ce que c'est ?" ai-je demandé, et elle me l'a expliqué bien mieux, beaucoup plus clairement que Rafa. "C'est ce que les rouges ont fait pendant la guerre. Et aujourd'hui est venu un monsieur qui est un oncle de maman et qui était rouge, pour dire à papa qu'il était rentré vivre ici, et qu'il savait que c'était lui qui avait tout pris. — Comment ça, tout pris ? ai-je demandé, parce que ça avait l'air mauvais, très mauvais. — C'est ce que t'a dit Rafa tout à l'heure. Les rouges sont partis, ils ont tout laissé, leurs maisons, leurs affaires, m'a-t-elle répondu, très calme. — Et papa a tout pris, ai-je dit. — Eh bien, ce n'est pas exactement comme ça, tout a été vendu aux enchères, réparti, pour ainsi dire, entre plusieurs personnes, et papa... C'était aussi la famille de maman. — Ah bon ! ai-je fait, rassuré, si c'était celle de maman...

— Je crois que je vais commander un autre verre, annonçai-je à ce moment.

— Tu vas être ivre, Álvaro.

— Tant pis et... Mais ça n'est pas le plus grave, parce que...

— Oui. » Il tendit une main par-dessus la table, la posa sur mon bras droit, la serra un moment. « J'imagine. Résultat, même si c'est incroyable, ils m'ont dit que tout était à maman, mais je ne l'ai pas cru. J'ai tout de suite compris que ça ne pouvait pas être vrai, alors, pourquoi ce monsieur était-il venu ? Et pourquoi étaient-ils tous aussi nerveux ? Je l'ai demandé, mais ils n'ont pas voulu me répondre. Ils ne pouvaient pas, bien sûr, mais je ne l'ai compris que plus tard.

"L'important, c'est que tu restes attentif, que tu n'en parles à personne, et encore moins aux plus jeunes, mais que tu me dises si quelqu'un te suit ou te pose des questions, parce que maintenant papa peut avoir des problèmes, comme Franco est mort et que les rouges se sentent encouragés..." m'a alors dit Rafa, sur ce ton de frère aîné responsable qui m'a toujours fait sortir de mes gonds. J'ai répondu oui à tout, qu'ils ne s'inquiètent pas. »

Le garçon me servit le premier verre en trop que j'allais boire ce jour-là, et Julio, qui se contenta d'un tonic, attendit son départ pour reprendre.

« Je faisais dans mon froc, Álvaro, dit-il ensuite, comme s'il avait besoin de se justifier de la réponse qu'il fit alors : je n'avais pas encore seize ans. Quand je suis allé me coucher, les photos que j'avais vues n'arrêtaient pas de me tourner dans la tête et ne me laissaient pas dormir. À cette époque... tout était politique. Les rues étaient pleines d'affiches des uns et des autres, les gens parlaient tous les jours de la même chose, les curés nous parlaient aussi, au collège, impossible de ne pas le savoir, de ne pas voir tout ça. Et les nôtres... Qu'est-ce que j'en sais, papa, maman, les parents de mes amis, le père Aizpuru, ils étaient très soucieux, morts de peur eux aussi. Ce qui se passait ne leur plaisait pas du tout, on aurait dit qu'un désastre, une catastrophe allait nous tomber dessus, on venait de légaliser le parti communiste et c'était la fin du monde. Je le savais, je m'en rendais compte mais malgré tout... Malgré tout, je ne pouvais pas dormir. Et tu sais pourquoi ? » Je secouai la tête. « À cause de la petite.

— Quelle petite ?

— Ta fiancée, dit-il en souriant. Cette fille, elle s'appelle Raquel, n'est-ce pas ?

— Oui, mais je ne te comprends pas, Julio.

— Mais c'est très facile. J'avais vu les photos, tout ce sang, ces morts, mais avant de l'avoir vue elle. C'est amusant, que tu ne t'en souviennes pas, parce que moi, je m'en souviens parfaitement. Elle portait une robe blanche avec de petites fleurs grenat, une veste de la même couleur que les fleurs, et deux nattes avec des rubans au bout. Elle était comme Clara, elle était habillée comme elle, elle parlait comme elle... Je ne l'ai vue qu'un moment et je n'ai pas fait très attention, elle ne m'a même pas adressé la parole, mais ensuite, au lit, en réfléchissant à tout ça, je me suis souvenu d'elle, une petite fille, ordinaire, qui jouait à la poupée avec ma sœur, et cette fillette... Je ne sais pas comment expliquer, mais je n'ai pas pu faire le lien entre elle et l'histoire que m'avaient racontée Rafa et Angélica, les photos que j'avais vues. Je n'ai pas vu son grand-père, mais elle... Elle était tellement normale, tellement petite, tellement innocente, tellement d'ici... Tu comprends ?

— Oui. » Je comprenais, mais je ne trouvai pas d'autres mots pour le remercier de s'être mis du côté de cette petite fille, dont je ne parvenais pas à me souvenir, même après avoir entendu la description des vêtements qu'elle portait cet après-midi-là.

« Eh bien, voilà. J'ai pensé qu'en fait, ce qu'on possédait aurait dû être à elle. Et elle n'avait pas l'air pauvre, bien sûr, elle n'était pas pauvre, elle avait la même allure que Clara, que ses copines, je te l'ai dit, et pourtant... Cela revenait au même, parce qu'elle avait notre âge, elle était de notre génération et il paraît que le temps efface tout, mais... J'ai pensé que ses grands-parents s'étaient retrouvés sans rien, que ses parents avaient grandi sans rien, dans un pays étranger, seuls, et nous, papa, et maman, et les gens, et les gens comme eux, ici, vivaient comme des rois... Je ne sais pas, je ne peux pas bien l'expliquer, mais cette fillette m'a soudain fait ressentir de la peine et une grande honte, même si ce n'était pas de ma faute, parce que cela n'aurait pas dû être comme ça, parce que ce n'était pas juste. J'ai trouvé que ce n'était pas juste. Alors j'ai demandé à Rafa qui ne dormait pas : Est-ce que papa est un voleur, Rafa ? Et il s'est fâché contre moi : comment papa pourrait-il être un voleur ? Salaud, tu es un salaud... Voilà ce qu'il m'a répondu et je refusai d'en parler avec lui, pour quoi faire ? Tu le connais. Ni moi ni personne n'allait le faire changer d'avis.

— Et qu'est-ce que tu as fait ?

— Quand ?

— Je ne sais pas, le lendemain, plus tard...

— Rien. Qu'est-ce que je pouvais faire, puisqu'on ne pouvait rien faire ? Le lendemain, c'était dimanche. Nous sommes allés déjeuner à Torrelodones en voiture, et pendant qu'on faisait une promenade dans le village, les gens s'arrêtaient pour nous saluer, et je regardais papa, je le voyais sourire à tout le monde, et je pensais qu'ils le savaient, qu'ils devaient le savoir, que maman le savait, et la dame du bureau de tabac, le patron de l'auberge, ceux qui nous saluaient, ceux qui nous embrassaient et nous touchaient la tête, tout le monde devait le savoir mais personne n'avait jamais rien dit, c'était comme si personne ne savait quoi que ce soit... J'ai gardé cette sensation pendant plusieurs jours. D'un côté, si je remarquais que quelqu'un me regardait dans la rue, dans le métro ou dans une boutique, j'avais l'impression que tout le monde le savait, que tout le monde savait que mon père était un voleur, mais ensuite je m'apercevais que les gens que nous connaissions, ceux qui devaient le savoir, les amis de papa, les amies de maman, ceux de Torrelodones, faisaient comme s'ils ne savaient rien.

— Et Rafa ? Angélica, maman... Ils ne t'en ont pas reparlé ? Ils ne t'ont rien expliqué ?

— Non. Je n'ai plus jamais entendu un mot sur la question. Avant que tu ne m'en parles, personne ne m'en avait jamais parlé. Alors... » Il sourit, comme si, dans le fond, ce qu'il m'avait raconté n'avait pas tellement d'importance. « Ce n'est pas pour l'avoir oublié, parce que je ne l'ai jamais oublié, mais... Je me suis habitué à vivre comme les autres, à vivre comme si je ne l'avais pas su, comme si ça n'avait aucune importance pour moi. J'ai raté le test pour l'équipe junior du Madrid, ça oui.

— Oh oui ! » La nature inattendue, abrupte, de cette conclusion, me fit sourire. « Je me suis terriblement ridiculisé, et j'ai perdu tous mes paris.

— Oui, bon... J'étais très nerveux, mais, en plus, je dois dire que je ne voulais pas être engagé. Je ne savais pas exactement ce que papa avait fait, mais ça n'avait pas d'importance, parce que je savais que ce n'était pas bien. Je n'ai jamais été une grenouille de bénitier, encore moins un saint, je ne suis même pas sûr d'être quelqu'un de bien, mais... Je dois dire que je ne l'admirais plus et que je ne me souciais plus qu'il soit fier de moi. Je n'avais que quinze ans, mais je ne m'en suis plus jamais soucié.

— Et pourtant... » Je n'osai pas continuer, mais il me comprit tout de même.

« Et pourtant je suis ici, non ? » J'acquiesçai et il sourit. « Je suis arrivé jusqu'ici, sans souffrir, sans parler, et aussi heureux. Je ne suis pas comme toi, Álvaro, tu le sais. Il est vrai aussi que je ne couche pas avec cette fille en robe blanche à fleurs grenat, au fait, tu devrais me la présenter, parce que je suis très curieux de voir ce qu'elle est devenue, mais de toute façon, tout cela ne m'intéresse pas tellement, plutôt moins que toi, et bien moins que Rafa. Ce n'est pas ma vie et ce n'est pas la tienne, Álvaro, écoute-moi. Papa n'était pas bon, je te l'ai dit une fois, mais ça n'a rien à voir avec toi, ni avec moi, et puis... On ne peut rien faire. À quoi ça rime ? À ce stade... »

Julio, mon frère, fut le premier à me dire que rien ne servait à rien. Alors je pensai à Teresa González Puerto, à sa vie et à sa mort, sa petite tête sur un bristol doré et ses paroles, cet héritage que je devrais partager avec l'homme blond et souriant qui regardait sa montre, demandait la note, et me souriait à nouveau.

Julio était lui aussi son petit-fils, même si cette lettre ne changerait jamais rien pour lui, n'en ferait pas un homme meilleur, ni différent. Peut-être, après tout, le mieux est-il qu'on reste seuls toi et moi, grand-mère, pensai-je. Mieux vaut te garder pour moi, t'épargner l'indifférence ou l'hostilité de mes frères et sœurs, t'emmener avec moi par les matinées ensoleillées et pluvieuses, parmi les fleurs qui ne remplissent aucun vase en cristal. Mais lui aussi était son petit-fils. Et peut-être le meilleur de ceux qui lui restaient.

Il avait déjà refermé le couvercle de son portable, l'avait rangé dans une poche, palpait sa veste pour s'assurer qu'il n'oubliait rien. « Il y a autre chose, Julio. Le jour où j'ai trouvé le dossier bleu, j'ai aussi découvert une lettre de grand-mère Teresa, la mère de papa. Elle l'a écrite pour lui dire au revoir quand elle a quitté la maison, parce qu'elle n'est pas morte en juin 1937, comme nous l'a dit papa... La vérité, c'est qu'elle est morte à la prison d'Ocaña, quatre ans plus tard, en 1941. » Mon frère me regarda les yeux écarquillés, reprit sa tête entre ses mains, s'agita sur sa chaise.

« Bon sang !

— Oui, bon sang... Mais ça n'est pas tout, tu sais ? » Alors que j'allais continuer, il m'arrêta de la main.

Il jeta à nouveau un coup d'œil à sa main et prit peur. « Un autre jour, Álvaro. Ne te fâche pas contre moi, mais... Pour l'instant je ne peux pas rester, vraiment. J'ai un rendez-vous pour déjeuner, et c'est très important, c'est... » Il fit une pause, me vit sourire. « D'accord, c'est une nana. Je ne vais pas coucher avec elle ni rien, vraiment, on s'amuse, mais je ne voudrais pas passer pour un malappris. Je te rappelle, cet après-midi, demain, quand je pourrai, et l'on se voit, et tu me racontes tout, parce que ça m'intéresse vraiment beaucoup, mais... Je dois partir, je suis déjà en retard.

— Bon, comme tu voudras.

— Tu ne vas pas te fâcher, c'est sûr ?

— Sûr.

— D'accord, mais avant de partir, je vais te donner un conseil, deux, en fait... » Et c'étaient les derniers mots auxquels je m'attendais de sa part à ce moment. « Le premier est le meilleur, et le plus important. Écoute-moi,

Álvaro, et tire-toi. Va-t'en, ce soir, demain, prends cette nana et tire-toi. Va dans un bel endroit, amusant, enferme-toi avec elle, et baise un maximum. Baise-la jusqu'à ce que tu n'en puisses plus, jusqu'à ce que tu aies mal à la queue à force de t'en être servi, et après, continue à baiser jusqu'à ce que tu ne la sentes plus. Baise-la comme si ce n'était pas la petite-fille de son grand-père, comme si elle n'avait jamais connu papa, comme si tu venais de la rencontrer, comme si ce n'était pas notre cousine. Et quand tu parviendras à te sentir comme si tu n'avais plus de queue, décide-toi. Tu restes avec cette fille ou tu rentres à la maison pour t'agenouiller par terre, appuyer la tête sur les genoux de ta femme et lui demander pardon. J'ai fait les deux, et les deux marchent. Écoute-moi, Álvaro, je sais de quoi je parle. Consacre-toi à la vie, et pense à toi, bon sang. Oublie papa pour toujours. Ça aussi, ça marche, et je le sais aussi par expérience. Et maintenant je m'en vais, mais... »

Alors il se leva, me prit dans ses bras, m'embrassa sur la joue.

« Et l'autre ? Le deuxième conseil ? lui demandai-je.

— Le deuxième conseil est de ne pas en parler à Rafa. N'y songe même pas, Álvaro, je te le dis sérieusement. »

Mais je ne suis pas comme toi, Julio, pensai-je en le voyant sortir du bar à toute vitesse, je ne suis pas comme toi, tu le sais.

Les lettres commencèrent à arriver durant la dernière semaine d'avril 2004, mais Raquel Fernández Perea, qui avait profité du pont de mai pour aller à Istanbul avec son amie Berta, connaissait leur contenu avant d'ouvrir la sienne.

Elle cherchait encore les clés dans sa poche quand Nati vint à sa rencontre, comme si elle avait guetté son retour tout l'après-midi. « Tu es au courant ? Quelle contrariété, mon Dieu ! Je ne sais pas ce qu'on va faire... »

Raquel ne se formalisa pas de cet accueil. Le drame systématique, presque sportif, faisait partie du caractère de sa voisine, une femme âgée en très bonne santé, malgré un ennui chronique.

Nati vivait seule. Elle avait été mariée puis veuve avant quarante ans. Elle avait eu deux enfants et l'aîné, très jeune, s'était tué dans un accident de moto. À l'époque, sa fille vivait déjà à Tenerife, où elle avait trouvé du travail comme femme de chambre dans un hôtel. Puis elle avait rencontré un garçon, l'avait épousé et était restée là-bas. Elle venait voir sa mère quand elle le pouvait et lui avait souvent proposé de l'emmener avec elle aux Canaries, mais Nati ne voulait pas quitter sa maison. « Tant que je peux faire la cuisine, le ménage et ma toilette toute seule, je ne bouge pas d'ici », disait-elle. En revanche, la solitude l'avait exilée de sa propre vie pour l'installer dans la fiction perpétuelle de ces émissions qui prétendent reproduire en direct la réalité des vies.

Raquel ouvrit la porte, posa sa valise dans le vestibule, se retourna pour prendre Nati dans ses bras en lui donnant deux bises. « Que s'est-il passé, Nati ? Ce n'est sûrement pas si grave.

— Ouh, non ! » Sa voisine porta les mains à son visage, puis sur ses joues, ferma les yeux et hocha plusieurs fois la tête. Elle semblait au bord des larmes, mais Raquel savait qu'elle se contentait d'imiter ce qu'elle avait vu à la télévision. « On nous jette à la rue, voilà ce qui se passe !

— Qu'est-ce que tu racontes ?

— Tu verras, tu... »

Quand ils avaient emménagé, huit ans plus tôt, Raquel n'était mariée que depuis trois ans, et elle s'entendait encore bien avec son mari. Cet appartement devint leur premier problème. Au début, il refusait d'acheter, parce que ce n'était pas vraiment une bonne affaire. Il finit par reconnaître que l'offre était trop intéressante pour la laisser passer, mais il ne se plut jamais dans ce nouveau logis. Elle, en revanche, était ravie, et elle s'empressa de mettre son nouvel appartement sur la longue liste de faveurs qu'elle devait à Paco Molinero, son meilleur ami au travail, lui-même ami d'un directeur de succursale qui, avant de saisir un client pour impayés, lui avait proposé de trouver un acheteur qui aurait repris l'hypothèque à son compte. L'immeuble, vieux sans être ancien, était laid, quelconque, et n'avait pas d'ascenseur. L'appartement, un deuxième étage de soixante-dix mètres carrés, trop bas de plafond, avec deux petites chambres donnant sur cour, pas très lumineux, n'était guère mieux, mais Raquel l'obtint à un si bon prix qu'il compensait tous ses défauts. Elle ne comptait pas y vivre longtemps. Son idée était de le vendre dans les trois ou quatre ans pour réinvestir la plus-value dans un logement qui lui plairait vraiment, mais quand le délai fut atteint, elle s'y sentait beaucoup plus à l'aise. Depuis l'été 1999, elle avait l'appartement pour elle seule. Cette année-là, Josechu et elle avaient décidé de partir en vacances, chacun de son côté, pour faire le point. Ils parvinrent tous deux à leur objectif : il ne revint pas, elle s'en félicita.

Cet été-là, Raquel réfléchit longuement à sa vie. Elle s'efforça de comprendre ce qui lui était arrivé et n'y parvint pas totalement. Elle ne comprendrait jamais comment son mariage avait pu se dissoudre avec autant de naturel, et cette douceur plus proche de la lassitude que de la paix. Elle avait fait un mariage d'amour, du moins le croyait-elle, et n'avait pas le sentiment de l'avoir jamais regretté. Ce qui s'était passé était plus facile et plus difficile à comprendre, plus simple et beaucoup plus compliqué. À un certain moment, Raquel s'aperçut qu'elle préférait vivre seule plutôt qu'avec Josechu et, à partir de là, toutes les petites manies de son mari, les désaccords les plus stupides sur les projets du vendredi soir ou les programmes TV prirent des proportions gigantesques et d'un problème, on passa vite à la crise. Il n'y eut pas de raison particulière, ce ne fut pas nécessaire. La stupeur était réciproque, et fut plus forte que l'inertie. Aussi se séparèrent-ils, sans passion, sans rancœur, et presque sans s'en apercevoir. De la même façon qu'ils avaient vécu ensemble pendant plus de six ans.

Nati, la voisine d'en face, fut l'une des grandes bénéficiaires d'un divorce qui ne fit du tort à personne. Elle devint l'un des rares éléments stables dans la vie de Raquel, pendant que toutes ses tentatives sentimentales échouaient inexorablement. Après la séparation, Paco Molinero revint à la charge. Il l'avait fait en d'autres occasions, si souvent qu'elle ne les comptait plus, avant et après son mariage, dès qu'il percevait le plus subtil symptôme de découragement chez une femme dont il était tombé amoureux presque à l'instant où il l'avait connue. Raquel le savait, et elle l'aimait, elle ne pourrait jamais cesser de l'aimer, car Paco était l'une des rares personnes qui accaparent tous les champs sémantiques de l'adjectif « aimable ». Il était sympathique, généreux, amusant, bon compagnon, solidaire, compréhensif, charmant sans être collant, et très attirant. En le regardant de loin, comme si elle ne le connaissait pas, Raquel le trouvait même séduisant. Il l'était, les femmes le savaient et lui aussi. Grand, bien bâti mais corpulent, les yeux clairs et une barbe soigneusement négligée, il offrait une approche assez exacte du genre d'homme qu'elle pourrait désirer. Pour cette raison, chaque fois qu'il attaquait, Raquel pensait que l'erreur était en elle, que c'était elle qui se trompait, et elle essayait de trouver en elle la faille, la déficience, cette protéine qu'elle ne savait pas synthétiser et qui devait constituer l'obstacle à cette histoire.

Elle rassemblait alors ses arguments, ses raisons, se décidait, décidait que cette fois ce serait différent, et c'était toujours pareil. Paco Molinero lui plaisait beaucoup habillé. Paco Molinero lui plaisait beaucoup nu. Jusque-là. Jusque-là seulement, parce que lorsqu'il la touchait, Raquel éprouvait une sensation désagréable. Elle sentait qu'il en touchait une autre, qu'elle n'était pas la femme qu'il embrassait, qu'il prenait dans ses bras, qui se laissait entraîner vers le lit, tant elle se trouvait loin de son propre corps. Ensuite, c'était pire. Car désespérée d'avoir été incapable de se concentrer sur ce qu'elle faisait, elle le regardait, et le voyait sourire, se laissait embrasser et enlacer, et elle comprenait qu'il ne s'était aperçu de rien, qu'il ne se rendait compte de rien et chaque fois la frustration, la culpabilité et la tristesse augmentaient l'énigme du sexe impossible, injuste, odieux et absurde, mais surtout impossible. Le jour suivant, Raquel ne savait plus que faire avec Paco, à part se promettre à elle-même qu'elle ne recommencerait jamais plus, et profiter de la première occasion pour revenir sur le fabuleux plan de l'escroquerie multimillionnaire avec laquelle ils se distrayaient depuis des années. Ce projet, qui avait commencé comme un simple jeu, un passe-temps dont ils savaient tous les deux qu'il ne se réaliserait jamais, finit par fonctionner comme le mot de passe de leur échec mutuel. Chaque fois qu'elle approchait de son bureau, au lieu de murmurer avec un sourire reconnaissant que la veille cela avait été épatant, elle lui annonçait à voix haute qu'elle croyait avoir résolu la transparence informatique de certains transferts vers une banque des îles Caïman, Paco savait qu'il devait la laisser tranquille pendant un certain temps.

« Et ce garçon ? » Nati enfonçait le clou à chacune de leurs rencontres.

« Quel garçon ? répondait innocemment Raquel.

— Celui qui était là ce week-end et qui est déjà venu plusieurs fois, il s'appelle Paco, non ?

— Oui, c'est ça.

— Eh bien, où est-il ?

— Chez lui, Nati, où veux-tu qu'il soit ?

— Quel dommage, non ?

— Quel dommage quoi ?

— Je veux dire, il a l'air si gentil, je pense qu'il serait très bien pour toi et... » Raquel ne cessait de soupirer. « Aïe, ma fille, ne me regarde pas comme ça, je me tais ! »

Dans ces occasions, Raquel revoyait le visage de Josechu, et elle était tentée de lui donner raison en se rappelant l'insistance avec laquelle il se plaignait des visites quotidiennes de cette vieille femme tenace et solitaire, qui vivait en épiant en permanence la vie de ses voisins, et était capable d'exagérer n'importe quoi pour se donner l'occasion de sortir de chez elle et sonner chez les autres. Mais cela ne se produisait que lorsque Nati faisait campagne en faveur de Paco Molinero, et son irritation ne survivait généralement pas aux excuses. En fin de compte, après chaque amélioration théorique de son grand délit financier, Raquel alternait des instants d'anéantissement et des élans de tendresse qui ne donnaient pas lieu à un meilleur équilibre. Le théâtre l'ennuyait par excès, la banque par défaut. Les hommes que connaissait Berta étaient innombrables, et souvent très bons au lit, car ils avaient désespérément besoin de plaire, mais ils ne savaient parler que d'eux-mêmes, de leurs succès, de leurs critiques et du plaisir qu'elle leur ferait en venant les voir répéter. Ses clients à elle étaient plus ennuyeux, généralement mariés et baisaient moins bien, toujours pressés et trop riches pour se soucier de plaire ou non à quelqu'un. Le résultat de tout cela était que, tôt ou tard, Raquel se retrouvait à regarder Paco Molinero, comprenait clairement qu'il était le seul homme qui lui convenait, et tout recommençait, depuis le début.

Mais ce n'était pas la seule raison de l'indulgence perpétuelle qu'elle déversait sur sa voisine d'en face. Elle était habituée à s'occuper de ses grand-mères et avait grandi dans une famille marquée par la culture de l'exil, l'obsession permanente de créer des réseaux d'entraide. Nati avait besoin d'elle, et lui faisait de la peine, mais surtout, Raquel l'aimait bien. Elle était amusante, sympathique, très vive, et prête à tout en échange d'un peu de compagnie. Son mari ne le comprit jamais, mais Raquel était sûre qu'elle méritait le quart d'heure qu'elle consacrait à commenter avec elle, ou plutôt à compléter par des monosyllabes et des exclamations la version de l'actualité, dramatique à l'extrême, qui se déroulait tous les après-midi, vers 19 heures.

« Tu es au courant ? »

Si un homme politique avait été hospitalisé, il était sûrement mort, si une bonbonne de butane avait explosé dans un immeuble de Leganés, tout le quartier avait sûrement brûlé, si une actrice s'était séparée de son mari, il l'avait sûrement trompée avec sa meilleure amie, s'il y avait eu un embouteillage sur la M-30, un car scolaire qui transportait cent beaux enfants blonds s'était sûrement renversé. Elle racontait toujours les choses ainsi, non par goût du mensonge, mais parce qu'elle s'ennuyait. Ses exagérations étaient les fruits de la solitude et de l'ennui, sa faiblesse consistant à mettre un peu d'émotion dans sa vie quitte à semer des morts et des destructions imaginaires. Nati avait découvert que le bonheur ne donne pas grand-chose dans le domaine de la fiction et elle cultivait le recours au malheur avec enthousiasme sans percevoir la petite et constante humiliation qu'elle s'infligeait à elle-même ce faisant. C'était ce qui émouvait le plus Raquel lorsqu'elle l'écoutait. Cependant, la compassion ne suffit pas à la lui faire prendre au sérieux cet après-midi d'avril 2004, quand elle la vit arriver avec une mauvaise nouvelle qu'elle n'avait exceptionnellement pas apprise par la télévision.

Nati revint vite, un papier dans une main et un moule dans l'autre. « Regarde, le voici... Ah ! et je t'ai fait un gâteau. » Raquel sourit et lui tint la porte ouverte. « Génial ! Allez, entre, pose-le sur la table. Je vais faire du café.

— Si tu veux, je m'en charge.

— D'accord, je préfère... »

Elle arrivait d'Istanbul très fatiguée. Il était presque 20 heures et elle devait encore défaire sa valise, mettre une lessive en route, étendre le linge, prendre une douche, se laver les cheveux et s'organiser pour recommencer à se lever tôt le lendemain. Elle n'avait ni l'envie, ni l'énergie de supporter sa voisine, mais quand elle s'assit avec elle dans la cuisine et lut cette lettre, elle se réjouit de lui avoir répondu.

« Ne t'inquiète pas, Nati, dit-elle à haute voix en poursuivant sa lecture. C'est la première chose...

— Tu parles ! Explique-moi comment je pourrais ne pas m'inquiéter. » Alors Raquel la regarda et s'aperçut qu'il faudrait plus de deux phrases toutes faites pour la rassurer.

Il faut dire qu'il y avait de quoi s'inquiéter. Raquel avait déjà eu vent de rumeurs et avait même lu un article dans un journal à ce sujet, mais les termes en étaient si ambigus qu'elle avait classé le tout comme une rumeur de plus. Et pourtant, cela devait arriver tôt ou tard, car son appartement et celui de Nati, leur immeuble, la rue où ils se trouvaient et le quartier dont ils faisaient partie, étaient irrémédiablement soumis, à l'implacable logique de la spéculation.

Quand Paco Molinero, toujours désireux de marquer des points, lui avait parlé de l'appartement de la rue Ávila, Raquel avait annoncé à Josechu qu'ils iraient habiter rue du Général Perón. Ce n'était pas vrai, mais pas faux non plus. Général Perón, artère distinguée de ce que l'on entend par quartier bourgeois, commençait précisément où se terminaient les navires industriels abandonnés, les petites usines du XIXᵉ siècle, les anciennes villas de vacances et les maisons bon marché de la rue Ávila. De la frontière de Tetuán on voyait les lumières de la Castellana, les tours d'Azca et le stade Santiago Bernabéu, malgré cela Tetuán restait toujours Tetuán, le vieux quartier populaire, bigarré qui plaisait à Raquel et pas à son mari. Les derniers mois, elle avait pensé que ce n'était peut-être qu'une question de temps. Si les démolitions continuaient à ce rythme, Josechu ne tarderait pas à apprécier la rue plus qu'elle, mais elle n'avait jamais envisagé que son tour arriverait aussi vite.

« Tu as parlé au président de la copropriété, Nati ?

— Oui, et il va y avoir une réunion, je crois. Mais je ne sais pas... » Elle désigna alors la lettre que Raquel tenait à la main. « Ils disent qu'ils vont nous mettre dehors, n'est-ce pas ?

— Non, ce n'est pas ce qu'ils disent. » Et pourtant, Raquel rapprocha sa chaise de celle de sa voisine, lui prit la main et commença à parler très lentement, comme si elle s'adressait à une petite fille. « Ils disent que notre immeuble est entré dans un plan de rénovation urbaine. C'est-à-dire que la mairie – ou d'autres salauds pensa-t-elle sans le dire – a décidé de moderniser tout le secteur, tu comprends ? De démolir les vieux immeubles pour construire des bâtiments neufs à la place.

— Mais cette maison n'est pas vieille », protesta Nati, avec le filet de voix qui lui restait après avoir constaté que sa voisine, qui était jeune, savait se servir d'un ordinateur et fait des études, avait compris la même chose qu'elle.

« Disons qu'elle n'est pas jeune non plus.

— Eh bien, à ce compte-là, qu'ils cassent celles de la Puerta del Sol, qui sont beaucoup plus vieilles ! s'exclama Nati au bord des larmes.

— Oui, mais elles sont protégées, Nati. Le centre ne peut pas être démoli, parce que... » Raquel décida de s'épargner les arguments. « Écoute, on ne va pas se mettre à en discuter maintenant. La mairie a édicté une norme, c'est-à-dire une loi. Mais il faut réfléchir, en discuter, ça ne peut pas être appliqué aussi facilement. On va sûrement pouvoir présenter un recours, on va le faire, et si on ne peut pas, eh bien... Ils devront acheter nos appartements. Parce que ton appartement est à toi, Nati, et personne ne va te le prendre, tu comprends ? S'il ne nous reste pas d'autre solution que de vendre, on vendra, mais contre une forte somme, ou un appartement dans le nouvel immeuble.

— Oui, mais alors... où vais-je aller le temps qu'on me construise un nouvel appartement ?

— Eh bien, à Tenerife, par exemple. » Raquel sourit, mais la vieille dame ne lui rendit pas la pareille. « C'est ce que souhaite ta fille, tu le sais.

— Oui, mais si je vais à Tenerife, je ne rentrerai pas. » C'était ce qui lui faisait le plus peur.

« Ne t'inquiète pas... Ces choses-là prennent beaucoup de temps. Entre le recours, la réponse, un nouveau recours, etc., tu vas avoir envie d'aller chez ta fille, tu verras.

— C'est sûr ?

— Sûr. »

Ce jour-là, Raquel parvint à faire dormir Nati, mais sa stratégie ne survécut pas au contact de la réalité. Quarante-huit heures plus tard, sa voisine vint la chercher pour se rendre à une réunion de copropriétaires où ses prédictions furent mises à bas, l'une après l'autre, comme un jeu de dominos placés en file indienne. Le président du conseil syndical conseilla la reddition sans condition avec autant d'ardeur que s'il avait déjà touché une commission de la société immobilière, mais ses arguments semblaient solides. Ils l'étaient. La maison présentait une série de vices structuraux qui pouvaient justifier un arrêt de démolition et même si la copropriété pouvait envisager sa réhabilitation, aucune banque n'accorderait de crédit aux propriétaires d'un immeuble condamné. Cependant, et c'était une chance, une entreprise de construction était intéressée par l'achat des logements pour s'assurer la propriété du terrain à bâtir. Le président leur proposait de profiter de l'occasion et de vendre au plus vite, car ils n'avaient pas d'autre solution. « C'est à voir », dit Raquel, qui avait été l'une des plus combatives, avant de partir. « Et qu'est-ce qu'on va voir ? » lui demanda-t-il avec un sourire qui acheva de la convaincre que tout était déjà décidé. « Eh bien tout, tout... », répondit-elle en le menaçant du doigt. Mais le lendemain matin à 10 heures, elle découvrait que cette totalité était si insignifiante qu'elle pouvait se résoudre par deux simples coups de fil.

Mateo, son frère, qui était avocat, ne mit qu'un quart d'heure à la rappeler : « Vous ne pouvez pas déposer de recours, Ra. Je suis désolé. »

Elle n'était pas disposée à se décourager facilement. « Et pourquoi ? On peut déposer un recours contre toutes les lois.

— Non, pas toutes. Il y a des lois, qui n'admettent pas de recours, car elles vont dans le sens de l'intérêt général, et donc ne peuvent pas être bloquées lorsqu'elles sont en conflit avec des intérêts particuliers.

— L'intérêt général ? » Ces deux mots la révoltèrent tellement qu'elle sentit qu'elle rougissait en les répétant. « Je vais te dire... »

Son frère l'interrompit à temps : « Non, Ra, ne me dis rien. Ce n'est pas moi qui ai créé cette règle, et je n'ai rien à voir avec elle. Je t'explique comment ça marche, tout simplement. »

Elle venait de raccrocher quand le téléphone sonna à nouveau. C'était une de ses relations du Département de crédits.

« Rien à faire, n'est-ce pas ? On est fichus, dit Raquel avant de laisser à sa collègue la possibilité de le faire.

— Eh bien, oui. Je regrette, mais en plus, je vais te dire une chose. Vous n'avez pas intérêt à faire des travaux dans l'immeuble. Ce serait jeter l'argent par les fenêtres, parce que...

— On ne peut présenter de recours contre cette loi, n'est-ce pas ?

— Exact.

— Je viens de l'apprendre. Merci d'avoir répondu aussi vite...

— De rien. Et bonne chance. »

Oui, il nous faudrait, de la chance..., se dit Raquel pendant toute la journée.

Elle ne pensait pas à elle, qui avait acheté à un si bon prix qu'elle y gagnerait de toute façon, mais à Nati, au retraité du premier étage, à Maruja, qui habitait deux étages plus haut sans mari et avec trois adolescents. Ils étaient restés silencieux pendant la réunion, elle les avait vus, elle avait observé leurs visages, leurs expressions, elle les avait vus devenir de plus en plus abattus, recroquevillés sur leurs sièges, le regard au sol et les bras ballants. Leur maison était leur bien le plus précieux, ils l'avaient payée peu à peu et, à la fin, ils avaient pensé soulagés : il ne peut plus rien nous arriver, maintenant elle est à nous pour toujours, c'en est fini de l'incertitude, de l'accablement de l'angoisse. Et tout ça pour la perdre maintenant à cause d'un salaud de spéculateur décoré des lauriers de l'intérêt général, c'était toujours pareil, toujours la même histoire. Eh bien, non.

Raquel Fernández Perea se le répéta à plusieurs reprises jusqu'à ce que cela sonne bien à ses oreilles, puis s'empara à nouveau du téléphone.

Paco Molinero, qui négociait mieux que personne et était le conspirateur le plus appliqué qu'elle connaisse, commença par exiger le calme : « Ne t'énerve pas, Raquel. Voyons, raconte-moi tout mais dans l'ordre et lentement, depuis le début...

— Qu'est-ce que tu en penses ? lui demanda-t-elle, après avoir respecté ses conditions.

— Disons que... Pas du bien, parce que ça ne se présente pas bien. » Et il tenta de rendre son diagnostic moins solennel.

« Oui, mais j'ai un plan. »

Au lit, ils ne s'entendaient pas. Devant une table, face à un problème à résoudre, ils formaient une équipe presque imbattable, car chacun possédait les qualités qui manquaient à l'autre. Raquel était plus imaginative et plus audacieuse, Paco plus astucieux et plus réaliste. C'était pour cela qu'ils aimaient tellement travailler ensemble, car cet équilibre apportait généralement la solution. Celle du jour, résister c'est vaincre, ne fut pas très brillante, mais elle ressemblait au moins à une solution.

« Alors ? » Ce soir-là, Nati s'approcha de sa porte tandis que Raquel sortait à peine de l'ascenseur. « Ça va mal, n'est-ce pas ? Ils nous jettent à la rue ?

— Qu'est-ce que tu racontes ! » Mais soudain elle lui fit tant de peine que Raquel la prit dans ses bras et l'embrassa plus fort que d'habitude, même si cet excès diminuait l'efficacité de ses mensonges. « Il n'en est pas question. J'ai fait des démarches et... Bon, j'en ai parlé à mon frère, qui est avocat, et à Paco, tu sais, et je vais tout de suite aller voir le géomètre du dernier étage, qui était très bien hier, à la réunion, tu n'as pas trouvé ? »

Avant d'avoir entendu son nom répété par le président qui lui demandait en vain de se calmer, Raquel ignorait son nom. Sergio était un jeune homme de petite taille, mince, presque insignifiant et plus jeune qu'elle, mais elle avait eu l'impression qu'il était aussi le seul voisin sur lequel compter. Il le lui confirma immédiatement.

« On ne peut pas présenter de recours », lui dit-il en lui ouvrant la porte, et ce ne fut qu'après qu'il la salua. « Bonjour.

— Je sais. Mais il va falloir faire quelque chose, répondit-elle, passant outre les salutations.

— Bien sûr. Tout ce qu'on pourra. »

Il leur fallut moins de deux heures et une demi-douzaine de bières pour élaborer un plan articulé en trois phases bien définies : assaut du pouvoir, entraves bureaucratiques, résistance acharnée.

Ils tombèrent vite d'accord. Sergio trouvait, lui aussi, louche l'indolence du président, cette urgence incompréhensible à négocier un prix global pour tous les appartements. « On a dû lui graisser la patte », conclut-il. Tout en sortant un cahier de son sac, Raquel lui donna raison et proposa de faire de lui leur premier objectif. Puis elle prit beaucoup de notes : informer les voisins, faire une campagne électorale souterraine, créer un conseil d'administration, contester le président, provoquer une réélection, présenter notre candidature, Sergio président et moi vice-présidente, non, le contraire, il préfère que je sois présidente et lui vice-président, et, ensuite, ne renvoyer aucun document dans les délais ; ne répondre à aucune mise en demeure ; ne jamais prendre les promoteurs au téléphone ; continuer à payer le loyer et les charges comme si de rien n'était ; réévaluer le prix de chaque appartement, l'augmenter de dix pour cent ; le baisser de vingt à la fin et pas un centime de plus ; ne pas se faire remarquer ; communiquer avec les médias ; passer à la télé ; tenir même si on nous coupe l'eau et l'électricité ; prévoir de les conserver en se branchant sur le réseau des voisins. Ils ne peuvent pas démolir la maison avec nous dedans, ils ne peuvent rien faire si on est dedans. À la fin, elle souligna cette dernière phrase et prit congé de son acolyte.

« On va se donner vingt-quatre heures pour y réfléchir, proposa-t-il en la raccompagnant à la porte. On se donne rendez-vous demain à la même heure, tu veux bien ? Au cas où il nous soit arrivé quelque chose... »

Raquel sourit, l'embrassa sur les joues. « Alors à demain. Et n'oublie pas, résister, c'est vaincre.

— Quoi ? » Il la regarda comme s'il n'avait jamais entendu cette phrase.

« Non, rien. »

Résister, c'est vaincre, répéta-t-elle pour elle-même. Résister, c'est vaincre, bien sûr, il faut bien que cela soit vrai un jour... bon sang !

Pendant très longtemps, elle fut sûre que cela marcherait parce que tout alla bien, très bien, dès le début. Ils obtinrent l'appui de tous les voisins à la seule exception du précédent président et d'une dame qui louait son appartement et ne venait jamais sur place, et la semaine suivant leur élection, quelqu'un de Promociones del Noroeste, S.A. les appela pour leur dire qu'il avait très envie de les rencontrer et que ce serait pour lui un plaisir que de les inviter à déjeuner.

« Pas question, répondit Raquel. Si vous voulez nous voir, retrouvons-nous chez moi l'après-midi qui vous conviendra. Pas cette semaine, parce que je ne peux pas, la suivante non plus, car le vice-président est en vacances... »

Ils le firent attendre plus d'un mois et arrivèrent à la réunion avec deux avocats, Mateo Fernández Perea, que l'indignation de sa sœur aînée divertissait immensément, et la fiancée de Sergio, qui venait de terminer ses études de droit et était morte de peur. L'envoyé des promoteurs était un cadre, style Armani, d'une trentaine d'années, avocat et économiste, avec des lunettes à monture Truman aux cheveux très courts pour dissimuler une calvitie plus que naissante. Il s'appelait Sebastián López Parra et donna à chacun sa carte de visite avant de s'asseoir. Puis il les regarda lentement, un par un, et Raquel se rendit compte qu'il était suffisamment intelligent pour apprécier les particularités du panorama qu'il contemplait. Il commença donc par être courtois, presque onctueux, pendant qu'il énumérait les avantages qu'une collaboration mutuelle rapporterait à toutes les parties, et durcit peu à peu le ton de son discours, pour les convaincre qu'ils n'avaient aucune possibilité réelle d'opposition. Il n'osa pas leur proposer d'argent, mais s'arrangea pour que le reflet doré de la corruption passe sur ses paroles et ses silences. Quand il eut fini, il les regarda à nouveau et s'arrêta sur Raquel, comme s'il avait deviné que c'était par là qu'il fallait attaquer.

« Parfait, eh bien maintenant c'est à mon tour de parler. » Elle lui adressa son plus charmant sourire avant de prononcer un chiffre auquel son interlocuteur répondit par un sourire encore plus large.

« Je vous en prie, madame ! Je croyais que nous parlions sérieusement.

— Et je parle sérieusement, je vous assure. Je suis conseillère en investissements et je travaille dans la gérance de fonds de Caja Madrid, je suis dans l'entreprise depuis des années, je connais beaucoup de monde. J'ai parlé à quelques experts et, comme vous le savez sans doute, leur évaluation est plus proche du montant de notre demande que de celui de votre offre. Si vous refusez de prendre notre prix au sérieux, nous pouvons nous arrêter là et commencer à négocier avec un autre acheteur. Je suis sûre que vous n'êtes pas les seuls intéressés. Et le fait que vous soyez déjà propriétaires des immeubles voisins est plus important pour vous que pour nous. Une chose est de devoir vendre nos appartements, et une autre, bien différente, de devoir les vendre à Promociones del Noroeste. Comme vous le savez, personne ne nous y oblige. »

Alors, Sebastián López Parra sourit à nouveau, ôta ses lunettes, en essuya très lentement les verres avec le bout de sa cravate, les rechaussa et regarda Raquel, qui avait pu deviner sans grand effort l'enchaînement de ses pensées et calculait maintenant, avec la même exactitude, le degré de surprise de son interlocuteur, le genre de pauvres gens qu'il s'était attendu à rencontrer cet après-midi.

« Vous savez, si vous ne parvenez à aucun accord préalable avec notre entreprise, ou avec une autre, quand la loi entrera en vigueur vous serez expropriés bon gré mal gré et vous en sortirez perdants, poursuivit-il sur un ton très calme, voire respectueux.

— Oui, répondit calmement Raquel, mais comme vous le savez sans doute, nous ne sommes pas à Chicago à l'époque de la prohibition, alors vous m'expliquerez quels procédés légaux – et elle insista sur ce dernier terme – vous pouvez utiliser pour nous empêcher de parvenir à un accord avec un autre acheteur. Sans compter que, si nous perdons, il y a de fortes chances pour que vous perdiez autant, voire davantage. »

Les lunettes de Sebastián López Parra brillaient, mais il les nettoya encore avec le même soin avant de se lever : « Très bien. Vous comprendrez que nous devons procéder à une évaluation...

— Bien sûr.

— Je continue à penser que votre prix est excessif et même qu'il ne correspond pas à la réalité du marché, mais, le temps que nous songions à une nouvelle proposition, je vous demanderai de ne pas commencer à négocier avec d'autres acheteurs éventuels. Nous avons tous intérêt à trouver un accord, je crois. »

Il prit congé de Mateo, de Sergio et de sa fiancée par des poignées de main et suivit Raquel jusqu'à la porte.

« Au revoir », se contenta-t-il de dire, avec un sourire ambigu, où l'étonnement se mêlait à l'admiration et peut-être même à un léger indice de ce que, en d'autres circonstances, elle aurait pu interpréter comme de la complicité.

« À bientôt », répondit la présidente, tout en pensant qu'on leur avait au moins envoyé un homme intelligent.

« Tu as été très bien ! cria la fiancée, en traversant le salon pour la serrer dans ses bras.

— Mais pourquoi as-tu augmenté le prix ? Ce n'est pas ce qu'on avait dit, fit remarquer Sergio.

— Oui, effectivement. Mais, soudain... je ne sais pas. J'ai eu l'impression qu'ils n'allaient pas avoir besoin de nous couper l'eau ou l'électricité, tu sais ? Je parierais n'importe quoi qu'ils vont s'incliner bien avant. C'est pourquoi j'ai augmenté le prix, parce que, si j'ai raison, nous allons avoir besoin d'une bonne marge pour négocier, non ?

— Espérons-le ! »

C'était exactement ce qu'elle pensait en sachant que ça ne serait pas facile. Ce ne le fut pas, et pourtant, la résistance continua, désignant avec entêtement le chemin de la victoire. Il y eut d'autres réunions, avec et sans avocats, avec et sans experts, avec et sans mises, et ils bluffaient parfois tous deux, parfois l'un menait le jeu et pas l'autre. Le printemps s'acheva ainsi, l'été passa, l'automne arriva et il commença à faire froid.

Jusque-là, Sebastián López Parra, qui avait commencé à négocier individuellement avec les propriétaires le lendemain du jour où il avait connu la nouvelle présidente, n'était parvenu à convaincre que les retraités du premier étage, qui avaient peur de tout et possédaient une maison à Guadalajara où ils déménagèrent afin d'éviter les problèmes. Les autres avaient préféré croire Raquel quand elle leur assurait que, s'ils restaient fermes et unis, la victoire commune était au bout du chemin. C'était un calcul très simple et elle était sûre qu'ils finiraient par s'en sortir. Et ils le devaient, car 2004 s'achevait et la nouvelle réglementation entrerait en vigueur au premier semestre de l'année suivante. Résister, résister résister. Le 10 janvier 2005, Sebastián López Parra fit sa dernière proposition. Elle était de quatre pour cent inférieure au chiffre auquel Sergio et Raquel avaient décidé de se tenir pour ne pas baisser d'un centime presque un an auparavant, mais ils la reçurent tous deux comme une victoire. C'en était une. Résister, c'est vaincre, et ils avaient vaincu.

Trois jours plus tard, un coursier remit une proposition d'achat-vente à chacun des propriétaires, et quand sa voisine l'appela au travail pour lui annoncer qu'elle avait reçu la sienne, Raquel se dit qu'il fallait fêter ça. « Cet après-midi, pas question que tu fasses un gâteau, Nati. J'achèterai des gâteaux, et des canapés de Majorque, ceux que tu aimes tant. Ah ! Et une bouteille de Bailey's.

— Olé !

— C'est ça. Préviens Maruja, je m'occupe de Sergio. »

Raquel sourit en raccrochant. En fait, ce n'est pas si important... Effectivement, mais cela signifiait qu'ils n'allaient pas se retrouver à la rue, et c'était déjà beaucoup. Avec ce qu'ils allaient toucher pour chaque appartement, ils ne pourraient jamais acheter l'équivalent dans l'immeuble qu'on allait construire à l'emplacement du leur. Ils auraient tout au plus de quoi verser un bon apport personnel et payer un crédit pas trop lourd. Vu comme ça, c'était une victoire à la Pyrrhus, et pourtant ils avaient obtenu bien plus que les autres voisins de Tetuán, tous ceux qui s'étaient rendus sans se battre.

Le plus curieux était qu'aucun des deux ne pensait rester dans cet endroit qu'ils avaient défendu avec tant d'ardeur. Nati avait décidé que, avec l'argent et la liberté de l'utiliser pour rentrer si elle ne s'habituait pas à la vie sur les îles, elle pouvait partir à Tenerife. Le solde de son compte courant représentait pour elle une autonomie semblable à celle qu'elle proclamait en affirmant qu'elle pouvait encore faire son ménage, sa toilette et la cuisine seule, et elle parlait maintenant du déménagement avec enthousiasme, presque avec joie, parce que ce n'était plus une capitulation, mais un changement d'air. Sergio, de son côté, partait vivre à Aluche, chez sa fiancée, un appartement qu'ils avaient déjà mis en vente dans l'intention de réunir à eux deux l'argent nécessaire pour acheter quelque chose à Madrid. Et Raquel était presque certaine que sa grand-mère accepterait de lui vendre l'appartement de la place des Guardias de Corps, qui était vide depuis plus d'un an, depuis qu'Anita avait décidé qu'elle n'avait plus envie d'y vivre sans son mari.

Elle avait déménagé à Canillejas, chez Olga, sa fille, qui n'avait pas voulu rester à Paris non plus après l'accident de la circulation qui l'avait laissée veuve. Tous, et Raquel la première, avaient essayé de la convaincre de louer son appartement, mais elle disait toujours la même chose, plus tard, plus tard peut-être. En réalité, cela lui faisait de la peine de mettre quelqu'un dedans, et pour cette raison, Raquel comptait l'obtenir, même si sa grand-mère lui avait dit non.

Anita devenait nerveuse chaque fois qu'on abordait le sujet. « Mais comment est-ce que je pourrais faire une affaire avec toi, ma petite, comment est-ce que je pourrais te vendre ma maison ? Si je pouvais, je te l'offrirais, mais...

— Mais tu ne peux pas car tu n'as qu'une maison, et deux enfants, quatre petits-enfants, cinq arrière-petits-enfants, et ce n'est pas juste que tu me favorises par rapport à eux. C'est ça, non ? complétait Raquel.

— Oui, bien sûr que c'est ça, affirmait-elle.

— Eh bien, vends-le-moi, grand-mère ! Je te l'achète, tu gardes l'argent, il est à toi et tu le répartis comme tu voudras, tu ne comprends pas ?

— Mais comment est-ce que je pourrais faire une affaire avec toi, ma petite ? » répétait Anita. Et tout recommençait, jusqu'au jour où Ignacio Fernández Salgado décida qu'il en avait assez d'entendre la même chose tous les week-ends.

« Eh bien, en faisant affaire, maman, ne sois pas pénible. » Et il supporta, imperturbable, le regard scandalisé de sa mère. « Tu ne comprends pas que ça vaut mieux pour tout le monde ? Personne ne veut cet appartement, sauf elle, et on va la mettre dehors de chez elle... Qu'est-ce que tu veux, que Ra soit obligée d'aller vivre dans un endroit qui ne lui plaît pas et que ce soit un étranger qui te l'achète ? Ce serait mieux ? L'argent est toujours le même, maman, il n'a ni nom ni prénom. »

Depuis le jour où son père était intervenu en sa faveur, Raquel savait que sa grand-mère ne tarderait pas à accepter, et cet après-midi-là, quand elle arriva chez elle chargée de plateaux, la perspective de déménager pour l'appartement des jours meilleurs, le lieu des samedis qu'elle avait partagés avec Ignacio, son grand-père, dans ce qui restait la meilleure histoire d'amour de sa vie, la réjouissait bien plus que le succès des négociations. C'était la véritable fin heureuse de sa relation avec les lunettes et la cravate de Sebastián López Parra, et une preuve parfaite de la façon dont le hasard influe sur le destin des gens. Elle ne s'attendait pas à en trouver une autre quand elle embrassa Nati, Sergio, sa fiancée, et Maruja, la mère divorcée du troisième, qui s'était jointe à la fête avec son plus jeune fils, et qu'elle disposa les plateaux sur la table du salon, et des boissons pour tous, avant de sortir un document d'une enveloppe et de commencer à le lire, enfin, à voix haute.

« À Madrid, le 17 janvier 2005, en présence de Mme...

— Aujourd'hui, c'est le 13, objecta Nati.

— Mais nous allons chez le notaire lundi prochain, précisa Sergio. Laisse-la lire, tu poseras des questions après.

— Natividad Melero Domínguez, soussignée vendeuse, et M. Julio Carrión González, soussigné... », poursuivit Raquel. Ce n'est pas possible, ce serait un trop grand hasard, c'est impossible, se dit-elle.

« Qu'est-ce qu'il y a ? demanda Nati.

— Rien, c'est que... » Raquel se reprit très lentement, en se répétant que non, non, ce n'était pas possible, le monde était plein de Julio, et de Carrión, qu'il y avait même une cave à ce nom, et que c'était une coïncidence, c'était certainement une coïncidence. « Je ne sais pas, ce nom me dit quelque chose, mais... Bon, je continue, M. Julio Carrión González, soussigné acheteur, conviennent... »

Elle lut le contrat jusqu'à la fin, et elle se joignit aux sourires et aux applaudissements des autres, mais elle ne signa pas au-dessus de son nom, comme le firent Nati, Sergio, et Maruja, après avoir constaté que sur tous les exemplaires figurait la même somme, celle qui avait été négociée. Puis elle s'occupa de ses invités pendant plus de deux heures, parla, rit, écouta, remplit les verres, mais à aucun moment ne cessa de penser à ce nom, Julio Carrión González, ni de se répéter que non, ça ne pouvait être vrai, c'était impossible.

Elle était presque sûre de ne jamais avoir connu le deuxième nom de l'homme qui avait sorti deux chupa-chups de ses oreilles, un lointain après-midi de mai 1977, car elle n'en avait presque plus entendu parler depuis ce jour-là. Chez ses parents, on n'avait jamais parlé de la guerre, ni de l'exil, ni du retour. C'était comme si rien de tout cela n'était arrivé, comme si la famille Fernández n'avait jamais quitté Madrid, comme si la famille Perea avait toujours vécu à Torre del Mar. Comme si son père n'était pas né à Toulouse, sa mère à Nîmes, comme si aucun des deux ne conservait la trace infime mais encore perceptible d'un accent étranger, qui étirait leurs *s* et flûtait leurs *u* pour imprimer à leurs paroles une musique étrange, qui n'avait pas le même son que celle qui sortait de la voix de leurs parents, de leurs enfants ou des inconnus qui marchaient dans la rue.

Ignacio Fernández et Raquel Perea n'aimaient pas parler de cela, ils n'aimaient pas qu'on en parle devant eux, et quand ils n'avaient pas d'autre solution que de mentionner cette époque devant quelqu'un, ils utilisaient des termes si ambigus que n'importe qui aurait pu croire qu'ils étaient allés en France pour faire des études, ou passer des vacances. Julio Carrión constituait le plus bel exemple de cette stratégie à laquelle Raquel n'avait guère prêté attention avant de trouver son nom sur un contrat. Au moment de l'histoire avec Carrión, disait parfois son père, ou avant, ou après l'histoire avec Carrión, et si l'un de ses enfants lui demandait de quoi il s'agissait, il répondait que ce n'était rien, un associé du grand-père qui lui avait fait une crasse. Et cependant, elle en savait plus que son frère et sa sœur. Elle savait que son grand-père l'avait traité de salaud, elle savait qu'ensuite il avait pleuré, et elle savait ce qu'Ignacio Fernández Muñoz avait bien voulu lui raconter des années plus tard, un après-midi de printemps où ils parcouraient, en se tenant par la main, Recoletos par pur plaisir de la promenade, sans aller ni revenir d'où que ce soit.

« Si on mangeait une glace ? C'est moi qui invite. » Elle avait déjà dix-neuf ans, mais elle continuait à passer presque tous les samedis après-midi avec ses grands-parents et elle suivait fidèlement des rites de son enfance.

« Non. C'est moi.

— D'accord, mais... » Alors elle pensa que cette occasion était aussi bonne qu'une autre pour revenir à la charge. « Dis, grand-père... Tu te souviens du jour où nous sommes allés en visite dans cette maison où il y avait des enfants, et où on m'a offert une poupée ? » Il acquiesça avec un sourire chargé d'ironie qu'elle interpréta comme une réponse. « Tu ne me le raconteras jamais, n'est-ce pas ?

— Quoi ?

— Ce qui s'est passé cet après-midi. »

Ignacio Fernández Muñoz s'arrêta au milieu du boulevard pour regarder sa petite-fille sans cesser de sourire. « Ce que tu es pénible, Raquel ! Tu as dû me le demander...

— Des centaines de fois, je sais, reconnut-elle, mais comme tu ne me réponds jamais...

— Si, je te réponds. » Il tendit une glace à sa petite-fille, goûta l'autre et se remit très lentement en route. « Je te réponds toujours. Je suis allé voir cet homme parce que je devais lui parler. Et je l'ai fait, c'est tout, tu le sais.

— Oui, mais, parler, parler... Ça ne veut rien dire, grand-père, nous aussi, nous parlons, maintenant.

— Et ça ne veut rien dire ? »

Raquel sourit malgré elle. « Tu vois ? Tu recommences à m'embrouiller. C'est toujours pareil, je ne sais pas pourquoi je te pose la question, parce que... »

Il se mit à rire et ils poursuivirent leur chemin, mangeant la glace que chacun tenait dans la main qui ne serrait pas celle de l'autre, et elle pensa qu'elle n'allait pas lui arracher un mot de plus, comme d'habitude. Mais cette fois ce fut différent.

« Nous allons passer un marché. Je te raconte ce qui est important et tu ne me poses pas de questions, d'accord ? proposa-t-il au moment où ils arrivaient à Cibeles.

— Pourquoi ?

— Cette question n'entre pas dans le marché.

— Ah, grand-père, tu es vraiment pénible !

— Et toi... »

Ils se mirent tous deux à rire mais elle parla la première.

« D'accord. Pas de questions », se résigna-t-elle.

Le feu passa alors au vert. Ils traversèrent la rue Alcalá en silence, longèrent la façade du bâtiment de la Poste, et s'arrêtèrent à un nouveau feu rouge.

« Prenons le boulevard, c'est mieux, non ? » Raquel acquiesça. « Cet après-midi-là, je suis allé voir un homme qui s'appelle Julio Carrión. À Paris, il y a des années, nous étions amis, enfin moi, je le considérais comme tel. Alors quand il nous a dit qu'il allait rentrer, nous lui avons demandé de vendre les propriétés de la famille pour nous envoyer l'argent qu'il en tirerait, car là-bas, mes parents étaient riches, mais à Paris, nous étions pauvres, nous n'avions rien. Il a promis de s'en charger et il a tout gardé.

— Il vous a volés ? demanda Raquel à son grand-père qui acquiesça. Tout ? Et comment a-t-il pu... ?

— Nous avons passé un marché, mademoiselle.

— Oui, mais...

— Oui, mais non. » Ignacio Fernández passa un bras autour des épaules de sa petite-fille, l'attira à lui, l'embrassa sur la tête. « Les marchés doivent être respectés. »

C'était tout ce que Raquel Fernández Perea savait de Julio Carrión quand elle trouva ce nom à côté du sien, sur un document juridique.

Seize ans s'étaient écoulés depuis l'après-midi où elle était parvenue à arracher cette confidence à son grand-père et presque le même temps depuis qu'elle n'y pensait plus, car en arrivant à la fontaine de Neptune, il lui avait fait promettre de ne jamais en parler à personne. « À nouveau ? » lui avait-elle demandé. « À nouveau », avait-il répondu avec un sourire. Cependant, Raquel s'aperçut que la raison de son silence n'était plus sa grand-mère, mais son père, et elle n'eut pas de mal à accepter cette clause. Cela ne plaisait pas à Ignacio Fernández Salgado que sa fille sache autant de choses dont il préférait ne pas parler, et comme il n'osait pas le reprocher à voix haute à son père, c'était Raquel qui se faisait gronder chaque fois qu'il lui échappait un détail, un nom, une date qu'elle aurait dû garder pour elle. En 1988, quand elle apprit enfin la signification de cette expression énigmatique, « l'histoire Carrión », qu'elle n'avait même pas dû entendre une douzaine de fois, le passé n'était plus à la mode. S'en souvenir semblait de mauvais goût, et sa vie était pleine de choses à faire et auxquelles penser.

À dix-neuf ans, Raquel Fernández Perea se satisfaisait de presque tout, et de l'Espagne aussi. À trente-cinq, en revanche, ce nom la troubla tant que, lorsque ses voisins partirent, avant de ramasser les verres sales et de vider les cendriers, elle s'assit devant son ordinateur et croisa les doigts en écrivant le nom de la société immobilière à laquelle elle allait vendre son appartement.

Promociones del Noroeste, S.A. possédait une bonne page web, moderne, qui attirait l'attention et avec des animations assez sophistiquées. Elle était conçue pour inciter les gens à acheter un appartement, avec des plans en ligne et divers simulateurs d'intérieurs et d'agencements. À gauche, apparaissait sur une barre latérale le traditionnel *Qui sommes-nous,* qui renvoyait à un autre lien, celui du Grupo Carrión, qui possédait cette entreprise et cinq autres. Dans une épigraphe intitulée *Ressources humaines,* Raquel trouva un accès à l'équipe de la direction : président, don Julio Carrión González, conseiller délégué, M. Rafael Carrión Otero, directeur gérant, M. Julio Carrión Otero. À côté de chaque nom, une petite phrase en rouge, *en savoir plus.* Elle cliqua et en sut davantage. Ils étaient là, une photo après l'autre, le magicien aux chupa-chups et ses deux fils aînés, presque aussi blonds que lorsqu'ils étaient enfants mais avec beaucoup moins de cheveux. Raquel Fernández Perea constata que ce qui était impossible cessait de l'être et elle n'eut pas d'autre solution que de croire à l'incroyable quand elle commença à lire. « M. Julio Carrión González, né à Torrelodones (Madrid) en 1922. Autodidacte, il a fondé sa première entreprise, Construcciones Carrión, fin 1947... »

Elle regarda les photos pendant longtemps, lut les biographies à plusieurs reprises, regretta ce garçon brun qui, sûrement parce que c'était le plus jeune, n'exerçait pas encore de charge au sommet de la pyramide familiale, puis elle resta immobile, assise devant l'écran sans très bien savoir que faire, où aller après ça. Elle pensait à son grand-père, mort d'une embolie cérébrale au printemps 2003, quand il allait fêter quatre-vingt-cinq ans d'une vie belle et terrible à la fois, belle car il l'avait faite ainsi, terrible parce que d'autres l'avaient faite ainsi pour lui. La mort d'Ignacio Fernández Muñoz avait été le coup le plus dur que sa petite-fille avait reçu de la vie, parce qu'elle l'avait aimé plus que quiconque, et elle continuait d'avoir besoin de lui, elle aurait toujours besoin de lui. En cet instant, seule devant son ordinateur, il lui manquait plus que jamais, elle ne savait que faire, comment résoudre cette plaisanterie du hasard, comment classer ce qui était peut-être une occasion, une sottise ou l'humiliation posthume, définitive.

« Qu'est-ce que je fais, grand-père ? »

Elle posa la question à voix haute et personne ne lui répondit, alors elle ramassa les verres, vida les cendriers, lava le tout et partit se coucher, mais elle ne put trouver le sommeil.

Elle pouvait aussi ne rien faire, signer le contrat, vendre l'appartement, déménager pour la place des Guardias de Corps et continuer à vivre comme si elle n'avait jamais lu le nom de Julio Carrión sur un document. Dans l'agitation de cette longue nuit, en se tournant et en se retournant dans son lit, elle imagina qu'il lui disait : ne fais rien, Raquel, pourquoi, pour quoi faire, puisqu'on ne peut plus rien faire. C'était la traduction approximative du conseil avec lequel il l'avait protégée quand elle avait huit ans. Nous sommes de retour n'est-ce pas ? et le plus logique est que tu vivras toujours ici, et pour vivre ici, il y a des choses qu'il vaut mieux ne pas savoir, ne pas comprendre. Elle pouvait aussi ne rien faire, on peut toujours ne rien faire, ne rien savoir, ne pas vouloir, mais elle n'avait plus huit ans. C'était aussi grâce à son grand-père qu'elle était devenue une femme forte, intelligente, capable de se défendre seule, sans la protection de personne. Ne fais rien, Raquel, on ne peut rien faire, pourquoi, pour quoi faire ? Les draps étaient froissés et elle était épuisée, mal à l'aise dans son corps, dans sa mémoire et dans ses noms. Mais je dois savoir, grand-père, quitte à ne rien faire, même si ensuite je ne fais rien, je dois savoir, je dois comprendre, tu ne le vois pas ? Au cours de ce dialogue imaginaire, elle s'endormit et rêva que le réveil se mettait à sonner. Alors elle se réveilla, et son réveil sonnait.

« Qu'est-ce que je fais, grand-père ? »

Tout en préparant son petit déjeuner, elle l'entendit à nouveau. Ne fais rien, Raquel, pourquoi ? pour quoi faire ? on ne peut plus rien faire... Mais à la lumière du jour sa découverte de la nuit lui sembla laide, et dure, si dure, le même nom, le même homme, une histoire semblable, tant d'années après, la loi toujours de son côté et rien qui ne changeait jamais. Elle exagérait, elle le savait mais elle savait aussi que ce n'était pas de sa faute. Pour ne pas exagérer, elle aurait dû savoir. Pour juger avec sérénité et ne rien faire, elle devait d'abord savoir.

« Qu'est-ce que tu fais ce soir, grand-mère ? » Il était déjà 11 heures du matin et elle avait beaucoup réfléchi, mais elle n'avait trouvé aucun argument susceptible de la faire changer d'avis.

« Ah, Raquel, je suis si contente que tu m'appelles ! J'allais le faire, tu sais ? » Anita Salgado se mit à rire, et sa petite-fille sentit que ce rire la réchauffait de l'intérieur. « Tu sais pourquoi...

— Oui ? Ah ! c'est bien ! » Mais à ce moment, l'appartement de la place des Guardias de Corps l'intéressait fort peu. « Je dois te parler, grand-mère. Peut-on se voir en fin d'après-midi ? On pourrait...

— Non. Cet après-midi, je vais au théâtre avec Olga et ta mère.

— Eh bien alors, nous pourrions déjeuner demain. Je t'invite au restaurant chinois, ça te dit ? »

Ça lui disait, ça lui disait toujours. Le faible de ses deux grand-mères pour la cuisine chinoise avait été l'une des grandes trouvailles de Raquel, et son succès l'amusait tant qu'elle ne se lassait jamais d'y revenir. Anita avait été la première et restait la plus inconditionnelle. « Tout est si joli, n'est-ce pas ? Les petits plateaux, les bols, ces cuillères en porcelaine assorties, et les couleurs, le rose orangé de la sauce, qui donnent envie de se faire une robe comme ça, n'est-ce pas ? Et manger comme les oiseaux, un peu de ci, un peu de ça, sans abuser de rien, et avec tellement de plaisir... » Sa petite-fille souriait et lui donnait raison même si ce n'était pas le cas, parce que Anita s'empiffrait tellement qu'à la fin du repas elle la regardait et lui disait : « Pour aujourd'hui, on n'en parle pas à ton frère, hein ? »

Ignacio, le médecin de la famille, était très préoccupé par l'excès de poids de sa grand-mère, qui avait de l'hypertension et faisait fi de tous les régimes qu'il fixait avec une patience infinie sur la porte de son réfrigérateur. Raquel savait qu'il avait raison, mais elle redoutait davantage qu'Anita, qui frisait maintenant les quatre-vingts ans, ne jette l'éponge, comme lorsqu'elle était devenue veuve et avait cessé de se teindre les cheveux, de se mettre du vernis à ongles, et de sortir. Le jour où elle décida de passer ses journées au lit, elle leur fit si peur qu'ils commencèrent à s'occuper d'elle à tour de rôle. Depuis, sa fille, sa belle-fille, ou les deux ensemble, l'emmenaient au théâtre toutes les semaines, son fils à la corrida quand il y en avait, et ses petits-enfants allaient la voir le samedi ou le dimanche. Mateo venait avec ses enfants, Ignacio avec sa fille et un tensiomètre. Mais Raquel, qui n'avait pas d'enfants et ne travaillait pas l'après-midi, était celle qui s'occupait le plus d'elle. Elles se voyaient deux fois par semaine pour aller au cinéma, chez le coiffeur, et de temps en temps, sans que personne ne le sache, déjeuner dans un bon restaurant chinois.

Ce samedi-là, elle réserva une table dans un des meilleurs restaurants avant de passer la prendre en voiture. Anita l'attendait dans l'entrée et, en la voyant, elle lui adressa un sourire si radieux que Raquel se reprocha de devoir le gâcher.

« Laisse-moi t'embrasser, d'abord. »

Et elle appliqua sur les joues de sa petite-fille deux longues séries de baisers sonores, brefs et rapides, aussi rapprochés que des rafales de mitraillette et impossibles à rendre, avant d'accepter le bras qu'elle lui offrait pour l'accompagner jusqu'à la voiture. La surcharge pondérale qui inquiétait tant le troisième Ignacio Fernández de la famille n'avait pas ôté de l'agilité à son corps jusqu'à peu, quand ses jambes accusèrent soudain les années que son visage ne parvenait pas encore à refléter.

« Ah, ma petite, je suis si contente ! » Et après l'avoir proclamé, elle amorça une manœuvre complexe qui lui permit de s'installer seule sur le siège, pendant que Raquel lui tenait la porte ouverte sans faire le moindre geste pour lui apporter une aide qui l'aurait offensée.

« Ça y est ? lui demanda-t-elle.

— Bien sûr ! » Sa grand-mère la regarda comme si elle ne comprenait pas ce qu'elle faisait debout, à la contempler. « Qu'est-ce que tu attends ? » Ce ne fut que lorsqu'elle fut assise à ses côtés, le moteur en marche, qu'elle se décida à lui expliquer les raisons de sa joie. « J'ai parlé à tout le monde de l'appartement, tu sais ? D'abord Jacques, qui était dans la lune, comme d'habitude, et ne voyait même pas de quoi je lui parlais. Mais je vis à Milan, maintenant, grand-mère, qu'est-ce que je ferais d'un appartement à Madrid ? Alors, de ce côté... Et Annette était très contente, tu vois, parce qu'elle aime beaucoup venir à Madrid, pas comme son ingrat de frère, et être là où ça bouge, elle m'a dit : Génial, grand-mère ! Comme ça, quand je viendrai, au lieu d'aller chez vous, au diable vauvert, j'irai chez Ra, qui vit dans un quartier très agréable, et qui a largement la place, et je ne crois pas que ça la dérange. Et je lui ai dit que sûrement pas, car vous vous entendez si bien... Je n'ai pas fait de gaffe, n'est-ce pas ?

— Bien sûr que non, grand-mère. J'aime beaucoup Annette, tu le sais, nous sommes très amies, et j'aurai largement la place, bien évidemment.

— Voilà. Alors après, j'en ai parlé à ton frère, c'est lui qui m'inquiète le plus, parce que comme il dit toujours que tu as été la fille chérie et la petite-fille préférée, et que c'est pour ça que je t'ai offert le bracelet de grand-mère María, et que lui, on ne l'emmenait pas dormir à la maison le samedi quand il était petit...

— Mais il le dit pour plaisanter, grand-mère. » Raquel se gara, descendit du véhicule, ouvrit la porte et attendit qu'Anita descende toute seule, comme elle était montée. « Tu sais comme il était trouillard. Il n'osait jamais dormir hors de la maison.

— Bon, bon, mais au cas où, je lui en ai parlé. Je suis devenue très sérieuse et je lui ai dit : Mateo, s'il te plaît, si ça te gêne que je vende l'appartement à ta sœur, si tu le veux pour toi, dis-le-moi... Et il m'a envoyée promener. Pour Ignacio, c'était encore mieux, écoute ça... Tu sais, grand-mère, ce que tu dois faire, c'est vendre une fois pour toutes l'appartement à Ra et ensuite me donner l'argent sans que personne ne le sache, et toi et moi on part ensemble à Las Vegas et on claque tout en trois jours... C'est ce qu'il m'a dit, qu'est-ce que tu penses de ça ? Il est si amusant ! Il me fatigue quand il me parle de régimes, mais pour le reste, je reconnais qu'il me fait mourir de rire. Et pourtant il n'aime pas vivre dans le centre, personne n'aime ça, à part toi. Tu es comme ton grand-père, c'est pour ça... C'est pour ça que je pense que c'est bien que ce soit toi qui gardes l'appartement, parce que... Il l'adorait, et il t'aimait tellement... Il t'adorait, tu le sais, pour lui, tu as toujours été sa petite fille, la seule qui... Bon, je n'ai pas besoin de te le dire. »

Raquel crut qu'elle avait pu passer par-dessus tous les points de suspension, mais quand elle regarda sa grand-mère, elle la vit indécise.

« On ne va pas se mettre à pleurer, hein ? dit-elle alors, tout en battant très vite des paupières.

— Non, dit Anita, en effaçant ses larmes avec ses doigts, bien sûr que non. Dis, au fait, c'est bien, que nous soyons venues ici. Ce n'est pas l'endroit où ils font ce riz qui a l'air collé et que j'aime tellement ? Et ce canard qu'on mange dans des galettes ?

— Oui, ils le font aussi.

— Ouah... On va s'en mettre jusque-là ! »

Puis, pendant que le garçon les accompagnait à leur table, elle serra le bras de sa petite-fille par pure excitation, et avant de regarder la carte, elle annonça qu'elle ne savait pas si elle devait commencer par une soupe ou un rouleau de printemps, juste pour qu'elle lui dise que, si elle le souhaitait, elle pouvait prendre les deux. Raquel la consulta pour le menu avant de commander et choisit un bon vin, rouge, que sa grand-mère ne voulut pas goûter avant d'avoir d'abord trinqué.

« À ta maison ! dit-elle.

— À la tienne ! » Et elles se mirent à rire.

« Bon, de quoi est-ce que tu voulais me parler ? s'enquit Anita.

— Eh bien, voilà... » Je vais te gâcher le repas, grand-mère, pensa Raquel, et je ne le veux pas. « On en parlera tout à l'heure d'accord ? Maintenant raconte-moi quelle pièce tu es allée voir hier, qui jouait, si le héros était beau, si l'histoire t'a plu... »

Elles préservèrent ainsi les entrées, les crevettes, les nouilles, le riz et le canard avec ses galettes mais avant de commander le dessert, Anita Salgado regarda sa petite-fille comme lorsqu'elle était petite et qu'elles se retrouvaient toutes les deux dans la cuisine de sa maison de Paris.

« Merci beaucoup, tout était très bon. Et maintenant, tu vas me dire pourquoi tu es si nerveuse ?
— Je ne suis pas nerveuse, grand-mère.
— Bien sûr que si, répondit Anita avec un sourire. Je suis vieille, j'ai du mal à marcher, je deviens sourde et de temps en temps la mémoire me fait défaut, tu le sais, mais je ne suis pas sotte, je ne l'ai jamais été.
— Non, c'est vrai.
— Alors ? »

Raquel fit une pause, la regarda, remplit son verre de vin et le vida d'un trait.

« La société immobilière qui veut acheter mon appartement s'appelle Promociones del Noroeste, Société Anonyme. Ça te dit quelque chose ? » Sa grand-mère fit un signe de tête négatif. « Le propriétaire s'appelle Julio Carrión González.
— Ce n'est pas possible ! » Anita secoua la tête à plusieurs reprises pour dire non, comme si elle pouvait ainsi éliminer ce nom de toutes les conversations présentes et futures. « Il doit s'agir de quelqu'un d'autre, c'est une coïncidence, il y a même des caves...
— Oui, je sais, l'interrompit sa petite-fille. Moi aussi, j'ai pensé aux caves. Mais après, j'ai cherché sur Internet et...

— Ah, Internet ! » Elle souligna son scepticisme avec force grimace.

« On ne peut pas s'y fier, c'est moi qui te le dis, va savoir les sottises qu'il y a là-dedans...

— Grand-mère. » Raquel devint sérieuse et parvint à faire taire Anita. « C'est lui. Je l'ai vu sur la page de sa propre société, Julio Carrión González, né à Torrelodones, en 1922, qui a créé sa première entreprise de construction en 1947. C'est lui, tu comprends ? Lui.

— 1922... » Anita cessa de la regarder et murmura pendant qu'elle poursuivait du bout des doigts une miette de pain imaginaire sur la nappe. « Oui, il était entre Ignacio et moi. Je suis de 1924, alors...

— C'est lui, grand-mère. » Raquel lui prit la main et la serra jusqu'à ce qu'elle obtienne son regard à nouveau. « Sur la page, il y avait aussi une photo et je l'ai reconnu. Il est très bien conservé.

— Mais tu... » Et la stupeur agrandit un peu plus ses immenses yeux noirs. Comment est-ce que tu pourrais le reconnaître, toi, ma petite, puisque tu ne l'as jamais vu ? Enfin, peut-être sur une photo de Paris, ça c'est possible, mais à l'époque c'était presque un enfant, tu ne peux pas être sûre...

— Si, grand-mère. J'en suis sûre, parce que je l'ai vu, je l'ai connu. Des années après, en 1977. Grand-père m'a emmenée chez lui un samedi après-midi. Il m'a dit qu'on allait en visite chez un ami, et l'ami, c'était lui.

— Grand-père... ? » Anita Salgado, à deux mois de ses quatre-vingts ans, abasourdie, regarda sa petite-fille, comme une fillette regarderait une passoire, sans comprendre pourquoi elle ne peut retenir l'eau qu'elle vient de verser dedans. « Mon mari ? Ignacio est allé voir Carrión... ? En 1977 ? L'année de notre retour... ? »

Raquel acquiesça d'un geste, et cela suffit pour que sa grand-mère s'effondre. Le silence s'éternisa, aussi épais que si le bruit des couverts, les cris des enfants, les paroles et les rires des personnes qui les entouraient, n'avaient d'autre objet que de souligner la désolation d'une vieille femme qui s'était couvert le visage de ses mains et appuyait avec force, comme si elle comptait l'enfoncer en elle ou disparaître totalement. Mais autour d'elle, le monde continuait à exister et sa petite-fille la regardait sans savoir que faire, que dire, ni comment la consoler.

Avant de parler, elle découvrit son visage pour que Raquel voie ses yeux brillants, les joues soudain plus lisses. « Il me l'avait promis à plusieurs reprises, je l'ai obligé, je lui ai dit que je ne rentrerais pas s'il ne me le promettait pas et il me l'a promis. Il m'a juré qu'il n'irait pas le voir, qu'il ne le chercherait pas, qu'il ne... Pour tes enfants, lui avais-je dit. Pour mes enfants, je te le jure, avait-il répondu. Et après, tu vois... Et en plus, il t'a emmenée toi, il a fallu qu'il t'emmène, parce que... Il était si têtu ! Le plus entêté, le plus imprudent, le plus crâneur, celui qui devait être le plus fort, toujours, toujours pareil... »

La colère se transforma en tristesse et Anita se mit à sangloter, et cette fois elle ne voulut pas se cacher le visage. Cela fit tant de peine à Raquel de la voir ainsi, si petite, si seule, si âgée et si triste, qu'elle alla s'asseoir à côté de sa grand-mère et la prit dans ses bras, et la garda serrée contre elle.

« Pardonne-moi, grand-mère, s'il te plaît... Pardonne-moi. Je suis désolée, je t'assure. »

Ces paroles la firent réagir. « Tu n'as pas à me demander pardon. Tu n'es coupable de rien, ma petite... » Alors elle s'assit bien droite sur sa chaise, s'essuya le visage avec le coin de la serviette, regarda Raquel, lui prit une main et respira, comme si elle voulait se donner des forces. « Et que s'est-il passé ? Il n'était pas armé, n'est-ce pas ?

— Armé ? » Et Raquel, encore ébranlée par les pleurs de sa grand-mère, conséquence retentissante de sa révélation, ne sut pas si elle devait s'effrayer davantage de ce mot ou du naturel avec lequel elle l'avait prononcé. « Non, bien sûr que non, mais qu'est-ce que tu racontes ? Pourquoi aurait-il été armé, grand-mère ?

— Non, bien sûr, en 1977... » Le ton paisible, presque doux de cette réflexion lui sembla à nouveau incroyable. « Mais alors ? Pourquoi est-il allé là-bas ?

— Eh bien... » Raquel dut réfléchir à une question que, de façon incompréhensible, elle ne s'était jamais posée. « Je ne sais pas. Je dois dire que je ne sais pas, grand-mère. Il portait une serviette en cuir marron, très fatiguée, avec des papiers m'a-t-il dit,... Je n'en sais pas plus. La femme de Carrión m'a emmenée à la cuisine pour goûter avec ses enfants, et j'ai joué avec eux tout le temps. Lui, je ne l'ai vu qu'une fois, quand il est rentré, parce qu'il est d'abord venu voir les enfants, et je l'ai trouvé très sympathique. Il m'a fait un tour de magie, il m'a sorti...

— Des bonbons de derrière les oreilles.

— Oui, plus ou moins, confirma Raquel, pendant qu'Anita acquiesçait d'un air entendu et amer. C'étaient des chupa-chups. Puis sa femme est venue le chercher, il est parti, et il a dû parler un bon moment avec grand-père, mais je ne l'ai pas revu. Quand nous sommes partis, il... » Raquel la regarda, et pensa qu'elle avait déjà suffisamment pleuré. « Il m'a demandé de ne pas t'en parler, grand-mère. Il m'a fait le lui promettre, et après, quand je lui ai demandé ce qui s'était passé, il m'a dit que c'était une histoire très longue et très ancienne, que je n'allais pas comprendre et que je n'avais pas besoin de la connaître parce que j'allais vivre ici pour toujours et que pour vivre ici, il y avait des choses qu'il valait mieux ne pas savoir.

— Heureusement », dit la veuve d'Ignacio Fernández Muñoz en souriant.

Raquel n'attendait pas autre chose, et pourtant elle n'était pas disposée à capituler. « Mais je dois le savoir, grand-mère. J'ai besoin que tu me racontes cette histoire, même si elle est longue et ancienne. Maintenant je dois la connaître, et je n'ai plus huit ans. »

Anita lui adressa un regard étonné direct et dépourvu de duplicité. « Et pourquoi ? À quoi ça te servirait de le savoir ? »

Mais Raquel avait préparé ses propres questions.

« Et à quoi ça me sert de savoir comment je m'appelle, grand-mère ? À quoi ça me sert de savoir comment tu t'appelles, et comment s'appelaient tes parents, et pourquoi tu ne manges jamais d'abricots. À quoi ça me sert, de ne jamais t'avoir entendue dire, pas une seule fois, le nom de ton village ? À quoi ça me sert, grand-mère ? À rien, non ? Ça ne me sert à rien, rien du tout. Excepté à savoir qui je suis, et pourquoi je m'appelle comme ça. Ça ne te semble pas suffisant ? »

Anita Salgado Pérez la regarda et ne trouva pas de mots pour répondre à ces questions, mais elle porta une main tremblante au visage de sa petite-fille, le caressa, l'attira ensuite à elle, et plaça sa tête sur sa poitrine, comme lorsqu'elle était enfant, pour l'embrasser à plusieurs reprises.

« Partons, dit-elle ensuite. Ce n'est pas l'endroit où parler. »

Raquel demanda l'addition, paya et n'attendit pas qu'on lui rapporte la monnaie.

« Où veux-tu aller ?

— Ramène-moi à la maison. » Elle justifia son choix avant que sa petite-fille n'ait eu le temps de protester. « Olga n'est pas là. Elle avait rendez-vous avec ta mère pour aller faire les soldes. »

Elles marchèrent en silence jusqu'à la voiture et aucune des deux ne parla avant d'avoir effectué la moitié du trajet dans le Madrid désert du samedi après-midi.

« Je vais tout te raconter. Je ne sais pas si je fais bien, sûrement pas, mais je ne le ferai que si tu me promets deux choses.

— Ne rien dire à personne, dit Raquel avec un sourire.

— Oui, ça, c'est la première. Qu'est-ce qui te fait rire, peut-on savoir ?

— Ce qui me fait rire, grand-mère, c'est que c'est toujours pareil ! Chaque fois que Julio Carrión apparaît dans ma vie, quelqu'un me demande de n'en parler à personne. D'abord grand-père, et maintenant toi...

— Bon, tu me le promets ?

— Oui, je te le promets. Et la deuxième ?

— La deuxième est que tu ne fasses rien de bizarre à la suite de ce que je vais te raconter, Raquel. Carrión veut t'acheter l'appartement ? Très bien, le monde est petit, un hasard comme un autre, qu'est-ce qu'on peut y faire ? Tu le lui vends, tu emménages dans le mien, et ensuite il n'en sera plus jamais question, d'accord ? » Raquel se contenta d'un signe de tête affirmatif, mais cela suffit à sa grand-mère. « C'est vraiment incroyable... Qui aurait cru... Et je vais te dire une chose. Heureusement que ton grand-père est mort. Je n'aurais jamais cru pouvoir dire une chose pareille, mais j'y pense depuis un bon moment, parce que s'il était en vie, lui qui t'aimait tellement, je ne veux même pas imaginer... »

Raquel Fernández Perea n'aurait pas pu croire non plus qu'elle entendrait un jour ces paroles sortir de sa bouche, et cela l'impressionna tellement qu'elle commença à douter de ses propres raisons. Mais elle ne pouvait plus reculer, et en arrivant à Canillejas, elle regarda sa grand-mère et comprit à son air résolu qu'elle ne l'aurait pas accepté. Elle pensa alors que le silence pèse peut-être davantage sur celui qui se tait, que l'incertitude sur celui qui ne sait pas. Si c'était le cas, les deux femmes qui avaient le plus aimé Ignacio Fernández Muñoz avaient quelque chose à gagner par cette conversation.

« Tu veux que je fasse du café ? lui demanda-t-elle en entrant dans l'appartement.

— Non, pourquoi ? On vient d'en prendre un. Apporte le flacon d'eau-de-vie de cerises, plutôt. Tu sais où il se trouve ? »

Elle choisit un fauteuil qui se trouvait près du balcon, et ne reprit la parole que lorsque sa petite-fille servit les verres, assise sur le tabouret qu'elle aimait quand elle était petite et qu'elles regardaient toutes les deux un film à la télévision pendant qu'Ignacio partait faire sa sieste.

« Ce qui s'est passé, tu le sais, non ? Carrión nous a tout volé. Enfin, pas à moi, parce que je ne possédais rien. Il l'a volé à mes beaux-parents, qui étaient très riches.

— Oui, je le sais, reconnut Raquel. Mais je ne sais rien de plus. Ni comment il l'a fait, ni qui il était, ni d'où vous le connaissiez... »

Anita Salgado leva une main, comme si elle avait voulu demander à sa petite-fille de ne pas aller aussi vite.

« En fait, ton grand-père l'a très mal vécu, tu sais ? Il se sentait coupable de tout ce qui s'était passé, il a toujours pensé que c'était de sa faute, et pourtant on lui a dit que c'était faux. Tous, ses parents, ses sœurs. Et moi, je le lui ai répété un million de fois, que ce n'était pas de sa faute, ce n'était la faute de personne, juste de cette canaille, qui nous avait escroqués, qui nous avait dépouillés parce que c'était un voleur, ni plus ni moins. C'était la vérité, mais lui... Lui, il se fichait de l'argent, enfin, peut-être pas tout à fait, mais ce n'était pas ce qui comptait le plus pour lui. Ce qu'il ne pouvait pas supporter, c'était que Julio nous ait trompés, qu'il nous ait menti pour nous voler, c'est ce qui lui faisait le plus de mal. Pas l'argent. Si cela avait été... Je ne sais pas, un inconnu, un avocat qu'on aurait engagé de Paris ou un ami d'ami, il aurait trouvé que c'était un mauvais tour, une saloperie, comme il disait, oui, mais que Julio soit capable de nous faire ça, à nous qui l'avions toujours si bien traité, qui étions comme sa famille, parce qu'il était toujours fourré à la maison...

— Bien sûr ! » Et soudain, Raquel comprit qui était l'homme dont elles parlaient. « C'est pour ça que tout à l'heure tu as parlé des photos de Paris, n'est-ce pas ? Carrión est ce garçon qui porte une chemise blanche aux manches relevées, sur les photos où vous êtes tous ensemble, derrière une table avec un gâteau, un anniversaire de papa, non ? Ou d'Olga.

— C'était l'anniversaire d'Aída, la fille de María, mais oui, celui-là, c'est Carrión.

— Bien sûr. Comme vous ne nous avez jamais rien raconté...

— Non, pour quoi faire ? Et sur lui, encore moins, parce que... C'est ce que je te disais, ton grand-père n'a jamais pu avaler cela, jamais, jamais... Et vint un moment où nous avons cessé de parler de lui, puis on a fait comme si on avait oublié, et à la fin, heureusement, on a vraiment oublié, mais ça ne fait rien. Je suis sûre qu'Ignacio est mort avec ce chagrin, avec cette angoisse... Je me souviens encore des premiers jours, des premières nuits. Devant la famille, il le cachait, parce qu'il devait être fort. Ses parents, qui étaient ceux qui avaient le plus perdu, parce qu'ils étaient les propriétaires de tout, prirent les choses très calmement. Il y a un an, nous n'avions rien, n'est-ce pas ? et maintenant non plus nous n'avons rien, qu'est-ce que ça fait de savoir qui nous l'a pris ? Cela aurait pu être Franco, en 1939, et l'on en serait au même point, ont-ils dit.

— Oui, mais ce n'est pas pareil, objecta Raquel, très sérieuse.

— Bien sûr, mais que veux-tu ? répondit sa grand-mère avec un sourire triste. On leur avait tué un fils, puis un gendre, ils avaient un petit-fils à Madrid qu'ils ne connaissaient même pas. Que leur importait l'argent ? Ignacio le comprenait, il leur donnait raison, mais la nuit, au lit... Encore une trahison, encore un traître, je n'en peux plus, Anita, je n'en peux plus. Pourquoi est-ce que je vis ? Je vis pour qu'on me trahisse une fois, et encore. C'était ce qu'il me disait, le pauvre, et je lui répondais : ne meurs pas, Ignacio, ne meurs pas, c'est une sottise. Puis je me taisais parce que je ne savais plus quoi dire, comment le réconforter, et il recommençait à parler avec cette tristesse, cette amertume. Pourquoi est-ce qu'il doit toujours nous arriver la même chose, pourquoi est-ce que cela doit toujours être pareil ? Nous sommes les damnés de la Terre, Anita, les damnés de la Terre, malédiction... Il répétait ça, et il avait raison, parce que tout le monde nous avait laissés tomber, tout le monde nous avait abandonnés et rien ne marchait, rien ne marchait jamais, nous étions de plus en plus seuls, de moins en moins nombreux, et Franco plus puissant, tout était plus difficile, et alors, Julio, qui était un des nôtres, un des bons, nous a trahis lui aussi, et ce fut ce qui fit le plus de mal à ton grand-père. »

Anita se tut pour contempler sa tristesse dans les yeux de sa petite-fille, et Raquel lui rendit son regard en silence. Elle devinait qu'il lui faudrait du temps pour accepter ce qu'elle venait d'entendre, mais ce n'était que le début. À voix basse, presque avec crainte, elle demanda :

« Julio Carrión était du parti, grand-mère ? » Sa grand-mère la regarda comme si soudain elle ne comprenait rien. « Il était socialiste, anarchiste, il militait dans une... ?

— Qu'est-ce que j'en sais ! » Anita interrompit sa petite-fille, la regarda d'un air de détresse puis finit par hausser les épaules dans un mouvement brusque, presque violent. « Bien sûr. Enfin c'était ce qu'il disait, et je le croyais, on le croyait tous. Il avait une carte de la JSU, c'est sûr, je l'ai vue de mes propres yeux, et c'était une vieille carte, en plus, faite à Madrid, pendant la guerre. Ce que je ne sais pas, c'est qui était vraiment Julio Carrión, ou plutôt si, je le sais. C'était un opportuniste, une crapule, un cynique. Et quelqu'un de mauvais.

— Mais... » Raquel ne trouvait pas le moyen d'exprimer sa perplexité. « Je ne comprends pas. Comment est-ce possible... ? Vous ne vous êtes jamais rendu compte de rien ?

— Eh bien non. » Anita sourit. « Qu'est-ce que tu veux que je te dise ? Nous n'avons jamais rien trouvé de bizarre en lui, et nous n'avons pas cherché non plus. C'est que ce n'était pas logique de penser... La mère de Julio était socialiste, tu sais, une de ces institutrices républicaines que tout le monde admirait. Ton grand-père l'avait connue, et il disait toujours que c'était une femme charmante, très rouge, très courageuse. Elle était de Torrelodones et mes beaux-parents avaient une maison là-bas, ils y allaient tous les étés, ils se connaissaient, alors quand Ignacio a rencontré leur fils, seul, perdu, exilé et entouré d'exilés, dans un café à Paris, il l'a amené à la maison. C'était le fils de sa mère, non ? qui avait été l'amie de Mateo, de Carlos, mort en prison quand elle était condamnée, à trente ans. À l'époque, c'était comme ça, ça nous suffisait. Pourquoi nous serions-nous méfiés de lui ? »

Quelques mois plus tard, Raquel Fernández Perea apprendrait que cette femme s'était appelée Teresa González Puerto, et entendrait sa voix dans celle de son petit-fils, un homme brun dont les traits s'inscrivaient presque comme une réplique dans le visage du traître qu'elle conservait en mémoire. Quand cela se produirait, Raquel découvrirait que la capacité de trahir de Julio Carrión était infinie, mais l'amour qui opérait le miracle de rendre à la vie une femme morte depuis si longtemps l'affecterait beaucoup plus. Teresa González Puerto revivrait dans le corps que Raquel aimait, dans la passion des lèvres qui la nommaient, dans le relief des mains qui la caressaient, et cette nouvelle vie serait bonne, juste, elle serait belle et émouvante, et aussi terrible que le noir présage d'une tempête dévastatrice. Quand cela se produirait, Raquel comprendrait pourquoi elle était tombée amoureuse du petit-fils de cette femme, pourquoi elle n'avait jamais aimé un homme comme elle l'aimait lui, cette indispensable détermination à se dissoudre dans son corps qui lui était aussi nécessaire que le réflexe de boire quand elle avait soif, de dormir quand elle avait sommeil. Quand cela se produirait, elle se rendrait également compte que son sommeil était condamné, qu'il n'y aurait jamais de samedis matin avec du soleil pour arriver de la rue avec les courses et un gros bouquet de fleurs fraîches à répartir entre plusieurs vases en cristal. Mais cet après-midi de janvier 2005, pendant que sa grand-mère essayait de lui apprendre qu'il ne faut jamais se fier aux histoires espagnoles, parce qu'elles finissent toujours par tout gâcher, Raquel Fernández Perea ne savait encore rien de tout cela.

Anita Salgado avait promis à sa petite-fille qu'elle lui raconterait ce qui s'était passé et elle tint sa promesse. Elle parla pendant près de trois heures, parfois dans l'ordre, parfois dans le désordre. Elle reconnut qu'elle avait oublié certaines dates, certains noms, et elle passa très vite sur des détails pour s'arrêter sur d'autres qu'elle préférait, mais sa mémoire soutint sans grande difficulté une version précise, cohérente et complète d'un épisode qu'elle n'avait jamais pu oublier. Ainsi, Raquel put voir Julio Carrión comme il était à vingt-cinq ans, l'homme le plus sympathique du monde, un séducteur né, brillant, ingénieux, séduisant au point de briser les résistances de Paloma Fernández Muñoz – c'était une partie de l'histoire qu'elle ignorait totalement. Sa grand-mère reconnut que tout le monde aimait bien Julio, mais, même s'il se gagnait les hommes avec la même facilité et que les enfants l'adoraient, c'est surtout aux femmes qu'il plaisait. C'était la raison pour laquelle elle pensait que sa belle-sœur n'aurait jamais fait avec un autre ce qu'elle fit avec lui et que, de surcroît, la possibilité de venger son mari à travers Carrión n'avait pas été un motif, mais le prétexte d'un désir qu'elle ne croyait peut-être pas éprouver, et qu'elle n'avait bien sûr pas osé exprimer à haute voix. Mais Anita était certaine que ce désir avait existé, et en arrivant à la fin, elle permit à Raquel de découvrir qu'elle n'avait jamais eu autant pitié de personne comme de Paloma.

« Ce fut elle qui souffrit le plus, à l'époque. C'était bien pire pour elle que pour ton grand-père, et aussi des années plus tard, quand nous avons appris que Julio avait épousé la fille de sa cousine Mariana, celle qui avait dénoncé son mari, tu comprends ? Nous ça nous était égal, mais pour elle ce fut le comble, une chose bien pire qu'une trahison, le double, le triple, que sais-je... Résultat, après tout, il s'avéra que l'argent n'était vraiment pas le plus important, car Paloma se sentait tellement humiliée, tellement honteuse d'elle-même, elle regrettait tellement ce qu'elle avait fait, qu'elle cessa de parler, de manger, et elle passait ses journées silencieuse, sans regarder personne, sans rien dire. J'ai souvent essayé de lui parler parce que je l'aimais beaucoup, je l'ai toujours beaucoup aimée.

— Vous travailliez ensemble, n'est-ce pas ? » Raquel avait vu une autre photo, toutes les deux derrière un comptoir, avec des tabliers blancs, Anita enceinte et très souriante, Paloma non.

« Oui, au début, à Toulouse... Elle a été la seule à m'aider pour ma mère et c'est encore elle qui m'a le plus soutenue quand Ignacio a dû quitter la maison pour ne pas être dénoncé. J'allais la voir sous n'importe quel prétexte, et quand nous étions seules, je lui disais : Mais enfin, Paloma, tu es veuve, tu étais libre, tu as passé une nuit avec lui, bon, eh bien, qu'est-ce que cela signifie ? Rien, cela ne signifie rien, tes nuits t'appartenaient, et tu ne pouvais pas savoir ce que ce salaud allait faire, personne ne le savait, aucun d'entre nous... Laisse-moi, Anita, je n'ai pas envie de parler de ça, me répétait-elle toujours. Mais j'insistais, pour elle, pour son bien. Tu n'étais pas avec le Julio Carrión qui est aujourd'hui à Madrid, Paloma, tu étais avec un autre homme qu'on aimait tous, en qui nous avions tous confiance... Ça suffit ! disait-elle alors. Et elle se levait, allait dans sa chambre, poussait le verrou, et personne ne la revoyait jusqu'au lendemain. Tu sais qu'elle a essayé de se suicider ? »

Raquel secoua la tête, d'un air triste. « Non, grand-mère. Je ne sais rien, comment le saurais-je ? Vous ne m'avez jamais rien raconté !.

— Eh bien elle s'est ouvert les veines avec une lame de rasoir quand elle a appris que Julio... Enfin, pauvre Paloma ! » Anita semblait encore souffrir à chaque mot. « Ton grand-père m'avait moi, il avait les enfants, mais elle... Elle était seule, toujours seule. Et elle était tellement jolie, une véritable beauté en fait et beaucoup d'Espagnols lui couraient après bien sûr, mais aussi beaucoup de Français... C'est comme cela que nous avons connu l'oncle Francisco, tu sais. Nous étions encore à Toulouse et il attendait tous les soirs, devant la boulangerie, qu'elle sorte, puis il la suivait jusque chez nous sans rien dire, et il restait longtemps devant la porte, au cas où elle se serait montrée ou serait ressortie. On se moquait beaucoup de lui, surtout María, car elle était très effrontée, et figure-toi comment est la vie, c'est comme ça qu'ils ont commencé à sortir ensemble. Un beau jour, le pauvre Francisco s'est aperçu qu'il préférait les plaisanteries de la petite aux grands airs de l'aînée et il changea d'objectif. Il cessa de suivre Paloma, se mit à suivre María, elle lui dit oui, et cela dure encore. Mais pas sa sœur, jamais elle ne s'intéressait à aucun homme, elle ne les regardait même pas, et je crois que c'est pour ça... Elle a dû se sentir si mal quand elle s'est rendu compte qu'avec tous ces hommes qui lui tournaient autour, elle était allée choisir le pire...

— Eh bien ! » Raquel, suspendue aux lèvres de sa grand-mère, n'avait pas entendu le bruit de la porte, mais reconnut immédiatement la voix. « Vous êtes là toutes les deux ? »

Sa mère, qui portait plusieurs sacs et arborait un sourire éloquent qui traduisait le succès de son expédition, entra au salon devant Olga, sa belle-sœur.

Sa fille se leva pour les saluer. « Comme tu vois. Grand-mère me vend l'appartement. Nous avons déjeuné au restaurant chinois et puis nous sommes venues fêter cela ici. »

Olga embrassa sa nièce puis sa mère. « C'est très bien, maman ! Il était temps que tu te décides.

— Nous allons peut-être pouvoir parler d'autre chose pendant les repas... », déclara sa belle-sœur.

Elle demanda alors s'il y avait du café, sa fille lui répondit que non, Olga proposa de mettre la cafetière en route, le téléphone sonna et cet après-midi se transforma en un après-midi habituel pendant que Raquel Perea leur montrait ce qu'elle avait acheté en soldes.

« Et j'ai vraiment failli t'acheter une jupe, ma petite, en jean, longue et à franges, avec du tulle et des paillettes, très à la mode. Je la trouvais très jolie, mais comme avec toi je ne suis jamais sûre, j'ai pensé que tu allais me dire qu'elle était vulgaire, et... » Alors, en remplissant à nouveau les sacs, elle regarda la pendule. « Oh ! là là, 8 heures moins 20 ! Je dois partir. Tu es venue en voiture ? » Sa fille fit un signe de tête affirmatif. « Tu pourrais me ramener, et au passage monter embrasser ton père.

— Non, je te ramène, mais je ne monte pas. Il vaut mieux que je voie papa demain, je pensais déjeuner avec vous, et puis... Tu peux me donner les clés de Guardias des Corps, grand-mère ? » Anita haussa les sourcils. « Maintenant que je sais que cela va enfin être ma maison, ça me ferait plaisir de la voir, de commencer à réfléchir à la façon dont je vais l'arranger, et... Au fait, que deviennent les meubles qui restent ? Je peux les garder ?

— Il n'y a pas grand-chose, ne te fais pas d'illusions, la prévint sa mère.

— Non, confirma Olga. Mais ce qu'il reste, personne n'en a voulu, n'est-ce pas, maman ? Les lits sont petits, il y a le grand canapé du salon, qui n'entrait pas ici, deux lampes et le secrétaire de papa. Celui-là, tu as dit que tu voulais le garder, n'est-ce pas, Raquel ?

— Oui, mais il ne tenait pas à Tetuán. » Et elle poursuivit en faisant très attention, sans regarder sa grand-mère. « C'est pour ça que j'aimerais aller jeter un coup d'œil, pour me faire une idée.

— Maintenant ? s'exclama Anita. Mais il fait nuit.

— Mais il y a l'électricité. Ou on te l'a coupée ? répliqua Raquel d'un ton égal, comme si elle n'avait pas perçu une certaine méfiance dans son ton.

— Non, non... Comme Jacques a dit qu'il allait venir pour Noël et qu'on ne tenait pas tous ici... » Sa grand-mère la regarda droit dans les yeux et elle lui rendit un regard tout aussi intense. « Les clés de ton grand-père sont dans le tiroir de sa table de nuit, enfin, celui qui est à droite. » Mais quand Raquel se leva, elle l'arrêta. « Un instant. Souviens-toi de ce que tu m'as promis.

— Oui.

— Oui quoi ?
— Je m'en souviens.
— De quoi ? » s'enquit Olga. Mais aucune des deux ne répondit à cette question.

Huit mois plus tard, quand Raquel, sa petite-fille, avant de lui demander de l'héberger, lui raconta la dernière histoire qu'elle aurait voulu entendre dans ce qu'il lui restait de vie, Anita Salgado hocha la tête à plusieurs reprises. Puis elle la prit dans ses bras, l'assura qu'elle pouvait rester aussi longtemps qu'elle voudrait, et enfin, lui dit que, cet après-midi de janvier où elle l'avait vue passer la porte avec les clés de son mari à la main, elle était déjà sûre qu'elle ne tiendrait pas sa promesse. Elle le devinait peut-être elle aussi, car le récit de sa grand-mère pesait trop lourd, ses paroles et ses silences pesaient, surtout le désespoir d'un homme aimé qui était mort. « Une autre trahison, un autre traître, je n'en peux plus, Anita, je ne peux pas vivre comme ça, je préfère mourir. »

Raquel Fernández Perea ne pourrait jamais oublier ces paroles. Elles auraient dû rester lettre morte. Mais sa grand-mère lui avait donné ses propres clés, elle avait dû ouvrir un tiroir qu'elle n'avait vu ouvert qu'une fois dans sa vie et elle y avait trouvé un vieux pistolet, une boîte de munitions et un porte-documents fatigué en cuir marron qui contenait plus que des papiers.

« Tu l'aurais trouvé de toute façon, avait dit Anita, huit mois plus tard. C'est de ma faute, j'aurais dû tout jeter, le porte-documents, le pistolet, c'est ce que j'aurais dû faire. Je ne voulais pas le donner à ton père, à Olga non plus. Cela m'aurait contrariée, tu sais à quel point ils détestent ces histoires, alors j'aurais dû le jeter et j'y ai pensé, mais ça m'a fait de la peine, une peine terrible, parce que ces objets appartenaient à Ignacio, étaient Ignacio. Alors je ne me suis pas décidée, j'ai tout laissé tel quel, et tu vois le résultat. »

Raquel ne la contredit pas, mais elle pensa que si elle avait écouté son grand-père, si elle avait tenu la promesse faite à sa grand-mère, elle n'aurait jamais rencontré Álvaro Carrión Otero.

Et pourtant, Álvaro n'existait pas quand Raquel sortit ce porte-documents du tiroir sans toucher à l'arme. Ses mains tremblaient d'une émotion confuse où s'entremêlaient trop de choses, à tel point qu'elle préféra aller au salon pour lire le tout. Il s'agissait de titres de propriété au nom de Mateo Fernández Gómez de la Riva et de titres de propriété au nom de María Muñoz Palacios. Il y avait des copies légales des testaments de leurs parents respectifs, la copie d'un pouvoir notarial émis à Paris le 27 mars 1947, par Mateo Fernández Gómez de la Riva au nom de Julio Carrión González, la copie d'un pouvoir notarial également émis à Paris, à la même date et dans le même bureau, par María Muñoz Palacios au nom de Julio Carrión González. Elle lut une demi-douzaine de lettres avec leurs enveloppes toutes datées et postées de Madrid, où Julio, tout court, embrassait tout le monde après avoir rendu compte des démarches et des multiples difficultés qu'il rencontrait pour les mener à bien. Raquel retrouva aussi le reçu d'un virement de cinq mille pesetas effectué en février 1948 d'une succursale du Banco Español de Crédito vers un compte courant ouvert dans une agence de la BNCI, à Paris, au nom de Mateo Fernández Gómez de la Riva, une demi-douzaine d'autres lettres à en-tête d'un cabinet juridique de Madrid, datées de l'automne 1948 et où un certain Manuel Rubio Martínez, qui était avocat et prenait congé de ses correspondants en leur souhaitant une bonne santé, informait progressivement don Mateo Fernández Gómez de la Riva et doña María Muñoz Palacios qu'à cette date ils ne figuraient plus nulle part en tant que propriétaires d'aucun des biens auxquels ils s'étaient intéressés. Les terres et les biens immobiliers avaient fait l'objet de saisies extraordinaires successives, protégées par la Loi de Responsabilités politiques, pour être ensuite vendus à des tiers par leur précédent propriétaire, M. Julio Carrión González.

Il était 8 heures du matin et on était lundi, mais elle se dit qu'attendre davantage n'avait pas de sens : « Bonjour, Sebastián. Je suis Raquel Fernández Perea, la présidente de...

— Oui, oui. » Il était vif, la voix souriante. « Je te reconnais. Comment vas-tu ?

— Bien. Je t'appelle pour te dire que je n'irai pas chez le notaire cet après-midi. »

Elle lui annonça la nouvelle d'un ton neutre, et perçut à l'autre bout de la ligne un silence aussi compact que si Lopez Parra avait essuyé ses lunettes du bout de sa cravate.

« Bon, si tu as un problème, on peut prendre rendez-vous pour un autre jour de la semaine, le matin ou l'après-midi, quand cela te conviendra. Les autres pourront venir, n'est-ce pas ? s'enquit-il enfin, s'efforçant de formuler sa réponse dans les meilleurs termes.

— Oui, tous les autres seront là, mais mon cas est différent. Je ne savais pas que Promociones del Noroeste était une entreprise de Julio Carrión. Ma famille a des relations très anciennes et très compliquées avec ce monsieur, et j'ai besoin de lui parler avant de me décider à vous vendre ma maison. »

Sebastián López Parra commença à perdre patience :

« Raquel, je t'en prie ! On est sur cette affaire depuis presque un an. Je croyais qu'on avait dépassé la phase des finasseries, tu sais, et je ne trouve pas sérieux...
— Ce n'est pas une finasserie, Sebastián, je t'assure. » Elle disait vrai et il s'en aperçut. « Et ça n'a rien à voir avec toi. Je veux rencontrer Julio Carrión, j'ai besoin de lui parler, et je ne signerai rien avant.
— Bon, si tu y tiens vraiment, je peux essayer d'arranger ça. Je viens de le voir, il est dans son bureau, lui aussi est avocat, alors je ne crois pas que ça le dérange...
— Je crois qu'on ne parle pas du même homme, Sebastián. Je ne veux pas voir Julio Carrión fils. Je veux parler à son père.
— Mais ce n'est pas possible ! » Elle s'aperçut que son interlocuteur était devenu très nerveux. « Pas ça, mon Dieu, impossible, don Julio est un homme très âgé, il a plus de quatre-vingts ans, on ne peut pas le déranger... Écoute, Raquel, je me suis très bien comporté avec toi, je crois, alors ne me crée pas de problèmes. Don Julio est le patron de l'entreprise, oui, et il vient tous les jours deux heures au bureau, pour ne pas s'ennuyer, mais il n'a plus rien à faire ici. Mes patrons sont ses fils, tu comprends ? Et je ne peux pas faire ça, ils ne me le pardonneraient pas. Ça me coûterait mon poste, je t'assure.
— Je ne crois pas qu'il tienne à ce que ses fils soient au courant de cette affaire. » Raquel Fernández Perea s'étonna de son sang-froid, du calme qu'elle-même détectait dans ses paroles. « J'en suis presque sûre, alors je vais te proposer une chose. Parle-lui, ou laisse une note à sa secrétaire. Dis-lui seulement que la petite-fille d'Ignacio Fernández veut le voir, seulement ça. Et que s'il ne veut pas me recevoir, je vais devoir parler à ses

fils. Je dois te laisser maintenant, Sebastián, je suis très occupée. »

Quand elle raccrocha, elle eut à peine le temps de se demander si ses calculs étaient exacts avant que les nerfs, l'angoisse, l'anxiété et la peur qu'elle avait réussi à mettre entre parenthèses au cours de cette conversation ne la pressent de l'intérieur comme un corset de fer. Elle ressentit une pression insupportable à l'estomac, elle avait le cou brûlant, les mains moites, et un désir subit de se tromper. Elle avait calculé que la famille Carrión ne devait pas être très différente de la famille Fernández, et si les victimes avaient tenu leur spoliation secrète pendant tant d'années, le bourreau avait dû observer les mêmes règles à plus forte raison. Quelques secondes plus tôt, elle en était sûre, et cependant elle comprenait maintenant non seulement que ses soupçons étaient dénués de tout fondement, mais elle espérait que la réalité la contredirait, que Julio Carrión n'accorderait pas d'importance à son appel, qu'il ne répondrait pas, qu'il ne la recevrait pas, qu'elle n'aurait jamais à regarder cet homme en face.

« Mais où me suis-je fourrée ? Comment ai-je pu avoir l'idée de cette folie ? » se demanda-t-elle à plusieurs reprises ce matin-là. Ce qui était si clair le samedi soir, ce qui l'avait éblouie le dimanche depuis qu'elle avait regardé les photos encadrées avec plus d'attention que jamais chez ses parents, lui semblait maintenant une énormité, une folie démesurée. La photo de mariage de Carlos et Paloma, Mateo protégeant Casilda dans sa capote pendant qu'ils regardaient tous deux l'objectif, Ignacio revêtu de l'uniforme français et Anita avec son fils dans ses bras, enlacés dans un parc de Toulouse, cinq hommes souriants exhibant un tank allemand comme un trophée, Ignacio Fernández Salgado et sa sœur Olga en costumes régionaux, lui en Aragonais et elle en Madrilène, le visage barbouillé et une glace à la main, Raquel Perea avec une minijupe et une frange à Cordoue, devant le Cristo de los Faroles, et d'autres photos de ses arrière-grands-parents, de ses grands-parents, de ses oncles et tantes, cousins et cousines, de ses parents, des photos qui parlaient, qui la regardaient, qui la faisaient sourire et lui remplissaient les yeux de larmes. Alors, en les voyant, en conversant avec les visages des photographies, tout était très clair, à tel point que le lundi matin elle pensa que c'était faux. Je suis devenue folle, ou quoi ? Ensuite, quand elle se lassa de récriminer contre elle-même, elle eut pitié du pauvre Sébastián, qui s'était très bien conduit avec elle et profitait de la moindre occasion pour insinuer qu'il était disposé à se comporter encore mieux dès qu'elle le laisserait faire.

Mais Raquel Fernández Perea, qui avait tellement parlé de tellement de choses avec Ignacio, son grand-père Ignacio, ne savait pas que les hommes et les femmes courageux ne craignent jamais rien, ni personne, à l'instant de la bataille. La peur vient ensuite, quand ils commencent à se demander comment ils ont pu être aussi fous. Aussi, ce soir-là, quand elle sortit de sa douche et vit qu'elle avait un message sur son portable, elle reconnut le numéro qui l'avait appelée et éprouva à nouveau un calme presque absolu, dont elle ne parvint pas à être consciente en appelant son répondeur. « Salut, Raquel, c'est Sebastián. J'ai parlé à la secrétaire de don Julio puis il m'a appelé. Si ça te convient, vous pouvez vous rencontrer dans son bureau après-demain, mercredi, à 11 h 30. Confirme-le-moi le plus tôt possible, s'il te plaît, parce qu'il m'a demandé de le prévenir. » Elle apprécia le ton neutre, prudent, de cette voix, et répondit par un SMS : *Très bien, j'y serai.* Quand elle eut fini, ses mains tremblaient tellement que son téléphone tomba par terre.

Le reste fut plus facile. Il n'était plus possible de reculer, et la nécessité lui rendit son courage. Le mercredi matin, Raquel Fernández Perea se leva, prit son petit déjeuner et partit travailler avec du plomb dans les veines. Avec la même froideur, à 11 heures, elle prit un taxi, lui indiqua l'adresse d'un imposant immeuble de bureaux sur la Castellana à la hauteur d'Azca, et essaya de faire le vide dans son esprit. Elle ne put empêcher ses genoux de trembler en s'approchant de la réceptionniste, mais parvint à s'annoncer d'une voix sereine. La secrétaire de Julio Carrión González l'attendait devant la porte de l'ascenseur du troisième étage. Après l'avoir saluée avec la formule la plus sobre possible, elle la guida en silence dans un couloir au sol recouvert de moquette jusqu'à une salle d'attente décorée de beaux meubles, chers et classiques.

« Don Julio va vous recevoir tout de suite, l'informat-elle en lui désignant un siège d'une main. Veuillez attendre ici. »

Raquel s'aperçut que cet endroit avait peu de choses à voir avec le reste du bâtiment, une construction moderne et élégante aux façades en verre nu, mais elle n'eut guère le temps de réfléchir davantage.

« Don Julio vous attend. » Un instant plus tard, Raquel se retrouva dans une salle si immense qu'elle dut s'approcher de l'homme qui la regardait de la table du fond pour s'assurer que c'était bien lui. Ce qu'elle éprouvait en ce moment n'était pas différent de ce qu'elle ressentait chaque matin face à un client inconnu, et son hôte ne fit rien pour modifier son état d'esprit. Julio Carrión González ne se leva pas pour la saluer, et elle répondit à cette impolitesse en restant debout pour l'étudier d'en haut. Elle se rappela alors la description de sa grand-mère, ce qui confirma l'impression que lui avait faite la photo de la page web. Julio Carrión était un vieillard séduisant. Il avait toujours les cheveux de sa jeunesse, blancs maintenant, et cette force dans le visage, les yeux étincelants.

Ce fut lui qui commença à parler, et il la prit au dépourvu : « Tu ressembles beaucoup à ta tante Paloma. On a dû te le dire, non ? Elle avait les cheveux plus foncés et les yeux plus clairs que toi, très bleus, mais la forme du visage, le menton et le cou, ces mâchoires si nettes, si... jolies... C'est en cela que tu lui ressembles. »

Raquel ne répondit pas. Elle continua à le regarder de haut, avec un goût métallique dans la bouche. Son sang s'était soudain épaissi.

Julio Carrión se résigna à la politesse : « Assieds-toi, s'il te plaît. Et dis-moi ce que tu veux.

— Pour l'instant, que vous arrêtiez de me tutoyer. Moi, je n'ai pas l'intention de vous tutoyer. » Raquel entendit le son de cette voix comme si ce n'était pas la sienne, mais elle puisa des forces dans ses paroles.

En l'écoutant, le vieil homme se mit à rire et son visage se transforma en un soleil radieux, comme ceux que peignent les jeunes enfants, pleins de rayons et de couleurs à en déchirer le papier. Raquel ignorait que Julio Carrión avait toujours apprécié les femmes courageuses, et qu'il ne savait pas encore qu'elle allait être la dernière, et l'exception.

« Je ne voulais pas vous offenser... Mais vous êtes beaucoup plus jeune que moi, ajouta-t-il en riant.

— Certes, admit-elle.

— Très bien, alors, vous pourriez me dire ce que vous voulez ? M'avertir que le prix de votre appartement a beaucoup augmenté, n'est-ce pas ? » Il venait d'avoir quatre-vingt-trois ans et restait un homme très sympathique qui semblait jouir de cette condition.

« Non. » Alors il devint sérieux, et Raquel devina qu'elle ne le reverrait pas rire. « Pas précisément. Je ne sais pas si vous vous souvenez de moi, mais je suis la petite fille qui accompagnait Ignacio Fernández quand il est venu chez vous, un samedi après-midi, au mois de mai 1977. » Elle fit une pause pour étudier l'effet de ses paroles et le vit hocher la tête. « Cet après-midi-là, il avait emporté ce porte-documents. » Elle le sortit de sa mallette et le lui montra lentement, intérieur et extérieur. « Vous l'avez vu, n'est-ce pas ? C'est le même, et il contient les mêmes documents. Ce que je veux savoir, c'est de quoi mon grand-père vous a parlé cet après-midi. C'est pour cela que je suis venue.

— Et pourquoi devrais-je vous le dire ? »

Il posa la question sur un ton complètement différent de celui qu'il avait employé jusqu'alors, et Raquel s'en aperçut. Elle le regarda attentivement et vit qu'il s'était raidi. Il s'était maintenant étiré sur son siège, la tête droite, une expression dure dans le regard, sur la bouche, mais elle sentit que tout cela, loin de l'apaiser, l'éperonnait.

« Parce que, si vous ne me le dites pas, je ne vais pas vous vendre ma maison.

— Écoutez, mademoiselle, dit-il d'un ton méprisant. Je me fiche de votre appartement, vous comprenez ? J'ai largement de quoi acheter cent immeubles comme le vôtre. Alors ne me menacez pas, je vous le dis pour votre bien.

— Bien. » Raquel Fernández Perea se sentit beaucoup mieux, car son sang redevint liquide, chaud, et se remit à circuler vite dans ses veines. « Très bien, en ce cas, je parlerai moi-même à M. López Parra pour l'informer que mon appartement n'est plus à vendre. Il va être terriblement contrarié, bien évidemment, car il a beaucoup travaillé pour cette opération, mais là où il y a un capitaine, le marin ne commande pas, et vous êtes le propriétaire de cette entreprise, n'est-ce pas ? Je ne lui donnerai pas d'explications, ne vous inquiétez pas. Comme ça, vous pourrez tout lui raconter vous-même. Cela vaut mieux, vous ne croyez pas ? »

Elle laissa cette question en suspens, le regarda et vit que le mépris, le sarcasme, sans parvenir à se dissoudre, s'intégraient progressivement à une expression plus complexe.

« Je ne sais pas où vous voulez en venir, mais si vous pensez que vous allez me faire peur, vous vous trompez lourdement. » Pourtant, Raquel se rendit compte qu'il avait déjà commencé à la redouter. « Je ne veux pas gâcher le travail d'un de mes meilleurs employés, ni courir le risque de paralyser un projet aussi ambitieux que celui de Tetuán pour une sottise, mais je ne peux pas non plus perdre toute la journée avec vous, alors dites-moi votre prix et je vous le paierai.

— Je veux savoir de quoi vous avez parlé avec mon grand-père cet après-midi-là. Voilà mon prix. »

Julio Carrión González fit claquer ses lèvres et serra les poings, sans chercher à dissimuler son impatience. Puis il se frotta le front, appuya sa tête sur une main, réfléchit.

« Votre grand-père est mort, dit-il enfin. Comment saurez-vous que je vous dis la vérité, que je ne vous trompe pas ?

— Essayez, l'encouragea-t-elle, et il ne voulut rien ajouter. Je ne crois pas que vous puissiez me tromper, monsieur Carrión. Je connaissais très bien mon grand-père. Je le connaissais à tel point qu'après avoir parlé un instant avec vous, je suis presque sûre de ce qui s'est passé cet après-midi-là.

— Ah oui ? » Il fit une pause pour la regarder à nouveau avec la hauteur du début. « Alors dites-le-moi.

— Vous lui avez offert de l'argent, n'est-ce pas ? Et il n'a pas voulu l'accepter. »

Elle sut qu'elle avait visé juste quand les yeux de Julio Carrión fuirent les siens pour parcourir la pièce aussi lentement que s'il la découvrait pour la première fois.

« Je vais vous dire une chose qui va vous surprendre, mademoiselle..., dit-il enfin.

— Raquel.

— Très bien, alors... Je vais vous dire une chose qui va vous surprendre, Raquel. J'admirais beaucoup votre grand-père. Ignacio était un homme entier, un homme courageux, honnête, généreux. » Il regarda son interlocutrice et constata que son expression n'avait pas changé, mais il insista pourtant. « J'ai connu peu de gens tels que lui, et je l'ai toujours admiré, vraiment. Le fait qu'on ne se ressemble pas, que je ne pense, ni ne croie, ni n'éprouve la même chose que lui, ne m'a jamais empêché de l'apprécier. Je ne vous dis pas ça par cynisme, croyez-moi. En fait, je n'ai aucun besoin de vous le dire, mais c'est la vérité.

— Je ne vous ai pas demandé votre avis sur mon grand-père. » Et je ne vais pas m'énerver avant l'heure, salaud. « Je n'ai aucune envie de le connaître.

— Oui, mais... » Julio Carrión ébaucha un sourire qui s'écrasa sur la dureté des yeux de la femme qui le regardait. « Je voulais que vous le sachiez... Cet après-midi-là... » Il fit une pause, se frotta à nouveau les sourcils, finit par parler : « Ignacio est venu me voir pour que je sache qu'il était revenu vivre en Espagne, à Madrid, et qu'il avait conservé les documents concernant les biens de ses parents et... bref, tous les papiers. C'était tout ce qu'il voulait, que je le sache. Et je lui ai proposé de l'argent, vous avez raison, beaucoup d'argent, mais il n'a pas voulu me vendre le porte-documents qui se trouve maintenant dans votre mallette. Je préfère t'ôter le sommeil, m'a-t-il dit. Je préfère que tu vives dorénavant dans l'angoisse de ne pas savoir ce que je fais, de ce que je vais faire. Je t'aurai, Julio, mais tu ne sauras jamais comment, ni quand, ni d'où arrivera le premier coup. Je veux que tu le saches, c'est pour ça que je suis venu... ce fut tout. Puis il s'est levé et il est parti sans dire au revoir. Je vous ai épargné les insultes et j'ai beaucoup résumé, mais je vous assure qu'il ne m'a rien dit d'autre. »

Ce fut alors au tour de Raquel de se taire. Elle était saisie d'effroi par ce qu'elle venait d'entendre, et encore plus par la certitude que cet homme ne l'avait pas trompée. Ce qu'il lui avait dit était vrai, ce devait l'être car cela ressemblait bien à son grand-père, mais elle avait besoin de temps pour l'assumer, pour l'analyser et pouvoir commencer à y croire.

Pendant ce temps, Julio Carrión la regardait.

Un instant plus tard, il se trompa.

« Vous n'allez pas me demander ce que j'ai fait ? » Son accent redevint sarcastique, presque gai. « Vous ne voulez pas savoir comment j'ai réagi ? » S'il n'avait pas posé ces deux questions, Raquel Fernández Perea aurait pu se rappeler les avertissements d'Ignacio, son grand-père, cette recommandation pacifique qu'il avait lui-même observée en réduisant sa vengeance à l'armature succincte d'une menace qu'il n'allait jamais mettre à exécution. Sa petite-fille avait ouvert le tiroir de son bureau et y avait vu une arme, une boîte avec des balles. L'une d'elles au moins devait porter le nom de Julio Carrión González gravé dessus depuis trente ans, mais son propriétaire n'avait jamais voulu lui donner le destin qu'il lui réservait. Raquel le comprit, accepta ses actes et ses raisons, éprouva beaucoup de peine, beaucoup d'orgueil, beaucoup d'amour. *Pour vivre ici, il y a des choses qu'il vaut mieux ne pas savoir, voire ne pas comprendre.* Peut-être avait-il raison, sûrement, elle allait accepter le fait qu'il avait raison quand elle entendit ces deux questions, et elle regarda Julio Carrión pour se fracasser sur son humiliant sourire.

« Je n'ai jamais pris Ignacio au sérieux, poursuivit-il, je n'ai jamais éprouvé la moindre peur, croyez-moi. Je lui ai proposé de l'argent, oui, parce qu'à l'époque tout était bouleversé, et je ne savais pas qui pouvait le conseiller, le diriger contre moi. Et puis, à l'époque, on ne savait pas si ces affaires ne se résoudraient pas par un jugement. C'était ce qui m'inquiétait, pas lui. Parce que je le connaissais. Peut-être pas aussi bien que vous, mais je le connaissais, et je savais qu'il était trop bon, trop sérieux, sensé et raisonnable pour gâcher sa vie, dans le seul but de ruiner la mienne. En 1947, il m'aurait tué, bien sûr. Mais, en 1977... Même les hommes les plus courageux se ramollissent avec l'âge, et les communistes, qui étaient les plus courageux de tous, n'arrêtaient pas de parler de réconciliation nationale, alors, vous voyez... Votre grand-père est mort, et moi je suis ici, à bavarder avec vous. Comme dans la vie normale. C'est pour cela que le mieux est d'arrêter les chimères et de commencer à parler affaires une fois pour toutes, car les bons ne gagnent que dans les films, mademoiselle. »

Salaud. Gros salaud. Énorme salaud.

C'est ce que pensa et dans cet ordre, Raquel Fernández Perea quand elle se leva, prit son sac et sa mallette, avant de tourner le dos à son hôte pour se diriger vers la porte d'un pas ferme et décidé.

« Mais... où allez-vous ? »

Elle s'arrêta à mi-chemin et se retourna. Julio Carrión González s'était enfin levé et il la regardait les mains appuyées sur la table, il n'y avait plus trace de la supériorité dont il avait fait preuve quelques secondes plus tôt.

« Je dois réfléchir à tout cela, lui dit-elle sur le ton professionnel, serein et courtois, qu'elle utilisait avec ses clients. Je ne peux pas encore prendre de décision, comme vous le comprendrez, mais ne vous inquiétez pas, vous aurez de mes nouvelles. » Elle pressa le pas et ferma la porte derrière elle. La secrétaire leva la tête de son écran d'ordinateur en la voyant.

« S'il vous plaît, j'ai besoin d'aller aux toilettes », demanda Raquel avec un sourire.

Après avoir vomi son petit déjeuner, elle se sentit un peu mieux. Quand elle sortit dans la rue, elle reçut le coup de poignard du vent glacé de la sierra comme une caresse, et elle respira à nouveau. Elle n'avait plus peur. Ses jambes la soutenaient sans difficulté, mais la scène qu'elle venait de vivre l'avait plongée dans un état d'insensibilité particulière, une sorte d'anesthésie spontanée qui lui permit de retourner au travail, de s'asseoir devant son bureau, de répondre au téléphone et de traiter les affaires en cours avec l'efficacité d'une machine bien programmée. Elle ne se sentait pas tout à fait dans son corps, mais sa tête fonctionnait sans problème dans n'importe quelle direction excepté dans celle qui conduisait au bureau où elle s'était rendue dans la matinée. Ce fut peut-être la raison pour laquelle, en sortant de la banque, elle n'alla pas chez elle, mais chez ses grands-parents. Là, assise sur le canapé, le seul meuble du salon qui avait survécu au déménagement, elle retrouva lentement le contrôle de ses terminaisons nerveuses, et put enfin penser comme si elle n'avait pas été la petite-fille d'Ignacio Fernández Muñoz.

Ce n'était pas la première fois qu'elle se voyait contrainte de prendre une décision dans des conditions difficiles. Les négociations, avec la tension qu'elles impliquent, même les plus simples, faisaient partie de son travail. Elle ne savait pas jouer au poker, mais elle avait appris à bluffer, à miser sans autre sécurité que ses propres intuitions, pures spéculations théoriques. Elle parvenait parfois à faire gagner beaucoup d'argent à ses clients, mais elle ne se trompait généralement pas. Aussi décida-t-elle d'attendre. Elle analysa sa situation comme si elle l'avait trouvée ce matin dans un dossier, sur son bureau, et elle parvint à la conclusion que l'étape suivante ne lui revenait pas. Carrión s'en chargea. Et très vite.

« Ah, Sebastián, je suis ravie de te parler. Comment vas-tu ? » Elle le salua comme si le fait de l'avoir à l'autre bout du fil, quarante-huit heures après avoir vu son chef, avait constitué une surprise extraordinaire.

« Bien, dit-il d'un ton incertain. Écoute... Tu travailles ?

— Bien sûr. Pas toi ? Nous sommes encore vendredi, que je sache.

— Oui, je ne parle pas de... Je voulais savoir si tu étais dans ton bureau, parce que... Je peux monter te voir un moment ?

— Ici ? Place de las Descalzas ? demanda Raquel avec étonnement.

— Oui, bien sûr... C'est pour cela que je te le disais... Si tu as un moment... »

Raquel consulta son agenda, puis sa montre, renouvela l'opération deux voire trois fois, avant de comprendre ce qu'elle voyait.

« J'ai un rendez-vous à 13 heures, mais si tu ne restes pas longtemps..., finit-elle par dire.

— Non, non. J'en ai seulement pour un moment. »

Il s'en écoula quelques-uns, six minutes au total, avant que Sebastián López Parra ne frappât à la porte de son bureau. Quand elle l'eut devant elle, Raquel n'était pas encore parvenue à s'expliquer sa visite, mais elle pressentait que cette nouveauté jouait en sa faveur.

Elle se leva pour l'accueillir et le trouva nerveux, comme mal à l'aise dans son costume. « Entre, entre ! Assieds-toi, je t'en prie. » Il obtempéra sans rien dire. Elle lui sourit. « Bon, eh bien... Je ne sais pas, je trouve ça si bizarre, de te voir ici...

— Oui. J'imagine, mais... En fait, je suis un envoyé, le terme n'a jamais été aussi approprié. »

En entrant, il avait à la main une enveloppe blanche qu'il plaça sur la table avec une clé qu'il sortit à ce moment d'une poche. Puis il la regarda et fronça les sourcils, comme s'il n'était pas très sûr de la signification de ce qu'il allait dire, ni de la réaction que cela provoquerait chez la femme qui se trouvait devant lui.

« Don Julio Carrión m'a demandé de passer te voir pour t'apporter ceci. Il a insisté pour que je vienne personnellement et il m'a précisé qu'il ne voulait pas attendre. Il a manifestement décidé de se charger tout seul de l'achat de ton appartement. Il ne m'a pas donné d'explications et je n'ai pas osé lui en demander non plus, mais je dois dire... » Alors il ôta ses lunettes, les regarda, et renonça à les essuyer. » Écoute, Raquel, je ne sais pas qui tu es, ni ce qu'il y a derrière tout ça, ni pourquoi tout est soudain si urgent, mais... »

Il bafouilla pour la deuxième fois au même endroit et hocha la tête, comme s'il n'allait jamais oser dire à voix haute ce qu'il pensait.

« Dans cette enveloppe, il y a une proposition d'échange, se contenta-t-il de dire sur un ton neutre, du troc, pour ainsi dire. Don Julio Carrión garde ton appartement de soixante-dix mètres carrés qui donne en partie sur la rue Ávila, sans ascenseur, et toi, tu reçois en échange un dernier étage de cent quatre-vingts mètres carrés habitables, plus soixante mètres carrés de terrasse en angle, dans un immeuble de luxe situé rue Jorge Juan au niveau de Núñez de Balboa, à deux pas du Retiro et dans une des zones les plus chères du quartier de Salamanca. Et comme si cela ne suffisait pas, il prend à sa charge tous les impôts, les tiens et les siens. En plus des papiers, je t'ai apporté une clé, parce que don Julio suppose que tu voudras aller le voir, même si, à mon avis, tu peux signer les yeux fermés.

— Ah oui ? Tu l'as déjà vu ? demanda Raquel en souriant.

— L'appartement ? Bien sûr, mais il n'y a pas que ça... »

Puis, comme un élève qui se détend après avoir réussi son oral, il s'appuya dans son fauteuil, déboutonna sa veste, croisa les jambes et lui rendit son sourire.

« Écoute, Raquel, c'est la chose la plus étrange, la plus incroyable qui soit jamais arrivée chez Promociones del Noroeste, S. A. Crois-moi. Je travaille là depuis plus de dix ans, et je n'ai jamais rien vu de pareil. Don Julio Carrión n'est pas une bonne sœur comme tu le sais. Son fils Rafa est encore pire, un vrai requin. Bien sûr, il n'est pas au courant, et son frère non plus, c'est la première chose que m'a dite leur père, "le plus important est que personne ne le sache", sur ce point tu avais raison. Pour te dire à quel point, il ne s'agit pas d'un échange, mais d'une opération beaucoup plus compliquée. Il te donne l'appartement, tu lui donnes le tien, ensuite il le revend à la société immobilière pour le prix que vont toucher les autres voisins. Pourquoi ? Eh bien pour qu'il n'en reste aucune trace, bien sûr, pour que personne ne puisse prouver qu'il t'a donné un super appartement de luxe en échange d'un appartement merdique et n'ait à se demander pourquoi. En fait... Bon, écoute, je vais te le dire, parce que je te trouve très sympathique, tu le sais, et... » Il la regarda attentivement et se mit à rire. « Tu vas faire un gros coup, Raquel. Un méga coup, je t'assure. »

Raquel rit avec lui pour gagner du temps, mais elle avait déjà commencé à sentir le fourmillement de l'euphorie, comme un crépitement électrique sous la peau.

« Très bien », dit-elle enfin et elle prit l'enveloppe, la clé, pour les mettre ensemble dans un tiroir. « Bon eh bien... je vais aller à l'appartement, bien sûr, quand j'aurai un moment libre, cela devrait se faire d'ici quelques jours, parce que je veux profiter du week-end pour commencer le déménagement. Je vais m'installer dans l'appartement de mes grands-parents, qui est vide depuis longtemps et j'ai beaucoup de choses à faire, alors... Je t'appelle lundi, d'accord ? Mardi au plus tard. »

Sebastián López Parra acquiesça, mais ne bougea pas.

« Tu ne vas rien me dire ? Je t'en serais très reconnaissant... », osa-t-il enfin lui demander.

Elle l'interrompit à temps. « Oh ! là là ! C'est une longue et vieille histoire, Sebastián. Tu ne la comprendrais pas, et puis je crois que tu n'as pas besoin de la connaître. »

Elle se leva pour mettre un terme à la conversation et l'accompagna jusqu'à la porte. Il n'était encore que 12 h 45, mais le client à qui elle avait donné rendez-vous à 13 heures se présenta tout de suite. En parlant et en revoyant avec lui l'historique et les statistiques de ses investissements, elle n'arriva plus à agir comme si l'enveloppe qu'elle n'avait pas eu le temps d'ouvrir et la clé qui l'accompagnait n'étaient pas rangées dans son tiroir. Elle avait menti à Sebastián, car elle ne pourrait emménager dans l'appartement de la place des Guardias de Corps avant au moins quinze jours. Sa grand-mère avait décidé de faire repeindre l'appartement avant de le lui vendre, et c'était le délai qu'avaient imposé les peintres, mais elle avait découvert que Julio Carrión n'aimait pas attendre, et après avoir constaté que le contrat que lui avait apporté Sebastián correspondait scrupuleusement à ses paroles, elle se proposa de persévérer dans cette stratégie. Cela ne l'empêcha pas, en sortant du travail, de commander une portion de tortilla dans le bar le plus proche, et après l'avoir engloutie debout, au comptoir, d'aller prendre possession de sa propriété flambant neuve.

L'entrée suffisait à cataloguer la maison – qui se trouvait effectivement à deux pas du Retiro et dans l'une des zones les plus chères du quartier de Salamanca – comme un immeuble de luxe, mais cela ne l'impressionna pas autant que l'appartement en soi. Le vestibule était si grand qu'elle le prit tout d'abord pour le salon, et quand elle le traversa pour accéder au reste de l'appartement, elle se trouva dans une superficie si gigantesque qu'elle ne sut pas quel nom lui donner. Partagé en deux pièces par trois marches, cet espace comportait une table de salle à manger avec huit chaises qui ressemblaient à des jouets. Dans le tronçon qui la séparait de trois énormes canapés blancs placés en U, aurait tenu le salon-salle-à-manger d'un appartement de trois pièces. Ici, il n'y avait qu'une chambre à coucher, avec le mur du fond incurvé comme l'abside d'une église. Mais le plus surprenant était peut-être la taille de la salle de bains, composée de deux parties, une première immense et une seconde occupée par un jacuzzi qui ressemblait à une piscine, au bord d'un merveilleux mur de verre avec une vue aussi spectaculaire que celle que l'on voyait de la terrasse. Ce fut ce qu'elle préféra. En comparaison, la cuisine était si ridicule qu'elle eut du mal à la trouver au-delà de ce qu'elle prit d'abord pour une double rangée de placards encastrés dans un couloir. Cela, elle ne le comprit pas très bien. Le reste, parfaitement.

Alors comme ça, tu n'as pas peur de moi, hein, mon salaud ?

Elle parcourut à nouveau l'appartement, cette fois plus lentement, en observant les détails. Une cheminée en marbre rose et gris, ancienne, qu'ils avaient dû trouver en démolissant un vieux palais, deux immenses téléviseurs à écran plasma, l'un dans le séjour et l'autre dans la chambre à coucher, tellement stylisés et élégants, tellement chers, qu'ils semblaient faire partie de la décoration, et un parquet provenant peut-être de la construction originale, comme les moulures du plafond. Et encore du marbre, du bois noble, une technologie sophistiquée jusque dans la salle de bains, où la douche à massage, protégée par un resplendissant pare-douche en verre, s'activait au moyen d'un panneau digital comportant davantage de touches que le tableau de bord d'une voiture de luxe. Au début, Raquel se sentait comme une petite fille qui vient d'arriver dans un parc d'attractions, mais elle y resta tout l'après-midi, voyant, regardant, touchant, allumant et éteignant tout, jusqu'à ce qu'elle s'habitue à habiter cet espace. Alors elle s'assit sur un canapé, regarda en face comme si Julio Carrión González pouvait la voir d'un endroit quelconque, et elle se mit à rire.

« Tu vas déguster, mon salaud ! » Et elle le répéta plus lentement, insistant sur chaque syllabe, s'amusant du son. « Tu vas déguster... »

À ce stade, elle avait déjà cessé d'écouter. Cela n'avait pas été facile car depuis le début, depuis l'instant où elle avait compris ce qui lui arrivait, elle sut qu'elle allait trahir en même temps son grand-père et sa grand-mère. Elle avait promis à cette dernière qu'elle ne ferait rien de bizarre, et il lui aurait arraché la même promesse, s'il avait été en vie. Ignacio Fernández Muñoz avait renoncé à la vengeance, il l'avait réduite aux proportions d'une menace qu'il ne mettrait jamais à exécution, il avait choisi l'avenir de ses enfants, de ses petits-enfants, de sa propre vieillesse paisible, et sa femme avait fait le même choix de nombreuses années plus tard avec un franc sourire. Mais c'est différent, c'est une affaire, juste une affaire, pensait leur petite-fille. Elle ne songea pas que le propriétaire de cet appartement avait fait le même raisonnement au printemps 1947 parce qu'il avait cessé d'écouter.

Ce fut difficile, mais elle parvint à se convaincre qu'en réalité cette situation n'avait rien à voir avec sa famille mais tout avec son talent. En fin de compte, elle perfectionnait depuis plus de dix ans un projet d'enrichissement soudain qui ne lui permettrait jamais de prendre un avion avec Paco Molinero pour profiter à parts égales des trois ou quatre millions d'euros qu'ils ne déposeraient jamais sur un compte courant dans une banque des îles Caïman. Ce n'était qu'un jeu, mais c'était son jeu préféré. Raquel Fernández Perea calcula également la valeur de cet appartement qui lui appartiendrait dès qu'elle apposerait sa signature sur un document, et elle sourit. J'ai maintenant la possibilité d'emporter presque la même somme sans enfreindre la loi, sans fuir l'Espagne et presque sans me décoiffer d'un cheveu, pour ainsi dire, songea-t-elle ensuite. Et elle pensa une fois de plus à Julio Carrión, aux derniers mots de son discours, pour lui parler pour la dernière fois comme s'il était devant elle.

« Comme dans la vie, mon vieux. »

Dès lors, tout fut lumineux, facile, simple.

« Qu'est-ce que tu as, Raquel ? Tu es très bizarre, lui demanda Nati le lundi après-midi.

— Moi ? Mais non ! Je n'ai rien.

— Comment ça ! Depuis que tu n'es pas venue avec nous chez le notaire, tu fais une tête... On dirait que tu es dans la lune, vraiment.

— Ne dis pas de sottises, Nati, je n'ai rien, vraiment », répondit Raquel en s'efforçant de sourire.

Effectivement, il ne s'était encore rien passé. Il ne se passa rien jusqu'à ce que Sebastián López Parra, un peu las d'attendre toujours en vain ses appels, ne lui téléphonât le mercredi, en fin de journée. Elle se montra très sympathique. Elle lui expliqua qu'elle avait vu l'appartement, qu'elle l'avait adoré, que la vue était merveilleuse, qu'elle n'aurait jamais osé rêver de ce genre d'appartement, et qu'elle viendrait le voir vendredi, dans la matinée, pour signer le contrat.

« Mais il est inutile de te déranger. Tu as dû voir que j'ai signé les deux exemplaires pour des pouvoirs au nom de don Julio. J'ai seulement besoin que tu m'en renvoies un signé, par coursier, et on verra le reste chez le notaire.

— Oui, mais ça me fait plaisir, et vendredi j'ai le temps, précisa-t-elle, avec la même voix d'adolescente enthousiaste qu'elle avait eue pendant toute la conversation.

— Bon, comme tu voudras. Pour moi, c'est toujours un plaisir de te voir, tu le sais. »

Pauvre Sebastián, pensa Raquel en raccrochant, et le vendredi, dans son bureau, elle pensa de même en prenant congé de lui.

« Très bien, alors, on se voit chez le notaire et... » Il la regarda en rougissant. « Je ne sais pas, maintenant que tout est fini, on pourrait peut-être dîner un soir... »

Puis il s'embrouilla en l'embrassant sur les joues et, toujours plus rougissant, la précéda jusqu'à la porte.

« Très bien, tu m'appelles ? » dit alors Raquel, et elle se retourna en s'apercevant qu'il avait l'intention de sortir en même temps qu'elle. « Ce n'est pas la peine de me raccompagner, Sebastián, vraiment. Je connais le chemin, tout droit à partir des ascenseurs du vestibule, c'est facile à trouver... »

Elle agita la main pour lui dire au revoir et appuya sur le bouton du rez-de-chaussée, mais après que les portes se furent ouvertes et refermées, elle monta au troisième.

Cette fois, plus personne ne l'attendait, mais elle se rappelait le chemin et le dessin de la moquette. Elle traversa la salle d'attente, et trouva ouverte la porte du bureau où ne se trouvait plus à ce moment la secrétaire qu'elle avait rencontrée la semaine précédente. Elle pensa alors qu'elle s'était trompée, que Julio Carrión González avait peut-être préféré ne pas venir travailler ce matin. Elle ne perdit pas une minute à élucider ce mystère, si insignifiant que la solution était à portée de la main avec laquelle elle saisit la poignée de porte. Il était là, au téléphone dans ce bureau qui ne lui sembla plus aussi grand.

« Je l'ai devant moi, l'entendit-elle dire tandis qu'elle s'approchait. Oui, oui, eh bien elle est là. Je te dis que je la vois...

— Sebastián n'a rien à voir là-dedans. »

Un instant après le lui avoir annoncé sur le ton qu'elle avait utilisé dix jours plus tôt pour lui demander de ne pas la tutoyer, elle s'assit dans un fauteuil sans que personne lui propose de siège, croisa les jambes et le regarda.

« Sebastián croyait que je partais, insista-t-elle. C'est ce que je lui ai dit. »

Carrión essaya de rassurer son employé : « Bon, bon. Non, ça ne fait rien. Oui, je te rappelle. »

Il raccrocha, se redressa sur son siège et la regarda. Raquel lui rendit un regard serein et légèrement insolent.

« Je croyais que nous n'avions plus rien à nous dire, déclara-t-il.

— Par rapport à l'appartement de la rue Tetuán, bien sûr que non, répliqua-t-elle. Comme M. López Parra a dû vous en informer, j'ai accepté votre offre, certes très généreuse et avantageuse pour moi, et je ne peux rien vous reprocher sur ce point.

— Je suis ravi de l'apprendre, car je n'ai pas l'intention de continuer à perdre mon temps avec vos questions.

— Ah ! Non, mais ne vous inquiétez pas, aujourd'hui, c'est moi qui vais parler. Vous n'aurez qu'à m'écouter. Et ce ne sera pas une perte de temps, je vous l'assure. En fait, je crois que vous n'allez pas regretter le temps que vous consacrerez à cette conversation.

— Excusez-moi, mademoiselle, mais je ne pense pas que vous ayez quoi que ce soit d'intéressant à me dire. » Et il recommença à la regarder de haut, avec la morgue qu'elle connaissait déjà et qui ne produisit aucun effet cette fois.

« Eh bien vous vous trompez, monsieur Carrión. En fait, ces derniers jours, vous vous êtes souvent trompé, trop souvent, je dirais. Même les hommes les plus courageux se ramollissent avec l'âge, avez-vous dit l'autre jour, et vous avez sûrement raison, mais je vais vous dire autre chose... Les hommes les plus astucieux, les plus malins, deviennent sots eux aussi en vieillissant. » Elle sourit sans attendre de réponse, et n'en obtint pas. « Je ne m'en doutais même pas, mais vous m'avez fourni suffisamment d'éléments pour le comprendre. Le plus important est, bien sûr, l'appartement que vous venez de me donner en échange de mon humble appartement de soixante-dix mètres carrés rue Tetuán. C'est une proposition très généreuse, je vous l'ai dit, mais si disproportionnée qu'elle m'a fait réfléchir. J'ai beaucoup réfléchi et, à force, je suis parvenue à plusieurs conclusions. La première est que vous êtes le plus menteur de nous deux. L'autre jour, vous m'avez prévenue que vous n'aviez pas peur de moi et au début vous m'avez trompée, je le reconnais. Mais maintenant, après avoir considéré l'intérêt que vous avez pris à vous occuper de cette opération en personne, je ne le crois plus. Vous avez peur de moi, monsieur Carrión, très peur. Et vous avez eu la maladresse de me le montrer. »

Elle fit une pause mesurée, calculée, la première d'une longue série d'interruptions stratégiques, et y mit un terme par un sourire franc, sincère en apparence.

« Oh, ne croyez pas que je ne comprenne pas vos arguments, vos raisons... Pour quelqu'un de riche comme vous, des centaines de milliers d'euros de plus ou de moins n'ont pas d'importance, n'est-ce pas ? Vous aviez calculé qu'avec l'appartement j'allais m'estimer satisfaite, et vous vous êtes trompé. » Alors elle improvisa un regard de stupéfaction, encore aimable. « Vous avez cru que les petits-enfants de mon grand-père n'avaient pas fait d'études ? » Elle sourit à nouveau. « Sebastián ne vous a pas parlé de mon métier ? Non, monsieur Carrión ! Une personne intelligente aurait su se mettre à ma place, anticiper ma réaction, et vous, vous n'y avez pas songé... C'est la raison pour laquelle, au début, je vous ai dit que vous avez fait beaucoup de sottises pour un homme si brillant, si astucieux. Et moi, modestement, j'ai essayé de me mettre à votre place, d'analyser cette situation de votre point de vue de votre position, de vos intérêts. Cela n'a pas été très difficile et m'a permis de parvenir à de nouvelles conclusions. C'est pourquoi je suis sûre qu'après notre conversation, vous avez pensé que la paix et la tranquillité n'ont pas de prix. »

Elle s'arrêta encore, pour lui donner la possibilité d'intervenir, mais il resta silencieux, tranquille, la regardant du même air curieux, pas très attentif, qu'il aurait jeté sur un objet exotique enfermé dans une vitrine. Tu es un dur à cuire, se dit Raquel, mais elle ne se découragea pas. D'un côté, elle s'y était attendue, mais elle n'avait rien à perdre.

« Sur ce point, vous vous êtes encore trompé, mais je vous comprends, je vous le dis sérieusement. Je vous comprends si bien que je veux vous proposer un marché. Je suis venue vous offrir votre paix, votre tranquillité, celles que n'a pas voulu vous vendre mon grand-père. Achetez-les-moi. Je suis moins bien que lui, je le reconnais. Je ne suis pas aussi digne, ni aussi courageuse, mais cela doit vous être égal, je suppose même que cela doit vous réconforter, car l'admiration n'aide pas à faire des affaires... » Elle le regarda à nouveau et fut à nouveau incapable d'interpréter son expression. « Pour quelqu'un comme moi, une humble habitante de la rue Tetuán, il ne va pas être facile d'emménager à Jorge Juan, vous savez ? J'aurai bientôt de nombreux frais. Vous pouvez imaginer : meubles, vêtements, accessoires... Être à la hauteur de ma maison va me coûter une fortune, j'espère que vous le comprendrez, comme moi, je vous ai compris. »

Il choisit ce moment pour commencer à agir, mais limita son intervention au strict minimum. Avant d'ouvrir la bouche, il agita une main, comme s'il avait voulu effacer ce qu'il venait d'entendre, et il sourit.

« Vous comptez me faire chanter, mademoiselle Fernández ? dit-il seulement.

— Vous faire chanter ? » Raquel écarquilla les yeux, avec une expression d'innocence absolue. « Quel mot affreux ! » Elle fit un signe de tête négatif et sourit. « Mon Dieu non, il ne s'agit pas d'un chantage. C'est une transaction commerciale très courante. Je possède une chose que vous désirez, et je suis disposée à vous la vendre, c'est tout. J'ai scanné tous les documents dont nous avons parlé l'autre jour pour que vous puissiez constater que je ne vous mens pas... » Elle sortit de sa mallette une enveloppe blanche, assez volumineuse, et la posa sur le bureau. « L'imprimante a enregistré sur toutes les feuilles la date et l'heure auxquelles chaque copie a été réalisée, et je les ai placées par ordre chronologique. » Comme il ne faisait pas le moindre geste pour la toucher, elle ouvrit l'enveloppe et lui en montra le contenu. « Tout est là, vous voyez ? Les certificats de propriété des biens de mes arrière-grands-parents, les pouvoirs qu'ils ont rédigés à votre nom, vos lettres, avec tous les baisers que vous envoyiez aux enfants, le récépissé du virement que vous leur avez envoyé pour les égarer, les lettres de l'avocat qu'ils avaient engagé et les documents qu'ils ont ajoutés... » Il jeta un coup d'œil distrait sur chacun de ces papiers, comme s'ils ne lui importaient guère. « Tout. Votre paix et votre tranquillité. Un million d'euros et ils seront à vous. »

Julio Carrión se mit à rire. « Un million d'euros ? Vous êtes devenue folle ? Vous vous croyez toujours en 1977 ? »

Raquel garda son calme. Elle avait minutieusement prévu cette réaction, et elle se contenta de sourire.

« Je sais que je vous ai dit tout à l'heure que je ne vous poserais pas de questions, mais... Dites-moi, monsieur Carrión, vous aimez lire ? » Elle le regarda attentivement, mais il ne voulut pas répondre même d'un geste. « Je suppose que non, et cela signifie que vous ne fréquentez pas les librairies n'est-ce pas ? Eh bien, c'est dommage. Vous le devriez, parce que c'est très intéressant, regarder les vitrines, observer les couvertures, feuilleter les nouveautés au fur et à mesure de leur parution, bref... Vous particulièrement, vous devriez vraiment être au courant du marché de l'édition, parce que, de surcroît... vous ne pouvez pas imaginer le nombre de livres qui sont actuellement publiés en Espagne sur des personnes comme vous et des vies comme la vôtre. C'est incroyable, mais il n'y a qu'à regarder les couvertures, avec des brigadistes, des miliciens, et des miliciennes aussi, bien sûr. C'est un phénomène très intéressant, et dans une certaine mesure encore inexplicable, même pour moi, qui suis petite-fille de rouges. Enfin, ce n'est pas à vous que je vais le raconter, vous connaissez par cœur l'histoire de ma famille... Et nous ne sommes pas en 1977, bien entendu, il n'y a qu'à regarder les quatrièmes de couverture pour s'en apercevoir. En 1977, tout le monde était mort de peur. Plus aujourd'hui.

— Certes, admit-il. C'est ce que j'essaie de vous faire comprendre.

— Oui, mais c'est vous qui ne me comprenez pas. Je crains que nous ne parlions de peurs différentes. C'est pour cela que vous devez me laisser finir... Cela vous dérange, si je fume ? »

Elle avait envie de fumer, mais ce n'était pas le plus important. Sortir son paquet de cigarettes de son sac, choisir une cigarette, l'allumer et approcher le cendrier qui se trouvait sur la table, ne furent que les étapes d'un prétexte, la condition d'une nouvelle pause stratégique, soigneusement mesurée et calculée.

« Il n'y a pas que les livres, les films, même si c'est encore autre chose, la quantité de documentaires qui se font sans arrêt sur la guerre, l'après-guerre, les prisons, les camps espagnols, français, les enfants volés aux prisonnières républicaines, les disparus... » Alors elle improvisa un aimable ton de surprise. « Personne n'osait parler de ces deux derniers points en 1977, n'est-ce pas ? C'est à ça que je faisais allusion, mais ce n'est pas le plus important, je vous l'ai dit. » En arrivant à ce point, elle durcit à la fois la voix et le regard. « Les juges autorisent les exhumations de tous les gens que les fachos ont exécutés sommairement pendant la guerre, et après. On les déterre des bas-côtés le long des routes, on les remonte des puits, du fond des ravins... Vous suivez la question dans la presse ? Vous pouvez même le faire à la télévision, car aux informations on en parle de temps en temps. Imaginez ce que peuvent ressentir les assassins, parce que beaucoup sont encore en vie, des phalangistes, des caciques, des gardes civils... Ils doivent avoir plus ou moins votre âge, et il y en a sûrement de plus jeunes, parce que dans certains secteurs la guérilla a duré presque aussi longtemps que la dictature. Imaginez-les. Ils sont chez eux, à la retraite, tranquilles, ils regardent la télévision, et soudain, arrive un ordre du juge et, paf ! Tout sort au grand jour... »

Raquel Fernández Perea misait tout sur une carte, et elle venait de sortir le premier coin de sa manche. Rien ici, rien là, et soudain la lumière des projecteurs, les moteurs en marche, les micros ouverts, la presse, la radio, la télévision. C'était son seul tour, et elle allait au hasard, mais elle faisait confiance à la peur, une peur ancienne, caillée, qui fermentait lentement depuis un chaud après-midi du mois de mai 1977, pour faire son travail. L'impassibilité de son adversaire ne lui permit pas de deviner son degré de réussite, mais au moins ne s'était-il pas mis à rire, ne se moquait-il pas d'elle. Cela l'incita à poursuivre, sur le ton faible, compatissant, presque tendre, qui lui convenait mieux.

« Bon, je sais qu'ils savent que personne n'ira plus loin, qu'on ne les jugera pas et qu'on ne les mettra pas en prison, bien sûr, mais leurs enfants, leurs amis, leurs voisins, les camarades de classe de leurs petits-enfants... » Elle ferma les yeux et agita la tête dans un geste de contrariété improvisé. « Quel tableau, n'est-ce pas ? Non que je croie qu'ils ne le méritent pas, mais ce ne doit pas être très agréable non plus. Alors, vous savez, tout change et rien ne demeure, surtout dans ce pays. Il est passé beaucoup d'eau sous les ponts, depuis 1977, mais alors que l'Histoire semblait parvenue à consolider le changement climatique, il se trouve maintenant que les bourrasques sont devenues folles. » Elle reprit alors courage, sourit. « Pourquoi vous le cacher ? j'en suis ravie. Je pense que c'est juste, mais je sais très bien que ce qui est juste arrive rarement en Espagne. C'est la raison pour laquelle je vous ai dit depuis le début que je vous comprends, je comprends la tradition de l'impunité. Il est raisonnable que vous ne trouviez pas de raison de changer d'habitudes, mais je crois que vous vous trompez, monsieur Carrión, je vous le dis sincèrement. Vous vous trompez, comme se sont trompés tous ces messieurs qui ne peuvent maintenant éviter que leurs petits-enfants sachent ce qu'ils furent, des criminels, qui ont torturé, enlevé et assassiné.

Raquel Fernández Perea éteignit sa cigarette dans le cendrier et constata que son cœur battait la chamade. La carte était sortie de sa manche. Elle était sur la table et elle n'en avait pas d'autre. Du fauteuil dans lequel elle se trouvait, on aurait dit un as, mais elle ignorait quel aspect elle pouvait avoir vu de l'autre côté. Toutefois, en regardant Julio Carrión, elle crut le trouver plus pâle.

« D'autre part, j'ai beaucoup réfléchi à la question, je vous l'ai dit, et un million d'euros, cela me paraît être un prix raisonnable, parce que... Je sais que personne ne va vous intenter un procès, monsieur Carrión, du moins pour l'instant. J'espère qu'à ce stade, vous avez compris que je n'étais pas sotte. Je sais que personne ne va vous arracher ce qui ne vous appartient pas, parce que les partis politiques et les syndicats, qui comme vous le savez certainement – et elle insista lourdement sur cette phrase – sont en train de récupérer ce qu'ils vous ont volé, sont une chose, et les citoyens en sont une autre bien différente. Ne croyez pas que je ne le sache pas, c'est clair. Mais si vous ne parvenez pas à un accord avec moi, vous vous exposez à ce qu'il vous arrive d'autres choses, pas aussi graves qu'un procès, bien sûr, mais très désagréables de toute façon. Parce que je ne suis pas aussi bonne que mon grand-père, je vous l'ai dit. »

Julio Carrión desserra sa cravate pour pouvoir déboutonner les deux premiers boutons de sa chemise. Il commençait à avoir mauvaise mine, et il n'aurait pas pu choisir pire moment pour le montrer. Ce fut ce que pensa Raquel en sentant son corps se relâcher, son sourire s'élargir, son pied s'adapter naturellement à la pédale d'un accélérateur qui faisait de plus en plus de bruit. Alors il défit également sa ceinture et elle appuya à fond.

« Si nous ne parvenons pas à un accord, il est possible que je fasse publier ces documents. Vous n'imaginez pas comme ils seraient bien comme annexe documentaire de n'importe lequel des livres que je viens de mentionner, un livre qui raconterait votre histoire, monsieur Carrión, et celle de votre belle-mère, qui a livré le mari de Paloma aux phalangistes, bref... »

Elle s'obligea à faire une pause qu'elle n'avait pas prévue pour se détendre, et elle y parvint avec difficulté. Elle avait une envie folle de fumer à nouveau, mais elle se retint.

« Ma famille a conservé d'assez bonnes photos de votre belle-mère et de votre femme, Angélica, quand celle-ci était enfant. Nous pourrions même publier cette belle lettre que Carlos a envoyée à Paloma de la prison de Porlier, quelques jours avant d'être fusillé. Ce ne serait peut-être pas un best-seller, mais il se vendrait certainement bien, le sujet a du succès actuellement, je vous l'ai dit. Je n'y gagnerais pas grand-chose, car je devrais partager avec l'écrivain ou le journaliste qui serait l'auteur du livre, mais cela n'a pas d'importance. J'ai suffisamment gagné avec mon appartement de la rue Tetuán, alors... Réfléchissez un moment à cette possibilité, monsieur Carrión. Je ne deviendrais pas célèbre, mais vous si. » Elle eut un petit rire, comme si sa dernière phrase l'amusait. « Je sais que les scandales sont beaucoup moins graves dans les villes que dans les villages, car ici tout est atomisé, dilué, et il est probable que vos enfants sachent déjà que vous êtes un escroc, car vous travaillez tous ensemble, mais je veillerais à ce que vos entreprises deviennent célèbres elles aussi. »

En entrant dans ce bureau, elle n'était pas très sûre qu'il faille aller aussi loin. Elle avait préparé cette partie du discours aussi soigneusement que les autres, mais elle était consciente de sa condition, plus fragile, plus précaire et risquée que les menaces personnelles. Elle était disposée à la reporter, à attendre un meilleur moment, à la réserver pour le moment où il exploserait, mais Julio Carrión avait très mauvaise mine, une pâleur maladive, et sa respiration s'était transformée en halètement. Raquel ne savait pas jouer au poker, mais elle était habituée à prendre des décisions dans des conditions difficiles, et à miser.

« Je ne crois pas que cela vous convienne, sincèrement, car, de même que tous les grands constructeurs, vous dépendez en grande partie des investissements publics, commandes, crédits subventions, bref... Si les gens apprennent qui vous êtes, d'où provient votre richesse, fini les autoroutes, Don Julio, fini les dispensaires et les hôpitaux, fini les collèges, les lycées, et les licences pour construire des logements à prix libre en échange d'un pourcentage destiné à des logements protégés. » Pas un muscle ne cilla, il ne dit rien, ne se moqua pas d'elle, ne retrouva pas son calme, ne sourit pas. « C'est comme ça que ça marche, n'est-ce pas ? Aucun parti politique ne va affronter le discrédit de continuer à vous rendre riche, et si je suis sincère avec vous, je ne crois pas qu'une entreprise privée s'y risque non plus. Et vous trouvez qu'un million d'euros c'est beaucoup ? J'ai beaucoup réfléchi à la question et je crois que je suis assez raisonnable. Je ne prétends pas vous enfoncer, ni même vous appauvrir. J'aurais pu multiplier mon prix par n'importe quel chiffre, mais cela vous obligerait à fournir des explications, à vous séparer de certains biens, à faire un trou dans vos comptes courants qu'il ne vous serait ensuite plus possible de justifier. Comme vengeance ce ne serait pas mal, bien sûr, mais je ne veux pas me venger. Ce que je veux, c'est faire seulement une bonne affaire. Et dans le fond, tout est de votre faute, car je ne serais jamais allée si loin si vous ne m'aviez pas offert un appartement avant de savoir où je voulais en venir. Je ne crois pas qu'il vous soit difficile de réunir un million en sous-main. Sinon, je vous le fabrique moi-même, il n'y a pas de problème. Je le fais souvent. Sebastián a dû vous dire que je suis conseillère en investissements, n'est-ce pas ? Et vous êtes client de l'établissement pour lequel je travaille, je l'ai vérifié dans les archives que j'utilise tous les jours. Il suffirait donc de liquider vos fonds d'une manière adéquate. »

Alors Julio Carrión commença à bouger. Ses mains tremblaient quand il porta la droite à la poche de sa chemise pour y prendre une boîte à pilules en argent, carrée et au couvercle rayé, qu'il dut renverser sur la table pour y prendre un comprimé blanc, petit, qu'il n'avait pu saisir de ses doigts tremblants. Il l'introduisit dans sa bouche et le prit sans eau, malgré la présence à ses côtés d'une grande bouteille et de plusieurs verres. Raquel prit peur. Elle le vit fermer les yeux, laisser retomber la tête contre le dossier de son fauteuil, et comprit que la représentation était terminée.

Elle ramassa les photocopies des documents, les replaça dans l'enveloppe, celle-ci dans la mallette, et se leva. Elle était sûre qu'il n'allait rien se passer d'autre, mais alors Julio Carrión González, se remettant en apparence de la crise qu'il venait de subir, ouvrit les yeux, se pencha en avant, s'accrocha aux bras de son fauteuil, et s'exprima enfin :

« Tu es une salope !

— Effectivement, dit-elle avec un sourire, mais il est temps que le salaud s'appelle un jour Fernández, vous ne croyez pas ? »

Puis elle se dirigea vers la porte dans un état d'esprit très différent de la première fois où elle était sortie de ce bureau. Elle était si excitée qu'elle aurait voulu crier, mais en arrivant à la porte elle s'adressa à lui avec toujours le même sang-froid.

« Sebastián possède toutes mes coordonnées, adresse, téléphones, courrier électronique. J'espère que vous ne tarderez pas à me répondre. Je suis une femme très impatiente. »

Mais Julio Carrión González ne put jamais répondre à Raquel Fernández Perea. Ce fut le seul détail qui lui échappa, la seule éventualité qu'elle ne parvint pas à mesurer, à soupeser, à analyser, en préparant cette entrevue, ni après, en élaborant avec la même méticulosité ses projets d'avenir.

Dans son entreprise, ils ne virent aucun inconvénient à lui accorder un crédit hypothécaire sur l'appartement de la rue Jorge Juan pour qu'elle puisse payer comptant la maison de sa grand-mère. Ensuite, quand tout serait fini, Raquel avait déjà décidé de vendre l'appartement, de liquider le crédit et de profiter de la différence. Le restant de la somme, ce million d'euros qu'elle toucherait à un moment donné, irait à Anita, pour qu'elle-même, le moment venu, hérite seulement de la part qui lui revenait. Voler un voleur, c'est cent ans de bonheur, mais Raquel croyait encore pouvoir choisir, et elle n'était pas disposée à partager la condition de sa victime. La façon d'y parvenir était le seul point faible de ses plans. Elle ne savait pas comment obtenir qu'une partie de la fortune des Fernández Muñoz revienne aux mains de sa famille sans que sa grand-mère ne se fâche contre elle pour ne pas avoir tenu ses promesses, mais elle avait beaucoup de temps pour y réfléchir. Le retard de la réponse de Carrión ne l'inquiétait pas non plus. Il n'est pas facile de rassembler de l'argent caché sans éveiller les soupçons, elle le savait, et elle supposait de surcroît que le propriétaire de Promociones del Noroeste ferait à nouveau appel à Sebastián López Parra pour s'occuper de tout. Aussi, quand elle arriva chez le notaire chez qui elle avait pris rendez-vous, était-elle sûre que les écritures qui les avaient réunis là ne représentaient qu'une partie de l'opération.

« Je suppose que tu es au courant, non ? »

Et pourtant, quand Sebastián lui posa cette question, après l'avoir saluée, elle comprit qu'il s'était passé quelque chose d'important, qui avait échappé à son contrôle.

Elle essaya de paraître souriante, mais cette fois il ne l'imita pas. « De quoi ?

— Don Julio a eu un infarctus, il y a dix jours, pas vendredi dernier, mais celui d'avant, quand tu es passée au bureau.

— Non ! » Son air inquiet était si intense que son interlocuteur ne douta pas un moment de son authenticité. « Mais... quelle horreur ! En fait, je l'ai trouvé très pâle, avec une mauvaise mine...

— Oui, confirma Sebastián. Moi aussi. Quand je suis allé le voir dans son bureau, il était déjà dans le couloir. Il m'a dit qu'il partait chez lui, qu'il ne se sentait pas bien... Il m'a dit aussi de ne pas me fâcher contre toi, que tu étais venue le consulter pour une bêtise.

— Oui, mais quand j'y ai pensé, j'étais presque à la porte, et... bon, ce sont des histoires de famille, longues, compliquées, je te l'ai déjà dit. » Elle fit une pause pour regarder Sebastián, et en déduisit qu'il ne disposait d'aucun indice pour soupçonner la vérité. « Mais ce n'est pas important, parce que... Pauvre homme, comment va-t-il ?

— Très mal. Il avait déjà eu un autre grave infarctus il y a six mois et il s'en était bien remis, mais auparavant il avait déjà eu des alertes et son cœur est très fatigué, manifestement... Je ne sais pas, on dirait que les médecins ne croient pas qu'il s'en sorte cette fois. »

Il ne s'en sortit pas. Deux semaines plus tard, la famille Carrión publia son avis de décès dans trois journaux madrilènes. Le faire-part était discret, élégant, et il n'indiquait ni l'heure ni le lieu de l'enterrement, mais Raquel Fernández Perea eut un pressentiment. Elle n'était pas sûre que dans les cimetières de Madrid on lui aurait donné cette information si la famille du défunt en avait disposé autrement, mais à Torrelodones on ne lui demanda même pas comment elle s'appelait.

Le 1er mars 2005, il faisait un soleil radieux dans un ciel bleu cobalt, aussi pur, aussi vif, aussi intense que l'illustration d'un conte pour enfants. Raquel arriva au village avant le cortège et le laissa passer. Quand le corbillard s'engagea sur le chemin du cimetière, elle ferma sa voiture et alla prendre un café dans un bar, mais il faisait si froid qu'elle ne parvint pas à se réchauffer.

Un quart d'heure plus tard, elle reprit la voiture et partit au cimetière. Là, à l'écart de tous, à mi-chemin entre la porte et la fosse, un homme brun se tourna vers elle et la regarda dans les yeux.

J'avais onze ans, et mes parents possédaient une villa dans le village de Navacerrada. C'était une maison à deux étages avec garage et jardin, dans un lotissement comportant des parcelles de mille huit cents mètres carrés, toutes pareilles, même si certaines avaient une piscine. Situé au flanc d'une montagne couverte de pins, il offrait un panorama classique pour une villégiature de la classe moyenne aisée. Sans enceinte clôturée ni surveillance d'aucune sorte, il possédait des rues en terre battue, une esplanade avec un espace suffisant pour jouer au foot. Une douzaine d'enfants de mon âge y habitait.

« Rafa ?
— Oui.
— Bonjour, c'est Álvaro. »

Quatre ans plus tard, mon père fit construire à La Moraleja une maison pour qu'on y vive toute l'année, avec un jardin si grand qu'on ne parvint jamais à l'utiliser entièrement et une piscine où tenait plusieurs fois celle que nous avions à Navacerrada. Sa famille avait cessé d'appartenir à la classe moyenne et, par conséquent, la villa fut vendue. Moi excepté, personne ne sembla la regretter. Mes frères aînés étaient désormais trop grands pour apprécier la monotonie des étés dans la sierra, et Clara n'avait pas encore découvert la liberté de la bicyclette, mais moi, j'avais été très heureux dans cet endroit, et j'aurais toujours une cicatrice à la jambe gauche pour m'en souvenir.

« Oui, je pensais que tu allais appeler.
— Tu es au bureau ? Je dois te parler.
— Pas maintenant, Álvaro, il est presque 14 h 30... »

Cet après-midi-là, nous étions allés au barrage à vélo. C'était expressément défendu et c'était pour ça que nous le faisions. Pour y arriver, il fallait pédaler pendant un bon moment sur une route dangereuse, très fréquentée, et la traverser ensuite pour atteindre le triomphe, le pont qui s'élevait au-dessus de la digue du barrage. Les pêcheurs ne tournaient même pas la tête pour nous regarder, mais nous nous sentions très fiers de cette prouesse qui s'épuisait d'elle-même, car une fois en haut il n'y avait pas grand-chose d'autre à faire que regarder l'eau, laisser les vélos dans un tournant pour se reposer sur l'herbe qui recouvrait les collines de l'autre côté du pont, nous prévenir mutuellement que c'était Becerril, et non Navacerrada, et penser au chemin du retour, une pente beaucoup plus redoutable que le raidillon qu'on avait dû grimper à l'aller.

« Bon, alors on peut déjeuner ensemble.
— Non, je ne peux pas. J'ai rendez-vous avec un conseiller du ministère des Travaux publics de Castilla-La Mancha.
— Et à quelle heure est-ce que tu reviens au bureau ? »

Jusqu'au jour où l'un d'entre nous pensa qu'il existait plusieurs façons de faire des courses. Ce fut la faute du Tour de France, ou du Tour d'Espagne, ces étapes qu'on suivait tous les après-midi dans une maison ou une autre, en respectant toujours un ordre précis pour qu'aucune mère ne se fâche et en fréquentant le moins possible celles qui possédaient une piscine. Nous préférions continuer à nous baigner ensemble tous les matins sans recevoir des commentaires sur les comportements de notre bande. Nous n'avions pas de chronomètre, mais nous synchronisions nos trotteuses avant de commencer, comme dans les films d'espionnage, et nous courions contre la montre dans la rue où s'achevait le lotissement bien que pour fêter les finales nous montions toujours jusqu'au pont-barrage.

« À 17 heures, mais... Je ne sais pas, Álvaro, ce n'est pas non plus la peine de se fixer rendez-vous aujourd'hui, non ? Je sais que tu as quitté Mai, et je sais que tu l'as quittée pour une autre, et je ne dis rien, bien sûr, je préfère supposer que tu sais ce que tu fais. Ni Isabel ni moi n'avons la moindre intention d'intervenir dans cette histoire, alors...
— Oui, mais je dois aussi te parler d'autres choses.
— Ah oui ? Bon, alors... »

Cette semaine-là, je ne m'étais pas qualifié, mais j'entrai sur le pont en sprintant, debout sur les pédales, le corps oscillant d'un côté à l'autre. Je suppose que je prétendais me montrer à moi-même, et aux autres au passage, que j'avais juste eu une mauvaise journée, mais que je restais parmi les meilleurs, les plus rapides. Je ne le fus peut-être jamais autant que cet après-midi, car il suffit que la roue frôle le bord pour que la bicyclette saute en l'air et moi avec. J'atterris de profil sur l'une des pédales du vélo d'un garçon qui marchait. Il tomba derrière moi. C'était un modèle ancien, aux bords dentelés, et le fil métallique se planta dans mon mollet gauche comme une esquille de mitraille.

« Je passe te voir à 17 heures, d'accord ? Autre chose... Cela t'ennuie, si j'appelle Angélica pour lui proposer de venir aussi ?

— Moi, non, mais je pense que c'est toi que cela devrait ennuyer. Elle est folle furieuse. Je ne sais pas si tu es au courant que c'est elle qui a parlé avec Mai.

— Oui, je sais, Julio me l'a dit. J'ai pris une bière avec lui, il vient de partir. Mais je dois de toute façon parler à Angelica, je veux parler à tous. »

La première fois que j'essayai de lever le pied de la pédale, la bicyclette bougea en entier. Le métal était trop incrusté et mes amis durent m'aider. Quand ils tirèrent sur mon pied, je hurlai de douleur, mais cela ne m'impressionna pas autant que le sang. Je m'étais bien coupé, et j'étais seul, à onze ans, au milieu d'autres garçons de onze ans, loin de la maison, loin du village, sur le pont du barrage. Mon éternel rival, l'autre cycliste le plus rapide de la bande, était déjà parti prévenir ses parents, mais le sang n'arrêtait pas de couler, alors je me rappelai les illustrés de *Hazañas Bélicas*[1], et ces films sur la guerre du Pacifique que je voyais avec papa et Julio le samedi soir. Je l'avais vu faire plusieurs fois et je savais pourquoi. Je n'hésitai pas. J'ôtai mon T-shirt, le déchirai le long de la couture, l'attachai juste au-dessus de la blessure et serrai très fort avec l'aide d'un bâton qui ser-

---

1. Exploits de guerre.

vit de vis. En me levant, la blessure me faisait si mal que je crus que j'allais m'évanouir, mais je ne me plaignis pas, car la perspective de la réprimande et de la punition me faisait beaucoup plus peur que l'aspect de ma jambe. Déjà à l'époque, je pleurais peu, presque jamais, mais je savais que mes parents étaient à la maison et que ce serait mon père qui viendrait me chercher, car maman ne savait pas conduire.

« Très bien, comme tu voudras. Alors on se voit à 17 heures... 17 h 30, plutôt.
— D'accord, à 17 h 30.
— Bon, je dois te laisser, je vais être en retard... »

Ce fut papa qui vint, et très vite. Quand sa voiture s'engagea sur le pont, je sentis que je manquais d'air, mais je pus voir son visage avant qu'il se gare, et il n'y avait aucune trace de colère. Il ferma la portière sans utiliser la clé et vint vers moi presque en courant, les sourcils froncés, l'air soucieux, mais compatissant, comme maman. Je n'avais jamais vu cette expression sur son visage, et je n'avais jamais entendu non plus le tremblement de cette voix. « Qu'est-ce qui t'est arrivé, mon petit ? » Alors il me prit par les épaules, me regarda attentivement, m'embrassa sur le front. « Je suis tombé et je me suis blessé à la jambe », lui dis-je, et il était déjà à genoux, en train de l'examiner. « Et ça ? » Il désigna mon T-shirt du doigt. « Je saignais beaucoup et je me suis fait un garrot. » Il se releva et me regarda en souriant. « Tu es très courageux, Álvaro. » Il me prit dans ses bras et je me sentis soudain très heureux, très fier de m'appeler Carrión, d'être son fils.

« Oui ?

— Bonjour, Angélica, c'est Álvaro.
— Ah ! Je voulais te parler. Tu dois être content, non ? »

Puis il passa son bras droit sous mes bras et me dit de ne pas m'appuyer sur la jambe blessée avant d'arriver à la voiture. Mes amis nous ouvrirent un passage, dans les yeux une lumière unanime de sympathie, presque d'admiration pour cet homme mûr qui savait pourtant se comporter comme un égal, un camarade. Cet hiver, mon père avait eu cinquante-quatre ans, guère moins que les grands-parents de certains garçons du lotissement, et même s'il ne les faisait pas, la précision de son âge suffisait à leur inspirer un respect voisin de la crainte. Tous, sans exception, préféraient traiter avec ma mère, qui était aussi jeune que les leurs, très blonde et calme en apparence. Cet après-midi-là, ils découvrirent que Julio Carrión était un homme extraordinaire, et cette condition se révéla avec une intensité qu'ils n'avaient jamais soupçonnée quand il m'installa sur le siège arrière et, qu'avant de prendre le volant, debout devant la portière, il les remercia en souriant d'avoir aidé son fils. Désormais, ils feraient n'importe quoi pour lui.

« Écoute, Angélica, je n'ai pas l'intention de discuter avec toi.
— Eh bien, je crains que tu ne puisses y échapper, car ce que tu as fait n'a pas de nom, Álvaro, vraiment. Tu sais dans quel état est ta femme ? Tu sais que tu l'as détruite ? Et ton fils ? Tu y as pensé ? Je ne comprends pas comment tu as pu...
— Rafraîchis-moi la mémoire, Angélica. Tu as eu une aventure avec Adolfo avant de quitter Nacho, n'est-ce pas ? »

Quand nous eûmes passé le pont, je lui demandai où on allait. « D'abord, à la maison, me répondit-il d'une voix calme, pour prévenir maman et te changer, tu ne peux pas aller comme ça à moitié nu... Ensuite, à Madrid, pour qu'on te recouse cette jambe dans un hôpital. — Mais on peut aller voir le médecin du village, non ? » proposai-je, disposé à minimiser ma responsabilité, et il secoua la tête. « Non, je n'ai pas confiance. Je préfère t'emmener à l'hôpital, tu n'as que deux jambes, que je sache, et ça ne me coûte rien... », ajouta-t-il. Alors on arriva à la maison, ma mère vint en courant vers la voiture, ouvrit la portière, me couvrit de baisers, regarda ma blessure et se mit à crier. « Mais enfin, Angélica ! » Cet après-midi-là, son mari ne gronda qu'elle. « Ce n'est rien, un simple accident, qu'est-ce que tu cherches, faire peur au petit ? Va chercher un T-shirt, et mets un pyjama pour chacun de nous dans un sac, ainsi que les brosses à dents, au cas où on reste dormir à Madrid... »

« Oui, mais Nacho m'avait déjà quittée une fois, souviens-toi. Il s'est tiré avec une infirmière et a déserté la maison pendant trois mois, et après, quand il est revenu... Bon, peu importe. Mon cas n'a rien à voir avec le tien, Álvaro.

— Un peu quand même.

— Non ! Pas du tout. Mon mariage était un désastre, il était mort depuis des années et tu le sais, tout le monde le sait. »

Il était comme ça, capable de rassurer, d'inspirer de la confiance. Il était difficile de le faire changer d'idée et, ce soir-là, sa femme ne s'y risqua pas. Alors je cessai de me sentir coupable et je commençai à vivre ce qui arrivait comme une aventure, voire un privilège. Ce fut le cas. En conduisant vers Madrid, il me demanda deux fois si j'avais mal à la jambe, et je mentis : « Pas tellement. » Il me raconta alors une histoire passionnante dont il ne m'avait jamais parlé et que je ne l'entendrais jamais répéter par la suite. Celle de Romualdo Sánchez Delgado – avec qui j'avais joué au foot le dimanche précédent – inconscient et le corps à moitié gelé, entouré par mon père, et son ami Eugenio, chacun une arme à la main, avertissant en espagnol un médecin allemand qu'il serait tué sur place s'il songeait à lui amputer la jambe. « Alors tu vois, me dit-il, quand nous commençâmes à distinguer au loin la tour de La Paz, je suis un spécialiste pour ce qui est de sauver les jambes, et cette fois, je ne vais pas avoir besoin de sortir mon revolver. » Je me mis à rire, je l'assurai à nouveau que je n'avais pas mal et je me sentis heureux, fier de lui, d'être son fils.

« D'accord, Angélica, tu as raison sur ce point. Mais ça ne change rien. Tu es tombée amoureuse d'un autre homme et moi d'une autre femme. À l'époque c'était ta vie, aujourd'hui c'est la mienne. Chacun prend ses propres décisions, non ?
— Ce n'est pas pareil, Álvaro.
— Probablement pas, mais cela y ressemble assez. »

« Le garrot, il se l'est fait lui-même, docteur, avec son T-shirt et un bâton qu'il a trouvé par terre, qu'est-ce que vous dites de ça ? » Le médecin, qui était jeune et sympathique, examina la blessure en souriant. « Tu es très courageux, Álvaro, entendis-je pour la deuxième fois en un seul après-midi, cela a dû te faire très mal. » Je ne répondis pas, et il s'adressa à nouveau à mon père.

« Nous allons lui faire une anesthésie locale pour le recoudre. Il aura une belle couture en forme de sept, mais s'il cicatrise bien, il n'aura aucun problème... » Il fit un signe de tête affirmatif, souriant comme toujours. Il n'avait pas peur, et cela suffisait pour que je n'aie pas peur moi non plus. Quand il eut fini le bandage, qui était très spectaculaire, le médecin devint sérieux pour m'avertir que le plus important était que je ne pose pas le pied par terre. « Je sais que c'est pénible de rester au repos en plein été, mais il n'y a pas d'autre solution, et pour ça aussi il faut être courageux... » Ensuite, papa m'apprit à marcher avec des béquilles et j'y arrivais bien, très vite, à tel point que, en rejoignant à la voiture, j'étais sûr qu'il allait me ramener à Navacerrada. Mais il m'ouvrit la portière et conduisit dans la direction opposée, vers un restaurant de fruits de mer qui se trouvait rue Fuencarral, tout près de la *glorieta* de Bilbao. Je n'y étais allé qu'une fois pour l'anniversaire de mariage de mes parents, mais il devait le fréquenter régulièrement, car les rares serveurs qui n'étaient pas en vacances le saluèrent par son nom. « Nous sommes ravis de vous voir, don Julio. »

« Je ne pense pas.
— Eh bien, moi, je suis sûr que si. Et puis, je ne suis pas comme Julio, Angélica, je ne trompais pas Mai, je ne courais pas après toutes les femmes que je croisais. Je suis sûr que tu le sais, parce qu'elle, elle le sait.
— Bien sûr. C'est pour ça qu'elle est prête à te pardonner, elle souhaite que tu rentres à la maison. Réfléchis, Álvaro. Tu ne peux pas jeter ta vie entière par-dessus bord pour un simple caprice. »

« Je sais qu'août n'est pas un mois en *r*, dit-il au maître d'hôtel quand nous fûmes assis à table, mais je suis certain que vous pourrez faire quelque chose pour ce héros du cyclisme. "Bien entendu." L'homme sourit avant de commencer à nous servir un dîner merveilleux, mais ni les langoustines, ni les pousse-pied, ni l'araignée de mer ne me plurent autant que d'être là, avec mon père, à dîner ensemble comme deux amis, deux camarades. Je n'avais jamais été seul avec lui pendant si longtemps, et je n'avais jamais pensé que cela pût être aussi facile, que nous trouverions autant de sujets de conversation, que nous ririons autant. Ce fut une des plus belles soirées de ma vie, peut-être la meilleure de celles que j'avais vécues jusqu'alors, ou du moins je me la rappellerais ainsi par la suite. Quand nous sortîmes du restaurant il était très tard, et il n'y avait d'autre lumière que celle des lampadaires, mais je vis un éclat jaune et chaud caresser le corps de mon père, lui entourant la tête, comme un halo impossible, le détachant des arbres et des immeubles, des voitures et des passants, et cette lumière m'embrassa moi aussi, me fondit avec lui dans un lieu à part. Jamais je ne pourrai me le rappeler autrement, mon père et moi brillant ensemble dans l'obscurité compacte d'une nuit d'août, dans la ville déserte de l'été de mes onze ans.

« Ce n'est pas un caprice. Et je ne reviendrai pas.
— Eh bien tu te trompes. Tu vas te tromper et je le regrette pour toi. Parce que tu as une femme géniale, et une vie très agréable, Álvaro. Mai et toi avez toujours été très heureux, vous faisiez plaisir à voir, tu le sais, et d'un coup...
— Écoute, Angélica, je ne veux pas continuer cette conversation. Tu ne sais rien de moi et je ne vais pas te

raconter quoi que ce soit maintenant. Mais je dois te parler. De papa. C'est pour ça que je t'ai appelée. »

Je n'ai jamais oublié cette lumière qui était en nous, qui était nous, qui nous accompagna jusqu'à la rue Argensola et me soutint pendant qu'il se garait, inonda l'ascenseur, l'entrée, le couloir, et s'intensifia pendant que mon père m'aidait à mettre mon pyjama, me bordait comme un petit enfant, et m'embrassait avant de se coucher dans le lit voisin du mien, au cas où les calmants n'auraient pas fait l'effet escompté et où la douleur m'aurait réveillé en pleine nuit. Cette lumière ne disparut pas quand nous restâmes dans l'obscurité et soudain je sentis que je ne pouvais pas m'endormir sans parler, sans lui dire ce que je ressentais : « Je t'aime beaucoup, papa. Moi aussi, mon petit. » Voilà ce qu'il répondit, et le bonheur me brûla les yeux, mes yeux d'enfant courageux, qui n'avait que onze ans mais n'avait pas pleuré ce soir-là. Je pleurais déjà rarement, presque jamais.

« De papa ? Et qu'est-ce que tu as à me dire sur papa ?
— Certaines choses ne peuvent pas se raconter par téléphone. J'ai rendez-vous avec Rafa dans son bureau, à 17 h 30. Tu peux venir ?
— Oui, mais seulement si tu me promets de bien réfléchir à ce que je viens de te dire. »

Le lendemain, nous nous levâmes de très bonne humeur. Nous partîmes prendre notre petit déjeuner à l'extérieur et parlâmes peu. Nous écoutâmes la radio sur le chemin du retour et je me rappelle aussi le soleil, le vent qui entrait par la vitre, les chansons de l'été qu'on fredonnait à deux. Ensuite, maman s'occupa de moi. Elle me prit dans ses bras, me caressa, m'embrassa un million de fois, et sortit un fauteuil en osier sous le porche, plaça un tabouret pour que j'y pose le pied, me demanda ce que j'avais envie de lire, d'écouter, de manger, de boire, me proposa de jouer avec elle à tous les jeux de société que nous avions à la maison. Je me laissais gâter, mais répondais en souriant à tous les sourires avec lesquels son mari commentait cette scène, et d'un regard d'intelligence à ceux qu'il m'adressa les jours suivants. Deux semaines plus tard, elle s'entêta à venir à Madrid avec nous, et poussa un cri en voyant la cicatrice, qui n'était pas un sept mais plutôt un Z majuscule au centre de mon jarret gauche. Mon père se mit à rire. « Angélica, je t'en prie, ce n'est pas une fillette ! Et puis, dès qu'il aura des poils, on ne la verra plus... » Sur ce point-là également il eut raison. J'étais le seul de ses fils qui lui ressemblait, et mes jambes se couvrirent bientôt d'un duvet sombre et bouclé, capable de tout masquer sauf ce que je suis, ce que je serai toujours, le fils de Julio Carrión González.

« Angélica, s'il te plaît... J'ai quarante ans.
— Justement. C'est le meilleur âge pour faire des bêtises.
— Bon, ça y est. Je t'ai prévenue et je ne vais rien te promettre, mais si tu veux venir, on se retrouve là-bas. »
Quand j'eus fini de parler à ma sœur, ma jambe recommençait à me faire mal. Je sentais la cicatrice, sa forme exacte, le dessin qu'elle traçait sur ma peau, la peur, le courage et cette vieille douleur, chaleur et froid, les lèvres de la blessure, saignant, brûlant la chair, l'enfonçant à l'intérieur. Je n'y avais pas pensé depuis des années. Ce jour-là, je n'aurais pas dû y penser, et

pourtant ma jambe me faisait mal, la lumière brillait, m'éclairait avec autant de force que si elle ne s'était jamais éteinte, comme si rien ne pouvait en venir à bout. Assis seul dans une cafétéria du Paseo de La Habana, devant une table en bois sombre qui devait porter un de ces mystérieux noms africains que Mai aurait su lui attribuer sans hésiter, je pouvais encore le voir devant moi, à une table avec nappe rose, une bougie allumée et un imposant plateau de fruits de mer entre nous deux, avec son large sourire et sa tête magnifique. Je voyais mon père ce soir d'été, le visage nimbé d'un éclat jaune et tendre, et je me voyais moi-même, tel que j'étais alors, petit et courageux, fier, heureux d'être avec lui, d'être le fils d'un homme extraordinaire. Je n'avais pas choisi ce souvenir, je n'aurais pas voulu le retrouver, mais je ne pus arracher ses yeux des miens. Ma mémoire avait choisi pour moi, et avait voulu me rendre cette douleur, cet amour, si solide et sincère, si authentique que rien, ni personne, ne pourrait y mettre un terme, le blesser ou le vaincre.

« Un autre whisky, s'il vous plaît. Avec quelque chose à grignoter.

— Je vous apporte tout de suite la carte.

— Non, je ne veux pas manger. Des nachos suffiront. »

J'aimais mon père. Je l'aimais, je l'admirais, j'avais besoin de lui. Je ne l'avais pas oublié, mais je m'étais arrangé pour ne pas m'en souvenir en lisant la lettre de ma grand-mère, ni plus tard, quand Raquel m'avait parlé du Julio Carrión González, jeune et séduisant dans la défaite, dans la victoire, et dans le désastre final et définitif. Un menteur, un tricheur, un traître, un voleur, un escroc, un opportuniste, un homme dénué de morale, de sentiments, de scrupules, quelqu'un de mauvais. Tout cela était facile, il avait été facile de l'écouter, de l'apprendre, d'enregistrer chaque donnée, chaque secret, dans le profil d'un personnage de fiction, un inconnu au nom familier qui était mon père, oui, et celui de mes frères et sœurs, le mari de ma mère, mais rien de plus. Tant que mon propre amour fut absent, ces deux mots, mon père, ne représentèrent qu'une étiquette, une expression utile pour le classer, un titre sans contenu. Julio Carrión González avait été mon père et moi son fils, son héritier mais pas son complice. Jusqu'à ce que la mémoire me revienne et que tous les mots retrouvent leur sens.

« L'addition, s'il vous plaît.
— Voici, monsieur.
— Merci, gardez la monnaie. »

J'avais appris à aimer Raquel Fernández Perea par-delà l'amour de mon père. J'allais maintenant devoir apprendre à l'aimer en marge de cet amour, et de tous ses mensonges. Entre-temps, je me défaisais de l'intérieur, doucement au début, un petit craquement dans la conscience, le piège de quelques objets honteux, les maladresses de mon imagination et la fureur avec laquelle j'avais décidé de les exterminer. Cela n'avait pas été simple mais pas trop compliqué non plus, jusqu'à ce que la vérité s'attache à mes bras, à mes jambes, et se mette à galoper dans quatre directions différentes, et je sentis la tension, le déchirement d'un démembrement qui ne pourrait plus s'effacer. Disposé à me reprendre coûte que coûte, je dus accepter que mes articulations ne soient plus jamais les mêmes, que mes os ne se soudent pas aux angles qu'ils formaient auparavant et que mon corps conserve à jamais les séquelles de ce processus, membres amputés de longueur dissemblable, trace de sang, légère claudication, et une douleur soutenue, sourde et épuisante, lorsque se lèveraient des jours couverts. L'amour peut tout, et entre conserver quelque chose et se retrouver sans rien, tout le monde choisit de conserver quelque chose. Le néant ne peut se comparer qu'avec lui-même, l'amour aussi.

« Je voudrais un billet pour la séance de 15 h 30.
— Pour quelle salle ?
— Peu importe, je ne sais pas, la deux... »

L'amour ne peut être comparé qu'avec lui-même, et ne peut pas être brisé non plus, on ne peut pas mentir à son sujet, ni le contourner. Si inconvenant, si indésirable, si terrible soit-il. Dans la rue il faisait chaud, au cinéma il faisait froid, mais le sourire de mon père remplissait l'écran, et j'entendais sa voix chaude, assurée, « tu es très courageux, Álvaro », et la mienne, rauque d'émotion, « je t'aime beaucoup, papa », et à nouveau la sienne « moi aussi, mon petit ». Rien de ce qui s'était passé, rien de ce qui pourrait se passer à l'avenir, n'effacerait ce visage, n'éteindrait ces voix. Ma jambe me faisait si mal que j'avais le corps contracté, les yeux me piquaient de l'envie de pleurer les larmes que je gardais depuis cet été, cette nuit blanche et où je m'étais senti heureux, fier d'être le fils de Julio Carrión González. Il s'était écoulé presque trente ans et je n'avais pas cessé de l'être, c'était l'une des rares choses qui ne pourraient jamais changer, mais ces derniers jours, pendant que le monde entier s'effondrait, j'étais parvenu à oublier que je l'aimais, que je l'admirais, que j'avais besoin de lui. Je n'avais pas pensé à lui avant cet instant, et dans ce cinéma climatisé, où l'on projetait un film dont je ne me souviendrais jamais, je me rendis compte de ce que signifiait cet amour qui avait tout vaincu, qui avait résisté à tout, qui ne cédait pas à la raison, ni au cœur, parce qu'il était moi, comme Raquel, comme mon corps, comme mon nom.

« Excusez-moi, mais j'avais rendez-vous avec mon frère Rafa et il n'est pas dans son bureau.

— Ce n'est plus son bureau. Il a repris celui de don Julio, enfin, celui de votre père.

— Ah... Et Julio ? »

J'avais dû apprendre à aimer Raquel par-delà l'amour de mon père, et j'allais maintenant devoir apprendre à continuer à aimer mon père en marge de mon amour pour Raquel et de ma propre volonté. Et rien ne serait aussi dur, aussi difficile ou aussi étrange que d'accepter cette solitude nouvelle et plus cruelle, la conscience de cet amour que je ne souhaitais pas mais que je ne pouvais pas non plus m'empêcher d'éprouver, même si je méprisais cet homme, même si j'avais honte de lui, même si son histoire et sa cupidité m'humiliaient. Je ne méritais pas un tel père, mais je n'en aurais jamais d'autre. Il ne méritait pas l'amour d'un fils comme moi, mais je ne pourrais jamais cesser de l'aimer. C'était mon père et cela expliquait tout, c'était beaucoup plus qu'une phrase, trois mots. C'était mon père. Je le compris alors, quand j'allais appuyer sur la détente, activer le détonateur qui ferait sauter en l'air Julio Carrión González au moins pour moi, au moins dans ma vie, une fois pour toutes et pour toujours. L'homme le plus sympathique du monde, le séducteur congénital, le charmeur de serpents, le sorcier de son propre talent, l'autodidacte si brillant, le vainqueur sans défaites, allait disparaître de l'horizon de sa famille au moins pour quelques heures, et même la cécité du plus aveugle de ses enfants ne parviendrait pas à le rendre entier, sain et sauf, sans tache ni perte, sur le bristol doré où sa femme avait collé nos petites têtes découpées.

« Julio a conservé son bureau habituel. Il... enfin, vous savez, il n'y accorde pas autant d'importance... Bref, vous voulez que je vous accompagne ?

— Ce n'est pas la peine, merci.

— À tout à l'heure, alors. » Julio m'avait demandé de ne pas appeler Rafa et il savait pourquoi il le disait. Moi aussi. C'était pour cela que je l'avais appelé. Si je n'avais pas eu rendez-vous avec lui et Angélica, il ne se serait rien passé. Julio aurait veillé à garder notre conversation secrète jusqu'à ce qu'il soit parvenu à l'oublier, et il n'aurait pas tardé, car ce genre de questions ne l'intéressait pas. En cela il ressemblait à Clara, il n'était pas comme moi, il n'était pas comme Rafa. Mais je savais ce que j'allais faire, et je savais pourquoi. Ensuite, mes aînés s'interrogeraient sur mes raisons et ne les comprendraient jamais vraiment. Ils penseraient que j'avais voulu me venger de mon père sur eux, que j'étais soudain devenu fou, que je m'étais laissé emporter par une colère incompréhensible, que j'étais mû par une haine subite ou une étrange variété de fanatisme idéologique, stimulée par une passion sexuelle qui ne me convenait pas et qui finirait par ruiner irrémédiablement ma vie. Ils en viendraient à supposer tout cela, mais j'étais très calme, très sûr de mes actes et des raisons qui les inspiraient. Je voulais parler. Je voulais écouter. Seulement ça, rien que ça. Je voulais raconter à voix haute ce que personne n'avait jamais raconté et entendre à voix haute ce que je n'avais jamais entendu. Je voulais qu'ils sachent ce que je pensais, ce que je ressentais, et vérifier ce qu'ils pensaient, ce qu'ils ressentaient en apprenant des choses sur celui qui avait été leur père. C'était très peu en apparence, mais c'était beaucoup, car le temps avait passé, et le silence négocié pour recouvrir la vérité avait fini par la supplanter. Maintenant la vérité était ce silence solide, dur, imperturbable, la véritable inexistence de données, de mots, de souvenirs, et les lèvres closes, les consciences muettes, et l'exquise indolence de la richesse. Il s'était écoulé beaucoup de temps, mais pas trop, car ce n'est jamais trop. Il s'était écoulé beaucoup de silence, à tel point que sa durée ressemblait à une garantie d'éternité, mais j'allais le briser. Cela n'allait pas bien se terminer et ça aussi, je le savais.

« Bonjour, j'ai rendez-vous avec mon frère Rafa...
— Oui, entrez, il vous attend.
— Et Angélica ? Elle est là aussi, n'est-ce pas ? »

La secrétaire me le confirma d'un geste, et en poussant la porte je me rappelai un de mes anniversaires, ce devait être celui de mes sept ans, peut-être huit. J'avais demandé un baby-foot qui était épuisé chez tous les marchands de jouets et, l'après-midi, à mon retour du collège, je trouvai un prix de consolation, un jeu de magie, le cadeau archi-classique que mes aînés avaient reçu plus d'une fois. Ma déception fut si grande que je commençai à protester quand le paquet était encore à moitié ouvert, et ma mère se fâcha contre moi. Mon père ne dit rien, mais le lendemain, il arriva avec une énorme boîte. « Un magicien dans la famille, c'est suffisant », l'entendis-je dire en l'ouvrant, puis, des années plus tard, il m'offrit à nouveau ce baby-foot dont j'ignorais qu'il avait été gardé. Mon fils Miguel venait de naître et il était entré en le portant dans la chambre d'hôpital. « Comme c'est un garçon... », avait-il murmuré pendant que nous nous embrassions.

« Bonjour. »

Rafa, assis dans le fauteuil de papa, ne fit pas mine de se lever. Angélica occupait l'un des deux fauteuils réservés aux visiteurs, et ne bougea pas non plus, mais j'allai vers lui d'abord, puis vers elle, et ils me rendirent mes baisers debout, avec une froideur qui me persuada qu'ils savaient déjà pourquoi je les avais convoqués cet après-midi.

Rafa le confirma tout de suite, en me regardant dans les yeux pendant qu'il jouait avec un portemine en acier, fin, élégant, identique à ceux qu'utilisait mon père, à celui que Raquel m'avait donné comme si cela avait été le sien, peut-être le dernier qu'il ait utilisé de sa vie.

« Écoute, Álvaro... Je sais qu'il t'arrive beaucoup de choses à la fois, qu'elles sont importantes, et donc... il est logique que tu sois nerveux, excité. Quand tu m'as téléphoné, tu m'as dit que tu avais déjà vu Julio, et comme tout ça m'étonnait beaucoup, je lui ai parlé moi aussi. La première chose qu'il m'a dite est qu'il t'avait demandé de ne pas m'appeler, et tu aurais dû l'écouter, tu sais, parce que... »

Il fit une pause pour regarder Angélica, mais celle-ci ne voulut pas intervenir. Alors il me regarda à nouveau et continua à parler sur le même ton, lent, prévenant et encore aimable, bien que déjà imprégné d'une supériorité recherchée.

« Tu ne vas rien nous apprendre que nous ne sachions déjà. C'est une très vieille histoire, aujourd'hui complètement dépourvue d'importance à tous les niveaux, et qu'on ne doit en plus pas prendre en compte, car on ne peut pas le faire. Ni toi, ni moi, ni personne qui n'ait pas vécu cette époque, qui n'ait pas eu à prendre de décisions dans des circonstances si terribles qu'on ne peut même pas les imaginer. Alors, avant que tu commences, je vais te dire deux choses. La première est que rien de ce que tu me raconteras ne pourra me faire changer d'avis sur papa. Et la deuxième est que... » Il m'adressa un sourire ironique. « Bref, Julio m'a déjà raconté cette histoire du numéro de téléphone noté dans un dossier contenant des documents de la División Azul, mais je dois dire que je n'en ai pas cru un mot, Álvaro. Je préfère t'avertir tout de suite. Cette nana n'est pas nette. Je suis sûr que c'est elle qui t'a trouvé, et encore plus sûr que tout ce qu'elle veut, c'est ton argent. »

Il parla avec tant d'assurance, sur un ton si solennel, qu'il me fit sourire.

« On peut savoir pourquoi tu ris ? demanda-t-il, piqué au vif. Moi, je ne trouve pas ça drôle.

— Moi si », répondis-je, mais je ne voulus pas précipiter les choses, alors je me contentai de le regarder, et je regardai Angélica avant de commencer à poser mes propres questions. « Dites, puisque vous savez tout... Vous savez aussi que grand-mère Teresa, la mère de papa, est morte d'une pneumonie infectieuse le 14 juin 1941, quand elle était incarcérée à la maison d'arrêt d'Ocaña ? »

Angélica ouvrit enfin la bouche. « Ce n'est pas vrai.

— Grand-mère Teresa est morte en pleine guerre, l'été 1937, je crois, et de la tuberculose, Álvaro, tu le sais parfaitement, nous le savons tous. »

Je le regardai, regardai ma sœur, et vis qu'ils me regardaient tous deux bouche bée, avec un air d'étonnement encore pur, non contaminé par d'autres émotions.

« Non, Rafa. Ce qu'on sait, c'est ce que papa nous a raconté, ce qu'il a voulu nous faire croire, mais ce n'est pas la vérité. En juin 1937, grand-mère a quitté son mari, mais elle était vivante, bien vivante. Elle a écrit une lettre d'adieu à son fils, car il n'a pas voulu partir avec elle. Je l'ai. Elle était dans son bureau à La Moraleja, dans ce dossier en carton bleu prétendument inventé. J'ai demandé une copie de son certificat de décès, je peux vous le montrer quand vous voudrez. Grand-mère est morte à Ocaña, prisonnière, ou condamnée, comme disent les papiers qu'on m'a envoyés de l'état civil. Elle a été jugée en 1939 et condamnée à mort pour un délit d'aide à la rébellion. Ensuite, sa peine fut commuée en une peine de trente ans de prison. »

Mon frère ne réagit pas, mais son visage était aussi blanc que s'il ne lui restait plus une goutte de sang dans le corps. Angélica, qui était plus intelligente, mais n'avait aucune culture politique, se contenta de s'énerver.

« Mais, je ne comprends pas... Qu'est-ce que c'est, qu'est-ce que ça veut dire ? demanda-t-elle en s'agitant dans son fauteuil. Pourquoi était-elle en prison ? Qu'est-ce qu'elle avait... ?

— Fait ? Rien. Elle n'avait rien fait. On ne l'a pas mise en prison pour ce qu'elle avait fait, mais pour ce qu'elle était. Socialiste. Et républicaine, bien sûr.

— Mais qu'est-ce que tu racontes, Álvaro ? » Elle laissa échapper un petit rire nerveux dont elle ne fut peut-être pas consciente. « Ce n'est pas possible... Socialiste, grand-mère ?

— Oui, socialiste. » Je souris moi aussi en constatant que le gauchisme laborieux que ma sœur semblait avoir acquis par voie séminale était si faible qu'il ne parvenait pas à traverser la surface, ne fût-ce qu'à griffer son ancienne conviction selon laquelle les victimes méritent toujours leur sort. « Militante du Parti socialiste ouvrier espagnol. Du groupe de Torrelodones, bien sûr. Comme le grand-père de ton mari, qui fut jeté dans un puits aux Canaries, parce qu'il était socialiste lui aussi, adhérent à l'UGT, n'est-ce pas ? »

Elle ne voulut pas le confirmer à voix haute, mais cela m'était égal, parce que je le savais. Elle aussi, même si elle se contentait de mettre la main devant sa bouche pour me regarder d'un œil halluciné. Je me tournai vers mon frère et constatai que la couleur était revenue sur son visage et envahissait ses joues avec violence.

« Et de quel droit prends-tu quelque chose dans le bureau de papa ? » me demanda-t-il, penché sur la table, les poings serrés sur le plateau comme s'il comptait l'enfoncer dans le sol.

Il ne me faisait pas peur et il s'en rendit compte.

« Du même que le tien, Rafa. Quand je suis arrivé, il y avait plusieurs espaces vides sur le mur. Lisette m'a dit que tu avais emporté des photos, et que Julio avait pris le portrait de maman que papa avait dans un cadre en argent. J'ai pensé que chacun avait commencé à se servir.

— Ce n'est pas pareil.

— Non, sur ce point tu as raison. Vous n'avez pas eu la curiosité de chercher quoi que ce soit. Moi si, c'est pour ça que j'ai trouvé ce dossier, bien que je ne veuille pas le garder pour moi, comme tu le vois. Je vous raconte ce qu'il y avait dedans et je peux vous faire des copies du contenu. Il y a des papiers vraiment très intéressants. »

Rafa se détendit, s'appuya à nouveau dans son fauteuil, recommença à chercher refuge dans l'arrogance. « Pas pour moi en tout cas. Grand-mère était socialiste ? Très bien. Cela arrive dans les meilleures familles, c'est bien connu. Ils l'ont mise en prison après la guerre ? Normal, c'est pour ça qu'ils l'avaient gagnée, non ? Si cela s'était passé à l'inverse, les rouges auraient fait pareil. Autre chose ?

— Bien plus, mais je préfère y aller progressivement. Pour l'instant, vous reconnaîtrez que je vous ai déjà raconté une chose que vous ignoriez. Bon, en fait deux. Premièrement, qui était grand-mère. Deuxièmement, qui était papa. Un homme capable de renier sa mère, de l'enterrer vivante, de mentir à son sujet à ses propres enfants... »

Angélica m'interrompit avec une violence subite :

« Non ! Ce n'est pas vrai, Álvaro, ce n'est pas comme ça, ça ne peut pas être comme ça. Papa devait avoir ses raisons pour faire ce qu'il a fait. Pourquoi est-ce que tu prends le parti de grand-mère, contre lui, dis-moi ? On connaissait papa, pas elle. On ne sait rien de grand-mère, on ne peut pas savoir quel genre de personne elle était, peut-être... » Elle fuit mon regard pour chercher une consolation dans celui de Rafa. « À cette époque, ils ont tous fait des choses horribles, non ? Les femmes aussi. Peut-être qu'elle était... Je ne sais pas. Si on l'a condamnée à mort, c'est peut-être parce qu'elle avait tué quelqu'un, ou qu'elle l'avait dénoncé. Madrid était pleine de comités de la police secrète, ils torturaient les gens, les tuaient pour avoir lu l'*Abc*... »

Je regardai ma sœur, mon frère, je respirai profondément, m'étonnai de mon calme, de la tranquillité avec laquelle je parlais.

« Grand-mère était institutrice. Elle avait la classe des petits à l'école de Torrelodones. C'était une militante très active, avec des responsabilités au sein du parti, au niveau local seulement, mais des responsabilités. Et c'était aussi une femme libre, très courageuse, ça oui. Elle prenait la parole dans les meetings, présidait des comités, aidait les réfugiés... Les franquistes condamnaient à mort des gens comme elle, des dirigeants de partis de gauche qui n'avaient commis aucun délit, toujours pour la même raison, incitation à la rébellion, même si les rebelles, c'étaient eux. Ils commencèrent, puis déchaînèrent la terreur de façon ordonnée, systématique, rien à voir avec les crimes individuels et spontanés de la zone républicaine. Voilà ce qui est arrivé, rien de plus. Je suis désolé pour toi, Angélica, mais ta grand-mère n'a jamais tué, torturé ou dénoncé personne. Les gens de son village l'adoraient. »

Rafa était encore moins disposé à digérer mes sourires.

« Ça, tu n'en sais rien. Tu es en train de t'inventer une histoire...

— Non, l'interrompis-je. Je vous dis la vérité. À Torrelodones, il y a encore des gens qui se souviennent d'elle, Encarnita, la propriétaire de la pharmacie, sans aller plus loin. Vous savez qui c'est, n'est-ce pas, on l'a vue à l'enterrement de papa. Après je suis allé la voir chez elle un jour, et elle m'a raconté qui était grand-mère, comment elle était... "Rouge convaincue, mais très gentille, m'a-t-elle dit, gentille surtout, ne l'oublie pas..." Elle la connaissait très bien, elle l'aimait beaucoup. Elle avait été élève de l'école dans laquelle elle enseignait, et depuis toujours elle était très amie de Teresita. Elles avaient le même âge.

— Teresita ? » Mon frère avait à nouveau perdu son aplomb et ses couleurs.

« Ah ! Bien sûr, ça non plus, vous ne le savez pas... Et bien, pour des gens qui savent tout, vous en apprenez des choses, non ? » Je fis une pause pour profiter de ce moment et constatai, étonné, que je m'amusais presque. « Papa n'était pas fils unique non plus. Il avait une sœur cadette, Teresa Carrión González, née en 1925. J'ai son acte de naissance, on me l'a donné à l'état civil de Torrelodones, si cela vous intéresse, je peux vous le photocopier. J'ai aussi une photo sur laquelle elles figurent, elle, grand-mère et tous les élèves de l'école du village. Encarnita l'a conservée pendant toutes ces années, et sa fille m'en a fait trois copies, une au format original et deux agrandissements, de grand-mère et de Teresita, qui devait avoir à l'époque... Je ne sais pas, une douzaine d'années. Mais je ne sais rien de plus à son sujet. Dans les papiers de papa, elle n'apparaît nulle part, ni photos, ni lettres, rien. Je ne sais pas si elle est morte pendant la guerre ou après, ou si elle est toujours vivante. Il ne l'a pas recherchée, c'est certain, et son père non plus. Dans les lettres qu'il lui a écrites en Russie, il n'en parle même pas. »

Angélica était toujours aussi perdue. « Mais... Ce n'est pas possible, parce que cette petite fille... Elle a dû vivre avec lui, non ? Elle devait être...

— Dans sa maison ? » Ma sœur me regarda, acquiesça. « Bien sûr. Ils ont vécu sous le même toit jusqu'à ce que grand-mère quitte son mari, en juin 1937. Teresita est partie avec elle, pas papa. Encarnita m'a dit qu'elle n'avait pas compris, que personne n'avait compris, parce que Julio, c'est-à-dire, papa, aimait beaucoup l'amant de grand-mère, l'homme avec lequel elle est partie, qui s'appelait Manuel, instituteur lui aussi, socialiste, et magicien amateur. C'est lui qui lui a appris à faire des tours de magie. »

Rafa sourit. « Alors, grand-mère Teresa... en plus d'être institutrice, socialiste et républicaine, était une salope. »

Je souris à mon tour. « Comme ta sœur, ici présente. »

La comparaison n'amusa pas cette dernière. « Tu veux arrêter de parler de ça, Álvaro ? Tu deviens vraiment lourd. »

Rafa vint à sa rescousse. « Non, parce que à l'époque tout était différent. Cela a dû être un énorme scandale, imagine, une femme mariée, adultère, qui abandonne son fils, en plus... Quelle humiliation ! Ça ne m'étonne pas que papa n'ait plus voulu entendre parler d'elle.

— Moi si. Parce que, d'abord, elle ne l'a pas abandonné. C'est lui qui n'a pas voulu partir avec elle.

— Allez, Álvaro ! dit-il en riant. Ne joue pas sur les mots...

— Je ne joue pas sur les mots, parce que à cette époque... » Je m'obligeai à m'arrêter, car les petits sourires de mon frère commençaient à me mettre en colère, et je ne voulais pas m'énerver avant l'heure, ce n'était pas bon pour Teresa. « Précisément à cette époque, ce que grand-mère a fait n'était ni plus ni moins grave qu'aujourd'hui. En Espagne, le divorce existait, Rafa, et le mariage civil aussi. Les femmes divorcées pouvaient vivre seules ou se remarier sans perdre la garde de leurs enfants. » Puis je m'adressai à ma sœur : « C'est pour ça que j'ai parlé de toi, Angélica, et je ne voulais pas te critiquer, au contraire, surtout aujourd'hui, où je suis dans la même situation que toi, mais en plus... » Je fis une nouvelle pause pour me tourner vers lui et le fixai longuement. « Il est vrai que la République n'a pas mis un terme à l'obscurantisme. On n'en finira jamais avec ça. Et grand-père Benigno a dû être tout content que Franco gagne la guerre, bien entendu, parce que c'était un sacré facho et une grenouille de bénitier. Il n'y a qu'à lire les lettres qu'il écrivait à papa en Russie. Pour lui il n'y avait pas assez d'exécutions, ni assez de processions, c'est pour ça que je ne vais pas te contredire. Pour lui, sa femme ne devait être qu'une pute rouge, un malheur et une malheureuse, mais pour son fils ce n'était pas pareil, ça ne pouvait pas l'être, car... » Va te faire foutre, Rafa, pensai-je avant de lâcher : « Papa s'était inscrit à la JSU un mois et demi après le départ de sa mère.

— C'est faux ! » Il se leva, fit quelques pas vers moi et ses lèvres tremblaient, sa voix, ses mains, l'index qui me désignait, son corps tout entier tremblait pendant qu'il me regardait comme un mauvais acteur amateur, qui aurait interprété le rôle d'un vieux noble espagnol déshonoré dans n'importe quelle pièce du Siècle d'Or. « Tu mens, Álvaro ! Je n'y crois pas, tu m'entends, je ne vais pas te laisser continuer à dire...

— Allez, Rafa, assieds-toi. Ce n'est pas un mensonge, c'est vrai. Je le sais, parce que j'ai aussi trouvé sa carte, un bristol rectangulaire, plié en deux. Je vais te le photocopier mais en couleur, d'un côté la couverture qui est rouge et porte sur le dessus une étoile dorée à cinq branches et trois lettres majuscules, le S plus grand que les deux autres, et de l'autre côté une photo de papa à quinze ans, son nom complet, sa date de naissance, bref, comme c'est l'usage... »

Mon frère ne bougea pas. Il ferma les yeux, les rouvrit, regarda ses mains, les mit dans ses poches et leva la tête avant de poser son regard sur moi comme s'il ne m'avait jamais vu. Son visage avait changé d'époque, de genre, et ressemblait maintenant à la statue décapitée d'un empereur romain, digne, orgueilleux, pathétique, trop grand pour être contemplé depuis le sol. Je me retins de rire, et je lui redemandai de s'asseoir d'un mouvement de la main. Il ne m'avait jamais été sympathique, mais là, en le voyant se ridiculiser de la sorte, il me fit un peu pitié.

Angélica sauva la situation d'une petite voix de chiot effrayé. « Qu'est-ce que c'est, la JSU ?

— La Jeunesse socialiste unifiée », répondis-je, et je me rendis compte qu'elle n'avait même pas la force de se couvrir la bouche d'une main. « La fusion des Jeunesses socialistes et des Jeunesses communistes. Elles se sont réunies un peu avant le début de la guerre et sont restées ensemble jusqu'à la fin.

— Et papa faisait partie de... ça ? redemanda-t-elle, comme si elle n'était plus sûre de rien.

— Oui. Et de la Phalange espagnole traditionaliste et des JONS, aussi. Il y a une autre carte, mais de 1941. De la fin juin, en fait, on voit qu'il aimait adhérer en été... » Je souris, mais aucun des deux ne voulut m'imiter. « Papa est devenu phalangiste quand il s'est enrôlé dans la Division Azul. Ils ne devaient rien savoir de son passé, je suppose que les gens de la JSU avaient brûlé leurs archives avant l'arrivée des franquistes à Madrid, pour protéger leurs militants. Ça non plus, vous ne le saviez pas ?

— Moi, non, répondit-elle.

— Moi non plus. » Rafa regagna enfin sa chaise, en marchant lentement, et il parla sans l'assurance, la conviction qu'il avait avant. « Mais je ne trouve pas ça si bizarre. Il avait dû changer d'avis.

— Bien sûr, il faisait ça très bien, on pourrait dire que c'était son sport favori... Il aimait tellement avoir plusieurs opinions qu'il n'a jamais renoncé à aucune, il n'a jamais vraiment changé. Il allait et venait, mais sans jamais détruire les preuves de son adhésion à la cause qui lui conviendrait le mieux à tout moment. Il a conservé ses deux cartes toute sa vie. Elles étaient ensemble, enveloppées dans le même papier de soie, à l'intérieur d'un portefeuille allongé, comme ceux qu'on utilise pour ranger les chéquiers, avec la lettre de sa mère et une photo prise à Paris, en 1947, en compagnie d'une très belle femme, qui s'appelait Paloma Fernández Muñoz et était notre parente, au fait, une cousine germaine de grand-mère Mariana. Et grand-tante de ma fiancée, aussi, parce que Julio a dû vous raconter que j'avais une liaison avec une de nos cousines, non ? Ça, vous le savez sûrement.

— Mais... » Rafa en était resté au sujet précédent : « Mais... papa n'est jamais allé...

— À Paris ? » Il n'avait pas osé achever la phrase et ne voulut pas non plus acquiescer à ma question. « Si, bien sûr, qu'il y est allé. Il y a vécu pendant plus de deux ans, de fin 1944 à avril 1947. Quand il a compris que les Allemands allaient perdre la guerre, il a déserté. Au lieu de rentrer chez lui, il est resté en France. Il croyait que les Alliés allaient envahir l'Espagne pour déposer Franco et restaurer la démocratie, à l'époque, tout le monde le croyait, c'était juste, logique, c'était ce qui aurait dû arriver. Alors il a dépoussiéré sa vieille carte de la JSU, pour se mêler aux exilés et revenir en vainqueur, vous comprenez ? »

Je m'arrêtai pour regarder Rafa, Angélica, à nouveau pâles, à nouveau muets, et je poursuivis :

« C'est comme ça qu'il a connu les Fernández. Ils étaient de Madrid et passaient les étés à Torrelodones. Le seul homme survivant de la famille était communiste, mais son frère et son beau-frère, morts tous les deux, fusillés tout près d'ici, au cimetière de l'Est, étaient socialistes, compagnons et amis de grand-mère Teresa. Ignacio Fernández l'avait connue lui aussi, et il reconnut papa un soir, dans un café. Il l'emmena chez lui, et sa famille l'accueillit, le protégea, le nourrit, l'aida à trouver du travail... Ils devinrent si intimes, ils avaient tellement confiance en lui, que lorsqu'il décida de rentrer en Espagne, ils lui demandèrent de s'occuper de la vente des propriétés qu'ils y possédaient car avant la guerre ils étaient très riches, mais ils étaient partis sans rien et ne vivaient guère mieux que lorsqu'ils avaient traversé la frontière. Et il s'engagea à les aider comme ils l'avaient aidé auparavant, il rentra avec des procurations pour agir légalement en leur nom, et il leur a tout volé. Tout. » Je fixai mon frère, il soutint mon regard. « C'étaient des temps difficiles, bien sûr, mais je crois que si on peut les prendre en compte, Rafa, je crois aussi qu'on peut se faire une opinion, et porter un jugement, même si on ne les a pas vécus.

— Tais-toi. » La première fois, il le dit presque à voix basse, sans se troubler, le dos droit contre le dossier du fauteuil, les mains sur ses bras croisés.

« Je n'en ai pas envie, répondis-je. Je ne vais pas me taire. Et ce ne serait pas bien pour vous, parce qu'il vous reste des choses importantes à découvrir, et à moi aussi. Je vous en ai raconté beaucoup et je mérite que vous m'en racontiez. Par exemple, comment papa vous a expliqué la visite d'Ignacio Fernández, le jour où il est arrivé avec Raquel, sa petite-fille, dans la maison d'Argensola, en mai 1977. Et comment vous croyez qu'il a connu grand-mère Mariana, et maman.

— Eh bien...

— Tais-toi, Angélica.

— Non, Rafa. » Ma sœur affronta fermement la tension d'un visage qui était sur le point de changer, même si ni elle ni moi ne sûmes prévoir dans quelle direction, et se tourna vers moi. « Il ne nous a pas expliqué grand-chose, en fait. Il nous a dit qu'il connaissait grand-mère de Torrelodones, qu'elle y passait les étés, qu'il l'avait aidée à vendre les propriétés de sa famille et qu'ils s'étaient partagé les bénéfices. Ensuite, quand maman est devenue grande, elle est venue lui demander de l'aide. Grand-mère comptait l'enfermer à la maison, mais elle voulait travailler, et il l'engagea comme secrétaire, ils commencèrent à sortir ensemble, et... Mais bon, tout ça, tu le sais, non ? » Effectivement je le savais. « C'est ce qu'il nous a raconté. Et que ceux qui étaient en France avaient tout laissé à grand-mère Mariana et que maintenant ils venaient réclamer, mais qu'ils n'avaient aucun droit. Pas légalement.

— Bien sûr, bien sûr..., murmurai-je. Il s'en était occupé, mais... »

Je fis une pause et soudain je me demandai si cela en valait la peine, si cela servait vraiment à quelque chose, pourquoi je parlais, dans quel but. J'étais très fatigué et dégoûté de moi-même, de mon père, de son histoire, de mes frères et sœurs, de tout. Le temps avait passé, beaucoup de temps, et je ne les avais même pas connus, je n'avais pas connu mes grand-mères, ni le grand-père de Raquel, son frère, son beau-frère, Paloma. Et je fus le point de tout arrêter, de me lever et dire à voix haute que tout était désormais égal, et sortir dans le rue. J'avais soudain besoin de sortir, de respirer un air différent de celui qui soufflait dans ce bureau, de revenir vers Raquel, d'être avec elle. Je l'aurais peut-être fait si je n'avais pas tourné la tête, si je n'avais pas regardé mon frère, si je n'avais pas vu comment il me regardait.

Je continuai à un débit très rapide, sans enthousiasme, pour en finir une fois pour toutes :

« Les choses ne se sont pas passées comme ça. Grand-mère Mariana avait tout gardé parce que c'était la seule à ne pas s'être exilée. Pendant les premiers mois de la guerre, elle vivait à Argüelles, mais un bombardement détruisit son immeuble. Alors son oncle lui proposa de venir habiter chez lui, à la *glorieta* de Bilbao, et elle y resta quand les propriétaires partirent. Et elle fit en sorte que personne ne vienne la déranger ou la déposséder de quoi que ce fût. Quelques mois après l'entrée des franquistes à Madrid, le mari de sa cousine Paloma arriva vers minuit. Il avait vingt-huit ans et il était lieutenant de l'armée de la République. Il boitait et avait le bras droit mort, il avait été gravement blessé au front, fin 1936. Il voulait seulement se cacher, passer la nuit, dormir dans un lit et manger un morceau. Il n'avait pas d'arme, il ne pouvait s'adresser à personne d'autre, et ce fut la seule chose qu'il demanda à Mariana, qu'elle le laisse dormir là cette nuit. Le lendemain matin, elle le dénonça. Les phalangistes vinrent le chercher, le surprirent dans son sommeil, le tirèrent du lit en pyjama, le mirent en prison, le jugèrent pour rébellion militaire, le condamnèrent à mort et le fusillèrent sur-le-champ, pour que grand-mère devienne une vraie bienfaitrice du régime et puisse vivre tranquille, sans problèmes, profitant de ce qui ne lui appartenait pas. » Je me tournai vers ma sœur. « Alors tu vois, ta grand-mère Teresa n'a dénoncé personne, mais ta grand-mère Mariana si. Et elle se croyait très maligne, mais elle n'avait pas compté avec papa. Elle ne pouvait pas imaginer que tout ce qu'elle avait volé, un autre, plus malin qu'elle, allait le lui voler à son tour et pour toujours, Julio Carrión González, l'homme qui commençait à se faire tout seul. »

Angélica, impressionnée malgré elle par ce qu'elle venait d'entendre, claqua les lèvres d'un air mécontent et s'empêtra avec elle-même, sa mémoire et ses convictions, ce qu'elle voulait et ce qu'elle ne pouvait croire. « Ne dis pas ça, Álvaro. Tu racontes l'histoire d'une certaine façon, qui semble... Les Républicains ont été dépossédés de leurs biens, oui, mais ce n'était pas du vol, puisqu'il y avait des lois, des tribunaux, il y avait... C'était une conséquence de la guerre, non ? Une situation exceptionnelle, et ils n'étaient pas là, ils... ils avaient tout quitté, ils avaient renoncé à tout, pour ainsi dire...

— Non. On ne peut pas dire ça, Angélica. Ils n'ont renoncé à rien, ils n'ont fui que pour sauver leur vie. Et ils ont eu raison de le faire. Les deux hommes de leur famille qui n'ont pas réussi à s'échapper ont été fusillés.

— Bon, mais de toute façon... On ne peut pas parler de ce qui s'est passé comme si c'était arrivé hier... » Alors son expression s'apaisa, comme si elle avait enfin trouvé l'argument qu'elle cherchait. « Si ce que tu racontes est vrai, ce que grand-mère a fait était horrible, bien sûr, ce pauvre homme, je ne sais pas... C'est impardonnable. Mais pour papa, c'est différent. Ce n'était pas un voleur, Álvaro. Ce qu'il a fait était légal.

— Légal ? »

J'aurais dû partir, pensai-je, après avoir posé cette question, j'aurais dû partir immédiatement. J'y avais pensé mais fus incapable de le faire, car tout le sang que j'avais dans le corps se concentra soudain dans ma tête et mes oreilles commencèrent à brûler, mon cou, mon visage brûlait, je sentais la sécheresse du feu dans la gorge, ma langue brûlée, rêche, et tout était orangé, rougeoyant, cette pièce, les meubles, les tableaux, mes frères et sœur, le monde brûlait, tout brûlait, mes yeux ne distinguaient que la couleur des flammes quand mes jambes se levèrent toutes seules et que ma voix cessa d'en être une pour se transformer en une machine à crier.

« Ce foutu pays était illégal, Angélica ! Tout, de haut en bas, était une foutue illégalité ! Tu m'entends ? Les lois étaient illégales, les juges étaient illégaux, les tribunaux... »

Alors je sentis un coup dans le dos et me retournai. Rafa se trouvait derrière moi, et en le regardant, je vis dans ses yeux une ombre du feu qui me consumait.

Il me saisit par la chemise et commença à crier des insultes mêlées à des gouttes de salive, son visage aussi collé au mien que si on allait s'embrasser sur la bouche d'un instant à l'autre. « Tais-toi, salaud, fils de pute ! Tais-toi, maintenant ! »

Je me dégageai, l'obligeai à me lâcher, et alors, peut-être sans avoir encore conscience de ce que je pensais, je calculai qu'il était plus grand, mais j'étais le plus fort des deux. « Ne me touche pas. »

Il recula et s'appuya contre la table, mais il était toujours trop près de moi, et cette sensation de chaleur sans nom précis, les flammes orangées qui m'éblouissaient et enveloppaient tout, s'épaissit et se définit, gagnant du poids, du volume, jusqu'à s'emboîter à un degré suprême, ignoré de moi, d'une sensation connue, qui était de la violence et m'empêchait de bouger, de marcher, de me tirer avant qu'il ne soit trop tard.

Il continua à parler, à crier, à cracher un peu plus que des insultes mêlées à la salive.

« J'en ai ras le bol de l'enfant gâté, du génie de la famille, du scientifique de mes deux ! Qu'est-ce que tu sais du monde réel, Álvarito, qu'est-ce que tu sais du prix des choses ? Je vais te le dire... Que dalle ! Voilà ce que tu sais, tu as toujours vécu comme un parasite, en dépensant l'argent de papa, en vivant comme un prince, et maintenant tu arrives avec tes conneries... » Il se tut un instant, laissa échapper un petit rire amer qui se transforma en grimace. « Et le pire est qu'il l'a fait pour toi plus que pour n'importe qui, pour toi, son fils préféré. Álvaro est le plus intelligent, Álvaro est le meilleur, c'est le seul qui me ressemble, voilà ce qu'il disait tout le temps, sans arrêt, et maintenant... Faut-il être salaud, sale ingrat ! Ton père ne voulait pas que tu passes par là où il était passé, tu comprends ? Il ne voulait pas qu'on grandisse dans la misère, il savait très bien ce que ça signifie d'être pauvre, il le savait. Pas toi, tu n'en as aucune idée, Álvaro... T'es-tu demandé une seule fois ce que coûtait à papa le loyer de ton appartement de Boston ? Moi, je le sais. C'est à moi qu'on a demandé d'aller à la banque pour mettre en place le virement automatique qu'on te faisait tous les premiers du mois. Parce que le petit ne pouvait pas se mettre au travail après ses études, comme les autres, pas le petit, mais non, il devait faire une thèse de doctorat, et puis une autre, parce qu'on lui avait donné une bourse à l'Institut technologique de jenesaisoùdemescouilles, et ça c'était rudement important. Seuls les grands savants y vont. Mais il ne pouvait pas vivre dans une résidence universitaire, comme les autres, pas le petit non, pauvre Alvarito, lui, il fallait lui trouver un appartement, et il fallait le lui payer, parce que c'était déjà suffisant qu'il soit si intelligent... »

Mon sang circulait si vite que je sentais presque l'effondrement, la bousculade de mes propres veines, mais je pouvais encore parler calmement.

« Ce n'est pas vrai, Rafa. J'ai fait ma première thèse avec une bourse de mon université, et j'étais déjà prof à la fac quand je suis parti à Boston. Je touchais depuis quatre ans un salaire mensuel.

— Bien sûr, ton salaire ! Excuse-moi, j'avais oublié... » Et il se remit à rire. « L'État investit sur toi, Alvarito, comme pour les routes... Cela te plaît plus que de penser à l'argent de papa, n'est-ce pas ? Comme ça, tu peux rester pur, bon, progressiste, comme ça tu peux continuer à te consacrer aux choses vraiment importantes, comme le fait que tous les enfants d'immigrants de San Sebastián de los Reyes puissent profiter des plaisirs du capitalisme en faisant les cons une fois par mois dans ton musée miniature : Ah, et pourquoi la rampe descend ? Ah ! et pourquoi la lumière s'éteint ? Ah ! et pourquoi elle est plus lente, maintenant... ?

— Tais-toi, Rafa ! » J'allai vers lui, lui saisis les revers du veston, et lui crachai mon mépris au visage. « Si tu n'as pas honte de parler comme ça, moi j'ai honte de t'écouter, tu entends ? Tu ne sais pas ce que tu dis, tu n'en as aucune idée...

— Oh, regarde, la Terre bouge... » Et sans abandonner le ton faussement ingénu, enfantin, par lequel il soulignait l'étonnement feint de ses yeux écarquillés, il emprisonna mes mains dans les siennes mais ne parvint pas à me faire lâcher prise.

« Tais-toi ! » Et je me mis soudain à dire tout haut ce que je pensais depuis longtemps. « Tu es ce qu'il y a de pire, le pire, la scorie la plus misérable, la plus méprisable... Tu es répugnant, Rafa, tu me dégoûtes. Tu es fier d'être comme tu es, d'être un animal. Tu es satisfait de ce que tu ne sais pas, de ne rien savoir, c'est ce qui te plaît et ce que tu aimerais que les autres fassent, faire sans réfléchir, faire et ne pas savoir, vivre sans jamais se demander pourquoi les choses surviennent... Tu es pire que papa...

— Lâche-moi, Álvaro !

— Bien pire, tu es plus dur, plus cynique... Et toi tu l'as choisi, tu as pu choisir... » Je relâchai la pression quand ma propre pensée devint plus forte que mes mains. « Tu représentes ce que je déteste le plus au monde, toi et ceux qui te ressemblent.

— Lâche-moi !

— Tu es un fils de pute, Rafa... »

Je le lâchai et il me frappa. Il me donna un coup de poing à l'œil droit et je n'eus pas mal parce que mon corps n'était plus que violence, force, colère, mouvement, énergie nouvelle et très puissante. Ce fut pour cela qu'il ne put me repousser. J'encaissai le coup et fonçai tête en avant, comme un taureau furieux devenu fou, le renversai d'un coup de tête, me jetai sur lui et commençai à le frapper avec les deux poings, tellement absorbé, tellement concentré sur ce que je faisais qu'il ne réussit pas à se défendre. Il se couvrait le visage des mains, et je le frappais toujours, une fois, une autre, et encore, sa tête bougeait au rythme de mes coups, tombait d'un côté, puis de l'autre pour m'offrir une obscure émotion, le sombre plaisir de ma force, de sa faiblesse, et un désir insatiable de ne pas m'arrêter.

« Álvaro, Álvaro, je t'en prie ! »

J'entendis la voix de ma sœur, et revins de la lointaine région où je m'étais transporté la dernière minute, ou peut-être quelques secondes. Il ne pouvait guère s'être écoulé plus de temps, car Angélica venait de crier, de s'agenouiller à mes côtés. Maintenant elle pleurait, et me tirait par la manche, je l'entendais et je sentais la pression de ses doigts, mais je ne la regardais pas. Je ne pouvais pas la regarder parce que j'avais les yeux rivés sur Rafa, qui était sous moi, le visage couvert de sang, et il gémissait, se plaignait, les bras morts, allongés sur le sol, et sur mes mains il y avait aussi du sang, mes jointures étaient douloureuses, mais je ne sentais rien de plus. Elles me firent mal jusqu'à ce que la perplexité, la colère et l'émotion se volatilisent, et je me retrouvai seul avec moi-même et avec ma propre version de l'horreur.

Je ne m'étais pas battu depuis plus de vingt ans. Et je n'avais jamais frappé quiconque de la sorte.

« Je le savais. »

Alors, quelqu'un s'approcha par-derrière, me prit sous les aisselles, me souleva et immobilisa mes bras, même si tout était déjà fini.

« Je te l'avais dit, Álvaro, je le savais, je savais que ça se terminerait comme ça, je te connais et je le connais, je le connais bien mieux que toi... »

C'était mon frère Julio. Quand nous avions commencé à nous disputer à grands cris, une secrétaire avait ouvert la porte, nous avait vus, et avait eu tellement peur qu'elle était partie le chercher en courant. Maintenant il était avec moi, m'entourant encore de ses bras, je le regardai et ne trouvai rien à lui dire, pas un mot pour expliquer ce qui s'était passé. Alors Rafa se redressa avec beaucoup de difficulté, porta les mains à son visage, hurla de douleur.

Il parlait d'une voix pâteuse, gutturale, comme s'il avait la gorge pleine de lymphe. « Tu m'as cassé le nez, salaud. »

Angélica s'approcha de lui et le toucha avec précaution, mais sans céder à ses protestations. « Fais voir... Non, je ne crois pas qu'il soit cassé, mais il est très enflammé... Il va falloir te mettre quelque chose. Lève-toi, allez, je vais t'aider. » Elle essaya, mais elle ne put le faire bouger. « Viens, Julio, donne-moi un coup de main... »

Ils le prirent chacun par un bras et réussirent à le mettre debout pendant que je contemplais la scène comme un figurant, un spectateur neutre de la douleur qu'un autre aurait provoquée.

« Je t'emmène tout de suite à mon hôpital, Rafa, pour qu'on t'examine. Il va falloir te faire des points de suture à la lèvre, certainement aussi à un sourcil, rien de grave... Pour le reste, tu n'as pas d'os cassé, alors ne t'énerve pas, s'il te plaît. » Pour la première fois de ma vie, je me réjouis du caractère de ma sœur, cet autoritarisme pointilleux de grande prêtresse de la santé qui me faisait habituellement sortir de mes gonds. « Mais avant tout, tu dois te laver le visage, allons aux toilettes, je t'accompagne, viens avec nous, Julio... » Puis elle se tourna vers moi. « Ne pars pas, Álvaro, s'il te plaît. J'ai à te parler. »

Julio me regarda comme s'il avait oublié que j'étais moi aussi avec eux, et avant que je ne les suive, il s'approcha de moi, posa une main sur ma tête, m'embrassa sur la joue. Il ne dit rien et partit, me laissa seul, debout, dans ce bureau immense où tout avait commencé, mon père et Raquel, vérités et mensonges, la vie que je n'avais pas vécue, celle qu'il me restait à vivre. Mais ma sœur ne tarda pas à revenir.

« Álvaro... »

J'étais sûr qu'elle allait me chapitrer et j'étais disposé à accepter la réprimande sans protester, car je la méritais. Rafa m'avait frappé le premier, mais je ne m'étais pas contenté de lui rendre son coup. J'avais perdu le contrôle et j'étais coupable. J'étais sûr que c'était ce que Angélica voulait me dire, ce qu'elle allait me dire, mais quand elle prononça mon nom, en s'essuyant encore les mains sur une serviette en papier blanc que ses doigts coloraient en rose, je sentis dans sa voix la petite angoisse des aveux difficiles.

« Álvaro, je voulais te dire... » Elle commença à tordre et à retordre la serviette en la regardant comme si cet exercice absorbait toute son attention, mais elle eut alors une meilleure idée. « Attends, fais voir ton œil. »

Elle s'approcha, le regarda pendant quelques secondes, le nettoya avec un pan de la serviette, le palpa sans me faire de mal.

« Ce n'est rien, conclut-elle. Il va devenir violet, mais tu n'as aucune coupure... Bon, je voulais te demander un service, Álvaro... Je sais que pour toi tout ce que tu nous as raconté sur papa, et grand-mère, sur les deux, eh bien... C'est important pour toi et je le comprends, je le comprends très bien, ne crois pas ça, mais, malgré tout... Tu ne le comprends peut-être pas, lui non plus ne comprendrait pas, je sais, mais... En fait, je préfère qu'Adolfo ne sache rien, je voudrais te demander de ne rien lui dire, s'il te plaît, parce que... » La serviette n'était plus qu'une pulpe informe entre ses doigts quand elle l'enferma dans un poing et la serra très fort. « Il s'est passé beaucoup de temps, et lui... eh bien, il pense toujours à son grand-père, il est obsédé par la question, et il ne gagnerait rien non plus à savoir... »

Alors elle me regarda enfin, et ce qu'elle vit dans mes yeux l'incita à poursuivre. Un instant plus tôt, je n'aurais pas cru être plus entier que la cellulose qu'elle venait de détruire, mais la température de mon corps remonta pendant que mon esprit retrouvait une sérénité soudaine et mystérieuse.

« Va te faire foutre, Angélica. »

Je le dis sans me troubler, sans élever la voix. Ensuite, je fis demi-tour et partis.

Quand Mariví lui récita à l'interphone la référence de la lettre qu'elle avait envoyée à la veuve de Julio Carrión, Raquel Fernández Perea devint si nerveuse qu'elle en eut des nausées, mais en pensant à ce qui allait lui tomber dessus, elle s'efforça de se reprendre aussi vite que si sa visiteuse était déjà assise en face d'elle. Puis elle décrocha son téléphone et composa à toute vitesse un numéro à quatre chiffres.

« Tante Angélica est venue. Elle est là.

— Mais... » Paco n'hésita qu'une seconde. « Elle aurait dû téléphoner pour te demander un rendez-vous, non ?

— En effet. Mais, tu vois, elle a préféré se présenter sans prévenir. Ce n'est pas bon signe.

— Pourquoi ? Ne t'inquiète pas, Raquel, tu t'en sortiras très bien, j'en suis sûr. »

À cet instant, ce fut Álvaro Carrión Otero, et non sa mère, qui frappa à la porte du bureau.

« Je te laisse, elle est là.

— Bonne chance. » Et ce terme ne signifierait jamais autant et aussi peu à la fois.

Transformée en la toute nouvelle propriétaire d'un appartement luxueux dans lequel elle ne vivrait jamais, Raquel, en quittant le bureau du notaire, pressentait déjà que Julio Carrión ne sortirait pas vivant de cet infarctus. Elle se rendait compte qu'il y avait de fortes chances pour que sa seconde visite ait causé la mort de cet homme, mais même si elle trouvait cela incroyable, ça lui était égal. S'il ne s'était senti coupable de rien pendant plus de cinquante ans, elle n'allait pas se sentir, elle, coupable maintenant. Bien au contraire. Elle se serait réjouie de cette mort comme d'un épilogue adéquat, voire jouissif, de la vie de son grand-père, si la disparition de Carrión n'allait faire échouer ses projets.

Morte la bête, mort le venin. Pendant l'agonie de celui qui aurait dû être sa victime et ne resta que son ennemi, Raquel se rappela souvent cette phrase entendue à plusieurs reprises à Paris et en espagnol, prononcée par une multitude de voix et avec tous les accents possibles, pendant qu'elle se rendait avec sa famille dans les nombreux appartements où on les recevait toujours à grands cris avec champagne et tortilla aux pommes de terre. Morte la bête, mort le venin, oui, mais c'était une autre rage qu'elle ressentait en calculant qu'après tout, Carrión allait encore gagner, même si cette victoire lui coûtait la vie. Cela la mit tellement en rage qu'elle trouva la solution dans sa propre fureur. Quand elle comprit que cette colère, qu'elle vivait comme une expérience personnelle, n'était qu'une passion par procuration, héritée de l'amour d'un homme décédé, elle se rappela à temps que ni les péchés ni les fautes ne s'héritent, mais les dettes, en revanche, se remboursent sans exception dans les héritages. Elle le savait très bien, elle ne travaillait pas pour rien dans une banque.

Il lui aurait été très facile d'attaquer les enfants de Julio Carrión, car elle les connaissait, elle savait à quoi ils ressemblaient, où ils travaillaient. Sebastián protesterait beaucoup au début, mais finirait par la conduire par la main à la porte de leurs bureaux respectifs. Cela ressemblait à une bonne hypothèse, mais elle l'écarta avant de finir de l'explorer. Elle ne craignait pas d'être injuste, mais de se tromper, car elle n'avait jamais pu oublier elle non plus une poupée rousse habillée en vert. Clara Carrión devait avoir son âge et ses frères et sœur étaient plus âgés, mais aucun ne dépassait la frontière de sa propre génération, la première depuis longtemps d'Espagnols qui n'avaient jamais eu peur. Et la peur était la clé de son plan, la condition requise indispensable au succès de son entreprise. Sans elle, rien n'était possible. Si Julio Carrión González n'avait pas eu peur, si cette peur n'avait pas été la même que celle qui avait paralysé Anita Salgado Pérez lorsqu'elle avait appris que son mari était allé voir cet homme presque trente ans plus tôt, le discours que Raquel avait préparé, mémorisé et répété devant le miroir de sa chambre jusqu'à parvenir à le répéter d'un trait dans ce bureau immense, n'aurait pas eu plus d'effet qu'un sourire suffisant, peut-être teinté d'une légère inquiétude. Car tout ce qu'elle lui avait dit était vrai. Les librairies étaient véritablement pleines de livres sur la guerre et l'après-guerre, chaque mois sortaient de nouveaux documentaires sur la question, les juges autorisaient chaque semaine des exhumations de victimes de la répression franquiste, l'État continuait à payer des indemnisations aux partis et aux syndicats républicains spoliés par les vainqueurs de la guerre civile. Chacun de ces événements était une nouveauté en soi et la coïncidence de tous une grande nouveauté, mais pour la mettre à profit, il fallait plus qu'un porte-documents en cuir marron dans les mains d'une économiste sans contacts dans le monde de l'édition.

Ce que Raquel possédait était beaucoup pour elle mais très peu pour un journaliste, car il y avait tant de cas semblables et pires, plus romanesques, plus spectaculaires, avec plus d'enfants, plus de victimes, plus de morts, que la petite tragédie des Fernández Muñoz ne dépasserait jamais la moyenne de la grande tragédie nationale. C'était aussi brutal, aussi dur, mais c'était comme ça. Elle le savait, et elle savait que même si elle avait gain de cause, même si elle écumait les rédactions des journaux et les bureaux des éditeurs jusqu'à ce qu'elle trouve une personne disposée à investir dans son histoire, les conséquences de sa publication, loin de blesser à mort la famille Carrión, ne représenteraient pour ses membres rien qu'une gêne passagère. L'avenir de son groupe ne serait absolument pas compromis par la révélation du passé de son fondateur. Raquel Fernández Perea en était sûre, et pourtant elle risqua et gagna, elle aurait gagné si la mort ne lui avait pas disputé son trophée avant l'heure. Car elle avait parié sur la peur de cet homme, et sa peur ne l'avait pas déçue.

Julio Carrión González avait peur, très peur, depuis toujours. Ce jour-là, dans son bureau, Raquel s'était rendu compte que son attitude n'était pas une réaction aux menaces qu'il entendait, mais la conséquence d'une vieille habitude. Pendant des années et des années, il s'était attendu à ce qu'Ignacio Fernández tienne sa promesse, et s'était préparé à recevoir le coup ultime, définitif. Son grand-père, en fin de compte, avait obtenu gain de cause. Il avait réussi à lui ôter le sommeil et il avait créé les meilleures conditions pour que sa petite-fille finisse la tâche, mais son ambition l'avait perdue. Tout s'était si bien passé que tout s'effondra quand la peur cessa d'être une alliée et se transforma en vengeresse.

Pourtant, ce qui avait marché avec le père ne marcherait pas avec les enfants. Raquel pouvait imaginer la scène, son discours, la réponse qu'elle obtiendrait en échange : Ah oui ? très bien, ma jolie, publie ce que tu voudras, fais comme tu l'entends... Ils ne la craindraient jamais, et leur tranquillité suffirait à la désarmer, aussi les écarta-t-elle tout de suite. Il restait la mère, la veuve et principale héritière de Julio Carrión González, la fille du Crapaud, cette fillette blonde aux yeux clairs qui était devenu un sujet constant de préoccupation pour tous les habitants de la maison où elle habitait, car elle n'avait pas peur lorsque les sirènes annonçaient les bombardements et continuait à jouer tranquillement, n'importe où dans l'immense appartement. Pour Angélica, qui était née au cours de l'été 1935, ce son était courant, la bande sonore quotidienne, rien qui vaille la peine de s'inquiéter. C'était tout ce que Raquel savait d'elle, ça et qu'elle digérait mal la bonne cuisine. Son organisme était si habitué au pain noir et aux lentilles, que lorsqu'on trouvait quelque chose de plus nourrissant à lui donner, il fallait la coucher pour cause de douleur à l'estomac.

Anita, sa grand-mère, n'avait pas pu lui raconter comment elle avait réussi à épouser Carrión, ou comment lui y avait réussi. Elle l'ignorait. Mariana Fernández Viu ne s'était pas mise en contact avec son oncle et sa tante ni avant ni après le retour de Julio, mais en septembre 1949, à la veille de prendre le train qui la ramènerait en Galice chez ses parents, elle était allée voir Casilda García Guerrero, la veuve de son cousin Mateo. Celle-ci avait entretenu une relation épistolaire constante avec les Fernández Muñoz depuis la fin de la guerre, même après son remariage. Au cours des années difficiles, lorsqu'elle vivait seule avec son fils dans une mansarde misérable de la rue Ventura de la Vega, elle avait fait appel à Mariana dans les occasions désespérées, quand elle était sans travail ou que le petit était malade. Lors de ces visites, le Crapaud lui avait toujours donné le strict nécessaire et elle ne lui en avait jamais demandé plus. Elles n'avaient jamais parlé d'autres choses non plus, même si l'une des deux savait que son beau-père avait envoyé à cette adresse des dizaines de lettres qui n'avaient jamais obtenu de réponse, et si l'autre se doutait bien qu'elle le savait.

C'est par Casilda que les Fernández surent à Toulouse, puis ensuite à Paris, ce qui se passait à Madrid, et ce fut elle également qui leur écrivit pour leur raconter ce que Mariana lui avait raconté, après l'avoir retrouvée grâce à l'un de ses jeunes frères, qui travaillait dans un bistrot. À l'époque, Mateo Fernández Gómez de la Riva, sa femme et ses enfants savaient déjà, par l'avocat qu'ils avaient engagé face à l'absence de nouvelles, que Julio Carrión leur avait tout pris à la seule exception de la maison de Torrelodones. La mère de l'aîné de leurs petits-enfants leur raconta que Julio Carrion venait d'en chasser leur nièce, et que celle-ci semblait maintenant très intéressée à représenter les intérêts de sa famille en Espagne afin de récupérer ce qu'elle pourrait, et qu'elle l'avait envoyée se faire foutre. « Mais j'ai peut-être eu tort. Je crois que ce salaud a fait en sorte que vous ne puissiez rien récupérer, mais si vous voulez que j'écrive au Crapaud, au cas où on puisse faire quelque chose, j'ai son adresse... » Ils savaient qu'il n'y avait rien à faire, et que si par hasard cela se révélait possible, ce serait en faveur de Mariana. Ils ne lui faisaient pas plus confiance qu'à Carrión et ils préféraient presque cette fin à n'importe quelle autre qui impliquerait un partage des bénéfices. Quand cela se produisit, ils furent pris au dépourvu.

Le jour où ils trouvèrent, toujours dans une lettre de Casilda, une coupure de presse de la rubrique société d'un journal madrilène, on était déjà en 1956 et ils avaient atteint un niveau de vie assez confortable pour ne plus penser chaque heure à Julio Carrión, mais cela ne les aida pas à comprendre cette nouvelle. *Samedi 5 mai, don Julio Carrión González, trente-quatre-ans, a épousé Mlle Angélica Otero Fernández, vingt et un ans, en l'église Santa Bárbara.* « Qu'en dites-vous ? Moi, j'ai été pétrifiée quand j'ai lu ça... », avait écrit Casilda au crayon, dans la marge. Eux aussi mais ils l'oublièrent immédiatement sauf Paloma, qui s'effondra à nouveau même si cela paraissait impossible.

Des histoires comme celle-ci, la seule qu'Anita put raconter sur Angélica cet après-midi où elle lui avait promis de tout lui raconter, apprirent à Raquel la leçon de la peur, qu'elle n'apprendrait jamais d'une autre façon. Elle eut du mal à comprendre. Personne de son âge, de sa génération, n'y parvenait sans résistance.

« Mais enfin, grand-mère, ce n'est pas possible, je n'y crois pas, s'était-elle entêtée à plusieurs reprises. Casilda était en Espagne, elle vous écrivait et vous lui écriviez tout le temps... Comment Mariana a-t-elle pu tout garder ? Pourquoi n'a-t-elle pas cherché un avocat, pourquoi n'a-t-elle pas porté plainte, que sais-je... ?

— Qui, Casilda ? Ma pauvre petite ! Pour aller au tribunal, elle aurait dû...

— Bon, mais elle aurait pu chercher quelqu'un pour la représenter. Quelqu'un aurait certainement pu faire quelque chose.

— Oui, la mettre en prison, pour commencer.

— Pourquoi ? Elle avait déjà fait de la prison à la fin de la guerre, non ? Et on l'avait relâchée. Je ne dis pas aller directement dans un commissariat, mais... Je ne sais pas, elle allait très mal, elle vivait dans la misère, elle travaillait comme une bête, avec un jeune enfant, et l'autre avait tout, sans aucun droit, et... lorsque Carrión est revenu, cela faisait huit ans que la guerre était finie ! » Plus elle le répétait, moins elle comprenait. « Et avant, vous n'y avez même pas pensé ? Vous n'avez pas eu l'idée de tenter quelque chose ? Ton mari, qui était avocat, et son père, qui était ingénieur et travaillait dans un ministère... Ils étaient d'ici, ils devaient connaître beaucoup de gens, avoir des amis, des collègues de travail. Ce n'étaient pas de pauvres ignorants, ils n'étaient pas démunis, ils devaient savoir à qui s'adresser je veux dire. C'est pour ça que je ne comprends pas. Comment tout cela a-t-il pu arriver, grand-mère ? »

Anita regarda sa petite-fille, sourit à nouveau. « Tout le monde avait peur, les riches et les pauvres, les gens instruits et ceux qui ne l'étaient pas, tout le monde, très peur. Casilda avait peur, et ton grand-père et ses parents aussi. Ils avaient peur pour elle, pour le petit, toi... Tu ne sais pas de quoi tu parles, Raquel, tu ne peux même pas l'imaginer. »

C'est peut-être à cause de cela que Raquel se tut. Elle cherchait de nouveaux arguments, mais ne les trouvait pas.

Sa grand-mère les lui fournit immédiatement. « Écoute, quand les fascistes sont entrés dans Madrid, Carlos, le mari de Paloma, est allé voir un ami intime, professeur dans son université, qui était devenu communiste en pleine guerre et passait pour être le plus révolutionnaire de tous. Je ne me souviens plus de son nom, mais je sais qu'il venait d'une famille de militaires fachos. C'est la raison pour laquelle il avait eu la vie sauve, et pour laquelle Carlos pensa qu'il pourrait le sauver lui. Il a dû aller à pied à Aranjuez pour le rencontrer, son ami l'a écouté, lui a promis de l'aide et lui a demandé de l'attendre. Puis il est allé le dénoncer. C'est ce que sa jeune sœur a dit à Carlos, en lui conseillant de partir en courant. Elle lui a donné de l'argent pour rentrer en train à Madrid et elle lui a sauvé la vie, même si cela n'a servi que pour que Mariana puisse le dénoncer le lendemain. Tu comprends ?

— Et cette fille était de droite, supposa Raquel.

— Bien sûr. De droite, mais c'était manifestement quelqu'un de bien, meilleure que son frère. C'est pour ça qu'on avait peur, parce qu'on ne pouvait faire confiance à personne. Le seul à qui on faisait confiance, c'était Julio, c'était comme s'il faisait partie de la famille, et tu vois... »

Raquel connaissait Casilda depuis toujours. Tous les ans, en rentrant de leurs vacances à Torre del Mar, ses parents faisaient une halte pour l'appeler, et déjeuner ou dîner avec elle. Casilda était la tante de Madrid, une femme âgée affectueuse, qui l'embrassait longtemps avant de constater avec effarement combien elle avait grandi, et qui lui donnait toujours une boîte de bonbons à la violette, qu'elle aimait beaucoup et qu'on ne trouvait pas à Paris. Une fois que ses parents furent rentrés au pays, les rencontres devinrent plus fréquentes. Casilda les accompagnait presque toujours quand ils allaient déjeuner à l'extérieur de Madrid et, certains soirs, elle restait même avec elle et Mateo pour que leurs parents puissent sortir. C'est pour cette raison que Raquel ne comprit pas bien ce qui se passa le jour où ses grands-parents revinrent, ce jour qui avait commencé avec un vermouth au robinet à las Vistillas. À 18 heures, la sonnette retentit, elle alla ouvrir et la trouva en pleurs. « Qu'est-ce qui s'est passé, ma tante, tu t'es fait mal ? » Elle répondit que non avec la tête puis elle lui demanda si grand-père était arrivé. « Oui, il est au salon », répondit Raquel. Il n'était plus au salon, mais derrière elle, et quand elle s'en rendit compte, elle dut partir pour ne pas être écrasée, car grand-père et Casilda s'étreignaient, et ils restèrent comme ça, enlacés dans l'entrée, pendant très longtemps. Elle pleurait et disait à voix basse « Aïe, Ignacio, Ignacio ! » comme si elle se plaignait, et lui, les yeux clos, lui caressait la tête comme à un bébé.

Quand sa grand-mère lui raconta ce qu'elle savait sur Julio Carrión, Raquel se rappela cette scène parmi d'autres qui avaient fait de son enfance l'âge le plus chargé d'émotion, le plus agité, intense et imprévisible de toute sa vie, mais elle fut capable de l'analyser sous une autre perspective, et elle n'eut pas besoin d'autres questions. Après la guerre, Casilda n'aurait pas pu quitter l'Espagne, et même des années plus tard, elle ne songea pas à essayer, de même que ses beaux-parents, ses beaux-frères ne prirent jamais la dangereuse initiative de lui envoyer un simple billet d'avion. Raquel ne pourrait plus jamais demander à la veuve de Mateo si elle avait eu un passeport avant 1976, car elle n'avait survécu que de quelques mois à Ignacio, son beau-frère, mais Raquel était presque sûre qu'elle n'aurait jamais pris le risque de se présenter dans un commissariat où on allait exiger d'elle un extrait de casier judiciaire. On avait du mal à y croire, mais c'était vrai, et c'était absurde, mais c'était comme ça.

Pour tous, le temps avait passé, mais la peur demeurait, aussi puissante, aussi provocante, aussi infranchissable qu'une montagne aux sommets enneigés que les villageois s'habituent à regarder de la plaine pendant des années, sans oser imaginer que quelqu'un puisse l'escalader, arriver au sommet, et contempler ce qu'il y a de l'autre côté. La peur avait représenté pour eux un paysage, une patrie, une habitude, une condition invariable que l'on ne remet pas en cause, la vie même. Et cela, pensa Raquel Fernández Perea quelque temps plus tard, devait être la peur pour Angélica Otero Fernández.

« Mais est-ce que la veuve sait tout ? » lui demanda Paco Molinero le jour où elle décréta que l'heure de se mettre sérieusement au travail était venue.

« Elle doit le savoir, répondit-elle sans hésiter. Je sais ce que tu penses, j'y ai pensé moi aussi, mais peu m'importe. Quand je lui dirai comment je m'appelle, elle saura immédiatement qui je suis et ce que je veux, et logiquement elle doit devenir aussi nerveuse que lui, me donner rendez-vous du jour au lendemain, ne dire rien à personne avant de me voir. Ses fils, qui m'inquiètent, ne connaissent pas mon nom, je le sais, Sebastián me l'a dit. Il m'a raconté que Carrión lui avait dit que le plus important était que personne ne sache rien, et puis mon nom de famille est Fernández, c'est mon avantage. Elle ne connaît pas non plus la famille de ma mère, Perea, ça ne peut rien évoquer pour elle, alors... »

Elle laissa la phrase à moitié achevée en constatant que son interlocuteur ne bougeait pas la tête d'un côté à l'autre par hasard.

« Non, lui confirma-t-il très vite. C'est le contraire qui m'inquiète. Comment peux-tu être aussi sûre qu'elle sait tout ? »

Elle ne put répondre à cette question. Elle ne disposait que de ses propres sensations et du souvenir d'un soir lointain, l'intuition d'une enfant de huit ans, cette femme blonde, élégante, qui se tordait les mains tout en se demandant où elle avait pu laisser ses cigarettes. La visite d'Ignacio Fernández l'avait rendue plus que nerveuse, presque hystérique, comme malade d'anxiété, c'était la seule chose dont elle était sûre.

Elle poursuivit sur un ton plus prudent, comme si elle voulait se convaincre elle-même : « Quand mon grand-père m'a emmenée chez Carrión, ce samedi de 1977, c'est elle qui nous a reçus. Elle était très élégante, avec une robe noire et beaucoup de perles, elle semblait sur le point de sortir, et elle était aussi tranquille que tu le serais, chez toi, si un samedi après-midi on frappait à ta porte et que tu trouvais un homme âgé, bien habillé, de belle allure, qui tient une petite fille par la main. Elle nous sourit, demanda ce que nous voulions et quand mon grand-père lui a dit son nom... elle s'est décomposée. Elle a failli tomber à la renverse. »

Son ami sourit. « Oui. Ça veut dire qu'elle savait quelque chose, Raquel. Elle devait forcément savoir, non ? Quand Carrión est rentré en Espagne, elle était une petite fille, elle vivait avec sa mère, elle devait le connaître au moins de vue, certanement. Mais on ignore comment ils se sont retrouvés sept ans plus tard, on ne sait pas comment ils sont tombés amoureux, s'ils se sont retrouvés par hasard ou s'il est allé les voir en Galice, ou... va savoir. Elle sait peut-être tout, ou peut-être qu'une partie, et tu ne peux savoir laquelle.

— Et ça te semble si important ?

— Oui, répondit-il avec gravité. Parce que c'est le point faible de toute cette histoire ».

L'enterrement de Julio Carrión González datait de huit jours quand Raquel invita Paco Molinero à dîner par courrier électronique. Il passa la voir quelques minutes plus tard. « Alors, cette nouvelle ? C'est si difficile de faire vingt pas jusqu'à mon bureau ? » Raquel sourit. « Non, mais l'occasion exige un certain sérieux. » Pour s'assurer que son invité ne se méprenne pas, elle ajouta qu'il ne s'agissait pas tant d'étrenner sa nouvelle maison, mais de parler affaires. « Donne-moi une piste », lui demanda-t-il. Elle lui répondit qu'elle ne pouvait pas, qu'elle allait avoir besoin de quelques heures pour le mettre au courant.

Raquel réussit à résumer l'histoire car Paco, qui n'était pas le petit-fils d'Ignacio Fernández, ne l'interrompit pas avec ses questions. Il fut si impressionné par ce qu'il venait d'apprendre qu'il fut incapable de donner une opinion.

« C'est très fort, ma vieille, je dois y réfléchir. »

Elle déguisa sa déception en un sourire. Il s'approcha d'elle et la secoua doucement. « Hé ! Mais qu'est-ce que tu crois ? Je veux réfléchir à comment faire pour que la veuve lâche un million, pas sur le fait de savoir si c'est bien ou non de lui vendre les papiers.

— Alors tu trouves que c'est une bonne idée ?

— Moi ? Je trouve ça vraiment super... »

Pendant toute une semaine, Paco l'appela ou lui écrivit chaque jour, et souvent plus d'une fois, pour lui demander des détails, des noms, des dates, des sommes que Raquel ne connaissait pas toujours. Elle l'avait prévenu qu'aucun des deux n'allait garder un centime de ce qu'ils tireraient, que l'idéal serait qu'il le prenne comme un jeu, ou mieux encore, comme une version petit format, du grand projet de génie financier qu'ils avaient conçu ensemble, et il avait accepté sans hésiter. Raquel savait que cela lui plaisait, l'amusait, le stimulait, mais elle savait aussi que Paco ne pouvait travailler sans tout prendre au sérieux, y compris le développement de sa fortune fictive. Il avait déjà dû remplir un carnet de diagrammes pleins de chiffres, de dates et de noms, et il avait dû ouvrir au moins un dossier dans son ordinateur, quand il décida qu'était venu le moment de travailler sérieusement, et ils se donnèrent rendez-vous pour déjeuner le même jour après le travail.

« C'est le point faible, Raquel, penses-y. Avec les informations dont on dispose, tu ne peux pas arriver comme ça chez la veuve en disant que tu es une de ses nièces et que tu étais parvenue à un accord avec son mari pour lui vendre des documents qui prouvent que c'était un escroc. Imagine qu'elle ne sache rien.

— Ce n'est pas possible, dit-elle, sans en être vraiment sûre.

— Bien sûr que si. Imagine que sa mère lui ait caché ses relations avec Carrión. Les motifs ne lui manquaient pas. Et si après ils se sont retrouvés par hasard quand il était déjà un homme riche... Elle ne sait pas nécessairement d'où sort son argent. Qu'elle ait des soupçons ne signifie pas qu'elle ait osé lui poser la question.

— Non. C'est impossible.

— Ah oui ? À cette époque ? Dans ce pays ? » Elle le regarda, apprécia son sourire, hésita à nouveau. « Non, Raquel. La majeure partie des gens veut vivre tranquille, tu le sais, et le jour où ton grand-père est apparu chez lui... eh bien il a pris peur, bien sûr, parce que c'était comme un fantôme du passé, parce que soudain tout était fini, parce que Franco était mort, parce que les exilés rentraient, parce que les prisonniers politiques sortaient des prisons... Et parce que ton grand-père était la dernière personne qu'elle s'attendait à trouver devant sa porte. Mais qu'elle ait pris peur signifie simplement que cette visite la tracassait, pas qu'elle ait su exactement quel rôle son mari avait joué dans tout cela. Et je ne dis pas qu'elle ne le sache pas, elle le sait peut-être. Je dis qu'on ne peut pas en être sûrs.

— Et lui ? » Raquel devenait nerveuse. « Il devait être hystérique, effrayé, sa femme avait dû s'en apercevoir, enfin, je ne sais pas...

— Oui, mais cette nuit-là, au lit, Carrión a aussi bien pu la prendre dans ses bras, l'embrasser, lui faire l'amour, et lui promettre qu'il veillerait toujours à ce que personne ne fasse de mal à sa famille. C'était l'attitude typique des hommes de sa génération, c'est ce que l'on entendait par virilité. Et ce que les femmes d'alors entendaient par féminité consistait à se taire et à leur faire une confiance aveugle. Réfléchis, Raquel... La veuve croit que la véritable délinquante fut sa mère et que la seule faute de Carrión fut de l'avoir aidée. C'est possible, mais il existe d'autres possibilités. » Paco, qui n'était pas le petit-fils d'Ignacio Fernández, travaillait sérieusement, et était parvenu à entrevoir des choses qu'elle n'avait même pas soupçonnées. « S'il est vrai qu'elle savait tout, en l'épousant, tante Angélica a trahi sa mère, non ? C'est également possible, et c'est très fort. Mais tout s'est peut-être passé différemment. Peut-être que Carrión a subi un infarctus rien qu'à la pensée que sa femme puisse découvrir, si longtemps après, ce qu'il avait fait à sa belle-mère. Et il y a encore une autre hypothèse, qui aurait mes faveurs, s'il s'agissait d'un pari. Il est fort probable qu'Angélica sache ce qui s'est passé dans les années 1940 et 1970, mais ignore que tu sois allée voir son mari il y a un mois et demi. Il voulait que personne ne le sache, et personne signifie précisément cela : personne. Voilà pourquoi je te dis qu'on ne sait rien. Et que si tu vas la voir, il est possible qu'elle te jette hors de chez elle, qu'elle appelle ses enfants, qu'elle prévienne la police, qu'elle ait un malaise, qu'elle devienne hystérique... Bref, rien de bon. »

Raquel Fernández Perea écouta tous ces arguments avec un grand intérêt, et se reprocha une fois de plus sa négligence, cette faiblesse qui était née dans son esprit traîtreusement et à contretemps, et qui la maintenait distraite, absente, incapable de bien réfléchir.

Le jour où elle s'était rendue à l'enterrement de Julio Carrión, elle n'avait pas de plan précis. Elle était disposée à se faire rembourser la dette par les héritiers, mais elle n'avait pas encore décidé comment, ni quand. Elle n'était pas pressée non plus. Les héritages des riches sont longs, compliqués, requièrent un inventaire minutieux, une répartition difficile, une stratégie fiscale considérable, et celle-ci ne serait pas résolue avant de longs mois, peut-être même pas avant un an. Et il ne serait pas facile de trouver une autre occasion de voir ensemble tous les membres de la famille Carrión. Ce fut cette raison, et non l'urgence, qui la poussa au cimetière de Torrelodones un matin de mars lumineux et glacé. Elle n'était pas très sûre que l'information qu'elle pourrait en tirer lui serve à grand-chose, mais elle avait l'occasion d'étudier l'aspect, les gestes, le style, la façon de s'habiller et de se comporter de ces parents lointains qu'elle avait vus une seule fois dans sa vie, presque trente ans auparavant, et c'eût été une sottise de ne pas en profiter. Elle ne s'attendait pas à autre chose qu'un enterrement classique, des manteaux noirs, des lunettes noires, des mouchoirs serrés dans des poings tremblants, amour, douleur, et une famille prise au dépourvu, plongée dans sa souffrance, exposée à la curiosité générale, mais elle ne pouvait pas écarter le fait qu'il y ait peut-être des frères et des sœurs fâchés entre eux, et éventuellement ce type de données pouvait lui être utile.

Quand elle vit un homme seul, à l'écart des autres, à mi-chemin entre la porte et la tombe, elle crut que c'était une simple connaissance des Carrión, peut-être un employé, quelqu'un qui ne faisait pas partie de la famille du défunt. Mais il l'avait entendue arriver et avait tourné la tête pour la regarder, et à cet instant, Raquel Fernández Perea sentit le sol se dérober sous ses pieds. Les talons de ses bottes s'enfoncèrent dans la terre sombre et humide en affrontant le regard d'un inconnu qu'elle connaissait déjà, qu'elle avait souvent vu sourire sur certaines vieilles photos. Même si l'homme qui était devant elle était plus âgé que le jeune homme qui savait sourire d'une façon si charmante en posant pour les photos de groupe, il était aussi bien sûr plus jeune que le vieil homme qui n'avait pas perdu le souvenir de ce sourire. Si elle les avait connus tous les deux au même âge, elle aurait pu apprécier certaines différences. Mais à la distance du temps et de l'espace qui l'éloignaient de l'un comme de l'autre, ses cheveux noirs, épais, à peine ondulés, lui semblèrent identiques, comme sa tête, son visage à la peau mate et aux mâchoires carrées, au nez long et fin, la bouche par contre très bien dessinée et les lèvres épaisses, d'une souplesse surprenante. Il avait les yeux foncés et d'épais sourcils, comme deux traits noirs et précis qui deviendraient blancs avec l'âge, sans nuire à la qualité scintillante de son regard. Parce que cet homme, qui ne pouvait être Julio Carrión, était Julio Carrión, une copie presque conforme du visage, du corps qui allait se fondre avec la terre, disparaître pour toujours et rester en même temps ici, dans les yeux qui la regardaient.

Elle devint si nerveuse qu'elle ne put soutenir longtemps leur regard. Elle s'obligea à détourner le sien, alluma une cigarette, tenta d'avancer, se rendit compte que la boue avait immobilisé ses talons, les libéra, fit quelques pas et regarda devant elle. Ce n'est pas son fils, non, parce que sinon il serait au bord de la fosse, avec les autres, songea-t-elle. Elle identifia immédiatement Angélica, qui avait les cheveux teints de la même couleur que jadis mais qui était devenue une vieille dame fragile, d'une minceur délicate. Elle était entourée de ses deux fils aînés, ceux qu'elle avait reconnus sur le site web, tous deux grands, blonds, pâles, à moitié chauves, se ressemblant autant que lorsqu'ils étaient enfants. Leur apparence s'ajustait admirablement à celle que Raquel avait imaginée, et les différenciait des deux autres hommes qui faisaient partie du groupe. L'un d'eux, châtain, barbu et l'air d'un soixante-huitard classique, entourait de ses bras une jolie femme blonde, aux yeux clairs, qui ressemblait beaucoup à sa mère. L'autre, plus petit, les cheveux très courts et la cravate noire, était le mari de Clara. Raquel la reconnut immédiatement, car elle conservait cette beauté douce et candide qui l'avait captivée lorsqu'elles étaient enfants. Près d'elle, il y avait deux femmes, mais aucun homme brun, que serait devenu l'enfant de douze ans qui, en 1977, était le seul des enfants de Julio Carrión à ressembler à son père.

Elle éteignit sa cigarette et le regarda à nouveau, maintenant il fumait et continuait à la regarder d'un air vague, où se mêlaient curiosité, surprise et quelque chose de plus, une qualité sereine, équilibrée, inhabituelle chez quelqu'un qui regarde une autre personne. C'était le regard de celui qui observe un tableau, un coucher de soleil, ou écoute une chanson qu'il aime.

Raquel comprit que c'était Álvaro, ce devait être Álvaro, même s'il était seul, même s'il était à l'écart, même s'il donnait l'impression de ne pas vouloir se mêler aux autres. Si elle avait pu penser froidement, elle se serait réjouie de son isolement, qui était plus que ce qu'elle en espérait en arrivant à ce cimetière, mais elle ne pouvait plus penser froidement, ni n'osait même penser.

Cet homme n'était pas Julio Carrión, même si on aurait pu le croire, ce n'était pas possible, et beaucoup de temps avait passé. Elle n'était pas Paloma et pourtant, elle ne pouvait cesser de le regarder. Ce n'était pas raisonnable, ce n'était ni logique ni naturel, ce n'était pas normal, ce n'était pas bon, mais Raquel Fernández Perea, sa raison et ses desseins succombèrent à une attraction subite pour un homme qui n'était même pas lui, mais l'ombre d'un autre, et qui la plongea dans une confusion semblable à celle qu'éprouverait une novice candide, inexpérimentée, la première fois qu'elle se voit tentée, puis cernée par le démon. Alors, avant qu'elle ait eu le temps de traiter, de digérer tout cela, la cérémonie s'acheva. Les sanglots devinrent plus intenses pendant que le cercueil descendait au fond de la fosse, les fleurs volèrent, la veuve s'effondra, ses fils la soutinrent, et l'homme solitaire accourut vers eux, les prit dans ses bras, les embrassa, retrouva sa place dans ce deuil. Elle partit alors, en marchant très vite, sans tourner la tête, soudain consciente des risques qu'impliquait sa condition d'intruse.

Ensuite, elle s'était obligée à se situer en marge de cette fantaisie ridicule, morbide, dangereuse, mais depuis ce jour-là elle n'avait guère progressé. Elle avait beaucoup réfléchi à ce qu'elle savait et à ce qu'elle ignorait, elle avait pensé sans relâche à Angélica, à ses enfants, elle avait préparé les multiples variantes d'un discours semblable à celui qui lui avait permis de triompher sur un vieil homme pris au dépourvu, et aucune ne l'avait satisfaite. Le souvenir de ces yeux qui étaient et n'étaient pas ceux de Julio Carrión González interférait dans ses pensées et dans ses conclusions, lui montrait son propre manque de défense, l'affaiblissait.

Raquel Fernández Perea, qui était née, avait grandi parmi les fantômes, était désormais trop grande pour y croire, et savait que tout était une erreur, un mirage, la conséquence inévitable de son entêtement à se transporter à une autre époque, dans un autre pays, pour se plonger dans des passions qui ne lui appartenaient pas non plus. Mais ce qu'elle savait ne l'empêchait pas de pressentir que ces yeux sombres étaient un avertissement. Alors la colère revenait et sa maîtrise ne lui permettait pas non plus d'avancer. C'était la raison pour laquelle elle avait fait appel à Paco Molinero, une intelligence neutre, loyale, libre de préjugés. Et quand elle entendit ce discours qui rendait les choses plus difficiles afin de parvenir à les résoudre, elle comprit que sans lui elle ne serait pas arrivée très loin.

« Tu as raison », reconnut-elle après avoir réfléchi quelques instants, et c'était si clair qu'elle le répéta : « En fait, tu as raison. » Et cela suffit à lui faire voir les choses plus clairement. « Mais il y a une possibilité...

— Les fonds.

— Bien sûr.

— J'allais te le dire.

— Évidemment ! » Elle hocha la tête à plusieurs reprises. « Je ne comprends pas comment j'ai pu être aussi sotte. »

C'était la seule vérité irréfutable que Raquel Fernández Perea avait énoncée à Julio Carrión González lors de sa seconde visite. Avant cette entrevue, elle était passée aux archives du département commercial et y avait trouvé son nom ainsi que celui de certaines de ses entreprises. Elle ne fut pas surprise, car le profil du président du groupe Carrión correspondait à celui de ses clients les plus traditionnels : des entrepreneurs madrilènes qui s'adressaient habituellement à la Caja pour mener à bien leurs projets et y investissaient une partie de leur fortune personnelle, afin d'établir de bons rapports avec leurs interlocuteurs au cas où les choses viendraient un jour à mal tourner. Pour Carrión, comme pour la plupart des autres, les comptes personnels représentaient un volume d'affaires très inférieur à celui des transactions qu'effectuaient ses entreprises, non pas que la quantité fût négligeable en soi, mais parce que les mouvements, et donc les intérêts, les commissions, les gains nets, étaient pratiquement inexistants. Il n'avait fallu que quelques minutes à Raquel pour le constater, et elle avait calculé qu'il ne devait donc pas être très compliqué d'en assurer la gestion, mais la mort de Carrión l'avait conduite à abandonner plus tôt que prévu le chemin que Paco venait de lui signaler.

Le lendemain, à la première heure, elle alla voir directement Miguel Aguado, un garçon plus jeune qu'elle, laid, timide, à l'air sympathique, à qui elle n'avait pas dû parler plus d'une douzaine de fois en dix ans. Elle ne savait rien de son travail, mais il lui fut facile de vérifier que ce n'était pas un gestionnaire particulièrement brillant, même s'il jouissait d'une très bonne réputation et avait obtenu quelques succès importants. C'était un homme bien élevé qui l'accueillit avec un sourire, lui offrit un café et l'écouta sans l'interrompre.

« Dans ces conditions, lui dit-il, je ne vois pas d'inconvénient à te les passer, mais je te préviens que tu n'en tireras rien. Je connais de vue certains des fils, je te l'ai dit, et ce ne sont pas des clients à moi, parce que j'ai toujours traité directement avec don Julio, mais je suis sûr qu'ils vont liquider les fonds. Je ne sais plus combien ils sont, mais je sais qu'ils sont nombreux, et très riches. Ces histoires finissent toujours de la même manière, tu le sais. Les familles nombreuses sont une ruine. »

Raquel sourit. « Je sais. C'est pour ça que Clara m'a appelée, j'en suis sûre. Jusqu'à présent elle avait oublié que je travaillais ici, mais elle le savait. Nous nous sommes vues plusieurs fois, dans des dîners d'anciennes élèves. Quand nous étions petites, nous étions très copines, mais s'ils ne comptaient pas liquider leurs fonds, elle ne m'aurait pas appelée, puisque c'est avec toi que leur père a gagné de l'argent... De toute façon, je t'ai dit qu'il s'agissait juste d'assurer la gestion personnelle, de façon officieuse, en laissant tout tel quel. La seule chose qu'ils veulent, c'est que je leur explique. Et si je parviens à les convaincre, ce que j'essaierai de faire, ne serait-ce que par déformation professionnelle, je te les repasserai, bien entendu. Ils sont à toi.

— Déformation professionnelle, c'est amusant, dit Aguado en souriant.

— Oui, mais ne te fais pas d'illusions... »

Ce n'était pas la première fois qu'elle passait ce genre de marché avec un collègue, et ce ne serait pas la dernière. Écrire à Angélica lui sembla encore moins difficile. Elle aurait pu en charger une secrétaire, mais elle avait un modèle archivé dans son ordinateur, et ne mit que cinq minutes à le compléter avec les données nécessaires. Elle prit la précaution de signer avec l'initiale de son nom, l'envoya par coursier le jour même et croisa les doigts. Si Angélica soupçonnait son identité en lisant la lettre, elle l'appellerait tout de suite. Sinon, et à ce stade – elle aurait également choisi cette option si sa vie en dépendait –, elle devrait attendre. Elle savait par expérience que le délai de réaction des héritiers avoisinait le mois. Ils répondaient rarement avant et le faisaient très souvent après. Aussi décida-t-elle de ne pas s'énerver avant la mi-avril. Mais Julio Carrión González était mort le 1er mars 2005, et il ne restait qu'un jour avant la fin du mois quand Mariví lui annonça la visite de sa veuve.

Je ne suis pas prête. Ce fut la première chose qu'elle pensa. Elle n'était pas prête, et pourtant elle savait par cœur ce qu'elle devait dire, dans quel ordre, avec quelle intonation, et de quelle façon procéder. Si les choses se passaient bien, et elles n'avaient pas de raison de mal se passer, ce rendez-vous ne serait qu'une prise de contact, juste un prétexte pour en fixer un plus important, définitif, où elle se rendrait avec un porte-documents en cuir marron qu'elle poserait sur la table au moment opportun.

Elle avait une grande habitude de recevoir des héritiers et de leur assener un discours identique à celui qu'entendrait Angélica Otero Fernández ce matin-là, mais elle avait prévu un entretien très différent : un appel téléphonique, une conversation brève mais suffisante pour se faire une idée du genre de femme avec lequel elle allait traiter, et une série considérable de propositions et de contre-propositions enrobées d'exquise courtoisie. Elle préférait voir la veuve de Julio Carrión dans son bureau car elle s'y sentait plus forte, plus assurée. Elle avait même prévu l'éventualité où Angélica alléguerait des raisons de santé, ou d'abattement, pour ne pas se rendre à la banque, et elle était décidée à répondre immédiatement que, dans ce cas, elle ne voyait aucun inconvénient à se rendre à son domicile, car ces affaires, vous le savez, sont délicates, et notre expérience nous a appris qu'il vaut mieux les traiter directement avec la famille, sans intermédiaires qui accèdent à des informations qui ne les regardent pas.

C'était ce qu'elle allait lui dire, et elle le savait. Elle avait choisi minutieusement les verbes, les pronoms, le numéro de la première et de la deuxième personne : bien sûr, ce n'est pas urgent, je peux attendre tout le temps dont vous aurez besoin pour vous remettre. Ce genre de situation est terrible, je le sais, même si cela représente beaucoup d'argent bien sûr, et qu'il convient de ne pas trop retarder les décisions, nous avons une marge de quelques semaines, voire un mois si cela se révèle indispensable, fixez la date, l'important, doña Angélica, est que vous retrouviez le moral... Les choses se dérouleraient comme ça, comme elle l'avait prévu, et dans ces conditions, avec ces délais, tout se passerait bien. Mais elle avait envoyé la lettre le 20 mars, son destinataire n'avait pas pu la recevoir avant le lendemain, et neuf jours plus tard elle était déjà là, frappant à sa porte sans s'être donné la peine de téléphoner auparavant. Raquel ne comprenait pas, mais elle ne pouvait pas la faire attendre non plus. Après tout, c'était une cliente.

« Entrez », dit-elle enfin, avec un accent courageux, presque musical. Et le sosie de Julio Carrión entra dans son bureau.

Quand elle le vit, elle se leva sans être consciente d'avoir donné à son corps l'ordre de le faire et, en se sentant chanceler, appuya les mains sur la table. Ce n'est pas possible, ce n'est pas possible, cela n'est pas en train de se passer. Mais elle ferma les yeux, les rouvrit, et Álvaro Carrión était toujours là, aussi étonné, aussi stupéfait qu'elle-même.

« Excusez-moi, mais... j'attendais votre mère, parvint-elle à dire.

— Oui, mais je suis venu à sa place. » Le son de sa voix la rassura, car elle ne ressemblait pas à celle de son père. « Comme votre sympathique réceptionniste ne m'a même pas demandé mon nom...

— Oui. » Elle parvint à sourire comme si elle faisait semblant de s'amuser de cette prouesse. « Mariví est très particulière. » Elle se demanda ce qu'elle devait faire ensuite et s'en souvint. « Je vous en prie, asseyez-vous. »

Quand il fut parti, elle regagna très lentement son siège, le fit pivoter pour se placer face à la fenêtre, regretta la lumière, et ne se rendit compte qu'alors qu'il pleuvait. Elle se sentait très mal, mais n'avait pas la force de se demander pourquoi. Le téléphone sonna avant qu'elle n'ait repris ses esprits.

Paco commença par le début. « Tu es seule ?

— Oui.

— Alors, comment ça s'est passé ?

— Très mal... » Elle fit une pause, respira, elle n'avait même pas envie de parler. « Ce n'est pas elle qui est venue mais son fils, le plus jeune, celui que j'ai connu le jour où je suis allée chez lui avec mon grand-père.

— Ce n'est pas si étonnant, dit-il avec un calme qui la déconcerta un moment. Alors, qu'est-ce que ça a donné ?

— Ça n'a rien donné, Paco, il ne s'est rien passé. Je lui ai fait mon discours, je lui ai donné les papiers, je lui ai dit de les regarder chez lui, au calme, et il est parti. » Arrivant à la fin de sa phrase, elle respira et se sentit mieux. « C'est fini.

— Comment ça, c'est fini ? demanda-t-il, interloqué.

— Eh bien oui, parce que je t'ai dit qu'avec les fils il n'y avait rien à faire, et je... Je ne sais pas, je suis devenue très nerveuse, je ne savais que lui raconter, que dire... S'il m'avait appelée avant, j'aurais pu avoir une idée, chercher une alternative, mais comme il est arrivé comme ça, je l'ai traité comme un client habituel, tu comprends ? Et maintenant, je ne sais pas, je...

— Mais qu'est-ce qui t'arrive, Raquel ? » Paco changea de ton. « Tu es affectée. Calme-toi, s'il te plaît. On dirait une débutante, vraiment. »

Ce terme de « débutante », une critique plutôt gentille, qui était dans son métier pire qu'une insulte, la fit réagir.

« C'est vrai », admit-elle et elle le répéta pour s'en convaincre. « C'est vrai, tu as raison. Il ne s'est rien passé de grave, sauf que je suis devenue très nerveuse... Mais je ne crois pas qu'il s'en soit rendu compte.

— Tant mieux. On trouvera un moyen d'arriver à la veuve, ne t'inquiète pas. On en parlera plus tard. Tu es prise à déjeuner ? »

Elle répondit que non et il proposa de réserver une table au restaurant de la rue Escalinata où ils avaient l'habitude d'aller quand ils déjeunaient ensemble.

Puis elle se rendit aux toilettes, se passa de l'eau froide sur le visage et se sentit mieux. En fin de compte, elle était née, elle avait grandi parmi les fantômes. Elle était habituée à leur compagnie et savait qu'ils avaient une forme, un poids, plus de consistance que certaines personnes vivantes. Elle savait aussi qu'elle ne devrait jamais raconter à personne ce qui s'était passé ce matin-là. Qu'elle s'était assise à côté d'Álvaro Carrión et n'avait pas pu le regarder dans les yeux. Que pendant qu'elle parlait, elle était plus attentive aux centimètres qui séparaient son bras du sien qu'aux mots qu'elle prononçait. Que lorsque le garçon était entré avec les cafés et qu'Alvaro Carrión avait dit qu'heureusement ce n'était pas Mariví qui les apportait car il était déjà mort de peur, elle s'était mise à rire, l'avait enfin regardé, et en constatant qu'il la regardait lui aussi elle avait ressenti une chose semblable à un craquement. Qu'elle ne pouvait pas se permettre de laisser craquer son corps, pas avec lui, pas avec un homme qui n'était même pas lui, mais l'ombre d'un autre, un fantôme, un produit maladif de son imagination. Et si cela ne l'était pas, c'était pire.

Elle ne pourrait jamais raconter ça à personne, et encore moins à Paco Molinero. Elle ne pouvait pas lui raconter qu'un quart d'heure de conversation innocente avec Álvaro Carrión l'avait bouleversée davantage que toute une nuit au lit avec lui, mais elle n'eut pas le temps de préparer une réponse adéquate, car la directrice du département commercial choisit ce moment pour l'appeler et vérifier avec elle les comptes d'un client à problèmes. Elle dut la laisser en plan lorsque Álvaro revint dans son bureau pour lui demander pourquoi elle était allée à l'enterrement de son père mais, par chance, sa super-chef n'avait pas l'habitude que ses subordonnés la fassent attendre. Le téléphone sonna à nouveau quelques minutes plus tard, et malgré le ton âpre, impatient, de son interlocutrice, Raquel Fernández Perea éprouva le même bonheur qui inonde les oreilles d'un boxeur qui écoute une cloche quand il est sur le point de perdre conscience. À l'heure du déjeuner, elle ne s'était remise ni d'une chose ni de l'autre.

Paco accueillit la nouvelle d'un air soucieux. « Mais pourquoi es-tu allée à l'enterrement ? Tu ne m'en avais pas parlé.

— Eh bien non, parce que récemment encore cela n'avait pas d'importance. Je suis allée à l'enterrement pour les voir, pour savoir quel air ils avaient, comment allait Angélica, si l'un d'eux était mort... Je ne sais pas, ce n'est pas la même chose de négocier avec une femme qui est en fauteuil roulant qu'avec une veuve joyeuse, non ? J'ai trouvé ça intéressant, j'ai pensé que je pourrais vérifier certains détails.

— Oui, sur ce point tu as raison, mais tu aurais pu aller aux funérailles. Cela aurait été moins risqué.

— Et beaucoup plus inutile, Paco, ne crois pas que je n'y aie pas pensé. Aux funérailles, il devait y avoir beaucoup plus de monde, il devait même y avoir Aguado... » Elle fit une pause pour ordonner ses pensées, et affronta la difficulté d'expliquer les choses les plus évidentes avec des mots exacts. « À ce moment, j'ignorais que le gestionnaire de Carrión était Aguado, mais quelqu'un de la banque devait y aller, c'était clair, et pas seulement de la nôtre, il devait y avoir des gens d'autres banques. Et je ne voulais pas qu'on me voie, qu'on me reconnaisse. Et puis, je ne pouvais pas m'approcher pour présenter mes condoléances et l'église devait être pleine, bondée d'employés, d'associés, d'amis des enfants, de voisins et autres. Les Carrión sont nombreux, et leur père était entrepreneur, et riche. Dans ces conditions, je ne pouvais pas être sûre de les reconnaître sans me laisser voir plus qu'il ne me convenait. J'ai pensé à l'enterrement de mon grand-père, tu t'en souviens ? Bien sûr, tout le monde savait que pour lui il n'y aurait pas de funérailles, mais tu es venu, et tu as vu le cimetière, inutile que je te le décrive. Les gens arrivaient jusqu'à la porte. Si quelqu'un était venu nous regarder là, il n'aurait rien vu.

— C'est vrai, tu as raison.

— Voilà, c'est pour ça. Aucune église n'est aussi grande que le cimetière civil, mais de toute façon... J'étais sûre que les Carrión étaient catholiques, ou du moins qu'ils allaient enterrer leur père selon le rite catholique, une cérémonie privée et une autre publique. Et si l'enterrement avait été à la Almudena, où je me perds à chaque fois, cela aurait été différent, mais... pourquoi aller à une cérémonie publique, alors que je pouvais aller à une privée, qui avait de surcroît lieu dans un cimetière de village, accessible, tout petit, où l'on ne peut rien rater ? » En parlant, ses arguments lui semblaient si justes, si parfaits, qu'elle ne comprenait pas comment tout avait pu si mal tourner. « C'était clair, je croyais que c'était clair. Le faire-part ne mentionnait pas l'enterrement, juste les funérailles, et cela signifiait qu'ils ne comptaient prévenir personne, c'est pour cela que je suis arrivée en retard, pour les trouver occupés, concentrés sur le discours du curé. Je ne pouvais imaginer qu'un de ses fils allait se trouver seul, à l'écart des autres, qu'il allait me voir et qu'ensuite ce serait lui, précisément lui, qui viendrait à la place de sa mère. Tout a été le fruit du hasard... Je ne sais pas, incroyable, monstrueux. Si ma vie était en jeu, je n'aurais jamais misé dessus, reconnais-le. »

Paco lui adressa un regard bienveillant. « C'est vrai. Je n'aurais jamais misé un centime dans ce pari. »

Puis ils attaquèrent en silence le premier plat, qui avait refroidi, et ils en laissèrent la moitié tandis qu'ils commençaient la seconde bouteille de vin.

Il se lança le premier. « Qu'est-ce que tu vas faire, maintenant ? »

Elle ruminait la réponse depuis des heures : « Je ne peux, bien entendu, pas lui dire la vérité, alors... Je ne sais pas, je vais devoir inventer quelque chose.

— Arrange-toi au moins pour expliquer ta présence à l'enterrement, Raquel. »

Elle regarda Paco, et bien que son regard soit toujours aussi bienveillant, elle se sentit attrapée, traquée. « Oui, je sais... Ne crois pas que je l'ignore. Il faut quelque chose qui explique l'enterrement, qui n'implique pas Aguado, qui ne passe pas par l'histoire de ma famille, et qui me permette de garder le million de la veuve... Tout ça, non ? »

Il lui adressa un regard compatissant. « Tout ça.

— Merde ! » Et elle eut soudain une énorme envie de pleurer.

« Et oui, je dois dire que ça ne va pas être facile pour toi...

— Sans compter que je joue mon poste, bien sûr.

— Bien sûr. »

Mais je suis devenue folle, ou quoi ? pensa à nouveau Raquel Fernández Perea à ce moment. Comment ai-je pu me fourrer toute seule dans cette situation ? Le danger lui avait rendu sa lucidité, l'éclat qu'elle avait perdu en se regardant dans des yeux qui lui semblaient maintenant refléter un avertissement. Les gens ne vont pas aux enterrements d'inconnus. On aurait dit une sottise, c'était une sottise. Cela n'avait pas été autre chose avant de devenir la corde qu'elle portait maintenant autour du cou, l'épée dont la pointe lui caressait le crâne. Les gens ne vont pas aux enterrements des inconnus. Le plus simple aurait été de dire la vérité, de raconter au moins que Julio Carrión était une vieille connaissance de sa famille. Mais elle ne pouvait s'ériger en celle qui allait venger ses grands-parents, ses arrière-grands-parents, expliquer qu'elle était venue à l'enterrement par simple haine, pour se réjouir de la ruine de son ennemi, car cela ne ferait qu'exciter l'hostilité d'Álvaro

Carrión. Cela le pousserait également à se poser des questions.

Elle s'était présentée comme la conseillère en investissements de son père et elle ne l'était pas. Elle avait dit à Aguado que Clara et elle étaient allées à la même université et c'était aussi un mensonge. N'importe lequel de ces deux détails, qui lui avaient semblé aussi triviaux, aussi insignifiants que d'aller faire un tour au cimetière de Torrelodones, suffirait à la faire plonger, à la laisser sans travail, à justifier son renvoi et même à la mettre sur une liste noire de conseillers financiers à qui on ne peut pas faire confiance et qu'une entreprise ne souhaiterait jamais engager. Si ses mensonges étaient découverts, sa propre entreprise serait très intéressée d'apprendre pourquoi elle avait menti et elle ne pourrait que répondre qu'un client aussi important pour Caja Madrid que don Julio Carrión González était en fait un voleur, un escroc et un salopard, c'est-à-dire le genre de personne à l'enterrement duquel personne ne souhaite aller. Elle ne pouvait pas choisir une partie de la vérité sans la raconter tout entière, et cela revenait à avouer quelque chose qui n'était peut-être pas un délit, mais lui ressemblait beaucoup. Cela faisait plus de quatre heures qu'elle réfléchissait à sa situation et elle n'en avait jusqu'alors vu que les difficultés. *Mais je suis devenue folle, ou quoi ? Il n'y avait pas la moindre issue.*

« Quelle horreur ! Je ne sais pas comment je vais m'en sortir », conclut-elle alors, à voix haute.

Elle n'attendait pas de réponse, mais Paco lui en fournit une aussi catégorique qu'évidente.

« Par le haut. Toujours par le haut. Tu ne peux pas reculer d'un seul millimètre, Raquel. Ne pense pas à te défendre, mais à attaquer. C'est ce que tu as fait jusqu'à présent et tu l'as très bien fait. Tu dois continuer comme ça.

— Ah oui ? Et comment ? » Elle put au moins recommencer à sourire.

« Je ne sais pas, reconnut-il. Je ne sais pas encore, mais on va bien trouver. On a trois jours, quatre en fait, la moitié d'aujourd'hui, et une moitié de lundi. Tu as été brillante, tu vois ? Je ne veux même pas penser à l'état dans lequel on serait si tu l'avais laissé revenir demain... »

Ensuite, Paco voulut payer l'addition et elle s'y opposa, mais elle se laissa volontiers raccompagner en taxi.

Quand elle se retrouva seule, elle se demanda par où commencer et ne sut que se répondre. Elle avait beau ne jamais travailler comme ça, elle décida donc d'adopter la méthode de son ami, et s'assit devant son secrétaire avec un paquet de feuilles et une plume. Mais après avoir rempli une demi-douzaine de feuilles très rapidement, elle comprit qu'elle ne savait comment continuer et aussi qu'elle ne parvenait pas à garder les yeux ouverts. Elle avait bu beaucoup de vin et s'endormit immédiatement après s'être couchée. Elle se réveilla trois quarts d'heure plus tard, la tête engourdie et la langue sèche, mais elle ne pouvait s'accorder aucune trêve. Elle se lava le visage à l'eau froide, prit les feuilles qu'elle avait rédigées et les emporta au lit.

Elle avait toujours mieux réfléchi allongée, et elle le constata une nouvelle fois en relisant ce qu'elle avait écrit, un tas de sottises qu'elle aurait pu réciter par cœur sans prendre la peine de les noter d'abord. Il était évident qu'un enterrement constituait une cérémonie intime, évident qu'elle voulait attirer l'attention des enfants de Carrión le plus loin possible de son travail, évident qu'elle n'avait pas intérêt à révéler sa parenté avant le moment opportun, et évident que le mieux était de s'inventer une sorte de relation personnelle avec le défunt ou, mieux encore, avec un de ses parents, mais elle n'avait pas trouvé comment intégrer ces évidences à une autre évidence, fictive et avantageuse. Elle avait pensé à ses grands-parents, à ses parents, aux enfants de Carrión, à leurs conjoints, à d'anciennes commissions, à des demandes difficiles à expliquer, des amours platoniques, des jalousies intolérables, et le résultat était pathétique.

J'ai toujours été amoureuse de votre beau-frère et je voulais le voir, juste ça, il ne me connaît pas, car je ne suis tombée amoureuse de lui que de vue, je ne sais même pas comment il s'appelle... Mon grand-père connaissait votre père depuis toujours. Ma famille est de Madrid et passait ses vacances à Torrelodones, un jour votre père a prêté de l'argent à mon grand-père, je suis venue vous le rendre et... J'aimais beaucoup votre père, bien que je ne l'aie pas vu souvent, il sortait toujours des bonbons de derrière mes oreilles et je m'étais prise d'affection pour lui, c'est pour cela que je suis allée à l'enterrement, et j'aurais aimé vous dire bonjour, mais il était tard et j'ai dû vite repartir à Madrid... Je me suis trompée d'enterrement. Je me rendais à un autre enterrement, à Guadarrama, mais j'ai confondu les noms, et voyez quel hasard ! Il s'est trouvé que c'était votre père que l'on enterrait là, et il était un de mes clients...

Elle aurait pu continuer à inventer de mauvaises excuses toute la nuit, mais la sobriété lui rendit une donnée que l'ivresse lui avait enlevée. Les anecdotes triviales ne servaient à rien, car le fils de Carrión avait réussi à la traquer, à la pousser dans les cordes de son propre bureau. Elle n'avait pu lui offrir d'autre réponse qu'un silence imprégné de nervosité et une pudeur inappropriée chez une professionnelle experte, et il s'en souviendrait. Elle devait envisager une autre direction, appliquer toute la force du verbe attaquer et se concentrer sur Álvaro, élaborer une invention qui déborde ses attentes. Ce ne fut que lorsqu'elle s'efforça de se détacher de sa propre mémoire pour contempler ce qui était arrivé à travers les yeux de cet homme, qu'elle parvint à retrouver son calme et à composer une scène différente, beaucoup plus audacieuse, plus risquée et digne d'elle.

Elle semblait tellement cinématographique qu'elle n'écartait pas la possibilité de l'avoir vue dans un film, mais c'était la meilleure idée qu'elle ait eue de tout l'après-midi, et elle était à la hauteur de son talent. « Après tout, j'ai été comédienne », se dit-elle en imaginant qu'il l'attendrait devant la banque, qu'elle l'entraînerait dans un bar, s'assoirait de l'autre côté d'une petite table et le regarderait dans les yeux. « Ne me posez pas de questions, écoutez-moi. Je ne peux pas parler et vous ne devez pas savoir. Votre père s'était mis dans un beau pétrin, et à part lui, nous n'étions que deux personnes à le savoir. J'étais l'une des deux, et je craignais que l'autre ne vienne à son enterrement, qu'elle vous parle, qu'elle fasse un scandale. C'est la raison pour laquelle je suis allée à Torrelodones, mais en voyant qu'elle ne venait pas, je suis partie sans rien dire, car je ne voulais pas vous inquiéter sans raison. Et il vaut mieux en rester là, du moins pour le moment, et que vous n'en parliez à personne, je vous le dis pour votre bien. Si dans les prochains mois un inspecteur des impôts au nom à rallonge prend contact avec vous à propos des opérations financières que votre père a pu effectuer avec notre établissement, appelez-moi. Sinon, et pourvu qu'il en soit ainsi, oubliez cet entretien. Je ne peux rien vous dire de plus, je suis obligée d'être discrète dans votre propre intérêt, et dans celui d'autres clients concernés eux aussi. Au revoir, monsieur Carrión, ce fut un plaisir... », lui dirait-elle alors.

« Ça sonne bien », dit-elle à voix haute.

Alors le téléphone sonna.

« Oui ? »

C'était Paco Molinero. « Je crois que j'ai trouvé.

— Moi aussi. » Et elle sentait un soulagement si grand, si proche de l'euphorie, qu'elle se mit à rire. « Bon, il faut le perfectionner un peu, mais...

— Allez, raconte-moi. »

Elle récita le discours qu'elle venait d'inventer et, ce faisant, en détecta, un par un, tous les défauts qu'elle n'avait pas vus auparavant. Mais lorsqu'elle termina Pablo émit un sifflement admiratif.

« Ce n'est pas mal du tout. Le nom à rallonge de l'inspecteur des impôts lui donne un côté très crédible.

— Tu crois ? » Elle ne semblait plus sûre de rien. « Je ne sais pas, il m'a semblé qu'il était mieux de compliquer les choses, de donner trop d'information et de la déformer. Ça fait plus vraisemblable, et puis ça noie le poisson.

— Bien sûr. Moi aussi j'ai pensé à quelque chose d'assez semblable.

— Ah oui ? » Et l'euphorie s'était déjà évanouie comme un ballon crevé. « En te racontant cette histoire, je n'y ai pas cru, tu sais ? Parce que pour se tirer d'affaire elle n'est pas mal, mais c'est une histoire qui a une suite, non ? Je veux dire qu'il peut se considérer comme satisfait ou non, et si c'est non...

— Il continuera à poser des questions.

— Bien sûr. »

Paco était toujours très enthousiaste, ou du moins s'obstinait-il à le paraître. « Pour l'instant, c'est mieux que rien, non ? Pense à ce qui ne va pas, et demain on voit ça ensemble... »

En raccrochant, elle retourna au lit et s'allongea entièrement sur le dos, les mains croisées et placées sur sa poitrine comme un cadavre. C'était sa position de réflexion. La dame mystérieuse était très bien, oui, certes, mais l'homme docile et prudent... Raquel se rappela Álvaro Carrión, ses yeux, ses sourcils, le profil qu'il avait hérité d'un dur à cuire et sa propre dureté à elle, le ton d'abord ambigu, voire benoît, puis âpre, progressivement catégorique, sur lequel il s'était adressé à elle lorsqu'il était revenu à son bureau. C'était tout ce qu'elle savait de lui, et c'était trop peu pour prévoir sa réaction dans une scène qu'elle venait de concevoir. Elle avait considéré comme évident que le fils de Carrión allait entrer dans son jeu, qu'il n'allait pas poser de questions, qu'il allait prendre peur, mais c'était beaucoup supposer. « N'en parlez à personne, je vous le dis pour votre bien... » Si son discours ne l'impressionnait pas et s'il se mettait à poser des questions, elle devrait tôt ou tard inventer un scandale financier. Pour elle, ce n'était pas très difficile, mais fabriquer des preuves, c'était autre chose. Elle n'avait aucune idée sur la façon dont elle allait introduire l'argent dans la conversation, et cela sans compter qu'Aguado devait toujours être dans la course. Si elle avait appris quelque chose pendant toutes ces années au travail, c'était que dans les scandales financiers il y avait toujours trop de gens impliqués.

Ce fut alors, qu'elle sentit s'illuminer un projecteur au centre de son cerveau, et vit soudain tout l'échiquier, ses pièces et celles de l'adversaire, placées avec une précision étonnante sur le quadrillage noir et blanc.

« Non », dit-elle en se redressant. Et, après s'être assise au bord du lit, elle répéta : « Non, non... »

L'association d'idées avait été impeccable. Les scandales financiers sont pluriels quasi par définition, et ce qui l'intéressait, elle, était une relation plus intime. Il n'y a pas de relation plus intime que celle qui se passe dans un lit. Le lit éliminait Aguado, et, d'ailleurs dans son bureau avant lui, il y avait eu cette fille si terne qui s'appelait Regla et avait l'air d'une sainte Nitouche. Regla ne travaillait plus nulle part, car elle avait eu des relations intimes dans un lit avec un très gros actionnaire d'Unión Fenosa qui avait l'âge d'être son grand-père, et elle l'avait épousé.

« Pas question. »

Elle se leva d'un bond, alla dans la salle de bains, se passa de l'eau froide sur le visage et regagna son lit, disposée à penser de façon plus sensée, mais son cerveau avait commencé à fonctionner, et elle ne sut plus comment l'arrêter.

Les idées s'ordonnaient seules pour avancer avec autant d'harmonie que les pions du champion du monde dans une partie simultanée contre les élèves d'une école primaire. Coucher avec les clients n'est peut-être pas élégant, mais ce n'est pas un délit. Tout le monde le fait, surtout les femmes, car elles ont plus d'occasions, mais les hommes aussi, lorsqu'il s'en présente une. La relation entre un millionnaire et la personne qui gère sa fortune est suffisamment intime pour déboucher naturellement sur un matelas d'un mètre cinquante sur deux. On ne renvoie personne pour avoir couché avec un client, essentiellement parce que personne ne l'apprend à temps. La clandestinité fait partie de la tradition autant que le sexe en soi. Avec ces nombres comportant tous ces zéros, les professionnels de l'argent savent qu'ils n'ont pas intérêt à s'embarrasser avec des bêtises. Et si les vivants ne parlent pas, les morts le font encore moins. Si personne n'avait jamais su qu'une conseillère en investissements avait couché avec un client vivant, on saurait encore moins qu'elle avait couché avec un mort. Ce serait sa parole contre celle de personne, mais pas seulement sa parole. Álvaro Carrión n'aurait ni le temps, ni la possibilité de soupçonner qu'elle lui mentait, si elle sortait à temps la clé d'un appartement situé dans un immeuble de la rue Jorge Juan.

« Non, non, ce n'est pas possible. »

Elle se releva, retourna dans la salle de bains, et, en se regardant dans la glace, se rendit compte qu'elle n'obtiendrait pas un résultat différent de celui qu'elle avait récolté quelques minutes plus tôt...

« Résultat, si ma grand-mère l'apprend, je la tue elle aussi, par une nouvelle contrariété... », conclut-elle, car elle voyait les choses de plus en plus clairement.

L'argument semblait trop risqué, trop complexe, et baroque, élaboré, pour justifier sa simple présence à un enterrement où elle n'avait rien à faire, mais il en finissait une fois pour toutes avec ses problèmes. Cela ne plairait certainement pas à Álvaro Carrión que son père ait une maîtresse, il était même probable qu'il le déplorerait, mais il ne pourrait jamais écarter cette possibilité. Tous les êtres humains se ressemblent, ce sont des créatures ordinaires, très simples en fin de compte. Et parmi les choses qu'ils ont en commun, il n'y a pas que le sexe. Il y a aussi, de la Bible aux couvertures de la presse du cœur d'aujourd'hui, l'ambition de déjouer la décrépitude, d'égarer la mort. Julio Carrión avait quatre-vingt-trois ans, mais il ne les faisait pas. C'était un vieil homme fort, vigoureux et même séduisant, le développement naturel du jeune homme charmant qui avait toujours eu beaucoup de succès auprès des femmes. Álvaro devait savoir tout cela. Peut-être n'aimerait-il pas découvrir que son père avait eu une maîtresse qui aurait pu être sa fille, voire sa petite-fille, mais lui aussi était un homme, plus si jeune, et – si les instincts d'une conseillère en investissements habituée à cataloguer les inconnus d'un coup d'œil et à ne pas se tromper servaient à quelque chose – avec un penchant indiscutable pour les femmes. Il était donc raisonnable d'estimer qu'il pouvait se sentir contrarié, mais aussi complice de la dernière aventure de son père.

Elle se rendit à la cuisine, se prépara un œuf mayonnaise, aliment qui la consolait le mieux, ouvrit une boîte de bonnes asperges, une autre de thon encore meilleure, sortit du réfrigérateur un paquet de pain de mie, posa le tout sur un plateau et l'emporta sur la table qui se trouvait devant la télévision. Elle actionna la télécommande jusqu'à ce qu'elle trouve un bon vieux film en noir et blanc. Il était espagnol et elle aurait préféré un film américain, un policier, mais elle rit beaucoup en voyant Pepe Isbert habillé en esquimau en plein été.

C'était risqué, c'était complexe, baroque, et élaboré, mais aussi, et surtout, c'était parfait. Raquel se rappela sa propre intuition : il vaut mieux compliquer les choses, donner trop d'informations et les déformer, ça fait plus vraisemblable et puis ça noie le poisson. Ce jugement, elle l'avait formulé pour Paco Molinero sans saisir encore sa véritable qualité, et elle comprit qu'elle ne trouverait pas de meilleure solution. Elle était allée à l'enterrement de Julio Carrión pour observer sa famille et en tirer des conclusions, et malgré tout, elle avait bien fait son travail. En ce matin lumineux et froid, elle avait remarqué que le fils qui se trouvait à l'écart ne portait pas de costume bleu ou gris, pas même une cravate. Et en le voyant dans son bureau, elle avait à nouveau remarqué son jean et sa veste en daim, si peu en accord avec le style des héritiers de millionnaires. Même s'il existait une secte catholique ultra réactionnaire qui se caractériserait par une façon progressiste de s'habiller, et même si Álvaro Carrión y appartenait, aucune dose de colère, aucun accès de rage ou d'indignation, ne lui permettrait de faire du mal à la dernière maîtresse de son père. Que cela lui plaise ou non, il devrait tout avaler sans mâcher, car derrière la clé de cet appartement il ne trouverait que les écritures d'une donation peut-être trop généreuse, mais scrupuleusement légale. Les motifs qui auraient poussé un vieil homme, dont toutes les facultés mentales étaient intactes, à les signer peu avant de mourir ne pourraient jamais les invalider. Les morts ne parlent pas. Il était fort peu probable que la famille Carrión opte pour le scandale, car la valeur de l'appartement devait représenter très peu de chose en comparaison de ce qu'ils allaient recevoir, et même si c'était le cas, les chefs de Raquel Fernández Perea ne pourraient jamais démentir sa version. Elle était sûre que Julio Carrión avait bien fait les choses et que, suivant ses instructions, Sebastián aurait effacé toutes les traces du chemin qui l'avait conduite de la rue Ávila à la rue Jorge Juan.

Quand elle se coucha, elle pensa qu'elle ne parviendrait pas à s'endormir, et pourtant, elle ne se retourna pas longtemps dans son lit, juste ce qu'il fallait. Après avoir examiné attentivement ses arguments, elle comprit que la plus grande qualité de son plan consistait en sa capacité à résoudre ses problèmes à court terme, sans éliminer ses attentes pour l'avenir. Maintenant, tout dépendait de la réaction d'Álvaro. Si ses révélations l'indignaient ou le rendaient furieux, il serait compliqué d'arriver à sa mère, mais si son esprit était en accord avec les vêtements qu'il aimait porter, le plus probable était qu'il garde le secret pour lui, et Angélica reprendrait alors la place qu'elle lui avait elle-même assignée jusqu'à ce que son fils fasse irruption dans son bureau. Elle allait devoir trouver un moyen de suivre les mouvements de son interlocuteur et attendre un certain temps avant de passer à l'étape suivante, mais rien de grave n'allait survenir le lundi. Ce fut pour cette raison qu'elle dormit d'une traite, et le lendemain se leva avec des forces intactes.

Ce fut tout. Ensuite, quand le mensonge se mit à rouler, quand il grossit pour devenir de plus en plus gros, et qu'il parvint à changer de forme pour se glisser, s'infiltrer partout et se suspendre à un fil aussi ténu que sa propre nature, Raquel en viendrait à trouver incroyable que son imposture soit née au cours de ces voyages successifs à la salle de bains où elle croyait n'avoir fait rien de plus grave que de se mouiller le visage afin de continuer à réfléchir. Ensuite, quand elle commença à se sentir prisonnière de ce mensonge, elle se demanda où ses réserves, ses craintes aboutiraient lorsque cette folie commencerait à lui plaire, ou plutôt, lorsqu'elle cesserait de lui déplaire. Comment était-elle parvenue à se séparer si facilement de l'instinct qui avait fait sauter toutes les alarmes devant la perspective de devenir la maîtresse de Julio Carrión même dans une fiction inoffensive, stratégique. Elle ne réussirait jamais à se l'expliquer entièrement, mais elle se rappellerait toujours à temps qu'elle n'avait pas été animée que par l'ambition et l'avarice. Elle avait surtout été poussée par la peur, une passion espagnole, si familière. Peut-être aussi par le temps, qui filait vite et ne lui permit pas de s'arrêter, d'étudier ses mouvements, de bien les planifier, de réfléchir à deux fois à ce qu'elle allait faire.

Son plan n'était pas seulement risqué, complexe, baroque, élaboré et parfait et pendant qu'elle prenait son petit déjeuner, elle comprit également qu'il allait être laborieux. L'appartement de Jorge Juan était la pièce maîtresse de la partie, celle qui allait réussir l'échec et mat sur l'échiquier imaginaire sur lequel elle jouait contre les Carrión depuis l'après-midi de la veille, mais ne serait efficace que si elle parvenait à faire de cet appartement une scène vraisemblable. Elle devait le remplir d'objets, le semer de mines, de pistes fausses et authentiques comme des appâts vivants embrochés sur un hameçon. Tout ce qui survint fut peut-être dû au fait qu'elle n'eut pas le temps d'y réfléchir à deux fois, et qu'elle se livra avec enthousiasme à cette tâche et que, même si elle ne put pas le croire ensuite, elle s'amusa.

« Comment ça va ? »

Ce jour-là, Paco vint travailler tard, mais la première chose qu'il fit en s'asseyant à son bureau fut de l'appeler.

« Beaucoup mieux, parce que j'ai tout perfectionné. »

Elle était parvenue à le surprendre. « Ah oui ? Tout quoi ?

— Tout. » Et elle se mit à rire. « Le scandale financier est terminé.

— Et alors ?

— Ouh ! C'est une longue histoire. Tu fais quelque chose, cet après-midi ? Si tu veux, on mange rapidement et je t'explique. J'aimerais qu'après tu m'accompagnes quelque part... »

Il semblait plus que surpris. « Quelque part ? Je n'y comprends rien. Tu me fais peur, Raquel.

— N'aie pas peur parce qu'il n'y a pas de quoi s'affoler. Ce n'est pas dangereux non plus. Je veux que tu m'accompagnes dans un sex-shop. Je pourrais y aller seule, mais...

— Dans un sex-shop ?

— Oui. J'imagine que tu n'y comprends rien, mais tu ne connais pas encore la meilleure. Tu parles à la dernière maîtresse de Julio Carrión González. » Elle attendit une réponse, un commentaire, mais son ami était devenu muet. « Tu ne m'as pas dit que ce qu'il fallait, c'était attaquer ? On peut difficilement faire plus... »

Pourtant, quand elle le retrouva, elle était plus nerveuse qu'elle ne s'y attendait, et elle le regarda pendant un bon moment dans les yeux avant de se mettre à parler. Elle le connaissait très bien, et elle savait que s'ils formaient une bonne équipe c'était parce que chacun des deux avait le courage de pallier par ses capacités les déficiences de l'autre. Raquel était plus imaginative, plus courageuse et beaucoup plus audacieuse. Paco avait plus mauvais esprit, il était plus astucieux et beaucoup plus réaliste. Pour cette raison, l'auteur du plan s'attendait à des doutes, à des questions voire à des critiques, la réponse habituelle aux sauts périlleux qu'elle seule était capable de concevoir. Mais à la fin, Paco ne se contenta pas de se mettre à rire. Il applaudit également.

« Super, ma petite ! dit-il en riant. Mais c'est super, c'est génial, vraiment... »

Raquel se réjouit tant de son enthousiasme que lorsqu'ils entrèrent ensemble dans un immense sex-shop de la rue Atocha, elle sentit une effervescence rajeunissante, le genre d'impatience mêlée à de la témérité, à de l'émotion, à un rire intermittent, sot et débridé, qui avait toujours été le préambule de ses espiègleries enfantines, de ses folies adolescentes. Le vendeur s'en rendit peut-être compte, car il s'approcha tout de suite d'elle, et sourit avant de lui demander ce qu'elle cherchait.

« Eh bien voilà, je voudrais... » Elle réfléchit. « Je ne sais pas, entre douze et quinze films, pornographiques, bien sûr, mais normaux. C'est-à-dire, des hommes qui baisent avec des femmes, c'est tout. Pas de travestis, pas d'animaux, pas de mineurs, pas de sadomaso... Que ce soit légal, tu vois.

— Tu peux choisir toi-même. Ils sont juste derrière toi, dans ces deux couloirs, lui dit-il.

— Oui, mais je ne suis pas très au courant, alors je vais peut-être me tromper. S'il n'y en avait qu'un, mais une telle quantité... Ça peut me prendre tout l'après-midi. C'est pour ça que j'ai pensé que, si ça ne te dérange pas, tu pourrais choisir pour moi.

— Bon, répondit-il, perplexe, c'est très personnel, en général, mais si c'est ce que tu veux... »

Il sortit de derrière le comptoir et elle le suivit avec un panier en plastique à la main comme si elle s'apprêtait à goûter un nouveau fromage dans un supermarché. Elle était seule, car Paco lui avait dit qu'il allait faire un tour dans le magasin, mais elle n'eut pas besoin de lui pour répondre aux questions de son nouveau mentor.

« Des films avec des lesbiennes, oui, non ? À trois ? De la sexualité de groupe ?

— Bien sûr, c'est très classique. La seule chose, que ce ne soit pas trop déjanté, parce que c'est pour un monsieur très âgé, et... Je ne sais pas, je ne veux pas qu'il prenne peur.

— On a aussi des promotions. Des films plus anciens, mais ils peuvent t'intéresser.

— Non, je préfère qu'ils soient chers. Normaux, mais de qualité, disons. Je veux dire, rien de miteux, des gens élégants, jeunes, beaux, bref...

— Oui, oui, j'avais compris. Même si, je te préviens, les films bizarres coûtent plus ou moins le même prix.

— Oui, mais... Je me comprends. »

Son panier était presque plein quand elle vit Paco arriver avec le sien.

Il lui montra ce qu'il contenait et elle se mit à rire : « Choisis-en un. Je crois que ceux couleur métal sont plus sérieux, ils vont mieux avec don Julio. » Il se mit à rire lui aussi. « Mais ceux de couleur sont beaucoup plus jolis et te correspondent mieux.

— Mais, Paco, vraiment... » Elle étudia un moment les godemichés, l'un argenté, l'autre en plastique blanc, le troisième fait d'une sorte de caoutchouc mauve, le quatrième pareil, mais vert pistache. « Tu crois que c'est nécessaire ?

— Avec un fiancé de quatre-vingt-trois ans..., dit-il dans un éclat de rire, tu sais... Je crois que ça n'est pas de trop, c'est sûr.

— Alors le mauve, qui est plus républicain.

— Je me disais... » Mais le vendeur, qui avait écarquillé les yeux en entendant l'âge du fiancé de sa cliente, ne voulut pas encore révéler le fond de sa pensée.

« Quoi ? » lui demanda Raquel, qui avait surpris son expression, pendant qu'elle mettait le godemiché dans son panier.

Le garçon hocha la tête. « Non, rien. J'avais oublié ce que tu m'avais dit avant. » Raquel fronça les sourcils et il baissa la voix : « Tout doit être légal, n'est-ce pas ?

— Bon, en fait... » Elle s'approcha de lui et lui murmura à l'oreille : « C'est juste une façon de parler, tu sais. »

Il opina, avança vers le fond du couloir, et ils le suivirent.

« J'ai un collègue, à côté, qui vend du Viagra, dit-il en ne s'adressant qu'à Raquel. Dans les pharmacies, ils ne le vendent que sur ordonnance, tu sais. J'ai d'autres choses ici, mais sans couleur, je dois dire. C'est pour ça que j'ai pensé que, peut-être...

— Ça m'intéresse énormément. Énormément, vraiment...

— Combien tu en veux ? » demanda-t-il, composant un numéro sur son portable.

Elle réfléchit et ne changea pas d'avis : « Pour l'instant, deux... Ça me suffit. »

Alors, Raquel Fernández Perea comprit que tout allait bien se passer, car la chance était de son côté. Une fois dans la rue, portant deux sacs en plastique vert sombre, opaque et sans aucune marque, elle réfléchit à nouveau. Paco l'accompagna au bar où les attendait le dealer, mais il partit tout de suite.

« J'ai rendez-vous avec une nana et je suis en retard..., dit-il en regardant par terre comme s'il avait honte de ne pas l'avoir dit plus tôt. Je vais sûrement passer le week-end en dehors de Madrid, mais s'il y a un problème, tu peux me joindre sur mon portable, d'accord ?

— D'accord, répondit-elle en l'embrassant. Tu n'imagines pas à quel point je te suis reconnaissante, vraiment, je ne peux pas te dire... »

Mais il aperçut à ce moment une lumière verte, la lâcha vite, leva la main pour arrêter un taxi.

« Désolé, Raquel, je dois partir, vraiment, je vais me faire tuer, on en parle lundi... » Et il s'en alla au moment où elle avait décidé de céder, de se laisser inviter à dîner, puis boire un verre chez lui, et de finir au lit.

Elle était tellement sûre que c'était ce qui allait se passer qu'elle en avait même envie, pas tellement en fait, mais assez pour se laisser faire joyeusement. Pendant qu'elle payait, l'atmosphère du lieu l'avait portée à faire des calculs, et elle venait de se rendre compte qu'elle n'avait couché avec personne depuis la nuit du 31 décembre, quand Berta l'avait entraînée dans une fête où elles avaient rencontré un acteur qui lui avait plu sur le moment mais plus après. Sa campagne particulière de résistance, la négociation avec Sébastian López Parra, les retrouvailles avec Julio Carrión González, les secrets de sa grand-mère, ses visites au siège du Grupo Carrión, l'enterrement et ses conséquences l'avaient trop occupée pour penser au sexe. Et cependant, le manque d'intérêt de Paco était aussi un signe de la complicité du hasard, car si elle avait passé la nuit avec lui, elle n'aurait pas pu s'en débarrasser avant le lundi matin, et elle préférait travailler seule. À partir de cet instant, elle n'avait plus besoin de personne. Une fois la peur et le danger disparus, elle faisait plus confiance à ses propres capacités qu'aux avantages de n'importe quelle association. Elle fit toute seule et le fit bien. Elle n'eut besoin de faire appel à personne d'autre à la seule exception d'Ignacio, son frère, qui, le lendemain à l'heure du déjeuner, lui expliqua que les tout petits comprimés blancs qu'on met sous la langue s'appellent de la cafinitrine et préviennent les infarctus, et d'autres un peu plus gros et blancs eux aussi pourraient être de l'estatine, pour combattre le cholestérol.

« Tu veux les voir ? » lui demanda sa grand-mère en sortant la boîte à pilules de son sac, et elle ajouta qu'elle pouvait naturellement les garder. « À la maison, j'en ai tout un arsenal, enfin, c'est ton frère. Maintenant, je ne sais pas ce que tu veux en faire...

— Mais rien, tu as raison. C'était juste par curiosité... » Et elle remit la boîte à pilules dans le sac de sa grand-mère avec trois comprimés en moins, un petit et deux gros, qu'elle plaça tout de suite dans son paquet de cigarettes.

Le matin, elle avait acheté une petite boîte carrée en argent au couvercle rayé, très semblable à celle que Julio Carrión avait renversée sur la table lors de leur dernière entrevue, et un portemine en acier semblable à celui qu'elle avait vu accroché, toujours le même et au même endroit, à la poche de sa veste. Elle avait aussi fait l'achat le plus capricieux de sa vie, fromage, foie gras, fruits secs, biscuits salés et friandises, chocolats, une bouteille de whisky et une de gin, du Coca, du tonic, des serviettes en papier... Tout cela était déjà rue Jorge Juan, mais elle avait apporté chez elle ce qu'elle avait acheté pour la salle de bains parce que l'effet serait plus réussi si elle gardait ce qui était neuf et apportait à l'appartement ce qui avait déjà été à moitié utilisé. La seule concession qu'elle s'accorda fut un passage au bazar chinois du coin, où elle trouva des verres, des plats et des couverts bien meilleur marché que ceux du quartier de Salamanca. Pour choisir un DVD, elle avait suivi la même école, car l'opération garçonnière lui coûtait une fortune, même si elle savait que tout ce qui se trouvait rue Jorge Juan lui reviendrait tôt ou tard. Le hasard récompensa sa vocation de vierge sage en lui mettant sous les yeux deux douzaines de petites bougies placées dans des photophores en plastique transparent, qui semblaient fabriqués à dessein pour décorer le bord du jacuzzi.

Elle laissa les fantaisies pour la fin, et le dimanche après-midi, quand tous les appareils ménagers fonctionnaient, que le réfrigérateur avait commencé à fabriquer de la glace, que le lit était fait et les cendriers sales, elle se servit un verre, se déshabilla, tourna le robinet de la baignoire et laissa tomber du gel douche dedans. Puis elle disposa les bougies, les alluma, sortit le godemiché de son emballage et entra dans l'eau avec lui. « Si tu n'as pas envie de l'étrenner, il faudrait le laver plusieurs fois pour qu'il ne sente pas le neuf », lui avait conseillé Paco. Elle ne l'étrenna pas, mais elle le laissa tremper pendant une demi-heure, le temps pour que la moitié de la cire finisse de fondre. Ensuite, elle souffla les bougies une à une, comme si c'était son anniversaire, et se félicita elle-même. Elle était sûre de n'avoir commis aucune erreur, mais avant de partir, elle revérifia le tout.

Le lendemain, à la première heure, Paco Molinero passa par son bureau en se rendant au sien.

« Comment vas-tu ?

— Bien, assura-t-elle, mais elle se corrigea après l'avoir regardé. Pas aussi bien que toi, mais très bien. Je suis un peu nerveuse. »

Il ne voulut pas faire de commentaire sur son week-end. « Tu veux que nous déjeunions ensemble ?

— Je ne peux pas. Je déjeune avec Álvaro Carrión. »

Il en fut très surpris. « Ah ! Je ne savais pas que vous aviez pris rendez-vous pour déjeuner.

— Il ne le sait pas lui non plus, mais j'ai pensé que c'était mieux, non ? » Elle se mit à rire. « Je ne peux pas lui dire que je suis la maîtresse de son père comme ça, et puis, si on déjeune ensemble, je peux lui soutirer des informations.

— C'est possible, admit-il. Bon, appelle-moi pour me raconter, d'accord ? »

Ce matin-là, elle s'était levée avant que l'alarme qui commandait son radio-réveil ne se déclenche, elle avait essayé la moitié de ce qu'elle avait dans son placard avant de choisir la robe qu'elle portait et était partie au travail sans maquillage. Elle le fit avant de sortir et ne voulut pas analyser pourquoi, de même qu'elle avait refusé d'analyser pourquoi elle ne répondait pas à Sebastián, qui la rappela le samedi, et qu'elle-même s'apprêtait à déjeuner, deux jours plus tard, avec l'un des fils de Carrión, bien que sa compagnie fût infiniment plus dangereuse. Quand elle l'aperçut, à nouveau en jean et sans cravate, de l'autre côté des portes en verre, ses lèvres sourirent toutes seules et tout le reste se passa de la même façon. Elle n'avait pas prévu de le tutoyer, mais en l'approchant, elle comprit qu'elle ne pouvait pas continuer à le vouvoyer. Et ce fut la dernière décision consciente qu'elle prit avant de prendre la clé de l'appartement de son sac pour la poser sur la table.

En sortant du restaurant, elle aurait pu conclure que cela faisait des années qu'un homme ne lui avait pas plu autant, mais elle n'avait plus sa tête. Elle croyait que ses jambes ne pourraient pas non plus la ramener chez elle, et quand elle s'en rendit compte, elle se trouvait déjà au métro Noviciado. Ensuite, elle s'enferma dans la chambre, baissa les persiennes, se jeta sur le lit et se mit à rire. Elle avait très envie de rire et aucune envie de réfléchir à ce qui se passait. Et elle ne fit rien d'autre jusqu'à ce que le téléphone sonnât.

Paco semblait effrayé, il était 18 h 15. « Qu'est-ce qui s'est passé ? Tu ne m'as pas appelé.

— Non, parce que... Eh bien, j'ai oublié.

— Alors ?

— Très mal. Et très bien. »

Il n'y comprenait rien, et la perplexité affleura à sa voix.

« Pourquoi ? »

Raquel s'assit, prit une grande respiration, essaya de prendre un ton sérieux.

« Álvaro Carrión est physicien, Paco.

— Physicien ? répondit-il, complètement perdu. Pourquoi dis-tu ça ? Il a un gymnase ?

— Non. Il est physicien, de la physique-chimie, tu te souviens de cette discipline, à l'école ? C'est un scientifique.

— Mais comment peut-il être... ? » La surprise l'empêcha de finir sa phrase. « Avec un père entrepreneur, millionnaire... C'est un scientifique ?

— Oui.

— C'est la chose la plus étrange que j'aie jamais entendue.

— Eh oui ! » Raquel comprenait très bien la réaction de son collègue. « C'est très bizarre, mais c'est comme ça. » Elle fit une pause que la stupéfaction de Paco ne parvint pas à remplir. « Ses frères aînés travaillaient déjà avec leur père, la traditionnelle dynastie de patrons, tu sais, mais pas lui. Il est physicien et donne des cours à l'université. Il n'a rien à voir avec les affaires de sa famille et il n'a rien pu m'en dire, bien sûr. Il n'a pas mal réagi non plus quand je lui ai dit que mon père et moi étions amants, il n'a pas réagi du tout, c'est une bonne réaction, tu ne trouves pas ? Et puis il a l'air d'être progressiste, tu sais ? Je crois que de ce côté j'ai eu de la chance.

— Et de l'autre ? »

Maintenant c'était elle qui ne comprenait pas. « Quel autre ?

— Lequel tu veux que ce soit ? Celui du fric.

— Ah ! Ça, je n'en sais encore rien. Je vais devoir attendre, voir de quel côté il est... Pour l'instant, il ne s'est pas indigné, ni offensé, il ne m'a pas insultée ni dit que je mentais. Il a gardé la clé, oui, j'imagine qu'il va y aller, et... Je ne sais pas, il va devoir digérer tout ça.

— Oui, c'est normal, on compte là-dessus, mais ce que je ne comprends pas, c'est pourquoi tu m'as dit que tout s'était également très bien passé.

— Euh... parce que je me suis beaucoup amusée, je dois dire.

— Mais, Raquel... » L'étonnement de Paco tournait vite à l'impatience. « Tu n'es pas allée déjeuner avec ce type pour t'amuser.

— Non, tu as raison. Mais qu'est-ce que tu veux ? Je me suis amusée. »

Elle ne fut pas capable de mieux l'expliquer et consacra le reste de l'après-midi à imaginer Álvaro Carrión tombant dans tous ses pièges, une distraction qui l'excitait et l'émouvait tout à la fois. Elle croyait tout contrôler, mais quarante-huit heures plus tard, elle avait déjà perdu. Cela ne l'inquiéta pas. Le plus remarquable fut qu'elle ne s'en souciait pas.

Rafael Carrión Otero l'appela le mercredi 6 avril, pour l'informer qu'il était devenu le président des entreprises de sa famille. Avant qu'elle ait eu le temps d'assimiler la nouvelle, il lui annonça qu'il avait pris la situation en main, qu'il était très occupé, qu'il aimerait la voir le lendemain, le matin, oui, parce que, l'après-midi, tous les héritiers étaient convoqués à une réunion très importante, qu'il lui serait très reconnaissant de lui préparer les documents et qu'il allait liquider les fonds car c'était la volonté expresse de sa mère.

« Rien de ce que vous pourriez dire ne va me faire changer d'avis », ajouta-t-il à la fin, et elle n'essaya même pas. Adieu aux fonds, se dit-elle. Très bien. Paco Molinero ne fut pas d'un avis différent. À ce stade, cela leur était égal.

Le frère aîné d'Álvaro ne lui plut pas du tout. Il lui ressemblait si peu que même la déformation professionnelle ne l'incita pas à le retenir. Grand et mince, mais avec du ventre, il avait les épaules voûtées, le teint très pâle et le cheveu pauvre, fin et clairsemé, auquel il aurait peut-être mieux fait de renoncer. Sinon, il était arrogant, tout-puissant et aussi revêche que s'il comptait avoir l'air antipathique exprès.

« Je croyais que c'était un jeune homme, Aguado, qui s'occupait des investissements de mon père ? fit-il avant de signer.

— Effectivement, mais il travaille depuis peu à une opération très délicate, très complexe. Il a beaucoup de travail et m'a demandé de m'en charger, répondit Raquel.

— C'est égal. » Il signa avant que son interlocutrice ait eu le temps d'achever la phrase qu'elle avait préparée, consulta sa montre, sélectionna les documents. « Ceci est pour vous, n'est-ce pas ? »

En prenant congé, Raquel s'aperçut qu'il la regardait comme si elle était un meuble. Sur le moment, elle n'y attacha pas d'importance, mais elle se rappela sans le vouloir l'expression de son visage une semaine plus tard, en la comparant avec le regard concentré, souriant mais plus que légèrement anxieux, que lui adressa son frère du comptoir d'un restaurant japonais.

Elle avait déjà calculé qu'Álvaro l'appellerait probablement pour lui rendre la clé, mais, à part s'acheter une robe si courte et si décolletée qu'on aurait dit une de ces combinaisons que les femmes portaient dans les années 1950, et un gilet en maille rose qui soulignait admirablement ce qu'il feignait de dissimuler, elle ne prévit aucune stratégie, aucune autre offensive pour ce rendez-vous. Et cette nuit-là, tout commença à s'effondrer.

Si quinze jours plus tôt quelqu'un lui avait montré cette scène, si elle avait pu se voir et se regarder, écouter ses paroles et lire les pensées qui les inspiraient, elle se serait mise à rire. « C'est impossible, c'est le dernier homme au monde avec lequel je souhaiterais avoir des rapports, le dernier, si on faisait naufrage ensemble et qu'on se retrouve sur une île déserte ; je construirais ma cabane à l'endroit le plus éloigné de celui qu'il choisirait pour construire la sienne », aurait-elle dit. Mais Álvaro Carrión savait la regarder, et il lui semblait si amusant quand il désignait sur la carte les noms des sushis avec le doigt, et si charmant quand il cherchait les mots justes pour s'exprimer sans la blesser, si émouvant quand il avoua qu'il avait rassemblé tout ce qui se trouvait dans l'appartement pour que sa mère et ses frères ne le découvrent pas, et si inquiétant au moment où il baissa la voix et la regarda dans les yeux avant de lui demander si elle avait aimé son père. Cela faisait tant d'années que son corps ne craquait pas, et lui y parvenait si facilement qu'au dessert elle se retrouva à penser au plus inconvenant de tous les plans que le monde était capable de lui offrir.

Il pensait la même chose et elle s'en aperçut. Aussi put-elle réagir, ce soir-là, mais pendant qu'elle consultait sa montre, et feignait de s'effrayer de l'heure tardive en se rappelant à voix haute qu'elle devait se lever très tôt le lendemain, elle n'était plus sûre de rien et elle ne savait pas si elle allait viser juste ou se tromper. Ce soir-là, Álvaro Carrión était maintenant lui, et non plus l'ombre de son père, et Raquel Fernández Perea ne pouvait continuer à recourir à la fragilité de sa tante Paloma pour masquer sa propre faiblesse. Pourtant, elle se débarrassa de lui. Avec douceur et sans paroles, sans fermer aucune porte ni prendre congé pour toujours, elle s'en débarrassa et se dit qu'elle avait bien fait, que c'était le mieux, le plus sage, le plus sensé, la seule chose à faire. Elle ne voulait pas penser qu'elle n'avait jamais eu autant envie de coucher avec quelqu'un, mais elle y pensa quand même. Et quand elle rentra chez elle, elle était si démoralisée qu'elle n'eut même pas la force de se fustiger d'être si bête.

En se couchant seule elle voulut s'absoudre de ses péchés. Ça ne fait rien, ça me passera. Et en se levant le matin, elle se consola avec le même pronostic. Mais ça ne fit pas rien, parce que cela ne lui fut pas égal. Les jours passèrent, oui, un, deux, trois, quatre jours, et le bien-fondé supposé de son renoncement commença à se diluer dans l'acide des désirs insatisfaits, une substance si irritante qu'elle est capable de fabriquer son propre antidote.

Et alors ? fut la première dose. Et si je le faisais ? Je ne vais rien lui dire et, dans ma famille, personne ne l'apprendra non plus... Cette goutte lui fit tant de bien qu'elle commença à prendre le même médicament par cuillerées. Ça ne sera qu'une fois, pourquoi davantage ? En quelques coups, j'arrange tout, il est marié, alors, résultat, pour une simple aventure sans importance... Elle finit par constater que le plus efficace était de boire directement à la bouteille. Pourquoi est-ce que je deviendrais accro, hein ? Je ne le suis plus jamais, ça ne m'est pas arrivé depuis des lustres, et puis, le plus facile est que ça ne marche pas, pourquoi est-ce que ça marcherait ? Ce qui est normal, c'est... eh bien ça, que ce soit une chose normale, agréable et basta, surtout la première fois, et comme il n'y en aura pas davantage, je ne vois même pas pourquoi je m'inquiète... Ce qui serait inquiétant serait de ne pas le faire, ça oui, parce que si je ne couche pas avec lui, je mourrai en pensant que c'était l'homme de ma vie, et ce n'est pas possible, mais bon, sûrement pas, pourquoi un fils de Carrión, précisément un fils de Carrión serait-il l'homme de ma vie ? Non, c'est impossible... Et l'instinct, une autre sottise, car l'instinct fonctionne, il fonctionne, c'est sûr, mais ensuite, parmi tant d'autres choses en jeu, et je ne sais rien de lui, je ne sais rien de sa vie, je peux me le permettre, oui, mais lui... ? Il est en pleine lune de miel, il vient peut-être de tomber amoureux d'une autre, on va peut-être le renvoyer, ou le promouvoir, ou il va partir vivre à l'étranger et il ne cherche pas les complications. Le plus facile serait qu'il me dise non et avec ça le problème est terminé... Je l'appelle, je lui dis que je veux lui remettre quelques affaires appartenant à son père, et il me demandera peut-être de les lui faire porter par coursier, ils sont là pour ça...

Raquel Fernández Perea ne saurait jamais que le 4 avril 1947, en descendant d'un train à la gare du Nord, Julio Carrión González avait eu avec lui-même une négociation semblable, avec un résultat très différent. Et pourtant, elle se rendit compte que, en marge de ce qui pourrait arriver par la suite, Álvaro l'avait sauvée, car ce ne fut qu'après ce dîner où il commença à être lui-même que Raquel comprit qu'elle avait affaire à un homme, un être vivant, délicat, sans défense, aussi innocent des fautes d'un fantôme que Paloma elle-même à l'instant où Julio l'avait trahie. Malgré tout, même si Carrión était mort, et l'histoire trop loin de la défaite, de la victoire, elle ne pourrait jamais changer de camp, suivre joyeusement les pas du traître. Et c'était ce qu'elle avait fait jusqu'à ce que les paroles, les sourires, les regards d'Álvaro la persuadent que c'était avec lui qu'elle traitait, non avec son père. Et comme elle réfléchissait, elle frissonna, puis tout s'évanouit, ses plans, son ambition, son projet de vengeance. Dans le trou laissé libre par l'ombre d'un nombre à six chiffres, elle ne trouva pas seulement l'éclat rougeoyant et dense de son désir, mais aussi l'écho des paroles de son grand-père, et le souvenir de toutes les promesses qu'elle n'avait pas voulu tenir.

Le matin qui suivit ce dîner, Paco Molinero reçut ses nouvelles avec un regard stupéfait sur lequel elle ne voulut pas s'arrêter. « Je ne lui ai rien dit. Je n'ai pas trouvé le moment, ni la manière, et puis... Ça ne fait rien, c'est la vérité, ça m'est vraiment égal, c'est vrai, ça m'est égal. J'ai perdu l'élan, l'envie que j'avais au début, et maintenant j'ai l'impression que c'était une folie. Je pense souvent à mon grand-père, tu sais ? Je suis sûre que c'est ce qu'il aurait préféré, et soudain je le comprends, je comprends très bien ses raisons... »

Elle les lui expliqua sans réussir à le convaincre.

« Mais comment est-ce que tu peux ne pas t'intéresser à un million d'euros, Raquel ? Ce n'est pas possible, c'est impossible, personne ne peut se désintéresser d'un million d'euros... »

Alors, Raquel s'aperçut qu'ils avaient cessé de constituer une équipe, comme deux émissions de radio qui ont commencé à émettre sur des fréquences différentes. C'était sa faute, car elle ne lui avait pas dit la vérité. C'était pour cela que Paco ne la comprenait pas, il ne pouvait pas la comprendre, mais, depuis, il la regardait avec autant d'attention que s'il la surveillait, ou c'était du moins ce qu'elle sentait.

« Tu caches quelque chose. Tu es très bizarre, ma petite, remarqua-t-il quelques jours plus tard. Voyons, qu'est-ce que je viens de te dire ?

— Eh bien... » Oui, ça se voit, se disait-elle alors, ça se voit et c'est terrible, bien sûr, c'est affreux, car ainsi, on ne peut même pas travailler, ni rien. « Je ne sais pas, quelque chose sur les comptes de cette cimenterie, non ?

— Tu vois ?

— Oui, mais je n'ai rien. » Ça ne peut pas continuer comme ça, je ne peux pas continuer comme ça, il faut faire quelque chose, même si ça me nuit, mais quelque chose. « J'étais un peu distraite... »

Un pendule chaotique venait d'entrer dans sa vie.

Une semaine après avoir dîné de sushis avec lui, Raquel Fernández Perea appela Álvaro Carrión Otero et lui proposa un rendez-vous pour le lendemain. Il ne dit pas non, et elle en oublia qu'elle devait passer l'après-midi avec Berta.

« Je croyais que Jaime était un vaniteux insupportable qui ne savait parler que de lui-même et qu'il se débrouillait bien au lit, mais que ce n'était pas non plus un bon acteur même s'il gagnait tous ces prix », dit Berta d'une traite, avant même de le saluer.

Raquel ne saisit pas un mot et se demanda ce que son amie faisait devant chez elle à 6 heures de l'après-midi.

« Qu'est-ce que tu racontes ?

— Je ne sais pas, mais tu as mis cette robe porte-bonheur... »

Raquel baissa la tête et vit sa robe imprimée de petites fleurs jaunes et de feuilles vertes, sa préférée. C'était la raison pour laquelle elle l'appelait sa robe porte-bonheur, car c'était celle qui lui allait le mieux, mais cela n'expliquait pas l'irruption de Berta, ni son allusion à l'acteur avec lequel elle avait couché le soir de la Saint-Sylvestre.

« Oui, je l'ai mise, reconnut-elle, mais ça n'a rien à... » La mémoire lui revint. « Ah, oui ! Nous avions rendez-vous pour aller au théâtre, voir Jaime... » Et elle se prit la tête à deux mains, comme si elle voulait s'assurer qu'elle était bien là. « Ah, Berta !

— Tu as oublié ?

— Oui... Je ne sais pas. Dernièrement, j'oublie vraiment tout...

— Tu as rendez-vous avec un mec.

— Oui... » Elle la regarda et se mit à rire. « Oui ! Et tu ne sais pas comment il est, tu ne le sais pas, il est... Enfin, j'ai rendez-vous avec lui à 18 h 15. Descends avec moi et je te le montrerai. On va à une expo sur les trous noirs.

— Quoi ?

— Les trous noirs. » Elle continuait à rire. « L'espace stellaire, tu sais... Il est physicien, la physique-chimie, les poulies, les puissances et tout ça. C'est lui qui a monté l'exposition. »

Ce fut alors au tour de Berta de rire.

« Et ça te plaît ?

— Énormément.

— Tu es bête, hein ?

— Très. Je te l'ai dit... », conclut-elle en riant.

Ensuite, le hasard lui fournit une occasion sous la forme d'une petite fille grosse et vilaine qui ne comprenait rien à un appareil avec deux jets d'eau et une manivelle. Pendant qu'Álvaro lui donnait des explications, Raquel éprouva deux tentations simultanées et contradictoires. Ou je l'embrasse sur la bouche, ou je pars en courant. Il y en avait une troisième : tout lui raconter. Mais elle ne s'y arrêta pas. Elle n'avait pas non plus envie de courir, elle se contenta de prendre pour une certitude l'intuition qui l'avait éblouie la dernière fois qu'elle l'avait vu. Cela ne dérangea pas Álvaro d'entendre qu'il n'avait pas l'air d'être le fils de son père, et il convint qu'il valait mieux ne pas repenser à lui. C'eût été le moment de parler, de laisser affleurer un bout de vérité au coin d'un mot. La première chose que fit mon grand-père après avoir couché avec ma grand-mère fut de lui apprendre à lire et à écrire. Elle composa cette phrase dans sa tête, mais elle pensa qu'Álvaro était espagnol lui aussi, qu'il devait être habitué aux mystères, aux silences, et qu'elle ne lui mentait pas, plus maintenant, qu'elle ne lui mentirait plus jamais. Il était vrai qu'on lui avait fait passer un test d'intelligence au lycée, et que l'une des épreuves présentait deux ménagères tenant un aspirateur à différentes hauteurs, et qu'elle avait exagéré, qu'elle avait dépassé les bornes et que cette erreur avait fait beaucoup baisser sa moyenne en sciences. Lui connaissait la bonne réponse, et c'était un bon professeur et il lui plaisait beaucoup, il lui plaisait tellement qu'elle souhaitait aller au lit avec lui, après tout, ce serait juste un coup, deux tout au plus, une simple aventure sans importance. Mais à l'intérieur de la boîte enveloppée dans le papier cadeau qu'il posa dans son assiette avant de dîner, il y avait deux pendules. Le premier était normal, stable, traditionnel, enchaîné à sa propre nature prévisible, l'autre chaotique, capricieux, fou, imprévisible ; et les deux ensemble, fonctionnant en même temps, de toute l'éternité n'auraient pu formuler, même avec des décimales, ce qui arriva cette nuit-là à Raquel Fernández Perea pendant que tout commençait à s'écouler avec la régularité paisible de l'eau qui coule.

Berta la regarda avec des yeux écarquillés. « Tu es devenue folle, ou quoi ? »

Quand elle raconta, mais à elle seule, toute la vérité, elle était déjà si accrochée qu'elle était incapable d'expliquer ce que signifiait cet adjectif.

Elle n'en avait parlé à personne jusqu'alors, elle ne voulait même pas y penser, elle ne voulait pas mesurer les dimensions de la souricière dans laquelle elle était si heureuse, plus qu'elle ne l'avait jamais été, elle ne voulait rien savoir, et pour cette raison elle ne s'en parlait même pas à elle-même. Quand elle était seule, elle préférait imaginer une autre scène, un samedi matin et le soleil entrant à flots par les balcons, Álvaro à la maison, en pyjama, elle qui rentrait des courses avec un bouquet de fleurs qu'elle répartissait entre plusieurs vases de cristal. C'était ce qu'elle voulait savoir, mais, la veille au soir, ils avaient dîné tous les trois ensemble, et elle avait dû improviser un faux malaise pour que Álvaro et Berta se taisent une bonne fois, bien que dans cette pizzeria il ne fît pas si chaud. Elle n'avait pas réussi à tromper son amie. Elle l'aurait appelée pour lui débiter n'importe quel discours. Elle aurait pu lui dire qu'ils s'étaient disputés avant de sortir dîner et qu'elle en avait été tellement affectée qu'elle s'était mise à pleurer. Elle aurait pu lui raconter ça ou n'importe quoi d'autre, mais le temps avait passé, à peine trois mois pour les autres mais pour elle ils avaient été aussi longs qu'une vie entière. L'été était arrivé et les fleurs et les vases en cristal étaient si proches, si réels qu'elle aurait pu les toucher du doigt. La veille au soir, quand Álvaro avait parlé de lui, il avait aussi parlé d'elle, parce que cela devait bien arriver un jour, et un jour, elle devrait parler, dire la vérité à quelqu'un. Elle décida de commencer par sa meilleure amie, et Berta l'instable, Berta la folle, l'impulsive, la capricieuse, la déséquilibrée, Berta l'inepte, celle qui ne sortait jamais avec l'homme qui lui convenait, porta les mains à sa tête et la regarda avec des yeux écarquillés, le visage aussi pâle que s'il était en cire.

« Mais qu'est-ce que tu me racontes, Ra ? Je n'y crois pas, non, je ne peux pas le croire. Qu'est-ce que c'est que cette folie ? Comment as-tu pu te fourrer dans cette histoire ? »

Raquel essaya d'abord de se défendre. « Je ne m'y suis pas fourrée, Berta. Je ne m'y suis pas fourrée, ça m'est arrivé... C'est juste arrivé, et je n'ai pas pu... C'était un hasard, tout, un hasard, je... Je ne savais pas que ça allait m'arriver, comment est-ce que j'aurais pu imaginer que j'allais tomber amoureuse de lui ? Je ne sais pas, je dois dire que je ne sais pas ; je n'y comprends rien, tout était si facile, tout a été si facile, que je ne me suis rendu compte de rien... »

Elle n'était pas bonne. Elle comprit qu'elle n'était pas bonne, qu'elle ne convaincrait personne comme ça, mais son amie ne lui demanda pas d'autres explications. Elle s'approcha d'elle, l'enlaça, et s'efforça de paraître gaie.

« Bon, ça ne fait rien. » Mais Raquel s'aperçut qu'elle n'y croyait pas elle-même. « Je ne crois pas que ce soit si grave, parce que... Il y a un moyen d'arranger ça, non ?
— Je l'espère. »

Son amie la prit à nouveau dans ses bras. « Bien sûr. Et pour l'instant, qu'est-ce que tu vas faire ? Continuer comme ça, je suppose...

Raquel se sentit mieux. « Bien sûr. Il est marié, il a un enfant, il ne va pas tout quitter pour moi, n'est-ce pas ? Les hommes mariés ne font jamais ça. Et en ce moment on se voit beaucoup, parce qu'il ne donne plus de cours, il est en vacances, mais après... Eh bien, je ne sais pas, les choses redeviendront comme avant et, tant que tout restera comme ça... Je ne vais rien lui dire, Berta, je ne peux pas. Je ne peux pas lui raconter quel genre d'homme était son père, ce qu'il faisait, il pourrait me détester rien que pour ça. Et puis, s'il l'apprenait, il n'aurait plus jamais confiance en moi. Il penserait que je suis une tricheuse, une menteuse, un escroc... Je ne suis pas comme ça, tu le sais, mais lui... S'il l'apprenait, je ne pourrais plus le regarder en face, je mourrais de honte, tu comprends ? Je l'aime, Berta, je l'aime tellement que je ne pourrais pas supporter qu'irrémédiablement il pense ça de moi, ni même vivre avec lui en sachant qu'il le pense, même s'il ne me le dit pas. Je l'aime, Berta, je l'aime... Bon, ça, je l'ai déjà dit, non ? »

Elle venait de s'apercevoir que si elle continuait comme ça elle allait se mettre à pleurer, et elle ne pouvait pas se le permettre, car ce serait accepter que tout finirait, que son histoire avec Álvaro s'effondrerait irrémédiablement tôt ou tard, aussi secoua-t-elle la tête et essaya-t-elle d'être optimiste.

« Mais si le temps continue à passer, si on reste longtemps ensemble, s'il me connaît mieux et oublie son père, peut-être... Peut-être que je peux ne jamais rien lui raconter, ou... Peut-être qu'il viendra un moment où ça ne sera plus aussi important. Et si cela doit finir, que ça finisse, mais que ça dure le plus longtemps possible. Je ne sais plus rien, Berta, je ne sais que penser, ni que croire...

— Résultat, tu dois être la seule femme dans l'histoire de l'humanité qui couche avec un homme marié et qui ne souhaite pas qu'il quitte sa femme », conclut Berta avec un accent presque philosophique, et elles se mirent toutes deux à rire.

Mais cette nuit-là, quand elle se retrouva seule, Raquel pensa à elle, à Álvaro, révisa ses calculs et sentit qu'elle se vidait, que son corps devenait un trou, un espace vide, un trou affamé, capable de tout dévorer. Parce qu'elle aimait cet homme, elle l'aimait plus que quiconque, mais son amour n'allait servir à rien. Il n'existait pas de pauvreté comparable à la sienne, d'amertume semblable à celle qu'elle éprouvait, de destin aussi cruel que le sien. Parce que tout cet amour n'allait servir à rien. Il y avait longtemps qu'elle pensait aux samedis ensoleillés, aux fleurs colorées, aux vases en cristal, mais elle ne comprit pas avant cette nuit que la scène avec laquelle elle se berçait avant de s'endormir était plus qu'une fantaisie, un choix trivial ou un résidu de romantisme adolescent. Les fleurs inexistantes qu'elle mettait dans des vases qui n'existaient pas non plus constituaient son assurance-vie, une garantie de survie.

Cette nuit-là, quand son amie Berta la quitta, Raquel Fernández Perea mourut un peu. Elle mourut de peine, de rage, de peur. Pas d'amour, car l'amour la maintenait vivante, son amour la garda vivante et intacte, joyeuse et confiante, entière, jusqu'à l'instant du coup définitif. Et lorsque la vie qu'elle souhaitait s'étendit devant elle, lorsque Álvaro Carrión la déplia à ses pieds comme un tapis magique, lui offrit tout ce qu'il avait, et qu'elle le refusa, Raquel se sentit mourir et ne voulut pas mourir, pas cette nuit, pas à ce moment, pas devant lui.

Berta lui avait dit qu'il devait y avoir une façon d'arranger les choses et elle voulut y croire. « Je dois trouver une façon d'arranger les choses », dit-elle à Álvaro le lendemain, pendant qu'ils prenaient le petit déjeuner ensemble, puis elle se le répéta une, dix, cent, mille, un million de fois.

Elle devait trouver une façon d'arranger les choses, et une, dix, cent, mille, un million de fois, elle s'allongea sur le lit, sur le dos, très étirée, les mains croisées sur la poitrine, comme un cadavre. C'était sa position pour réfléchir, mais elle ne lui servit à rien non plus. Le verbe disparaître la guettait dans tous les coins, l'attendait sur tous les chemins, se penchait derrière toutes les portes par lesquelles elle tenta d'échapper à sa brutalité, au dessein impitoyable que lui imposait le renoncement à la seule chose qui lui importait.

Ce n'est pas possible, ce n'est pas possible, pensa-t-elle. Un, dix, cent, mille, un million de fois. Et elle se leva, alla dans la salle de bains, se mouilla le visage avec de l'eau froide, se regarda dans la glace et s'allongea à nouveau. Mais elle n'eut plus d'idée.

Clara, ma sœur, m'attendait sur les escaliers du porche. Nous n'avions pas rendez-vous, mais je ne fus pas surpris de la voir, sur la même marche où elle s'arrêtait petite fille, éviter d'avoir des problèmes à la maison.

Je lui dis bonjour, et je gravis trois marches pour m'asseoir à côté d'elle comme à l'époque où j'étais le seul de ses grands frères suffisamment proche pour comprendre qu'elle était ennuyée d'avoir abîmé un livre de la bibliothèque du collège, ou d'avoir prêté sa montre à une amie qui l'avait perdue.

« Bonjour », dit-elle en souriant, sans prêter attention à mon œil violacé. Elle prit ma tête entre ses mains, pour m'embrasser sur les joues. Il y avait plus de vingt ans qu'elle ne m'avait pas embrassé à cet endroit, de cette façon. « Pourquoi est-ce que tu es habillé comme ça ? Tu vas froisser ta veste. »

Je portais le costume gris des thèses et des concours, une chemise et une cravate. Dans les rares occasions où je n'avais pu y couper, je n'avais jamais réussi à me sentir à l'aise dans cette tenue au point d'oublier que je la portais, mais c'était le cas ce matin-là, et il me fallut un moment avant de comprendre la remarque de ma sœur.

« Je suis venu parler à maman », lui dis-je, comme si c'était une raison suffisante.

Elle me regarda, et je vis qu'elle avait les yeux brillants. « Oui... Et moi, alors ? Tu n'avais pas l'intention de m'appeler ? »

La gueule de bois avait été terrible, mais je n'en perçus l'intensité qu'une fois seul, dans ma voiture, la valise des grands voyages dans le coffre, ma tristesse embuant les vitres d'une vapeur froide et sale qui sentait mauvais, comme une odeur de renfermé. Mon imagination était engourdie, intimidée par l'horizon d'un bleu très pur, les yeux de ma mère, leur couleur plus intense, plus belle, quand elle nageait dans des eaux troubles de l'émotion ou de la colère. « N'y va pas, Álvaro », m'avait dit Raquel. Les siens étaient plus étranges, verdâtres mais sombres, soudain aussi profonds que s'ils avaient été noirs. « N'y va pas. » Mais j'y étais allé, je devais y aller et, en refermant la porte de l'appartement de la rue Hortaleza, cette maison qui me plaisait tant et où je ne reviendrai jamais, je pensai que c'était peut-être mieux comme ça, qu'il valait mieux tout supporter à la fois, tout d'un coup, comme lorsque nous étions enfants et que l'un d'entre nous avait la varicelle, et que ma mère mettait ses cinq enfants dans un grand lit, pour qu'on l'attrape tous en même temps. « Quelle horreur, maman, quel procédé sauvage », disait Angélica lorsque nous évoquions ce souvenir. Mais maman se défendait : « Mais c'était bien mieux, on a toujours fait comme ça... »

Quand je refermai la porte de l'appartement de la rue Hortaleza, je pensai à Miguelito quand il avait eu la varicelle, Mai et moi nous relayant pour les caresses, les chansons et les contes, pour l'occuper et qu'il se gratte le moins possible, et cette forte fièvre, le corps de mon fils en sueur et flasque, et très vite ensuite, à peine le temps de s'en rendre compte, la splendide, épuisante énergie d'un enfant de trois ans sain et infatigable. C'est mieux comme ça, tout à la fois, pour en finir une fois pour toutes, tout rassembler, toutes les larmes, les fautes, les questions, les secrets, pensai-je. « J'en ai ras le bol des conversations transcendantales », avais-je dit la veille au soir à Raquel, et c'était vrai. Je n'en pouvais plus, et pourtant, en conduisant sur la route de Burgos et pendant que ma mémoire, loyale et traîtresse, me bombardait avec les meilleures images de la vie à laquelle je venais de renoncer, le corps nu de ma femme, le rire débridé de mon fils, la souplesse des doigts de ma mère quand elle me tenait par la main dans la rue et que tous les trois étaient aussi beaux, adorables et lumineux qu'ils ne l'avaient peut-être jamais été, qu'ils ne le seraient plus jamais, je pensai que c'était mieux comme ça, tout supporter en même temps, une fois, pour toutes.

« Bien sûr, que j'allais t'appeler. » Cela ne me dérangeait pas de voir Clara bien que je ne l'aie pas appelée, même si je n'avais pas encore décidé quand je le ferais. « Mais tu es plus jeune que moi. Si je ne savais rien, tu en savais encore moins.

— Je ne saurai jamais rien, Álvaro. Jamais, déclara-t-elle, le regard fixé sur l'horizon.

— Parce que tu ne veux pas savoir...

— Bien sûr que non, tu me connais, poursuivit-elle en souriant. Je suis très froussarde, tu le sais. C'est ce que tu me disais toujours, quand nous étions petits. "Entre, Clara, parle à papa, à maman, dis-le-leur, ose le dire, tu ne peux pas continuer à te cacher, tu vas devoir dîner, tu ne vas pas rester dormir dans l'escalier..." Quand j'ai cassé la fameuse danseuse en porcelaine, et l'année où j'ai raté cinq matières aux examens, et le jour où j'ai cassé la vitre de la fenêtre de la cuisine avec un ballon ou encore le soir où ils sont tous sortis et que nos sommes restés seuls, toi et moi, avec Fuensanta, et que j'ai mis une robe d'Angélica pour jouer et fait une tache d'encre qu'il a été impossible de faire disparaître. C'était le pire, je crois que je n'ai jamais eu aussi peur de ma vie, tu te souviens ?

— Oui. » Je me souvenais de tout et je répondis à son sourire. « Ce n'est pas moi, ce n'est pas moi, je ne sais rien... Quand il manquait quelque chose à quelqu'un, ce n'était plus nulle part. Tu l'avais déjà jeté à la poubelle, bien enveloppé dans un sac en plastique, et ensuite tu disais toujours la même chose : ce n'est pas moi, je ne sais rien. Mais ça ne faisait rien. Tu finissais toujours par te faire prendre. Cette fois, c'est différent, Clara.

— Non, dit-elle en secouant la tête. Non. Hier soir, en parlant avec Angélica, j'entendais la voix de papa, tu sais, souricette, souricette, tout le temps. Ensuite, j'ai appelé Rafa, pour lui demander comment il allait, et j'entendais toujours, souricette, souricette... tu veux te marier avec moi ? Je n'ai pas parlé à Julio, ce n'était pas la peine. Je sais qu'il est de ton côté, même quand tu n'as pas raison, et tu n'as pas raison, parce que vous ne pouvez pas avoir raison, ni Rafa, ni toi, ni aucun des deux. »

« Souricette, souricette... tu veux te marier avec moi ? » Quand Clara avait trois ou quatre ans, c'était son conte préféré, mais elle ne voulait l'entendre que par papa. Tous les soirs, elle apparaissait dans le salon de l'appartement de la rue Argensola en traînant son livre, et en arrivant vers mon père elle disait : « Souricette, souricette... » Il lui répondait par les mêmes mots : « Souricette, souricette... » Il la prenait dans ses bras, lui lisait le texte très court, écrit en vers, à tel point qu'ils l'apprirent tous les deux par cœur et se mirent à le réciter à toute heure, partout, qu'ils soient seuls ou non. Elle jouait toujours la souricette présomptueuse, lui changeait de ton pour jouer tous les autres rôles, et en arrivant à la petite souris de la fin, il tirait une voix fluette et tendre, très comique, qui faisait se tordre de rire ma sœur. Ainsi, Clara devint « souricette, souricette », et mon père cessa de l'appeler par son prénom même dans les occasions les plus solennelles. Le jour où il sortit de la maison avec elle en robe de mariée, avant de passer la porte, il la prit par les épaules, la regarda et demanda : « Souricette, souricette... pourquoi vas-tu te marier avec un autre ? » Et ils se mirent tous deux à rire.

« Comment va Rafa ? »

Elle fit la grimace avec laquelle elle affrontait généralement les sujets désagréables. « Il est très fâché contre toi, bien sûr. Et il a le visage en compote. On a dû lui faire des points de suture et on lui a mis quelque chose dans le nez, une sorte de prothèse rigide, pour maintenir la cloison à sa place. Tu la lui as manifestement déviée d'un coup de poing. Il m'a dit que ça lui faisait très mal.

— Je le regrette. » Clara ne dit rien. « Je te jure que je regrette, je regrette beaucoup, mais c'est lui qui a commencé.

— Oui, Angélica me l'a dit, et il n'y a qu'à voir ton œil. Mais ce que je ne comprends pas... » Elle secoua à nouveau la tête avant de me regarder. « Comment est-ce que tu as pu te battre avec Rafa, Álvaro ? Ça ne m'étonne guère de lui, avec son caractère, mais toi... Et tout ça pour une bêtise, pour avoir critiqué ton musée, c'est ça ?

— Non, Clara, ce n'était pas pour ça. Il est vrai qu'il s'est moqué du musée, de moi, de mon travail, mais ce qui s'est passé était pire, beaucoup plus grave... » Je me demandai si je serais capable de le lui expliquer, et même dans ce cas, il était probable qu'elle ne me comprenne pas. « Il ne m'a pas critiqué moi, mais ce que je pense, ce que je crois être bien, juste. Je suis une pièce insignifiante dans cette affaire et ce qu'il a dit sur moi ne m'a pas fait mal, mais qu'il se moque de la science, des scientifiques en général, des activités que nous organisons avec les collèges, m'a fait sortir de mes gonds... » Ma sœur fronça les sourcils d'un air sceptique presque comique et je compris à quel point ces mots, les seuls que je pouvais prononcer, avaient semblé ridicules à ses oreilles. « Je sais que ça a l'air d'une bêtise, je sais, mais ce n'en est pas une, Clara, je t'assure. Il n'y a rien que je déteste autant en ce monde que les gens qui se vantent de ne rien savoir, les gens qui sont fiers d'être comme des animaux, je ne peux pas les supporter, je ne les supporte pas. C'est ce qu'a fait Rafa, et il savait pourquoi il le faisait, il savait ce qu'il disait. Je ne suis pas religieux, tu le sais, mais je ne passe pas mon temps à blasphémer pour insulter ceux qui le sont.

— Évite ce genre de comparaison, Álvaro ! » J'avais réussi à la choquer sans le vouloir.

Je tentai de la rassurer. « Si tu ne veux pas, je ne compare pas, mais c'est ce qui s'est passé. Rafa est venu droit sur moi. Il m'a cherché, et il m'a trouvé.

— Quand on me l'a raconté, je n'y ai pas cru, je ne pouvais pas, pas de toi, Álvaro. Il... Il est plus violent, tu le sais. Enfin, violent n'est pas le mot, mais il a plus de caractère, c'est l'aîné, le plus autoritaire, il ne sait pas discuter sans s'échauffer, et il faut le laisser, on le sait tous, après ça lui passe, mais toi, tu n'es pas comme ça, toi...

— J'avale des couleuvres depuis toujours, Clara, l'interrompis-je. Ce n'est pas une question de caractères, ni d'arguments, rien de ça. Rafa crie et moi je me tais pour avoir la paix, mais cela ne signifie pas que je sois pacifique, ni qu'il ait toujours le droit au dernier mot, même s'il n'a pas raison. C'est juste une habitude, l'habitude chez nous, l'habitude de ce pays. »

Je m'étais efforcé de contrôler mes gestes, le volume de ma voix, et je sentais un voile sombre sur mes yeux, un goût épais dans le palais, et la présence des flammes orangées et chaudes auxquelles je m'étais abandonné la veille, et la couleur, la température d'une tentation à laquelle je ne voulais plus jamais goûter. Mais une étincelle avait dû sauter malgré mes efforts, car ma sœur me regardait maintenant effrayé, les lèvres crispées dans une expression de profond étonnement, chargée de reproches, de crainte qu'elle-même ne savait pas interpréter et que je ne lui avais jamais vue.

« Je ne te comprends pas, Álvaro.

— Ça ne fait rien. Je ne suis pas fier de ce qui s'est passé hier, et je dois reconnaître que je ne me comprends pas moi non plus. » Je ne mentais pas et elle s'en aperçut. Il ne m'était jamais rien arrivé de tel, et je suis sûr que ça ne m'arriverait plus jamais.

Clara ne voulut rien dire pendant que je recommençais à me sentir coupable et malade de honte en imaginant cette scène, Angélica entrant aux Urgences de l'hôpital, choisissant un collègue de confiance pour lui raconter à l'oreille que deux de ses frères s'étaient battus ; Rafa assis sur une chaise en plastique, le visage tuméfié, me haïssant, et Julio à côté de lui, ne sachant que dire, comment l'accompagner pendant que toute la salle d'attente les regardait. Cela avait dû être horrible, humiliant pour tous, surtout pour moi, même si je n'étais pas avec eux. J'avais tellement honte en l'imaginant que je tentai de me justifier et ce fut pire.

« Et puis, ce n'est pas si grave, non ? Les gens se battent tout le temps, quand ils boivent trop, quand ils se rentrent dedans en voiture, à cause d'une femme, à cause... » Je me tus en voyant une tristesse épaisse et liquide, dans les yeux de ma sœur.

« Cette histoire te rend fou, Álvaro. »

J'essayai de me voir au travers de ces yeux qui ressemblaient toujours à deux gouttes de miel doré et clair, les yeux de Clara, la petite, choyée, la souricette qui, lorsque nous étions enfants, me connaissait mieux que personne et qui ensuite commença à me considérer comme un martien, un être étrange, incompréhensible, qui avait un métier absurde et prenait des décisions absurdes. Elle me voyait comme un homme qui disait, pensait et croyait des choses absurdes, mais aussi comme son frère Álvaro, l'autre moitié de l'équipe condamnée à perdre toutes les parties qui se jouaient contre son éternelle rivale, l'équipe des grands. Maintenant elle avait grandi, elle avait trente-cinq ans, elle venait de me dire que je devenais fou et elle avait peut-être raison, car elle me regardait avec une impassibilité presque absolue qui l'ancrait sans aucune complication, aucun conflit, dans la facilité placide d'une éternelle enfance, un univers aux couleurs pâles où les émotions n'étaient peut-être pas très intenses, mais jamais troubles ni désagréables. Pour ma sœur, la vie n'était pas devenue très différente de l'escalier où nous étions assis, elle ne l'était pas ce matin-là, pendant qu'elle me regardait aussi désolée que si elle venait de casser une autre danseuse de porcelaine. Pour Clara, la vie ne serait jamais autre chose ; elle n'y consentirait jamais.

« Cette histoire rendrait fou n'importe qui, lui fis-je cependant remarquer.

— Non, Álvaro, pas moi. » Elle me sourit, secoua une nouvelle fois la tête. « Pas moi, tu le sais. Je l'ai dit à Angélica hier soir, quand elle a essayé de me raconter que la fille pour laquelle tu as quitté Mai est notre cousine, et qu'elle t'a raconté... Je ne sais pas, des choses horribles sur papa et maman, sur grand-mère Mariana, n'est-ce pas ? Je lui ai répondu que je ne voulais pas les connaître, et je te le dis à toi, maintenant, je ne veux rien savoir. Ni aujourd'hui ni jamais, rien. Je continuerai à bien m'entendre avec vous tous, parce que vous êtes mes frères et sœur et que vous le resterez, papa était mon père, et pour moi c'était le meilleur, quoi qu'il arrive... »

Les larmes l'empêchèrent de poursuivre, et j'aurais pu lui demander pourquoi elle pleurait cette fois, quelle était l'origine, la raison de ces pleurs qui contredisaient sa foi, la ferveur fanatique de ces mots qu'elle avait prononcés avec tant de douceur, mais je ne le fis pas. Je connaissais la réponse et savais qu'elle m'en donnerait une différente. « Je pleure parce que tout cela me fait beaucoup de peine, parce que je ne peux pas supporter que vous vous battiez, parce que je vous aime tous beaucoup. » C'était vrai, elle nous aimait tous beaucoup, nous nous aimions tous beaucoup, comment ne nous serions-nous pas aimés, nous étions frères et sœurs.

Elle me prit les mains et les serra, comme l'avait fait Raquel le matin pour me demander de ne pas partir. « Laisse tomber, Álvaro, je t'en prie. Laisse tomber, maintenant, une histoire si laide, si sale... On ne peut pas la comprendre. Je sais que tu dis que si, mais je crois que non, que Rafa a raison, qu'on ne peut pas savoir ce qu'on aurait fait si... » Elle ne voulut pas continuer et changea de tactique : « Et, surtout, ce que je n'arrive pas à comprendre... Qu'est-ce que ça peut te faire ? Quelle importance, aujourd'hui, ce que papa peut avoir fait quand on ne le connaissait pas ? Ensuite, il a été un homme bon, un bon père, un entrepreneur intelligent et ambitieux, honnête, le meilleur, il a donné du travail à beaucoup de gens, tout le monde l'aimait, c'est comme ça que nous l'avons connu et pour ça que nous l'avons tant aimé, et toi plus que moi, Álvaro, toi plus que personne... C'est le plus curieux, le plus triste de tout, j'y ai pensé hier, et... Julio et moi, nous avons toujours été du côté de maman, et de vous trois, c'est toi qu'il a toujours le plus aimé, ensuite Angélica, et Rafa... Pauvre Rafa ! lâcha-t-elle et ses yeux se chargèrent de mélancolie. Et tu l'aimais, Álvaro, plus que quiconque, je le sais, je l'ai toujours su, ces choses-là se remarquent. C'est pour cela que je ne comprends pas... Je n'y comprends rien, Álvaro.

— Je l'aimais, Clara, et je l'aime toujours, confirmai-je. Je ne pourrai jamais cesser de l'aimer, même si cela me déplaît, même si je préférerais l'oublier... Julio prétend qu'on peut oublier, qu'il y est parvenu, mais je crains de ne pas pouvoir, tu sais ? Je ne lui ressemble pas. Maintenant je pense beaucoup à papa, plus qu'avant, j'y pense sans le vouloir, même si je pense à autre chose, et je le vois toujours dans les meilleurs moments, quand il m'aidait, veillait sur moi, s'occupait de moi, toujours pareil... Avec Mai il m'arrive une chose semblable. Elle n'a jamais été aussi jolie ni aussi adorable qu'aujourd'hui, je n'ai jamais été aussi heureux avec elle que dans mon souvenir. » Je regardai ma sœur en souriant. « C'est ma faute, ma faute, je le sais, et je sais que ça me passera. Et que si mon histoire avec Raquel ne s'était pas compliquée à ce point, si elle ne nous avait pas tous éclaboussés, le souvenir de Mai serait beaucoup plus faible. Ça aussi je le sais, et je peux le contrôler, mais pour papa, c'est différent. Pour papa, c'est au-dessus de mes possibilités.

— Alors, laisse tomber, Álvaro. Ne le fais pas pour papa, ni même pour maman, fais-le pour toi... Et pour moi. Laisse les choses comme ça, parce que ça ne sert plus à rien, rien ne sert à rien. Papa est mort mais nous sommes vivants et nous devons continuer à vivre. Nous devons essayer d'être heureux, vois ce que tu as obtenu, maintenant Rafa te déteste, il finira par détester Julio parce qu'il te défend, Angélica va très mal, et moi... »

Ma sœur se remit à pleurer et je passai un bras autour de ses épaules, je l'attirai vers moi, j'appuyai sa tête contre ma poitrine et pensai à elle, à ses arguments et aux miens, à quelques mots importants pour tous les deux, générosité, responsabilité, égoïsme, et à d'autres que Clara n'apprendrait jamais. *Tu dois être un homme digne, bon, courageux, je me trompe peut-être, mais je sens que je fais ce que je dois faire, et je le fais par amour...* Elle ne me comprenait pas, mais moi si, au-delà de ce qui me semblait bien ou mal, juste ou injuste, sain, raisonnable, indispensable. Clara ne voulait pas savoir, elle préférait ignorer la quantité et la qualité de tout ce qu'elle ignorait, elle s'était entêtée à vivre, ou à faire comme si elle vivait à l'intérieur de sa propre serre aux parois de verre. Ce n'était pas très original, mais elle avait le droit de choisir ce chemin, d'unir le fracas de ses lèvres scellées au silence retentissant de millions de voix qui avaient choisi de se taire avant elle, de fermer leurs oreilles au vacarme d'un silence plus bruyant que n'importe quel cri. Moi-même, j'avais eu cette possibilité. Depuis le début, j'avais toujours su qu'on peut aussi ne rien faire, mettre les morceaux d'une danseuse en porcelaine dans un sac en plastique, le refermer par un nœud bien serré, le jeter dans la poubelle, entasser d'autres déchets dessus et les tasser avec le pied. C'était son système, et quand elle était petite, elle se faisait toujours prendre. Elle avait beau courir maintenant, le futur allait la rattraper de la même façon car, tôt ou tard, elle finirait par savoir sans le vouloir, entendre ce qu'elle ne voulait pas écouter, et elle pourrait toujours penser que tout était mensonge mais elle n'y parviendrait pas entièrement, plus maintenant. Un détail de la vérité, cet ennemi auquel elle prétendait échapper, se glisserait irrémédiablement sous sa peau comme une écharde, un de ces petits bouts de bois qui ne provoquent pas de blessure ouverte et ne font pas venir la couleur du sang, qui ne sont même pas douloureux, mais durcissent avec le temps au point de devenir un relief calleux qui fait partie du doigt dans lequel elles se sont fichées, comme le corps mou d'une crevette abandonné sur un rocher ne fait plus qu'un avec lui. C'était ce qui allait se passer, je le savais. Je restais son frère aîné et j'étais passé auparavant par toutes les phases du même processus, mais elle avait le droit de choisir, et elle avait choisi.

« Ne t'inquiète pas, Clara, lui murmurai-je sans cesser de l'étreindre. Si tu ne veux rien savoir, je ne vais rien te raconter. Moi aussi, je t'aime beaucoup, et je continuerai à beaucoup t'aimer, toujours. » Elle ne bougea pas, ne dit rien, et je l'étreignis encore plus fort. « Souricette, souricette... »

Alors elle écarta la tête de mon épaule, se tourna vers moi, me sourit. Nous recommençâmes à nous embrasser, et je me levai. Elle m'imita tout de suite, et ne fit rien pour dissimuler l'inquiétude qui lui faisait ciller les yeux.

« Je t'ai prévenu que tu allais froisser ta veste..., dit-elle sans me regarder, tout en tentant de la lisser avec les doigts.

— Oui. » Je savais déjà où elle voulait en venir.

Elle ne tarda guère à confirmer mes prédictions, et je fermai les yeux pour éviter son regard pitoyable, suppliant, insupportable. « S'il te plaît, Álvaro, ne va pas voir maman. Pas aujourd'hui, pas encore, attends un peu. Elle a soixante-dix ans, elle est malade, tu le sais, la mort de papa a été un coup très dur pour elle, et maintenant ça, par-dessus... » J'ouvris les yeux et constatai que son regard n'avait pas changé. « C'est pour ça que je suis venue, seulement pour ça. Je voulais te parler, savoir comment tu allais, mais surtout je veux te demander, te prier de ne pas contrarier maman, je te le demande, s'il te plaît. S'il te plaît, Álvaro... »

Je pris les mains de ma sœur pour la libérer de la tâche inutile d'arranger ma veste, et je répondis à ses suppliques avec fermeté. J'étais très calme car tout ce que j'avais su depuis le début, bien avant d'arriver à La Moraleja, était que ce matin-là j'allais devoir entendre ces paroles, que quelqu'un s'avancerait pour me les dire, pour me servir sur un plateau l'alibi parfait, l'argument suprême, l'excuse idéale.

« Je ne suis pas venu contrarier maman, Clara, je suis venu lui parler, c'est tout. » Alors ce fut ma sœur qui ferma les yeux. « Et je ne veux pas qu'elle me raconte quoi que ce soit, juste qu'elle m'explique. La seule chose que je veux, c'est entendre sa version. »

Elle me regarda à nouveau, tenta de sourire, y parvint avec difficulté. « Mais il n'y a pas urgence, n'est-ce pas ? Il ne va rien se passer si tu attends un peu, une semaine, deux, le temps nécessaire pour que tu te calmes, pour que tu réfléchisses bien à ce que tu vas faire, pour comprendre ce que tu es en train de faire... Tout cela est très vieux, Álvaro, ça s'est passé il y a très longtemps, avant notre naissance, et ça ne va rien changer, tu le sais ? Ça ne peut pas changer ni en mieux ni en pire, c'est comme ça, et ça va rester comme ça. Et je ne te demande pas de ne pas parler à maman, comment est-ce que je pourrais te demander ça ? Juste d'attendre un peu que les choses se calment, ta situation avec Mai, avec cette fille, avec Rafa, bref...

— Je ne peux pas attendre, Clara. » Je restais calme et elle s'énervait de plus en plus. « Je ne peux pas supporter un jour de plus ainsi. Je dois en finir une fois pour toutes, pour pouvoir continuer ma vie, pour redevenir une personne normale... Ça n'a rien à voir avec maman, ni avec toi. Mais avec moi, ce que je suis, ce que je serai quand je sortirai d'ici. Tu ne comprends peut-être pas, et pourtant... » Ce que j'allais dire était si évident que je ne m'arrêtai pas à en calculer les conséquences. « Tu as le droit de ne pas savoir, mais moi j'ai le droit de savoir.

— Non, Álvaro. » Sa voix, ses yeux, son expression se durcirent. « Tu n'as pas le droit de la faire souffrir, de tout gâcher, de raconter toutes ces saloperies sur papa, de nous faire du mal. Tu nous fais beaucoup de mal, tu sais, à tous, et pour rien, juste parce que ça t'a pris, parce que tu t'es entiché d'une nana et que tu n'as rien trouvé d'autre que d'être son héros, ce n'est que ça, et tu n'as pas le droit, tu ne l'as pas...

— Ce que je n'ai pas, c'est la faute de quoi que ce soit, Clara. » Elle ne comprit pas, mais j'étais encore très calme. « Je n'ai rien fait de mal, je n'ai volé personne, je n'ai livré personne, je n'ai trahi... »

Elle s'arrêta à peine pour respirer avant de hurler :
« Tatatatatatatatatata ! Tatatatatatatatatata ! »

Elle criait, les paupières closes et les doigts dans les oreilles, le bout des doigts blanc à force de les serrer. C'était l'une de ses stratégies classiques, comme de s'asseoir sur une marche, ni dedans ni dehors, ou de se débarrasser tout de suite de ce qu'elle venait de casser. Elle ne voulait pas m'écouter et je n'avais moi non plus aucune envie de continuer à parler, même s'il me restait des choses à dire. La principale était que j'étais sûr que ma mère n'allait pas s'effondrer, qu'elle n'allait pas s'écrouler, ni fondre en larmes, et que son cœur n'allait pas s'arrêter parce qu'elle parlait avec moi. Mais Clara n'était pas non plus disposée à entendre cela. Aussi la laissai-je derrière moi, et pourtant j'entendis à nouveau sa voix avant de franchir la porte.

« Attends-moi, Álvaro. » Elle se coiffa du bout des doigts, tira sur sa jupe, se frotta les yeux et me prit dans ses bras, me serra fort, m'embrassa à plusieurs reprises. « Je t'aime beaucoup, tu sais ? Et si tu entres, je veux y aller avec toi. »

Je l'attendis et nous entrâmes ensemble dans la maison déserte, propre, ordonnée. Le soleil entrait jusqu'au centre du vestibule, et s'étendait sur le sol du couloir jusqu'à se fondre avec la clarté qui traversait les vitrages entrouverts qui donnaient sur le salon. Dans le fond, assise sur un canapé, le dos à la lumière, à sa place habituelle, ma mère nous regardait arriver. Elle avait les jambes croisées, les mains négligemment posées sur sa jupe, et quand nous nous approchâmes, elle soupira.

« Laisse-nous seuls, Clara. »

Le cœur de ma mère n'allait pas s'arrêter parce qu'elle parlait avec moi. Je le savais, j'étais sûr qu'aucun de nous deux ne courait ce danger, mais je ne m'attendais pas à ce qu'elle me sourie, ni qu'elle sourie à ma sœur avant de répéter son dernier ordre sur un ton serein, presque aimable.

« Je veux parler seule à Álvaro, Clara.

— Mais, maman...

— Pourquoi est-ce que tu n'irais pas attendre dans le jardin ? » Elle le désigna du doigt. « Lisette est sortie il y a un moment, avec les enfants. C'est une très belle journée, mais ça ne durera pas, nous sommes en octobre... » Elle sourit à nouveau. « Il faut en profiter, tu ne crois pas ? »

Ma sœur la regarda, me regarda et se retourna sans rien dire.

« Tu veux fermer la porte avant de sortir, ma chérie ? » Elle attendit que nous soyons vraiment seuls pour sourire pour la troisième fois. « Alors, tu ne m'embrasses pas ?

— Si, bien sûr, maman... »

Je savais que son cœur n'allait pas s'arrêter, mais je n'aurais jamais pu imaginer qu'elle affronterait ma visite avec tant de calme, avec une sérénité qui frôlait l'indifférence.

En m'approchant d'elle, je remarquai ses bijoux, la douceur brillante de son chemisier en soie, la perfection presque géométrique avec laquelle sa longue jupe s'étalait sur le canapé comme une mascotte bien dressée. Elle était aussi bien coiffée que si elle sortait de chez le coiffeur, et une ombre rose colorait les joues que j'embrassai délicatement pour recevoir en échange deux francs baisers. Ma mère s'était habillée, maquillée, elle s'était préparée pour me recevoir, mais cette attitude révélait en elle une chose différente de ce que représentaient mon costume et ma cravate. En le constatant, je me sentis perplexe, perdu dans la confusion de mes attentes et de mes espoirs, pendant que je cédais un instant à la conscience de son autorité avec la même confiance passive que je ne remettais jamais en question quand j'étais enfant, et elle l'ange du bien et du mal, la maîtresse de ma vie.

« Tu es très élégant, pour venir me voir. » Elle ne souriait plus, mais son visage conservait encore l'expression aimable et détendue des sourires. « Je suis contente de te voir comme ça, tu sais... » Je ne répondis pas, et elle m'indiqua de la main le fauteuil qui était le plus proche d'elle. « Assieds-toi, allez. Je t'attendais. »

Je la regardai, et elle me regarda, nous nous regardâmes comme si nous ne nous connaissions pas, comme si nous avions besoin de nous mesurer mutuellement, de deviner les forces de l'adversaire avant de risquer les nôtres, et je me demandai qui était cette femme, qui avait toujours été ma mère, et ce qu'elle pouvait ressentir en me regardant moi, qui serais toujours son fils. Je ne parvins à répondre à aucune de ces questions mais j'attrapai sans le vouloir une réponse que je ne cherchais pas en remarquant que l'attitude de ma mère ne ressemblait pas à la mienne, ni à celle d'aucun de mes frères et sœurs non plus. En trouvant Clara dans l'escalier, je n'avais guère prêté attention à son allure, mais je me souvenais maintenant de ses cheveux retenus par un élastique, de ses bottes sales, éclaboussées de boue, et de l'anxiété sur son visage en guise de maquillage. « Tu nous fais beaucoup de mal », m'avait-elle dit, et je savais que c'était vrai, que cela avait fait du mal à Julio de me parler, et à Rafa encore plus, qu'Angélica avait dû passer une nuit blanche, et qu'elle souffrait à cause de moi, seule dans le jardin, et que personne n'avait souffert ni ne souffrirait autant que moi. À une échelle élémentaire, que tous ses enfants avaient calculée en même temps et avec des données semblables, elle, veuve et seule, vieille et sans défense, lui reviendrait le degré suprême de la souffrance, mais tous les signes indiquaient que les cinq frères et sœurs Carrión Otero avaient commis la même erreur.

Je n'avais pas envisagé la douleur de ma mère, je n'avais pas voulu y penser, je ne pouvais pas le faire. J'avais décidé de la laisser pour la fin, pour ce moment vague, fabuleux, où je pourrais me dire à moi-même que tout était fini, que le moment était venu de tracer une ligne par terre et de sauter par-dessus à pieds joints pour recommencer, de l'autre côté. Je n'avais pas voulu calculer son désespoir, le mesurer à ma faute, car alors je n'aurais pas pu bouger, je n'aurais pas été capable de faire ni de dire quoi que ce fût. J'allais être un homme digne, bon, courageux, et je me trompais peut-être, mais je sentais que je faisais ce que je devais faire, et je le faisais par amour.

Je savais que ma mère était une femme dure, forte, qu'elle n'allait pas s'écrouler, ni s'effondrer, ni éclater en sanglots, mais j'avais pressenti une scène très différente, une inquiétude, une angoisse, une amertume dont l'absence m'empêchait d'interpréter ce que je voyais. Son calme me semblait presque offensant, me déconcertait, faillit me désorienter entièrement jusqu'à ce que je pense que ce n'était peut-être pas qu'elle et que ce n'était pas que moi, que c'était nous, car je ne pouvais pas savoir dans combien de maisons avaient été vécues ou le seraient encore de telles scènes. En le comprenant, je soupçonnai que cela avait été ma véritable méprise, une gigantesque erreur de calcul, car les choses ne se contentaient pas d'être différentes de ce qu'elles semblaient être, c'était l'inverse, tout le contraire, et ce phénomène devait répondre à un principe, un élément que je n'avais pas su apprécier, évaluer, placer à l'endroit adéquat. Le temps n'est pas une ligne droite, il ne l'a jamais été, et je le savais très bien, je suis physicien, mais pas aussi dur, aussi fort que ma mère. C'était la raison pour laquelle je n'avais jusqu'alors jamais considéré que ce qui était pour nous une tragédie puisse n'être pour elle qu'un ennuyeux contretemps.

L'optique est une science paradoxale, mais les lentilles n'ont pas de cœur, elles manquent de sensibilité, de mémoire, de moyens d'intervenir dans les images déformantes. Souvent, la distance aide à faire la mise au point, améliore la perception des formes, des volumes d'un objet, et dans la même proportion, la proximité peut représenter un obstacle pour les yeux peu exercés, mais nous n'appliquons cette règle qu'aux choses, nous ne pouvons l'invoquer lorsque les gens sont concernés, tant de personnes qui portent tant de tristesse. Ce n'est pas possible, c'est impossible, impossible que nous, qui sommes déjà si loin, nous percevions si nettement ce que nous avons vu, et qu'elle, qui était là, soit maintenant si calme, avec moi..., me dis-je.

Je n'eus pas le temps de laisser mûrir cette idée, d'en envisager totalement la nature catastrophique, car ma mère me devança par la réponse à une question que je ne lui avais pas encore posée.

« Ta tante Teresa, la sœur de ton père, vit en Allemagne... » Elle fit une pause pour me donner la possibilité de dire quelque chose, mais je ne pus en profiter, et elle poursuivit avec le même naturel qu'au début. « Enfin, elle est peut-être morte, parce que nous n'avons pas eu de nouvelles depuis 1978, environ... À la fin de notre guerre, elle était en Algérie. Ta grand-mère a réussi à la faire monter sur un de ces bateaux qui partaient à Oran, avec une sœur de l'homme avec qui elle vivait, et elle y est restée. Ensuite, après la guerre mondiale, elle a épousé un Espagnol qui avait été prisonnier dans un de ces camps que les nazis avaient en Afrique française. Ils ont eu plusieurs enfants, je ne sais pas combien, et ils sont restés à Oran jusqu'à l'indépendance de l'Algérie. Alors ils sont partis, ils ont passé quelque temps en France, et vers le milieu des années 1960, ils ont émigré en Allemagne. Ils se sont installés dans une ville assez connue, je ne sais plus, Stuttgart ou Düsseldorf, quelque chose comme ça, son mari travaillait dans une usine Volkswagen. Ton père n'avait pas de nouvelles d'elle depuis son retour de Russie, mais après la mort de Franco, quand les exilés ont commencé à rentrer, il les a retrouvés par une association de républicains espagnols qui avaient travaillé à un chemin de fer, dans le désert du Sahara ou quelque chose comme ça, je ne me souviens plus très bien... »

Elle parlait et j'écoutais, je m'efforçais de comprendre, de retenir chacun de ses mots, cette information que je ne lui avais pas demandée, qui m'importait moins que son calme, moins que la fermeté de sa voix, le rythme connu, familier, auquel je m'étais habitué dans mon enfance pendant que je l'entendais raconter de nombreuses autres histoires, des anecdotes pittoresques ou amusantes, insignifiantes, inoffensives. Mais ma mère faisait comme si elle ne se rendait compte de rien, et elle me regardait, fronçait les sourcils pour se souvenir, agitait la tête, poursuivait.

« Le mari de Teresa avait été l'un d'eux, certains de ceux qui revinrent le connaissaient, ils connaissaient sa femme, et ils donnèrent son adresse à papa. Il lui écrivit une très longue lettre, en lui parlant de sa vie, en lui disant qu'il aimerait la voir, qu'il pensait beaucoup à elle, bref... Elle répondit immédiatement, par une demi-page. Elle lui disait ce que je viens de te raconter, qu'elle allait très bien, qu'elle n'avait besoin de rien, que ses enfants étaient grands et mariés en Allemagne, qu'ils allaient y rester, et que si son frère n'avait pas pensé à elle en quarante ans, elle ne voyait pas en quel honneur il le faisait maintenant. C'était tout. »

Elle me regarda à nouveau avec un étrange rictus, un geste imprécis, à mi-chemin entre un éclat de rire naissant, une expression étonnée et une de mépris, qui semblait destinée à créer une pause que je ne pus remplir.

Ma mère le fit pour moi. « Je crois qu'elle a pensé une chose bizarre, que papa voulait profiter du fait qu'il avait une sœur rouge, je ne sais pas, quelque chose comme ça, tu vois, une bêtise... Elle lui a répondu par cette lettre si courte, si sèche, et il n'a plus écrit, bien sûr. Et je pourrais te dire qu'il en a été contrarié, mais je te mentirais. La vérité, c'est qu'à ce moment je n'ai pas compris pourquoi il avait fait ça, et je ne comprends toujours pas. La dernière fois qu'ils s'étaient vus, ton père avait quinze ans, et sa sœur douze, alors... Mais soudain, un soir, on a vu à la télévision l'interview d'un écrivain exilé, je ne me souviens pas de qui il s'agissait, et ils ont montré beaucoup de photos, tu sais, et passé des documentaires avec des gens qui traversaient la frontière, et alors, d'un coup, ton père s'est levé et au lieu de dire qu'il allait à la salle de bains, il m'a regardée et m'a dit : "Je vais chercher ma sœur. – Ta sœur ? Et pourquoi ?" lui ai-je demandé, mais il ne m'a pas répondu, et il a fait ce qu'il a voulu, comme toujours, bien entendu, tu sais comment il était. »

Je parlai enfin, et ma propre voix me parut aussi étrangère que si elle s'était tue pendant de longues années. « Et tu ne nous l'as pas raconté. »

Ma mère m'adressa un regard étonné. « Bien sûr que non. Pourquoi est-ce qu'on l'aurait fait ? Si la sœur de ton père était venue, cela aurait été différent. Il voulait l'amener à la maison, pour qu'elle vous connaisse tous, il est soudain devenu très sentimental, tu ne peux pas t'imaginer à quel point, ensuite même lui ne se l'expliquait pas, l'attaque qu'il a eue, mais bon... Papa n'en parlait jamais, mais je crois qu'il pensait beaucoup à sa mère, elle oui, alors... Qu'est-ce que j'en sais. Nous étions restés si longtemps sans aucune nouvelle d'eux, et soudain, poursuivit-elle avec une expression d'ennui, des républicains de partout, les morts, les exilés, de Mexico, de France, d'Argentine, les enfants de Russie, ceux de Belgique, ceux-ci, ceux-là et ceux d'ailleurs, toute la sainte journée, dans les journaux, les revues, à la télévision... Un ennui insupportable, que personne ne pouvait supporter, on aurait dit qu'il ne s'était jamais rien passé d'autre dans le monde, qu'il n'y avait jamais eu d'autre guerre et que nous étions coupables de quelque chose... Bref, ton père se mit en tête de rechercher sa sœur, mais après avoir lu sa lettre, il était très clair qu'elle ne voulait pas entendre parler de lui. Nous n'eûmes plus jamais de nouvelles. Ni l'envie d'en avoir.

— Et pourquoi est-ce que tu me le racontes aujourd'hui, maman ?

— Parce que c'est la seule chose que tu ne saches pas, non ? » Elle croisa les bras, se tourna vers moi, et nous nous regardâmes à nouveau avec autant d'attention que si elle n'avait pas été ma mère et que si je n'avais pas été son fils. « Et parce que c'est la seule chose que je te raconterai. »

Dans le silence qui suivit cet avertissement, je me rendis compte que rien n'avait changé, rien n'avait tremblé ni ne s'était endurci en elle, sous l'aisance, la placidité avec laquelle elle s'était calée sur le canapé pour appuyer sa tête sur une main, et son regard bleu, clair et aquatique. Elle resta un instant immobile, comme si elle posait pour un peintre, et alors le fils aîné de Clara, qui jouait au foot avec son frère, s'approcha de la fenêtre, frappa contre la vitre, et cria « coucou, grand-mère ! » pour que nous puissions elle et moi lire en même temps sur ses lèvres. Ma mère changea de position, se tourna vers l'extérieur, le salua de la main, plissa la bouche à plusieurs reprises pour lui envoyer des baisers, et je ne comprenais rien. Elle continuait à faire des pitreries, attirant l'attention de Fran, puis d'Iñigo, qui arrivaient en courant pour frapper à la fenêtre lui aussi, et je pensai à Clara, à Rafa, à Angélica, à Julio et à moi, je pensai à mon fils, à mes neveux, à tous les enfants à naître, à mon père, à son argent, à cette maison, je pensai à ma propre mère pendant que je la respirais, et je sentis que je manquais d'air, que je ne pouvais plus respirer, que je ne devais pas rester une seule minute de plus. Mais les enfants partirent en courant aussi vite qu'ils étaient venus, et leur grand-mère reprit son maintien, se réinstalla sur le canapé, étira avec soin les plis de sa jupe et me regarda.

J'avais besoin de parler, je savais que je le devais, mais je ne pouvais pas, je n'osais pas lui demander de souffrir, et pourtant c'était la seule chose que ma mère aurait pu faire pour moi, la seule chose qui m'aurait consolé, qui m'aurait réconcilié avec mon prénom et mon nom de famille, avec mon passé, le leur, cet amour que je ne pouvais arracher de ma mémoire.

J'aurais dû parler mais je n'osai pas, je ne pus le lui demander, juste y penser, la supplier en silence, « souffre, maman, s'il te plaît », le répéter une fois, une autre, et encore, et encore « souffre une fois pour toutes », pour entendre ma propre voix seule, « souffre un peu, souffre pour Clara, qui est la petite et qui est là, dehors, pendant que le monde – "souricette, souricette, tu veux te marier avec moi ?" – lui tombe dessus et lui fait du mal. Souffre pour Rafa, souffre pour lui, maman, parce qu'il a le visage en compote et une prothèse dans le nez, à cause de moi et de toi, parce qu'il t'a défendue, il a cru en toi, souffre un peu, maman, même si c'est pour Julio, celui qui dit qu'il ne sait pas souffrir, lui qui ne sait pas prendre la vie au sérieux, souffre pour lui, qui est ton préféré, et le mien, souffre une fois pour toutes, maman, souffre, s'il te plaît, souffre pour Angélica, qui doit être partagée en deux, entre ce qu'elle croit devoir penser et ce qu'elle ne peut éviter de ressentir, souffre pour elle, maman, et souffre pour moi, pour moi aussi même si je suis le plus ingrat, le plus cruel de tes enfants, souffre pour cette souffrance de ne pas te voir souffrir, pour la solitude atroce à laquelle tu me condamnes, souffre pour moi, maman, parce que je suis seul, seul avec toi, complètement seul, et je souffre.

« Pourquoi est-ce que tu me regardes comme ça, Álvaro ? » Souffre, maman, souffre, s'il te plaît, répétai-je pour la dernière fois, et elle me sourit. « Je savais bien que cela allait arriver. Ton père et moi étions sûrs que cela arriverait un jour. Aucun secret ne peut être conservé éternellement et le nôtre a toujours été trop compliqué. Il y avait trop de gens, trop de rancœurs en jeu. Ce que nous n'aurions jamais pu imaginer, c'est le moyen par lequel tu as tout appris, mais... Bon, la vie est bizarre. Elle est pleine de surprises, bien sûr, et...

— Explique-moi, maman. » Je n'avais pas prévu de parler, mais les mots montèrent à mes lèvres sans demander la permission. « Ne me donne pas de détails parce que c'est inutile, je sais tout, tu le sais, mais explique-moi comment tout cela a pu arriver, parce que je ne comprends pas, j'ai beau chercher, je ne comprends pas, je ne peux pas... Tant de cruauté, de mesquinerie, de cynisme... »

Elle se pencha, arrangea sa jupe, ferma les yeux un moment, les ouvrit à nouveau et me regarda.

« Tu m'as appris ce qui était bien et ce qui était mal, maman, tu m'as appris que je ne devais pas être égoïste, ni avare, que je ne devais pas envier mes frères et sœurs, ni me battre avec eux, qu'on devait partager tout ce qu'on avait, et pardonner. Tu m'as appris le Notre Père, tu te souviens ? pardonne-nous nos offenses comme nous pardonnons à ceux qui nous ont offensés. Je sais bien que le texte a été modifié, je ne connais pas le nouveau, mais je peux encore réciter l'ancien par cœur, car c'est toi qui me l'as appris, tu m'as montré comment être ce que je suis, distinguer le bien et le mal, les innocents et les pécheurs... Et maintenant je ne peux pas, je n'y arrive pas, maman, je ne peux pas accepter que vous vous soyez avilis à ce point, et je dois le faire, je dois trouver un moyen de comprendre, car tu es ma mère, et papa était mon père, et je l'aimais, je t'aime, et je ne pourrai jamais cesser de vous aimer, je ne serai jamais le fils d'aucun autre homme, d'aucune autre femme, je n'aurai jamais d'autre famille, mais je ne comprends pas, je n'arrive pas à comprendre... »

Ses yeux étaient si froids, si clairs, que je ne pus m'y mesurer. Alors Clara commença à se promener dans le jardin, à passer près de la fenêtre, et je constatai que je ne pouvais pas non plus lui rendre son regard. Et je ne pus plus relever la tête en parlant.

« Je suis très seul, maman. » J'avais besoin de la regarder, mais je n'osais pas le faire. « Je suis très seul et c'est très dur pour moi, oui très dur. C'est pour ça que j'ai besoin que tu me l'expliques, pour pouvoir y croire, tu comprends ? Parce que je n'y crois pas, je n'y crois toujours pas, je ne peux pas. J'ai besoin que tu me dises pourquoi papa a trompé tout le monde, pourquoi il a trahi les gens qui lui faisaient confiance, pourquoi il n'a jamais cru à rien, pourquoi il n'a jamais aimé personne, pourquoi il a menti, volé, et pourquoi ensuite il t'a aimée toi, pourquoi il nous a aimés nous, pourquoi tu l'as aimé, maman, explique-moi, raconte-moi quelque chose de mieux que ce que je sais, sauve-le, sauve-toi, sauve-nous tous... Explique-moi pourquoi ton mari a enterré sa mère vivante, pourquoi il l'a niée, pourquoi il me l'a volée, et sauve ta mère, au passage, rends-moi mon autre grand-mère, si tu peux. Raconte-moi ça aussi, comment on peut livrer un homme désarmé qui a faim, qui est juste fatigué, qui veut seulement dormir une nuit dans un lit, explique-moi, s'il te plaît, explique-moi pourquoi ta mère est allée dénoncer le mari de sa cousine, puisqu'elle savait qu'il n'avait rien fait de mal, et qu'on allait l'exécuter... Explique-moi ça ou dis-moi au moins qu'elle n'a plus jamais pu dormir tranquille. Tu m'as appris le Notre Père, maman, dis-moi que sa conscience l'a torturée jusqu'à sa mort, qu'elle aurait fait n'importe quoi pour retourner en arrière, pour revenir à cette nuit et lui rendre la vie... Ça ne s'est pas passé comme ça, n'est-ce pas ? »

J'entendis une course, des pas, des rires, puis la voix de Lisette, tonitruante de l'autre côté de la porte : « Iñigo ! » Des indices indubitables que la réalité existait toujours derrière la porte, même si son écho résonnait à mes oreilles comme le bruit d'un cauchemar : « Venez immédiatement ! »

« Je sais que ça ne s'est pas passé comme ça, maman, mais j'ai besoin que tu me le dises même si tu me mens... Dis-moi ça, maman, dis-le-moi, car je ne comprends pas non plus cette vérité. Je ne comprends pas mon père, je ne comprends pas ma grand-mère et je ne te comprends pas toi, qui es ma mère, je ne sais pas comment tu as pu épouser l'homme qui vous avait jetées à la rue, qui vous avait tout pris, celui que ta mère détestait plus que n'importe qui au monde. Papa était son pire ennemi, toi sa fille unique, mais tu n'as pas pensé à en choisir un autre. Tu l'as épousé, tu es tombée amoureuse de lui et vous avez été heureux, vous avez eu beaucoup d'enfants, car votre bonheur ne s'est pas arrêté au mariage. Vous avez élevé des enfants heureux et nous nous sommes tous bien tenus, nous avons été de bons élèves, responsables, raisonnables, nous sommes tous devenus des gens de bien, de bons professionnels, de bons citoyens, de bons parents pour vos petits-enfants... C'est incroyable, maman ! Tu ne trouves pas ça incroyable ? C'est tellement brutal, tellement sauvage, tellement... inconcevable... »

J'entendis à nouveau des courses, des pas, des rires, puis le bruit de la porte d'entrée quand elle se fermait, et je compris que mon neveu ne nous dérangerait plus.

« C'est pour ça que j'ai besoin que tu m'expliques. Fais-le, maman, explique-moi. Dis-moi toi aussi que je ne peux pas comprendre, que je ne l'ai pas vécu et que je n'ai pas le droit d'être choqué, ni même d'avoir un avis, de juger qui que ce soit... »

Le silence s'épaissit, et mon haleine, ma langue étaient douloureuses.

« Ce n'était pas un pays, mais le Far West, dis-le-moi, maman, dis-moi que tout le monde se vendait pour un plat de lentilles, que la vie des gens ne valait pas le prix des vêtements qu'ils portaient sur eux, que personne ne se souvenait de ce qu'était la dignité et que je ne sais pas de quoi je parle, car je suis né dans le monde des privilégiés et que je devrais me considérer comme satisfait. Dis ce que tu veux, ce qui te passe par la tête, n'importe quoi plutôt que tu n'as jamais rien su, que tu ne savais pas ce qui se passait, ce qu'ont fait ta mère, ton mari... Ne me dis pas ça parce que je ne vais pas le croire. Je ne peux pas le croire, même si c'est peut-être la seule vérité qu'il me reste à apprendre, dis-moi qu'il est difficile de résister à son milieu, non ? »

Je souris pour moi, puis pour elle, et je la regardai enfin pour la trouver les yeux clos, barricadés derrière ses mains.

« Ça a dû être très difficile de vivre la tête haute, les yeux ouverts, les oreilles disposées à écouter, oui, je peux l'imaginer, car la peur humilie, et la bassesse n'engendre que des sentiments vils, l'indécence ne peut générer que de l'indécence... Ça devait être comme ça, non ? Je peux l'imaginer mais ça ne me console pas, parce que tu étais vivante, maman, tu avais des yeux, des oreilles, et dans d'autres familles il n'y avait pas de différends, personne à pleurer, pour qui se faire du souci, d'autres ne devaient avoir ni dettes ni cadavres sur la conscience. Mais toi, toi, maman, que tu me parles comme ça, que tu ne te sois jamais rien demandé, que papa soit mort si tranquillement... C'est pour ça que je préfère autre chose, que tu me dises au moins que c'était il y a longtemps, que tu ne t'en souviens plus, ou que tu ne me comprends pas, que tu ne saisis pas ce qui m'arrive, que tu ne sais pas ce que je gagne finalement à remuer tout ça, maintenant. Que je suis un naïf, un imbécile... »

Alors elle se découvrit le visage, et me regarda à nouveau.

« Dis-moi au moins ça, maman. »

Je n'avais plus rien à dire, et elle s'en rendit compte.

Elle était aussi impassible que si elle avait cessé de respirer, et l'immobilité accentuait ses rides, les rendait plus graves, plus profondes, soulignait la présence pâteuse du maquillage sur les sillons, mais ses yeux, maintenant plus bleus, plus que froids, glacés de colère, soutenaient le regard d'une femme jeune. Elle était jolie, ma mère, elle l'avait toujours été, mais cette fois, tandis que la dureté affleurait à son visage comme si la peau avait à peine été un ornement, la housse d'un masque de fer, elle ne me plut pas. L'espace d'un instant, je crus qu'elle me faisait peur, ensuite qu'elle me faisait de la peine, et plus tard qu'il vaudrait mieux que tout cela me soit égal. Mais cela serait impossible, et je le savais.

« Tu me donnes une cigarette ?

— Quoi ? » Au début, je crus avoir mal entendu, mais elle désignait mon paquet de cigarettes.

« Donne-moi une cigarette, répéta-t-elle, d'une voix neutre.

— Bien sûr, dis-je en lui tendant le paquet. Tiens, mais je ne crois pas que tu devrais fumer... »

Elle l'alluma de ses mains tremblantes, et aspira la fumée avec avidité. « Je ne devrais pas. Mais j'aime ça. »

Nous fumâmes en silence, et j'eus le temps de regretter ce que je lui avais dit et de comprendre que je n'aurais rien pu dire d'autre, pendant qu'elle se remettait plus vite que moi, pour se réinstaller dans cette impassibilité presque insultante.

« Tu veux que je te dise, Álvaro ? » Elle écrasa son mégot dans le cendrier et elle était une autre femme, ma mère d'avant, celle de toujours. « Tu devrais te faire couper les cheveux. C'est dommage que tu les portes toujours si longs, parce qu'ils te mangent le visage et tu es très beau, le plus beau garçon de la famille, c'est sûr... »

Je suis aussi le plus intelligent, maman, tu l'as oublié ? faillis-je dire. Et j'ai compris le message, ne t'inquiète pas, je m'en vais. Mais je me levai sans rien dire et ne desserrai pas les lèvres avant de les avoir posées sur son front. Je n'avais jamais vécu d'instant plus dur que celui-ci.

« Au revoir, maman. »

Je lui tournai le dos, et en me dirigeant vers la porte, je découvris que j'allais mieux que je ne le pensais, peut-être parce que je n'étais plus capable de ressentir quoi que ce fût, au-delà d'une soudaine insensibilité née de la stupeur que j'avais consommée jusqu'à son épuisement, et de la défaite dont je n'avais pas commencé à souffrir mais qui repeignait déjà en blanc toutes les choses passées et présentes, en moi et hors de moi.

« Écoute, Álvaro... » Mais il n'y aurait pas de pitié, pas encore. « J'ai oublié de te dire... Pas ce dimanche, l'autre, c'est-à-dire le 16... » Elle fronça les sourcils. « C'est le 16, non... ? Oui, le 16... Bon, eh bien, on va faire un barbecue dans le jardin pour fêter les vingt ans de María, déjà... »

Ce fut à mon tour de sourire, je me retrouvai soudain à sourire. Je souriais par pur étonnement, à cause de l'incapacité absolue à croire ce que je voyais, ce que j'entendais, et ce n'était pas possible, ça ne pouvait pas arriver, mais j'avais moi aussi des yeux, des oreilles, je les connaissais bien, j'avais confiance en eux, et cette femme était ma mère, pensai-je, j'étais son fils, elle ne pouvait pas parler ainsi, prononcer ces mots doux joyeux, ordinaires, et me regarder à la fois dans les yeux. Elle ne pouvait pas, et pourtant elle continua, elle arriva au bout comme si je n'étais pas l'homme qui mâchait le sable d'un désert glacé et aride, blanc sur blanc et tout blanc, au centre du salon de sa maison.

« C'est fou, non ? » Et cet homme c'était moi et elle souriait elle aussi. « Je me rappelle Angélica enceinte, ma première petite-fille, je ne pouvais pas le croire, parfois je me dis, quelle folie, c'était hier ! Mais non, tu vois. Enfin, ta nièce a envie d'un barbecue, mais je ne sais pas, à cette date, il peut pleuvoir ou faire un froid de canard, mais bon, on va essayer, et je suis en train de penser que... Enfin, j'espère que tu viendras, bien sûr, et que tu amèneras le petit, s'il te plaît, Álvaro... »

Et à cet instant, à cet instant précis, ses yeux se remplirent de larmes. Je ne pus plus songer que ce n'était pas possible, que ça n'arrivait pas. Je fus incapable de penser.

« J'ai envie de le voir, c'est le plus dur pour moi dans vos divorces, vraiment, c'est terrible, de ne pas voir ses petits-enfants, c'est horrible... Alors je compte sur toi, et sur Miguelito, et ne t'inquiète pas pour Rafa, je vais lui parler, mais à part ça... »

Elle détourna son regard, arrangea sa jupe, me regarda à nouveau.

« Je veux que tu saches que, si tu veux, tu peux venir avec cette fille, Raquel, n'est-ce pas ? »

La blancheur m'éblouit, m'aveugla, me traversa les tempes comme une aiguille moqueuse et affûtée.

« Je me souviens de son nom parce que j'ai été très surprise qu'il y ait dans cette famille une fillette avec un nom biblique. J'imagine qu'elle doit être très jolie, parce que toute petite elle était ravissante, une beauté, je m'en souviens aussi, et puis je suis sûre que c'est quelqu'un de très instruit, très cultivé, et qu'elle saura rester... »

Toutes les choses présentes et passées étaient blanches à l'intérieur et à l'extérieur de moi. Mes doigts, mes mains, la cravate que j'ôtai et la poche où je la mis, mes yeux et ce qu'ils contemplaient, mon ouïe étaient blancs, mon cerveau dans sa très blanche inutilité.

« Ne me regarde pas comme ça, Álvaro. » Ma mère, blanche elle aussi, de la tête aux pieds, sourit de ses lèvres blanches. « Tu es mon fils et tu vas le rester, toujours, par-dessus tout. Je sais que cela te semble très grave, mais ça ne l'est pas, je sais que ça ne l'est pas. Le temps mettra chaque chose à sa place, je mourrai et tu regretteras ce que tu m'as dit il y a un moment, mais d'ici là je n'ai pas l'intention de te perdre. D'autre part, cette fille... elle ne peut pas être pire que ta belle-sœur Verónica, et, tu vois, aujourd'hui, c'est la mère de deux de mes petits-enfants. Comme les autres. »

À cet instant, je pus penser à nouveau. Ne souffre pas, maman. Ne souffre pas, s'il te plaît, ne souffre jamais, ne souffre pas à cause de moi, ne souffre à cause de personne, ne souffre même pas un peu, n'essaie jamais la consolation de la souffrance, car c'est la seule chose que je ne pourrais pas comprendre, maintenant que les choses commencent à reprendre leur forme, leur couleur, maintenant que je reprends le contrôle de mon corps, que mes yeux, mes oreilles, mon cerveau distinguent enfin autre chose que de la blancheur, maintenant que je sais ce que je voulais savoir, qui je suis et qui je vais être, ne souffre pas, maman, ne pense pas souffrir un instant, car moi, je ne souffrirai plus pour toi. Je ne pourrai plus jamais le faire, plus jamais.

Je partis sans un mot et sans dire au revoir à personne. Je démarrai sans mettre ma ceinture et partis aussi rapidement que possible. J'avançai sans savoir où j'allais jusqu'au moment où je revins en moi-même et me garai sur un arrêt d'autobus. Mes jambes, mes mains, tout mon corps tremblaient et cela m'aurait fait du bien de pleurer, mais je n'essayai même pas. Je ne pleure pas beaucoup, très peu, presque jamais.

Je ne sais pas combien de temps je restai là, mais je sais que je rentrai à Madrid, que je trouvai miraculeusement à me garer devant la porte de la caserne du Conde-Duque, que Raquel m'ouvrit la porte sans dire un mot, et que j'entrai dans un petit ascenseur avec la valise des grands voyages et mon histoire sur le dos.

Je sais que je pensai alors que ce n'était peut-être pas si grave. Le cynisme maquillé de ma mère, ses sourires impitoyables et précis, l'écorce de pierre de son âme, une entaille endurcie, sèche, là où aurait dû se trouver son cœur, me piquaient les yeux et me gonflaient les gencives comme un goût amer et acide, que mes sens confondaient avec le goût imaginaire du sang. Et pourtant, mon histoire n'était qu'une histoire, parmi tant d'autres semblables, grandes ou petites, des histoires tristes, laides, sales. De ces histoires qui ont toujours l'air de mensonges mais qui ne disent que la vérité.

Juste une histoire espagnole.

Note de l'auteur

De l'autre côté de la glace

« ... pour les stratèges, pour les politiques, pour les historiens, tout est clair : nous avons perdu la guerre. Mais sur le plan humain, je n'en suis pas si sûr... Nous l'avons peut-être gagnée. »

ANTONIO MACHADO (décembre 1938)

La première note sur ce roman que j'ai conservée dans un cahier porte la date du 2 décembre 2002. Depuis, un certain nombre d'historiens et d'écrivains espagnols, pour la plupart de ma génération – celle des petits-enfants de ceux qui se sont affrontés il y a soixante-dix ans –, a publié un nombre considérable d'ouvrages importants sur mon sujet. J'ai contracté envers certains d'entre eux une profonde dette au cours de l'écriture du *Cœur glacé*. Je dois remercier des auteurs tels que Enrique Moradiellos *(1936. Los mitos de la guerra civil)* ou Ricardo Miralles *(Juan Negrín. La República en guerra)*, essentiellement pour leur compagnie, qui a représenté pour moi un bien plus précieux que cela ne pourrait le sembler à première vue. Avec d'autres auteurs j'ai des dettes plus spécifiques.

El exilio republicano español en Toulouse (1939-1999), une émouvante compilation d'histoires personnelles coordonnée par deux historiennes, l'une espagnole, Alicia Alted, et l'autre française, Lucienne Domergue, m'a appris à regarder du côté de l'exil français. Sans le magnifique livre de Xavier Moreno

Juliá, *La División Azul. Sangre española en Rusia 1941-1945,* l'aventure orientale de Julio Carrión González aurait été beaucoup moins riche, et moins vivante. Je dois les mêmes remerciements à Secundino Serrano, qui a supporté mes incessantes demandes d'aide avec autant de générosité que de patience. Son ouvrage, *La última gesta. Los republicanos que vencieron a Hitler (1939-1945),* m'a émue et aidée à en comprendre les protagonistes. Envers mon voisin – et voisin des Fernández Muñoz –, Jorge Martínez Reverte, j'ai tant de dettes que je ne saurais par où commencer mais il suffira au lecteur de lire *La batalla de Madrid,* un document aussi passionnant que le meilleur des romans, pour les découvrir. Et je souhaite remercier Valentina Fernández Vargas, auteur de *Memorias no vividas, Madrid qué bien resiste. La vida cotidiana en el Madrid sitiado.* Son travail m'a aidée à systématiser et à approfondir ma propre chronique familiale, un récit qui m'est parvenu principalement à travers mes grand-tantes, Concha et Charo Grandes Pérez, championnes des écervelées évacuées du 10 de la rue Velarde, où mon père, Manolito, n'avait pas peur en entendant les sirènes qui avertissaient la population civile des bombardements. Pour lui, né en 1933, ce son faisait partie de la vie quotidienne.

Le Cœur glacé est un roman dans le sens le plus classique du terme. Du début à la fin, il s'agit d'une œuvre de fiction, et cependant je ne peux ni ne souhaite avertir ses lecteurs que toute ressemblance du sujet ou de ses personnages avec la réalité est une pure coïncidence. Il s'agit plutôt du contraire. Les épisodes les plus romanesques, les plus dramatiques et invraisemblables parmi ceux que j'ai racontés ici sont inspirés de faits réels.

Les puits d'Arucas, sur la Grande Canarie, existent. J'y suis allée en tenant la main de Pino Sosa, fille du maire socialiste qui fut enterré vivant avec une soixantaine de républicains vivants eux aussi, dans un puits que les voisins s'empressèrent de baptiser « Le Puits du cri des sorcières ». Et je suis allée à la *plaza de tientas*[1] qui existe toujours dans la cave de Los Gabrieles[2], rue Echegaray. Même si cela semble difficile à croire, les femmes madrilènes allaient au front insulter les déserteurs aux pires moments de novembre 1936, et elles préféraient supporter les bombardements debout, en pleine rue, pour acclamer leurs pilotes, au lieu de courir vers les refuges. Aujourd'hui encore, dans le mur du cimetière de l'Est – aujourd'hui appelé celui de la Almudena –, à Madrid, contre lequel on fusilla presque trois mille personnes dans l'immédiat après-guerre, des fleurs sont piquées dans les trous laissés par les balles. Je les ai vues.

Dans toutes les gares françaises par lesquelles passa le train qui transportait la División Azul vers son campement en Bavière, il y avait des réfugiés républicains prêts à jeter des pierres, et dans le train, de nombreux rouges camouflés, qui traversèrent toute l'Europe pour passer aux troupes soviétiques à la première occasion, convaincus que cette guerre était également la leur. C'est pour eux, bien évidemment pas pour Staline, que j'aimerais pouvoir écrire qu'après la défaite du fascisme, ils ne se retrouvèrent pas dans les mêmes camps de concentration que les volontaires phalangistes, mais c'est la vérité. De même qu'il est vrai que, à la fin de la Seconde Guerre mondiale, les Alliés trahirent à nouveau de façon honteuse, pour la deuxième et dernière fois, la démocratie espagnole en général et, en particulier les dizaines de milliers d'antifascistes espagnols qui avaient combattu les nazis – surtout, mais pas exclusivement, dans le sud de la France – et qui constatèrent que leur combat, et leur sacrifice, n'avaient servi qu'à renforcer le pouvoir de Francisco Franco.

La Loi de Responsabilités politiques du 9 février 1939, dont les termes semblent émaner d'un mauvais scénariste de bandes

---

1. Arènes privées permettant de tester les aptitudes au combat des taureaux.
2. Célèbre bar madrilène aux céramiques représentant des scènes de tauromachie.

dessinées, amateur de mises en scène totalitaires, a vraiment existé, au point que, malgré sa suppression en 1945, elle continua à être appliquée un peu partout jusqu'en 1966. Étaient concernées par cette loi « les personnes, aussi bien juridiques que physiques, qui depuis le 1ᵉʳ octobre 1934 et avant le 18 juillet 1936, contribuèrent à créer ou à aggraver la subversion *(sic)* de tout ordre dont l'Espagne fut victime », celles qui auraient « exercé des fonctions politiques sous le Front populaire » ou, sans aller plus loin, celles qui se seraient « déclarées publiquement en leur faveur ». En ce qui concernait les sanctions économiques, la Loi de Responsabilités politiques établissait qu'elles « seraient applicables même si le responsable venait à décéder avant le début du procès ou pendant, et seraient applicables à l'héritage, et transmissibles aux héritiers qui ne l'auraient pas refusé ».

Et dans la réalité, le général Camilo Alonso Vega, directeur général de la Guardia Civil, s'appropria après la guerre une villa dans le quartier d'El Viso, à Madrid, propriété de Francisco López Ganivet, neveu d'Ángel, qui parvint à s'exiler à Londres, et de sa femme, Matilde Landa, qui dirigeait le Secours Rouge international dans Madrid assiégé, et qui se suicida à la prison de Palma de Majorque en 1941, incapable de résister à la pression qu'exerçaient sur elle les autorités franquistes, qui la menacèrent de priver de lait les prisonnières avec des enfants si elle refusait de se laisser baptiser. Quand elle décida qu'elle ne pouvait assumer cette responsabilité mais ne pouvait non plus se trahir elle-même, elle se jeta par une fenêtre. Les témoignages des autres prisonnières coïncident pour dire qu'elle ne survécut pas au choc, mais le directeur de la prison baptisa son cadavre pour déclarer ensuite qu'à ce moment, Matilde était encore vivante et avait demandé elle-même le baptême.

Tous ces épisodes ainsi que de nombreux autres de l'histoire espagnole récente, dont certains apparaissent dans ce livre, semblent faux mais ils se sont produits, malheureusement pour nous.

En ce sens, il n'y a que deux exceptions délibérées.

La première a un rapport avec le coup d'État du colonel Casado, qui est peut-être, pour des raisons évidentes, le fait le plus sombre, le plus mal raconté et documenté de toute la guerre civile. En marge des combattants communistes, qui ne peuvent apporter que le point de vue des victimes, leurs contemporains passent généralement dessus sur la pointe des pieds, sans doute par peur de se salir. Pour cette raison, bien que je sois sûre que ces données existent quelque part, je n'ai pas pu trouver de référence géographique précise des lieux où les rebelles de mars 1939 enfermèrent leurs prisonniers. Si j'ai choisi les cachots de la Puerta del Sol pour Ignacio Fernández Muñoz, c'est à cause de leur triste notoriété. Par pure tradition.

Le deuxième moment où je me suis écartée d'une manière consciente de la réalité a été celui où Pancho Serrano Romero traverse la rivière Volkhov. Je sais qu'on ne peut pas traverser cette rivière à pied même en été, même dans sa section la plus étroite et cailouteuse, mais j'ai pris la liberté de la rétrécir parce que le discours de Pancho, ses vivats à la République et à la glorieuse lutte du peuple espagnol, auraient perdu en force et en émotion, si leur auteur avait dû les prononcer assis ou en faisant des acrobaties debout dans un bateau.

À l'exception de ces deux détails, j'ai pu commettre de nombreuses erreurs dont je suis la seule responsable. Les réussites, en revanche, sont toujours dues à l'aide désintéressée de toutes ces personnes que je souhaite remercier :

Juan Pérez Mercader, qui aux premiers jours de décembre 2002, et à propos du naufrage du *Prestige*, définit les urgences dans les systèmes à composantes multiples comme cela arrive quand le tout se révèle être plus grand que la somme des parties. Dans cette réunion interdisciplinaire qui se tint à la Réserve de Doñana et à laquelle j'étais également invitée, Álvaro Carrión, qui n'avait à l'époque pas encore de nom, commença à être physicien.

Manuel Toharia, qui m'a aidée à trouver à Álvaro un travail dans un musée des sciences.

Ernesto Páramo, directeur du Parc des Sciences de Grenade, qui m'offrit un pendule chaotique quand ils étaient épuisés dans toutes les boutiques de tous les musées d'Espagne, et ne me demanda pas pourquoi je ne pouvais pas attendre les deux semaines qu'il fallait pour qu'ils les reçoivent.

Et surtout, dans le chapitre consacré aux scientifiques, mon ami Jorge Wagensberg, physicien, professeur à l'université et directeur du musée CosmoCaixa de Alcobendas, et de celui du CosmoCaixa de Barcelona, qui est son modèle et son grand frère. Presque tout ce que sait Álvaro Carrión de la physique, je l'ai appris auparavant de Jorge, un prestigieux universitaire et essayiste qui s'enthousiasme chaque fois qu'il laisse bouche bée un groupe d'enfants de dix ans. Je l'apprécie et l'admire aussi pour ça.

Mon amie Laura García Lorca, qui me raconta l'histoire de Federico, son grand-père, qui dit en quittant l'Espagne : « Je ne remettrai plus les pieds dans ce pays de merde. » Il y laissait les corps sans vie de l'un de ses enfants – Federico, le poète – et de son gendre – Manuel Fernández-Montesinos, maire socialiste de Grenade –, fusillés tous deux au cours de l'été 1936 à quelques jours d'intervalle. Il laissait également la responsabilité de toutes ses propriétés à un voisin de Valderrubio qui était « très sympathique, très sympathique », et en qui, précisément pour cette raison, sa femme, Vicenta Lorca, n'avait jamais eu confiance. Des années plus tard, quand la Seconde Guerre mondiale s'acheva et qu'il comprit que sa prophétie allait s'accomplir, don Federico commença à écrire à ce voisin tellement sympathique, qui ne répondit à aucune de ses lettres jusqu'au jour où il reçut un billet pour se rendre à New York sur un transatlantique. Cette offre, il l'accepta. À son arrivée, les García Lorca vinrent l'accueillir et l'invitèrent à déjeuner. Au dessert, Garcia Lorca osa enfin proposer : « Bien, maintenant voyons ces papiers... » Et le voisin de Valderrubio qui était si sympathique, de se frapper le front et de s'exclamer : « Aïe, don Federico ! Vous n'allez pas le croire ! Je les ai oubliés à Grenade. »

Mon amie Rosana Torres me raconta l'histoire de sa mère qui, à la fin de la guerre, à vingt-deux ans, enceinte de quatre mois et seule au monde – ses deux frères fusillés, ses parents en prison, son mari, commandant des Carabiniers, prisonnier lui aussi et condamné à mort –, se risqua à se rendre chez elle, dans un appartement du centre de Valence où s'était installée la famille de l'homme qui avait dénoncé ses parents, pour demander qu'ils lui laissent emporter sa machine à coudre, afin de pouvoir gagner sa vie avec. Ils refusèrent, elle leur demanda alors de lui laisser emporter du linge, « parce que mes culottes, vous n'allez pas les mettre, non ? » Et ils refusèrent encore.

Et Juana Reinés Simó, la mère de Rosana, pour avoir élevé ce fils seule, pour avoir eu trois autres enfants quand le commandant Torres sortit de prison, et pour être arrivée jusqu'à aujourd'hui si jolie, si intelligente, et, surtout, si jeune, qu'il y a deux ans, lors d'un hommage aux femmes républicaines, quand un photographe lui demanda de se placer avec les autres, elle refusa. « Pas question, enfin, comment est-ce que je pourrais me faire prendre en photo avec ces dames si âgées ? »

Mon ami Benjamín Prado, parce que s'il ne l'avait pas été, je ne serais pas allée à l'enterrement de son père, Benjamín Rodríguez, qui avait été dans sa jeunesse motocycliste de la garde de Franco. Et si je n'étais pas allée au cimetière de Las Rozas ce matin d'avril 2002, je n'aurais pas vu une femme jeune et séduisante qui resta sur le côté, sans s'approcher pour saluer quiconque jusqu'à la fin de la cérémonie, et dont l'apparition mystérieuse en apparence seulement et seulement pour moi m'offrit l'image d'où est né ce roman.

Ma chère Angelines Prado, qui bien avant de devenir la mère de Benjamín fut la fille du chef de gare de Las Rozas, et au moment où elle avait désormais un grand nombre de petits-enfants, reconstruisit pour moi de mémoire, avec une précision étonnante, la ligne du front dans la sierra de Madrid, avant et après qu'on l'eut évacuée à Torrelodones avec les autres habitants de son village. À cette époque, l'automne 1936, c'était une jeune fille. L'été 2004, heureusement évacuée pour les vacances dans une buvette au bord d'une plage de Rota, à Cádiz, elle se souvenait si bien de tout que notre conversation connut une fin surprenante. « Alors Torrelodones n'est tombé qu'à la fin, quand Madrid est tombé, non ? » dis-je. Et Angelines me regarda en écarquillant les yeux pour me corriger. « Enfin, tombé... Disons plutôt qu'ils l'ont pris. »

Mon amie et partenaire Azucena Rodríguez, alias « la Rubia[1] », comme ça, parce qu'elle était là, et pour m'avoir présenté Carlos Guijarro Feijoo, un vieil ami de son père – Miguel Rodríguez Gutiérrez, le dernier prisonnier du Valle de los Caídos – qui se rappelait bien la carte de la JSU, où ils avaient tous les deux commencé à militer, l'un dans la clandestinité, l'autre en exil, juste après que tout fut perdu, mais avant de se connaître à la fin des années 1940, après avoir purgé leurs peines respectives.

Carlos Guijarro Feijoo, qui mourut l'hiver 2006 et qui ne pourra jamais tenir ce roman entre les mains, qu'il écrivit aussi en me racontant comment sa famille échappa à Buchenwald quand sa mère se jeta en pleurant aux pieds du médecin allemand qui se trouvait sur le quai, en train de trier les prisonniers. Et comment, après que sa mère se fut engagée au nom de toute la famille à regagner sa ville, Madrid, dans un train qui ne s'arrêtait nulle part, elle entendit son père dire près de Poitiers : « Tu parles, que je vais rentrer en Espagne pour qu'ils me fusillent, il n'en est pas question... » En approchant de la gare, comme le train commençait à rouler plus lentement, son père se mit à compter, et à trois, ils se sont jetés tous les

---

[1] La Blonde.

six ensemble, lui, sa mère, ses frères et sœurs et son père. Ensuite, comme si les Guijarro n'en avaient pas assez donné, Carlos partit avec son père dans une exploitation forestière qui se trouvait à Blois, près du château de Chambord, pour rejoindre la résistance. Ils se battirent tous les deux contre les nazis, et en octobre 1944, lui et son frère Fermín traversèrent la frontière pour continuer à se battre. Et ils tombèrent. Et allèrent tous les deux en prison. Ils y restèrent des années. En sortant, ils continuèrent à se battre, à militer dans la clandestinité. Soixante ans plus tard, dans sa maison du peuple dirigé de Fuencarral, Carlos me raconta tout cela comme si cela n'avait eu aucune importance. Comme si les épisodes de sa vie n'avaient été que les anecdotes d'une vie ordinaire.

Et Mati, la femme de Carlos, qui, chaque fois qu'elle avait un enfant, attendait qu'il ait quinze mois pour supporter le voyage, et allait le montrer à ses beaux-parents en France. « Qu'est-ce qu'on pouvait faire d'autre ? Ils n'osaient pas venir, et lui, comme il avait fait de la prison, eh bien, on ne lui aurait pas donné de passeport... Les parents et le fils ne se revirent jamais. Bref, nous avons beaucoup souffert, beaucoup, en fait... Beaucoup. »

Domingo Ramírez Moreno, qui était assis devant la porte de sa maison, à Bajo de Guía, le quartier des pêcheurs de Sanlúcar de Barrameda, en train de regarder le Guadalquivir, pendant que je faisais de lui et de Perea, son compagnon, des personnages de ce livre. « Je suis parti en France et on m'a mis à Saint-Cyprien, tu sais, un de ces camps qu'il y avait sur une plage... Figure-toi qu'on devait faire nos besoins dans la mer, et pour s'essuyer, on utilisait les billets de banque qu'on avait apportés, parce que l'argent républicain ne valait rien, bien sûr. On disait : "On est les plus riches du monde, on se torche avec des billets de mille pesetas... ! Bref, c'était horrible." » Il me raconta aussi comment il s'était évadé de Saint-Cyprien, une nuit de tempête où Perea – dont je ne connais en fait que le nom et qui était de Málaga – avait aussi peur que les sentinelles sénégalaises. « Écoute, Perea, je m'en vais... Ou tu te décides, ou tu restes ici, mon vieux... » Après avoir passé quatre mois avec une famille française qu'il ne voulait pas continuer à mettre en danger plus longtemps, il se risqua à croire aux promesses des agents franquistes. Et il rentra en Espagne, où il était convaincu qu'il ne lui arriverait rien, parce que « je suis d'un village de Séville, mais je n'ai pas fait la guerre à Santander, et là-bas, on n'a tué personne, vraiment personne ». Il alla directement à la maison d'arrêt du Dueso, pour y purger une peine de presque cinq ans.

Mon ami Alfons Cervera, qui m'emmena voir Florián et Reme un matin d'été, à Valence.
Florián García Velasco, alias « Grande », qui a lui aussi écrit une partie de ce roman pendant que nous buvions de l'Eau de Valence et qui était fier de son allure sur un vieux portrait, avec l'uniforme et la casquette plate de l'Armée Populaire de la République. « À l'époque du coup d'État de Casado, j'étais à Madrid. Alors ils ont pris tous ceux de ma compagnie et ils nous ont mis au cachot. On avait un gardien qui s'appelait Rogelio et était socialiste. Cela lui faisait beaucoup de peine de nous voir là, il nous donnait des cigarettes... Je parlais beaucoup avec lui. Je lui disais : "Rogelio, mon vieux, tu ne te rends pas compte de ce que vous êtes en train de faire ? Tu ne comprends pas qu'ils vont nous tuer, nous, qui sommes des vôtres, qui n'avons rien fait ?" Et un jour, il nous ouvrit la porte du cachot, et il nous dit : "Allez ! attendez un peu et tirez-vous..." Il nous a sauvé la vie à tous, vraiment. Et puis, vois comment sont les choses, je l'ai rencontré à Albatera, tu sais. J'ai entendu quelqu'un m'appeler "Florián, Florián !", et c'était lui. Je l'ai appelé : "Rogelio !" Il est arrivé et m'a dit : "Ah ! Florián, tu avais bien raison !" Alors nous nous sommes embrassés, et nous sommes restés tous les deux comme ça, au milieu du camp, et... Voilà, on n'arrêtait pas de pleurer... » On l'avait envoyé ensuite à Madrid pour se présenter dans un commissariat avec des témoins ou des documents aptes à l'identifier, et lui, « tu parles que je vais me faire identifier », en descendant du train, il s'était mis à marcher

sans regarder en arrière, il a contacté d'anciens camarades et, après avoir travaillé pendant un certain temps dans la clandestinité, était parti dans la montagne, où il resta six ans.

Remedios Montero Martínez, alias « Celia », femme résistante et femme de Florián, qu'il rencontra dans la montagne puis à Prague, de nombreuses années plus tard, dans une histoire digne d'un autre roman. Reme, qui apprit à lire et à écrire, « le peu que je sais », en prison, était la fille d'un garde forestier qui n'avait pas pu l'envoyer à l'école parce que trop loin de chez eux. L'école se trouvait dans un village proche du lieu où, encore en 1951, la Guardia Civil le tuerait à coups de fusil une nuit, comme elle avait tué auparavant ses fils Herminio, puis Fernando, comme elle tuerait avant et après – sans détention préventive, sans procès, sans verdict ni autres formalités que la protection « légale » de la « ley de fugas[1] » l'outil qui fut le plus utile au régime franquiste pour légaliser l'assassinat – tant d'autres résistants et points d'appui de la résistance. Reme ne voulut pas me donner le nom de ce village de la province de Cuenca qui est le sien. Depuis son retour en Espagne, à la fin des années 1970, elle n'y a pas remis les pieds.

Olga Lucas, traductrice et conteuse, fille de réfugiés républicains communistes en France, qui naquit à Toulouse, grandit dans une maison où il était interdit de parler le français, passa par Prague, apprit le tchèque qu'on ne lui laissa pas parler non plus à la maison, et se souvint pour moi de son enfance et de sa jeunesse, après m'avoir prévenue d'un large sourire lumineux, avec un accent très léger, mystérieux, qu'en réalité « nous les enfants de l'exil, nous avons toujours été et serons toujours très bizarres ».

Santiago Carrillo Menéndez, qui m'a mise en contact avec ses parents.

---

[1]. Exécution extrajudiciaire qui consiste à simuler la fuite d'un prisonnier pour faire feu sur lui sans sommations.

Son père Santiago Carrillo – qui dans son enfance madrilène détestait le flamenco et qui en exil le cherchait sur toutes les fréquences de toutes les radios qu'il avait possédées au cours de ces années –, et sa mère Carmen Menéndez – qui n'oubliera jamais la date à laquelle le PCE fut déclaré illégal en France parce que ce même jour elle accouchait pour la première fois –, pour son temps, son hospitalité et, surtout sa prodigieuse et indispensable mémoire.

Julio Rodríguez Puértolas, pour avoir partagé avec moi le rendez-vous qui constitue la pièce maîtresse de ce roman.

Ma famille, les Grands d'Espagne, sans autres mots.

Mes éditeurs, Toni López-Lamadrid et Beatriz de Moura, et Juan Cerezo, qui sont désormais comme une autre famille pour moi, et ne se sont peut-être pour cette raison jamais plaints de la taille de ce livre.

Ma grande amie, Ángeles Aguilera, pour tant de choses, depuis tant d'années et pour celles qu'il nous reste.

Mes amis Estrella Molina et Luis Muñoz, les deux autres membres du « cabinet de crise » sans qui je n'aurais pu surmonter les miennes, Bienvenido Echevarría, pour se laisser conduire par l'émotion, et Mariano Maresca, pour être toujours si proche, à l'autre bout du fil.
Eduardo Mendicutti, qui m'aime autant que je l'aime, et n'ose donc pas lire mes romans avant leur publication.
Mon ami Andrés Leal, pour ses conseils particuliers sur les conseils financiers.

Mon ami Javier Rioyo, qui achète pour moi dans une librairie néonazie des livres impossibles à trouver ailleurs, « non, il vaut mieux que tu n'y ailles pas, au cas où on te reconnaisse et que cela soit déplaisant », et qui, depuis que j'ai commencé à écrire ce roman, m'en a offert d'autres aussi précieux pour moi que le roman de Carlos María Idígoras, *Algunos no hemos muerto*[1], qui a été ma principale source littéraire sur la campagne de la División Azul.

Mon ami Chus Visor, lecteur attentif de mon travail, auquel il a contribué par le cadeau de curiosités bibliographiques aussi utiles pour moi que certains pamphlets d'Ernesto Giménez Caballero – je me rappelle en particulier *Camisa azul, boina colorada*[2] –, dont je n'aurais pas été capable d'imaginer les excès idéologiques et argumentaires, même ivre et droguée jusqu'à l'inconscience.

Et Conchita, pour son affection et sa générosité constantes.

Mon ami Enrique Morente, pour des *granaínas*[3] que je n'oublierai jamais. *L'homme désire une chose, cela lui paraît un monde, puis il l'obtient, ce n'est que de la fumée.* Et pour avoir répondu à ma question, « de qui sont les paroles ? » par une réponse tout aussi émouvante : elle est populaire.

Mon ami Joaquín Sabina, qui a écrit il y a quelques années la bande sonore de ce roman à son insu, mais surtout parce que c'est mon ami. Et à Jime, pour la même et principale raison.

Mes enfants, Mauro, Irene et Elisa, qui ont avalé à table, avec les plats, des dizaines de récits partiels de cette histoire.

Don Benito Pérez Galdós, pour avoir écrit.

María Teresa León, qui se confectionna deux uniformes militaires de fantaisie pour rester jolie dans les meetings et lors

---

1. Certains d'entre nous ne sont pas morts.
2. Chemise bleue, béret rouge.
3. Fandango de Grenade dépouillé de rythme qui se chante librement, accompagné à la guitare en si.

de ses visites au front, et qui écrivit ensuite, pour les Espagnols de ma génération et des suivantes, la mémoire de sa mélancolie, la chronique la plus émouvante, intense et précise, de ce que cela signifia de continuer à vivre pour les exilés républicains de 1939.

Max Aub, pour l'exemple de sa vie et de son œuvre, toutes deux si émouvantes, si admirables et précieuses pour tout Espagnol et bien sûr pour moi, qui justifient le seul clin d'œil intertextuel qui apparaît non seulement dans ce roman mais dans l'ensemble de mes livres. Si le capitaine Fernández Muñoz rencontre dans un cachot le capitaine Vicente Dalmases, c'est parce que si je n'avais pas vécu à temps le choc que me produisit la lecture de *El laberinto mágico*[1], Ignacio ne serait peut-être pas né.

Luis Felipe Vivanco, poète, vainqueur vaincu par la nature de sa propre victoire, parce qu'au moment de commencer à en recueillir les fruits, il comprit dans quel pays il vivait et rentra chez lui. D'autre devinrent démocrates du jour au lendemain, fondèrent des partis, grossirent les rangs de l'opposition modérée. Pas lui. Son attitude fut plus remarquable, du moins pour moi, tout en notant dans ses *Journaux* des réflexions qui prouvent qu'il est possible de conserver sa dignité, même quand personne ne se rappelle très bien ce que signifie ce mot.

Francisco Ayala, pour son exercice constant et centenaire de décence.

Constancia de la Mora, pour sa ferveur.

Don Juan Negrín López, pour avoir dit non. « Je suis tellement sûr de ma cause, de moi, que je ne considère jamais les défaites militaires comme décisives. Je me battrai à Barcelone, à Figueras. Tant que je lutterai, je ne serai pas vaincu. J'aime

---

1. Le labyrinthe magique.

les succès militaires ; pour l'instant, je ne peux pas en avoir. Si je vis, j'en aurai, parce que je vis, parce que je lutte, parce que je dis : NON. Face à Hitler, face à Mussolini, je n'ai rien. Une mauvaise armée. Mais je dis NON. Je refuse de croire à un *bluff.* On me dit que je suis vaincu : je dis NON [...] À quoi servent des militaires qui ne remportent pas de victoires ? Des victoires, mais la Victoire : la Victoire est affaire de volonté [...] Nous serons encore vaincus [...], mais tant que je serai ici avec mes camarades, nous résisterons. »

Et parce qu'il commence à être temps que quelqu'un, même aussi insignifiant que cet humble écrivain madrilène que je suis, le remercie de sa clairvoyance, « je ne livre pas des centaines de milliers d'Espagnols sans défense qui se battent héroïquement pour la République, pour que Franco ait le plaisir de les fusiller », et de tout ce qu'il a fait pour tenter de sauver ce pays.

Mon ami Ángel González, pour tout.

Luis, pour tout et pour toujours.

Et don Antonio Machado, pour tout et pour le titre.

Almudena Grandes
Madrid, octobre 2006

Du même auteur :

Les Vies de Loulou, Albin Michel, 1990.
Malena, c'est un nom de tango, Plon, 1996.
Atlas de la géographie humaine, Grasset, 2000.
Vents contraires, Grasset, 2003.
Inès et la joie, Lattès, 2012.

La littérature espagnole contemporaine dans Le Livre de Poche

JAVIER CERCAS

Les Soldats de Salamine n° 30353

À la fin de la guerre civile espagnole, l'écrivain Rafael Sánchez Mazas, un des fondateurs de la Phalange, réchappe du peloton d'exécution. Un soldat le découvre terré derrière des buissons et pointe son fusil sur lui. Il le regarde longuement dans les yeux et crie à ses supérieurs : « Par ici, il n'y a personne ! » La valeur qu'il entrevoit au-delà de l'apparente anecdote historique pousse un journaliste, soixante ans plus tard, à s'attacher au destin des deux adversaires qui ont joué leur vie dans ce seul regard. Il trace le portrait du gentilhomme suranné rêvant d'instaurer un régime de poètes et de condottieres renaissants, quand surgit la figure providentielle d'un vieux soldat républicain. L'apprenti tourneur catalan, vétéran de toutes les guerres, raconte : les camps d'Argelès, la Légion étrangère, huit années de combats sans relâche contre la barbarie fasciste. Serait-il le soldat héroïque ? L'homme laisse entendre que les véritables héros sont tous morts, tombés au champ d'honneur, tombés surtout dans l'oubli ; que les guerres ne seraient romanesques que pour ceux qui ne les ont pas vécues. Ce livre, qui a bouleversé l'Espagne, connaît une diffusion internationale sans précédent.

Antonio Garrido

La Scribe n° 31789

Franconie, an 799, à la veille du sacre de Charlemagne. Fille d'un célèbre scribe byzantin, Theresa est apprentie parcheminière. Un drame l'oblige à quitter sa ville et à se réfugier dans la cité abbatiale de Fulda. Là, elle devient la scribe du moine Alcuin d'York, véritable Sherlock Holmes en robe de bure, qu'elle assiste dans ses enquêtes. Mais elle découvre que, dans sa fuite, elle a emporté à son insu un précieux parchemin qui pourrait bien sceller l'avenir de la chrétienté... À travers les aventures de Theresa, *La Scribe* évoque une page décisive du christianisme au Moyen Âge. Coups de théâtre et rebondissements se succèdent dans ce passionnant roman historique, qui mêle personnages fictifs et personnages ayant réellement existé.

Ramon Gomez de la Serna

Polycéphale et Madame n° 3366

Perfecto Tully est un Argentin de Buenos Aires, mais il porte en lui les traits de caractère d'une multitude d'ancêtres. Certain d'être le représentant d'une race nouvelle, à la fois prolongement et remise en question de ses races anciennes, il épouse, avec un sentiment d'urgence et de défi, la « douce Edma » qui a, comme lui, mille visages. Le couple s'envole vers le vieux monde – *via* l'Espagne, terre des origines –, et s'installe à Paris où il se dénouera aussi impulsivement qu'il s'est noué. Chacun poursuit alors une quête inlassable, la quête de son identité, dans un tourbillon d'aventures étranges, cocasses, fulgurantes où se mêlent la joie et la douleur. Dans ce livre pétillant, audacieux, d'une écriture éblouissante, la fantaisie et l'humour le plus débridé côtoient l'angoisse de l'éphémère et de la vanité de toutes choses.

Carmen Laforet

Nada n° 3426

Andréa a dix-huit ans lorsqu'elle débarque à Barcelone pour suivre des études de lettres. Elle loge dans sa famille, rue Aribau, et elle a hâte d'apprendre et de vivre. Mais la réalité qu'elle découvre est bien différente de ce qu'elle espérait. Dans ces années 1940, Barcelone est une ville étouffante, brisée par le régime franquiste, hantée par les souvenirs de la guerre civile, ravagée par la pénurie et la misère, où s'agite une petite bourgeoisie conformiste et frileuse. Entre une grand-mère sénile, deux oncles, l'un sadique, le second artiste raté et aigri, et une tante en proie à un goût morbide d'autodestruction, Andréa ne peut rien espérer. Avec qui partager ses rêves ? Avec Ena, l'amie rencontrée à l'université et qui l'initie aux plaisirs de la jeunesse bohème ? Mais quelles perspectives ces contestataires dorés peuvent-ils espérer ? Écrit en 1944 par une jeune femme de vingt-trois ans, *Nada* reçut l'année suivante le prestigieux prix Nadal. Symbole de la renaissance du roman espagnol, il marqua profondément toute la génération des écrivains ibériques de l'après-guerre.

Carlos Ruiz Zafón

L'Ombre du vent n° 30473

Dans la Barcelone de l'après-guerre civile, « ville des prodiges » marquée par la défaite, la vie est difficile, les haines rôdent toujours. Par un matin brumeux de 1945, un homme emmène son petit garçon – Daniel Sempere, le narrateur –

dans un lieu mystérieux du quartier gothique : le Cimetière des Livres Oubliés. L'enfant, qui rêve toujours de sa mère morte, est ainsi convié par son père, modeste boutiquier de livres d'occasion, à un étrange rituel qui se transmet de génération en génération : il doit y « adopter » un volume parmi des centaines de milliers. Là, il rencontre le livre qui va changer le cours de sa vie, le marquer à jamais et l'entraîner dans un labyrinthe d'aventures et de secrets « enterrés dans l'âme de la ville » : *L'Ombre du vent*. Avec ce tableau historique, roman d'apprentissage évoquant les émois de l'adolescence, récit fantastique dans la pure tradition du *Fantôme de l'Opéra* ou du *Maître et Marguerite*, énigme où les mystères s'emboîtent comme des poupées russes, Carlos Ruiz Zafón mêle inextricablement la littérature et la vie.

Le Livre de Poche s'engage pour l'environnement en réduisant l'empreinte carbone de ses livres. Celle de cet exemplaire est de :
650 g éq. CO_2
Rendez-vous sur
www.livredepoche-durable.fr

PAPIER À BASE DE FIBRES CERTIFIÉES

Composition réalisée par NORD COMPO

Achevé d'imprimer en avril 2013, en France sur Presse Offset par
Maury-Imprimeur – 45330 Malesherbes
N° d'imprimeur : 178075
Dépôt légal 1re publication : septembre 2010
Édition 05 – avril 2013
LIBRAIRIE GÉNÉRALE FRANÇAISE – 31, rue de Fleurus – 75278 Paris Cedex 06

31/5778/1